暴风眼

STORM EYE

梁振华 —— 著

山东城市出版传媒集团·济南出版社

图书在版编目（CIP）数据

暴风眼 / 梁振华著． -- 济南：济南出版社，2020.5
ISBN 978-7-5488-4200-2

Ⅰ．①暴… Ⅱ．①梁… Ⅲ．①长篇小说—中国—当代 Ⅳ．① I247.5

中国版本图书馆 CIP 数据核字 (2020) 第 077368 号

暴风眼

出 版 人	崔　刚
选题策划	盛世肯特
出版统筹	柯利明　林苑中
责任编辑	宋　涛　姜天一　张慧敏
设计总监	侯文英
装帧设计	王　俊

出版发行	济南出版社
地　　址	济南市二环南路 1 号（250002）
印　　刷	济南万方盛景印刷有限公司
版　　次	2021 年 1 月第 1 版
印　　次	2021 年 1 月第 1 次印刷
成品尺寸	168mm×235mm　16 开
印　　张	23.75
字　　数	530 千
定　　价	68.00 元

（济南版图书，如有印装错误，请与出版社联系调换，电话：0531-86131736）

目 录

引 子 － 001

第一章　起 落 － 003

第二章　追 踪 － 017

第三章　相 见 － 032

第四章　再 现 － 045

第五章　疑 云 － 054

第六章　突 变 － 064

第七章　迷 局 － 078

第八章　初 入 － 089

第九章　施 压 － 100

第十章　胁 迫 － 109

第十一章　试 探 － 120

第十二章　坦 白 － 129

第十三章　诱 引 － 137

第十四章　失 败 － 148

第十五章　破 解 － 158

第十六章　往 事 － 168

第十七章　怀 疑 － 179

第十八章　刁 难 － 187

第十九章　疑 点 － 196

第二十章　摊 牌 － 207

第二十一章　猜　测 - 217

第二十二章　争　斗 - 226

第二十三章　重　演 - 235

第二十四章　混　乱 - 243

第二十五章　危　机 - 251

第二十六章　现　身 - 259

第二十七章　绑　架 - 268

第二十八章　卧　底 - 278

第二十九章　解　救 - 287

第 三 十 章　真　相 - 296

第三十一章　伪　装 - 305

第三十二章　变　动 - 314

第三十三章　罗　网 - 322

第三十四章　出　卖 - 330

第三十五章　牺　牲 - 338

第三十六章　绝　境 - 347

第三十七章　反　水 - 355

第三十八章　胜　者 - 364

后　记 - 375

引 子

谁都不能否认，这是一个伟大的时代。褪去贫穷和屈辱，挣脱苦难的枷锁，我们建立了现在的秩序，迎来了文化繁荣、科技昌盛的新时代。

然而，潜藏的危机仍然存在，令人在夜深人静时辗转难眠。不过一觉醒来，我们还是会继续前行。因为希望还在，我们相信今天会比昨天变得更好。这就是和平的意义。但和平、繁荣、稳定，也是世界上最脆弱的东西，稍微不小心，瞬间就支离破碎。

繁华，喧闹，充满活力，生生不息——时代像一艘大船，载着我们在深不见底的海上航行。一切的宁静平和，常常只是一种表象。航船所向，往往潜流深涌、危机四伏，只是很多人沉迷安乐，习惯遗忘。

今天，几乎每时每刻，都在延续着没有硝烟的战争。有人决绝地捍守正义，也有人跌入罪恶的深渊。是的，一时的宁静，并不意味着危机远离。当你正安享这一刻的风平浪静的时候，有可能，你就站在暴风的中央。

第一章

起　落

一

　　飞往双清市的飞机上，众声喧嚣。因为风暴造成飞机延误，乘客们的脸上写满了不耐烦。

　　马尚冷峻的目光投向窗外。风暴尚未远去，白昼如黑夜，他若有所思地皱了皱眉。忽然，一个背包被扔在马尚旁边的座位上。

　　只见一个满头大汗的中年男人，赔着笑脸用手示意抱歉。他带着笑频频颔首，说："抱歉，抱歉。"

　　马尚摇头表示不在意。中年男人自顾自地扭着脖子，松了松领带，擦着额头的汗。他不时偷偷打量着马尚，有些冒昧地问："看您这身行头，怎么也不像是坐经济舱的人啊。也是没买到头等舱的票吗？"

　　马尚尴尬地笑了笑，没有说话。这时，广播播放了即将起飞的消息，吸引了他们的注意力，也适时打断了这场尴尬。

　　"延误这么久，现在多半也在忽悠人，早知道我就坐高铁了。"中年男人抱怨着，瞥了马尚一眼，叹了口气。

　　马尚只是礼貌地笑着。中年男人得不到回应，干脆捣鼓起手上的移动 Wi-Fi。

　　马尚看到后来了兴致，开口询问："刚从国外回来？"

　　"您怎么知道？"中年男人面露惊讶之色。

　　马尚说："我看你租了移动 Wi-Fi，还没换国内的手机卡吧？"

　　中年男人点了点头，笑着说："您的观察力不错，做什么工作的？"

　　"人力资源。"

"猎头？"中年男人问道。

"算是吧。"马尚语调中透出些不耐烦。

"厉害！幸会！"中年男人边说边伸出手。

马尚看了一眼，慢慢伸出手，轻轻地握了握。

中年男人却用力地握了握，激动地说："我是做IT的，在国外待了小十年。在国内，这个行业行情怎么样，有发展前景吗？"

马尚想了想，说："早几年还行。"

中年男人又问："现在想创业是不是晚了点？"

马尚敷衍道："风头过去了。"

"那我要是资历够深，进大公司做个中层以上的职位，前景是不是还可以？"

马尚点了点头，没有出声。中年男人还在自顾自地说着什么。

飞机起飞的刹那，马尚望向窗外，远处的暴风仍未停止。

二

双清市停车场，停着一辆不起眼的黑色厢车。车内气氛紧张，一队人马在监控设备前严阵以待。

"四个小组已经全部就位，航班大概十分钟后降落。"杜猛对着对讲机说。

守在一旁的安静点了点头，严肃地说："我们抓紧时间，进行最后一次行动简报。"

众人仍停在原处，但都把注意力放到了安静身上，看她干练地操作电脑，调度信息。

"我们的目标是个国际商业间谍，绰号Blaster，真实姓名不详。由于情报有限，我们不知道他进入双清市的目的，可能只是过境，也可能会实施犯罪行为。但不管怎么样，这次任务是省厅直接下的命令，大家不要掉以轻心。"安静冷静而急促地说。

"明白。"众人小声回答。

安静又叮嘱道："一定要记住行动原则，这次是跟踪监视，不管出现什么情况都不能暴露行踪。"

"安科，你不觉得情报太少了点吗？这不像我们的办事风格啊……"杜猛疑惑地说。

安静点了点头，只是说："少抱怨，多承担。情报确实不充分，但大家都是侦查科的骨干，越是这种时候，越要顶住压力完成任务。"

"宋局来了。"正盯着监控器的小李低声说。

安静抬头看向朝侦查车走来的人影，道："各就各位，随时待命。"

"是！"众人齐声。

安静起身打开车门，众人下车后四散而去。杜猛、小李与宋铭擦肩而过，却没有丝毫交流，如同陌生人一般。

安静走到一处不起眼的角落，宋铭跟了过来。

"怎么样？"宋铭问。

"暂时顺利，各小组已经就位，大家的状态都不错。"

宋铭点了点头，说："好。这次是省厅给的任务，我协助你进行指挥。"

安静犹豫了片刻，还是略带迟疑地开口说："宋局，我建议由您全权指挥，我压到前面去。"

"为什么？"

"人手有限，情报太少，我怕出差错。"

"制定行动计划的人是你，当然要由你指挥。再说侦查科的骨干都在前面，不缺你一个。"宋铭有些不悦地说。

"这次省厅给的情报也太潦草了吧，连目标的真实身份都不知道？"安静皱着眉头说。

"情报只有这么多。纪律别忘了，不该问的别问。"宋铭抬手示意安静不要再说了。安静仍皱着眉，忧虑地看向空旷远方的夕阳。

三

机舱一颠，响起轮胎的摩擦声，飞机缓缓着陆。

中年男人叹了口气，迫不及待地解开安全带，望了一下身边睡眼惺忪的马尚。

"我租了车，用不用顺道送你一程？"中年男人殷勤地说。

"不用了，有人接。"

中年男人笑了笑，随手写了张字条，说："这是我的联络方式，咱们可得保持联系。我叫陈灿。"

"好。"马尚冷冷地回答。

陈灿点了点头，向前走去，又不放心地回头看看马尚，右手比成打电话的姿势在耳边摇了摇，示意以后电话联系。马尚带着礼貌性的微笑冲他点了点头。

等陈灿走远，马尚收起了笑容，从口袋里掏出手机，解除飞行模式，拨通了电话："我到了……办好了……好，我等消息。"

侦查车内，安静和宋铭正紧盯着监控里大量旅客进进出出的画面。

"安科，目标出现，十二号到达口。"通讯器里传来王佐的声音。二人将目光同时移向监视十二号出口的监控屏幕。画面中，有个面部被红色选框标注出来的人正在快步离开。

"各小组注意，按计划展开行动。"安静对着通讯器沉声道。

杜猛："A组收到。"

小李："B组收到。"

老六："C组收到。"

王佐："D组收到。"

接到各组的讯息后，安静转身拍了拍挨着驾驶座的厢壁，侦查车也发动了。安静看向宋铭，正准备说什么，宋铭的手机却响了起来。

"讲……好……好，我知道了。"宋铭挂断电话后，安静用好奇的眼光看着他。宋铭看了她一眼，转脸盯着监控屏幕，不发一言，根本没打算解释。

天已经黑了，陈灿正排在出租车站队伍中的前列。片刻之后，他上了一辆出租车。

侦查员目送出租车离去，悄悄按住隐蔽通讯器，小声道："目标上了出租车，车牌号NZ3991，完毕。"

此时，这辆车牌号为NZ3991的出租车正沿着匝道向前行驶。不一会儿，一辆红色的小轿车汇入车流，跟在出租车的不远处。驾驶员正是C组组长老六。

在出租车距离高速口不足百米时，后座的陈灿突然惊叫一声："师傅，您等等！"

"怎么了？"

"我的行李忘拿了，您赶紧绕回去。"陈灿急切地说。

"注意，目标正返回机场，保持警惕。"安静道。

"明白！"

"就知道他要玩这套。"安静对宋铭说。宋铭没有说话，拍了拍安静的肩膀，满意地点了点头。

监控器内显示，陈灿绕回到机场后匆忙下了出租车。但他并没有进入机场大厅，而是快步走进停车场，上了一辆黑色轿车的驾驶座。

待陈灿驱车离开后，王佐隐秘地拿出通讯器，说："目标更换黑色雪佛兰轿车，车牌号DA9210。"

"收到，立刻跟进。"安静指挥道。

"明白！"随即，王佐对旁边不远处的一辆蓝色轿车打了个手势，车中的侦查员简单回应后，一白一蓝两辆轿车先后驶离泊位，悄然跟上了那台黑色的轿车。

陈灿驾车在公路上高速行驶，时不时地察看后视镜，并不停地变换车道超车。他的表情变得极为严肃，与在飞机上时判若两人。

经过了一番等待，马尚也上了一辆出租车。他随口报了地名后，便一直低头看着手机。

司机通过后视镜不时打量着马尚，寒暄道："小伙子，是本地人吧？"

马尚仍看着手机，只是礼貌性地笑了笑，说："对。"

司机见状，笑着问："怎么，给老婆报平安呢？"

"啊？"马尚这才抬起头来，疑惑地透过后视镜看着司机。

司机解释说："我看你一直捧着手机。"

"没有没有，工作的事。"马尚连忙解释。

"你们现在的年轻人，整天看着手机……我靠！"司机一声惊呼，出租车瞬间刹车降速，旁边有辆黑色轿车变道超车，差点发生碰撞。

那正是陈灿驾驶的车。往前仰了一下的马尚重新靠在了椅背上，目光看向那辆依旧不断变道超车、穿行在车流中的黑色轿车，脸上没有任何表情。

"D组，注意保持车距。"安静紧盯着监控器中由王佐的车载镜头传回的画面，提醒道。根据画面显示，陈灿的黑色轿车依旧在不停地变道超车。

"D组收到。安科，目标反侦查意识很强，我也没法跟太久。"通讯器里王佐的声音有一丝无奈。

"明白。C组，收到回答。"安静道。

"C组收到。"老六回道。

"老六，你在什么位置？"

"我在安远桥路口待命。"

"立刻进入主路，保持最低速度。目标车辆大概会在三分钟内出现，你接替王佐继续跟踪。"

"明白。立即执行。"

通讯完毕，安静咬了咬嘴唇，又看向宋铭："宋局。"

宋铭侧过头，对上安静疑惑的目光。

"目标明显受过反侦查训练，真的就是个商业间谍？"安静继续道。

"情报是这么写的。"宋铭不冷不淡地答道。

"应付这种人，我需要更多信息。"

"什么意思？你觉得我有情报瞒着你？"宋铭有些不悦。

安静见此情景，犹豫了片刻，但还是点了点头。

宋铭阴沉地转过头去，看向监控屏幕，说："目前为止，你做得不错，继续。"

安静本想说什么，但行动中一切以任务为重，她最后还是放弃了追问，转回头盯住屏幕。

四

马尚回到了清安居小区，这是他父母的家。他放下箱子抬手拢了拢头发，又卸下背包摸索钥匙，门却自己开了。母亲胡玉萍拎着购物袋站在门口。二人均是一愣，又各自绽开笑容。

"小驹子？！"

"妈！"

胡玉萍也不出去购物了，连忙让儿子进屋。这是一栋老式民居，看得出来有些年头了，家中没有过多的装饰，但收拾得很整洁。除了墙上的液晶电视是新的，客厅里的其他陈设或多或少都显露出岁月的痕迹，散发着满满的生活气息。

"小驹子，把包给我。"不等马尚有所反应，胡玉萍便已经开始帮他把背包从肩上拿下，放在客厅的沙发上。

"我都三十了，您怎么还叫我小名？"马尚又是好笑又是无奈地抱怨。

胡玉萍白了他一眼，没好气地说："就算六十了，你不还是我儿子！小名我都叫不得？"

这时，厕所门开了，马骏海从里面快步朝门口走来，惊喜地说："儿子回来了？"

"爸！"马尚赶紧叫道。

"儿子，怎么回来也不提前打个招呼？"

"这不是想给您二老惊喜吗？我请了年假。"马尚解释道。

马骏海问:"你怎么又是一个人回来的?"

胡玉萍问:"这次能待多久?"

马骏海接着说:"你还不知道吧,你妈加入了'地下党',你得给她挑几个好用的对讲机!你看看哪款好?"

面对父母的连环提问,马尚有些应接不暇地摇摇头,从箱子里取出给父母的礼物。

胡玉萍一边抱怨着儿子破费,一边张罗着要带儿子出去吃晚饭。马尚刚想说什么,手机短信声响了。

马尚没有立刻看短信,先和父母解释道:"我得先回封邮件,工作上的事儿。"

"行,动作快点。"胡玉萍见怪不怪,嘱咐道。

马尚快步走入自己的房间。房间内的陈设十几年没变,他从背包中取出笔记本电脑,坐到桌边,打开电脑,接连输入两次非常复杂的密码解锁。

与此同时,陈灿的黑色轿车沿着街道缓行。他一边观察路况,一边从放在副驾驶的背包里取出笔记本电脑并输入了一连串密码。此刻的他已经甩开了层层追踪,像一只狡猾的狐狸。

安静等人知道,这一次,他们遇到对手了。

五

马尚换了身休闲装,胡玉萍挽着他的胳膊,二人漫步在熙熙攘攘的街道上。

"虽说现在是太平盛世,但是安全意识什么时候都不能丢。你知道有多少人为了钱出卖国家利益吗?"

"您还不了解我?我胆子小,违法乱纪的事儿哪敢干啊?"

"不是不了解,而是提醒你。小驹子,你在外面打拼不容易,现在岁数也不小了,能成功就成功,成不了,退回来还有爸妈做你的后盾……"

正说着,两个人已经走进了一家火锅店。马尚环顾一周,发现角落里有个靠窗的位置空着,问服务员:"那儿有人吗?"

服务员看了一下,摇摇头。马尚拉着胡玉萍走了过去。

胡玉萍抱怨道:"吃个饭,还非得坐犄角旮旯的地方。"

马尚笑了笑,没有再说什么,和母亲享用这难得的用餐时间……

杜猛和侦查员站在地铁安检口,此时他们的神情有些凝重。在刚才的角逐中,陈灿占了上风,甩开了一众追踪者。

从通讯器里传来的对话中,他们已经明白自己承担着怎样的责任。现在唯一能依靠的,只有自己了。

几经躲闪,陈灿混着人群刷卡进入地铁站。侦查员 B 跟着走了进去。

"目标出现,我正在跟进。"杜猛在后面汇报,随即带着侦查员 C 也进入了地铁站。

伴随悦耳的提示音,地铁呼啸着进入月台。陈灿随着人群走进地铁,侦查员跟在他身后。隔着一个车厢的距离，另一个侦查员也上了车。杜猛站在车门外，全神贯注地盯着陈灿那节车厢的车门。直到车厢门即将合上的瞬间，杜猛才闪了进去。

陈灿开始在拥挤的人群中移动，往前面的车厢走去。侦查员站在原地，用手挡着嘴，小声地报告动态："他往前面走了，怎么办？"

"你别跟，我们过来。"杜猛焦急地低声说，随即向陈灿的方向挤了过去。

就在杜猛急迫地向前挪动时，地铁里响起了报站广播："列车运行前方是双清电视台站，下车的乘客请提前做好准备。各位乘客，双清电视台站是换乘车站……"

一想到换乘站密集的客流量和陈灿的反侦查技巧，杜猛感到一阵头疼，直冒冷汗。他知道，现在已经没有任何备用计划了。

六

暖黄色的灯光下，火锅店内桌桌热气腾腾，弥漫着锅底的香气。

"协防员？不行不行，坚决不行！您干这事，我不放心。"马尚听到母亲说要去做的事情后，立刻提出了反对意见，"您这暴脾气。如果遇到什么事，别人打个电话通报就行，您恐怕要抄着板凳往上冲了。"

马尚一边说，一边用余光偷瞄窗外，不动声色地打量着路边的轿车。车一直停在那里，既没有司机下车，也没有要开走的迹象。

"你把老妈当成什么人了！"胡玉萍对儿子的说法有些不满，"遇到可疑人员要立刻通报，不能打草惊蛇，这是起码的工作原则。"

马尚赞同地点了点头，一边吃一边叮嘱："那您也得小心点。"

"老胡同志有勇有谋，你不用瞎操心。"胡玉萍不无得意地说。

马尚有些无奈地笑了笑，又吃了几口，放下筷子，说："饱了，您也赶紧吃吧。"

"还剩这么多呢，又没法打包。你再吃点。"胡玉萍连忙把菜品放进火锅，又给儿子夹菜。

同一时间，双清电视台站到了，地铁车门打开，很多乘客走出车厢。

杜猛第一时间下车，站在车门一侧盯着隔壁车厢。侦查员则站在车厢内待命。提示灯开始闪烁，广播里播放着提示音："车门即将关闭，请注意安全。"

眼看着车门就要关上，车厢里突然没了陈灿的身影。杜猛焦急地问："安科，目标在双清电视台站下车，只有我自己在跟进。其他人在什么位置？"

王佐的车在马路上停了下来，回复道："我堵在市政府这边，至少要五分钟才能赶到。"

"收到。尽快。"

安静紧盯着正中间的监视屏，上面是杜猛所佩戴的监控器传送过来的实时画面。颠簸的画面表明杜猛正在人群中快速穿行，但根本分不清哪个背影是陈灿。她抓过话筒，说："杜猛，现在只能靠你自己了，务必跟住目标！"

杜猛没有回答。突然，镜头停止前进，原地转向四周，显然是杜猛在寻找陈灿的位置。

"杜猛？"安静有些急了。通讯器里沉默了片刻，监控画面定格在一处，停止了转动。

"安科……"

"怎么停下了？"

"目标丢失。重复，目标丢失。"

安静愣住了，露出一副不可思议的表情，良久才转头看向宋局长。

"通知技术科，接入天眼系统寻回目标位置……收队吧。"宋铭的声音冷静如常。

安静猛地一拳捶在控制台上。宋铭依旧不为所动，面无喜怒。

酒足饭饱后，马尚揉着肚子走出火锅店，和母亲闲聊着。

街对面的那辆轿车上有人一直在暗中观察马尚。隔着挡风玻璃，街道被灯光照得通亮。整条偏街上只有马尚跟胡玉萍谈笑着，似乎对监视者毫不知情。

马尚挽起胡玉萍的胳膊，母子二人继续往前走。突然，马尚对胡玉萍说："妈，要不您先回去？我再溜达溜达，吃得有点撑。"

"要我陪你吗？"

"您先回家吧，我还得打几个电话给同事。"

"那行，你注意安全，早点回来。"

"放心。"马尚目送着胡玉萍离开后，神情变得无比严肃，不停地用余光观察着那辆黑色轿车。片刻之后，他转身独自向前走了一段，在路口往右转。穿过马路，他继续沿着街道快步前行，借着路边车辆的后视镜，看见那辆黑色轿车果然跟了上来。马尚拿出手机，打开相机功能，自然地垂下手，将镜头对准后面的道路。

突然，一辆新闻车闪了出来，停在路边，正好挡在马尚和黑色轿车之间。马尚表情一冷，后退半步做出戒备的姿态。新闻车摇下车窗，副驾驶座位露出一张绽放笑容的脸，是贾石。他惊讶地说："马尚，真的是你！"

马尚愣了一下，恢复了热情，说："贾石？"

贾石推门下车，上去就给了马尚一个大大的拥抱。他是马尚的老同学、好哥们，二人有段时间不见了，此时偶然碰到真是有缘。

刚寒暄一半，贾石却收起笑容，脸上带着一丝忧伤。

马尚有些奇怪，问："怎么了？"

贾石的声音低了下去，沉痛地说："咱们高中校长，走了。"

马尚不敢置信地说："什么！"

贾石点点头，说："明天下午三点下葬，在桃源公墓。能联系上的同学我都通知了。"

马尚正色道："放心，我一定到。"

贾石叹了口气，勉强笑了一下，说："那好，明天见。"说罢，他又重新上了车，坐好后又看了看马尚，随即挥了挥手。新闻车一个油门就冲出老远。

马尚突然想起了什么，大声追问："她去不去？"可惜的是，新闻车已远远地开走了。

回过神后，马尚准备重新寻找黑色轿车，却发现已经失去了踪迹。他只能站在原地，翻出手机拍摄的视频，暂停，放大查看那辆车的车牌号。

七

陈灿拎着行李，进入一家酒店，走到前台。前台服务员非常热情地问："您好，是要办理入住吗？"

陈灿点了点头，把护照递了过去，说："有预订。"

前台接过护照，微笑着点了一下头，说："好的，请您稍等。"

在前台办理入住手续时，陈灿姿态懒散地靠着柜台，用不经意的目光扫视着酒店大堂。很快，他的目光锁定坐在沙发上的赫子轩。在外人看来，戴着鸭舌帽、一身休闲服的赫子轩就是一位普通的等候入住的旅客模样。

赫子轩感受到陈灿的目光，抬头看过来，正好看到陈灿盯着自己。他毫不客气地皱着眉头回瞪。陈灿一愣，和善地笑了笑，挪开目光。

"先生，您可以入住了。"前台对着陈灿说。

"谢谢。"陈灿接过护照和房卡，拎起行李走向电梯间。直到电梯门关上前，他的目光始终都在观察周围的人。

电梯门关上的瞬间，赫子轩摘下了耳机，掏出手机拨通电话，说："客人接到了……"

"客人状态怎么样？"秦枫在电话的另一头问。

"挺正常的。这边都布置好了，我先撤？"赫子轩问。

"可以。不会丢吧？"

"稳得很，您放心。"

听到赫子轩的话，秦枫哼笑一声，挂断了电话，继续开着车正常行驶。他开着的，正是之前跟踪马尚的黑色轿车。

宋铭的办公室里，空气似乎都已经凝固了。这间办公室陈设简单，除了办公桌椅、档案柜和保险箱，几乎没有其他的大件物品。墙上挂着中国地图和双清市地图，毫无其他装饰。

安静背着手站在宋铭对面，脸色很是难看。宋铭坐在办公桌后，见此情景，有些纳闷地问："让你去写行动报告，你愣着干什么？"

安静站着不动，说："我还有几句话要说。"

宋铭见她如此固执，不由叹了口气，说："你说吧。"

"这次行动失败，我负主要责任，但行动本身就有几个疑点。我希望您向省厅汇报的时候，把这几点也加进去。"

宋铭无奈地笑了一下，不置可否。

安静继续说："首先，省厅能获得目标的航班信息，说明至少已经掌握了他的伪装身份和姓名，为什么情报中没有提供？"

"你也说是伪装身份，提供了又有什么意义？"宋铭反问道。

安静毫不退让，强调说："当然有意义。有了身份信息，我们就能查询租车、酒店、银行账户这些相关记录……"

宋铭不悦地打断她，说："这个不成立。他就不会变换别的身份吗？行了，等技术科那边有线索了再说吧。"

"还有一个问题——"安静还想再强调些什么。

"你先去把行动报告写了！"很明显，宋铭已有了些怒意。

安静迟疑了一下，还是坚持说："从收到任务指令到飞机降落，我们只有六个小时的准备时间。如果不是航班延误，那就只有三个小时。我认为，可能行动还没开始就已经失败了。"

果然，宋铭听到这句话后，变得更为恼火。安静继续道："如果没有时间派人跟着目标上飞机，就没有办法确认他是否在飞机上与同伙有过接触，也没有办法知道他今天的行为是不是在调虎离山。宋局，说起数据来，您比我更清楚，差不多有百分之十的接头都是在飞机上完成的。"

此刻宋铭又变得面无表情，好像刚才的恼怒也被这一番话给消解了。安静说完了自己的想法后，转身离开。

完成了一天的工作，安静满身疲惫地走出电梯，进了家门，发现灯还开着。

"妈？"安静想了一下，冲着里屋喊道。

"回来了。"化着淡妆的苏美佩从房间里走出来。虽上了年纪，但她看起来显得十分年轻。

"您怎么来了？"安静踩掉了鞋子，精疲力尽地躺在沙发上嘟囔着。

"又没吃饭吧？"苏美佩看着尽显疲色的女儿，心疼不已。

"这都能看出来？"安静一脸惊讶地问。

"瞧你这副样子。还好我过来看看你，要不又打算饿着肚子睡觉了吧？"苏美佩又是心疼又是生气。

安静撒着娇："妈，我想吃您做的西红柿鸡蛋面。"

刚才还唠叨的苏美佩一听到女儿这么说，只好苦笑着摇了摇头，走进厨房。

不一会儿，苏美佩端着一碗热气腾腾的西红柿鸡蛋面从厨房出来，招呼着女儿趁热吃。安静穿好拖鞋走到餐桌前坐下，吃一口面就叹一口气，心不在焉。

坐在对面的苏美佩显得有些不高兴，说："不好吃你就直说，叹气给谁听呢？"

安静抬头看着母亲，半晌才回过劲来，连忙解释道："没。好吃，特别好吃。"

"那你叹什么气，怎么了？"苏美佩关切地问。

安静看着母亲，犹豫了一会儿，说："入行六年，今天头一次，把任务搞砸了。"

苏美佩站起身，走到安静旁边摸着她的脑袋，说："闹闹啊，我也知道你们这行的规矩，具体的东西我不问。你只要告诉我，今天这个任务危不危险？还要不要继续跟进？"

"没什么危险，您就放心吧。"

苏美佩犹豫了一会儿，还是忍不住说："其实，我觉得你调到技术科挺好的。"

"那不行。我是侦查科科长，我调走了谁能顶上啊，难道靠杜猛那小子？"安静立刻反驳道。

"没让你现在就调职，考虑考虑总可以吧。"苏美佩见女儿这么固执，无奈地说。

安静假意考虑了一下："考虑过了，不行。这不能怪我，主要是我爸的基因太强大，多动症全都遗传到了我身上。干技术，我是真的坐不住，还是侦查科适合我。"

苏美佩叹了口气，神色黯淡下来："当年劝你爸调个岗位，他也是各种找借口。"

"妈……"安静皱着眉说。

苏美佩笑了笑，换了口吻道："不说这个了。闹闹，我今天接到一个电话，是你高中班主任打来的。"

"高中班主任？"安静疑惑地问，"这都多少年没联系了，出什么事了吗？"

"你们王校长走了。"苏美佩道。

安静愣住了，看着母亲，有些难以置信。苏美佩继续说："他明天下葬，在桃源公墓。说很多同学都专门赶回来了。"

安静点了点头，不再说话。

双清市地处沿海，天气向来阴晴不定。此时正下着大雨，秦枫撑着伞站在海滩上，静静地看着翻滚的海面，面无表情。一辆越野车沿着海边的小道行驶，停在沙滩上，下车的人正是宋铭。

"秦厅长。"宋铭走到了秦枫身后，低声喊了一声。

秦枫没有动，说："宋局，这次任务委屈你们了。"

"为了大局，都是应该的。"宋铭连忙说。

"你手下那个安静挺有两下子，情报这么有限，还差点真被她盯住。"秦枫称赞道。

宋铭露出了笑容，难掩得意地说："那是，她是我手里最好的苗子，你可别打主意把她挖走。"

"不敢不敢。说正事吧。"秦枫道。

"好。"宋铭立刻严肃起来。

"目标人物的真名叫陈灿，已经很久没在国内行动了。他这次进入双清市，应该是盯上了 DS 材料的人工合成技术。"

宋铭不禁问道："鼎华集团手里的项目？"

秦枫点了点头，沉声说："这项技术有多重要，你肯定清楚。"

宋铭恍然大悟，道："后天有一个技术研讨会，鼎华已经向我们报备过了，他们的首席研究员要在会上展示最新的研究进展。陈灿的目标就是这个吧？"

"应该是。"

宋铭着急地问："那为什么不直接抓捕？"

"陈灿不是单独行动，上级下了指示，最好能连根拔起。"秦枫道。

"有多少人？"

秦枫摇了摇头，遗憾地说："还不能确定。"

宋铭想了一下，道："我懂了。陈灿知道自己入境后就会被盯上，如果不给他点压力，他可能猜到我们在放长线钓大鱼。所以压力要给，而且要给得恰到好处，让他觉得自己凭本事摆脱了我们。"

"对。"

宋铭还是有点担心，说："但这样是不是有点冒险？省厅如果把整体部署都告诉我们双清局,应该会更稳妥。"

秦枫笑了笑,无奈地说:"很多信息我也刚拿到,所以当时是不得已而为之。抱歉了。"

宋铭连忙说:"抱歉谈不上,都是工作。接下来有什么指示?"

秦枫道:"陈灿入住的酒店地址已经查明,我的人在盯着,先等他有下一步动作再说。"

宋铭听后,又思考了片刻,问:"你带了多少人过来?"

"两个。"

宋铭眉头一扬,似乎有些不相信,问:"两个人就咬死了目标?"

秦枫神秘一笑,不做解答。

八

连绵的细雨使得整个桃源公墓都披上了一层朦胧的灰色。

马尚穿着一身黑色的西装,撑着伞缓缓走来。

人群中的贾石看见他,立刻迎了过来,招呼道:"来了。老王当年一头秀发,都是被你给气没了。一会儿好好道个别。"

马尚苦涩地笑了一下,点了点头。随后,他问道:"对了,那谁来了吗?"

"谁?"贾石不解地问。

马尚皱了皱眉,刚欲开口。贾石恍然大悟道:"你说她啊?没见着……"

马尚叹了口气,摇头不语。

穿着黑色大衣的安静从另一头缓步走来。马尚望着远处那个停步不前的人,在雨幕中很难看清那个人的长相。

"该你了。"贾石轻轻碰了马尚一下,提醒道。

马尚回过神来,点了点头。当他再次回头望去,却已经找不到那个人影了。他转过身,小声对着墓碑说:"老王,我来送你了……刚才在来的路上,我想起了很多当年的事。我知道老师们都特烦我,有一次我听见物理老师跟你告状,说我天生贱骨头,进了社会肯定也是惹是生非,八成要走歪路。我记得你劈头盖脸骂了他一顿,说像他这样评价自己的学生,根本就是师德败坏……"

说着说着,马尚看着王校长的遗像,露出了微笑。

安静移步到树林边,依旧和前来祭奠的同学们保持距离。从这个角度,她清晰地看见正在祭拜的人是马尚。安静闭上眼轻叹了一声,转身离去。

"从那之后,再被你拉到办公室罚站,我心里没再骂过你,才相信你是为我好……老王,在那个年纪,那么多人认为我不可救药的时候,我知道还有人站出来替我撑腰,真的很重要。谢谢了。老王,一路走好。"说完,马尚再次深深鞠躬,缓缓退开。

贾石走上前,问:"完事后去喝一杯吗?"

"有机会吧。这次回来得处理点急事。"马尚道。

"按你小子的套路,再有机会又得好几年后了。"贾石遗憾地抱怨着。

马尚没法说什么,只好抱歉地笑了笑。

安静撑着伞,在雨中缓缓走向墓园出口,她脸色阴郁,明显想着心事。走着走着,突然有人拦住了前面的路。安静抬起头,竟然是马尚。

"马尚……好久不见。"安静有些艰难地说。

马尚表情平静,却没有回应。

咖啡厅的靠窗位置,安静坐在视野最佳的角落,马尚坐在她对面。安静深吸了一口气,收回盯着窗外的目光,看着马尚问道:"哪天回来的?"

马尚并没有看着她,而是盯着咖啡杯,说:"昨天。"

安静点了点头,思索着下一个话题,像是老同学那样寒暄着:"听说你毕业以后,一直在北京工作?"

马尚抬起头看向安静,脸上看不出太多的情绪。他没有回答,反问道:"刚才不拦着你,你是不是打算就这么一声不吭地走了?"

安静有些尴尬地笑了笑,低下头,避开了马尚的目光。

"就跟十年前一样?"马尚继续追问。

安静的笑容凝固了,捧起杯子喝了口咖啡,试图调整自己的情绪,努力止住内心的慌乱,说:"你都说那是十年前的事了。"

马尚苦笑,点了点头,说:"有时候我会幻想再次见到你时的情景,想说的话早就准备好了,在心里默背了无数遍。可今天真的见到你,我一句都想不起来。"

安静察觉到马尚的失落,她报以友善的微笑,当作安慰。

"那时候,到底出什么事了?"马尚终于问了出来。

安静犹豫了片刻,说:"家里发生些变故……我那时候状态很差,跟大家的联系都断了。"

"可我不是别人,我是你男朋友。"马尚不解地强调着。

安静看着马尚,好几次欲言又止,沉默良久后说:"你是想让我向你道歉吗?"

马尚摇着头说:"头三年我到处打听你的消息,所有人都说没再见过你,有段时间我真以为你已经不在了……三年后有人告诉我,说在街上碰见你了,说你看起来还好,就是瘦了很多。"

安静低下头,沉默着。

马尚叹了口气,继续说:"那天我突然就释怀了。只要你还活着,怎么都无所谓。所以你也没有必要向我道歉。"

"谢谢。"安静说完,看了一眼马尚,又把头低了下去。

马尚把身子前倾,更加靠近安静,问:"我现在就是想知道,你把自己完全封闭起来,到底是因为什么?"

安静长叹口气,露出一丝不耐烦的表情,抬起头直视着马尚反问:"难道你看不出来我不想聊这个!"

"我想知道发生了什么,这个要求很过分吗?"马尚变得有些激动。

安静正色道:"马尚,我们以前是走得很近,但已经十年没有交集了。我的事,我的隐私，还有必要告诉你吗？"

马尚愣了一下，没想到安静会是这样的反应。他问道："你觉得我矫情，是吧？"

"那倒没有。我就是觉得，以后我们可能也不会再有什么交集。"安静冷冷地说。

马尚一听这话，被气蒙了，沉默了半晌，反而无奈地笑了。他一边点头一边说："是，我也觉得。"

二人沉默了片刻，脸上的表情都是越来越冷。

安静率先打破了这份尴尬，站起身，转头走了。马尚的表情微微一变，但什么也没说。咖啡厅的大门开了又关，马尚始终没有回头，他的眼神没有焦点，就这么一直坐在原处。

透过橱窗，马尚看见有辆黑色轿车停在路边，正是昨晚跟踪他的那辆。马尚并没有刻意转头去看，但他显然已经察觉到了。他的表情发生了变化，眼神也完全恢复了神采。端起咖啡杯喝了一大口后，马尚也走出了咖啡厅。

远处的云端，疾速地游弋、漂泊，似乎席卷起忽明忽暗的烈风。

第二章
追 踪

一

马尚轻轻关上咖啡厅的玻璃门，余光瞥了一眼缓缓跟上来的黑色轿车，嘴角微微上扬。黑色轿车跟着马尚的步行轨迹在街道口右拐，视野里却空无一人。

"咚咚——"突然响起了敲车窗的声音，站在车外的正是马尚。

"秦厅，您打算跟我到什么时候？"

"你小子可以啊！上来。"车窗缓缓降下，露出秦枫的笑脸。原来这两天跟踪马尚的人正是秦枫。他好奇地问："什么时候发现我的？"

"昨天晚上，您看——"说着，马尚掏出手机播放视频，正是轿车跟踪时被他拍到的画面。他得意地说："回去查了查车牌号，一看是内部的车，就知道肯定是您。秦厅这是考验我呢？"

秦枫笑道："总部下派的人，我不得试试斤两？"

马尚微微一笑，上了车。二人到达了双清市CBD一栋写字楼上。眼前的这座滨海城市宽阔、繁华而尽显美丽，却没有人知晓，那些隐秘的守护者身在何处。

"你制定的这个计划有点意思。现在目标已经相信自己摆脱了跟踪，应该会继续行动。"

"对付这种人，得多想一层。"马尚望着远处，微笑中露出凌厉的神情。

"你近距离接触过，感觉怎么样？"秦枫问道。

"警惕性高，胆子很大，非常高调，他一直在主动试探我。"

秦枫追问："进入双清之前，他有没有跟别人接触过？"

马尚肯定地说："我全程盯着，确定没有。"

秦枫点了点头。正在这时，天台的门被推开了。赫子轩一身休闲装，叼着根棒棒糖大步走了进来，一副玩世不恭的模样走到二人前面，说："秦厅。"

"你们是老搭档了吧？"秦枫拍了拍赫子轩的肩膀。

"合作五年了。"一旁的马尚答道。

"好啊，总部派了精兵强将，这个任务我心里就有底了。"秦枫微笑道，"不过话说回来，市局十几个人都被甩了，你们俩是怎么盯住目标的？"

"这帮人手段越来越高明，咱们的技术也没原地踏步。其实特简单，用的是放射性同位素。"赫子轩拿着棒棒糖说。

秦枫有些吃惊，问："定位设备？不怕被发现吗？"

"液态的，指甲盖那么一小瓶，"马尚一边比画一边说，"我找机会倒在了目标的衣服上。赫子轩能在三百米范围内锁定目标位置。"

"这项技术就一个缺点，放射性跟踪源衰减很快，有效期大概只有三个小时。最后他到酒店的时候，基本已经失效了。"赫子轩在旁补充道。

秦枫点了点头，似乎在考虑着什么。

赫子轩继续说："这个目标不简单，他一路上刻意避开监控器，而且时不时变换步态，明显是在躲避天眼系统的跟踪定位。"

"他在国外这几年，应该受过严格的反跟踪训练。"马尚不禁感慨道。

秦枫见他们有些沉重，笑着安慰说："不管怎么样，第一回合你们赢得漂亮。再接再厉。"

赫子轩看向秦枫，问："话说回来，这个 DS 材料，真的那么神吗？"

秦枫看着马尚，问："你了解多少？"

"简单地讲，它跟精确制导技术有关。"马尚答道。

"这项技术不是已经很成熟了吗？现在的精确制导武器，指哪儿打哪儿。"赫子轩不解地说。

"那是两个概念。"马尚忍不住吐槽。

秦枫拍了拍赫子轩的肩膀，解释说："先不说民用领域的应用，单说在军事领域。你想一下，如果能将百公里范围内的制导误差降低到厘米，甚至毫米范围内，会发生什么？"

赫子轩皱着眉头，一脸迷茫。

马尚一手搭着他的肩膀，一手指着天空，说："假设，现在有一架战略侦察机在两万米的高空掠过……"

赫子轩顺着手指的方向抬头看去，根据马尚所言想象着。

只见一架造型独特的侦察机在同温层中急速穿越，高速飞行下，地面被拉成了一条条模糊的幻影。突然，侦察机机尾部分有个黑色球体脱离，其自身的助推系统启动，开始加速推向地面。

"当它的制导系统锁定了你，发射了一枚特殊的导弹，"马尚继续说，"导弹很小，不需要搭载任何爆炸物，也不需要太多助推燃料，它利用地心引力就能获得足够的冲击动能……"

导弹的球体外壳脱离，露出里面的柱状弹核，弹核上的气孔喷出火焰，不停调整着下坠方向。历经层层云雾，下方出现了灯火辉煌的城市，柱状弹核再次剥离，只剩下里面的金属棒急速冲向已经锁定的目标。

　　它下落的方向，正是楼顶上抬头仰望天空的赫子轩。金属棒向着赫子轩的右眼直直扎了过去，他瞪圆了眼，满脸惊恐。

　　马尚吐槽道："你不可能发现就要死了，也不可能知道弹头的落点就定在你的右眼位置……"

　　赫子轩不禁打了个寒战。脱离想象的画面后，他转头看向马尚，咂舌道："没这么神吧？"

　　"放心，你不值这钱，轮不到你头上。"马尚笑着说。

　　赫子轩翻了个白眼，又转头看向秦枫，眼神中依然露出怀疑。

　　"他说得夸张了点，但原理不假。这种材料对制导技术的提升，可以说几乎不存在想象边界。好了，你们跟进一下最新情况，先从接下来可能合作的同事开始。"说着，秦枫朝马尚扔过一个档案袋。

　　"双清市局？"马尚一边看一边说。

　　"对，都是侦查科的骨干力量。"秦枫道。

　　马尚看了看杜猛的资料，点着头，往后翻页，突然愣住了。资料上的照片对他来说不能再熟悉了，那张不苟言笑、带着英武之气的脸，正是安静。

　　"安静？"马尚有些惊讶。

　　秦枫疑惑地看了他一眼，问："她是双清市局侦查科科长，怎么，你认识？"

　　马尚并未答话，皱着眉头，一副还没回过神来的样子。

二

　　赫子轩开着车，不时通过后视镜瞥一眼满脸郁闷的马尚，有些难以置信地问："真的假的，她就是你那个初恋？你不是说死了吗？"

　　"我什么时候说了！"马尚突然瞪向赫子轩，生气地说。

　　"嘿，别生气，"赫子轩赔笑道，"你也没讲清楚啊。今天撞上这事，正好说说呗。你们什么时候认识的？青梅竹马，还是一见钟情？"

　　马尚没有回答，过了良久，才慢慢说："我跟她高中就是同学，但不在一个班，那时候勉强算认识，不熟。"

　　"不能吧？看照片怎么也是校花级别了，你能不熟？"

　　马尚有些不耐烦地吼道："你说还是我说！"

　　"好好好，你说你说。"赫子轩赔着笑脸。

　　马尚道："后来我跟她都考上了京师大，一个专业，一个班，又是老乡……"

　　"所以一来二去就好上了。这我自己脑补，快说重点。"赫子轩有些急切。

"我问你,你有没有哪个前任一声招呼都不打就消失了?电话不接,短信不回,弄得跟被杀人抛尸了一样。"马尚转头看向赫子轩。

赫子轩愣了一下,说:"这还真没有……我倒是被扇过一次巴掌。"

"其实过了这么久,已经没什么了。我就是想知道当年到底出了什么事,可她死活就是不肯说。"

"你们见过面?"

"今天下午。"

"什么情况?她知道你身份了?"赫子轩惊讶地问。

马尚摇了摇头,说:"纯属巧合。当时我也不知道她的身份。这不是重点,重点是我俩谈崩了。"

"崩到什么程度?"

"她那意思,反正十年都没有联系,以后估计也没什么交集,干脆就别见面了。你说这回要跟她合作,我怎么弄?"

看着马尚的苦涩,赫子轩哈哈大笑。

"你笑什么笑?"马尚有些恼羞成怒。

"有诗云,缘分是你兜兜转转几个圈时,还是摆脱不掉的宿命。兄弟,破镜重圆、死灰复燃,你这条单身狗终于有救了!"

马尚恨得咬紧了后槽牙,道:"闭嘴!"

赫子轩将车驶到港湾处停下。深夜的海滩没什么人,与远处灯火通明的城市仿佛处于两个世界。一切都是静悄悄的,只有海浪轻轻拍打陆地,层层递送粼粼的月光。

"来这里干什么?"马尚不解地问。

"这不看你情路不顺吗?陪你散散心。"赫子轩露出一副欠揍的样子。

"你有完没完!"

赫子轩笑了笑,往码头上走去。他踩着跳板上了一艘游艇,马尚看着他的动作,目瞪口呆,愣在原地。

"过来啊!"

"不是吧?"马尚不敢置信地走进游艇,四处打量。

这小型游艇内部是两室一厅的结构,客厅经过简单改造,摆放了一台多屏幕的高性能计算机,科技感十足。

马尚还是不敢相信地问:"咱们居然有这么奢侈的行动站?"

赫子轩得意地说:"新形势下新需求,这家伙利于隐蔽,自由机动,厉害着呢!"

马尚一阵长吁短叹,最后把目光定在了屏幕上,上面正显示着陈灿入住酒店的实时监控画面。他问:"陈灿没出过酒店吧?"

"没有。我的手机也能连接监控画面,一直盯着呢。"

马尚点了点头,说:"路上也没跟任何人接触,应该是上下保持单线联系,盘算得挺仔细啊。"

"现在看起来，比咱们之前的预判要复杂。"赫子轩叹道，"研讨会就在明天，能不能成，就在此举了。"

马尚的表情严肃起来，微微点头。

三

安静冥思苦想了一晚上，怎么也不能接受行动失败的结果。第二天一大早，就叫杜猛一起看当时的监控。

画面中，是陈灿在地铁站的监控录像。地铁车门关上之前，陈灿突然下了车，他探手松了松领带，快步融入人群之中。杜猛也下车追过去。红色的矩形选框标注着陈灿的位置，直到他从画面中消失。

安静操作鼠标，切换到下个通道的画面，却怎么也找不到陈灿的身影。

杜猛打了个哈欠，指着电脑屏幕说："就是这儿，不光我跟丢了，连天眼系统也再没捕获到目标位置。"

安静神情凝重，沉声道："他换了衣服，也故意换了步态，显然对我们的技术、侦查手段都很了解。"

另一个房间内，小李、老六、王佐三个组长聚在一起。有人对着电脑查阅，也有人翻看厚厚的文件。

"怎么样了？"安静带着杜猛走进来，问道。

小李抬起头，看着安静说："初步拟定了几个目标，但以现有的情报很难得出准确结论。"

"我看看，"安静接过文件查看，眉头轻皱，诧异地问，"鼎华集团组织的技术研讨会？"

老六在旁解释道："鼎华向我们报备过这次会议，全国各地很多业内专家都要来参会，但我们在网上查了一下，没有任何相关报道。"

正在这时，宋铭走了进来。看到众人聚在一起，似乎正在研究什么，便问道："聊什么呢？"

"正好您来了，我想申请一次行动。"安静转过身来，严肃地说。

"什么行动？"

"干等着不是办法，我们必须主动搜索，"安静把文件递给了宋铭，继续说，"这是经过分析，Blaster 可能会作案的几个目标。"

宋铭快速浏览文件，看到中间，突然眉头一紧，问道："这是基于什么做的判断？"

"他是专业的商业间谍，而且受过良好的反侦查训练。这种人的目标多半是高价值的商业情报。"

宋铭面无表情，不置可否。

"基于这个推断，我们列出了双清市几家重要的技术型企业和一些将要举行的大型会议，我们侦查科分头蹲守。"

宋铭随手把文件扔到桌上，冷淡地说："瞎猫撞死老鼠，这不是浪费行动资源吗？"

安静有些意外，但她没有争辩，而是跟宋铭四目相对，明显是不打算妥协的样子。良久，安静看到宋铭没有解释的意愿，便问："宋局，能不能跟您单独聊两句？"

宋铭眉头一皱，还是没有说话。

安静给了杜猛一个眼神。杜猛看到后赶忙起身走出办公室，其他人也快步离开。

宋铭有些无奈，半开玩笑半是不满地说："安科长又要训话？"

安静赔笑道："宋局，我知道自己有时候挺讨厌，但是工作需要，我必须直言不讳，是吧？"

"说吧。"宋铭懒得再计较，便让她赶紧进入正题。

"先说清楚，我百分之一万地相信您的忠诚，我知道您这样一定有原因……"眼见宋铭的脸色越来越难看，安静犹豫了片刻，但还是继续说，"但是我感觉，跟丢目标这事，您好像根本不在乎。"

"是吗？那要不……我在乎在乎？"

"啊？"安静显然没想到宋铭会这么回答。

"昨天的行动失败，我本来没打算追究谁的责任。现在想想，是我平时太放纵你们了，确实有点不够在乎……"宋铭想了想继续说，"这样吧，这案子你别跟了。"

"别呀！宋局，我不是这意思……"安静有些急了。

"那你什么意思？讲工作就直截了当，别跟我这儿绕弯子！"

安静立正站好，正色道："我认为，以现有的情报条件，根本不可能通过技术手段对目标进行精确定位。必须要把侦查人员铺出去，就算是瞎猫撞死耗子也比什么都不做要强。我希望您能批准我的蹲守计划，给我个机会寻回目标，让任务重新回到正轨。"

宋铭盯着安静，两个人大眼瞪小眼。半响，宋铭轻叹了口气，起身往外走，边走边说："隐蔽侦查，不准暴露。"

"明白！"

争取到领导的支持，和下属们讲明工作重心后，安静以最快的速度揪着杜猛上了车。看着杜猛昏昏欲睡，安静一边开车一边叫道："杜猛。"

杜猛一惊，强振精神，本能地说："到。"

安静白了他一眼，说："这两天老宋有点怪。我觉得他有别的情报瞒着我们，搞不好上面另有安排，不允许我们把这条线咬得太死。"

杜猛想了想，说："有点道理……那怎么办，咱们还去不去？"

"去啊，谁知道具体什么情况，把目标找回来总没有坏处吧？"

"好，听你的。那我先眯会，到地方叫我。"

四

某高档酒店门口，严格的安检使气氛有些凝重。

马尚把车停在会场对面，所在位置可以清楚地看见会场正门。副驾驶位置上的赫子轩抱着一台笔记本电脑操作了一会儿后，说："目标确认。"

马尚侧身看向电脑，屏幕上显示的是会场内部的监控视频传来的画面。赫子轩轻敲空格键暂停画面，又进行局部放大。只见身穿一身服务员服饰的陈灿站在不起眼的角落。

马尚拨通了秦枫的电话，汇报道："目标已经出现，扮成会场服务人员，应该是要动手了。"

"好。邹教授那边已经安排好了。"秦枫的声音从电话里传来。

"明白。"

中型报告厅内，专家学者济济一堂。安保人员紧守门口，显示出会议的等级不一般。

台上，正在进行开幕致辞的正是鼎华集团技术部门的负责人——庞一山，这个长着国字脸的中年人朗声道："现在有很多企业，还是按照低效率低科技的运营模式进行生产作业。各位，现在都什么时代了？再这么下去就是在浪费资源，等于是在犯罪……"

两鬓斑白的邹珏坐在前排正中，认真地听着。

他身旁的学者却有些坐不住了，说："老邹，好好的研讨会，要被你们庞总开成批斗会了。"

邹珏不置可否地笑了笑，并未回答。

这时，扮作服务生的陈灿端着托盘走过来，将邹珏和身边几位学者的水杯撤走，换上冒着热气的热茶。杯子放在邹珏电脑旁边时，电脑屏幕闪烁了一下，但邹珏并未察觉。

庞一山依旧在台上说："今天这场研讨会不光要讨论技术问题，更要好好讨论这个管理问题……"

陈灿退回角落，有些厌烦地瞟了庞一山一眼，又隐蔽地掏出手机查看。手机上有个进度条在飞速往前推进。

"好，接下来有请鼎华集团的首席研究员、材料学专家、DS材料人工合成技术的项目负责人——邹珏教授上台讲话！"

在热烈的掌声中，邹珏起身向大家挥手致意，拿着电脑起身走上主席台。

陈灿见邹珏拿走电脑，不由眉头一皱。他连忙去看手机上面的进度条，眼见进度条在邹珏离开的瞬间显示读取完毕，这才松了口气，又端起托盘走了过去。

走上讲台后，邹珏抬手示意，掌声渐渐平息。他用余光看着服务员走到自己的座位，再次更换了他那杯热茶，暗自叹息，随后挪开目光，开始了自己的演讲。

"各位专家、各位领导，我很清楚大家关注DS材料人工合成技术的最新进展，不过我想恳请大家少安毋躁，我先讲一讲稀有金属资源面临的安全问题……"

台下，陈灿拿着换走的茶杯，快步离开报告厅。

坐在副驾驶座的赫子轩看着电脑屏幕上弹出一个警示框，对着马尚说："数据特征确认，目标已经得手了。"

马尚嘴角一扬，道："开始追踪。"

"明白。"赫子轩扬了扬眉，一副志在必得的样子。

马尚似乎松了口气，但他转头看向会场正门，脸色瞬间又变了。有辆越野车停在了会场门口，车中下来的人正是安静和杜猛。

马尚拍了下赫子轩，示意他。赫子轩看到后也愣住了，说："不是吧！"

马尚一咬牙，拿出手机拨打电话，急切地说："秦厅，紧急情况……"

陈灿躲在洗手间的隔间中，从茶杯的底部凹槽取出一个黑色碟状装置。他操作手机与装置链接，将数据导入手机中，迅速发送了一封邮件。随后，脱下服务员的服装，换了一套装束，神色正常地走了出去。

安静和杜猛到了正门口，在门口打量了一下安检设施。

"是这里没错吧？"杜猛问。

安静点点头，说："没错，会议应该已经开始了。"

"还挺低调。那咱们怎么盯？"

"你去后门，找好观察位置。"

"明白。"杜猛说完，转身走了。

几乎同时，安静的手机铃声响起。她看了一眼，是宋铭。她深吸了口气，接通电话，说："宋局。"

宋铭沉声道："马上回来开会。"

"啊？可我才刚到……"

不等她说完，宋铭打断她，道："这边的事更重要，赶紧回来。"

与此同时，身穿西装、戴着墨镜的陈灿从正门走了出来。他一眼就看见了杜猛，眉头一皱，显然是认出了这个曾跟踪过自己的人。杜猛只顾着快走，完全没有察觉到陈灿的出现。

陈灿在原地愣了半秒，随后加快脚步离开。经过安静时，安静的心思全被电话占据，并未留意向自己走来的陈灿。

"知道了，我这就回来。"就在安静挂断电话的瞬间，两个人擦身而过。安静眼角余光注意到经过她身旁的这个人探手松了松领带，她表情一变，停在了原地。

她突然想起，无论在机场、在地铁等多个场景中，目标人物都在做同一个动作——探手松动自己的领带。

安静瞪圆了眼，瞟了眼陈灿，又看向杜猛的位置。此时，陈灿的脚步明显要比正常人快很多。她恍然大悟，十分懊恼，掏出手机，拨通宋铭的电话，低声汇报道："出问题了。"

"讲清楚。"

"目标刚从会场离开，跟我们打了照面。之前杜猛跟过他，可能已经被他认出来了……"

宋铭一拳砸到桌上，气得直咬牙。

"如果暴露，再跟下去就没有意义了。抓不抓？"安静急切地问。

宋铭阴沉着脸说："执行抓捕。"

"明白！"

陈灿的脚步越来越快，最后已经小跑起来，闪身上了停在停车场内的轿车。他驾驶轿车冲出车位，正顺着螺旋车道上行，突然一脚刹车停下了。出口处被堵住了，正是由杜猛驾驶着越野车在守株待兔。

陈灿刚打算倒挡，驾驶室的门就被人拉开了。安静站在车旁，右手按在腰间的枪柄上，沉声道："熄火，下车。"

二人对视数秒，最终陈灿无奈一笑，将轿车熄火。

看见黑色越野车离开了地下停车场，马尚放下便携望远镜，叹了口气。

"带走了？"坐在一旁的赫子轩问。

马尚点了点头。

"现在怎么办？这不全完了吗？"赫子轩焦急地说。

马尚犹豫了片刻，说："刚才他们已经暴露了，执行抓捕是最好的选择。"

"人抓进去，还怎么钓鱼？"

"你确定他把数据发出去了吗？"

赫子轩点了点头。

马尚叹了口气，说："那还好……静观其变吧。"

赫子轩叹道："这个安静，还真是克你。"

五

安静和杜猛回到侦查科后，众人聚在一起，桌上的证物袋中装着陈灿的手机、黑色碟状装置以及一些杂物。

小李拿起碟状装置说："这是专业级的数据吸盘，能自动连接附近的电脑设备并复制数据。我检查过，里面有一组加密文件。"

杜猛着急地问："数据已经发出去了？"

"手机邮箱里没有已发信息，但不能排除是发送之后删掉了。得送到技术科进一步检查。"小李答道。

"好，尽快确认。"安静道。

宋铭黑着脸走了进来，对安静道："你！到我办公室来！"说完转身就走了。众人见此情景，不由得愣住。安静却像是早有预感一般，叹了口气，起身离开。

安静刚走进办公室，关好门，宋铭就怒吼道："我怎么跟你说的！隐蔽侦查，绝不能暴露！"

安静双手背在身后，直截了当地问："我是不是搅了别人的行动？"

宋铭一愣，长叹口气，道："现在告诉你也不要紧了。省厅有专人在跟这个目标，本来是打算把他放走，引出他的上线。"

安静思忖片刻，疑惑道："这说不过去吧？他已经得手了，有的是机会把数据送出去。就算抓到他的上线，情报已经送出去了，我们照样是失败。"

宋铭看着安静，没有说话。

安静眼睛一亮，说出自己的猜测："要不然……他偷到的数据是假的？"

"行了！别在这瞎猜！我就问你一个问题，你是第一天执行任务吗？怎么可能犯这种低级错误，居然让目标先发现你们！"

"是我的责任，我愿意接受处分。"安静又低下了头。

"你少在这儿给杜猛打掩护。你告诉他，做事再这么毛躁，就别在侦查科待着了。"宋铭一手指着门口，又激动起来。

游艇上，马尚和赫子轩正看着屏幕。马尚庆幸地说："通过事先植入邹教授电脑中的木马程序，已经成功定位了陈灿的上线。这是万幸，如果陈灿被捕前没来得及发送信息，行动就真的失败了。"

"怎么确定陈灿被捕的消息是否传出去了？他有没有警告上线？"秦枫问。

"确实没有。我可以彻底监控陈灿的手机，他被捕前只发送了偷来的程序，没有任何其他信息。"赫子轩补充道。

"好，讲讲这个上线的情况。"

马尚拿着资料汇报道："刘宝强，男性，三十五岁，双清市本地人。以前是国企职工，两年前因为挪用公款被开除了，现在无业，单身。暂时没找到其他的犯罪记录。"

"小人物？"秦枫感到不可思议。

马尚点了点头，说："应该是个中间人。拿钱办事的那种，可能并不了解内情。当然，不能排除这是伪装。"

赫子轩补充道："我查过他最近的通讯记录，没有异常。"

"好。我会把相关信息通报给市局，让他们盯住这个刘宝强。"

马尚看向秦枫，说出自己的想法："秦厅，对陈灿的审讯非常重要，请您批准我们介入市局的监控系统，观察审讯过程。"

"可以，我来协调。"

审讯室内，安静和宋铭对陈灿进行审讯。陈灿双手铐在身后，他面色轻松，没有惧色。

"什么数据吸盘？还有这种东西？"陈灿矢口否认。

安静沉声道："已经是人赃并获了，你这样有意思吗？"

"我就是搞不懂，你们说的这个商业窃密，跟我有什么关系？"陈灿露出一副事不关己的样子。

安静拿出监控截图，画面中，陈灿穿着服务生的衣服，端着托盘。她问："是不是你？"

"是我，又怎么了？"

安静提高了声调，问："回国就为了干这个？当服务生？"

"个人爱好。"

宋铭将两个证物袋放到桌上，一个是水杯，一个是数据吸盘。他指着东西说："你还算专业，知道分散丢弃证据，也知道清理指纹，不过还是仓促了点。这个水杯底部和数据吸盘上有相同的胶质残留，你就是这么进行伪装，把设备放到邹教授身边的吧？"

"我不知道。我就是上去送个水，会场准备的杯子，我哪儿知道底下有什么东西？"陈灿神色如常。

安静冷笑一声，道："水杯和那套服务生的衣服是一起发现的。杯子上的指纹你能抹掉，衣服上的皮肤组织你没法清理。这是直接证据，能证明是你取走了数据吸盘。更不用说我们已经恢复了你手机上的邮件记录，你赖是肯定赖不掉了，省点工夫吧。"

陈灿还是保持着微笑，但没有再否认。他快速地瞟了眼安静的手表。

宋铭问："你背后的买家是谁？"

"不清楚。"

安静说："你还想不明白吗？对案件侦破提供帮助，是你最后的出路。你有要求可以提出来，只要在合法范围内，我们都可以考虑……"

审讯的画面同步显示在游艇的显示器上。马尚看着屏幕，目光有些迷离，不知道是在关注审讯过程，还是在看安静。

"马尚，"赫子轩突然说，"有点怪啊，你看——"

马尚回过神来，目光顺着赫子轩所指看向另一块屏幕，上面是对一栋民居的监控画面，那个叫刘宝强的中年男人一直在客厅里来回踱步。

"从他收到邮件，已经快五个小时了吧？"秦枫问道。

"差不多。"赫子轩答。

秦枫对此感到不解，道："这说不通啊。他把这个烫手山芋留在自己手上做什么？怎么还不送货？"

马尚调整坐姿，把脑袋伸到屏幕前，仔细观察道："看样子，他也很着急。"

"你说陈灿到底图什么？拿人钱财替人消灾，现在他拿了钱也没机会花了，为什么还要帮买家扛着？"赫子轩不解道。

"他是怕出卖了客户，以后不好混？"秦枫提出一种可能性。

马尚摇摇头，说："我觉得不像。"

"怎么说？"秦枫问。

"陈灿是个雇佣间谍，做这行无非是图个享乐。换位思考，如果是我的话，行业声誉在这种时候已经没意义了，少坐两年牢比什么都重要。"

"会不会是有人在威胁他？"

"可能吧……"马尚注意到了什么，突然一愣，大叫，"等等，把画面倒回去！"

赫子轩连忙操作，定格了监控画面，然后开始逐帧倒退。

"停。"当画面退回到某一刻时，马尚叫道。

停下来的画面中，刘宝强转头看向自己的右上方，但这个角度看不见他是在看什么。

马尚强调说："半个小时内，这个动作他至少做了十次。他在看什么？"

赫子轩问："是墙上的东西？"

秦枫突然想到什么，说："是钟？"

马尚回头看向秦枫，二人相视一笑。

马尚回忆道："我看过一份卷宗，是省厅两年前的一个案子。当时的情况和现在类似，目标被捕后一直拒绝合作，之后却突然改口，同意联系他的上线，条件是争取减刑。"

秦枫补充道："但联络之后，他的上线并没有出现。过了半年，这个上线在另一起案件中被捕，我方才知道他们当时设定了联络时限，一旦超时，就算收到了接头的信号也不能继续行动。"

"明白了。陈灿想做出合作的假象，争取宽大处理，同时又不想得罪他的客户。"经过一番解释后，赫子轩终于明白过来。

马尚道："陈灿一直注意时间，是想拖住我们。刘宝强则是担心过了时间，交易就会自动终止，他也就拿不到报酬了。"

"那我们就陪他演场戏。"秦枫笑着说。

这边宋铭和安静见陈灿死活不松口，一时也没了办法。二人都在审讯室外的走廊上踱步，只是走来又走去，谁也没想出个对策。

突然，宋铭的手机响了，他接通后说："秦厅……好……好的，明白了。"

挂断电话后，宋铭对安静说："省厅那边说他们处理过类似的案件，陈灿现在是在故意拖时间，想耗到交易自动取消。"

安静皱眉沉思了片刻，开口道："如果这样……得先想办法扰乱他的时间感，再利诱他开口。"

宋铭露出一丝笑容，说："省厅的方案也是这样。"

安静思忖片刻，道："我知道该怎么办了。宋局，一会儿我们打个配合。"

六

审讯室内，陈灿玩味地说："刚才那女的级别比你们高吧？你们两个大老爷们儿也太不争气了。"

"闭嘴。"老六怒道。

杜猛却抓住老六的胳膊，说："去检查他的手铐。"说罢，他掏出配枪指着陈灿，掩护老六。老六警惕地靠过去，发现陈灿果然已经将手铐解开。

"别动！"见到陈灿略微有些晃动，杜猛立刻警告。

陈灿紧盯着杜猛，说："你有点意思。"

这时，审讯室的门开了，安静和宋铭走进来。一看杜猛端着枪，宋铭皱着眉头，问："搞什么？"

"这小子把手铐解开了。"杜猛回道，但手里的枪没有放下。

陈灿一脸无所谓的笑容，毫不畏惧地迎上宋铭的目光。

安静说："把他铐桌上，你俩先出去。"

老六把陈灿的双手铐在了审讯桌的铁环上，然后和杜猛一起退出了审讯室。安静上前，将手里的咖啡杯递到陈灿面前，和宋铭一起落座。陈灿一言不发，若无其事地端起杯子喝了一口。

"你想什么呢？解开手铐就能出得了这栋楼？"安静冷冷地问。

"那可说不好。"

宋铭冷笑一声，说："打算杀出去？"

陈灿连忙摇头，否认道："打打杀杀的我不喜欢。"

宋铭用手敲着桌面，说："逃脱未遂，罪上加罪。你能不能别折腾了，到底要怎么着你才愿意开口？"

"那也得你们将心比心，别老说这种空话。我想知道能宽大到什么地步，减刑减几年，能不能不坐牢。"

"这个得依法判决，我答应你了也算不了数啊。"宋铭的口吻有些软化。

"那就别谈了。"

安静在旁边补充道："刑法里写得很清楚，有立功表现的可以酌情减轻判罚。你作案未遂，未造成重大损失，不至于重判。如果能提供有用的帮助，应该可以……"

陈灿打断她说："那你说说，什么叫有用的帮助？"

安静直视他，说："比方说，让那个刘宝强按时送货。"

陈灿明显愣了一下，道："哟，我都不知道这个送货的叫什么，看来你们顺藤摸到瓜了啊。"

"你还以为自己棋高一招是吗？我告诉你，一旦刘宝强被捕，你根本就没有脱罪的可能！"宋铭似乎越来越不耐烦，早已没有往日的沉稳。

安静挑了挑眉，说："陈灿，你不是想要诚意吗？别的我管不了，但你刚才私自解开手铐这事，我可以考虑不记录在案。"

陈灿沉默了，端起杯子喝了一大口咖啡，似乎是在思索着。片刻之后，他问："假设我有办法让他发货，但他不听我的怎么办？毕竟我被你们抓起来了，他和他上线的人很有可能听到什么风吹草动。"

宋铭和安静交换了一个眼神，对陈灿说："你主动配合就行，能不能抓到人是我们的事。但我警告你别自作聪明，误导调查也是罪加一等。"

"陈灿，你母亲今年七十二了，你积极配合，还有机会出去见她一面。别考虑太久。"说到母亲，安静的口吻变得柔和起来。

陈灿听完，抬起头长叹了一声，同时不动声色地斜眼瞟向安静的手表。

这个细节被安静察觉到了。

过了一会儿，老六和王佐进来接替宋铭和安静。在审讯室门口，安静小声地问老六："弄好了？"

老六露出他的手表，小声说："按你说的，加快了秒表的转速，大概五十秒就跳一分钟。"

安静点头道："好，你们俩继续审。注意点，别露馅了。"

"明白。"

经过一夜，朝阳照进了侦查科的办公室。杜猛躺在沙发上打着呼噜，安静则趴在工位上休息。

"科长！"老六急匆匆地推门进来，喊道，"他松口了。"

安静从睡梦中惊醒，瞬间起身。杜猛也睡眼惺忪地醒来。

安静拉住老六的手腕，看了眼他的手表，上面显示六点十分。她又看了眼桌上的闹钟，上面的时间大概是五点半左右。安静露出了一个灿烂的微笑。

安静和杜猛走进审讯室，坐到审讯桌对面。陈灿嘴角有着一丝难以察觉的笑容。

"说吧。"安静道。

"之前说的还算数吗？我联络那个送货的，你们帮我争取减刑。"陈灿镇定地说。

杜猛将两份文件推到陈灿面前，一边指一边说："两个版本的审讯记录，一个说你积极配合，一个说你拒不交代。你自己想好要在哪份上面签字。"

陈灿拿起两份文件快速翻看，犹豫了片刻，又叹了口气，说："事先已经定好了，买家要收到我的确认信息，才会联系那个送货的。"

"怎么确认？"安静问。

"给他发一封邮件。"

"什么内容？"

"空白的。"

杜猛一听，皱着眉说："别把我们当傻子，发了错误信息，就等于向他示警。"

"两周前我在国外用的是一样的规矩，不信你可以去查，看看是不是有一封空白邮件。"

思考片刻，安静缓缓说："买家的邮箱，你写下来。"

陈灿边写边说："你放心，我都这样了，还帮那个买家干什么，他又不会多给我一分钱。"

安静没再说什么，起身往外走。杜猛也跟了上去。

陈灿见这二人的举动，皱着眉说："我还没签字呢！"

安静听见后，停下步转头看向陈灿，说："交易截止时间，你们定的是早上六点吧？是不是过了这个点，就算收到邮件他也不会行动？"

陈灿脸色一变，看向时钟。

"别自作聪明了。我们的表都做过手脚，现在是五点三十五分。"杜猛似笑非笑地看着他说。

"你们耍我……"陈灿又急又气。

"误导案情是重罪，你等着数罪并罚吧。"安静冷冷地说。

七

"刚才小李那边确认，买家跟刘宝强联系过了。"宋铭道。

"能定位吗？"杜猛问道。

"通话只有三秒，来不及定位。"安静的语气有些无奈。

宋铭说："安静，讲一下你的行动部署。"

安静嗯了一声，说："侦查科分成三组，我负责现场调度和信息监控。"

众人点头，表情严肃。

安静看向杜猛，说："A组，杜猛。你去跟小李会合，从目标离开公寓开始，你们要全程跟踪。从现有情报看，刘宝强并未受过反侦查训练，但同样不能放松警惕。"

"明白！"

"B组，老六。"

"在。"老六大声道。

"他们可能会当面交易，也可能人货分离。不管怎么样，刘宝强到达交易地点后，你一定要盯紧货物。"

"明白。"

安静又看向王佐，说："C组，王佐。你带人机动待命，并且观察交易地点周边情况，有任何变化要立刻通报。"

"知道了。"

安静说完，用征询的目光看向宋铭。

宋铭点了点头，说："很好。按照这个方案执行。"

安静点了点头。

"这次省厅下达的任务有一定的特殊性，大家心里可能有些不解，甚至有点不满，不明白为什么对我们隐瞒了部分情报。"宋铭的目光扫过众人，安静平静地看着宋铭，杜猛则低着头避开他的目光。宋铭接着说："但你们要记住，上级部门不会无故做这种安排，等到任务顺利完成，你们就会知道答案。在此之前，集中精力办好眼前的事。这次行动，省厅会提供技术支持，别搞砸了。"

"明白！"众人异口同声地答道。

第三章 相 见

一

双清市某小区门口，一个头戴黑色鸭舌帽的男人走了出来。他左右张望了一下，确认没人注意后才快步走过马路，发动一辆白色轿车离去。

停在附近的一辆黑色越野车也驶出停车位，朝着白色轿车的方向开去。杜猛握着方向盘，一副一雪前耻的样子。

直行，拐弯，超车，白色小轿车在车流中若隐若现。而这一幕也实时显示在赫子轩驾驶的那辆游艇上，映入马尚和秦枫的眼中。

"你觉得怎样？"秦枫转头看向马尚，问。

"任务布置合理，应该不会有问题。"

"指挥车，这里是A组。目标离开车辆，进入东大桥南侧引桥下方。"杜猛用望远镜监测着。

"指挥车收到。寻找最佳观察位置，继续监控目标。"通讯器里传来了安静的声音。

"明白。"

说完，杜猛对坐在副驾驶座上的小李使了个眼神。小李点了点头，推门下车。

桥下，刘宝强确定四周无人后，沿着人行道走向引桥正下方。他走到桥洞下唯一一个红色垃圾桶前，往里扔了什么东西。

见此，安静说："目标可能会跟上线联系，准备捕捉通信信号。"

"明白。"

果然，刘宝强走出桥洞，环视一圈后，掏出了手机，边走边打电话。

"说。"电话那头的女人声音明显经过了变声器处理。

"东西放那了,我的钱呢?"

"十分钟内到账,你赶紧开车走。"

"我……我怎么知道你是不是骗我?"刘宝强有些紧张。

"那你就留在那儿,等警察来抓你吧。"那个女人明显有些不耐烦。

"你……"不等刘宝强说完,电话已被挂断。他无奈地收起手机,犹豫了一下,一咬牙,快步离开。

"信号终止",侦查车内的屏幕上弹出红色警示框。

安静焦急地看向技术侦查员,问:"定位到没有?"

技术侦查员没有回答,眉头紧锁,紧张地操作着电脑。

"定位到了吗?"安静又问了一遍。

技术侦查员有些无奈地说:"通话时间太短,还在运算。"

另一边,游艇上的赫子轩也在飞快地操作着键盘,追踪刚才的通信信号。

"找到了!"赫子轩兴奋地大叫,电子地图上出现了一个三角形区域,他指着那里说,"在桥北的高速入口,只有三公里。"

马尚说:"发给市局。"

"知道。"

侦查车里的技术侦查员仍在操作着电脑,屏幕上突然弹出一个窗口,他看到后说:"安科,省厅那边给了定位信息。"

安静凑上去查看片刻,按下通讯器,指示道:"C组,这里是指挥车。"

王佐道:"C组收到。"

安静复述着定位信息:"定位显示目标在响水高速入口,离交易地点只有三公里。"

"明白,我立刻前往。"

安静叮嘱道:"收集证据,不要暴露。"

"知道!"

挂掉刘宝强的电话后,周恋熟练地用手巾擦掉手机上的指纹,随后拆除电池和电话卡,将部件扔出窗外,开车离去。没走多远,又有手机铃声响起。她拿出另一部手机,看了眼屏幕便皱起眉头,接通后问:"怎么了?"

电话那头说了些什么,周恋表情变了,手明显抖了一下。

挂掉电话后,周恋驾车经过南侧引桥,却径直开走了。她不停瞄向后视镜,神色紧张。半晌,她拨通电话,说:"我过桥了。帮我看看有没有人跟着……"

电话那头说了些什么,周恋长出了口气,开车沿着高速公路渐渐驶远。

二

王佐开着车由南向北驶过大桥,副驾驶上的侦查员正拿着定位仪器导航。

"过桥以后第一个匝道右转下去。"看着仪器，侦查员说。

"好。"

通讯器里响起安静的声音："C组，目标的手机信号原地未动，接近。"

"明白。"

与此同时，对向车道的一辆轿车与王佐的车擦肩驶过，驾驶座上的女子神色不大自然，但并未引起王佐的注意。

王佐在草丛中找到了手机部件，说："指挥车。目标已经丢弃手机离开现场，应该往你们那边去了。"

安静说："明白。A组、B组，保持警惕，目标随时可能出现……A组，送货人那边有什么情况？"

杜猛正在驾车跟踪刘宝强的白色轿车，回复道："送货人正沿来路返回，视野清晰。"

安静说："收到。我们这边没看到买家出现，不排除刚才的停留只是个幌子，他们有可能改换交易地点。"

杜猛说："A组明白，有情况我会随时报告。"

"指挥车，B组呼叫。"老六通过对讲机说，"情况有点不对，已经过去十分钟。买家离接头地点只有三公里，这会儿早就该到了。"

安静听后犹豫片刻，说："收到……你先原地待命。"

"明白。"

安静松开对讲机，沉思片刻，又回过头问技术侦查员："信号定位地点有没有道路监控？"

"没有。整个路段，只有两侧桥头有监控。"

安静继续问："从那个匝道口进入主路，只能从桥北往桥南行驶，对吧？"

"没错。"

安静叹了口气，有些低落地说："行动结束后，记得找交管部门拷贝监控视频，做好筛查准备。"

"明白！"技术侦查员问，"安科，你是不是怀疑买家已经跑了？"

安静没有回答，只是悄然握紧了拳头，开始重新梳理整个案子，思考着哪个环节可能出了问题。

另一边，刘宝强回到了居住的公寓楼下。杜猛跟了上来，通过对讲机说："A组呼叫指挥车。送货人已返回住处，沿途未作停留，没有可疑举动。"

"明白，待命。"说完，安静开始考虑如何处理眼下的局面。

听完杜猛的报告，马尚看着监控画面，叹了口气。游艇上能同步接收到那边的所有情况。

秦枫皱着眉说："买家不会出现了。我通知他们收网。"

他掏出手机正要拨打，通讯器里传来了安静的声音："各小组注意。立刻回收货物，对送货人实施抓捕。"

"安科？买家还没出现，确定要终止任务？"杜猛不解地问。

"执行命令。"安静坚定地说。

听到安静的命令,秦枫微微一愣,放下了手机。

马尚对赫子轩说:"等市局那边搞到桥头监控画面,你看看能不能优化一下,帮他们简化筛查过程。"

等马尚说完,秦枫问:"马尚,你觉得是哪个环节出了问题?"

马尚摇了摇头,说:"我也想不明白,得去现场看看。"

秦枫忙说:"我陪你去。赫子轩,这边交给你。"

秦枫和马尚开了一辆普通的家用轿车停在了引桥下的交易地点附近。二人环视四周,都因思考而陷入沉默。

马尚皱着眉说:"我刚想到一个细节。"

"你说说看。"

"买家选择在高速公路匝道口等刘宝强的消息,那地方不能调头,上了高速只能一直往前经过跨河大桥。"在马尚看来,这个地点并不算灵活,买家一开始对行动是有信心的。

秦枫点着头说:"懂了。他没有出现,只能说明有其他人向他示警。"

马尚叹气,点了点头。

秦枫继续说:"市局的行动部署我也没看出什么漏洞。这个报信的人,是怎么发现交易地点已经被我们监控了呢?"

马尚没有回答,他沿着河岸望过去。沿河没有太多建筑,但极目之处有几栋高楼耸立……

日落黄昏,夕阳余晖将河水染成金黄。马尚和秦枫正站在一栋高楼天台上,但二人都无暇欣赏眼前的美景。

马尚说:"这栋楼的视角最好,应该就是这了。"

秦枫四下望了望,表情一变,肯定地说:"就是这里。"

马尚顺着秦枫的目光看过去,发现天台的监控摄像头被人剪了线。马尚走到监控器底下,抬起头仔细查看。在他的想象中,一个身材十分高大的男人剪断了线,又在天台边缘架设了一部带脚架的高倍望远镜,埋头监视着大桥附近的一举一动。

"你在想什么?"秦枫看着马尚愣在那里,问道。

马尚回过神来,沉声说:"嫌疑人应该是男性,身高在一米八以上,年龄在三十到五十之间,身体状态良好。"

"你怎么知道?"秦枫有些惊讶。

"那个监控的安装位置接近三米,附近没有可以借助踩踏的地方。嫌疑人即使是借助长柄工具,也要一定的身高才能对其进行破坏。"马尚答道。

秦枫点了点头,显然是对马尚的说法表示认同。

马尚继续推理,道:"电梯里的监控还在正常运作,嫌疑人为了避开监控,应该是从应急通道步行上来的。这里离交易地点有一公里左右,使用便携望远镜不可能进行细致观察。所以嫌疑人应该是背着专业的高倍望远镜爬了四十二层楼梯,这种强度,应该是身强力壮的男性。"

"懂了。他能看出我方的部署，应该接受过大量专业训练，所以也不会太年轻。"秦枫明白了过来。

"没错。"

秦枫叹了口气，道："人外有人，局中有局。我们还是太小看这次的对手了。"

马尚也感慨道："现在看来，这个所谓的买家也只是冰山一角。如果还有这种专业人士在背后支援……恐怕我们要面对的是一个犯罪组织。"

秦枫点了点头。二人都眺望着远方，沉默良久。

马尚咬着嘴唇思考了良久，转头看向秦枫，说："秦厅，并组吧……"

三

市区繁华地段的一家日料店，本该是白天的黄金营业时段，但店门上却挂着"Closed"的标牌。周恋独自坐在吧台边，神情有些着急，明显是在等人。

门口处的风铃发出声响，一个三十多岁的男人走了进来。他身穿风衣，梳着背头，风流倜傥。进来之后并不说话，只是面带微笑地看着她。

周恋瞥了他一眼，不满地抱怨着："乔西川，明明是你定的计划你找的人，为什么会出现今天这种情况？到底是哪儿出了差错？"

"还不确定。估计是被下线卖了。"看着周恋不安的神情，乔西川继续道，"他们为了抓你可真是倾巢出动啊，如果不是搞那么大的阵仗，我也看不出问题。"

周恋问："警察？"

"不像。可能是国安吧。"乔西川语气轻描淡写。

周恋的表情越来越难看，焦急地问："那接下来怎么办？"

乔西川仍然无所谓地说："你手里不是还有张牌吗？任务继续。"

"我是爱钱，但我不想把自己赔进去。那张牌我可以转给你，安排我离开中国。"

"这行的规矩你应该懂，拿了定金就要把活干完。"乔西川严肃起来，立刻显出几分阴沉。

周恋和他对视片刻，最终低下了头。过了一会儿，乔西川探手将周恋揽到怀里，安抚道："你放心，不管什么时候我都会保护你。这么多年不都是这样吗？"

周恋把头靠在乔西川胸口，思索着。

审讯室内，杜猛语气严肃地说："趁我们对你还算客气的时候，我建议你先交代了。"

"您让我交代什么啊？"刘宝强被吓得瑟瑟发抖。

"你今天干什么去了？跟谁接头？你的上线又是谁？谁指使你去的？"杜猛接连提出几个问题。

刘宝强哭诉道："那人是打电话找的我，全程我都不知道联系人是谁。号码是临时的，声音也是变声的。我……我只是个跑腿的啊！"

"你都不知道干什么就敢随便跑腿？那我给你几万，让你随便干什么都可以了？"杜猛对他的回答很是无语。

刘宝强痛哭流涕地说："我是真的什么也不知道啊……"

双清局的走廊上，众人都在观察着审讯室里的刘宝强。见什么都审不出来，杜猛便从审讯室里走了出来。

小李开口道："他的表现跟陈灿比也太业余了，我觉着不像是在撒谎。"

"安科，这种人……不可能察觉我们在跟踪吧？应该也不可能向买家示警。这次行动到底哪个环节出了问题？"杜猛也是满心疑惑。

安静正想说什么，小李制止了她，并用眼神示意。

顺着小李的目光，安静看见黑着脸的宋铭正从走廊另一端快步走来。杜猛赶紧低下头，生怕有目光接触。

宋铭惜字如金，道："安静、杜猛，跟我走。"

安静和杜猛对望了一眼，二人都搞不清状况，但还是快步跟上。

车上，宋铭开着车，安静和杜猛坐在后排。车里静得可怕。

过了一会儿，杜猛沉不住气开口询问："宋局，咱们这是去哪儿啊？"

宋铭通过后视镜瞟了杜猛一眼，没说话。最后，他将车停在了码头附近，率先下了车。

安静和杜猛跟着下来时，狐疑地对视了一眼。

"静姐，这什么情况？"杜猛低声询问。

安静想了想，小声道："我觉着，可能是上面的人要露脸了。"

安静、杜猛跟着宋铭刚走上游艇，发动机就启动了。宋铭走到客舱门前，回头看着二人，嘱咐道："一会儿要见的人，必须严格保密，包括市局内其他同事。"

安静和杜猛点头答应。

宋铭转身敲门，开门的正是马尚。安静看到马尚的脸，瞬间愣住，诧异地说："是你？"

马尚自然知道这场会面，有些尴尬地笑道："先进来吧……"

众人在游艇内坐好后，安静直勾勾地盯着坐在对面的马尚。

宋铭率先开口，道："老秦，我先简单地介绍一下？"

秦枫点了点头。

宋铭转头对安静说："这位是省厅副厅长，秦枫同志。半年前你应该在会上见过。"

安静的目光从马尚身上挪开，她看向秦枫，面色缓和了些，客气地说："秦厅好。"

秦枫微微点头回应。

宋铭指了指安静和杜猛，介绍说："这是我们双清局侦查科的科长，安静。这是杜猛，也是侦查科的骨干。"

杜猛面无表情地点了点头，似乎有所不满。

秦枫接口道："好，那我也介绍一下。这位是马尚，还有开船的是赫子轩，都是总部下派的侦查员。"

"大家好。"马尚说着，正好对上了安静那直勾勾的眼神，连忙把目光挪开。

一见是两位同样年轻的男人，杜猛也轻松了许多，大大咧咧地问："总部的人？"

宋铭对这种态度有些不满，严厉地瞪了他一眼，才道："老秦，我们对刘宝强进行了审讯，但他一问三不知。按照我们这边的判断，他确实参与得不深。至于这次行动未能达成既定目标……我们还没搞清楚问题具体出在哪里。"

秦枫点了点头，显然是对此情况已有了解，说："我们这边有些眉目。马尚，你先说说。"

安静重新看向他。一进入工作的状态，安静这会眼神变得自然了些。

马尚稍稍坐正，说："我跟秦厅事后去了行动地点，发现下游大概一公里处有一个建筑群，便前去做了确认，找到了有人远距离监控交易地点的证据。"

安静和杜猛对视一眼，都皱紧眉头。看来，他们还是小看了对手的难缠程度。

"不过很遗憾……我们赶到的时候，嫌疑人已经撤走。"说到最后，马尚禁不住叹了口气。

安静分析道："一公里的距离，那嫌疑人肯定携带了高倍望远镜。大楼监控能不能找到有相关特征的人？"

安静突然发问，马尚有片刻恍惚，下意识地回答："天台的监控被人为破坏。我分析，嫌疑人应该是从地下停车场直接进入，利用应急通道避开楼内监控，然后又从地下停车场离开现场。"

杜猛也补充道："那……停车场出入口肯定有监控。"

秦枫说："排查过了，情况比较复杂。"

马尚点了点头，接着秦枫的话，说："这栋楼人流量很大。赫子轩记录了交易前一小时到我们抵达现场这段时间内，所有离库车辆的相关信息，一共是三百三十九辆。我们首先筛选了短时间内进入又离开的车辆，但是……"

安静立刻接过话，道："这个我明白。嫌疑人能迅速看破我们的布置并通知买家撤离，说明他有很强的反侦查能力。这种人，甚至可能提前一天进入观察位置，不会那么轻易暴露嫌疑。"

马尚对她的快速反应有一丝惊讶，默默点头赞同。游艇内一时沉默，气氛凝重。

突然，秦枫站起身安慰道："好了，不要搞得这么沉重。虽然没能抓住买家，但至少我们有两个收获。显而易见的是成功阻止了这次犯罪行为，避免了技术失窃带来的损失。另外就是经过一系列行动，现在基本可以确定，这应该是一次有规模、有组织的犯罪，涉案人数远超当初的预判。如果不能及时认清这一点，后果不堪设想。"

众人皆点了点头。

秦枫继续说："今天把大家召集到一起，就是要根据最新的情况进行调整。简单地讲，接下来，要进行并组侦查，我建议由宋局来牵头。"

宋铭明显毫无准备，惊讶地问："我？你都来双清了，不亲自指挥？"

秦枫颇为无奈地说："这个案子案情重大，总部和省厅都高度重视，我个人也确实想参与。但客观条件不允许，手上的工作不止这一个，我现在是分身乏术啊。"

听了秦枫的解释，宋铭笑着说："明白。那这样，我来牵这个头。案情有任何变化，我都会第一时间跟你联系。需要你提建议的时候，你可不能说自己忙不过来。"

"不会不会。老宋，那我就把这两个小子交给你了。"宋铭看向马尚和赫子轩，秦枫在一旁补充道，"别看他们年轻，可比咱们当年强多了。赫子轩负责后勤技术支持，在总部那边也是数得上的好手。"

"那马尚呢？"安静突然开口问道。

秦枫微微一愣，看向马尚，说："马尚的情况比较特殊，我不能回答你这个问题。他之前侦破了不少重大案件，可以说是战功赫赫。"介绍完，他又补充了一句："还请各位对他们的身份严格保密，内部也一样。"

宋铭保证道："这个我已经料到了，所以只带了他们俩过来。安静负责执行方面的工作，杜猛负责对接与侦查科其他成员的协调工作。"

秦枫点点头，认可道："好。那……该说的情况差不多都说明白了，咱们是不是该给专案组起个名字？"

众人点头赞同，却没有人给出建议，都沉思着。

马尚打破了沉默，说："您那天跟我说，身处平静之中也要时刻提醒自己，风暴并未真的过去。要不就叫风暴？"

秦枫琢磨着，未置可否。

安静接口说："风暴并未过去，平静只是假象，说明正处于暴风眼当中。'暴风眼'，怎么样？"

秦枫眼中一亮，看向宋铭等人。宋铭点头赞同，显然对这个名字比较满意。

马尚说："挺酷的，我喜欢。"

秦枫深吸口气，道："那就这么定了。从现在开始，正式开展'暴风眼'行动！"

四

游艇在黑暗的大海中航行。安静独自站在船头，望向远方灯火通明的城市。马尚走了过来，他显得有些犹豫，但最终还是在安静身边站定。两个人谁都不知该如何开口。

"船在往哪儿开？"安静突然开口，率先打破沉默。

"按规定，每两天就要换一个港口。"

沉默了一会儿，安静问："马尚，你是不是一路跟着陈灿来的双清市？"

"对。"

"同一趟航班？"

"是。"

"那就是说，你原本就掌握了他的情报，却刻意向市局隐瞒，导致了第一次跟踪抓捕失败。"

"不是……当时本来就计划让……"马尚辩解道。

安静抢白道："我知道，本来就想让我们失败。这样陈灿才会自认为已经摆脱了跟踪，相对放松警惕,你跟赫子轩才好对他进行监控。"

"是这个意思。"马尚点了点头。

"你是在利用我们……"

赫子轩在驾驶舱中控制着操纵杆。杜猛站在他身旁,眼睛却直勾勾地望向船头的安静和马尚。

杜猛惊讶地说:"他们俩聊得还挺好。"

赫子轩不以为然地问:"那要不然呢?"

杜猛瞪着眼睛说:"你是不知道静姐的脾气。被你们耍了这一通,她居然还这么淡定。"

赫子轩哈哈大笑,说:"那必须的,好歹也是熟人。"

杜猛疑惑地问:"熟人?"

赫子轩坏笑着说:"你们安科,跟马尚是老情人了,大学里谈过恋爱。"

一听这话,杜猛脸色一沉,笑容瞬间消失。

安静还在和马尚聊天。她真诚地说:"马尚,昨天我对你的态度……抱歉。"

马尚摆摆手,说:"别,后来我想通了。"

安静看向马尚,等着他继续说下去。

马尚笑了笑,说:"在我原来的设想里面,再见到你的时候,应该二话不说先上去给你一个拥抱。昨天我也不知道自己怎么了,非得找你刨根问底。"

"你真的那么想知道答案?"

马尚犹豫了一会儿,点头说:"想。但是从现在开始,我绝对不会再逼问你。等有一天你想告诉我了,我洗耳恭听。"

安静松了口气,说:"谢谢。那……一言为定。"

马尚点头同意,二人又一次露出了笑容。

马尚突然笑了,说:"咱俩十年没见,现在以这种身份重聚也挺有意思的。不管怎么说,这个案子接下来肯定相当棘手,需要我们全力配合,不能让任何其他因素影响案件侦破。"

"我准备好了。"安静主动伸出手。

马尚对安静这个职业而疏远的动作有些猝不及防,犹豫片刻,才握住了安静的手。

"马尚,很高兴能跟你配合执行任务。有你在,还能图个好彩头,预祝'暴风眼'行动,马到功成。"

马尚笑了笑,笑容中隐约有一丝苦涩。

日料店内,乔西川把烧好的鳗鱼装盘摆好,拿筷子夹起一块递到周恋嘴边,说:"尝尝看。"

周恋吃进嘴里,闭上眼睛细细品味,赞道:"嗯,入口即化。"

乔西川正想要亲吻周恋,这时,电话响了。他对周恋做了个噤声的手势,走到角落里,接通电话。

是杰弗里,他在电话那头用英文问:"得手了?"

"没有,送货人有尾巴。"乔西川也用英文答。电话那头沉默了良久,他的表情明显有些紧张。

一听到计划失败，杰弗里说："这条线经营了那么久，现在已经不能用了。你接下来打算怎么办？"

乔西川解释道："我有备用计划。现在合成技术还没有最终完成，我们还有时间。"

"任务交给你，怎么做是你的事。乔，技术数据可以往后拖，但你保证过能搞到更多原矿石，还能实现吗？"

"我在办。"

杰弗里强调说："买家已经付款了，不能出问题。"

"知道。"

"安不安全？"

乔西川咬了咬嘴唇，说："不安全，但是我有办法。"

"好，等你消息。"

挂断电话后，乔西川的脸色变得有些难看。看到周恋走了过来，乔西川恢复笑容，握住她的手，轻拥她到怀里，说："你另外那个工作要加快速度了。"

周恋轻轻咬了咬嘴唇，没再说话，只是放在乔西川背上的手悄悄握成拳头。

五

清安居小区内，洗漱完毕的马尚一屁股坐到餐桌边，他还是一副睡眼惺忪的模样，呆呆地盯着眼前冒着热气的汤面。

"老马，你不是有事要跟儿子说吗？"胡玉萍突然开口道。

马骏海端着碗大口吃着，一副莫名其妙的样子看向胡玉萍。胡玉萍急了，暗地里踢了马骏海一脚。马骏海无可奈何地放下碗，问："儿子，今天不忙吧？"

马尚边吃边说："一会儿我得出去一趟。"

马骏海一副早就料定的神情，说："耽误不了你，我跟你妈有点小事想跟你了解一下。"

"您说。"

"这几年北京的形势怎么样？好像现在都在讲什么逃离北上广，对你的工作是不是也有影响？"

马尚斜着眼问："爸，您是想劝我回双清吧？"

马骏海连忙摆手说："没有没有，绝对没这个意思。"

"其实回来也挺好，双清现在发展得可好了，不比北京差。"胡玉萍在一旁说。

听到爸妈的话，马尚叹了口气，说："我也有件事得跟你们说，我辞职了。"

"辞职了？"胡玉萍惊讶地问。

马尚点了点头，说："昨天的事。"

"你不是回来休假吗？怎么就……出什么事了？"马骏海担心起来。

"也没什么大事……我两年才休了这么一次假，前脚刚走，经理就把我跟了小半年的项目分给了别人。在那儿干没意思。"

"这什么人啊？这种公司，不在那干就对了！"胡玉萍为儿子打抱不平。

马骏海说："那一走了之怎么行？该争取的事就得争取。"

"还争取什么！"胡玉萍用威胁的目光看着马骏海。

马骏海无奈地叹了口气，转而问儿子："那你打算怎么办？"

马尚埋头吃面，没回答。

胡玉萍再次劝说："回来吧。回来挺好，起码一日三餐都有口热乎饭吃，总比在外面饥一顿饱一顿要强。"

马尚妥协道："我这两天投简历试试吧，看这边有没有合适的职位。"

听到儿子要留下来，胡玉萍和马骏海对视一眼，露出笑容。

父母的表情早就被马尚尽收眼底，他继续说："对了，还有个事。我想租个房子，搬出去住。"

胡玉萍一愣，反驳道："吃饱了撑的？花这冤枉钱？"

马尚解释说："我又不是小孩了，总得有点个人空间吧？"

"你要个人空间，可以啊。等你结了婚，你要多少空间我就给你多少空间。"

马尚颇为无奈，说："您这不是强词夺理吗？怎么又往结婚上扯？"

胡玉萍站起身来，拿起自己和马骏海的空碗往厨房走，没再给马尚争取的空间，下了结论："正好得管管你这生活习惯，这事就这么定了！"

马尚叹了口气，求助似的看向马骏海。马骏海道："儿子，我们好不容易见你一次，还是想一起多待几天。要不，等你找到工作了再说？"

马尚只能无奈地点头答应。

六

秦枫独自坐在海边的长椅上，抬手看了看手表，似乎是在等人。

一辆车开到附近停下，马尚走了过来，打了声招呼："秦厅。"

"你可真准时，再晚十秒就迟到了。"

马尚有些尴尬地说："您约这个地方也太偏僻了。"

"有什么想法了吗？"

见秦枫开始进入正题，马尚点头道："现在回想起来，我们忽略了一个疑点。这次研讨会是内部会议，出于安全考虑没有做任何宣传。但陈灿是直接奔着研讨会来的，会不会是内部的人泄漏了消息？"

秦枫不动声色地点头赞同，接着问："那你怎么确定是哪边出的问题？这么多相关领域的企业和机构参会，谁都有嫌疑。"

"如果您的目标是盗取 DS 材料人工合成技术，您会盯着谁？"

"当然是鼎华。"

"对，"马尚继续说，"其他企业和研究机构也宣传自己正在进行相关领域的研发，但并没有什么实质进展。如果我想要的是这个技术，根本不会把力气花在它们身上，也就不太可能建立什么联系。所以，嫌疑最大的还是鼎华内部。"

马尚的一席话令秦枫露出满意的笑容，他赞许地说："跟我想到一块儿去了。出问题的永远是人，当务之急应该先对鼎华的内部人员做个初步了解。"

"好，我回头就找市局要鼎华的资料。"

"不用，"秦枫摆了摆手说，"我已经安排了。"

马尚面露疑惑，正想开口，发现远处又有辆车开了过来。安静下了车，大步走过来，歉意地说："秦厅，抱歉来晚了。"

"不要紧，你的效率已经很高了。"秦枫温和地说。

安静又看向马尚，点了点头算是打过招呼。

秦枫问："调查顺利吗？"

安静点了点头，说："就是时间有限，只来得及收集高层的信息。秦厅，那我先简单介绍一下？"

秦枫点头同意，一旁的马尚却有些搞不清状况。

"鼎华的现任总裁，林晓兰，女，五十四岁，是个不折不扣的铁娘子。由于鼎华涉及的领域比较特殊，长期以来，市局相关部门都会对其进行定期监察。我跟宋局了解过，林晓兰对我们的工作还算配合。"

安静翻了一下资料，接着说："鼎华的二号人物苗焕阳，男，六十三岁。担任常务副总裁职务。他是鼎华最初的创办者，按资历讲要比林晓兰还老。"

马尚不解地问："那他为什么是副总？"

安静解释道："十几年来，鼎华进行过无数轮并购，这是资本平衡的结果。而且常务副总的权力一点不比总裁小。"

秦枫问："我听说，苗焕阳以前是个矿工？"

"对，苗焕阳在双清算是个传奇人物，没读过什么书也没有背景，全凭自己白手起家建立了鼎华。他做生意可以说是天赋，非常精明。还有，我在调查苗焕阳的时候找到一些连带的疑点，稍后再说。"

听了安静的话，秦枫点了点头，表示同意。

马尚对秦枫说："您下手够快的，是不是昨天晚上开会时就已经在怀疑鼎华内部的问题了？"

秦枫道："这倒没有，是安静在会后给我提了个醒。"

马尚一愣，看向安静。安静摆头看了眼马尚，不无得意地笑了笑。这两个人的小动作，秦枫都看在眼里，却不露声色，只是说："继续吧。"

"好。"安静继续道，"鼎华有十几个副总，其中最有实权的人叫庞一山，男，五十一岁。他负责分管技术研发部门，跟我们对接监察工作的也是他。周围人对他的看法比较统一，说这个人官僚气很重，说起话来一套一套的，做事非常古板。"

马尚说:"他这种做派,能在鼎华这样的企业爬到高层,手段和能力肯定都不简单吧?"

"那肯定。"安静看向马尚说,"其他副总的资料我也都整理出来了,需要的话我回头给您。"

秦枫点点头,说:"时间有限,中层干部你们回头可以慢慢分析。我现在比较感兴趣的是苗焕阳身上的连带疑点。"

安静概括地说:"苗焕阳的女儿苗霏,她是鼎华行政管理中心的主管。"

马尚一点就透,感慨道:"行政管理中心?这么说,苗家还真是控制了鼎华的实权部门。"

安静否认道:"这我倒没觉得有什么问题。大集团里面分门别派很正常。苗焕阳这么精明的人,扶植自己女儿上位再正常不过了。"

马尚张嘴又要说什么,被秦枫打断道:"马尚,先听安静说完。"

"好。"

"关键问题是苗霏有个未婚夫,叫贾长安,他自己有家叫长安科研的公司。而且这个长安科研跟鼎华的业务是有重叠的。经初步了解,长安科研每年都会从鼎华拿到大量的DS矿石配额……"安静顿了顿,接着说,"这就是我说的疑点,不过……暂时只是我的直觉。"

秦枫问:"你想调查长安科研?"

"现在这种情况,我们必须主动寻找突破口。"

秦枫点了点头。马尚却说:"我……我不太支持这么做。"

安静有些意外地看向马尚。

马尚继续道:"我们查的是技术窃密,核心技术在鼎华,不在长安科研。苗焕阳和贾长安之间确实有可能存在问题,但别说贾长安是他准女婿,就算是他亲儿子,苗焕阳也不可能把核心技术透露给他。所有公司应该都有相关机制避免发生这种情况。"

"那你觉得该怎么入手?"安静反问道。

马尚沉默片刻,说:"我想进入鼎华内部调查。"

安静强调说:"我的方案跟你的并不冲突。"

"专案专办,咬死核心技术就行。现在局势还不明朗,每一步……"

秦枫突然站起身来。马尚停了下来,安静也愣住了,二人都不知道秦枫是什么意思。

秦枫往前走了两步,回头看过来,说:"陪我走走吧。"马尚和安静对视了一眼,跟了过去。

第四章 再现

一

三个人在沙滩上缓缓前行。

走着走着，秦枫突然开口道："一会儿我就要回省厅了。"不理会安静和马尚惊讶的目光，秦枫继续说："时代变了，现在真枪实弹的威胁少了，软刀子要人命的情况越来越多。就拿这个行动来说，鼎华的技术如果丢了，你们知道后果是什么吗？"

"不会立刻见血，"安静道，"但会丢失国家战略方面的主动性。"

"是啊……"秦枫看向远方微微起伏的海平面，沉声说，"你们要担负的责任，其实比生死还重。"

马尚坚定地说："我向您保证，我们一定会通力合作，保证'暴风眼'行动胜利完成。"

"你们两个有基础，应该能合作得不错吧？"秦枫说完，迈步往前走了。安静和马尚看着他的背影，愣了半晌。

"我们的事你告诉他了？"安静看着马尚问。

马尚连忙解释说："我只说了我们以前是同学……"

苗霏背着包从鼎华集团公司出来，她到达周恋的日料店时正是中午的饭点，周恋亲昵地搂住她，说："苗大小姐又来照顾我生意啦？大中午的你怎么还背着包出来了？"

苗霏微笑着说："我正想问你呢，下午有时间吗？"

"什么事啊？"

"你方便的话……"苗霏止不住笑意地说，"陪我一起去试婚纱吧？"

周恋愣了片刻，兴奋地小声尖叫着："你和长安这么快就要定下来了？"她看了一下手机，为难地说："亲爱的，我下午有个生意要谈，实在没办法陪你了。你选好了拍照片给我看，好不好？"

苗霏叹着气说："那好吧。"

"对不起。"周恋说。苗霏伸手勾了下她的鼻子，二人相视一笑，显得无比亲昵……

贾长安的手机响了。他滑开一看，是周恋趁他睡着了，裹着浴巾躺在他旁边拍的照片。他急忙拿起手机，拨通了周恋的电话，怒吼："你想干什么？"

周恋冷冷地说："半小时内老地方见。"

"今天不行！"

"为什么不行？要陪霏霏去试婚纱？"

"你到底想干什么？你别太过分了！"

周恋冷笑一声，道："那好吧，别半个小时了，给你四十分钟。"

"你……"贾长安还想说什么，电话那头却已经挂断了。

他空捶一拳，半晌才平复了心情，拨通苗霏的电话，道："喂，亲爱的，实在对不起……"

马尚正盘腿坐在沙滩上，像个孩子似的捧着沙子，看着它们从指缝中滑落。

安静站在一旁，不耐烦地问："为什么反对我调查长安科研？"

马尚站起身，一边拍掉满身的沙子一边回答："我也不是反对，长安科研可以查，别牵扯过多精力就行。办案重心还得放在鼎华，毕竟技术在鼎华。"

"鼎华有好几千人，你说你要进入内部调查，怎么查？一个一个地摸过去？"

二人争执不下，马尚叹了口气，思忖片刻，只能选取一个折中的办法，说："要不这样，两条腿走路，我负责鼎华，你查长安科研。下次开会的时候，我肯定在宋局面前支持你的方案，但你要保证，绝对不能打草惊蛇。"

二

某高级酒店内，周恋坐在窗台前，端着一杯红酒晃着。门卡开门的声音传来，周恋嘴角冷笑，将手机随手放在一旁。

"你到底想怎么样？"贾长安一脸怒气地走进房间，大声质问。

周恋转身看了看他，说："站那么远，怎么说话？"

"把照片删了。"贾长安用命令式的口吻说。

周恋妩媚地撩了下头发，眼波流转地看着贾长安，不再说话。贾长安语气缓和了些，试图哄周恋，道："你到底想要什么？我们不是早就说好了吗，互不影响。"

周恋冷笑道："这种话就是你骗自己的，我和她是闺蜜，你想在我俩之间周旋，享齐人之福，还想要互不影响？"

"你有什么事快说，我还得赶紧过去。"贾长安不耐烦地说。

周恋走过去，温柔地帮贾长安将领带调正，动作中带着几分诱惑。她甜腻地说："别着急啊，我找你来是有正事要谈。"

"你想要什么，直说。"

"我想要追加投资，扩大公司的经营规模。"

贾长安微微一愣，犹豫道："我们现在一个产品都没有，却已经拿到B轮融资了，你还想扩大规模？"

周恋拉住贾长安的手，让他坐到自己身旁，道："现在这么多创业公司不都是圈钱上市，有几个真正做了产品的？"

贾长安沉默了一会儿，严肃地说："我知道，你是想要DS矿。"

周恋笑了笑，并没有否认。

贾长安劝道："周恋，太贪心了不是好事。"

周恋笑着说："既然得不到爱情，我总得多赚点钱，享受生活吧。"

"事情都是你在做，但公司的法人是我，出了事都是我的。"贾长安不满地说。

"又不是我一个人拿好处，等公司上市了再脱手，你才是赚得最多的，对吧？"

贾长安无奈地看着周恋，问："办法你都替我想好了，是吗？"

"你们都要结婚了，你去找她爸帮忙，他不会不答应。这件事你就尽快办完呗，我也不想耽误你去挑婚纱。"

贾长安没有表态也没有起身离开，坐在原处犹豫着。周恋坐到贾长安的腿上，一手搂住他的脖子，一手轻轻抓着他的领带要解开，挑逗地说："你是不想答应呢，还是不想走呢？"

贾长安没有回答。

"哎呀，好啦，人家就拍着玩玩，你自己删。"周恋主动把手机递给贾长安，补充说，"密码是你的生日。"

贾长安低头滑开手机，删除。他抬起头满脸严肃地盯着周恋，却突然吻了上去。

周恋假装要试图推开他，半推半就中，俩人拥吻着倒在床上……

苗霏站在婚纱店的镜子前，妹妹苗露一边帮她调整衣服细节，一边试探地说："姐，我怎么觉得他不怎么上心呢？"

苗霏轻声说："没你说得这么严重吧，今天就是试试婚纱，又不是结婚。"

"反正……我觉得你可以有更好的选择。"

"什么意思？"

"没什么，我就是不太喜欢这个人，说不清哪里感觉不好。"

苗霏勉强笑着问："是吗？"

"总感觉他好像有什么事情瞒着你。"

"别瞎猜了。你比我还了解他？"

"姐，你真的确定……想跟他生活一辈子？"

苗霏不答，而是看向女店员，说："就这件吧。"

到了晚上，安静还独自坐在双清局侦查科办公室里查阅着资料。突然，办公室门开了。杜猛拿着两份打包的干炒牛河走了进来，放到桌上，说："这长安科研的资料，要得这么急？"

"早点入手，多做准备。现在太被动了，什么线索都没有。"

"行。那我跟你一起查，省得你又熬整夜。"

两人埋头吃着晚饭，一时无话。

杜猛犹豫了一会儿，问："静姐，跟你八卦点事呗？"

"什么事？"

"你跟马尚，谈过恋爱？"

安静一愣，问："你怎么知道？"

"赫子轩说的。"见安静皱起眉头，杜猛立马说，"我就随便问，没事没事，那我不问了。"

"也没什么。刚上大学，跟他一个班。"

"那你俩现在……什么情况？"杜猛试探性地问。

"得了吧。现在我跟他就是工作关系，你少在这儿给我传八卦。"

杜猛笑了，从自己碗里夹了两块牛肉给安静，说："就是就是，好马不吃回头草……吃肉，多吃肉！"

苗家，客厅桌子上摆好了饭菜，父女三人都在。苗焕阳见饭桌上的气氛有些沉闷，不解地问："怎么了这是？"

苗霏默不作声。苗露叹气道："别提了，今天姐姐自己试的婚纱……"

还没说完，苗霏打断她道："没，我在想工作的事。"苗露见姐姐不愿再提，就把后面的话咽了回去。

苗焕阳问："工作上什么事？"

"我想把杨迅换掉。"

"为什么？"

"咱们跟后勤供应商的合同不是重谈了吗？今天新合同刚下来，杨迅还没给法务看过就直接拿来让我签字。这种事不是第一次了。"

苗焕阳点了点头，思索着说："杨迅是庞一山的人，不好换吧？"

苗霏道："可我总觉得这种事看起来是他大意，其实有别的目的。"

"你的顾虑也有道理……"苗焕阳思考了一下，道，"这样吧，换杨迅的事从长计议，先想好怎么平衡庞总那边。"

苗焕阳正说着，手机突然响了。苗焕阳脸色微变，往旁边的房间走去。姐妹俩好奇地看着他。

"你们先吃，不用等我。"苗焕阳说着，走进了佛堂，将门轻轻关上。

苗露感慨道："好好一顿饭……"

佛堂中，苗焕阳接着电话，一副恼怒的样子，但又不得不压低自己的音量，道："鹤老，不是我不想见面，过去的事好不容易过去了，还是稳妥点吧。已经十年了……不是，现在我在鼎华就是个闲职，真的不劳您惦记了。"

"说是闲职太谦虚了，鼎华的常务副总裁，也算闲职？"说话的正是乔西川，但他的声音却苍老而沉稳。

"鹤老，我不管你回来的目的是什么，我得提醒你，现在不比十年前，国家对稀有资源的管控不是一般的严。当年咱们打打擦边球没什么问题，现在再这么干，就是玩火自焚。"

"行吧，那就不打扰了。不过苗总，缘分到了，该见面还是会见面的。"乔西川叹了口气。挂断电话后，他却嘴角微扬，露出一丝笑容。

苗焕阳一副心有余悸的样子，他从一旁的柜子里拿出三炷香点燃，插进香炉中，然后跪下磕头行礼。

佛龛内的佛像慈目低垂，静静地看着俯拜在地的苗焕阳。

外边的门铃突然响了，苗露开门后发现是贾长安站在门口，手里还拎着大包小包的礼品。他赔着笑脸道："露露，你也在？"

苗露没理他，转身走回餐桌，帮苗霏一起收拾餐具。苗霏也低着头，没有理他。

"霏霏……对不起啊，我紧赶慢赶，还是晚了。"见苗霏没有回应，贾长安一边端起空盘子一边问，"爸呢？"

见苗霏洗着碗，贾长安又说："霏霏，我来吧。"

"不用。"

贾长安上前站到苗霏旁边，想要拿起水池里的碗。苗霏却往旁边挪一小步，稍稍用力把贾长安挤开，说："真不用，都洗一半了。今天谈得怎么样？"

"挺顺利的，对方基本拍板了。只要公司能拿到更多份额，这笔投资马上就会进来。"

"才过了半年，又是一轮融资。你们公司的步子，是不是迈得太快了？"

"放心吧，每个阶段我都仔细盯着。早点上市，我也好早点出手。"贾长安从背后轻轻抱住苗霏，凑近苗霏的耳朵，说，"到时就有更多时间陪你。像今天这样的情况，再也不会发生了。"

"增加配额的事，跟我爸打过招呼了吗？"

"还没。"

"那你去吧。"苗霏又补充道，"对了，别每次都带东西，有事正经谈事就行。"

贾长安笑着说："那你真想歪了，我可不是为了收买你爸。我是想着家里有什么缺的，正好顺便带点。一家人要相互考虑啊。"

"就你会说话！"苗霏看着贾长安的笑容，自己也忍不住笑了出来，说，"跟老苗好好聊聊。你今天放了他女儿鸽子，他肯定正在气头上。"

贾长安笑着点了点头，走到书房门口，轻轻敲门，道："爸。"

"进来。"

贾长安走进去，坐到苗焕阳对面，打眼观察准岳父的表情。苗焕阳眼角余光发现贾长安的举动，露出一丝笑意，道："下午这事啊，你该去跟霏霏道歉。找我干什么？贾长安我可跟你说，霏霏是我捧在手掌心里宠到大的，从来舍不得让她受半点委屈。"

贾长安连连点头，道："明白，我明白。今天真的是特殊情况，我……"

苗焕阳打断他说："用不着跟我解释。我就是想提醒你，现在这个社会，外面到处都是诱惑和陷阱。以后霏霏结了婚，遇到事都要先好好想想，会不会影响自己的家庭。我说的意思，你明白吧？"

苗焕阳说完，将茶杯送到嘴边，同时观察着贾长安的反应。

贾长安一脸真诚地看着苗焕阳，看起来并没有什么情绪波动。他说："爸，我懂您的意思，您放心。"

苗焕阳点了点头，又倒了一杯茶递给贾长安。

贾长安一边接过茶碗一边说："爸，有件事我想跟您商量。"

"你说。"

"今天下午我见了个投资人，谈得很好。如果一切顺利的话，很快就能拿到第三轮融资了。"

苗焕阳微微皱眉，轻声叹道："跟我想的一样，你从一开始就打算把公司短线脱手，对吧？"

贾长安笑道："您是老江湖，长安科研的资源配置和发展方向，您肯定早就看出来了。"

"是啊……可是长安，做企业不是每次都能顺风顺水。长安科研现在发展势头不错，你没考虑过借势长线做下去？"

贾长安叹了口气，放下茶杯，道："跟您说实话，我不是没考虑过，但这家公司的根基就是为了快速发展，深度和广度都存在问题，就算我现在想把它长期做下去，恐怕也不容易。"

"上市套现的迹象这么明显，你不怕被查吗？"

"都在合法范围内，这个您不用担心。"

"那之后你怎么打算呢？"

"等这事成了，我就有底气去做自己想做的事了，成立新的公司，或者参股其他创业公司，都可以考虑。"

"你说的底气，其实就是钱吧？长安，你的公司发展这么快，我自认为还是出了一份力的。"

贾长安连忙说："那肯定的，多亏了您……"

苗焕阳打断道："我不是跟你邀功。我是想告诉你，你再想重新创业的时候，我可能就帮不上什么忙了。"

"您……您要退出鼎华？"

"可能吧，毕竟我年纪也大了。"

"怎么会，您现在正值壮年。"

"好了好了，扯远了。你说吧，要我帮什么忙，你才拿得到这个第三轮融资？"

贾长安犹豫片刻，道："增加DS矿的配额。"

苗焕阳盯着贾长安看了很久也不讲话，直到贾长安因为不安开始坐不住了才说："我想想办法吧。"

贾长安兴奋地说："爸，谢谢您！"

三

码头边，杜猛和安静抱起一大摞资料来到船舱内，马尚、赫子轩、宋铭已经入座。

"这是什么？"马尚问。

"公开渠道搜集到的长安科研资料，不会引起注意。"

宋铭问："安静，切入点想好了？"

安静翻出资料，将文件分发给众人，道："你们看，长安科技 A 轮融资和 B 轮融资间隔的时间非常短，我对比了同类型其他公司的间隔时间……"

讨论过后，马尚站在甲板上，看着远处的大海。这时宋铭从船舱里走出来，来到马尚身边。

"宋局。"

宋铭点头回应道："你真和安静达成一致了？"

马尚笑着点了点头，说："不过我还是觉得有点冒险。"

"怎么讲？"

"这个怎么说呢……就像扫雷游戏。一个空白格子下面，不知道是藏着提示，还是藏着一颗雷。如果真踩到雷，就满盘皆输。"

宋铭点了点头，沉默片刻后，说："谨慎一点是对的。但我对安静他们有信心。"

马尚正色道："明白。我只是单从案件本身考虑，确实可能会节外生枝。"

"并组之前的误会，你们说清楚了吧？同在专案组，要是带着情绪，两个人都不舒服。"

"您放心吧，都说清楚了。"

这时安静和杜猛从船舱里出来，两人走上前来。安静说："宋局，这边没别的事我们就先回办公室了，还有很多资料要收集。"

宋铭转身对安静说："你跟我走。杜猛，你先回去。"

杜猛一愣，下意识应道："是。"

宋铭拍了拍马尚的肩膀，不容反对地说："我送你。"说完，便转身向码头走去。

安静和马尚对视一眼，只能跟了上去。看着他们离去的背影，杜猛暗自叹了口气。

"马尚，进鼎华这事，你考虑好了？"宋铭一边开车一边问。

"想好了。没办法进攻，就先做好防守。"

"我回头给你做个身份，帮你安排一下。"

马尚迟疑道："这恐怕不太合适。"

"怎么了？"

安静插话道："他是双清本地人，社会关系太多，伪造身份容易暴露。"

马尚接着说："对。所以我还是先自己想想办法，实在办不成再来麻烦您。"

"可以……"宋铭想了一下，说，"专案组这边事情不少，工作时间也不固定。你跟家里人住在一起，方便吗？"

"如果有需要我随时可以搬出来。一切以任务为重。"

"那你先安排一下，挑个合适的地方备着，"宋铭转头对安静说，"马尚如果要搬出来，不能搞得手忙脚乱。"

"明白。"

乔西川与周恋在西餐厅内相对而坐，问："贾那边，真的没问题了？"

周恋低头切着牛排，笑而不语。

乔西川忍不住提醒道："现在这种情况，你别大意。"

"我的本事，你不是都试过吗？"桌下，周恋抬脚，脚尖轻轻蹭着他的小腿，说，"这种人，吃着碗里的，想着锅里的。就算没有胆子自己拿，但你送到他嘴边，他没有不张口的道理。"

"那你觉得他能办成吗？"乔西川问，"管控越来越严，配额不是想拿就能拿到。"

"有他老丈人在，应该不会有问题。"

乔西川点了点头，又问："你有没有想过，苗霏可能看破你跟贾的关系？"

"一个含着金汤勺的千金大小姐，被男人追捧惯了的，对自己的魅力自信着呢，不会起怀疑的。"

"这么肯定？"

"三年了，我强迫自己陪她上瑜伽课，跟她看什么交响乐、歌剧，就是为了变成和她无话不说的闺蜜。现在她连要买什么款式的内衣都会先问我，你说我确不确定？"

"辛苦了。"

"你就知道嘴上说说。"周恋语气中略有不满，转而说，"我想把店关掉，没必要的时候尽量不露面。"

乔西川笑了笑，主动给周恋倒了杯酒，说："这种时候，不露面反而不正常……我会帮你打点。"

周恋对乔西川的承诺一笑了之，拿起酒杯喝了一口，道："别光说我的事了。你那边才是关键，你办完了，我们才能脱身。"

乔西川点头道："我约了苗晚上见面，算是预热吧。用徐鹤的身份。"

四

近郊一处安静之所，建筑十分考究。苗焕阳刚经过前台，迎宾服务员立刻热情地走上前来，说："苗总，好久不见了。"

"会个朋友，他已经到了。"显然，他不愿意多说。

"您知道包房号吗？我领您过去。"

苗焕阳脸色更为严肃，道："不用了，我自己去。"

"您随时招呼。"服务员知趣地让开。

苗焕阳快步沿走廊走远，进入了一间位置偏僻的包房。包房内坐着一个西装革履的白发老人，看起来至少有七十岁，这正是苗焕阳电话中所称的"鹤老"——徐鹤。

徐鹤缓缓起身，热络道："你快到了也不说一声，我好出去迎接。"徐鹤声音依旧如同电话中那么苍老，很难想象他的真实身份竟是一个壮年男子。

"不用，人多眼杂。"

"坐下说吧。"徐鹤指了指沙发。

苗焕阳坐下后拿起桌上的遥控器，让电视播放歌曲，并且调大声音。他一边调着一边说："什么事电话里不能说，非要见面？"

"一别十年，我就不能找老朋友叙叙旧？"徐鹤一边说，一边给苗焕阳面前的杯子倒酒，他的手微微颤抖，每个细节都表明自己是个上了年纪的人。

苗焕阳不悦道："要见也不该在这种场合，被人看见会出事的。"

"我们当年的合作也没那么见不得人吧，你的胆子怎么变得这么小？"

"现在不同以往，政策有了变化，我们也不可能再有什么合作。以前的事，最好也别再提了。"

徐鹤悠闲地举起酒杯，苗焕阳稍加犹豫，还是跟徐鹤碰了杯。徐鹤道："老朋友见个面，能不能不要把气氛搞得这么紧张？"

"朋友？我们也算不上朋友吧。"

"我不把你当朋友，当年就不会在你危难的时候出面。"

苗焕阳咬牙切齿道："别以为我不知道，当年赌场的事情，都是你一手安排的。从我欠钱到你来救我，都是你设计好的圈套。"

徐鹤问："是我拿刀架着你上的赌桌？"

听到这话，苗焕阳瞪着徐鹤，徐鹤却毫无反应。半晌，苗焕阳叹了口气，放缓语气说："不管怎么样，欠你的人情我早就还清了。"

徐鹤放下酒杯，收起笑容，缓缓开口："我听说，你的大女儿要结婚了？"

苗焕阳闻言，脸色顿时一变。徐鹤微微一笑，掏出一张银行卡放在桌上，推到苗焕阳面前，说："算是我这个当伯伯的一点心意，密码跟之前一样。"

苗焕阳冷笑，按住桌子上的银行卡，推回到徐鹤面前，说："鹤老，您的礼太重，我受不起。"

"受得起，今后总有请苗总帮忙的地方。"徐鹤又缓缓把银行卡推回到苗焕阳面前。

"帮什么忙？"

"以后的事情，以后再说。"

苗焕阳没有碰那张银行卡，他盯着徐鹤的眼睛，两人沉默对视良久。

"以后的事，我看不用说了。"说完，苗焕阳不等徐鹤回答，站起身来推门离开。

徐鹤看着苗焕阳离去，松了松一直耷拉着的肩膀，又扭了扭脖子，恢复年轻人的姿态。

第五章

疑 云

一

　　鼎华全体副总和部门主管的集体会议还没开始，众人议论纷纷，显然是在猜测这场会议的内容。隐约听说了情况的苗霏面色沉重地独自坐着，谁也没有理会。

　　林晓兰和苗焕阳一起走进来，大家瞬间噤声。苗霏看向苗焕阳，但苗焕阳并没有给苗霏任何眼神上的回应。

　　"临时召集大家过来开会，是有件事情想跟大家通告一下……苗总，还是您亲自跟大家说吧。"林晓兰说。

　　苗焕阳正襟危坐，有些憔悴但面带微笑地说："是这样，这件事我已经跟林总商量过了。叫大家过来，也是想公开地说一下，免得引起什么不必要的误会……我已经向林总提出辞职了。"

　　除了林晓兰和苗霏，其他人都愣住了。

　　庞一山最先反应过来，他看了看林总后，又盯着苗焕阳不安地动了动身体，道："您这……这也太突然了。"

　　"也不算突然，关于辞职这件事情我已经考虑很久了，只不过是昨天晚上才下定了决心。年纪大了，身体的各个部件也不太管用了，这不，昨晚心脏就差点罢了工，差点就见不到各位了。"说着，苗焕阳笑了起来。

　　苗霏眉头皱得更紧，差点没忍住站了起来。苗焕阳快速看了一眼苗霏，这才安抚住了她。庞一山没什么大的反应，低着头不知道在想些什么。其他几位高管彼此交换着眼神，一时没人讲话。

"我也算是经历过生死的人了。说起来,什么都没有家人重要。"苗焕阳笑着看向苗霏说,"大女儿也快嫁人了,我也该享享天伦之乐。"

苗霏勉强地笑了笑。

"苗总,这件事还是希望您能再考虑一下。"庞一山扫视其他副总,想了想,斟酌一下后又说,"公司是您一手打拼出来的,肯定有很深的感情,怎么舍得说走就走呢?再说,DS材料人工合成技术的项目就要完成了,对您来说,这个项目就像是亲生孩子一般,作为父亲,孩子出生的那一刻您得在吧?"

庞一山说完,大家纷纷点头附和。

苗焕阳坚定道:"大家的好意我都心领了。不过我年纪大了,在这个位置也这么多年了,总要退下给年轻人一些机会。"

林晓兰笑着说:"苗总虽然卸去了常务副总裁的职务,但还是会以顾问的身份留在鼎华,和在座的各位还是同事。"

苗焕阳笑着点点头,认同了林总的话,也给这场突如其来的会议画上了一个句号。

会后,苗霏单独来到苗焕阳的办公室,走到办公桌前坐下,正要说什么,苗焕阳就先开口说:"我没事。"

"您心脏怎么了?去医院检查了吗?"

"傻丫头,都说没事了。每年体检你都在,我的身体没什么大毛病,你又不是不知道。"

"昨晚您不舒服,露露怎么也不告诉我?"

苗焕阳笑着说:"刚才我讲得夸张了一点,其实没什么大问题,我也没跟露露说。你跟露露都长大了,不需要我再操什么心了。公司发展得也挺好,我早点退……"

他还没说完,苗霏打断道:"不是,爸,您想退休我没什么意见,都听您的。但身体问题没有小事,您必须听我的。今年的体检提前做,我联系医院安排。"

"好好好,听你的,都听你的。"

突然有人敲门,苗霏不再讲话了。

"进来。"苗焕阳道。

庞一山推门走了进来,看到苗霏也在,说:"啊,那我一会儿再来。"他一边说一边假意要离开。

"不用。"苗焕阳看向苗霏,嘱咐道,"记得晚上回来吃饭,叫上长安一起。"

"好,那我先走了。"苗霏起身向外走,顺便跟庞一山打了声招呼。

"老庞,坐吧。"

"苗总,您这也太突然了吧?前两天您还在指导工作,怎么一转眼就……"

"好了,这一天早来晚来迟早要来。"

"那……您上次跟我说的事,还继续办吗?"

"进展到哪一步了?"

庞一山道:"您交代的事,我肯定都是尽快办好。现在配额不好拿,不过我还是想了点办法,回头我再签个字,基本就不会有什么问题了。"

"辛苦你了,你办事我一向放心。"苗焕阳沉默了一会儿,又说,"我一走,常务副总裁这个职位就空出来了。我跟林总讨论过,我们两个都比较看好你的能力,如果真是你来接手这个位置,很多重任可就要落在你的肩上了。"

"所以我说,您还是先留下吧。责任重大,没您的指导,我怎么可能胜任?"

苗焕阳不置可否地笑了笑,没再说什么。

二

回到家中,苗焕阳叫上小辈们共进晚餐。贾长安刚想给苗焕阳倒酒,被苗霏拦住,说:"爸不舒服,别给他倒酒了。"

"少喝点没事,来,倒上。先一起举杯,庆祝我光荣退休!"

在大家碰杯时,苗焕阳露出笑容,摸了摸苗露的脑袋,说:"以后就要靠你和你姐养着我了,你不会送我去养老院吧?"

苗露眼睛一转,说:"啊?我跟姐都挑好地方了,那家养老院条件可好了。"

苗焕阳一愣,随即反应过来,笑得更开心了。苗露又举起杯子和苗焕阳碰杯,道:"您就别瞎想了,好好享受退休生活吧。干杯!"

"好,干杯!"

"霏霏,爸还是想嘱咐你几句。虽说我还挂着顾问的名头,但毕竟没什么实权。人走茶凉,你在公司做事要小心一些。毕竟没人给你撑腰了,在职场上你还是不能这么单纯,一定要多留个心眼儿。"

"您放心吧,我不是小孩子了。"

"好。"苗焕阳又看向贾长安,说,"还有,长安啊,你也听着点,等你和霏霏把手续办了,以后你就是家里的顶梁柱。我老了,霏霏和露露毕竟都是女孩,家里的大小事情难免都要依靠你。一定要记住,办事不能太随心所欲,要多考虑家人。特别是你现在也算是功成名就,跟人结交千万不能只看表面和一时,不然后患无穷,最后吃亏的还是自己。"

苗露见此情景,笑道:"爸,你这也太夸张了吧,怎么搞得这么严肃?"

苗焕阳苦笑着说:"完全不夸张。人生说长也长,说短也短,有时候真是一步错,步步错。你们别当是玩笑听,这是爸作为一个过来人对你们的忠告。"

苗霏赶紧道:"吃饭吧,一会儿都凉了。"

"好,吃饭,吃饭。"

饭后,贾长安开车独自回去,突然接到周恋的电话。

"长安,事情办得怎么样了?"

"配额马上就能拿到,不过苗焕阳私下找我谈,想多要抽成。"

"你这个老丈人挺贪心啊,帮自己女婿办事还不忘给自己要好处……"

不等周恋说完,贾长安打断道:"短时间内,我们还是别见面了。没什么重要的事情,电话也不要再打。"

"你什么意思？快结婚了，打算做一个顾家的好男人？"

"我说的你听懂了没有？"贾长安语气明显不悦。

电话那头沉寂了片刻，周恋缓缓说："你怎么了？"

"这一晚上苗焕阳说话都阴阳怪气的，好像是在警告我。我不知道他是不是发现了什么苗头。"

"他到底说什么了？你为什么有这种感觉？"周恋追问。

"具体的我也说不上来。但他最近一直有点怪，今天还突然从鼎华离职了……"

"苗焕阳辞职了？"

翌日清晨，安静和杜猛驾车来到长安科研大门口，另一辆车也随之而来。安静道："老张，很准时啊。情况你都清楚了？"

"八九不离十。"

"这么做，不会有问题吧？"

"国家现在对这块管控很严格，只要我们调查问讯，企业是有义务配合的。"

"那……辛苦你打个头阵。"安静对他笑道。

"安科长客气。"说完，三人走进了长安科研公司的大门。

老张率先走到前台，说："你好，我们有点事，想见见你们贾总。"他一边说一边亮出证件。

前台露出一丝惊讶的表情，道："几位稍等。"说完便打起了电话。

不一会儿，三个人已经坐在了贾长安的对面。贾长安面带笑容，看起来镇定自若，道："说实话，国安上门还是头一回。我们该不会惹什么麻烦了吧？"

老张道："只是例行公事，询问些事情，宣传一下国家的新政策。"

"那就好那就好。各位有什么问题，我知无不言，言无不尽。"贾长安笑道。

老张说："长安科研，涉及DS材料相关的日用品生产研发。我们了解到，贵公司的矿石配额不少，但好像尚未有具体产品入市。"

贾长安点点头，说："这个属实。公司走的是多线并行策略，多款产品都在紧锣密鼓的研发中，还处于开花未结果的状态。"

"既然这样，这么大量的配额用在哪儿呢？"一旁的安静问道。

"这个您放心。我们的DS矿石，不管是来源，还是去向，都是合法的。就去向来说，一小部分用于研发，其他都储存起来了。"

安静追问："储存？就是说都闲置了？"

贾长安摇头道："说闲置不太合适，准确地说是战略储备。"

"存在哪儿？"杜猛也问道。

"这个有详细记录，我可以提供。"贾长安说着站起身来，走向内侧角落的保险柜前，从抽屉里拿出一沓材料，递给他们，说："这是矿石储备的相关材料，我们绝不按规矩办事，不会有任何问题。"

安静在旁看着，眉毛一挑，又不动声色恢复原样，道："贾总，贵司快上市了吧？"

"对，正在推进中。"

"您这儿的员工数量好像并不多。"安静问道。

贾长安笑着说："这里只有行政部门，基本上都是核心的管理人员，看起来场面是小了点。研发部门和生产部门都是分开办公的。"

安静点了点头。杜猛问道："贾总，您刚才说到战略储备，这个是什么意思？"

"储备DS矿石，也是我们公司的基本策略之一。"

"能具体解释一下吗？"

"国家对DS矿石限制得越来越严，而且大趋势还在趋于紧缩，这个你们最清楚不过了。我们现在多储备矿石，一方面，等到多项产品推出市场，就可以立即扩大生产，不会遇到原料瓶颈；另一方面，矿石本身就是资本，也是公司未来发展的保险……"

三

从长安科研出来后，杜猛说："贾长安还挺配合，不像是心里有鬼。"

"是吗？你再想想。"安静说。

杜猛思考着，安静指的是购买矿石的资金来源，还是别的什么？

"你不觉得他有点过于配合了吗？他经营的是一家公司，不是小作坊。怎么可能各部门的文件都保存在他那儿？"

"对啊！"杜猛回忆起刚刚贾长安没有询问任何人，也没有翻找，直接就把材料拿了出来，他恍然大悟地说，"你是说，他提前就准备好了？"

安静露出笑容，满意地点了点头。

做生意多多少少都得玩些猫腻，公司重要资料贾长安说拿就拿，显然不正常。想到这里，杜猛干劲十足地说："静姐，你的判断没错，这个贾长安值得一查！"

安静和杜猛离开后，贾长安也没闲着，他立马给周恋打了电话。

"国安的人来干吗？"周恋问道。

"说是例行走访，但话里话外都在问矿石的事，走的时候说还要再来。"

周恋沉默片刻，问："准备的东西呢？"

"给他们了。"

"那就应该没事了，你别自己吓自己。"

"没事？没事他们跑我公司，来玩吗？"

"这样，你把监控调出来，拍个照片给我，我看看是谁去的公司。我这边找找门路，看能不能运作一下。"

贾长安深吸一口气后才说："先这么着吧，一会儿发给你。"

"好。放心，我……"周恋话没说完，贾长安已经挂了。

周恋放下手机，脸色顿时有了变化。她从店里拿了个包，开车驶入某酒店停车场，一直到了监控无法覆盖的角落才停车入位。从车上下来的周恋已变成了另一个样子，假发改变了她原本的发型，还戴上了口罩和墨镜。

到达乔西川的房间后，他仍站在窗边，撩开窗帘一角看着外面出神。

周恋皱着眉说："别看了，没人跟着。"

"我知道。"

周恋叹了口气，道："现在怎么办？这事不怪贾长安沉不住气，我也觉得国安突然出现不正常。"

"增加配额的事怎么样了？"

"办好了。但是贾长安说，苗焕阳要求增加抽成。"

"意料之中。"乔西川点了点头。

"国安那边……"周恋担忧道。

"就算真被盯上了，也没那么容易查出问题。"乔西川安慰道。

"你说得简单，又不会牵扯到你。"

乔西川放下窗帘，走到周恋身边坐下，轻声问："先稳住贾长安，能办到吗？"

"暂时没问题。"

乔西川点头道："我们早就想好了后备计划，沉住气，别把自己搞乱了。"

周恋苦笑一声，问："你是不是还觉得一切都在掌握之中？"见乔西川面无表情，也没有回答，周恋又问："苗焕阳辞职了，也在你意料之中？"

乔西川表情微变，问："什么时候的事？"

"你们见面的第二天。"见乔西川面色愈发阴沉下来，周恋有些忐忑地问，"你打算怎么办？"

"这事你不用管了，我来处理。"

周恋还想说什么，手机传来短促的响声，她打开手机，说："贾长安把照片发过来了。"看到安静和杜猛两张熟悉的面孔，乔西川露出一丝紧张的表情，但又很快隐藏起来。

"是那天去找我的人吗？"周恋没有捕捉到乔西川稍纵即逝的表情。

乔西川露出笑容，安慰道："别自己吓自己。我说了，很可能只是例行检查。"

周恋拿回手机，看着乔西川，将信将疑。

鼎华公司会议室里，管理层全员出席，众人正在鼓掌。庞一山满脸笑意，站起身来向众人点头致谢："谢谢林总，谢谢大家。"

"老庞多年来兢兢业业，为鼎华做了诸多贡献，大家有目共睹。我相信在新的岗位上，他会创下更多光辉业绩……"林晓兰看着庞一山说，"庞总，接下来，请你简单说说近期的工作计划吧。"

庞一山点点头说："好。我们未来的拳头产品，精确自动化手术仪，已经到了最终验证阶段，很快就会上线投产，投入市场。在这种情况下，我们急需补充新鲜血液，大量纳入各方面人才。就此，我跟林总有个初步想法……"庞一山看向众人，又看向林晓兰，面带微笑地点头示意她。

林晓兰会意，接着说道："以前鼎华的人事工作，是行政管理中心统一负责的，现在面临这个情况，我们觉得有必要单独成立一个人事部门，从行政管理中心分离出来。"

"行政管理中心事务繁杂，单独成立人事部，也是为了方便展开招聘工作，也方便由高层直接监管。"庞一山补充道。

众人纷纷小声交头接耳讨论，很多人将目光投向苗霏。庞一山也看向苗霏。苗霏神色不变，毫无反应。庞一山又道："小苗总，你是行政管理中心的主管，有什么意见，及时提出来。"

"领导决定的事，我没有意见。"苗霏微微一笑，面色如常地说。

庞一山笑着说："这可不是分割你的权力，而是为公司大计着想。"

苗霏道："我没这么想。只要为公司好，我全力支持。"

庞一山满意地连连点头，道："好，好。"

林晓兰环顾面前，问："大家有什么意见，都可以讲出来。"见没有人做出反应，林晓兰宣布："那就这么定了。当务之急，是要挖来专业的人事管理人才展开工作。老庞，你和苗霏尽快制定聘用标准，也好尽快物色人才。"

"好。"庞一山道。

夜色来临，专案组却没有休息。游艇静静地漂浮着，马尚沉默片刻，说："真有可能被你说中了。这么大的矿石储备量，贾长安的操作空间不小。"

安静不无得意地笑了笑。

马尚又道："我建议查查具体存储地点。"

安静点点头说："我也这么打算。你那边怎么样，有眉目了吗？"

"暂时还没有。"

"其实宋局帮你安排也没什么大问题，资料做得详细一点，被戳穿的可能性很小。"

"空降下去太刻意了，宋局给我透了个内部消息。正好鼎华的人事部门要独立出来，在招聘主管。"

"你要去面试主管？"

"有点难度，先试试再说呗。"

安静点了点头，没再说什么。

四

第二日清晨，安静一行人又来到贾长安的公司。

"贾总，不打扰吧？"老张问。

"怎么会，请进请进。"贾长安微笑道，将内心的担忧与怒气掩藏得很好。

"贾总，我们这次过来，又得麻烦您了。我们想去看看存储DS矿石的仓库。"

听到老张这句话，贾长安脸色微变，沉默不语。

安静及时说："有什么困难，可以直说。"

"那我实话实说了。别的倒没什么，就是你们三天两头来调查，搞得公司上上下下都有点紧张，外面也在传些不好听的……"贾长安没有说下去，而是叹了口气。

"我们这一轮调查针对的是所有涉及敏感资源的企业，您不用担心。"安静安抚道。

贾长安勉强回应了一个笑容，微微点头道："我们的仓库分了好几个地方，又在市郊。全都要检查？"

"不耽误您工作的话，麻烦带我们跑一趟吧。"

贾长安沉默片刻，道："行，那抓紧时间。"

在车上，贾长安疑惑地问："我记得上次给你们的资料，存储清单应该也在里面，怎么还要实地检查？"

老张笑着说："我们这也是为了帮各公司消除隐患。这万一出了问题，至少都是要负连带责任的。"

贾长安一听，面色缓和下来，感慨道："这倒也是。"

"贾总，您是双清理工材料学、经济学双学位。"安静开始和贾长安聊起天来。贾长安成绩优异，履历十分亮眼。她奇怪地问："二十二岁，已经博士毕业，当时可以留校做研究，也有出国继续深造的机会，可你都放弃了。为什么？"

"早点参加工作，减轻家里负担。"贾长安神色一黯，取下眼镜，掏出眼镜布轻轻擦拭，说，"不是每个人都有资格选择自己最想走的路。"

安静仔细盯着贾长安，捕捉这一瞬间的真情流露。贾长安重新戴上眼镜，很快恢复正常。

长安科研的仓库是露天的，一个个巨大的集装箱排列成方阵。

"您这儿的存储量还真不小啊。"由管理员领着，老张感叹道。

"其实也没看着那么多，都是矿石原石，占地方。精炼矿石在另一个仓库。"贾长安道。

安静问："贾总，上一批矿石入库是什么时候？"

"差不多一个月前。过几天还会有一批货入库。"

众人往前走着，杜猛发现一侧地板上有些矿石痕迹，他拉了拉安静，两人停下脚步。贾长安有些察觉，回过头来，问："怎么了？"

"我们分头转转。"安静道。

老张看了眼安静，立刻会意，试着转移贾长安的注意力，说："贾总，前边那个集装箱，可以开一下吗？"

"行。"贾长安说着，和管理员、老张拐过了一个集装箱。只留下了安静和杜猛。

"怎么了？"安静连忙问。

杜猛指了指地面，问："你看这些矿渣。刚才贾长安说，上次入库是一个月前。"

安静走上前，单膝跪地，用手指捻着矿渣，说："这个月已经下了好几场雨，要是上个月的痕迹，不可能留到现在。"

杜猛点了点头，说："怎么办？要不直接把他带走，全面开箱检查？"

安静思索一会儿，摇了摇头。

回到局里，安静将情况及时做了报告。宋铭正拿着杜猛的手机放大看照片，仔细观察照片里矿渣的痕迹。

安静解释道:"最近经常下雨,这些痕迹应该就是近几天留下的。但贾长安坚持说,上次矿石出入库是在一个月前。"

宋铭问:"没惊动他吧?"

"没有。就算矿石存储有问题,跟我们追查的技术窃密案件也没有直接联系。但贾长安跟鼎华集团,尤其跟苗家,关系这么密切,我觉得最好先继续观察,不应该轻举妄动。"

"做得对。"

"宋局,接下来我们是不是先跟省厅的人开个会?"杜猛在一旁问。

"好,我现在就去沟通。"宋铭将手机还给杜猛,快步离开会议室。

王佐看看安静,又看看杜猛,好奇地问:"安科,你们跟省厅并组了,怎么没带上我们?"

杜猛一本正经地说:"规矩不懂吗?不该问的别问。"

王佐脸色一变,正要说什么,安静急忙出来打圆场,叫了一声:"杜猛!"杜猛一愣,王佐也将嘴边的话咽了回去。安静继续道:"这次情况特殊,是上面的安排。大家放心,必要的信息都会即时同步。"

王佐笑着点头说:"开个玩笑,规矩我懂。"

午餐时间,苗焕阳和苗霏边吃边聊。他问:"长安最近在忙什么呢?"

苗霏道:"您又不是不知道,我不爱过问他的事。"

"那也不能完全不管,该了解还是要了解一下。"

苗霏点了点头,说:"他们公司筹划着要上市,每天都有应酬。"

"长安步子跨得太大了,公司现在看着发展挺快,但里面有多少泡沫他自己心里要清楚。就算想把公司卖了变现,也得做得漂亮点。"

苗霏话题一转,说:"爸,鼎华这边有点事,想跟您说一下。"

"嗯?"

"庞一山要把人事部门从行政管理中心分割出来。"

一听这话,苗焕阳面色铁青,指头击打了一下桌面,怒道:"我前脚刚走……"忍着怒气,苗焕阳还是把后面的话憋了回去。冷静了一会儿,他问:"庞一山打算推谁上位?"

"估计是杨迅。"

"杨迅本来就是庞一山故意安插到你身边的。这个事,不能让他遂愿。"

"但是这个分割方案林总也认可了,我只能表示支持。"

苗焕阳苦笑道:"还是小看庞一山了。养了这么多年,还以为养熟了,没想到他这么快就开始咬人。"

苗霏叹了口气,道:"也正常,谁还没点自己的想法。"

"霏霏,要是没法阻止他们分离人事部门,你唯一能做的,就是要想办法保证新主管是你的人。我会尽量帮你。"

"好。"

令苗家父女头疼的变动在马尚眼里却是一个绝好的机会。看着电脑上鼎华集团的招聘信息,马尚攥紧了拳头。

胡玉萍端着一碗银耳汤进来，凑近电脑瞥了一眼，问："你想进鼎华啊？"

"您知道鼎华？"

"鼎华谁不知道，鼎华大厦是咱们这儿的地标建筑。"

"在双清，鼎华算是行业龙头老大了吧？"

"这得问你爸。鼎华还没上市的时候，你爸就在给他们跑运输，都十几年了。他在那边也算有点交情。"

"真的？"马尚转过头来说，"妈，您看啊，这人事部主管的招聘条件，学历和工作经验我都符合，就是这年龄，要求不低于三十五岁……"

这时，马骏海推门进来，看了下俩人，问："聊什么呢？"

"爸，听说您跟鼎华还有交情？"马尚连忙问。

马骏海茫然地说："没有啊。"

"你不是跟那个苗总挺熟的吗？"胡玉萍说。

"苗焕阳？我每年就给他们送几趟货，也就算是认识。"

"你上次去给他们送货，苗总不还请你吃了饭吗？"

"不是……你突然说这个干什么？"马骏海问胡玉萍。

马尚在一旁说："我想进鼎华，但招聘条件有点不符，想让您帮我牵个线。"

马骏海面露犹豫之色，胡玉萍有些生气地说："你这人就这样，一辈子拉不下脸找人办事。儿子的事都不愿意跑跑。"

马骏海无奈地说："也没说不跑啊！牵什么线？"

马尚站起来把位子让给马骏海，说："爸，您看这个招聘条件……"

第六章

突 变

一

一大清早,专案组就在游艇上一边吃早餐,一边讨论着。"看来这回真的钓到东西了。"马尚看着杜猛拍的矿渣照片说。

"可惜还是没找到突破口。矿石进出库记录已经严格核查了,购买渠道、运输渠道、矿石样品的重量、成分,经检查都没发现问题。"安静无奈道。

"对了,我昨晚刚发现的……"马尚从桌上厚厚的文件堆中拿出一份,递给安静。马尚继续说,"长安科研没什么产品,矿石除了储备,就是用于研发。但是这研发损耗率,是不是太高了点?"

安静一边看着文件,一边点头道:"这个路子有戏,我去查。"

赫子轩插嘴说:"对了马尚,你上次提醒了以后,我还真发现不少东西。比如这个长安科研的股权构成……"众人看向赫子轩,他接着说,"贾长安作为最大的股东,其实只占有百分之三十几的股份。剩下的股份都分散在一群小股东手里,每个人的份额都不超过百分之五,但这些小股东加起来……"

安静道:"你是说,如果有人操纵控制这些小股东,就可以实际掌控长安科研?"

赫子轩点了点头。

"不一定吧?好多公司的股权都这样,哪那么容易操纵?"杜猛道。

马尚问:"股东的身份信息核实了没?"

赫子轩答道:"这才问到点子上了。大部分股东的信息都不完整,我感觉是编造出来的。"

杜猛撇撇嘴,不说话了。

马尚看向安静，问："你觉得呢？"

安静道："如果是这样，贾长安会不会被控制了，是个傀儡？"

"不排除这种可能。不过贾长安作为长安科研的台面人物，不可能完全不知情。你们的这条线继续追下去，肯定有收获。"马尚说着，将剩下的半根油条塞进嘴里，鼓着腮帮子咀嚼着。

讨论完后，马尚独自走出船舱坐在前甲板上，望着大海想心事。安静走到他的旁边，问："想什么呢？"

马尚摇了摇头，说："没事。"

"马尚，我们追查的是技术窃密的案子，结果现在长安科研越查越像走私。这不是越跑越偏……"安静叹气道，明明已经查出了一些东西，她却越发摸不准了。

"不能这么讲。咱们这工作就跟拆毛线球似的，拆着拆着线又回来了，也说不定。"

安静笑了笑，说："进鼎华的事到底怎么样了？秦厅把你吹得上天入地，你这办事效率也不高啊……"

马尚面露苦笑，摇摇头说："遇着点麻烦，卡死在应聘条件上了，我年龄不够。改年龄太冒险了，在别的地方没问题，可这里是双清，那么多同学朋友，容易露馅。但说起来挺巧的，我爸跟苗焕阳有点交情，说不定帮得上忙。"

"你爸？"

"他那小公司是专门跑运输的，鼎华上市前，他跟苗焕阳有业务合作，直到现在都十几年了。不过我爸这人从来不喜欢搞关系，跟苗焕阳也算不上有多熟。"

"那就先试试吧，不过说实话……我觉得尽量不要把家人牵扯进来。"

马尚点了点头。两人看向海面，又陷入了沉默。过了一会儿，马尚故作轻松地开口道："其实也没事。换个角度想，如果我爸帮我牵线走后门，那我进鼎华就显得更真实，身份更不容易暴露，家人也就更安全。"

安静看着马尚，表情复杂地说："马尚，这事我真没法给你建议，你自己得想清楚。"

赫子轩说到长安科研股东信息的问题，贾长安自己也发现了。他和周恋约好上午九点半见面，却提前到了订好的酒店房间内，拿着录音笔转悠。他先是试着把录音笔放在床垫下，摇摇头又拿出来，随后放在床头柜的一本杂志里面，觉得不妥又拿了出来。

此时，房间门口突然传来刷卡的声音。

贾长安只好匆忙地把录音笔塞进了衣服口袋中，没有来得及打开。周恋走进来，看见贾长安，略微有些吃惊地说："不是九点半吗？你来得挺早啊。"

"你来得也挺早。"贾长安镇定下来。

周恋放下手包，摘掉假发和口罩，笑着看向贾长安，问："你从来不主动约我，前几天还让我不要找你，今天这是怎么了？"

"有件事我想问问你。"

"你说。"

"矿石的事，我以前从不问细节。你能不能告诉我，到底弄哪儿去了？"

第六章／突　变

周恋微微皱眉，露出不高兴的神色，道："这个事，我们说好了，各管各的。这也是为了你好。"

"还是给我交个底吧。"

周恋笑了笑，说："有的事，说那么明白就没意思了。我跟你保证，所有的步骤都走得很小心，不会出问题。"

"国安的人又让我带他们去了仓库，万一他们查出点什么问题，公司的法人是我，出了事，责任肯定都是我来背。"

"你放心，该有的文件材料都已经准备好了。再说就算出了事，也是我跟你一起承担。"

贾长安看了一眼周恋，笑了笑。

周恋问道："长安，你相信我吗？"

贾长安跟周恋对视了片刻，道："相信。"

周恋挪近身子，坐在了贾长安的腿上。贾长安顺势搂住周恋的腰，说："还有个事我不是很放心……我发现好像有人在背后控制我公司的那些股东。"

周恋此时背对着贾长安而坐，她脸色一变，身体一僵。贾长安明显感觉到周恋的变化，脸上的表情也阴沉下来。周恋轻轻挪开贾长安搂着她的手，站了起来，转身面对着贾长安。贾长安也站起身来。

"怎么突然说这个？"

"就是随口一说。我觉得其实是好事。万一国安真查到什么，我就可以说，一切都是背后这个人干的，我根本不知情。"

周恋表情严肃，微微带着恼怒，严厉地说："我最后跟你说一次，你没有必要疑神疑鬼，账目也好，仓库也罢，都做了充分准备，绝不会出问题。"

"那当然最好。"

二

马尚回家吃午饭。胡玉萍端着炒好的最后一盘菜从厨房走出来，看到马尚，问："怎么样了？"

"那边说年龄是硬性条件，我简历都递不进去。"

胡玉萍看了看马骏海所在的厨房方向，给马尚使眼色，说："先吃饭。"

等马骏海从厨房走出来，一家三口落座，开始吃饭。马尚低着头，专心夹菜吃饭，也不说话。胡玉萍一副恨铁不成钢的表情，踢了马尚一脚。

马尚抬头看了胡玉萍一眼，胡玉萍夸张地使着眼色。

马骏海发现有些不对，问道："又怎么了？"

"儿子有话跟你说。"胡玉萍夹起一片青菜，故意不看他。

马尚看了马骏海一眼，犹豫了一下，说："爸，我知道您骨子里还是一名军人，一直坚守自己做人的原则，我也向来都以您为榜样和楷模……"

马骏海听得一头雾水，说："你这是跟谁学的，家里人说话绕什么弯子。"

"还是那事，真得让您帮忙拉拉关系了。"

马骏海愣了一下，吃了口菜，道："这个，你得让我先想想。"

胡玉萍急了，把筷子往桌上一拍。突如其来的举动吓了马尚一跳。胡玉萍叫道："你给他当牛做马那么多年，去找他帮这么点小忙，你还要想一想？"

马骏海不满地看着胡玉萍说："什么当牛做马，生意来往而已。从你嘴里出来就没句好听的话。"

"那你还瞎琢磨什么？"

"走后门这种事，我马骏海从来不干！"马骏海也急了，冲着胡玉萍瞪着眼睛吼道。

"又没让你去送礼送钱，就是正正经经地提一下，替儿子争取一个公平竞争的机会。同不同意是他的事，你说一下又能怎么样？"胡玉萍也有点急了。

马骏海不吱声了。马尚看父母快吵起来了，赶紧打圆场，道："妈，您别着急，我自己想想办法。"

"我看啊，你爸是怕人家不卖他这面子，他觉得丢人。"

马骏海瞪了胡玉萍一眼，又看向马尚，说："快点吃，吃完跟我去一趟苗总家！"

"好嘞！"

听到门铃响，苗焕阳放下报纸，打开门，看到门外的马骏海和拎着水果的马尚，愣了一下。

"苗总。"马骏海恭敬地打了个招呼。

"老马？稀客啊，来来来，快请进。"苗焕阳热情地把两人引到客厅沙发上坐下。

"苗总，没打招呼就来打扰您，真是不好意思。"马骏海道。

"咱们认识这么多年，说什么打扰不打扰的。"苗焕阳挥了挥手，又看向马尚问，"这位是……"

"这是我儿子，马尚。"

"小伙子长得真精神，年轻就是好啊。"

马尚大方地咧嘴笑了笑，客套地说："苗总您好。"

苗焕阳给二人倒了茶，感慨道："老马，这么多生意合作伙伴，论人品，我佩服的也只有你了。我在鼎华的时候，就只有你不跟我攀交情。退休以后，也只有你来看我。"

马骏海听到"退休"两个字，先是愣了片刻，又露出苦笑，道："您这么说……我都不好意思开口了，我这……"

苗焕阳摆摆手，道："我们认识这么多年，有什么话尽管说。我是退下来了，余热还是有的。"

马骏海看了看马尚，犹豫良久，还是开口道："我这个儿子，刚把北京的工作辞了，想回家来发展。这不是听说鼎华人事部正在招主管，所以，我就厚着脸皮过来找您，想求您帮个忙。"

马尚急忙递上自己的简历，见缝插针地说："苗总，这是我的简历。"

苗焕阳把简历接过来，低头扫了几眼，说："嗯，不错，京师大毕业，专业也很对口，工作经验也够了。不错，不错……这么好的条件，应该很有竞争力。"

"这个职位要求三十五岁以上，所以我在网上递的简历都被打回来了。"

马骏海补充道："苗总，其实我也只是希望他能有个应聘的机会。"

苗焕阳思考了一下，连连摇头叹气，道："提到鼎华，我这心情就复杂得很。这个人事部，本来属于我女儿主管的行政管理中心。现在单分出来，很可能就是在分我女儿的权啊……"

马骏海吃了一惊，道："这……您在鼎华奉献了大半辈子，应该不至于吧……"

苗焕阳笑了笑，看向马尚，说："马尚，看见没，这就是你爸，行得正走得直。这一点你要多学习。"

马尚笑着，点头肯定。

"你要真想进鼎华，就要有心理准备。面对工作，大家都是同事，但只要涉及个人利益，事情就变得复杂。除了本职工作以外，该怎么处理人际关系也一定要先想明白。"

"我懂。"马尚答道。

"那好，简历就留在我这，我亲自送过去。不过我也只能做到这个程度，以后的事情就看你怎么努力了。"

"谢谢苗叔叔。"

"这样就已经很好了，能不能当上这个主管，那得靠真正的实力说话。要是没这个能力，上去了也是误人误己。"马骏海道。

"说得对。老马，你是个明白人。来，喝茶喝茶……"

三

"什么事这么着急？"乔西川将帽檐稍稍抬起，扭头看了眼后座上的周恋，然后又转回头去。

"国安可能真查到了什么，贾长安沉不住气了，跑来跟我摊牌。"

"他跟你说什么了？"

"他一直在问我矿石的去向。"

"你怎么回答的？"

"我知道你的意思。我防着他录音呢，没有提到任何具体的东西。"

乔西川点了点头。

周恋沉默片刻，继续说下去："还有，他已经开始查我幕后控股的事了。听他的意思，如果出了问题，就把我推出来，保他自己。"

乔西川抬头，从后视镜里跟周恋对视了一会儿，像是在判断周恋所言的真假。见周恋脸上难掩的焦虑神色，乔西川道："你还有没有把握稳住他？"

周恋犹豫片刻，说："没有。"

乔西川稍稍低了低头，沉默不语。周恋试图观察乔西川的表情，但是从她的角度，乔西川半张脸被帽子遮住，根本看不出什么。周恋犹豫片刻，终于再开口，问："你能不能安排我尽快离开双清？"

"要是他真的指证你，你出了双清也跑不掉。"

"那我该怎么办？"

"最近这批货还没有出关，你先把这件事办好。贾长安那边，交给我来处理。"

周恋犹豫片刻，弱弱地问了一句："怎么处理？"

"做好自己的事就行，其他不用管。"

周恋欲言又止，最后她还是选择了沉默，下车离开。

苗霏正处理工作，两声缓慢而有力的敲门声响起，只见苗焕阳站在敞开的办公室门口。苗霏惊讶地问："爸，您怎么来了？"

"跟林总聊了点事，顺便来看看你。"

"聊什么了？"

苗焕阳没有回答，反问道："今天有一份人事部主管应聘简历，你看到了吧？"

苗霏点头说："那个马尚对吧？工作履历还不错，就是年龄偏小，不符合规定……"

"没有年龄这条规定了。"苗焕阳淡淡地说。

苗霏一怔，很快就反应过来，说："他是您推的人？"

"一个……算是朋友吧，朋友的儿子，刚回双清找工作，能力还不错。你可以适当关注一下，但是也要多留意，看看这人到底能不能用。"

"明白了。您就是为了这事过来？"

苗焕阳摇了摇头，说："这招聘条款，一看就知道是庞一山为了推杨迅上位。吃相有点难看了。"

听到这话，苗霏明白老爸是来施加压力的，不禁笑道："您一出手，我这边的压力就小多了。"

苗焕阳笑了笑，说："你要记着一点，只要人事部的主管是你的人，它从行政管理中心分出去也就无所谓了。"

苗霏点头道："您让庞一山吃了瘪，我推人也好推了。我这儿也有几个人选，我会私下先约出来面谈。"

苗焕阳点头，露出赞赏神色，道："反应挺快。"

另一头，庞一山办公室的气氛与苗霏那边截然不同。庞一山坐在办公桌后面，面色不悦，拿起桌上一份简历扔到坐在对面还打着哈欠的杨迅的脸上。

杨迅慌忙接住，问："庞总？这是……"

"自己看！苗焕阳亲自递到公司的。"

杨迅凛然一惊，问："马尚？这是谁啊？"

"苗焕阳亲自过来送一趟，能是一般关系吗？"

杨迅看完简历，恭恭敬敬地将简历放回桌上，凑近了问："您不是说，这位置可以安排的吗？"

庞一山捂着鼻子恼怒道："上班时间，顶着个黑眼圈，身上这么大酒气，你是生怕别人看不出你天天花天酒地啊?"

杨迅一脸惭愧地说:"应酬,工作应酬。"

"你知不知道,就是因为想给你安排,我今天被林总叫过去训了一顿。"

杨迅慌张失措,唯唯诺诺地问:"庞总,那现在该怎么办?"

庞一山沉默了一会儿,语气平缓了些,道:"以后给我稳重点,不是什么事我都能帮你罩着。"

"是是,庞总,我记住了。"

四

双清市局侦查科的众人齐聚在会议室中,安静汇报完毕后,说:"目前的情况就是这样。宋局?"

"很好。刚才的简报都听明白了吧?长安科研以及贾长安身上,都存在重大嫌疑。我已经与省厅那边达成一致,决定对贾长安实施全面布控。"宋铭道。

小李问:"宋局,这次行动持续多久?"

安静反问:"怎么了?有什么问题吗?"

小李不好意思地说:"我就问问……"

老六接口道:"她的意思我懂。咱们为什么不主动施压?这么守株待兔是不是有点吃力不讨好啊?"

安静解释说:"我们盯住贾长安,不仅是为了获取他走私的证据,更是为了顺藤摸瓜,铲除一整条走私线路。"

众人点头赞同。

安静继续道:"另外,根据省厅提供的情报,很可能有其他人在幕后实际掌控着长安科研。单抓贾长安没有意义,他只是虾米,我们要抓的是大鱼。"

"明白了。"

宋铭说:"安静,具体布控方案、人员调配,你来定吧。"

"好。行动批准什么时候能正式下达?"安静问。

"已经在走程序了,最晚……明天中午之前。"宋铭想了想,说。

安静点头道:"回家收拾收拾,明早五点半集合。"

"明白!"

乔西川一口喝掉酒杯里的酒。随后他拿起手机,拨打了一个号码,用英文说:"是我。那批矿石已经运出去了。"

"总算来了个好消息。"电话那头是杰弗里。

"但这可能是近期的最后一批了。"

"为什么?"

"我们的中间人,状态不稳定。"

电话那头沉默了一会儿，道："矿石这边可以暂停，但你要尽快找到新的货源。"

"你确定要为了矿石分心？我们的目标不是合成技术吗？"乔西川问。

"同时做两件事对你来说很难吗？"

"知道了，我需要时间。"

"尽快……"杰弗里突然想到什么，问，"你刚才说中间人状态不稳定？"

"需要处理。"

"乔，如果所有事情都需要我来善后……"

乔西川打断道："你能不能帮这个忙？能，还是不能？"

"我会处理。"说完，电话就挂断了。

安静指着地图，做出了详细的安排。完毕后，她问："各自的任务都清楚了吗？"

"清楚了！"

得到大家的肯定答复后，安静用征询的目光看向宋铭。宋铭点点头，道："很好，开始行动。"

大家正准备散开，杜猛手机传来信息提示的铃声。他拿出手机一看，突然停步，大叫："等等！等等！"

"怎么了？"

"我转给你们……"杜猛一边说着，一边转发那条关于贾长安的推送新闻。

安静打开一看，变了脸色，念了出来："什么？股东实名举报长安科研总裁贾长安走私国家稀有资源……"

所有人都拿着自己的手机，面色沉重地查看举报信。

"宋局，情况有点不对……我们的计划可能落空了。"安静凝重地说。刚刚的新闻里将仓库储存造假的细节、走私途径等关键信息都已经公开了。

众人都看向宋铭，等待他的决定。

宋铭摆摆手，也颇为失望地说："不用布控了，直接把贾长安带回来。安静、杜猛，你们兵分两路，去他家里和公司找人。"

"是！"安静和杜猛急匆匆地走了，王佐和老六也跟了出去。

宋铭拉住了小李，说："你去技术科，找出举报信发布源，核实举报人信息。"

"明白。"

小李也出了办公室，只剩下宋铭一人，他脸上愁云密布。

"贾总！贾总！"秘书高声喊道。

"又怎么了？"贾长安正脸色阴沉地翻阅着文件，不悦道。

秘书匆匆走过来，将手机递给贾长安。屏幕上赫然写着：股东实名举报长安科研总裁贾长安走私国家稀有资源。

贾长安看得目瞪口呆。

苗霏正在办公室内不断地给贾长安打电话，却只传来提示音——您拨打的电话无人接听，请稍后再拨。苗霏瘫坐在椅子上，烦躁地将手机扔在桌上。

第六章／突　变

手机铃声突然响起,苗霏第一时间拿起,来电之人却是苗焕阳。

"你看到举报信了吗？贾长安在哪儿？他不接我电话。"苗焕阳语气十分急切。

"我也打不通。爸,这到底……"

苗焕阳打断道："霏霏,如果你联系上他,让他一定把嘴闭紧,不管什么人问什么话,通通都说不知道,不要有任何解释。你也一样,懂吗？"

"我……我知道。"苗霏似乎有些紧张。

"先这样。我去联系律师。"苗焕阳说完,挂断了电话。

贾长安捧着一摞文件,匆匆发动车子,油门一踩,轰然而去。刚走不久,几辆黑色越野车抵达了停车场。头车上的安静和王佐等人迅速下车赶往办公楼。

"贾总真的出去了……"秘书不停地解释。

安静等人不予理会,径直往前走。此时公司员工正聚在一起,看着那封举报信,惶惶不安,议论纷纷。看见安静等人,员工们瞬间安静下来。

贾长安办公室内的确空无一人,四周散落着乱糟糟的文件。

这时,杜猛打来电话。安静接通后,问："你那边怎么样？"

"家里没人。"杜猛道。

"先收集证据。"安静沉声道。

"明白。你们那边呢？"

"秘书说他刚走……"安静瞥了眼正在检查保险柜的王佐,压低了声音说,"马跟赫在用天眼系统进行定位。"

"用我过来帮你吗？"杜猛问。

"不用,先待命。"

"明白。"

外面,老六等几名侦查员将长安科研的员工聚集起来。安静和王佐匆匆走过来。安静问贾长安的秘书："贾长安有没有说要去哪儿？"

"一句话都没说,直接走了。"

安静又看向其他员工,众人纷纷摇头。

"就他自己,还是跟别人一起？"安静继续追问。

"就他自己……贾总好像抱了一堆文件,我没看清是什么。"

安静点了点头,把王佐拉到一边,小声说："把各部门主管带回去问讯,其他人先记录身份信息。"

"好。"

"老六,跟我走。"安静快步向外走去,老六赶紧跟上。

与此同时,游艇上,赫子轩正在操作电脑,通过天眼监视系统定位,马尚站在他身后。赫子轩找到的画面显示贾长安抱着一堆文件匆匆上了车。

"手机定位呢？"

"等等。"说着,赫子轩切换屏幕,画面上一个进度条刚好走完,跳转出城市地图的画面，其上有个正在移动的红点。

确定后，马尚立马打电话给安静，道："目标在城南环路油河路口，正在往南走。"

"收到，正在追踪。"

赫子轩回头看着马尚，说："现在全乱套了。写这个举报信的人，会不会有问题？"

马尚点了点头，又轻声叹气。

"再快点！"安静坐在副驾驶座，焦急地催促开车的老六。老六没有说话，猛踩油门。

马尚又打来电话，说："目标已经到了林阳路，刚才差点跟对向车辆相撞，然后往东去了。"显然，贾长安慌了。

安静疑惑地说："东边？飞机场、火车站都在西边，他要去哪里？"

"别着急，我这边已经监听了他的手机。有情况随时通气。"

贾长安要去的，是周恋的日料店。

当他惊慌失措地开车到达时，日料店的大门紧闭，门上挂着"Closed"的标牌。贾长安掏出手机，滑掉屏幕上显示的十几个未接电话，熟练地输入周恋的号码。对方却已经关机了。

贾长安瘫在座椅上，手机却开始振动，又是苗霏的电话打了进来，贾长安犹豫不决。振动了好一会儿，贾长安终于接起。

"长安，你在哪儿？"苗霏关切地问，"说话啊！你别吓我！"

"我……我在……"贾长安也不知道怎么回复。

"那个举报信……"

贾长安打断道："那是假的！"

"我知道，我知道。长安，你……"

"这是有人陷害我！霏霏，你一定要相信我！"贾长安已经开始歇斯底里，又一次打断了苗霏。

"我当然相信你，你不可能做这种事。"

"现在我说不清楚了，国安的人要来抓我……"贾长安努力使自己镇定下来。

"国安？"

"他们早盯上我了。"

"长安，你听我说……"

"我什么也没做，什么也没做！"

"我知道我知道。长安，不管谁问你话，你什么都别回答。爸已经去找律师了，听到了吗？"

贾长安沉默不语。

"你快来鼎华找我，有话见面再说。好吗？"

贾长安举着电话，双眼通红。

苗霏更加焦急地说："你听到没有？或者告诉我你在哪儿，我来找你。"

贾长安终于绷不住开始抽泣，道："霏霏……我……我错了……我……"

"长安,别在电话里说!"苗霏赶紧制止道。

贾长安看向副驾驶座位上的那堆文件,道:"我真的不是……不是故意的……"

苗霏发现贾长安明显已经失去理智,自己的情绪也有些失控,她大声斥道:"贾长安!现在不是哭的时候,我跟你说的你听见了吗!"

"我该怎么办……我……"

"这种时候,你得像个男人!"苗霏怒道。

电话那头又沉默了片刻。

苗霏软下语气,道:"长安,你过来找我吧,我等着你。"

"我知道了。"

电话随即挂断。苗霏愣了片刻,还是觉得不放心,又把电话打了回去,可是贾长安没有接听。

五

马尚和赫子轩同时摘下了监控耳机。

赫子轩道:"听苗霏这意思,她好像不知道内情。"

马尚摇摇头说:"这也说不好。"

监控画面中,贾长安的车重新启动,开向了鼎华大厦的停车场。

"调楼里的监控。"马尚连忙再次拨通安静的电话,说,"他跟苗霏通了电话,现在刚进鼎华的停车场,他们俩要见面。"

"我这边预计还得十分钟才能到。"安静沉声道。

马尚眉头一皱,问:"这么久?"

"刚才的车祸把路堵死了,只能绕了条远路。"安静无奈地说。

"尽快,不能给他们串供的时间。"

"明白。"

马尚挂断了电话,看向屏幕。赫子轩已经调出了鼎华停车场几处电梯的监控,说:"他还在停车场,没进大楼。"

马尚扫视屏幕,问:"他的车呢?"

"应该停在监控死角。"

"盯着所有出入口,任何人员进出都要记录。"马尚说完,陷入了沉思。

苗霏焦急地等待着,她再一次拨打贾长安的手机,仍然无人接听。突然有人敲了敲门,还没等苗霏回应,杨迅开门探头进来,道:"苗总?"

苗霏抬头看向杨迅,努力地维持镇定。杨迅拿着手机,指着屏幕:"苗总,这个举报信……"

话没说完,苗霏厉声呵斥:"出去!"

杨迅见状,急忙退了出去。

"能不能确定具体位置？"安静正与马尚通着电话。黑色越野车驶进停车场，安静和老六下了车。

"定位没那么精确，大概在E区和F区的交界处。"

安静皱了皱眉，向老六打了个分开搜寻的手势。两人向不同的方向分散开来。

安静绕过一辆又一辆车，搜索观察着。突然前方传来隐隐约约的手机铃声，安静立刻加快脚步朝着声音来源走去，果然是贾长安的车停在角落里。

走近一看，安静发现轿车尾气排放口套着一根管子，从后车窗缝里直接通到车中。隐约能看见驾驶座上贾长安歪头坐着。

安静冲了过去，想要拉开车门，却毫无反应。她立刻踢掉套在尾气排放口上的管子，然后迅速察看四周，排除周边可能存在的威胁。

"你让开！"老六举着灭火器赶过来，打算将车窗砸碎。

"别破坏现场！"安静制止道。老六一愣，只得停下了步子。

安静用差不多手掌大小的电子解锁器打开车门，一股浓重刺鼻的尾气扑面而来，她强忍着不适感将汽车熄火，随即试探贾长安的脉搏。

"怎么样？"老六问道。

"死了……"

贾长安的手机铃声再度响起，屏幕上显示来电人"霏霏"，可原本放在副驾驶位置上的文件却已经不见了。

医院走廊，安静和杜猛站着，宋铭匆匆赶到。听安静汇报完情况，宋铭问："你怎么处理的？"

"我第一时间判断目标试图自杀，所以优先选择采取救援措施。但同时我也快速排除了周边可能存在的危险，并在救援过程中尽可能避免破坏现场。从发现目标的自杀行为到打开车门，耗时三十秒左右。等我接触到目标时，发现对方已经死亡。"

宋铭点点头，沉思着。

杜猛插嘴道："宋局，我们还有一个推论。"

"讲。"

安静接口道："我和目标进入地库的时间差，前后最多也就十五分钟。目标从决定自杀到真正实施自杀行为，总要有一个心理建设的时间吧？"

"前前后后才十几分钟，他自杀的这个操作也太熟练了吧。"杜猛急切地补充道。

众人都是行家，知道贾长安如果自杀，还得花时间架设装置，把尾气排到车内，而且吸入足量的有毒废气也得耗费不少时间。

"你们怀疑是他杀？"

"如果是自杀，有很多地方解释不通。但现场没有发现打斗痕迹，尸体上也暂时没有找到防卫型伤痕。"

宋铭沉思片刻，对安静说："你处理得很好。记得把所有细节和疑点都写进报告，不要有任何遗漏。"

"明白。"

太平间外,安静、杜猛和苗焕阳三个人坐在医院走廊拐角的休息区,苗露正在照顾姐姐。苗焕阳低着头一直在搓手,看起来一副心事重重的样子。

安静试探着打破了沉默,问:"苗先生,您是不是知道什么情况?"

苗焕阳停止了搓手,抬起头看了安静一眼,犹豫道:"其实我是想问问你们举报信的事儿。上面说的,都是真的吗?"

"具体情况暂时不便透露,但我们调查长安科研有一段时间了。"见苗焕阳显得有些吃惊,安静继续往下说,"有个事可以告诉您。最近一批运往长安科研仓库的矿石,已经被我们拦截扣下了。"

"你是说……"

"我想您肯定已经听明白了。那封举报信,至少不能说全是假的。"

苗焕阳露出难以置信的表情,气愤地站起身来,走到窗前,道:"真没想到,贾长安竟然背着我干这种事!"

安静和杜猛也跟着起身,杜猛走到苗焕阳面前,问:"您真的完全不知情?"

苗焕阳转身看着杜猛,皱眉摇头。

"进到长安科研的矿石可都是从鼎华出来的,这么大的量肯定需要您的亲自批复吧?"杜猛接着问,而安静在旁一直观察着苗焕阳的反应。

苗焕阳眉头紧皱,表情满是气愤和恼怒,道:"我是来找你们了解情况的!你……你这是怀疑我?"

杜猛笑笑说:"那倒不至于,您误会了。"

苗焕阳转而看向安静,正色道:"你们要问讯,我可以配合,但要有律师在场。"

"您别激动,我们不会无根据地怀疑任何人。"安静道。

杜猛也赔笑道:"抱歉啊,是我刚才说话的方式不对。其实我是想问,这么长时间以来,您有没有察觉到长安科研有什么蹊跷?"

苗焕阳神情略微放松下来,在旁边坐下,叹气道:"这件事,我也不是完全没有责任。我跟贾长安的关系也不是什么秘密。年轻人创业,我作为长辈,在合法的范围内,能帮肯定多帮,是吧?"

"人之常情。"杜猛说。

"长安科研递交的资料确实没有任何问题。至于你们说的蹊跷……我都打算把闺女嫁给他了,要是真看出来有蹊跷,我能害自己的女儿吗?"

安静点了点头,道:"苗先生,我相信您说的这句话。但还是得再请您仔细想想,任何线索都可能有助于我们的调查。"

苗焕阳却不再接话茬儿,表情变得很悲伤,自顾自地懊恼叹气。过了一会儿,又开口说:"我经常提醒他,一定要走正道,踏踏实实做事业。他怎么就不听我的呢?你说他现在出了这种事,我女儿该怎么办啊!"

安静和杜猛看着他这样,对视一眼,也不好再说什么了。

经过了白天一系列的事件,马尚、安静、杜猛、赫子轩和宋铭五人组成的专案组又聚集在了游艇上。投影仪将地下停车场平面图投射到大屏幕上,马尚一边比画着图片一边向专案组其他人讲述着:"根据平面图来看,停车场只有六个车位是监控死角,但贾长安的车偏偏停在了其中一个上。"

"贾长安有逃跑的意图,所以我倾向于他是有意为之。除了苗霏,贾长安死前有没有跟别人通过话?"安静问。

马尚说:"他确实拨打过一个陌生号码,但没有接通。而且这个号码有点问题,我们正在查。"

"等一下,"杜猛插嘴问,"贾长安一路奔着鼎华去的,他要见的人不就是苗霏吗?"

"跟自己的未婚妻见面,为什么非要找个监控死角?"安静反问道。

赫子轩解释说:"而且他是到了鼎华附近才与苗霏通话,从通话内容看,他事先并没有跟苗霏见面的打算。"

杜猛想了想:"那还真是有问题……"

众人陷入了一阵沉默,宋铭咳嗽了一声,道:"安静,你先说说其他情况。"

第七章 迷局

一

"法医初步鉴定，贾长安的体表没有伤痕，肺部有大量一氧化碳沉积，确实是死于尾气中毒。"安静将一摞照片铺开放在桌面上，汇报着已掌握的情报。

"现场没有任何疑点？"马尚问。

安静想了想，道："我仔细检查过，确实没发现打斗的痕迹。那块监控盲区的面积很小，如果有人上前发动袭击，根本避不开监控镜头。"

马尚点了点头。

宋铭看向赫子轩。赫子轩道："监控录像显示，从贾长安抵达地下车库到你们跟进去，时差是十三分三十七秒。在这期间没有别的车辆和人员进出。"

众人都在思考着案情。

"对了，"赫子轩突然想到了什么，说，"贾长安死前给苗霏发过一条短信，只有三个字，对不起。"

杜猛肯定地说："这算是临终遗言了吧。现在各种线索都表明，这小子就是畏罪自杀。"

马尚摇头道："我认为不能下这个结论。"

杜猛不屑地说："这不明摆着，证据说了算。"

"不，我也觉得现在下结论太早了。随便找个地方都能自杀，贾长安为什么偏偏跑到鼎华车库的监控死角？"安静提出了疑点。

马尚说："举报信内容并未查实，他还有脱罪的可能，根本没到绝境。"

安静补充道："而且就算被定罪，也不一定是死罪。任何人面对这种情况都会优先争取生的希望，贾长安为什么这么着急去死呢？"

杜猛想要说什么，又被马尚抢了先："那个没打通的号码到底是谁的，贾长安在这种时候为什么要联系他？"

安静又说："贾长安的秘书说，他从公司带走了一摞资料，但事发现场并没有找到。他是中途丢弃了，还是在他死后被人带走了？"

"我插一句。公安部门正在对指纹、毛发等相关证据进行分析测验。由于案件牵涉国家资源安全，公安部门同意配合我们的行动部署和保密工作。"宋铭说着，站起身来活动了一下酸痛的脖子，道，"安静，你和杜猛继续跟进苗家父女那边。贾长安的矿石是从苗焕阳那里弄来的，不管苗焕阳是否参与了走私，他都是一切的源头。"

"明白。苗霏那边我也想跟一下。"作为贾长安的未婚妻，安静一直没有忽视苗霏的存在。

宋铭点了点头。

"那……我继续追查那个号码，还有那个所谓的实名举报信的来源？"赫子轩举手问。

安静说："这些事我可以让侦查科的同事来跟进，你有更重要的任务。"

宋铭点头说："如果贾长安死于他杀，那凶手一定对案发现场的地形了如指掌，很有可能事先进行过实地勘察。"

"明白了。"

众人说话间，马尚一直出神地琢磨着什么。

"马尚，"安静叫了一声，问，"想什么呢？"

马尚看向安静，道："我在想……贾长安的死到底对谁有利？"

这句话，让众人陷入沉思。

安静和杜猛离开后，赫子轩仍坐在操作台前边比对监控画面。马尚站在他身后，指着屏幕道："苗焕阳当天出门的时间是上午十一点二十四分，而贾长安的死亡时间在上午十点半左右，苗焕阳没有作案时间。"

赫子轩说："苗霏这边也一样，但这不代表不能买凶杀人。"

"是有可能，但也别进入固定思维……"马尚说着，手机响了，他接通后道，"你好……对，我是马尚。周一上午十点……好的，没问题……谢谢您。"马尚挂断电话，抑制不住自己的笑容。

"谁啊？"

"鼎华通知我周一去面试。"

赫子轩露出吃惊的表情，道："刚出了这种事，我还以为面试的事儿得缓缓。"

"正常，这么大一个集团，工作总得照常运转。"

"贾长安拨出的那个陌生号码，你赶紧追查。我去趟现场。"马尚正色道。

安静和杜猛来到医院停尸房，安静敲了敲门示意一下，道："对不起，打扰了。"

"你们怎么又来了，我知道的情况不是都跟你们说了吗？"苗焕阳正心疼地看着掉眼泪的苗霏，神情不悦。

"您别误会,我们来是想跟您商量一下,再做一次尸检。"安静道。

苗霏看到安静和杜猛,生气地大吼:"你们到底要干什么!"

杜猛正色道:"苗女士,我们希望能解剖尸体,确认死因。"

苗霏一听,愣住了。

"确认死因?不是自杀的吗?"苗露疑惑起来。

苗焕阳连忙问:"你们是不是发现什么疑点了?"

安静摇摇头,说:"对不起,这个不能透露。"

"你们知不知道什么叫死者为大?一句不能透露就想这么反复折腾?不行,我不同意!"苗焕阳生气地说。

安静平静地看向苗霏。苗霏缓缓地说:"我能不能单独跟你们谈谈,有几个问题想问你们。"

安静点点头。二人走到走廊,坐在长椅上。杜猛跟在后面,站在一旁。

苗霏沉默着没有讲话,安静先开了口,道:"你想问什么,就问吧。我尽量解答。"

苗霏依旧沉默着,眼神中没有丝毫神采。

安静接着道:"我们现在相信,你未婚夫的死,背后可能牵扯了很多事情。你提供的任何信息对我们都会有帮助。"

苗霏犹豫了一下,一边摇头一边说:"我就是想不通,他电话里明明说了要过来找我。为什么突然就这么走了?他不会这么狠心,不跟我见最后一面。他不是自杀,一定不是自杀……"

安静和杜猛对视了一眼,都看出了对方眼神中的那份惊讶。

杜猛道:"现在还没有确定贾先生的死因,所以才想争取你的同意,再次尸检,还原真相。"

"你们为什么怀疑是他杀?"苗霏问道。

安静稍加犹豫,并没有正面回答,而是反问:"你最后跟他通话的时候在哪儿?有没有被其他人听到?"

苗霏摇头道:"我在自己办公室,门是关着的。"

安静点了点头,试探着握住了苗霏的手,希望打动她:"据我们了解,贾先生的双亲都已经去世了,在当地也没有其他亲属。我们想进行更细致的检查,得先征求你的意见。"

苗霏任由安静握住她的手,依旧呆滞地看着窗外。过了一会儿,她说:"好,我同意……我必须知道真相。"

这段时间里,苗焕阳也走到了一个角落,左看右看确定四下无人,拿出手机拨打了一个号码,低声怒斥道:"鹤老,你不要欺人太甚!"

"苗总啊,怎么了这是?"苍老的声音响起。

"贾长安的事情是不是你干的?"

"贾长安?你女婿?他怎么了?"

"怎么了?他死了!你有胆干,就要敢作敢当。"

"死了？我都不认识他，你来找我问什么罪？苗总，你是不是想多了？我是想让你帮我办事，可那也只是图财，我有必要给自己惹这种麻烦吗？"

苗焕阳沉默几秒，匆匆说："我现在麻烦大了，你以后别再联系我了！"说完，就把电话挂了。

"苗焕阳？"另一头的乔西川放下电话后，周恋就在一旁问。

乔西川点头道："他怀疑是我杀了贾长安。"

周恋眼神一黯，冷冷地说："他怀疑错了吗？"

乔西川一愣，显然没料到她会这么说。他说："我也不知道是谁动的手，跟我没有关系。"

周恋并不相信，道："我还以为只是销毁证据，没想到你下手这么狠。"

乔西川紧盯着她，反问道："这么做是为了谁？"

周恋不再说话。两人沉默了一会儿，乔西川又缓缓道："不过话说回来，杰弗里看来是早就做了准备。"乔西川语气颇为凝重，他知道，这是杰弗里不信任他们的表现。

周恋听出了言外之意，皱了皱眉，有些慌张地问："那咱们现在怎么办？"

"不好办。"他叹了口气，说，"我们得尽快找到新的供货方，恢复矿石供应。"

"这怎么可能？"周恋道，"我想撤出去。"

乔西川搂住她的腰，安抚道："别说傻话了，你走了我怎么办？你得留下来帮我啊。"

"我要是非得走呢，你是不是把我也处理了？"周恋冷冷地反问。

乔西川一愣，也冷声道："别忘了，就是为了保住你，贾长安才必须死。"

周恋沉默片刻，又说："可我现在留下来又有什么用？"

"你的好闺蜜苗霏，迟早会派上大用场。"

提起苗霏，周恋忍不住说："就因为我跟她是闺蜜。现在她老公死了，我岂不是要去安慰她？去参加葬礼？万一露馅了怎么办？"

"你是专业的，我相信你能处理好。"乔西川温柔一笑，又将周恋揽入怀中，爱抚起来。

二

鼎华大厦，一辆轿车缓缓驶进了地下停车场，驾车的正是马尚。停车场里静悄悄的，惨白的灯光有些瘆人。

马尚闭上眼睛，在脑海中展开了想象：一股黑雾从各个角落的监控镜头中弥漫开来，覆盖了所有监控可以拍到的地方，只留下监控死角的"安全区"。他沿"安全区"的边缘向前摸索，尝试着在逃过监控镜头捕捉的情况下，通向其他的区域。

片刻，马尚围着"安全区"走了一圈，发现根本无法离开这个角落。也就是说，没有人能在不被拍到的情况下从外部接近这几个车位。

马尚摇了摇头，十分焦虑。此时他沉浸在思考中，完全没察觉到有一个人悄无声息地从轿车后备厢里面钻了出来，俯身贴着车体，向驾驶位缓缓靠近。

就在马尚开门下车的一瞬间，这个人突然从身后发动袭击，将马尚的脖子锁住，同时用一块毛巾捂住马尚的嘴，毛巾上的药物使他越来越虚弱……

拍了拍自己的脸，奋力地摇了摇头，马尚坐在车中，喘着粗气，回想刚才脑中重演的犯罪场景，冷汗顺着脸颊滑落……

专案组成员再次聚集到游艇中，宋铭正说着公安那边传来的消息，马尚突然问："后备厢查过了吗？"

宋铭摇了摇头，说："查过了，没发现什么。为什么问这个？"

马尚道："您先接着说。"

宋铭看向安静，问："安静，尸体解剖的结果出来没有？"

"李法医还没回我电话，应该正在进行。"

宋铭又看向赫子轩，问："你这边呢？"

"整个地下停车场和附近通道的监控录像我都查过了，往前倒推了五天，确实没发现可疑人员。不过我找到一个关键证据，基本可以断定在安静抵达之前，还有第三个人在现场。"

众人都露出惊讶的表情。赫子轩敲打键盘，调出贾长安的轿车进入地下停车场时的画面。画面定格，放大副驾驶位置的图像，有份文件的一角露了出来。

杜猛抢先问："这是贾长安从公司带出来的那份文件？"

"这个……还没法断定。"赫子轩说。

安静指出关键处："是什么不重要。重要的是，我赶到的时候，这东西已经不见了。"

众人纷纷点头。

安静又想到了什么，问："那个号码，有结果吗？"

赫子轩点头说："使用者的身份找到了，是云南纳溪一个山村里的村民，女性，二十三岁。这是个伪实名的号码，是个死胡同。"

一条重要线索就这么断了，众人又陷入沉默之中。

安静率先打破沉默，道："马尚，你刚才问后备厢的事，应该是找到什么线索了吧？"

马尚轻声说："我没有任何证据，也就谈不上线索，不过我可以说说我的推断。我认为，凶手应该事先躲进了贾长安那辆轿车的后备厢里。"

杜猛嗤笑一声，道："大哥，您这脑洞也太大了吧。"

只有安静认真地说："你先说完。"

"是这样，下午我去了趟案发现场，没有人能在不被拍到的情况下，追着贾长安进入事发地点。他极有可能是藏在后备厢里，等待时机成熟了再下手。"监控躲不过，贾长安临时来到鼎华，不可能是提前设伏，所以马尚才会做此推断。

赫子轩疑惑地问："可后备厢不是没留下任何痕迹吗？"

宋铭解释说："这是技术问题，不是没有可能。"

马尚点头赞同道："我设想过凶手行凶的手段，很难在不发生打斗的情况下制服贾长安。我觉得……"

安静抢先说出口："凶手使用了药物。"

赫子轩反驳道："使用药物也说不通吧。贾长安又不是三岁小孩，有人靠近他肯定会有反应……"

话没说完，一支笔尖稳稳抵在了赫子轩的脖子上，他还没来得及有任何反应。正是安静的手笔。

马尚笑了笑，说："不是没有可能。贾长安从车里下来存在视觉盲区，凶手完全有机会发起突袭。"

安静放下笔，说："当然，贾长安没有反抗，还有另一种可能……"

"熟人作案。"安静和马尚相视一笑，近乎同时说。

看见两人默契的反应，杜猛悄悄翻了个白眼。

宋铭开口道："这个理论还差一个解释。"

"您说。"马尚说。

"凶手怎么离开？他只要离开这个监控盲区，一定会被拍到。"

马尚点了点头，沉思着。这时，安静的手机响了，是法医的电话。

"李医生，我们正在开会，宋局也在……好，太好了……那我开免提，你简单跟大家说结论就可以。"安静点点头，按下免提。

"安科长，是这样，我在死者左侧腋下发现了一个疑似针孔的创口。但很奇怪，通过解剖，没有发现死者体内有特别的药物残留。"

"那……有没有哪种药物可以快速致人昏迷，然后快速代谢掉？"安静想了想，提出可能性。

"这我还真没听说过。不过理论上讲有可能达到这种效果，就是昏迷的时间应该会非常短暂。"

"还有别的发现吗？"

"没有了。详细报告我待会给您发过去。"

太阳西沉。讨论完后，马尚独自走出船舱，眺望着远方一望无垠的大海，任凭海风拂乱头发，出神地沉思着。

"想什么呢？"马尚一回头，是安静站在他身后问。

马尚回想起刚才安静的疑惑，问："这种药物，应该不存在吧？"

安静笑了笑，并没有回答，而是坐到马尚身边。马尚开口道："难道……"

"对，确实存在，但是很难弄到。"安静打断他道，随即拿出手机打开一张图片给马尚看。事发时除了贾长安的轿车，还有另外一辆车停在那里。

"怎么了？"马尚有些不太明白，问。

"这是你那个推论的最后一环，凶手如何离开现场的答案。"

"这个我想过了，凶手作案后可以藏到旁边这辆车的后备厢里，利用这辆车离开现场。但是很不巧，这辆车一直停在那儿，我昨晚检查过了，里面没人。"

"对。不过你漏掉了一种可能。"见马尚来了兴趣，安静继续说，"我赶去救贾长安的时候，凶手就藏在旁边这辆车的后备厢里。一直等到解除了封锁，到了下班的时间，凶手才从后备厢里出来,他利用这片监控拍不到的区域,拦下一辆下班回家的车,或者混在围观犯罪现场的人群中逃走。"

"你是说……凶手不仅是熟人,很可能还是鼎华内部的人?"马尚惊讶不已。

"不然呢?谁会让一个陌生人搭自己的车?而且子轩也没在监控视频里找到任何可疑人员。"

安静说完,马尚沉思了良久后,才说:"安静,我发现你比当年更有魅力了,果然还是聪明的人比较有趣。"

安静笑了笑,继续聊工作:"我有个正经事要跟你说。"

"我刚才那句也是正经的。"马尚强调道。

安静没理会他,继续说:"之前你想进入鼎华,是为了抓窃密的人,抓那个商业间谍。现在事态升级了,之前我们谁都没想到,对方为了达到目的甚至可以杀人。"

马尚点了点头,说:"既然凶手有可能就在鼎华,我更应当进去追查。"

"你想清楚了。如果身份暴露,你也可能成为这个人的目标。"安静正色道。

马尚不以为然地说:"进国安的时候我就想好了。"

安静不满道:"你能不能先想想再回答。"

马尚看向安静,表情有些复杂。但他最后只是笑了笑,抬起胳膊搭住安静的肩膀,调侃道:"万一有什么情况,这不还有你罩着吗?你身手这么好,对吧?"

对于马尚这个亲昵的动作,安静反而也抬起胳膊搭住他的肩膀。两个人勾肩搭背,倒像是好兄弟。

"明天就要面试了,祝你一切顺利。"安静说着,还拍了拍马尚。

马尚有些尴尬地松开手,看着远方不说话了。两人就这样沉默地坐在船头,看着海岸线缓缓后退,任凭落日余晖洒在身上。

三

西装革履,提着公文包,马尚精神十足地走进了双清市这栋标志性的摩天大楼。

"你好,我叫马尚,是来应聘的。"马尚走到前台说。

在女秘书的带领下,马尚来到等候室门口。

秘书礼貌地说:"马先生,您到里面等候就可以了,接下来的事情会再有人来通知你们。"

"好的,谢谢。"

走进等候室,里面已经坐了几位应聘者。马尚端着茶观察其他人,想搭话却无从开口。这时杨迅推门走进来,坐到马尚旁边。

"你好,我叫杨迅。"杨迅主动跟马尚握手。

"马尚。"

"你以前哪个公司的?"

"以前在北京，做猎头。"

"猎头来应聘人事部主管，挺有意思的。"杨迅微微一笑。

"你呢？"

"我就在鼎华工作，行政管理中心的总监特助。"

马尚笑道："看来我们就是你的陪衬了。"

"话可不能这么说。咱们鼎华不兴这一套，都是谁有能力谁上。既然是公开招聘，大家机会都是均等的，我最多占点儿脸熟的便宜，算不了什么。"

苗家，苗霏正在收拾东西准备搬回自己的住处。

正在这时，手机响了，她随手接通电话，那头传来礼貌的女士的声音："苗女士，我这边是滨海路的婚纱店，婚纱已经按着您的要求改好了。您什么时候方便来拿？"

苗霏愣住了，呆了半晌之后，忍不住开始哭起来。

苗焕阳听到哭声，出现在房间门口，叹息一声。这时，门铃突然响了，他去开门，只见安静和杜猛站在门口。他脸上明显浮现出一丝恼怒，但很快又转为了无奈，还是招呼两人进来。

苗霏、苗露姐妹与安静、杜猛二人相对而坐，苗焕阳坐在一侧。苗霏双眼通红，时不时抬手擦拭泪痕，显然是还没从情绪中走出来。

"有结果了吗？"苗霏小声问。

"有了。"安静道。

"长安不是自杀，对不对？"

安静和杜猛对看一眼，杜猛反问："你为什么这么说？"

"我和他在一起两年多了……他不是没有担当的人。要是他真的参与了走私，就算去坐牢，就算变得一无所有，也不会用这种办法来逃避。"说着说着，苗霏的语气越来越坚定。

安静沉默听完，缓缓开口道："贾长安的确可能死于他杀。"

"什么？"一旁的苗露惊讶道。苗焕阳脸上也露出惊恐的表情，缓缓抬手捂住心脏位置。苗霏反而是最冷静的，只是红着眼，静静地看着安静。

"我们从监控中确认，贾先生生前带着一份文件。但他出事以后，那份文件消失了，说明有人从现场拿走了文件。"安静道。

杜猛接着补充说："这个人是不是凶手还不好说，但他没有施救，至少说明他不希望贾先生活着。"

苗焕阳脸上阴云密布，竭力装作镇定模样。苗霏微微颤抖，双手已经紧握成拳，说不出话。

"苗霏，他出事前和你联系过，有没有提到这份文件的事？"安静问。

苗霏摇头。安静听过通话录音，知道苗霏说的是真话，便继续追问："在那种情况下，他坚持带在身边的文件一定非常重要，很可能是案件的关键线索或者证据。以你对他的了解，你觉得这份文件可能是关于什么的？"

苗霏沉思片刻，再次摇头。苗焕阳语气痛苦地说："你们能不能让我女儿喘口气，别再逼她了，行吗？"

安静有些无奈，她向杜猛使了个眼色，两个人站起身来。杜猛道："还有一件事。刚才跟你们说的这些暂时还不能对外公布，这关系到能否抓到嫌疑人。请你们务必保密。"

苗焕阳和苗露点头答应。苗霏突然站起身来，给安静和杜猛深深鞠躬，道："请你们一定要抓到凶手。"

安静和杜猛相视一眼，这个动作让他们都感到有些意外。

四

面试时，三位面试官坐在前方，最中间的就是庞一山，三个人翻看着简历资料。

"各位领导，我叫马尚，我……"

庞一山打断道："你的基本信息我们都看过了。坐下吧，我们直接开始。"

马尚刚坐下，庞一山率先开口道："马尚，你的履历很漂亮，年纪轻轻的，后生可畏啊。"

旁边两位高层看了看庞一山，脸上露出意味深长的笑容，都猜到庞一山接下来要开始挑毛病了。

"不过实话实说，你以前是做猎头这个工作的，跟我们这个人力资源主管，是不是有点差别？"

马尚道："您说得对，确实有点差别。但我在猎头方面的经验，恰恰也是我应聘这个职位最大的优势。"

"噢？你说说看。"

"我不仅有能力为鼎华挑选人才，还能对接下来拳头产品的销售起到助力作用。比如，北京许多三甲医院，我都有一定的人脉。鼎华进一步打开市场，我这边的资源可以用上。"

"我们这个职位，重点在管理两个字。坦白说，我担心你经验不够。因为猎头主要是单枪匹马作战，当然也可能是小团队协同合作，这些跟一个大公司的人事部门区别很大。"庞一山故作遗憾。马尚想说点什么，庞一山继续说，"当然，你的资源都是有用的，但我们鼎华也有市场部，你不能把他们的饭碗给抢了吧？"

旁边两位高层都笑了，马尚也有点尴尬。

"行，你的情况我们也了解了，我们再研究研究，综合评估一下……"见庞一山这么说，马尚心知不妙，正想说些什么，会议室的门突然打开，鼎华总裁林晓兰出现在众人面前。

"林总，您怎么来了？"庞一山起身问。

"我顺道过来看看。"

"林总亲自把关，我们的担子轻了不少。林总，您坐这儿。"庞一山让出中间位置，坐到一边。

"正在面试的这位叫马尚。马尚，这是我们集团总裁林总。"庞一山介绍道。

"林总好。"马尚微笑着点了点头。

林晓兰点了点头，拿起桌面上马尚的简历，突然冒出一句："你是苗总推荐的吧？"

"是。"马尚一愣,道。

林晓兰说:"苗总对鼎华贡献很大,鼎华集团以及我个人都非常尊敬他。但我想强调一句,我不希望公司内部出现什么派系现象,我更倾向于录用没有关系、没有背景的人。"两个高层都听出了弦外之音,不由得瞄了一眼庞一山。

"林总,我解释一下。因为之前这个职务有最低年龄的限制,所以我才拜托苗总帮忙推荐,仅仅是争取一个面试的机会。"马尚的反应很快。

林晓兰点头道:"不要多想,我就随便提一句,不是针对你。继续吧。"

庞一山不好再说什么,看了看旁边两位高层,其中一位高层会意开口:"马尚,说说你工作中最大的优点。"

马尚沉思几秒,开口道:"我常年工作在一线,总在跟人打交道,最擅长的是了解人,了解人的需求和欲望,也了解人的顾虑和惰性……"

见林晓兰和两位高层听得颇有兴趣,庞一山的表情有点不自然。

……

面对同样的问题,杨迅坐在面试者的位置上,说:"我在鼎华工作快十年,担任行政管理中心总监特助也好几年了,平时也分管很多人事相关工作,对这块工作很熟悉。"

庞一山满意一笑,看向林晓兰。林晓兰微微颔首回应。

……

马尚:"一方面,我知道公司各部门的需求,知道公司想要什么样的人才。另一方面,我也知道有才能的人想要什么,这能大大提高工作效率,省下很多不必要的试探。"

林晓兰赞赏点头。

……

杨迅:"对各位领导的工作习惯,我都非常了解,方便配合工作。我也熟悉集团的每个部门,知道每个部门骨干员工的名字,跟他们关系非常融洽。"

庞一山频频点头,对杨迅表示鼓励。

……

马尚:"了解人,了解人性,不管对内还是对外,对上级还是对下属,都非常重要。这是人事工作的关键,也是我自身最大的优势……"

两位高层认可马尚的话,都不由点了点头。林晓兰微笑。

……

杨迅:"小苗总对我的工作成果还是肯定的,相信林总、庞总还有其他各位领导,对我也是认可的。这次应聘人事部主管,我也要特别感谢庞总的鼓励。"

庞一山急忙向杨迅使眼色,杨迅毫无察觉。两位高层掩饰不住笑意,眼神意味深长。林晓兰淡然点头,表情同样耐人寻味。

……

面试结束后,林晓兰让庞一山等三位面试官来到自己的办公室,说:"我只听到后面两个,给我说说其他人的情况。"

"杨迅最了解公司，不用磨合，直接上手。胡洲、马尚这两位，能看出专业素养比较高，应变能力也很强，提出了不少建设性意见，尤其是马尚。"一位高层说。

庞一山点点头，说："都是优秀人才，我在想啊，即使他们这次没聘上主管，是否可以设立其他岗位，纳入公司里边。"

"您的意思是，他们不适合主管职位？"另一位高层问。

"只是我个人的感觉。毕竟马上就有新产品投入市场，这种特殊时期当然是越快磨合越好。让管理经验不足的人进来，会增加试错成本。"庞一山道。

林晓兰道："这几位候选人各有各的优势，只能辛苦大家再斟酌一下了。今天也不是非要商量个结果出来。"

第八章 初 入

一

　　桌上的手机响了，端着酒杯的乔西川眉头皱了一下，犹豫了好一会儿，才接起来。
　　"你那边的情况如何？"依旧是杰弗里。
　　"贾长安的死对苗焕阳的刺激很大，不能把他逼得太紧，我需要时间。"
　　"麻烦已经帮你处理掉了，后面的事情还要我帮你做吗？"杰弗里话里话外都流露着不满。
　　"国安对贾长安的事盯得很紧，我怕他们查出点什么。"
　　"这个你不用担心，就算他查到他是怎么死的，也不会查到你头上。"
　　乔西川表情凝重，道："有件事我想知道，你到底派谁杀了他？"
　　"这件事你不用知道，我唯一可以告诉你的是，他的代号叫'沉睡者'。"
　　乔西川不依不饶，道："在这么短的时间里，居然可以悄无声息地杀掉一个人，不留一点痕迹，这个人很不简单。"
　　"这不是你该操心的。"
　　"既然他这么厉害，为什么不让他跟我合作？"
　　周恋正在酒店房间门外，用一个"隔墙听"偷听乔西川的话，不时打量四周，小心翼翼提防有人路过。
　　"你既然雇了我，为什么还有这样一个人物存在？"乔西川不满地说。
　　"他有他的任务，你有你的，管好你自己。"
　　乔西川微怒道："我当然会做好我自己的事情。"
　　"你现在走私的线路已经断掉了，后续的货如果跟不上，你的下线就没那么重要了。"

杰弗里淡漠道。

"我的下线还有其他用处,我需要她配合我做很多事情。如果有一天她真的没什么用了,我会自己处理,不用你插手。"乔西川气愤地挂断了电话。

听到这里,周恋的脸上露出一丝恐惧,但很快就恢复镇定。她快速地收起窃听器装进包里,刚要敲门,却把手放下,走到走廊一个垃圾桶旁边,把包里的窃听器扔了进去。又仔细检查了一下包里的物品之后,周恋重新走回房门前,整理了一下自己的头发,敲了敲门。

乔西川打开门,看到是周恋,原本平静的表情立刻就变了。他粗鲁地把周恋拉进门,看了一眼房间外的走廊,确定没有人之后迅速关上房门。

"什么时候来的?"

周恋不解地说:"就刚刚啊,怎么了?"

乔西川显然不相信,盯着周恋的脸看了好一会儿,一把抢过她手里的包,开始翻看检查。周恋假装被乔西川的举动吓到了,表情既无辜又不解,突然好像意识到了什么,生气地瞪着乔西川,吼道:"你怀疑我?"

乔西川停下了翻包的动作,看周恋真的生气了,态度缓和下来,说:"来之前怎么不打个电话?直接就这么过来,不怕被人盯上?"

周恋一把将包夺过来,生气地一屁股坐在沙发上,反问道:"你翻我包什么意思?"

乔西川在她旁边坐下,温柔地问:"来找我什么事?"

周恋想了想,道:"我昨晚住在苗霏家,她可能已经知道贾长安不是死于自杀。"

乔西川愣了一下,迅速镇定下来,起身去倒酒。周恋看向乔西川,乔西川背对着他,假装不在意地说:"贾长安的死与我们无关,她知不知道有什么关系?"

周恋坐直身子,道:"你别自己骗自己了。她知道了就说明有人告诉她,我们可能已经被盯上了。"

乔西川端着倒好的酒转过身来,笑着说:"你想多了。"

"那我是不是……"周恋试探地问。乔西川坐下,看了她一眼。周恋只好打消试探的念头,话题一转,又问:"那我接下来该怎么做?"

乔西川看着周恋,饶有兴味地笑了笑,说:"你是她的闺蜜,当然要陪她去参加下午的葬礼。"

说完,乔西川面带微笑地把酒递给了周恋。周恋没接,起身离开了。等周恋出门,乔西川关上门,脸色立马变了。他走到里间,打开一个密码柜,取出一个带锁的盒子,打开,里面正是徐鹤的乔装面具。

殡仪馆外停车场,庞一山正坐在自己的车里,看到杨迅开车过来,示意他停好车回来找自己。

"庞总。"杨迅快步过来,坐到庞一山旁边的副驾驶座。

庞一山叮嘱道:"主管的位置还没定,一会儿林总也来,你得好好表现。记住,那些套近乎的话以后就不要再说了。"

杨迅愣了一下,显然没明白庞一山的意思。

庞一山有点不耐烦地说："林总明确讲了她不喜欢公司里有拉帮结派的情况出现。面试上你说的那些话，还自以为挺高明的，是吧？"

杨迅急忙点头道："好好好，我知道了。"

"最后考核的那个工作规划你用心做了吗？"

"肯定的，我写了得有六十多页呢，真的尽了全力。"

"嗯，这方面我还是比较放心的。"庞一山点点头。

"谢谢庞总夸奖。"

"行了。我先过去，你等一会儿再过来。"

两人一起下车，庞一山先离开，杨迅在一旁等了片刻后才走。

杨迅前脚刚走，马尚和马骏海也开车到了。马尚手机响了，看了一眼，道："爸，你先过去，我接个电话。"马骏海点点头之后离开。

"喂？"马尚接通了电话。

"往你右手边看。"安静的声音从电话那头传过来。马尚转头望去。

不远处停着一辆厢车。厢车内，安静拿着电话跟杜猛、赫子轩一起看着面前的监控屏幕，屏幕的画面里马尚拿着手机正看向这边。

"你怎么来了？"马尚惊讶地问。

"宋局说你要来葬礼看看情况，我正好也有这个想法。我们在明，赫子轩在暗，配合行动。"

"好。"说完，马尚收了手机，追上马骏海一同走了过去。

车里，安静对杜猛说："我们也过去。"

杜猛拍了拍赫子轩的肩膀，道："这里交给你了！"

"去吧。"

安静和杜猛推门下了车。

二

告别厅里人很多，却很安静。贾长安的遗像摆在正中间，每位来宾都拿着一束白花，排着队依次在遗像前祭奠。苗露陪着苗霏站在家属的位置，苗霏表情悲伤地向来宾回礼。

安静和杜猛上前献花、鞠躬。

当两人走出告别厅时，苗露从后面小跑着追过来，问："你们来干什么？"

安静和杜猛停下脚步，有些意外地看向苗露。

"真有必要追得这么紧吗？我姐的精神压力已经够大了。"苗露面有愠色，但她说话时两只手搅在一起，明显有些紧张。

安静察觉到了这个细节，尽量温柔地劝慰道："你别误会，我们就是来祭奠一下贾先生。毕竟之后的调查还需要你们全力配合，大家彼此尊重的话，事情会好办很多。"

苗露想了想，表情稍稍放松了一些，道："那好吧。现在已经祭拜过了，能不能请你们离开。来的都是我爸和我姐的朋友同事,你们国安的人出现在这儿,公司里会传闲话的。"

"我们穿的是便装,不至于吧!"杜猛道。

苗露瞪着杜猛,说:"至于!"说完,她转身就走,可刚走两步又折返回来,犹豫片刻,还是说:"你们是不是来找凶手的?我在书上看到,好多凶手都会参加受害者的葬礼。我们现在是不是不安全?"

安静和杜猛愣了片刻,杜猛没忍住笑了。安静一个胳膊肘打到杜猛的肚子上,又将苗露拉到一边,轻声说:"你说的这种习惯,一般存在于连环杀手身上。你想多了,不用担心。"

苗露点了点头。

"你好像还在上学,对吧?"

苗露说:"研究生快毕业了。"

"真好。苗露,现在案件还在调查当中,我们怀疑你的姐夫死于他杀,并不代表嫌疑人会继续针对你的家庭行凶。而且我保证,我们会全力保护你和你家人的安全,你也不要自己吓唬自己,好吗?"

听了安静的话,苗露点了点头,这时她已经放下了戒心。

安静接着说:"有一件事,我需要你帮忙。"

"要我帮忙?我……我能帮什么忙?"苗露有些不知所措。

安静笑了笑,温柔地说:"你的姐姐和父亲都在相关行业工作,对于贾先生的事,他们多多少少都会因为工作原因存在一些偏见,很难看到真相。"

苗露警惕地说:"我姐和我爸不可能参与贾长安走私的事。"

"我相信。我是想说,在这个案子里面,你相对置身事外,看待这件事也更客观。但如果你发现任何疑点,一定要告诉我们,好吗?"

苗露犹豫片刻,点了点头。

"好了,我们这就走了。好好陪着你姐姐。"安静拍拍苗露的肩膀。

"谢谢你们。"苗露说完,转身回去,她实在不放心姐姐。

杜猛凑上前,轻声问:"我们真走啊?"

安静无奈地说:"苗露拦着这么一闹,有心人肯定注意到我们了,留在这里已经没什么意义了。"

赫子轩在车内一边随口扒着盒饭,一边紧盯着车里的几个屏幕。其中,休息室、告别厅、殡仪馆门口、侦查车外边的画面都在赫子轩的关注中。

车门打开,安静和杜猛上了车。赫子轩问:"你们跟苗露聊什么了?"

杜猛随口道:"没聊什么,被嫌弃了。"

安静问:"刚才我们跟苗露说话的时候,有没有人盯着?"

"没有,我特别留意了。"

安静点了点头,又问:"来的人都记录了吗?"

"那必须的……"赫子轩有些无奈,叹道,"可这有什么用啊?要是能监听一下里边,听听他们说了些什么还差不多。"

杜猛嫌弃地说:"不合法啊!你想什么呢?"

赫子轩勉强扒了几口饭之后,一脸嫌弃地把盒饭往桌子上一放,也不知道是盒饭难吃,还是心烦的缘故。

追悼会结束后,马骏海和其他人各自三三两两地站在一起聊着什么,人依旧很多,似乎没有人离开。

马骏海远远地看着苗焕阳从休息室出来,一群人聚拢在他旁边,跟他握手,口中七嘴八舌地说着节哀之类的话。马骏海想要上前,却发现苗焕阳被人团团围住,已经有些应接不暇,一再犹豫,最后只是站到人群外围等待。

等围在苗焕阳身边的人终于稍稍散开后,马骏海走上前去握手,说:"苗总,请您节哀。"

虽然满脸疲惫,但苗焕阳还是说:"谢谢。"

马骏海还想说什么,却发现苗焕阳的目光越过自己肩头,表情有些异样。

"苗总,节哀啊。"一个苍老的声音响起。

苗焕阳抽回了手。马骏海觉得有些奇怪,便回头看,只见他身后站着一个满头银发、西装革履的老人。徐鹤走到苗焕阳面前,苗焕阳再也不看马骏海一眼,马骏海只好识趣地退开。

这时马尚走了过来,马骏海说:"行了,咱们爷俩露个脸就够了,走吧。"

"要不您先回吧。我碰见个朋友,聊一会儿再走。"马尚道。

"回来吃饭吗?"

马尚想了想,道:"回。"

"行,那我走了。"说完,马骏海往外边走去。

马尚回过头,看见苗焕阳正和那个老人一起往院子里走。

侦查车内,安静也注意到了这个情况。她指向出现了苗焕阳和徐鹤身影的屏幕,对赫子轩说:"画面放大。"

赫子轩操作键盘,屏幕上出现徐鹤清晰的样貌。赫子轩道:"回头我先查他的身份。"这么多人,苗焕阳只和这个人单独说话,关系肯定不一般。

苗焕阳跟在徐鹤身后,忐忑不安地看着四周,看有没有人注意他们。

"他留下的烂摊子怎么处理?这事我能帮上忙吗?"徐鹤关心地问。

"你别来找我,就是最大的帮忙了。鹤老,能不能拜托你不要再出现了。我从鼎华辞职,你早就知道了,我真的没能力再帮你做事了。"苗焕阳说完,从兜里拿出速效救心丸倒进嘴里。

"按时吃药是对的,听话的人总会活得更长久一点。"徐鹤说。

苗焕阳脸色更加苍白,并没有因为吃了药而变得好一些。他勉强说:"没人想得病,都是身不由己。其实想想也没什么,大不了不就是死吗,想开了也没什么可怕的。"

徐鹤听出苗焕阳话里有话,他看着苗焕阳,意味深长地笑了笑,说:"也不能这么说,你想想自己两个女儿,真舍得就这么走了?"

苗焕阳满头冷汗,一副想擦又不敢擦的样子。徐鹤突然伸手去帮苗焕阳擦汗,吓得苗焕阳一哆嗦。

"天气又不热，怎么出这么多汗？你这身体可真得好好调理调理了，别辛辛苦苦赚了大半辈子的钱，最后没命花，那多亏得慌。"

苗焕阳惊恐地看着徐鹤，说不出话来。

三

"林总，已经通知了。"

"好。"

秘书站在门口没有离开，犹豫着想说什么。

"怎么了？"林晓兰放下文件，抬头问。

秘书把门关上，走上前来，说："我还是觉得……这只是我个人的想法，马尚可能不是最好的人选。"

林晓兰笑了笑，问："为什么？"

"我知道，您不希望公司内部出现拉帮结派的情况。但是……招一个没有背景的新人进来，我担心反而会让情况变得更复杂。"

"我懂你的意思。你是怕到时候都抢着拉拢他，搞得他根本没法正常展开工作。"

秘书点了点头。林晓兰将桌上的几份文件递给秘书，说："你看他们三个出的方案。杨迅和胡洲，洋洋洒洒几十页，全是空话套话。这都快成鼎华的办事传统了！杨迅就算了，胡洲也这样，真不知道是谁教的。"

"马尚倒是挺有意思，这才三页纸？"

"都是建设性的意见，干货。"林晓兰笑道。

秘书点点头，说："我明白了。"

"招他进来，也是为了表明我的态度，鼎华以前那套东西不能再延续下去。至于马尚入职以后的事，那得看他自己。"

接完电话的马尚放下手机，抬头看着胡玉萍，笑道："鼎华通知我入职，我聘上了。"

胡玉萍开心地冲上去，捧起马尚的脸，亲了儿子脑门一下，赞道："我儿子就是厉害！"

马尚无奈地擦了擦脑门。

"怎么了这是？"马骏海听到动静，走过来问。

"小驹子聘上了！"

"那得开瓶酒庆祝一下！"

"开！把你最好的那瓶拿出来！"——一向不喜马骏海喝酒的胡玉萍也赞同。

安静正躺在沙发上，突然收到了一条信息："聘上了。"她立刻坐起来，给马尚打电话。

马尚手机震动时，一家三口正在碰杯喝酒。马尚没有接听，而是把手机拿到桌子下面，发了条信息："父母都在，不方便。"

手机连续震动，马尚偷偷查看，一连三条信息。

"厉害！"

"但现在局面不一样了，贾出事证明是有危险存在的。"

"作为老朋友，再问你一次，你真的想好了吗？"

马尚放下手机，看着对面聊天的父母。

"小驹子做了人事主管，这以后再升职就得是副总级别了吧！"胡玉萍说。

"才刚聘上你就想那么远，可不能给儿子灌输这种好高骛远的思想，工作还是得一步一个脚印，踏踏实实地去做。"马骏海道。

"我这不是跟你闲聊吗，那么认真干什么！"

马尚看着眼前开心的父母，神色有些复杂。吃完饭后，马尚才回信息："想清楚了。我进入公司一定可以推动工作，所以我必须去。"

之前一直等待回信的安静刚关灯躺下，就收到了这条短信。她又坐了起来，打开手机信息。

安静想了想，回复："既然想好了，我就不多说了，我会……"打到这里，安静想了一下，在"我"字后面又加了一个"们"字。

"我们会全力配合你。"

鼎华地下停车场，庞一山的车停在一个不起眼的角落里，他正不耐烦地坐在车内。

杨迅正准备在日料店里对周恋展开攻势，电话来得突然，他一路小跑着赶过来，坐进车里，气喘吁吁地问："庞总，您找我有什么事吗？"

"马尚要来上班了，你知道吗？"庞一山的口吻明显不悦。

"什么？"杨迅愣了一下。

"马尚要来坐你的'人事部主管'的位置了。"庞一山不耐烦地又说了一遍。

杨迅有点蒙，难以置信地说："这……怎么可能？"

"行了，现在说什么都没用了。"庞一山目视前方，小声道，"想不到这个苗焕阳离职了，影响力会这么大。"

"那现在怎么办？这事还有转圜的余地吗？"杨迅忙问。

"你记着，趁苗霏还没回来上班，先试着拉拢看看。如果不是一路人，那就趁他立足未稳，赶紧想办法把他弄走。"

杨迅依旧一脸茫然地点点头。

"别一副烂泥扶不上墙的样子！该拉拢就拉拢，有把柄就赶紧抓，听懂了吗？"庞一山不满地说。

杨迅狠狠点了下头。

四

双清局内，老六手中拿着一份资料走进办公室，把资料放到杜猛面前，说："你看看这个。"

"什么东西？"

"这几家都是给长安科研运过矿石的货运公司,乍一看都没什么问题。但是这个骏海物流……"老六把杜猛手里的资料翻了两页,说,"看起来规模不大,但这公司的老板跟苗焕阳是老相识了,苗焕阳刚创立鼎华时他们就开始合作。你说,认识这么个大人物,还不赶紧好好利用把公司做大点?这里面八成有猫腻。"

杜猛翻到马骏海的个人资料那一页看到马尚的名字,突然笑了。老六一愣,伸头过去看,不明所以地问:"你笑什么?"

"行了,这个事我跟科长汇报,你不用管了。"

"卸磨杀驴啊?你也太缺德了!"

"说谁呢?功劳都是你的!"杜猛笑道。

下班后,杜猛还真和安静一起去游艇上商讨,只不过不是为了老六的发现,而是讨论葬礼那天的情况。

"参加葬礼的主要是苗家的亲戚和鼎华的人,还有一些其他企业的老板或者员工,都是跟鼎华有合作关系的。这些人基本上都对上号了,但是有个特殊情况……"赫子轩一边说一边将其中一张图片放大,正是苗焕阳跟徐鹤在草坪上交谈的画面,强调说,"这个人,查不到任何背景资料。"

"来参加葬礼的前前后后至少有两百人,苗焕阳基本也就打个招呼。只有这个人,单独和苗焕阳聊了差不多二十分钟,可以判断两个人关系不一般。"安静分析道。

宋铭有些惊讶地问:"一点资料都查不到?"

赫子轩摇了摇头。

安静说:"我想申请使用天眼系统对这个人进行定位。"

宋铭没有表态,皱眉沉思。

杜猛也说:"宋局,他的仪表、着装,怎么看都像是有点身份地位的人,按理说不应该查不到背景。"

宋铭点头表示赞同:"这我知道,我是担心你们的调查方向有偏差。贾长安走私的矿石是从鼎华弄出来的,要说苗焕阳一点都不知情,我也不相信。所以你们想从苗焕阳身上找突破口,这个我不反对。"

安静等人没有急着辩解,等着宋铭把话说完。

"但别忘了我们为什么展开'暴风眼'行动。我们的工作重点是找出潜在的窃密者,消除间谍组织的威胁。马尚明天就要进入鼎华任职,我们应该集中更多的精力辅助他展开工作。"

众人沉默了片刻。安静率先打破沉默,道:"我赞同您的看法。但根据我们的判断,谋杀贾长安的凶手有较大可能就在鼎华任职。同时,这次行动要保护的核心技术在鼎华,走私案的源头也极有可能在鼎华,所有线索都归结到了一个原点……"

"讨论案情不用绕那么大圈子,直接说你的判断。"宋铭忍不住说。

安静笑了笑,接着说:"这个身份神秘的人与苗焕阳关系紧密,也就是与鼎华关系紧密,所以他很有可能成为一条线索。而且即使查错了方向,也能利用这个动静掩护马尚。

对任务来说，有益无害。"

宋铭想了想，点头赞同道："赫子轩，我稍后把天眼系统的授权码给你。"

"谢谢宋局。"

杜猛从公文包里拿出一份文件递给宋铭，说："宋局，还有个事……"

宋铭打开文件查看，眉头一皱，说："马尚的父亲？"

"对。他的物流公司，不止一次给长安科研运过矿石。"

宋铭犹豫片刻，还是说："按规矩办事。安静，这件事你来办。现在情况比较特殊，别忘了也要考虑到同事的情绪。"

安静沉默地点点头。

从游艇出来，安静带着两瓶啤酒找到了马尚。两人坐在天台上看着闪烁的城市灯火，马尚笑道："这么晚约我来，看流星雨啊？"

"本来应该是老宋来找你谈的，我给揽下来了……"

听到安静语气并不轻松，马尚收起了大大咧咧的神色，看向安静。

"我们查到了给贾长安运送矿石的运输公司，有骏海物流。"

听到骏海物流，马尚愣住了。

安静接着说："这家公司……"

"是我爸的公司。"马尚打断道。

安静看着马尚，没有急于接话。马尚脸色一时间有些难看，但很快松开眉头恢复如常，非常认真地看向安静，道："这个事我得做检讨。我只知道我爸跟鼎华有业务往来，真没想到跟长安科研也扯上了关系，我也没细问过。"

安静点了点头，安慰说："别想太多。有业务往来很正常，我们也就做一下常规调查。希望你能理解，不要影响情绪。"

"那……你准备怎么调查？"

"这事我跟杜猛去办，尽量控制影响，但是按规定你得回避。"

"那肯定的。"

说完，两人又沉默了良久。安静想说什么，马尚突然开口道："没事。我对老头子有信心，他肯定没问题。这样……你们该怎么查就怎么查，搞出动静来也没事。"

安静对马尚的反应很是意外，一脸疑惑地看着他。

马尚道："换个角度想想，我在这个节骨眼上就任鼎华高管的位置，说正常也正常，说蹊跷也蹊跷。我正好还在担心会打草惊蛇，被人提防。"

"你是想利用家里被查的这件事，让对手放松警惕？"

马尚点头说："在对方看来，国安不会查自己人，对吧？"

安静思忖片刻，道："话是这么说，操作起来没这么容易。"

"还好吧。你就正常调查，我自己跑去鼎华到处抱怨不就行了？"

"好吧。"安静说着，举起酒瓶和马尚碰杯，浅饮一口。

五

第二天一早，马尚穿着西装，拎着公文包，自信满满地走入鼎华公司。刚出电梯，见杨迅面带微笑地站在外面，他有些意外地说："杨哥？"

"马总，欢迎入职鼎华。以后大家就是同事了，我先带你熟悉熟悉环境。"杨迅笑道。

"好，谢谢。"马尚也露出了笑容。

杨迅的态度非常谦逊和客气，热情地说："人事部的同事你有的是机会了解，先认识一下其他部门的管理层，方便你以后的工作。"

"杨哥，我抢了人事部主管的职位……"马尚试探性地说。

"怎么？以为我会给你小鞋穿？"

"那倒不至于，可总觉得有点对不住。"

"你凭本事抢的，我心服口服。鼎华里面就是这个作风，大家都凭本事说话。"杨迅话说得漂亮。

马尚点了点头，道："那以后的工作，还得麻烦你指点了。"

"应该的。"杨迅笑道。

杨迅带着马尚进入技术研发部所在的楼层，这里的布局风格与其他楼层明显不同，显得更加简约干净，走廊两侧都是独立的封闭式实验室和办公区。玻璃墙内，不少工作人员正在忙碌。

"这儿就是我们鼎华的宝贝部门了，整整三层楼都是技术研发部的地盘。研发部的负责人都是业内有名的专家，最上面的主管是邹珏教授。"

"杨哥，大驾光临啊！"喻浩然站在门口欢迎道。

"浩然，这位是新来的人事部主管马尚。马尚，这是喻浩然，他也是研发部的项目负责人之一。"杨迅介绍道。

喻浩然主动向马尚伸出手，开玩笑地说："应该说，是研发部最年轻最有前途的项目负责人。"

马尚笑着说："幸会幸会。"

喻浩然领着马尚和杨迅进入实验室，邹珏正在自己的笔记本上计算着什么，程雷坐在电脑前工作，看了一眼进来的人，没有理会。

杨迅讨好地走到邹珏面前，说："邹教授，忙着呢？"

邹珏合上笔记本，有些不耐烦地看向杨迅，问："又有什么事？"

杨迅也不生气，拉过马尚给邹珏介绍道："这位是马尚，新来的人事部主管。马尚，这是邹教授。"

马尚伸出手，客气地说："邹教授，您好。"

邹珏看了看马尚，握了一下手迅速放开，转身走到程雷旁边，把笔记本放到他面前，说："核算一遍，录进电脑。"

程雷看了看，有些疑惑地问："这……邹教授，这数据跟项目没有关联吧？"

"你要是看得懂，那就该你坐我的位置了。"

程雷倒没觉得受了侮辱，只是笑了笑，问："着急吗？"

"尽快。"

"行。"程雷对喻浩然喊道，"浩然，让老吴跟我一起吧？"

原本待在角落的吴淼停下手里的活，一脸期待地看着喻浩然。喻浩然没什么好脸色，勉强点了点头。得到许可后，吴淼忙不迭地走了过去。

邹珏回头看过来，发现杨迅和马尚还站在那儿，有些不高兴地问："不是认识过了吗？还站在这儿干什么？喻浩然，你也没事干？"

喻浩然赔了个笑脸，赶紧回到自己的工作台前。见到杨迅吃瘪，程雷幸灾乐祸地撇了一下嘴角。杨迅依旧不介意，满不在乎地说："确实也没别的事情，那我们就先走了。"

杨迅转头看到程雷坐在位子上，想了想，向马尚介绍道："这是程雷，研究员。"

马尚友好地说："你好。"

程雷也没站起来，看了眼马尚，勉强笑了笑。吴淼倒是主动凑上来跟马尚握手，说："你好你好，以后还请马总多关照了。"

"这是吴淼，喻浩然的助理。"杨迅的声音适时响起。

"幸会幸会。"

突然，杨迅的手机响了。他接通后说："王秘书？好……好，我带他上去。"

"林总要见你。"挂断电话，杨迅对马尚说。

两人走到林晓兰办公室，开门的瞬间，看到苗霏坐在一旁，杨迅愣住了。苗霏来上班的时间比他预想的要早很多，而且她还和林总一起见马尚。

"林总。"马尚和杨迅一起喊道。

林晓兰点了点头，杨迅又看向苗霏，客套道："苗总，你怎么回来了？"

"这几天辛苦你了。"苗霏对杨迅勉强一笑。

"应该的，应该的。"杨迅看着林晓兰说，"林总，我刚才已经带着马尚熟悉了公司的各个部门。"

"辛苦了，你先去忙吧。"林晓兰点点头道。

杨迅没想到自己会被排除在会议之外，稍稍一愣才回过神来，道："好，那我先走了。"杨迅关上房门之前一直保持微笑地看着里面的三个人。关上门后，他再也控制不住脸上的表情，瞬间阴沉下来。

第九章 施压

一

林晓兰办公室内,林晓兰对坐在对面沙发上的马尚和苗霏说:"马尚,苗总做事一向是很细致的。接下来交接人事方面的工作,你要多请教。"

马尚点头看向苗霏,说:"苗总,以后就要多麻烦你了。说起来,我能进公司还要多谢你父亲。"

这句话令苗霏有些尴尬,她点了点头,没说什么。

"你倒是不避讳跟苗总的关系。"林晓兰道。

"说实话,我也算是破例获得的面试资格,这件事我真是万分感激。"

苗霏突然说:"能聘上这个职位,说明你有真本事。客套话不用说了,工作上有什么不清楚的都可以来问我。"

马尚感到有点意外。

林晓兰笑着解释说:"苗总在工作上一直都是公事公办。不过她对事不对人,只要你工作上不出错,她是不会为难你的。"

马尚露出笑容,说:"我一定努力,尽量不添麻烦。"

"目前公司的新产品即将全面投产,最后的数据核算工作和即将面临的销售问题都需要大量人手。一个针对研发部,一个针对市场部,这需要你的部门尽快展开工作。"苗霏道。

"明白。具体有什么需求?"

"这个……我的建议可能不准确,需要你和相关部门的主管沟通。我帮你安排会议。"

"谢谢。对了,我有个疑问……其实在别的公司倒无所谓,不过鼎华的情况比较特殊。

我想知道这些岗位招聘的时候，哪些需要衡量安全问题，哪些可以适当放宽标准。"

苗霏听了马尚的话若有所思。林晓兰却好像不是很在意，说："这个我们会在管理制度上来控制。你就不用过多考虑了，从你的专业角度做好工作就行。"

马尚笑着说："我大概明白了。那我能不能问问……通常公司都怎么来保证安全性？我是怕自己犯这方面的错误。"

听了马尚的追问，林晓兰皱了皱眉头，没有回答。气氛有些尴尬，苗霏把话题接了过去，说："既然你来鼎华工作了，关于安保和保密方面的事情，确实需要了解一下。林总还有很多事情要处理，我单独给你介绍吧。"

"好。正好你们也可以借此增进了解。苗总，那就麻烦你了。"

"那林总您先忙。"苗霏站起身往外走，马尚打了声招呼也跟了上去。

安静和杜猛到了局里，二人一边走，一边聊着以查骏海物流掩护马尚的事。

杜猛说道："单查他一个，欲盖弥彰。咱们要查就得去鼎华铺开了查，那才能起到掩护作用。"

安静面带笑容看向杜猛，杜猛不知所措地问："我……我说错了？"

"你说得特别对，这就是我们接下来的工作。"安静的笑容中充满了欣赏和肯定，杜猛看得一愣，有些受宠若惊。

说话间，两人已经到了办公室门口。

安静正要开门，里面传来一阵笑声。"你跟猛子比什么？人家猛子是小鲜肉，你看看你这张老脸……"是王佐的声音。杜猛发现里面的人在聊自己，不由一愣。

王佐等人在办公室里聊得正开心。

老六说："你这么说我就不爱听了。我这张老脸多好，放人群里根本找不着，想记都记不住。这才是干这行的脸。"

小李一边做眼保健操，一边吐槽说："真酸，你就是嫉妒人家杜猛比你帅呗。"

老六说："你才酸呢！"

王佐笑道："小李啊，这你就不懂了。老六是咽不下这口气，想不通自己这么优秀，怎么就进不了专案组呢。"

老六正想说什么，这时候门开了，安静和杜猛走进来，老六和王佐赶紧闭嘴假装忙活。只有小李还做着眼保健操，根本不知情，继续说："话说回来，我跟杜猛一年进的侦查科，怎么立功的事都轮不到我呢？我是不是已经失宠了？"

安静上前轻轻按住小李的肩膀："那怎么可能？我最宠的就是你。"

小李弹坐而起，一脸尴尬地说："静姐……"

安静笑眯眯的，杜猛倒是冷着脸。老六在一旁说："小李啊，不是我说你，年轻人多做事，少嚼舌根子。"

小李瞪了老六一眼。安静赶紧说："好了，手头的事放一下，开会。"

"有些话我想跟大家聊聊。"安静清了清嗓子。众人都稍稍坐正。

"安科，其实我们刚才就是瞎聊，没别的意思。"小李低声道。

第九章／施　压

安静笑了笑，说："我知道。但是大家带着疑虑进行工作，肯定会造成负面影响。之前我忽略了这一点，在这里，我先做个检讨。"

"别别别，静姐，"王佐赶紧说，"你这……弄得大家都不好意思了。工作纪律我们都懂，你真不用担心。"

"大家都是侦查科的骨干成员，按照工作能力来讲，都完全可以进入专案组。做我们这个工作不求名不求利，唯一能追求的就是荣誉。如果大家对无法进入专案组而感到沮丧，我完全能够理解。"安静言辞恳切，众人也都静静听着。

"这个案件有一定的特殊性，由省厅牵头，和我们双清局一起行动。从某种角度来讲，专案组的成立其实是为了协调省厅和市局之间的工作。"

"明白了吧。我跟静姐不光是要做本职工作，还得各种帮忙协调，麻烦着呢！你们谁要真想进来，那我跟你们换，我巴不得呢！"杜猛道。

小李开玩笑地说："好啊好啊，我不嫌麻烦，我跟你换。"

杜猛一愣，用笔扔小李。小李闪身一躲，道："你们看，这还是不乐意啊！"

这么一闹，气氛缓和了许多。安静依然正色道："话说开就好了。我再强调一下，我们现在的对手，可能是在座所有人做侦查工作以来，碰到过的最棘手的。案情重大，失败的代价我们无法承受，明白了吗？"

"明白！"

"我保证，如果案件告破，荣誉将会属于我们所有人。同样，在侦破过程中，我们每个人肩负的责任都一样重大。明白吗？"

"明白！"

安静微笑着点了点头。

"那……长安科研这条线已经撸到底了。接下来怎么办？"小李问。

安静反问道："你们有没有想法？"

小李、老六、王佐等人交换眼神，老六先说："其实长安科研从一开始就只是条支线。抓捕陈灿的时候，他的目标就是鼎华。贾长安的矿石来源也是鼎华。"

"没错。是时候回归到鼎华这条线索了，但这次我们要转换策略。明天我们分成两组，以调查贾长安死因的名义，对鼎华员工展开问讯调查。"

"这么大张旗鼓？"王佐惊讶道。

安静点了点头，说："是时候施加压力了。"

二

上午，苗焕阳的心脏病又犯了，苗霏急匆匆地赶去医院一直陪着。躺在病床上，苗焕阳似有所感，突然睁开眼睛。透过房门窗户，他隐约看到门口站着一个人。苗焕阳一个激灵，呼吸急促起来。能让他有这种反应的，只有……

"怎么了？"苗霏抬头问。

苗焕阳重新凝神往外看去,苗霏也扭头往外看,门口却什么也没有。"没事,没事。"苗焕阳再度闭上眼睛,转了个身背对着房门。

苗霏正要继续看书,桌上手机亮了起来,她一看,竟是周恋。苗霏拿起手机,轻手轻脚走了出去。苗霏出去后没多久,病房门又打开了,出现在门口的正是徐鹤。

"霏霏,你怎么还没回来?"周恋在苗霏家一边用蓝牙耳机打电话,一边站在客厅中央的一个梯子上,正准备拆卸烟雾报警器。

"我爸住院了。今晚我在医院,不回去了。"

"啊?哪个医院?我过来陪你。"周恋关切地说。

"不用不用,已经没事了,你早点休息。"

"行,有什么情况,随时打电话给我。"电话挂断后,周恋继续摘下烟雾报警器,将一个针孔摄像头安在了里面。

苗霏打完电话,走出住院楼准备买杯咖啡。

"环境还可以。"

躺在床上的苗焕阳猛地睁开眼睛,发现徐鹤竟然站在病床前。他一下坐了起来,按着心脏部位大口喘气。

"您别激动,对身体不好。"

"你……你怎么知道我在这?"苗焕阳难以置信地问。

"我那么关心你,对吧?一听说你病了,马上赶过来了。"

"你在监视我?"

"我们合作了那么多年,我来看你是应该的,不要多想。"

苗焕阳面色难看,咬牙切齿地说:"你这是要逼死我啊!"

徐鹤皮笑肉不笑地说:"我还仰仗着苗总发财呢,您可千万别有什么三长两短。"

就在这时,苗霏端着咖啡走到病房门口。听到有人交谈,她停下脚步。房门是虚掩着的,里面传出苗焕阳的话:"我已经辞职了,什么都做不了。"

"鼎华是苗总一手创立,虽说现在功成身退,但要说公司里面没留你的人,谁信?"又有一个苍老的声音传出。听到这个陌生的声音,苗霏愣在门口,再也挪不动半步。

"我明确说过很多次,不可能再帮你了!赶紧走,我女儿要回来了。"

"你怕被她看见?我还挺想跟她聊聊。"

"徐鹤,你给我滚出去!"

里面安静了几秒,徐鹤道:"苗总,把身体养好。你要是没了,那我这些年积攒的资料,不就浪费了吗?"

"你什么意思?"苗焕阳激动地说,"你有我的证据又能怎样?大不了鱼死网破,看谁判得重!"

"苗焕阳,你别一副大义凛然的样子!你跟贾长安做的事,真当别人不知道?他从你手上拿的矿,你提成没少拿吧?"

"……"

第九章／施　压

"你不知道？看来，是贾长安把你那份给吞了啊！那句话真没错，不是一家人，不进一家门。"

听到此处，苗霏一脸震惊地靠在墙上，端着咖啡的手不由得颤抖起来。

"真是你杀了贾长安？"苗焕阳又怒又急地问。

"这话可不能乱讲，杀人是犯法的。你先休息，等你好点了，咱们再详谈。"

说完，一阵脚步声响起，离门口越来越近。苗霏反应过来，迅速离开门口，走到楼梯间，闪身躲进去，靠在门边听着外面的声音。

拐杖敲在地上的击打声一下下，越来越近……越来越近。苗霏紧张得有些颤抖，大气也不敢出。

拐杖声到了楼梯间门口，停下了。苗霏深吸一口气，死死地盯着门口。

楼梯间的门被缓缓推开，徐鹤出现在苗霏面前，面带笑容。

苗霏本能地往后退了两步。

"我们终于见面了。"徐鹤径自沿着楼梯往上走去，走了几步之后回头，见苗霏还愣在原地，笑着问，"你没有问题想问我吗？"说完，他回过头去，继续慢慢悠悠地往上走，拐杖一声接着一声。

苗霏愣了几秒，快步跟上徐鹤，一直走到了医院的天台。徐鹤站在天台边看着远处的夜景，一言不发。苗霏站在徐鹤身后疑惑而戒备地看着他，说："我在葬礼上见过你。你是谁？跟我爸是什么关系？"

"我跟你爸，那可是老朋友了，当年他创立鼎华的时候我们就认识。刚才我跟他说的话，你都听见了吧？"

"你说的是什么资料，你们到底一起干过什么？"

"双清当年一下冒出来那么多的能源企业，可最后只有鼎华做大了，你觉得是为什么？"徐鹤笑着问，见苗霏没说话，他继续说，"我可以这么跟你说，肯定不是因为你爸比别人有本事……只是因为他，胆子比别人大。"

苗霏咬了咬嘴唇，说："不管你们当年做过什么，我爸现在都已经退休了，身体也不好，你别再缠着他了。"

"话是这么说，但有句话叫父债子偿。你爸退休了，你还在鼎华啊。"徐鹤拿出一部新的手机，递到苗霏面前。苗霏没接。他冷笑着说："过去的事没那么容易过去。你爸不愿意再帮我的忙，但你可以考虑一下。"

"你想让我干什么？"

徐鹤再次把手机递给苗霏，示意她收下。苗霏犹豫着接过来。徐鹤说："到时候我会告诉你该怎么做。只要你帮了我的忙，我就把手头上的资料都交给你，到时候你爸也就没事了。"

苗霏没有表态。

"我要提醒你。我手上的东西足够让你爸把牢底坐穿，所有的资产也会被国家没收，你跟你妹妹也就别想再过这种千金大小姐的生活了。"说完，徐鹤头也不回地走了。

三

蜂鸣警报响起，赫子轩咬着棒棒糖抬眼扫了一下，监控屏幕上显示安静和杜猛上了游艇甲板，便没管，继续通过天眼系统搜索着什么。

不一会儿，他们推门走进船舱，杜猛打了声招呼："忙着呢？"

赫子轩叹了口气，手指在键盘上一刻不停地敲打，抱怨道："别提了，那老头根本就是个幽灵。"

杜猛和安静凑上前，看着葬礼那天照片上和苗焕阳攀谈的白发老人。杜猛戏谑地说："没那么夸张，说不定是个老宅男呢。"

赫子轩白了杜猛一眼。

"别贫了。办正事。先弄个名单出来。"安静打了一下杜猛的肩膀。鼎华好几千人，要想去问讯也不能满公司瞎问。

"行。什么原则？"杜猛问。

"以中层管理人员为主，研发部门也是重点。另外，还有贾长安出事时不在岗位上的人。"

"好嘞，还有呢？"

"你说呢？"安静反问道。

杜猛想了想，说："半年内进入鼎华的，职位相对重要的人。"

安静点了点头。

杜猛又补充道："再就要看具体情况了，履历上有明显疑点的，就职经历与现有职位相差比较大的。"

"仔细点。"安静露出笑容嘱咐道。杜猛不无得意地笑着点头应允。

正说着，马尚走了进来，坐在沙发上想着心事，看起来情绪有点低落。

"怎么了这是？"安静问。

马尚叹气道："看着我爸难受成那样，总觉得是我害的。"

"虽然不能跟你爸说实话，但你心里至少得有数，不至于跟着你父母一起焦头烂额，还能适当安慰一下。这不是好事吗？再说……"

在安静的安慰下，马尚连连点头，脸上的表情明显轻松了许多，道："没看出来啊，你这么会安慰人？"

安静和马尚相视而笑。杜猛突然插了一句："安慰归安慰，这事还是别聊了吧？毕竟还在调查，按规矩不该拿出来讨论。"杜猛说完，这才回头看向马尚，特意补了一句："我不是针对你。"

杜猛等着看马尚的反应。马尚却完全没放在心上，说："行。调查结束之前，我保证不再提这事了。"

马尚的这种反应反而堵住了杜猛的嘴，杜猛欲言又止，一时没法接话。过了一会儿，马尚转换话题道："对了，鼎华内部的问讯是明天开始吧？"

安静点头道："明天上午。我跟杜猛正在整理名单。说不定给点压力，真就有人露馅儿了。"

第九章／施　压

安静把电脑推到马尚面前，屏幕上是一个中年男人的档案，她继续说："比如这个人，吴淼。"

从档案上看，吴淼的上一个工作是天临市一家同类企业的高级技术员。八个月前入职鼎华，给喻浩然当助理。

马尚若有所思地翻阅着档案。就在这时，电脑响起提示音。

"天眼系统找到那个老头了……"赫子轩说着，调出画面来，"就在五分钟前，他刚刚离开人民医院。"

"人民医院？苗焕阳不是在那儿吗？"安静惊讶地说。

"定位他现在的位置。"马尚道。

赫子轩快速操作电脑。屏幕显示天眼系统搜索进度条，但始终出不来画面。赫子轩摇头道："不行，定位不到。这个人又消失了……"几人脸色都变得有些难看。

第二天，安静来到鼎华总裁办公室，宋铭已经和林晓兰提前沟通过，所以安静一行人的工作进行得很顺利，两间办公室同时问讯，效率颇高。

马尚也是问讯对象，去的路上他迎面碰见了程雷。程雷奇怪地问："马总，你也被叫来了？"

"对啊，到底什么事？"马尚故作疑惑道。

程雷把马尚领到一边，压低声音说："国安的人。"

"国安？"

程雷点头道："查贾长安的事。"

马尚一脸迷茫地说："贾长安出事的时候我都没入职，找我问什么话？"

说话间，引马尚过去的王秘书催道："马总，对方等着呢。"

马尚笑了笑，说："行，说两句就去。"

"这……真挺抱歉的，他们不让私底下讨论。"王秘书有些为难。马尚叹了口气，只好点了点头。

"没事，我先走了。"程雷说着便走进电梯。

马尚高声问："程工，中午一起吃饭？"

程雷有些意外，想了想说："行……那完事告诉我一声。"

王秘书领着马尚走进会议室，安静和杜猛站起身，寒暄道："马尚，马总对吧？"

"是。你好。"马尚道。

杜猛点了点头，一副初次见面的样子。

安静对王秘书说了句："谢谢。"王秘书点点头，退出会议室，关上门。马尚和安静相视一笑，坐了下来。

马尚小声问道："怎么样？"

"老六他们在旁边的会议室，跟我们同步推进工作，但比预想的工作量大得多。贾长安出事那天，很多人都不在岗位上，请假的、跑业务的、出去开会的，加起来得有两百多人。"

马尚郁闷地翻了个白眼。见状，杜猛埋怨道："你还郁闷？我们不得在这儿耗个三天三夜？还不是为了掩护你？"

马尚连忙赔笑脸，道："是是是，辛苦了，辛苦了。"

"所以啊，你就别耽误我们时间了，赶紧下一个吧。"

马尚连忙反驳道："那不行。我进来两分钟就出去了，合适吗？"

杜猛撇了撇嘴。马尚不再理他，问安静："下一个是谁？"

"苗霏。"

三人又聊了一会儿，对马尚的"调查"才算结束。与此同时，苗霏也接到了通知。

时至中午，马尚干脆没回办公室，直接在大堂等着程雷。等了一会儿，见程雷从电梯里出来，马尚问："你怎么这么久？"

程雷笑着说："有个数据，我怎么都弄不对。"

"得了，咱们吃什么去？"

"我都行。"

"那我来挑吧。今天我请客，你别抢。"说完，马尚拉着程雷一起往大堂外走去，边走边聊。

"他们问你什么了？"程雷问道。

"别提了，搞得跟贾长安死在我手里似的……贾长安不是自杀的吗？"马尚发着牢骚。

"是啊。刚才我也纳闷，一直问我出事的时候在哪里。"

"那你当时在哪儿？"

"感冒发烧请假了。"

马尚开玩笑地说："那你岂不是没有不在场证明？"

程雷白了马尚一眼，抱怨道："马总，你这是要害我啊？"

马尚笑了笑，又叹了口气，说："你这应该没什么事，我就惨了。"

"怎么了？"

"我爸跟苗总认识，给鼎华跑了十几年的运输。现在苗总不是牵扯到贾长安的走私案了吗，我爸的公司也被国安给查了，我现在也是……怎么说来着？连带怀疑对象……"

两人说着，走出了公司大门。

四

苗霏坐在安静和杜猛的对面，她微微低着头，脸色很难看，任凭谁都能看出她心里有事。

"苗女士？"杜猛叫道。见苗霏没有反应，杜猛又稍稍大声叫了一声："苗女士？"

苗霏这才回过神来，抬起头看向杜猛。

"想起来了吗？"杜猛有些不耐烦了。

苗霏低声道："这些问题，你们早就问过我了……"

安静在一旁安抚地说："苗霏，我理解你现在的心情。这件事每次提起，都相当于重新揭开你的伤疤……"

"我没那么脆弱。"苗霏打断道，她皱着眉头，明显有些不满地说，"先是去我家问话，现在又来鼎华。我知道自己有义务配合你们工作，可现在这种情况真的已经对我造成困扰了。"

安静愣了一下。杜猛说："请你理解，我们也是……"

苗霏再次打断道："我父亲心脏病发作，已经住院了。鼎华是他一辈子的心血，要是他知道公司的员工正在接受国安部门的问讯，我真担心他受不了。"

安静点了点头，思索片刻，道："我能理解，其实这次问讯没必要让苗总知道，让他好好静养。"

"我们会尽量控制影响，不会搞得路人皆知。"杜猛补充道。

苗霏苦笑一下，不置可否。

"苗总这次入院，应该有不少人去看望他吧？"安静假装不经意地问。

苗霏的反应非常镇定，她顿了一下，平静地说："那肯定的。"

"都有谁？方不方便透露？"杜猛追问道。

"我也不是一直守在那儿，反正来的都是同事和生意合作伙伴。"

"我记得葬礼那天，在礼堂外面的草坪上，苗总和一个老人聊了很久，你认识这个人吗？"

"老人？"苗霏疑惑地问。

"七十上下，一身西装，挺精神的。"安静描述道。

苗霏犹豫片刻，说道："鹤老？他昨天去过医院，叫徐鹤。"

"双人徐，显赫的赫？"

"我不确定。"苗霏摇了摇头。

"他是什么人？"

"应该是我爸早年的生意合作伙伴，我之前没怎么见过。"

安静点了点头，没有继续追问。

"这个人是不是有问题？你们要查他？"苗霏的语气显得非常急切，这一点让安静和杜猛都颇为注意。

就在这时，有人敲门。

苗霏平缓了一下语气，说："进来。"

王秘书推门进来说："安科长，你的同事需要你过去一下。"

安静点了点头，站起身来，道："今天先这样吧，谢谢了。苗霏，你有任何问题、任何困难，随时告诉我，好吗？"

苗霏也站起身，微微低着头。安静继续说："只要你需要，我保证会尽量提供帮助。"

苗霏看向安静，沉默了良久。她似乎在犹豫着什么，最终只是点了点头。

安静到另一个房间时，便见到喻浩然表情有些纠结，不停抖着腿。

她问道："怎么了？"

老六笑了笑："喻先生，麻烦你把刚才的话再说一遍。"喻浩然看向安静，长叹了一声。

第十章　胁　迫

一

"有个意外收获。"安静对游艇内的众人说，"今天的问讯中，喻浩然透露在半个多月前，他工作时间在天方酒店碰到了贾长安。"

众人不语，静静等待着。安静环视了一下，继续说："那么问题来了，半个多月前，贾长安和苗霏正好在筹划婚礼的事，他去天方酒店干什么？"

赫子轩补充道："关键问题还是，他跟谁去的？"

马尚连连点头，脸上浮现兴奋的笑容。

杜猛插嘴说："我觉得苗霏也有问题。"

安静附和道："我也有同感。那天我们问到徐鹤这个人的时候，她表现得很平静，但之后又一直追问是不是要查他。整个问讯的过程中，她明显有几次欲言又止，反应不是很正常。"

马尚陷入思索中。

"你那边呢？进公司以后跟她有接触吗？"安静见马尚不说话，便开口问。

"有，但她表现得很正常，我还真没怀疑过她。"

安静想了想，说："苗霏这边我会继续找机会试探。吴淼那边需要你优先观察一下。"

"又是吴淼，他怎么了？"马尚疑惑地问。

"他突然请了病假，但喻浩然说他今天上班的时候没有任何异样。"

"你觉得他是想逃避问讯？"

安静不确定地说："不知道。据我了解，贾长安出事的时候，吴淼倒是一直在岗位上，没什么嫌疑。"

"要真是咱们的目标，怎么也不至于连问讯都不敢去。"赫子轩笑着说。

杜猛也表示赞同："就是。这也太欲盖弥彰了，业余水平。"

苗霏从医院回到家中时，周恋在厨房煎牛排。见到闺蜜，苗霏微微一笑，道："你天天陪着我，店里谁看着？"

"你重要还是那小破馆子重要啊？"

周恋的这句话让苗霏很是感动，她调整了一下情绪，说："一会儿帮我收拾东西吧。"

"收拾东西？你要出差吗？"

"不是，把贾长安的东西收一下，扔了。"

周恋有些惊讶，苗霏看到了，但并没说什么。

"怎么突然这样？"周恋还是忍不住问道。

苗霏长叹一声，感慨道："我本以为，命中注定要和他在一起。可现在没那么肯定了……你说他接近我，是不是为了我爸手里的资源？可惜他已经死了，都没办法再撒谎骗我。"说着说着，苗霏的眼睛红了。

周恋连忙哄道："好了好了，过去了就让它过去吧。扔了，全扔了！"

苗霏点点头，抹掉泪痕，勉强挤出笑容。正在这时，苗霏的手机铃声响了。接完电话，她匆匆走出来，说："我出去一下。"

周恋惊讶道："你还没吃饭呢。"

出门后，苗霏走到小区一处偏僻的地方。这里没有路灯，四周黑漆漆的。苗霏见徐鹤坐在长椅上，犹豫片刻，走到他旁边坐下，问："你想要我做什么？"

徐鹤笑了笑，说："就喜欢和爽快的人合作，你爸要是跟你一样就好了。"

苗霏沉默着，没有说话。徐鹤从口袋里拿出一个类似闪存盘的东西递给她。

苗霏接过来，问："这是什么？"

"你找个机会，把它插到邹教授的电脑上。"

"这到底是什么？"苗霏警惕地问。

"别问那么多，你照做就是了。知道得越多，负担越大，对吧？"徐鹤笑道。

"之后你就把我爸的证据都交给我？"

"还没做事就谈条件，不是什么好习惯。"

苗霏咬着牙，看了眼徐鹤，直接起身离开。回到家，发现厨房已经被周恋收拾得干干净净，正拿着拖把拖地，微波炉里面正热着那份牛排。

见苗霏回来，周恋招呼道："回来啦？牛排冷了，给你热热。"

苗霏看着周恋的背影，眼圈瞬间就红了，她赶紧擦掉眼角的泪水。

周恋直起身，看着闺蜜的反应，有些疑惑地问："怎么了？"

"就是觉得……你对我真好。"犹豫了一下，苗霏继续说，"要是一直这么依赖你……我永远都走不出去。"

周恋愣了一下，问："你要……赶我走啊？"

苗霏勉强笑着说:"我永远都不会赶你走。可我现在需要空间,想单独待一会儿。"
"我明白。霏霏,只要你需要,随时给我打电话。"周恋叹了口气,随意收拾了一下,说,"那我走了?"
"好。"
"你好好的。"
"放心吧。"
送走周恋之后,苗霏拖着沉重的步子,失魂落魄地走到茶几旁坐下。她把抱枕抱在怀里,整个人缩成一团,就这么呆愣愣地坐着。过了良久,苗霏从口袋里掏出那个闪存盘,盯着它看,突然用抱枕捂住自己的脸,声嘶力竭地哭喊、嘶吼……

二

第二天一早,苗霏照常来到公司,但脸上还是有些疲惫。马尚碰到她时客套地打了声招呼,但苗霏头也不抬,只是心不在焉地应了一声,匆匆走了过去。马尚敏锐地察觉到不对劲,蹙眉望着苗霏的背影。不料苗霏突然停下转过身,马尚猝不及防,眼神转向别处,又立即转了回来。

苗霏开门见山地问:"马总,有时间吗?"
马尚笑着说:"有啊。"
来到苗霏办公室后,苗霏招呼马尚坐下,说:"抱歉,前段时间事情实在太多了,你说的方案我也没怎么看进去,能再跟我详细说一下吗?"
"理解理解。"马尚先客套了一下,清了清嗓子正色道,"简单来说,现在研发部实验室的网络,虽然已经跟外网隔离了,但用的是技术手段,这个会有安全漏洞,只要黑客够高明,还是可以从外网侵入。现在很多大公司采用的都是物理隔离,这样比较安全。"
"物理隔离?"苗霏皱着眉,这是她完全没有接触的领域。
"就是将实验室的电脑、路由器、交换机、服务器……全部和外网断开连接,单独组建一套内部局域网。技术人员的个人电脑,也不允许接入实验室的独立网络。"
苗霏点了点头,思考了片刻,开口道:"那今天就开始整改。"
"今天?"马尚瞪大眼睛,诧异地问。
"对,我会跟IT部门的主管约个时间开会,安排下去。"
苗霏说完便起身,准备去找IT部门。马尚跟着站起来,道:"苗总,你这也太雷厉风行了。"
"好多事只要一拖,就不知道什么时候能办了。你刚进公司就能发现这么大的漏洞,厉害。"
马尚谦虚地笑着,不再多言。
不一会儿,IT部门的主管报告:"苗总,网络整改已经完成了。"
"这么快?"苗霏并不算意外,只是客套了一下。

第十章 胁 迫

"你不是说这事特别重要吗,我们就优先处理了。"

"这个物理隔离弄好了,是不是应该有一些需要注意的使用事项?"

"对。我会给研发部门统一发封邮件,说明一下。"

苗霏想了一下,说:"这样吧,我觉得还是直接给他们管理层开个会,这样说得更清楚,不明白的也可以直接问。"

"这样也行。"

"那就二十分钟后,五楼会议室。我来发通知,会议由你主持。"

办公桌上的电话响起,正准备下班离开的邹珏听到后又折返回来,接起电话说:"你好……苗总啊……现在吗……行,那我过来。"

邹珏把包放在桌上,走出办公室,正好碰上技术部的喻浩然、程雷等人,显然他俩也是接到了通知去开会。众人边走边聊,行走速度并不快。也就在此时,苗霏闪身出来,快步走进邹珏的办公室,从他的包里拿出笔记本电脑,插入徐鹤给她的闪存盘。

电脑屏幕上自动出现一个进度条,从一开始的"0%""1%",到"5%""8%",迅速往上增长。苗霏神情紧张,一会儿看看屏幕,一会儿侧耳听着外面动静。进度条终于显示"100%"。苗霏松了一口气,她急忙拔下闪存盘,关闭电脑放回包里,仔细检查公文包摆放的位置之后便匆匆离开。

出了邹珏的办公室,刚走了两步,苗霏迎面遇到了马尚。

"苗总?"马尚有些奇怪,但还是打了声招呼。

苗霏勉强维持镇定,道:"你怎么来了?"

"我来找邹教授,跟他了解一下研发部门的招聘需求。"

"我也来找他。他不在,应该是去开会了。"苗霏道。

"好,那我等等吧。"

"邹教授不管这么细。招聘的事,你跟喻浩然、程雷对接就行。"

"懂了。谢谢苗总。"

"那我先走了。"说完,苗霏匆匆离开。马尚若有所思地看着她的背影,原地愣了片刻,看看四周无人,走向邹教授办公室。他先是环顾四周,目光扫过文件资料、书架、柜子,都未发现翻动痕迹。最后,目光定在桌上的公文包上。

他走过去打开,拿出电脑伸手试探温度。感受到温度后,马尚眉头紧皱,把电脑放回包里,快步推门出去。

马尚躲进安全通道之中,立刻拿出手机拨通号码,汇报道:"宋局,我这有个突发情况,需要您帮忙……"

这时,苗霏回到自己办公室,喘了口气,从手提包的最里层掏出徐鹤给的手机,发了一条短信:"事情办完了。"

发完短信,苗霏拿着手机焦急地踱步。等了片刻,都没有收到回信。苗霏焦急地拨通了电话,结果手机里传来"您拨打的电话已关机"的提示音。苗霏的表情骤变,把手机放回包中,匆忙收拾一下,推门而去。

三

晚上，专案组众人聚集到游艇内。

马尚问："苗霏那边盯住了吗？"

安静点了点头，说："她离开公司后直接去了医院。我安排老六和小李跟着她。"

马尚显得有些焦虑，没有回应安静。

"具体什么情况？"安静追问道。

马尚皱着眉说："一两句说不清楚。苗霏私自进入邹教授的办公室，应该碰过他的电脑。我去检查的时候，硬盘温度高得不正常，但还不知道苗霏具体做了什么。咱们先等等吧，等宋局把邹教授的电脑要过来，应该就清楚了。"

"你先别着急。我说说我这边的进展。"安静安抚道。今天上午，她和杜猛去了天方酒店，又花了一个下午的时间把半年以来未进入双清市却在天方酒店有入住记录的名单整理出来。"喻浩然给的线索是真的，可以证实贾长安曾经入住过，而且是和一个身份不明的女人。"

"怎么个身份不明？"马尚问。

"用的是假身份，而且戴着帽子和口罩，不清楚她的长相。"杜猛解释道。

安静补充道："类似使用假身份入住的女性，半年来一共有五个，我们怀疑其实是同一个人。"

杜猛接着说："很有可能就是贾长安死前试图联系的那个人，身份伪装手法完全一样。"

赫子轩咂舌道："在酒店碰头，而且还是用假身份？我怎么觉着……贾长安这是接头出轨两不误啊？"

马尚问："监控拍到了吗？"

杜猛无奈地说："画质太差了，而且还戴着帽子和口罩，脸完全挡住了。"

赫子轩也说："我本来打算用天眼系统来测算步态特征，但是视频帧数太低。就算分析出来准确度也不够，没有参考价值。"

这时门上的指纹识别锁响了一下，宋铭拎着公文包走进来。

马尚连忙站起身，关切地问："宋局，拿到了吗？"

宋铭点头，从公文包里拿出笔记本电脑，直接递给赫子轩。赫子轩不用吩咐，立刻将笔记本连接到工作站上，开始检索。

宋铭对马尚说："研发部走廊的监控我找人处理过了，抹掉了你和苗霏进入办公室的视频。"

"辛苦您了。"马尚感激地点点头。

"子轩，你要多长时间？"安静问。

"最多不超过半个小时。"

"你还是细着点查吧，不着急。宋局，我先把游艇挪个地方。"说着，马尚走向驾驶室……

苗霏一下班，就赶到了医院。病房里，她背对着苗焕阳站在窗边，看着窗外橘黄色的

第十章 胁 迫

灯火。苗焕阳体贴地说:"霏霏,你工作也忙,没必要天天来看我。"

苗霏依然看着窗外,心不在焉地说:"没事儿。"

苗焕阳看着女儿的背影,感觉不对劲,试着转移话题,道:"医生说我已经可以出院了。"

苗霏沉默片刻,转过身来,脸色严肃地看着苗焕阳,说:"爸,如果长安走私的事情……我也参与了,你会怎么办?"

苗焕阳吓了一跳,心率监视仪器上原本规律的曲线出现了波动。他吃惊地问:"你也陷进去了?"

苗霏脸色缓和了一些,说:"您别激动。我是说如果,假设。"

"霏霏,你跟爸说实话,"苗焕阳紧张地说,"要是真有这事,我们一起解决。"

"我真的只是假设。"看着老爸仍然一脸紧张地盯着自己,苗霏说,"他公司的事从不让我参与,这您也知道。"

苗焕阳神情稍微放松了一些,点了点头,仪器上的心率也恢复正常。

"要是我参与了走私,您会不会告发我?"苗霏假装无意地问。

苗焕阳想都没想就摇了摇头,说:"你是我女儿,不管你做了什么,我都不忍心把你送去坐牢。"

苗霏不置可否地笑了笑。

过了一会儿,苗焕阳问:"你怎么突然这么问?"

"没什么,就是又想起长安的事,随口一问。"苗霏又转身看向窗外,她背对着苗焕阳,悄悄掏出那部手机查看,徐鹤依旧没有回复消息。

"刚才老六汇报,说苗霏一直在苗焕阳的病房,没跟其他人接触过。"安静说。

"难道是苗焕阳指使的?"见安静没有回答,马尚又问,"想什么呢?"

安静突然间感慨道:"苗霏也挺可怜的。你说她知不知道贾长安有别的女人?"

"这种时候你可别带入主观情绪。现在什么都有可能,搞不好,反过来是苗霏控制了苗焕阳和贾长安。"

"我知道,我就随便说说……"安静说这话的时候,不自觉地嘟了一下嘴,似乎有点撒娇的意思。

马尚看在眼里,眼神都散了。两人一时无言,只剩下海浪的声音。过了一会儿,马尚突然问:"咱俩分开以后,你谈了几次恋爱?"

安静皱眉道:"你干吗?"

"我看你这么同情苗霏。该不是……也被人劈过腿?"马尚打趣道。

正说着,杜猛突然进了驾驶舱。安静和马尚见他来了,都有些不好意思。杜猛见此情形,板着脸说:"查出来了。"

三人来到赫子轩旁,赫子轩一边指着屏幕向众人展示,一边解释说:"电脑里确实植入了一种木马病毒。这种病毒连到局域网,可以黑进当前局域网里所有的电脑,自动将数据发送到指定地址。"

宋铭沉声道:"能不能查到数据接收地址?"

赫子轩摇头道:"不太可能。除非完全破解这种病毒的原始编码,但就算是我的技术,可能也需要……至少一年。"

"你技术到底行不行啊?有那么夸张吗?"杜猛吃了一惊,问。

安静问:"那能不能确定到底哪些资料已经流出去了?"

"还是一个道理,除非完全破解原始代码。"

赫子轩的回答让安静失望地叹了口气。

马尚想到了什么,忙问:"宋局,从我通知您,到您那边安排掐断鼎华的网络,一共大概花了多长时间?"

"不超过一分钟。"

赫子轩道:"一分钟,还是太久了。"

宋铭点了点头,脸色有些难看。

"不幸中的万幸,实验室那边已经物理隔离,至少核心技术和数据应该没有泄漏的危险。"马尚安慰道。

众人各自思考着,陷入了沉默。虽然现在证据齐全,但苗霏的举动在众人看来实在不寻常。对实验室的网络物理隔离改造的是她,植入病毒的也是她,一时间,谁都拿不定主意。

"我觉得,苗霏的行为更像是受人胁迫。她不得不去植入病毒,又想着把损失减到最小。"马尚打破沉默,说。

安静点点头,认同道:"万一真是这样,就不能着急抓苗霏,要不然会惊动胁迫她的那个人。"

宋铭思考片刻,说:"这样吧……先对苗霏实施全面监控,我马上给上面打报告。"

"我建议对苗焕阳也展开监控。毕竟贾长安走私的矿石都是从他那边批来的,这是直接关联。既然苗霏都卷进来了,他应该也不干净。"安静说。

"好。马尚,你也可以适当敲打一下苗霏,看能不能让她露馅。不过记得适可而止,保护好自己的身份。"宋铭叮嘱道。

"明白。"

"既然要查苗焕阳,我建议干脆从他的老底开始彻查。安静,你牵头。"

"明白。"

四

乔西川正在酒店内用电脑查看收到的资料,上面有一份份文件,看到标题为"鼎华集团最新产品内参""鼎华集团招聘岗位需求一览""鼎华集团未来五年发展战略规划"等文件。乔西川面露喜色,随即又发现文件不多,笑容便消失了。乔西川拨打周恋的电话,却没人接听,他脸上的表情变得更加难看。

片刻之后,周恋的电话打了过来。乔西川接通后,不耐烦地问:"你在哪儿?"

"开门。"

第十章／胁　迫

乔西川一愣，他迅速走到门前，透过猫眼观察，确定了就是周恋才把门打开。

周恋站在门外，明显是喝醉了，笑盈盈地看着乔西川。

乔西川脸上的表情从不满变成了惊愕，他一把将周恋拽进门来，快速观察了走廊，然后用力地关上门，怒吼："你疯了吗？"

周恋依旧笑着说："你才疯了。"说完，便自顾自地走到床边，晕乎乎地躺了上去。

乔西川原地愣了半晌，惊愕的表情又渐渐变成了无奈。他走到床边，蹲下，让自己的视角和周恋平齐，叫了一声："周恋。"

周恋缓缓睁开眼睛。

"你还好吧？"

"我想喝水。"

乔西川起身拿了瓶矿泉水回来，扶周恋坐起身，又拧开瓶盖喂她。他假装不经意地问："干什么去了？"

"除了去完成你给的任务，我还能干什么？我有自己选择的权利吗？"周恋说着，身子一软又躺回床上，她用胳膊挡着眼睛，似乎在对抗醉酒的眩晕感。

"跟谁喝的酒？"

"杨迅。"

乔西川想了想，问："苗霏的助理？他有什么价值？"

"庞一山。"

乔西川一怔，脸上浮现一丝笑容。他轻轻抚摸周恋的头发，问："怎么样？"

"特别孙子。就想着占便宜，吃亏的事躲得比谁都快。"

乔西川轻言细语地说："辛苦你了。贾长安死了，我们得想别的办法弄到矿石……他想占便宜，先让他占吧。"

周恋睁开眼睛，盯着乔西川看了良久，缓缓伸手拽住了乔西川的领口。乔西川没有躲开，也没有反抗。"我在你眼里，就是条狗，是不是？"

乔西川静静看着她，没有说话。周恋反而笑了，松开了手，说："庞一山这种人，我没把握。杨迅倒是没什么脑子，可也没什么利用价值。怎么办？我现在也没有利用价值了，你不让我走，要不干脆除掉我吧。"

乔西川叹了口气，站起身，给周恋盖上被子，说："苗霏行动了，但她传过来的资料基本没用。我怀疑她做了手脚。"

周恋醉眼迷离地看着乔西川。乔西川继续说："先不用管她了，你好好休息。"说完便转身离开。周恋看着乔西川的背影，裹紧了被子，蜷缩成一团。

第二天一早，苗霏准时到了公司。刚刚走进办公室，杨迅风风火火地跟了进来，说："苗总。林总召开紧急会议。大会议室。"

"现在？"苗霏很是吃惊。

"对。"

苗霏面露忧色，和杨迅一起离开办公室。刚走进会议室就听见邹珏情绪激动地大声痛斥: "这个事情必须给我一个解释！要不是我发现得早，要不是苗总正好安排实验室加强了网络安全措施，现在核心数据已经流出去了！我为这个东西付出了半辈子心血，鼎华当时招聘我，是给了我安全方面的保证的！"

邹珏说话时，马尚瞥了一眼苗霏，发现她的表情淡定，似乎一切都跟她无关。

所有人正襟危坐，不敢接邹珏的话。坐在首席的林晓兰脸色十分难看，但还是安抚道："邹教授，请你少安毋躁，事情的原委一定会弄清楚。"

邹珏气冲冲地坐下了。

"老赵，你是安保部门的负责人，请你先解释一下。"林晓兰看向一位中年男子，说。

老赵犹豫片刻，说："林总、邹教授，实在是抱歉。发生这种事，我们安保部门要负主要责任，我带头请个罪。"

"你说这个没用。"邹珏显然不想听这个。

"是……我们紧急调了监控，发现就在您去开会的这段时间，研发部走廊的监控也被动了手脚，画面被人抹掉了。其他信息我们还在搜集中。"

参会的高管们听了这句话，议论纷纷。

庞一山清了清嗓子，说："各位，你们看出事情的严重性了吧？监控录像居然都被破坏了！可见这是蓄谋已久的、有组织的犯罪。"

不少人应和着，苗霏也跟着点了点头，表明自己的态度。

"老赵，这事你是要做检讨的。"庞一山接着说。

"是。庞总，这个我知道，而且我们安保部门也紧急开了会，商讨了加强安保措施的方案。"

庞一山摆了摆手，道："也不能全怪安保部门。林总，我觉得现在公司面临的情况，已经非常非常凶险了。以后我们在座的每个人，都必须提高警惕，坚守原则，保持操守……"

邹珏打断庞一山的话，不耐烦地说："庞总说得很对。但是我还是得说，现在搞动员喊口号都没用，关键是拿方案出来，确保这种事不会再次发生。"

庞一山点头道："是啊，说到底这次能避免损失，多亏了苗总。苗总警觉性高，这回立了大功。不过也真是巧，苗总突然实行整改，接着就发生了这样的事。会不会是有人趁机钻了空子？这时间也掐得太准了……"

所有人都听出了庞一山的弦外之音，目光齐齐地聚集在苗霏身上。办公室的气氛瞬间变得非常诡异。林晓兰皱着眉头，但也不好就此打断发言。

庞一山继续问："苗总，你是怎么突然想到搞网络整改的？"

苗霏正要解释两句，马尚抢先开口道："网络整改方案是我提的。"

众人又齐刷刷把目光都转向了马尚。马尚解释道："庞总，是这样的。我入职后发现公司的网络安全存在隐患，就提出了整改方案。之前我跟林总做了报告，然后又跟苗总对接了详细方案。都是按公司的标准流程来的。"

庞一山看似赞许地连连点头，正要开口说什么。林晓兰先开口道："这么说起来，可能是有人知道安全措施升级的消息，为了抢时间铤而走险。庞总，你觉得呢？"

第十章／胁　迫

庞一山只好点头道："有道理。"

林晓兰接着说："这种事情已经不是第一次了，我已经向相关部门报了案。邹教授，我相信相关部门一定会尽快调查清楚。"

邹珏点了点头。

"我要强调，并不一定就是内部人员作案，同事之间不要互相猜疑。开这个会，重点是告诉大家危机已经来了。我们会以最快速度出台新的安全制度，各部门一定要严格执行。"林晓兰声音有些严肃。

会议结束后，与会人员三三两两离开。马尚加快脚步，赶上前面的苗霏，说："苗总，有空吗？"

"什么事？"

"去办公室说吧。"

关上办公室的门后，马尚坐在苗霏对面，严肃地问："昨天你去邹教授办公室的时候，有没有碰到过可疑的人？"

苗霏不动声色，竭力保持镇定，说："只碰到了你。我走了以后你还留在那儿，你有没有看到？"

马尚绷紧的脸，忽然放松下来，笑着说："你不是怀疑我吧？"

苗霏也笑了，说："不是你先怀疑我的吗？"

"误会了误会了。林总不是说了，同事之间不要相互猜疑。如果真是你植入的病毒，只需要把我的整改方案多压一天，绝对能获得大量核心机密。"

"你想明白就好。"

"当然也不会是我，毕竟方案都是我提的。"

"我也没说怀疑你。"

马尚故意叹气，试探道："那到底是谁这么大胆子？要是被抓到了，那就是商业窃密，应该判得挺重的。"

"咱们公司项目特殊，涉及稀有资源。只要能得到足够大的好处，肯定会有人铤而走险。"

马尚摇了摇头，说："反正我是没这胆子，坐牢了再多钱也没法花。"

"这里面很复杂，管好你自己吧。"苗霏道。

马尚点了点头，突然转换话题，说："我本来还想，这个方案能让我在公司站稳脚跟来着。可刚才会上的情况你也看见了，庞总那是什么意思？"

苗霏盯着马尚，沉默半响，慢条斯理地问："昨天你跟杨迅聊了很久？"

马尚一愣，说："瞎聊，他说了一堆没用的。"昨天马尚的确去找杨迅征求招聘意见了，但给的建议都是故意给马尚下套。

"公司的内部派系很复杂，这种情况短期内可能没法改变，你要适当注意一下。以后有什么事，可以直接跟我商量。"

听到这话，马尚笑着说："行！我就等你这句话呢！"

乔西川正看着从苗霏那拿到的行政文件，却接到了杰弗里的电话。杰弗里开门见山地问："乔，你还在双清吗？"

"没有完成任务，我怎么会走？"

"你知不知道，因为你的行动，鼎华提升了安保措施，已经对我的人造成了影响。"

"那是好事，我的行动帮你的人吸引了注意力。"

"你继续下去，会引来相关部门调查。"

"我最了解这里的情况，知道什么时候该撤。"乔西川一边看着电脑上的文件，一边接听电话，显得并不在乎。

"这次收获怎么样？"

"还不错。我正在分析文件，应该能找到突破口推进接下来的行动。"

电话那头传来杰弗里的笑声，乔西川皱紧眉头。笑过之后，杰弗里说："你的意思是说，这次又是一无所获？你还是撤出来吧，少赚点，但是安全。"

"不是为了钱，是为了承诺。我这个人，答应的事就得办完。"

"好好考虑，别把命搭进去……"

乔西川还想再说什么，电话直接被挂断了。

乔西川愣了片刻，用力将手机砸到墙上。刚洗完澡出来的周恋上前安慰道："杰弗里同意我们撤出去，这不是好事吗？"

乔西川摇头道："你没见过他，可能不了解他。"

周恋犹豫片刻，问："苗霏不肯合作，接下来我们怎么办？"

"那就逼她合作。这件事你不用管，我来跟进。"

周恋点了点头，说："那我继续跟杨迅接触。"

乔西川叹了口气，站起身，道："杨迅目前还看不出有什么价值，而且他就在苗霏身边，你跟他走得太近不可能不引起苗霏怀疑……"

周恋无奈地说："可我真的没把握搞定庞一山，这不是我愿不愿意……"

乔西川打断她，说："我知道。你暂时冷下来，不要做主动试探。先保护好自己。"

周恋点了点头，上前一步紧紧抱住乔西川。

第十一章

试 探

一

徐鹤穿着一身老旧却舒适的衣服，看起来和寻常老人并无二致。他推着购物车，姿态看起来比西装革履时更加苍老，一路挤过人群向苗霏这边走过来。

徐鹤走到苗霏旁边，伸手去拿货架上的橙子，故意碰了苗霏的手一下。

苗霏一抬头，看到是徐鹤，吓得连手里的橙子都掉了。徐鹤不动声色地迅速接住，放回橙子堆里。

苗霏迅速冷静下来，表情恢复正常，继续拿起一个橙子放进袋子里，低声道："你要我做的事，我已经做完了，你什么时候把我爸的东西给我，我们之前说好了。"

徐鹤拿起一个橙子放进购物袋，轻笑道："我知道你搞了鬼，你既然想到要对实验室网络做物理隔离，说明你已经知道我想要的是什么了。"

苗霏大为吃惊，却还是假装继续在挑橙子，只是眉头不自觉地皱了一下。徐鹤对鼎华的了解程度远远超乎预料，她立刻明白过来，问："你在鼎华里面有人？那为什么非要我帮你做事？"

"这个不该你操心。"

"那你想怎么样？"

"我只是来警告你，别再做手脚了。如果真想要回证据，下一次好好合作。"苗霏还要再说什么，徐鹤已经推着购物车走了。

在不远处盯着的小李和两个侦查员往苗霏那边看过去，只能看到一个老人的背影在苗霏旁边挑完水果离开，没有察觉到任何问题。

另一头，老六等人也没闲着，正在仔细翻看鼎华早期的交易记录。这时，杜猛的手机响了起来，他拿起手机查看，站起身来。安静瞥了杜猛一眼。"我妈的电话。"杜猛解释一下，走了出去。

杜猛推门回来时，安静注意到他眼眶红红的，低声询问："你家里怎么样了？"安静知道杜猛家庭条件不好，母亲生病，弟弟正在上学，全靠他一个人的工资支撑，所以每个月都会匿名给他母亲一些帮助。

被询问家里的事儿，杜猛表情稍微有点不悦，但更多的还是忧心，说："还那样吧，电话里听着感觉应该好点了。"

"我觉得要不这样……你把阿姨接到双清来，这里肯定比县城的医疗条件好得多。"

"真没事。"

安静看出杜猛已经不想再聊这个话题，便拍拍他的肩膀，道："等这大案子结了，给你申请个三等功。升职加薪，走上人生巅峰。"

杜猛笑了笑，岔开话题，指着手里的材料道："对了，鼎华早年的这些交易记录，越看越不对劲，像是存在商业犯罪行为。"材料上每次成交价格几乎都是底价，如果是有人给收购方透了底，那么已经构成了严重的商业犯罪。

"能拿这个做点文章吗？"安静思索着是否能借此给苗焕阳施压，试探一下他的反应，便意有所指地说，"给苗焕阳看看？"

杜猛点点头，说："说干就干！"

"行，先把数据整理出来。"说完，安静突然想起了什么，看向办公室另一头正在认真翻查材料的老六，问："老六？骏海物流怎么样了？"

"我正想说呢。已经核查完了，没发现什么问题。可我还真觉得有点不对劲。"

杜猛偷偷瞄了一眼安静。安静表现得一切如常，站起身问："怎么讲？"

"正常来讲的话，骏海物流跟鼎华合作已经十九年，这个马骏海但凡有点商业头脑，公司肯定不止现在这个规模。而且账面太干净了，如果马骏海真这么老实，却又走后门把他儿子送进鼎华，这人设有点前后矛盾吧？"

"是那个马尚？那……你怎么知道走了后门？"

"他以前在北京做猎头，看履历应该没什么管理经验。可他现在直接进了鼎华做人事部主管，这要不是走后门，怎么可能？"

安静点了点头，假装思考。杜猛在旁问："老六，你觉得现在怎么弄合适？"

老六想了想说："通知马骏海，我们对他公司的调查结束了。然后重点关注马尚的动态，他在这种敏感时期进入鼎华，值得关注。"

安静道："我完全同意。"

杜猛说："老六，对马尚的调查还是由专案组接手吧。正好我们也在鼎华圈定了几个目标，统一进行调查能节省资源，效率也更高。"

老六想了想，表示道："行，我没意见。"

从办公室出来，安静边走边说："刚才配合得不错。这样说话不是挺好？目的达到了，听着也舒服。你以后也得多考虑老六他们的情绪。"

"我知道，放心吧。静姐，你对他们家的事是不是也太上心了？其实打个电话不就行了吗？"杜猛撇了撇嘴。

"我刚才白夸你了？"安静继续低声说，"他嘴上没说，可他爸被调查这事，怎么可能对他没有影响？我去登门拜访，宣布调查结束，这是最基本的尊重。"

杜猛点了点头，看表情似乎并不相信。

二

马尚总觉得吴淼在接受问讯时随意请假不太对劲，一直找机会观察他。正是下班时间，吴淼刚要驶离车位，前面突然有个人影晃过。刺耳的刹车声响起。吴淼一抬头，正好对上了一脸惊惧的马尚。

吴淼慌忙下了车，说："马总，不好意思！不好意思！"

马尚假装恼怒道："你这……开车得注意点吧？"

"真不好意思，我刚才有点走神。您没事吧？"

"你什么时候回来的？"马尚问得突然，吴淼一时没反应过来。马尚补了一句："不是请病假了吗？好点没？"

吴淼不好意思地说："您也知道了？不是什么大病，病毒性感冒，在家躺了几天，已经没事了。"

"行，没事了就行。这几天你不在，喻工和程工他们加班都快加疯了。"

"是。今天回来上班，喻工差点没把我给吃了。"吴淼苦笑道。

"对了，后来他们去你家了吗？"马尚压低声音问。

"谁？"

"国安那几个人。"

吴淼明显表情一变，愣了半晌，马尚看在眼里，却不动声色。

"国安？"

"那天不是国安来问话吗？这么巧你请了假，别人还以为你心虚，是故意的呢。后来还是喻浩然给你作证，说贾长安出事的时候你一直都在实验室。"听了马尚的话，吴淼若有所思地点了点头。马尚继续道："所以说，其实喻工挺照顾你的。"

"是，我刚才也不是抱怨……"

"我知道。行了，开车慢点啊！"马尚说完转身就走了。马尚背过身后，脸上的笑容消失了，开始微微皱眉思考着什么……

马尚拎着午饭去游艇送给赫子轩，聊起杨迅在公司对他有意无意的打压，感觉很是棘手。不过更令他担忧的是，如果在鼎华势力庞大的杨迅就是他们要找的人，这麻烦可就大了。

"我觉得不太像。他要真是我们找的那个人，这么高调不是找死吗？"赫子轩一边吃一边说。

"谁跟你说目标只有一个人？安静他们搞了这么大动静，就是为了让我进入鼎华这事看起来自然。这个套路对方一样可以用。"

赫子轩思索着杨迅掩护其他人深度潜伏的可能性，点了点头。

安静敲开了马尚家的门，通知他们调查已经结束了。看到面露喜色的马骏海，安静微笑着说："真的非常感谢您的配合，这次调查多多少少占用了您的时间……"

"是小安啊！"胡玉萍在屋内听到声音，也走出来，亲切地说，"留下来吃顿饭吧。"

安静连连摆手说："这不行，我们有规定。"

"不不不，这不是公事，是私事。你跟我儿子，马尚，你们是不是认识？你们以前是不是……"

胡玉萍还没说完，马骏海就打断道："你们是京师大的同学吧？"

安静愣住了，胡玉萍赶紧把她拉到沙发上坐下，一边招呼着："老马，你去泡个茶。"

"您别忙活了，我真有事。"安静有些不自然地说。

"坐一会儿，都已经到下班时间了。"胡玉萍又看向马骏海说，"你快去。"

马骏海有些无奈地走进厨房泡茶。

安静知道自己肯定逃不脱，只好悄悄给马尚发了条微信："千万别回家。"

刚发完，门口传来钥匙开锁的声音，马尚开门走了进来，正好他手机的提示音响了一下。马尚低头看了眼手机，一抬头看见安静坐在沙发上，两人大眼瞪小眼，顿时傻了。

三

"安静？"马尚假装惊讶道。安静无奈地笑了笑，站起身。胡玉萍在一旁看着两个人的反应，生怕放过一个细节。

马尚上前夸张地给了安静一个拥抱："好久不见。"

他演得全情投入，那个瞬间，安静有些恍惚。她想起了"暴风眼"专案组成立的那个夜晚，游艇上，海风吹拂着两人的头发，安静看着马尚，而马尚沉默着。四周悄无声息，只有远方的灯火在闪烁。那时，马尚转头看着她，脸上的笑容有些无奈："在我原来的设想里面，再见到你的时候，应该二话不说先上去给你一个拥抱……"

此刻，那个拥抱来了，安静怔怔地出神，有些不自觉地抬起胳膊，准备回应马尚的拥抱。突然听到马尚极小声地问："你怎么在这儿？"

安静回过神来，抬起的胳膊又放了下去，低声道："你差不多得了啊。"

马尚只得松开安静，看向胡玉萍，问："妈，怎么回事啊？"

胡玉萍没理他，笑着对安静说："小安，你就留下吃顿饭吧，好不好？"安静无比郁闷地点了点头。

不一会儿，桌上已经满满当当摆了七八道菜。胡玉萍一边热情地给安静夹菜，一边和安静扯家长里短。安静有些应接不暇，还好马尚帮着解围。

胡玉萍又给安静盛了碗汤，说："小安，我是觉得你们的缘分还没断。"

安静有些尴尬地接过汤碗。马尚看到安静表情尴尬，自己反而有些轻松，嘴角泛起坏笑，假装疑惑地问："安静，国安的工作怎么样啊？当初真没觉着你会去干这行。"

安静没好气地说："不方便透露。"

"理解理解。"马尚一本正经地说，"不管怎么样……一晃十年了，我没一天过得安心。现在知道你好好的，别的什么都不重要。"

胡玉萍一听这话，立刻喜上眉梢，胳膊肘抵了抵马骏海，马骏海则是有些诧异地看着马尚。谁料马尚突然龇牙咧嘴，低呼了一声："你踢我干吗？我说的都是真心话。"

安静狠狠地瞪了他一眼。胡玉萍看看马尚，又看看安静，满眼笑意地说："今天真高兴，你们又见面了，也算是恢复联系了。"

安静无比尴尬，勉强地点头。

好不容易吃完了饭，胡玉萍坚持让马尚去送安静。二人无奈，沉默地下楼。到了楼道口，安静突然一把将马尚按在墙上，问："你到底想干什么啊？"看着马尚玩世不恭的笑脸，安静愣了片刻，松开他继续朝前走，又有些生气地说："你有点谱行不行？不怕惹麻烦？"

马尚还是沉默不语。一阵急雨忽至，密集的雨点打在地上，发出噼噼啪啪的声响。安静欲言又止，最后直接转身走出楼道。马尚快步跟上去，脱下外套撑着为安静挡雨。马尚一直看着安静，但她始终低着头。眼看安静已经走到越野车前，马尚深吸一口气，拉住车门，问："生气了？"二人对视，雨水已经浸湿了马尚的头发。安静无奈地苦笑，不置可否。

"我还以为那天送你回家，已经把话说得够明白了。"马尚道。

"什么就说明白了？"

"你……"马尚欲言又止好几次，最后深吸一口气，下定了决心说，"你看不出来？我喜欢你。"

听到马尚说得这么直接，安静眉毛微微一扬，显然有些措手不及，但她依旧维持着面无表情的镇定。

马尚等了一会儿，说："不是……你说句话啊！"

安静恍惚道："马尚，我必须得提醒你，我们现在……"

马尚打断道："我知道现在情况特殊，按规矩咱俩同在专案组，办案期间得注意私人关系。之前我就是因为这个才纠结，没事跟你逗个闷子，假装开玩笑跟你讲两句土味情话，搞得特别拧巴……再这么旁敲侧击下去，估计你也领会不到我的意思，反而更觉得我不靠谱。"

安静依旧面无表情，但好歹点了点头作为回应。马尚看见安静有了反应，自己也稍稍放松了一些，继续说："我觉得吧，咱俩都是成年人了，就算挑明了也没什么好尴尬的。而且我不需要你答复，甚至不需要你现在就接受我。但早晚肯定是要结案的，等专案组解散的时候你再回答也不晚。"

马尚说完，安静沉默了片刻，长出一口气，冷着脸道："好，这回说明白了……我知道了。"说完，上车关上车门。马尚愣在原地。

安静从后视镜里瞥了站在雨中的马尚一眼，依旧面无表情。踩下油门，马尚的身影隐没于夜色当中，突然，安静嘴角露出一个浅浅的微笑，脸上那种冷若冰霜的感觉瞬间消散。

回到家中，冲了个澡出来，马尚又被胡玉萍拉着说安静，马尚只好说："她有男朋友了。"

"有男朋友又不是结婚了，你努力一下又不犯法。"

马尚一愣，把毛巾递回去，说："您这三观是不是有点歪啊。"

"反正，这种事有机会你得抓住。"

"知道知道。我睡了，您也早点休息。"见马尚如此，胡玉萍一副恨铁不成钢的表情，把门关上了。马尚立刻坐起身，打开手机，见手机上没有任何消息提示，不禁有些失望。他打开短信，输入安静的号码，想了良久才开始输入内容："到家了吧？"犹豫片刻，马尚还是按下了发送键。

收到短信后，安静的脸上不自觉地浮现出笑容，但察觉以后又把笑容收了起来。犹豫了片刻，没有立刻回复消息，只是看着镜子里的自己，轻轻叹了口气。发了会儿呆，她走进卧室，钻进被窝，犹豫了片刻还是回复消息："到了。"

马尚一直在等回信，看到那条简单的回复，不禁撇了撇嘴，回道："突然跟你说了这么多，希望没吓到你，也请你相信这并不是我的一时冲动……"

"马尚，不管是因为工作原因，还是个人原因，我现在确实还没有办法给你一个答复。但是听你说出那些话，我心里其实挺开心的……"安静看着手机，脸上又不自觉地露出笑容，"说实话，相隔十年，我从来都没想过还会再见。我一直没有承认自己应该向你道歉，也总是在你面前表现得充满戒心，我本以为你会觉得我是个不可理喻的人。我想应该是时候告诉你当年发生的事情了……"安静的表情随着情绪渐渐变化，变得严肃起来。

"至今回想起来，那时候发生的事还像是一场噩梦，随时会让我从梦中惊醒……"安静打字的速度越来越慢，最终完全停住了。她痛苦地闭上了双眼，陷入了那段不愿提及的回忆当中——

那是在医院的病房内，灯光灰暗，安静蹲在墙角。她双臂抱着膝盖，泪水从惊恐的眼睛里淌下，胳膊上有一道流着血的伤口。

她颤抖着抬起头，只看到母亲苏美佩瞪圆双眼，手里握着水果刀，对着挡在安静前面的两名医护人员不停挥舞，大吼着："我不怕你们！来啊！"

"我不怕死！我跟你们拼了……"

那时候的安静，刚满二十岁。

四

睁开双眼，是编辑到一半的信息，但安静再也写不下去了。她的手指停在那里，没法再继续打出半个字。终于，她像是下定了决心似的，飞快地发了一条短信。

马尚坐在床上，手指飞快地编辑着消息。这时手机提示音突然响起。马尚一愣，点开查看，是安静发过来的："马尚，任务第一，其他的事以后再说。早点睡。"

马尚咬了咬牙，刚才脸上的兴奋荡然无存。他一副欲言又止的样子，一股闷气堵在了

第十一章／试　探

胸口。半响，马尚开始长按删除键。

"可能我真的挑了一个最差的时机，可工作和生活的经验告诉我，逃避或掩饰往往不会带来好结果。既然已经说开了……"

窗外的雨声变得越来越清晰，马尚手枕在脑后，盯着天花板，毫无睡意。这片雨同样出现在安静的眼前。安静站在落地窗边，一动不动，眼睛红着，但没有让眼泪流下来。

第二天，专案组又聚在游艇上开会，在场的人并未注意到马尚和安静之间的不对劲。杜猛说的还是鼎华早年交易的价格过低的问题。他说："现在看来，我真不相信苗焕阳是干净的。就看他牵扯得有多深了。"

赫子轩接道："当年是当年，那时候相关法规还不完善。这条线查下去，最多牵扯到职务侵占的问题，跟咱们现在的事扯不上关系。"

"话是这么说。不过我们可以借这个由头对苗焕阳施压。"安静依旧在工作状态。

"可以，"宋铭点头道，"你带队来办这个事。马尚，苗霏那边最好也同步施压。你现在的身份不好办这个事，但可以帮忙寻找切入点。"

马尚将目光从安静身上挪开，点头应道："没问题。"

"我个人想法，我们得先做好苗家父女协同犯案的准备……"杜猛连忙说，这个观点得到了众人的认同。

"那我们试探一下，当着两人的面，带走其中一个。"安静道。鉴于苗焕阳目前的身体不太好，带走他更容易妥协，于是行动计划就大致成形了。

突然，安静手机响了，她看了一下道："小李的消息，苗霏刚把苗焕阳从医院接回家，这是个好机会。"

"去吧。我回市局等你们。"宋铭说。

"安静。现在不能排除苗霏是受人胁迫，她可能还在被人盯着。"马尚提醒道。

"好。我让老六和王佐过去协助。"安静说完，和杜猛起身往外走，她向马尚点了点头，马尚回以微笑。看到这一幕，杜猛忍不住翻了个白眼。

"宋局，还有个情况我想跟您汇报一下。"杜猛和安静走后，马尚向宋铭汇报了吴淼的疑点。除了逃避问讯之外，马尚查阅他的入职面试情况，发现他原本在天临市的一家同类企业担任高级研究员职务，来鼎华面试同岗位失败后，却主动提出降为技术员助理，换取入职机会。

宋铭沉思良久，说："这是重大疑点，刚才会上为什么不说……你觉得这是个误导线索？"

马尚点头道："吴淼是很可疑，但按他现在的职位，想要接触到 DS 材料人工合成技术的有效数据根本不可能。而且有明确证据证明，他和贾长安的事没有关联。"

"你倒是提醒我了，"宋铭叹了口气道，"我们查的是针对合成技术的窃密行动，我也理解你是为了当前的任务考虑。但是线索往往都会交织在一起……"

一番劝导后，马尚目光灼灼地看着宋铭，说："我完全认同您的看法。"

宋铭疑惑地看了马尚一眼，明白他的意思，说："说吧，需要我做什么？"

"调查吴淼的底细。"马尚道,"您能不能和天临市局那边打个招呼,弄一些吴淼的详细资料过来?"这倒不是马尚做不到,而是出于掩护自己的考虑。

"交给我吧。"宋铭点头道。

五

"好了吗?"安静和杜猛推门进来,对着负责这次安全排查问题的老六说。

"全部排查过了,没有发现可疑人员。所有的关键位置都安排了人,放心吧。"

确定好路线后,安静和杜猛直奔苗家。苗露见到他们,生气地说:"我爸刚出院,你们能不能别折腾他了?"

"有事你们就直说吧。"苗焕阳的脸色也明显不好。

杜猛说:"我们现在查到些东西,需要您配合我们甄别一下。"

见苗焕阳皱着眉头坐着不说话,完全没有起身要走的意思,安静严肃地说:"这个事情很紧急。"

苗焕阳无奈,颤巍巍地起身。苗露赶紧走过去扶起他。一直没说话的苗霏突然站起身来说:"我一起去。"

"这是单独调查,希望你能理解。"安静的口吻很平静,但面无表情的脸上显出不容辩驳的坚定。苗霏只得愣在原地。

到了办公室,安静把鼎华早年交易记录的材料推到苗焕阳面前,说:"苗先生,您先看看这个。"

苗焕阳诧异地拿起材料翻看几张,眼底闪过一丝恐惧,又很快恢复正常,道:"这些个陈年旧账,你们从哪儿翻出来的?"

"当时鼎华跟谁做的交易?这个人您现在还有联系吗?"

苗焕阳回忆了一会儿,说:"这都多少年前的事了……当时合作的有好几个公司,你们可以查查那些公司的法人。"

杜猛说:"您看到这些交易记录,没觉得不正常吗?所有交易的成交价都跟底价特别接近,这怎么看,都是有人透了底!这可是职务侵占,是重罪。"

苗焕阳一愣,问:"这是在指控我?"

杜猛赶紧道:"别,我可没说是您。"

苗焕阳面色稍稍缓和,说:"当时公司刚成立不久,我也年轻。跟别人谈判,没什么经验,被人压价,吃了亏,也不是我愿意看到的。"苗焕阳顿了顿,咳嗽一声,继续说:"而且,就算真的牵扯到经济犯罪,那也该是公安经侦科来调查我。你们把这个给我看,到底想问我什么?"

安静缓声道:"我们是为了您好。以前相关的法规还没有明确,有很多人都从半合法半不合法的途径,抢夺我国的稀有资源。现在新的政策出来了,这些途径也就断了,但是他们的需求不会变,这些压力最后只会转嫁到跟他们交易过的人身上。"

第十一章／试　探

"我都说了，我没参与过这种事。"

"那当然最好。"杜猛又问，"还有个事，前段时间，您为什么突然从鼎华离职？"

"身体原因，你们也知道，我心脏不好。"

"您离职的时间，正好就在贾长安死之前，怎么都让人觉得有点蹊跷。"

苗焕阳皱眉道："你们怀疑是我杀了他？"

"那倒没有。"安静道，"但是您想过没有，贾长安的死，跟他走私矿石的事肯定脱不了干系。他的矿石从哪儿来的？是您批给他的。我们担心，那些人为了达到目的，也会威胁到您的生命安全。"

苗焕阳的双腿在微微颤抖，但还是咬牙死撑着，说："那你们赶紧把凶手抓到啊！凶手抓到了，案子不就破了吗？事情不就解决了吗？为什么非要在我身上浪费时间？"

安静和杜猛看着苗焕阳，沉默了片刻，安静问："您确定什么线索都没法提供吗？"

"我真的什么都不知道。"

"行吧，那今天先这样，我安排同事送您回家。"

苗焕阳暗自松了一口气，又反应过来，问："你说今天先这样？那是不是随时都还要叫我过来问话？"

安静想了想，说："短期内应该没有这个必要。"

"短期内？不是……那我现在还是行动受限的状态，对吧？我真的愿意全力配合你们，可也不能一直这么耗着吧？"

安静道："苗先生，您可能是误会了。我们从来没有限制过您的行动，您现在是完全自由的。如果您需要出行的话，我们绝对不会干涉，不过还是请您尽量保持手机畅通。杜猛，还是你送苗先生回去吧。"

"不用不用，不麻烦你们了，我自己打车。"苗焕阳说着，看着安静，似乎在判断她这番话的真假。

"对了，我们这边的问讯基本上可以算是结束了，但鼎华早年的这些交易记录，我们已经跟公安经侦科的同志对接过，您得做好配合他们调查的准备。"安静的一番话又将苗焕阳之前刚落下去的心提了起来。

苗焕阳走后，安静来到宋铭办公室汇报："苗焕阳态度强硬，咬死了不承认。但我们的目的已经达到了。"

"好，监听侦查的批复文件也拿到了。你全权负责，开始行动吧。"

第十二章 坦　白

一

苗霏和苗露正在家中等待着父亲归来。门开了，苗焕阳走了进来，苗露赶紧起身扶他坐下，问："爸，您没事吧？"

"没事。"

"他们找您到底什么事儿啊？饭都不让人吃完！"苗露气呼呼地说。

苗焕阳拍拍苗露的手，说："是好消息，我现在的行动完全自由了。咱们家这个坎儿应该算是过去了。"

苗露十分欣喜，苗霏却沉默地看着父亲，神情复杂。

苗家不远处的街道上，停着一辆厢车。车上的杜猛举着望远镜清楚地看到了这一幕，老六则在后车厢里带着两个技术侦查员调试监听装备。耳机中，苗家父女的说话声听起来很清晰。

苗霏问："他们到底想问您什么？"

"东扯西扯，我看他们也就是案件没有进展，着急了……"

"国安的人老缠着您，总得有个原因吧？"苗霏急切地打断。

"姐，你说什么呢？"

苗霏看着苗焕阳，没有放弃追问的意思。苗焕阳沉声道："也说不上有什么具体原因。就大概说了一下案子的调查进展，问我知不知道什么线索。这帮人真是的，竟然还要我帮忙提供线索，搞得好像我跟长安的死有关系似的！我跟这事能有什么关联？"

苗霏听到这里，手里一哆嗦，像是想到了什么，忧心忡忡地问："爸……有没有可能，

第十二章／坦　白

真的是您认识的人？"

"怎么可能？"苗焕阳假装思考了一下，又否定道，"不可能，不可能。"

苗霏看着苗焕阳，满腹疑虑，还想说什么。苗焕阳起身道："折腾了半天，我休息一会儿。"苗露赶紧扶着他往卧室走。

"那我去公司了。"

"好。"

苗霏看着苗焕阳的背影，脸色非常难看。片刻，她推门离开了家。苗霏上车后，双手抱着方向盘，头抵在方向盘上，肩膀微微颤抖。

"这是干吗呢？"侦查车上的老六问。

杜猛笑着说："看来内心有波动啊。"

苗霏从方向盘上抬起头来，已经是满脸泪水。她胡乱地抹了一把脸，像是想起什么，从包里翻出一部手机，打电话却没打通。

杜猛回头问向侦查员："她在给谁打电话？"

"电话没有接通。"

"号码？"

"稍等……不对，她的手机没有拨出记录。"

"她还有一部手机。"杜猛说着，跟老六交换了一个眼神，两个人都露出笑容："这回真有戏了。"

车窗外，苗霏已经开车离开。

傍晚，游艇上，众人又聚集在一起。

"查过了，苗霏名下只注册了一张电话卡。"赫子轩道。

杜猛看向安静，两人脸上都露出兴奋的笑容。

马尚问："苗焕阳那边怎么样？"

"这个你放心，该安排的都安排好了。"安静道。通过问讯施加压力，又留下逃跑机会，安静他们等的就是苗焕阳沉不住气，露出马脚的那一刻。

众人沉默了片刻。马尚突然走到舱门边，示意安静出去说话："安静，跟你说个事。"安静稍加犹豫，推门走了出去。

"安静……是这样，有几句话不方便当着杜猛他们讲。"马尚对着站在船头的安静说道。安静以为马尚又要提昨晚的事情，表情有些尴尬，微微低着头。

"你觉得苗焕阳和苗霏，是不是我们最开始寻找的那个目标？"

安静对马尚的问题有些意外，但她很快回过神来，集中注意力进入工作状态，道："这倒不一定。你为什么突然说这个？"

随后马尚开始分析，吴淼不是他们要找的间谍，苗家父女也不可能加害贾长安，尤其是跟刘宝强接头的那个女性犯罪嫌疑人，马尚查阅会议记录发现当时苗家父女都在参加一个高层会议。"……还有那个徐鹤，赫子轩一直没能锁定他。"

按照马尚之前的推论，对方计划接头的时候，还有一个身强力壮的嫌疑人负责监控周边安全。这个人不可能是徐鹤,也不可能是苗焕阳,他就和那个杀害贾长安的凶手一样,连影子都还没被摸到……

安静明白了,现在离他们真正的目标数据窃密案还很远,一丝沮丧的神情少见地出现在她脸上。马尚拍了拍她的肩膀,自己也无奈地苦笑。

"现在眼看就能咬住苗家父女,大家都很兴奋,包括我自己在内。但我们还不能盲目乐观,一定要做好充分的准备……"

安静接过话头,坚定地说:"做好准备,我们才刚找到迷宫的入口。"

"没错。这种话确实会让人沮丧,所以我才不想当着大家的面说。但是我知道你肯定能做出正确判断。这场较量才刚开始,大家早晚都会表现出疲态,必须由你不断鼓励他们,也只有你才能鼓励他们。"

安静迎着马尚的目光,沮丧的表情很快便消散了,微笑着说:"马尚,谢谢你的提醒……也感谢你的信任。"

"你也可以百分百信任我。"马尚说完,安静很自然地点了点头。看着马尚的背影,她第一次对马尚露出长久的、轻松的笑容。

二

深夜,苗焕阳从自己房间里走出来,轻轻走到苗露房间门口听了一下,见里面没有动静,他便轻手轻脚地走向佛堂,迅速而小心地把门关上、反锁。

燃香,行跪拜礼后,他突然起身掰转佛龛,佛龛后面转了过来,有轻微的缝隙痕迹。苗焕阳顺着痕迹使劲一扣,佛龛后面的暗箱开了,掉出一大堆五颜六色的卡片,撒了一地。

苗焕阳被这声响吓得深吸了一口气,他走到门边,听了一会儿,确认苗露没有被吵醒,这才开始捡拾地上的卡片。它们都是储蓄卡,只是印着不同的文字和图案。

一大早,马尚来到研发部办公室,准备了解一下研发部招聘的事,不巧邹珏有个会,其他人都跟着去了,只有程雷一个人在。看他皱着眉头敲键盘,明显对此不快。

"我们这边的需求挺简单的,就是要核算数据的人,专业能力没什么太高要求,也不需要资历。最好招的就是相关专业的实习生。"

"这个不存在安全隐患吧?"马尚问。

程雷摇头道:"除了项目负责人,谁都拿不到完整的核心数据。说白了,数据核算这个岗位就是体力劳动,没什么技术价值,你找猴子来都能行。"

"那我还不如猴子呢?"马尚开玩笑道。

"你又不是干这行的……我怎么发现你特别关心公司安全问题?"

"那必须的。我以前在北京当猎头,每个企业的八卦都知道。别的事儿都是小事,只有涉及公司核心利益的安全问题,出了差错什么都弥补不了。"

程雷点了点头,问:"你销售那边的招聘打算怎么弄?"

马尚稍微停顿了一下,变了脸色:"到外面说吧。"

第十二章／坦　白

程雷犹豫了一下,跟着马尚来到了鼎华大厦的天台,问:"什么事还得跑这儿来说?"

马尚叹了口气,说:"我昨天就去找过杨迅,问他市场部招聘需求,他要我广撒网多招人,说成本越低越划算。"

程雷一听就急了:"这不是扯吗?你这个方案一拿上去,林总不得跟你急啊?杨迅摆明是要害你。"程雷告诉马尚,这个产品针对的是高端市场,目标用户是甲级医院和私人医生,不是一般的销售能推出去的。

马尚的脸色渐渐沉了下去,道:"我就知道……抢了他的职位,这事不可能这么简单过去。"

"反正你记着吧,少跟他们瞎掺和。这帮人,早晚倒大霉!"

"兄弟,谢了。"马尚拍了拍程雷,又道,"你这么个直肠子,平时是不是也挺难受的?"

程雷叹了口气,笑了笑说:"也还好。我卖的是技术,只要我的技术还有价值,就没人能把我怎么着。"

赫子轩和杜猛正在游艇上监听苗霏,通过声音判断,是另一部手机的来电声经由这部手机传了过来:"喂,是我……你等一下,我换个地方。"一阵脚步声后,再没有任何声音。

赫子轩放下耳机,表情颇为无奈地说:"听不见了。"

"你还愣着干什么?赶紧告诉马尚,让马尚去听听说了什么。"杜猛急道。

马尚和程雷正靠着护栏聊着,关系比以前亲近了很多。正说着,马尚的保密手机突然响了,他抱歉地笑了笑,走到一边接听:"有人给苗霏那部手机打电话,我们无法监听。"

"行,苗总,我马上过来。"挂断电话,马尚对程雷说,"苗总找我有事,下次再聊?"

程雷点了点头。马尚离去后,他转头望向远处,似乎在思考和马尚刚才的聊天内容。

苗霏走到鼎华的楼梯间,关好楼道门后说:"可以了。"

"有新任务给你。"依然是那个苍老的声音。

"长安科研背后的控股人是不是你?"

"不要岔开话题,这些跟我无关的问题就别再问了。你记住,只要完成这次的任务,你父亲就安全了。"对方很不客气。

苗霏听着没说话,徐鹤继续道:"我知道鼎华采用了新的安全措施,调看核心数据需要密钥,我需要你把密钥弄到手。"

苗霏有点惊慌,但很快强迫自己恢复镇定,咬咬牙,坚决地说:"这个要求我做不到。我已经被怀疑了,让你自己在鼎华的那个人去做,比我去的风险小得多。"

"你被谁怀疑了?"徐鹤警惕地问。

"上次我去植入木马,公司好像已经发现了什么,专门在会上强调了这件事。我现在不可能那么轻易得手。"

电话那头沉寂了片刻,说:"这是你的事,自己想办法解决。我会再跟你联系。"说完就直接挂断了。苗霏眉头紧锁,拿着电话的手微微发抖。

深呼吸一口气后,苗霏从楼梯间走出来,正好与急匆匆走过来的马尚迎面相对。

"苗总,你怎么跑楼梯间去了?"马尚笑着说。苗霏明显有些恍惚不安,没有开口,勉强笑着点了点头便走了。马尚拿出手机快速发送消息道:"我来晚了,没听见。"随后看了眼楼梯间,暗恼地叹了口气。

三

　　赫子轩的耳机里传来关门声,他调出鼎华走廊的监控,说:"苗霏已经离开了办公室,但是手机的定位原地没动。她想干什么?"没人回应他,赫子轩回头,只看到杜猛冲出去的背影。
　　另一边安静和马尚也注意到了这个情况,同时开始追踪。马尚跟了一段后,安静安排市局的人接上。苗霏开了一段车后,往回走向一个公交站牌,跟着人群上了公交车。
　　"科长,目标离开轿车上了公交。她可能发现我了,对不起。"小李的声音从通信设备中传来。
　　"别着急。也可能是目标的预定计划,你先待命。老六,该你了,下个车站。"
　　"收到!"老六答道。
　　公交车到了下一站,老六跟着人群上了公交车。他不动声色地坐到靠后的位置,和前排的苗霏保持距离。老六快速发送信息:"找到目标。"
　　公交继续前行。苗霏最后在一个商场下了车,她明显在左顾右盼,显得很是紧张。老六也下了车,不远不近地跟着她,对着通讯器说:"目标下了车,正向天都商场移动。商场环境复杂,请在附近增派人手。"
　　"科长,我马上赶到。"杜猛的声音听起来还有点喘。
　　小李:"我也到了。"
　　"杜猛跟上目标。小李,直接去地铁口待命。老六原地待命。"
　　苗霏在商场内快速穿行,不停地四下张望,或突然停步回头,唯恐身后有人跟踪。当她路过一个商铺后,一名正在挑选商品的顾客回头看向她,正是杜猛。杜猛正努力平复着呼吸,刚才拼命赶路显然让他累得够呛。等苗霏走出一段距离,他才跟了上去。
　　苗霏随着人群从商场的另一个大门出来,又在路口拦了辆出租车,杜猛跟着出来,正好看到苗霏上车离开。他连忙报告:"目标在天都商场东门上了一辆黄色出租车,车牌号是Q3G55,重复,车牌号是Q3G55。"
　　"收到。老六,你开杜猛的车继续跟进。"
　　苗霏乘坐的出租车在前面行驶,不远处是老六开着杜猛的黑色越野车跟在后面。他汇报说:"科长,目标从延庆路转入金悦路,正在向西行驶。"
　　安静正紧盯着老六车上传来的画面,突然手机又响了。她查看信息,是马尚发过来的:"情况怎么样?"
　　听到安静的手机一直响,王佐有些疑惑地转头看了她一眼,问:"科长,什么情况?"
　　"没事。"安静皱了皱眉,快速回复:"行动进行中。"安静锁了手机屏幕,重新看向监控屏幕。老六汇报说:"科长,目标下车了。"

第十二章／坦　白

"在哪儿？"

"这真是见了鬼了……目标在咱们市局门口。"

"什么？"

苗霏坐在局长办公室的沙发上，双手紧握在一起。坐在她对面的宋铭和安静表情严肃。宋铭沉声道："苗女士，我们现在的谈话都是有录音备案的，这你知道吧？"

苗霏点了点头。

"你刚才承认，鼎华集团内部网络的木马病毒是你植入的？"安静问。

苗霏微微颤抖着，点了点头，说："是，但我是被迫的，我是受害者。"

"那你今天是来自首的吗？"安静追问道。

苗霏不自觉地点了点头，又迅速地摇了摇头，说："我是来求助的。"

宋铭和安静有些费解，交换眼神。宋铭道："好，就按你说的，是来找我们求助。那你一路上为什么多次改换交通工具，这些反跟踪的手段，你从哪里学的？"

苗霏抬起头，表情明显很吃惊，说："你们早就盯上我了……"

"苗霏，好好合作，先回答问题。"安静语气温柔地说。

"我……从电影里……"

宋铭皱眉道："请你严肃一点。"

"我说的是实话……我不是防着你们，我是怕那个控制我的人，怕他知道我来了你们这儿。"苗霏一直低着头，说话的音量很小，明显十分恐惧。

安静担心着苗霏的情绪，柔和地说："既然你已经来了，那我是不是可以判断，你已经做好开诚布公的准备？把该说的话都说清楚吧，我们会保证你的安全。"与此同时，马尚正通过安静打来的电话仔细听着苗霏的话。

苗霏坦白了她和徐鹤的所有事情，最后无奈地说："今天他又逼我去偷密钥，我实在不知道该怎么办了，就算我真的把密钥给他，他也肯定不会放过我。我知道自己唯一的出路就是来找你们帮忙……"

"你的判断很准确。苗女士，你是个聪明人。"宋铭说。

苗霏低着头不说话，安静说："但你应该知道，你刚才的话里缺了最关键的一环。这个徐鹤，他到底拿什么威胁你？"

苗霏好几次欲言又止，最后还是沉默了。安静看向宋铭征求意见，见宋铭点了点头后，便起身说："我带你去看一个东西。"安静带苗霏来到证物室，正中间赫然摆着苗家的旧冰箱。苗霏看见，愣住了。这台冰箱本是苗焕阳准备送出去的，被市局秘密截留了下来。

"这台冰箱，你应该很熟悉。"苗霏看向安静，满脸困惑地点了点头。"你打开看看。"

苗霏走到冰箱跟前，伸手打开冰箱上层。冰箱里堆满了用透明胶带捆扎好的储蓄卡，五颜六色的卡片在冰箱残存的冰晶下闪着五彩的光芒，这一幕把苗霏看呆了。安静走过去，把冰箱下面的门打开，冰箱下层同样也堆满了卡片。

"这些银行卡的开户行全都在境外，开户人的身份各不相同。大部分身份都是假的，也就是说，这些银行卡其实都属于一个人。每张卡的存款数额都不算大，最多也没超过五万美金。这种金额正好不足以引起注意,不过加起来就很吓人了。你可以算算一共有多少。"

苗霏听得双腿发软,好在安静及时搀扶住她。宋铭拖过旁边的椅子,让苗霏坐下。安静弯腰蹲在苗霏身边,让自己显得没有任何威胁,轻声道:"苗霏,他们是不是拿你父亲来威胁你?"

苗霏的眼泪涌了出来,微微点了点头。安静握住苗霏的手,安慰道:"有时候,我们阻止亲人继续犯错,才是对他们最好的保护。"

四

以为冰箱送到了的苗焕阳收拾完行李,刚按开电梯的门,却对上安静面无表情的眼神。旁边紧急通道的门开了,杜猛也走了出来,问:"苗总,这是要出门去哪儿呢?"

"你们……"

"苗先生,请您跟我们走一趟。"安静沉声道。

苗焕阳有点猝不及防,但一贯老辣的他,还是保持住镇定。坐在审讯室中央,他一只脚有规律地轻轻踩踏着地面,说:"我就是想去郊区农家乐散散心,没有躲避调查的意思,更没有离开双清的打算。"

"苗总,您这是打算死扛到底了?"杜猛说。

"你这话什么意思?该说的我上次都说了。"

安静看着苗焕阳,笑了笑,把一个文件袋推到苗焕阳面前。苗焕阳打开后,面部肌肉控制不住地抖动着,想说什么,又给咽下了,半晌没说话,只是死死盯着文件袋里的照片。那些照片,分别是那台冰箱的外观以及打开后里面装满银行卡的特写。

"我当年无知,的确非法牟利。这些钱是当初买走矿石的那些公司,有好多家。我可以全力配合,把名单列给你们。"

"我们已经查过了,当年那些公司,都是空壳子。明面上的负责人全都是傀儡。我们想知道,背后是谁。"安静说。

"我对这个不清楚。"

"那谁给你的银行卡?"

"这些公司的代表私下给我的。人太多,我也记不清了。"苗焕阳摇头道。

杜猛厉声道:"苗焕阳,都到这个时候了,你还想隐瞒?"

苗焕阳明显一惊,但说话的语气并不慌乱:"我承认我有过错,但并未给公司造成多大损失,顶多是少赚一些。我对公司的贡献,远远大过这个。当然我清楚,贡献不能抵消过错,我甘心认罚。"

安静声音依旧非常平静,问:"你想保护背后的人?或者说,你是害怕遭到报复?"

"我听不懂你在说什么。"

安静脸上露出微笑,问:"苗霏知不知道这事?"

苗焕阳一愣,说:"霏霏当年才多大,她怎么可能知道?"

第十二章　坦　白

"现在呢？"

"现在……这么多年以前的事，更不可能知道了。"对于安静和杜猛来说，此时苗焕阳的表演十分可笑。苗焕阳恼羞成怒地说："你们查案要基于事实。别把我女儿扯进来，别影响我女儿的工作和生活。"

安静叹道："晚了。"

"什么晚了？"苗焕阳有些慌张地问。

"你保护的那个人，早就盯上了苗霏。他拿你当年做过的这些事，去威胁苗霏盗取鼎华内部机密。"安静说。

苗焕阳沉默几秒，不愧久经江湖，很快就平静下来，说："你们不要编假话骗我。我说了，没有背后那个人。"

"这你真误会了。我们要是骗你就成了诱供，这样不合法。"杜猛道。

"你这么保护他，真不知道徐鹤会不会领你这个情。"安静说完，拿出一个平板电脑，上面正是苗霏接受审问的画面。

画面当中，苗霏坐在审讯室里说："他手里有一份我爸告诉他交易底价的过程的录音证据，说能证明我爸向他透露底价。他说我要是不跟他合作，这个东西很快就会传到网上。"

"这段录音发给你了吗？"

苗霏摇摇头说："他只是让我现场听了几句，说只要我按他的指示办成了，这些证据就会交给我，我爸就没事了。"

"我再确认一下，威胁你的这个人就是徐鹤，对吗？"

苗霏点头。

"请你说出来。"

"威胁我的人，就是徐鹤。"苗霏说。

五

"这个王八蛋！"苗焕阳抑制不住暴怒，猛然站起，手铐击打着桌面，咬牙切齿地说。

安静和杜猛都没有说话，安静按了视频上的暂停键静静看着苗焕阳。过了一会儿，苗焕阳冷静了一些，低声问："霏霏……她做了什么？"

"你自己看吧。"安静再度播放画面。看完后，苗焕阳沉默不语。

杜猛道："你保别人，别人未必放过你。就算放过你，也未必放过你的家人。苗焕阳，你还要继续扛下去吗？"

苗焕阳调整坐姿，深吸了一口气，终于说出了那段后悔莫及的回忆："这个徐鹤，是我差不多十年前，在国外的地下赌场认识的……"

当年在境外的地下赌场，苗焕阳受徐鹤的误导，输了自己的全部身家，一下拿不出钱的苗焕阳被关入了一间客房，最后是徐鹤帮他还了钱，送他回国。徐鹤不要苗焕阳还钱，而是和他谈成了一项合作。

第十三章　诱　引

一

"他让我把矿石的交易底价私下报给他,他每次上浮一点出价,基本上都能以最便宜的价格买到矿石。不到三个月我就还了债。"苗焕阳的声音十分低沉。

"你都还了债,为什么还跟他继续合作?"杜猛不解地问。

苗焕阳欲言又止。安静见状说:"人心不足蛇吞象,一旦尝到了甜头,哪有那么容易收手。对吗?"

苗焕阳表情痛苦地点了点头,如今这个局面,都是他自己的贪婪造成的。

"你就没有怀疑过,从一开始这就是个圈套?"安静问。

苗焕阳苦笑着说:"过了半年我缓过来,又听到一些消息,才发觉不对劲。仔细回想整件事,应该是他串通别人害我输钱,然后再帮我还债,当我的恩人。他盯上了鼎华,盯上了矿石,给我设了这个套。"

"这个交易持续了多长时间?"

"一年多。"

"为什么终止了?"

"DS矿石很快被纳入了国家管制资源,风险越来越大。"

"他能放过你?"杜猛不太相信。

"哪有这么容易……"苗焕阳叹气道,"为了躲他,我推进好几轮融资把公司变成了上市集团,自己退到副总的位置,不再分管矿石交易这块业务,也就拿不到底价了。"

安静点了点头,这与他们调查的情况是吻合的。

"尽管这样,他还是没打算放过我,缠着我谋划新的合作模式。可是有一天突然就断了联系,已经十年没出现过了。"

安静眉头一皱,这个时间明显戳中了她内心的敏感点。她厉声问道:"十年前?具体什么时候?"

苗焕阳想了想,说:"差不多五六月份。"

"具体一点!"安静急迫地说,和之前判若两人。

"我……我们平时也不是每天见面,他哪天消失的我怎么说得准?"苗焕阳为难道。

杜猛察觉到了安静的情绪波动,疑惑地看向她,小声提醒道:"安科?"

"没事……"安静意识到了自己的失态,深吸一口气,继续审问苗焕阳。

马尚和赫子轩正看着分屏显示器上审讯苗焕阳和苗霏的实况视频。在屏幕的右上角,是那张拍摄于葬礼上的徐鹤的照片。苗焕阳提到,徐鹤的再次出现就是在贾长安的葬礼上。

马尚面色凝重地盯着那张照片,仿佛在跟照片中的徐鹤对视,内心暗自揣度这个能躲过天眼侦查的老人到底是何方神圣……

二

"今天先到这里,我们会安排地方让你休息。"安静和杜猛起身。

短暂惊讶之后,苗焕阳点了点头。

安静和杜猛正要往外走,苗焕阳突然说:"等一下!我想知道霏霏这个情况,你们会怎么处理她?"

"苗先生,这个问题我们暂时无法回答你。但是苗霏属于主动自首,现在的局面对她是有利的。我理解你作为一个父亲想要保护女儿的心情,我也必须提醒你,现在保护她最好的办法就是全力跟我们合作。"安静说。

苗焕阳稍稍松了口气,连连点头说:"谢谢,谢谢,我明白,我都明白……"

短暂却又漫长的沉静过后,二号审讯室的门开了,安静和宋铭进来向苗霏点头示意,坐到她的对面。

"你想好了吗?"宋铭问道。

"想好了,"苗霏道,"只要能减轻我父亲的过错,我什么都可以配合。"

安静温柔地说:"苗霏,我们每个人都要为自己做的选择负责任。你父亲做过他的选择,现在也该是对自己负责的时候了。你的事和你父亲的事并没有直接的关联,说实话,你做什么都无法减轻他的过错。"

听到安静的话,苗霏欲言又止,显得很是无助。

宋铭接着说:"同样的道理,你也要为自己的选择负责。你在鼎华集团的网络中植入病毒,这也是违法犯罪行为。好在你及时醒悟,避免了事情发展到不可挽回的地步。"

苗霏不停点着头,眼睛早就红了。

"事实上,有一件事你确实能够帮到你的家人。"安静说,"你来市局的时候实施了充分的反跟踪措施，我们可以乐观假设，徐鹤并未发现你的异动。我们将你父亲带过来的时候也做了相应准备工作。也就是说，徐鹤很有可能会让你继续进行窃密活动。"

苗霏愣了片刻，道："你是想……让我引他现身？"

"你很聪明。当然，我们提出这个建议，首先是建立在保护你的人身安全的基础上。"宋铭说。

见苗霏有些犹豫，安静思考了一会儿，说出了贾长安的名字："你自己也说了，徐鹤很可能要为贾长安的死负责，是一个极度危险的人物。如果不能尽早将徐鹤及其身后的人抓获，他必定会继续实施犯罪，谁也不知道下一个受害者是谁。"

苗霏似乎十分恐惧，不自觉地颤抖着："我不合作的话……会被判多久？"

安静微微一愣，与宋铭交换眼神。宋铭开口道："苗霏，我们绝不是在威胁你，你有权按照自己的意愿做出选择。"

苗霏沉默良久。她想起父亲从小就教育自己和妹妹，要做一个行得正走得直的人，自己也一直如此要求自己，可如今却被胁迫，且已经犯下了错误。

"我没做过任何坏事，凭什么这些人要威胁我？凭什么他们要伤害我爱的人？我不怕他们，我要还回去，我一定要让这些坏人付出代价！"苗霏抬起头来，眼神变得坚定了许多。

听到苗霏小声但坚定的话后，安静对她微微点头。

来到会面室内，苗焕阳再也不见往日的风采，内心只有悔恨。他愧疚地说："霏霏……爸爸对不起你，是我连累你了……对不起。"

苗霏低着头道："爸，没事……"苗霏看向安静，见安静点了点头，于是继续说，"我已经答应跟国安部门合作，帮他们引出徐鹤。"

"不行……不行！太危险了，那个老不死的是个害人不眨眼的魔王！"苗焕阳语气慌张，又看看安静和宋铭，喊道，"领导！你们不能害她啊！"

安静正想说什么。苗霏却先开了口："爸，这是我自己的决定。"

苗焕阳泣不成声，不断说："是我害了你……是我害了你……"

苗霏终于忍不住了，眼泪淌了下来，哽咽道："爸，已经这样了，您不要再逃避了。我会跟露露说您出国旅游去了。要是公司里的人问起来，我也会这么回答。您的病情，我已经告诉安科长他们了，他们会保证您的健康和安全。爸，您不用担心我和露露，一定要照顾好自己。"

苗焕阳连连点头，泪眼婆娑。安静和宋铭起身准备带着苗霏离开会面室。苗焕阳突然站起来，对着众人深深鞠躬，恳求道："两位领导！我求求你们，请务必保证我女儿的安全。"

苗霏没有回头，但她的眼泪再次止不住地淌了下来。

三

夜已深了，鼎华大厦对面的马路上空空如也，只停着侦查车和安静的那辆黑色越野车。安静和杜猛站在车边，等待着。

"静姐?"杜猛突然小声喊道,想着心事的安静回过神来,看向杜猛。杜猛说:"下午审苗焕阳的时候,他提到徐鹤是差不多十年前突然消失的。"

安静点了点头,杜猛又有些犹豫地说:"你当时的情绪……是不是想到你父亲的事了?"

安静早想到杜猛会问,苦笑着说:"时间上确实吻合。但我查过当年的档案,那时候我父亲盯的人不是徐鹤。这应该是个巧合。"

"那倒也是。静姐,不管怎么样……"

安静突然上前两步,打断了杜猛的话。他这才看见苗霏在小李和老六的陪同下走出鼎华大门,往这边快步走来。

双方都没有说话,小李扬了扬手里的那两部手机。安静点了点头,小李和老六进了侦查车。安静和杜猛带着苗霏进了越野车。

"徐鹤给我的那部手机上面没有消息。"苗霏说道。她刚刚查看手机,除了苗露发了几条消息,有几个未接来电都是工作上的事。

"没有消息就是最好的消息,运气好的话,他应该还没有怀疑你。"安静道。苗霏点了点头,两人沉默了片刻。安静开口道:"现在我们的合作已经正式展开,有件事我得告诉你。"

"好。"

"苗霏……这不是什么好消息,你要有心理准备。"

苗霏皱起眉头,最近的坏消息太多,她实在觉得疲惫不堪,但还是点头同意了。

安静停顿了一会儿才说:"你有没有察觉到,贾长安可能有别的女人?"

"不可能,"苗霏愣道,"长安跟我感情很好……"

杜猛从后视镜里观察着苗霏,不自觉地叹了口气。

"我们掌握了明确的证据,他和一个身份不明的女人去过酒店,而且……证据表明很可能不止一次。"

苗霏目瞪口呆,嘴唇张张合合却说不出半个字来。

杜猛补充道:"那个女人有好几个假身份,我们怀疑她跟长安科研的走私案有关,而且同时也有可能是贾长安的情人。"

苗霏的眼泪落在手上,她连忙扭头看向窗外,使劲地擦拭着泪水。安静又温柔地安慰道:"苗霏,现在回想起来,你和贾长安身边有没有值得我们调查的女性?"

苗霏努力抑制着抽泣,说话的声音断断续续:"请你……请你别再说了……"

安静本打算接着追问,但最后还是没有开口。这时小李从侦查车里下来,走到越野车的后窗旁说:"静姐,手机处理好了。"

"好,稍等一会儿。"

小李看了眼苗霏,会意地点了点头。等苗霏平复一些之后,老六将手机递还给苗霏,又递给她一个比手机略大的金属盒子,说:"她自己的手机没有问题,徐鹤给她的这部确实内置了监听和定位功能。但是很遗憾,没办法在不让对方察觉的情况下逆向追踪。"

苗霏听到这话，担忧地看向老六。老六笑道："放心，那部手机放在这屏蔽箱里，现在他听不见我们说话。"苗霏轻轻点头回应，满脸疲态。

"但是你要注意，长时间屏蔽信号一定会让对方产生怀疑。一会儿分开以后，你要记得把手机拿出来。屏蔽箱只有在特殊情况下才能使用。"安静提醒道。

"知道了。"

安静看着苗霏失魂落魄的样子，轻轻扶住她的肩膀，说："苗霏，我的同事会跟着你的车，把你安全送回家。这一天你经历了太多事情，无论如何强迫自己睡一觉，好吗？这很重要。"

苗霏微微点头。

"记住，我们会二十四小时轮班保护你的安全，不管你到哪儿都处于我们的保护之下。只要按我教你的那样做，就不会有任何危险，明白了吗？"安静继续叮嘱道。

"谢谢你。"

游艇上，几个人都在思考着苗霏的事。苗霏表现出的冷静实在让人忍不住怀疑这是不是一个圈套。

"让她跟我们合作，是不是太冒险了？"赫子轩犹豫了一会儿，还是说了出口。

"刚才我试探了一下，把贾长安的事透露给她，她的反应很真实，应该并不知情。可是万一这也是她的伪装呢？还有，DS人工合成技术有单独的保密系统，徐鹤的目标如果是这个，他还要密钥干什么？"安静面露难色，显得举棋不定。

马尚摆摆手道："先别纠结了。没有足够的依据，只会把自己越绕越晕。苗霏那边我会利用在鼎华的身份尽量跟她接触，不断试探她的真实意图。至于徐鹤，抓到人不就清楚了……眼下，我认为有必要进行一次针对苗霏的掩护行动。"

通过这么久的调查，马尚确定吴淼不是技术窃密案件的关键人物，他打算通过带走吴淼问讯，向鼎华上下释放错误的信号，掩护苗霏。

思考良久，安静点头对马尚表示支持道："杜猛，明天一早我们就去鼎华。"

"行吧……"

马尚微微一笑，举起手中的饮料，欣慰地说："不管怎么讲，以苗焕阳落网为标志，案件算是顺利推进到下一个阶段了。安静、杜猛，我很荣幸能有机会跟你们合作。"

赫子轩也举杯道："来来来，碰一个！"

与游艇上的热闹不同，一个人在家的苗霏显得分外落寞。她望着窗外的街景，沉默良久。突然，她像是想起了什么，突然看向手上的那枚戒指，拼命将它摘下来，砸到墙上。

扔了戒指还不够，她又猛然起身，将床头柜上装着合影的相框砸得粉碎，然后哭喊着拿手边任何能够破坏的东西出气……砸碎了卧室里的电视后，她终于筋疲力尽，瘫倒在地，缩成一团不停地抽泣。

老六和小李站在监视点的窗边，看着对面苗霏家的场景，两人犹豫了一下，终于还是没有去阻止苗霏。

第十三章／诱　引

另一边，某酒店房间内，乔西川和周恋也通过之前在苗霏家装好的烟雾探测器关注着。两人看着瘫倒在地的苗霏，都是一脸疑惑。

"我从来没见她这样过……"周恋诧异地说。

乔西川皱眉沉思，没说话。

"怎么办？明天的行动要不要暂停一下？"周恋问。

"不用。"

"可她不会无缘无故情绪失控，而且她一整个下午都没把手机带在身边，这还不够说明问题吗？要不还是先查清楚再说吧。"

乔西川思忖片刻，说："明天的行动继续进行。你找个借口跟苗霏接触一下，有任何不对劲的地方，马上通知我。"

周恋咬了咬牙，还是点头答应了。

清晨时分，天还没亮。安静看到马尚坐在船头，便轻手轻脚地走了过来。

"不多睡会？"马尚头也没回地说。

"你呢，你怎么也不睡？"被发现的安静显然有些不爽。

"睡不着。要处理的信息太多了，脑子里特别乱。"马尚叹气道，他还在苦恼于徐鹤的身份，"以我们的资源都完全查不到他的资料，这太不正常了。"

安静联想起昨天的审讯，说："苗焕阳说他跟十年前几乎没有什么变化。这说不通，六十多岁的人，应该正好处于高速衰老期。"沉默了片刻，安静又道："面具？可他跟苗焕阳和苗霏都近距离接触过。"

马尚显然也设想过这种可能，说："说实话，这种仿真程度的面具已经不算是什么高科技了。真正可怕的是他变换声音和姿态的能力。"想要完全变成另一个人，是件很复杂的事。如果徐鹤真有这样的能力，天眼系统无法找到他的踪迹这一点就说得通了。

安静微微低着头，沉思着。马尚又说："这只是我的猜测，没有证据的事情不要当真。别让我误导你。"

见安静没有回应，马尚问："怎么了？"

两人说的时候，天空变成了鱼肚白，太阳即将升起。

安静犹豫良久，说："我父亲生前也是在双清市局侦查科任职……"

听到这话，马尚愣住了。

"还记得那年我是什么时候突然消失的吗？"

"五月六号。"

安静点了点头，道："前一天，我父亲在执行任务的时候突然遭遇车祸，当场死亡。市局对肇事司机进行了全面调查，始终没有发现任何嫌疑，最后对方因为酒驾肇事被判了刑。"

"安静……"

安静没有理会马尚，而是看着远方继续说："当年突然跟你断了联系，我父亲的死只是部分原因，其他的事以后有机会我会全部告诉你。我想说的是，根据苗焕阳的供词，徐鹤当年就是在这个时间段跟他断了联系，整整十年都没有出现过。"

马尚想了想，问："你父亲当时负责的是什么案件？"

"间谍。涉及矿产资源，但也不仅只有这方面的犯罪行为。"

"天底下是不是真的有这种巧合？如果徐鹤是个彻头彻尾的假身份，那他有没有可能就是当年那个人？"安静说着，转头看向马尚。她的神情是平静的，但透露着一丝忧伤。

马尚伸手拨开安静额头上还没干透的头发，说："实话实说，这种概率太低了。但不管是徐鹤，还是当年的那个间谍，他们都逃不过法律的制裁。先拿下徐鹤，侦破了这个案子，我跟你一起整理当年的档案，把那个漏网之鱼找出来，让他付出代价。"

马尚言语轻柔，却不容置疑地坚定。安静露出带着苦涩的微笑，点了点头。

一丝耀眼的光芒照到二人脸上，遥远的海平面上，一轮红日冉冉升起。

四

早晨上班时间，安静和杜猛直接来到鼎华大厦。王秘书带着两个人来到研发部办公室，介绍道："吴淼，这两位是国安的侦查员，他们有些事想问问你。"

吴淼看向安静，脸色一变。办公室里的程雷听见了对话，也颇为在意地望向这边。

被带到会议室问话的吴淼，目光在表情严肃的安静和杜猛身上不停转换，很是不安，却不敢先开口。

"吴淼先生，我们的对话都是有录音的，你有权知道。"杜猛说着，将录音笔摆到桌上。

"好……"

一连串关于贾长安的死亡、实验室被植入病毒等问题，吴淼的回答都没有问题，直到杜猛问到他上一份工作时，他的脸色变了。

犹豫片刻，吴淼还是害怕他们手上的那本资料，说了实话："天兴科技高级研究员。"

"你现在是什么职务？"

"研究员助理。"听到这，杜猛抬眼直勾勾地看着吴淼。

吴淼有些慌张地说："我……我本来应聘的是研究员，可是没聘上。我琢磨鼎华现在是这个行业的龙头企业，与其在别的小公司混个高级职务，还不如在这里学习，对将来的发展有好处。"

见杜猛点了点头，吴淼明显松了口气。一旁的安静将他的反应全都看在眼里。

"你在这儿的工作顺利吗？"

"还挺好的。"

"当时为什么离职？"安静突然插话道。

吴淼有些愣神，又皱起眉说："你们怎么来回地问？这前后一点逻辑都没有。"

杜猛一点都不客气地道："请回答问题。"

"留在那儿没什么前途，现在鼎华太强势，其他同类企业的发展空间都被挤没了。"

"你现在的薪酬，只有在天兴科技时的三分之一。"安静说。

"这……这是我的隐私。"

"这是我们在公开渠道查到的,"安静严肃地说,"我们还查到,差不多一年前,就在你从天兴科技离职的那段时间,天兴科技曾报案称有人挪用了公司的研究经费。"

吴淼愣了良久,极不自然地笑着说:"要是我干的,我现在也没法坐在这跟你们说话了,对吧?"

安静对此不以为意,继续问:"最近半年,天兴科技有两款新产品进行过宣发,其功能和应用方向与鼎华集团尚未公布的项目高度吻合。你怎么看这个问题?"

"我怎么看?我没看法……现在这个大环境,所有公司的研发方向都大同小异,这个很正常。"安静面无表情地看着吴淼,吴淼下意识挪开目光,情绪却明显更加焦躁,"是,我是从天兴过来的,可我为什么要给那边送消息?又没人给我半分钱的好处!"

安静和杜猛交换了一个眼神,站起身来。杜猛会意,说:"今天先到这儿吧。吴淼先生,请你保持手机畅通。"

吴淼不满地说:"好,知道了。"

"我们肯定还会有一些信息需要跟你比对。不过请你不要误会,这并不是针对你个人,我们也会找天兴科技的张建魁张总谈话。"

安静的这番话使吴淼瞪大了眼睛。

从会议室出来之后,吴淼出神地想着心事,走回了办公室。等他抬起头来,发现所有人都看着他。吴淼强行让自己镇定了一些,走回自己的工位。

喻浩然凑了过来,一副假热心的样子,问:"老吴,国安的人问你什么了?"

吴淼勉强笑着说:"没什么,一堆杂七杂八的事,他们还是觉得我那天突然请病假太巧合了。"

"就这个?"

其他人忙着手里的事,目光却时不时瞥向吴淼。

"还有那次公司网络被植入病毒的事……"吴淼突然压低声音道,"他们问我,有没有可能是你干的。"

喻浩然脸色一变,愣了片刻,说:"这不是有病吗?怎么可能!"

吴淼笑了笑,说:"我也这么说的。"

喻浩然一副不在意的样子,却立刻停止了提问,转头回到自己的工位。他噼噼啪啪地敲着键盘,脸色却变得很难看。

五

问完吴淼,安静和杜猛往停车的地方走去。杜猛说:"静姐,咱们要不要提前申请抓捕,等天临那边有结果了,直接过来抓人就行。"

安静看着杜猛,说:"这么有把握?"

"这还不明显?跟他无关的事全都对答如流,逻辑严密,一问到他身上的嫌疑,阵脚马上就乱了。"

安静笑了笑说:"那也不能打乱程序办事,等天临市局的消息吧。而且抓捕吴淼是我们一步关键的棋,要看好机会再下。"

"你想通过抓捕吴淼,让我们真正的对手误以为我们会放松警惕?"

安静点了点头。这时手机响了,她接通后说:"怎么了……好,好。我和杜猛就在鼎华,把侦查车开到地库来接我们。"

电话挂断后,杜猛问:"怎么了?"

安静压低声音道:"苗霏正在跟徐鹤通话,可惜信号被加密,我们追踪不到。"听到这个消息,杜猛脸上露出了郑重的神色。

侦查车内,众人都竖起耳朵听着。

"有进展了吗?"说话的是一个苍老的声音。

苗霏小声道:"密钥在研发部档案室的保险柜里,我能打开指纹锁,也知道密码。但还是有问题。"

"什么问题?"

"密钥绑定了定位装置,只要带出实验室范围就会发出警报……我真的没办法处理。"

"发出警报,密钥的动态密码就不会再更新,等同于废掉了。这我知道。"

"那……那怎么办?"苗霏说话变得有些结结巴巴,明显紧张了起来,"我能做的……我能做的都已经做了。我真的尽力了,我帮不了你,我爸也帮不了你,我们对你来说没有利用价值了。请你……请你把东西给我吧。"

话筒里传来一阵低沉的冷笑:"这只是个小问题,我帮你解决。午休时间,去上次见面的超市。等我指示。"

说完,电话直接挂断了。

不只是侦查科,马尚跟赫子轩也都戴着耳机监听着苗霏的对话。电话挂断后,马尚立刻取下耳机。

"把那家超市的建筑施工图调出来。"

赫子轩早已经开始噼噼啪啪地操作键盘,说:"在弄了。"

片刻之后,大屏幕上显示出一张图纸。马尚盯着它看了半晌,用保密电话拨通了安静的号码。

安静同样在侦查车上看超市的建筑施工图,电话响了,看到是马尚,她稍稍退到一边接听,说:"我和杜猛就在鼎华附近,跟负责保护苗霏的同事在一起。"

"明白了。我有个建议,你们最好不要跟着苗霏进入超市。"

"那次抓捕刘宝强的上线,就是因为有人通风报信才导致任务失败。对方那时候能做出判断,很可能是因为看穿了你们的身份,也就是说他见过你们。我们现在无法确定当时那个人跟徐鹤有没有合作关系。"

"明白了。我会做相应安排。"

电话挂断后,安静沉思片刻,说:"把小李和王佐他们叫回来,所有人不要进入超市。"

"那……我们怎么盯啊?"杜猛问。

第十三章 诱 引

"接通超市的所有监控设备,把信号转到这里来。"安静对技术员说。

"明白。"电脑前的两位技术员立刻开始操作。

"超市一共三个出入口,各小组的车停到附近,所有人员留在车内待命。"安静有条不紊地布置着。

老六问:"怎么保证苗霏的安全?"

"超市里面人多眼杂,正常情况下,对方不会选择在这种地方行凶。同样的原因,我们也得更加谨慎,绝不能暴露。对方一旦狗急跳墙,很可能挟持人质。"

"明白!"

苗霏办公室的闹钟上,十一点五十九变成了十二点整。苗霏回过神来,将两部手机塞进包里,深呼吸一口气后,推门而出。刚刚她收到了一条未知号码的短信:"不用担心,我们已经完成部署,全程监控。"

苗霏独自驾车来到超市后,在熙熙攘攘的顾客里四下寻找着徐鹤的身影。片刻,电话铃声响起,是徐鹤交给她的那部手机。

苗霏接通电话后说:"我到了。"

"C区。"

苗霏抬眼扫视指示牌,往C区方向走去。

"主屏幕调换C区影像。"与此同时,杜猛和安静正盯着监控屏幕。

技术侦查员切换了C区的监控视频,安静死死盯着屏幕,甄别画面中的人。

"杜猛,留意接近苗霏的人。"

"明白。"杜猛往前凑近了些,盯着显示苗霏位置的监控视频。

苗霏抵达了指定地点,停住脚步说:"我到了,你在哪儿?"

"往中间走,有个卖帽子的货架。"

苗霏边走边找,看到了一个摆满了各式各样帽子的货架,监控屏幕中显示她走出了监控范围。赫子轩迅速切换监控画面,但始终找不到苗霏的踪影,他焦躁地说:"怎么办?是个盲区。"

马尚的表情没有丝毫波澜,说:"没事。安静知道怎么处理。"

侦查车这边屏幕上的画面也在不断调换,众人脸上的表情都有些焦急。安静镇定地说:"别乱。显示这段货架两头出口的画面,提高监听音量。"

苗霏站在放满了帽子的货架前,来回搜寻着附近的顾客,但并没有看见徐鹤的身影。

"从下往上第三排,靠中间位置。那种蓝色的帽子,就是那种傻子才会买的款式,看见了吗?"

苗霏按照指示,不一会儿就找到了那种确实足够难看的蓝色帽子,说:"我看到了。"

"很好。其中一顶帽子里面放着我留给你的东西。"

"你不在这儿?"苗霏皱着眉说。

"怎么了?你这么想跟我见面吗?"

苗霏脸色一白,沉默片刻后冷声道:"我这辈子都不想再见到你。"

"一切顺利的话，你就不用见到我。"

苗霏的脸色有些难看，开始在那款帽子里面挨个翻找。找了没几个，便发现有顶帽子内侧用胶带贴着一个黑色的小盒子。打开后发现里面是个类似老式寻呼机的设备。她问："找到了，这是什么？"

"侧面有个 USB 接口，把密钥插到上面，然后等红色指示灯变绿就可以了。很简单，记住了吧？"

"这是一个复制器？"苗霏很是惊讶。

"小苗总，离成功只有一步之遥了，我等着你的好消息。"

电话挂断了。苗霏愣了片刻，她抬起头，想到面对这么难对付的徐鹤，沮丧地长叹了一口气。

第十四章

失 败

一

行动失败后，众人围坐在游艇内，每个人脸上都尽显疲态和沮丧，但还不是休息的时候。"宋局那边怎么说？"马尚看着安静问。

"行动已经批准了。我会安排苗霏假装复制密钥，为了防止鼎华内部有人监视，整个过程会做得尽量真实。然后就得看徐鹤什么时候安排交易了。"

见马尚连连点头，安静也得到天临市局的消息："最好能在苗霏跟徐鹤交易之前就有结果。我们打算在鼎华对他进行抓捕，好有机会向徐鹤传达一个信号，让他认为我们盯错人了。"

马尚笑了笑，微微举起双手，说："双手赞成。大家都几十个小时没睡了，抓紧时间休息吧。"

安静看了看表，说："我约了苗霏晚上见面，事办完了再说。"

刚睡醒的苗霏从椅子上坐起来，看到已经快七点，她皱了皱眉，赶紧准备出发。苗霏刚锁好办公室的门，却听见隔壁杨迅的办公室里隐约传来说话的声音。

苗霏敲了敲门，拧动门把却发现从里面反锁了。里面的交谈声戛然而止，很快，杨迅将门打开，笑着说："苗总？"

苗霏越过杨迅看过去，发现喻浩然在里面，也勉强笑着对她打了声招呼。杨迅赔着笑脸说："聊点工作上的事。"

苗霏点了点头道："我先走了。"

"好，我们一会儿也撤了。"嘴上说着，杨迅却一直等她走远才退回办公室，轻轻将门关上。听见关门声,苗霏又停步回头看了一眼,脸上依旧带着疑惑。

"你差不多得了,人早走了。"

听到杨迅的话,贴在门上听外面动静的喻浩然直起腰,焦躁地来回踱步,道:"万一被她听见我就死定了!"

原来喻浩然是来求救的。研发中心进行网络物理隔离当天,他没按规定把私人电脑里的工作文件全部删除,而文件里包括马上要上市的医疗产品的完整数据。

"怎么办?万一真是这东西泄漏出去了,那我可就真完了!"

"这事都有谁知道?"杨迅皱着眉头问。

"我就告诉你了。"

"那……国安今天到底怎么问的吴淼?"

"我不敢细问啊!"喻浩然苦着脸说,"他说……他说国安怀疑是我植入的病毒。"

杨迅沉思良久,稍稍冷静了一些,说:"那还好,根本没问到点子上。你听好了啊。第一,数据文件不一定泄漏出去了,只是有可能,对吧?"

见喻浩然点头,杨迅继续道:"第二,就算泄漏了,要是没有密钥,那就是一堆乱码。"

"是。"

"第三,就算被解码了……当然我也不希望发生这种情况。但是就算被解码了,想查到是你泄的密,也几乎不可能。你别告诉我现在还没删干净。"

"删了,我早就删了!"

"这样的话,我完全可以不记得你今天跟我说的任何一句话。你自己应该也可以忘掉,对吧?"

喻浩然沉默一会儿,点头表示自己明白怎么做了。

到了约定的西餐厅,立刻有服务人员迎向苗霏,礼貌地说:"您好,请问您是自己用餐吗?"

"对。"苗霏一边答着,一边扫视周围,看见了坐在角落里的小李旁边有一个空位,她问,"我坐那儿可以吗?"

"没问题。"

苗霏走过去落座,小李瞥了她一眼,继续低头吃着面前的沙拉。

眼前的一幕,乔西川和周恋正在酒店里听着。

"您先看看菜单。"是服务员的声音。

"不用了,一份烤鳕鱼,稍微烤焦一点。一份混合沙拉,不要蛋黄酱,其他都可以。再要一杯气泡酒,基础的就行。"

"好的,您稍等。"

听到这,乔西川微微皱眉道:"作为一个心里装着事的人,她胃口不错。"

"她看着瘦,其实很能吃,我觉得还算正常。"周恋又问,"她什么时候行动?"

"看她自己了。"

第十四章／失　败

"万一失败了怎么办？"

"只要她行动就行。杰弗里已经同意了我的计划，他的人会暗中配合。"

另一边，苗霏从手包里拿出徐鹤给她的那部手机，站起身来迅速将手机递给小李，自己继续往前走去。

大概离开了声音传播的范围，苗霏拦住刚才给她点菜的服务员说道："抱歉，我得去一下洗手间。上菜直接放到我桌上就行。"说完，她往餐厅的内厅走去。

进入包厢，苗霏对坐着的安静和杜猛说："对不起，我来晚了。"

"没出什么事吧？"安静问道。

"没，我……我睡着了。"苗霏一边坐下一边说。

安静看着苗霏，思忖片刻，点了点头。

"按你说的，我把手机给了那个小姑娘。"苗霏接着说。

"好。"

杜猛打趣道："小李姐听见你叫她小姑娘，心里不得乐开花了？"

听到这，安静也笑了出来。见气氛轻松，苗霏自己也稍微放松了一些。

"你今天做得很好。"安静对她说。

"他没有出现，是不是已经看出来了？"苗霏还是有些担忧。

安静对她摇头道："只能说明他很谨慎。我们已经有了详细的计划。接下来我跟你说的话，你一定要记住。"

苗霏坚定地点了点头。

包厢外，小李将那部手机放在桌上，细嚼慢咽地吃着面前的食物。她故意时不时用刀叉轻碰盘子，发出一些声响，乔西川他们并未产生怀疑。

回到家中，苗霏刚疲惫地瘫坐在沙发上，却接到了苗露的电话。妹妹在电话里担心地问："姐，老爷子怎么一直不接电话？他没事吧？"

苗霏担心被监听到，走进洗手间打开淋浴喷头，尽量制造噪音，才以出国旅游的理由搪塞苗露。但这还是引起了乔西川的怀疑，他不断示意周恋给苗霏打电话。

"公司这边三天两头有人找他，不关机逃不过去。他这次出去就是想清静清静，有空会给我们报平安的。"

"不是吧？他什么时候变这么洒脱了？"

苗霏刚想说什么，手机屏幕上提示周恋来电，她拒接后，转了个话题，问："露露，你毕业的事顺不顺利？"

"别提了，我现在特别崩溃。姐，万一我延毕，你能不能帮我瞒着老爷子啊……"

乔西川通过电脑看到苗霏走出卫生间，坐回沙发上。他阴沉着脸说："再打。"

周恋又一次拨通苗霏的电话。苗霏刚躺在沙发上，犹豫良久才接通了电话："周恋？"

"霏霏，你还好吧？刚才怎么把我电话挂了？"

"没，刚才苗露有事找我。"

"好吧……最近怎么样？"一番嘘寒问暖后，周恋提出想见见苗霏，"上次搬走的时候,我拿错了一件你的衣服。我明天给你送办公室去?"

"别,那你岂不成我的仆人了?"苗霏笑着说。

"就知道你会这么说。那你自觉点,明天店里见。"

"我最近真的很忙,要不衣服先放你那吧。"

苗霏一再拒绝,周恋很难继续坚持。她皱眉思索着对策:"霏霏,我知道你忙,其实我就是找个借口想见见你。"

"我知道。那……过两天我们再约好吗?我挺好的,别担心。"

周恋还想再说什么,乔西川伸手示意了她,她只好说:"那好吧,我等你消息。"

"好。"说完,电话挂断了。

"逼得太紧会让她怀疑。"乔西川说着,关注着苗霏的一举一动。

"那怎么办?不见面我怎么试探?"

思考良久,乔西川说:"先等她把东西拿到手再说。"

二

一大早,鼎华大厦上的玻璃外墙反射着阳光,熠熠生辉。苗霏带着精致的妆容来到公司,看不出她昨晚经历了怎样的疲惫。走廊里的员工纷纷主动向苗霏打招呼,这次苗霏的状态好了一点,也向打招呼的人点头回应。

吴淼是迎面走来的人中唯一没有主动向苗霏打招呼的。这几天,他一直联系不上他的原东家——天兴科技的张建魁,加上预感到国安已经盯上自己了,很是慌乱。

到了研发部,喻浩然喊道:"老吴,帮我去休息室弄杯热牛奶呗。"说着,喻浩然递过来一个玻璃杯。

"行。"吴淼应了声,在接过玻璃杯时,却有意无意地避开了指纹。

苗霏快走到办公室门口时,正好遇到马尚,便说要和他谈谈。在苗霏办公室内,她说:"马尚,林总委托我在工作上尽量协助你,可最近我实在分身乏术,一直没有机会跟你好好谈谈。"

"没事,其实大多数事情还得我自己适应。"

"你知道吗?我父亲曾跟我说,你是他介绍进来的,我应该抓住机会尽快拉拢你,扩大自己在公司的势力。"

马尚有些尴尬,一时不知道怎么接话,只能保持沉默。

"我也确实有过这样的打算,但现在想明白了。欲望越大,付出的代价就越大,最后不会有什么好结果。太多人为了自己的欲望,去牺牲别的利益,甚至明知不该还铤而走险。如果公司管理层都变成这样,鼎华就完了。"

苗霏这番话语听起来十分坦诚,反而使马尚有些发愣。

看到马尚如此反应,苗霏笑了笑,说:"对不起,我也不知道为什么突然要说这种话。我就是……感觉你和其他人不太一样。你跟所有人的距离都不远不近,并不像大多数人那样急功近利，鼎华需要你这样的人。"

马尚越听，越觉得疑惑。

三

阳光透过舷窗照进来，安静跟赫子轩都在忙着，看起来精神比昨天好多了。

看到马尚开门走进船舱，安静向他扬起手里的一份文件，说："宋局发过来的，张建魁招供了。"

"这么快就招了？"马尚一边翻着，一边说，"跟我想的差不多……吴淼一直在为天兴科技收集鼎华的项目情报。"天兴科技本是打算用这些情报在宣发上做文章，给自己制造优势，再套着马甲攻击鼎华的产品弱点。只可惜，如意算盘落空了。

马尚继续说："吴淼负责核算的那些数据肯定也卖出去不少。估计张建魁那边还没交代干净。"

"这个，等到吴淼落网的时候再一起审吧？"安静问。

马尚点头赞同："盯住了吧？"

赫子轩笑着说："必须的，他那点道行躲不过天眼系统。"

马尚思忖片刻，笑了。安静看到了，问："想什么呢？"

"本来咱们想抓的是大鱼，一网下去什么都捞上来了。你说这样的小鱼小虾，鼎华里面藏了多少？我刚才琢磨，吴淼这事一定要在集团内部大力宣传，到时候我就等着看谁来辞职，谁辞职查谁，一个都跑不了。"

"狠，还是你狠。"赫子轩说完，和安静都笑了。

"行了，还是聊聊大鱼的事吧。刚才苗霏跟你说的那些话，你觉得是出于什么心态？"安静开始聊正事。

马尚靠到沙发靠背上，想了片刻，说："按咱们的计划，她今晚就要去复制密钥。结合她跟我说的话……是不是有点像在交代后事？一旦逮捕徐鹤，苗霏跟我们的合作也就终止了。她之前植入木马病毒的行为，是要付出代价的。"

"或者，苗霏看出了你的身份，故意跟你说这些话，做好自己的形象。"安静说完，马尚点了点头。

他沉默半晌，接着说："有一句话我比较在意。她说我跟所有人的关系都不远不近……这恐怕真是我的工作失误。我不想卷进职场斗争，担心影响潜伏身份，可要是表现得缺乏欲望，人设就很难成立。"

"道理是没错，但这已经想得有点太深了。不管怎么样，我们已经严密监控苗霏的一举一动，就算真的有问题，也没那么容易做手脚。"安静安慰道。

行动准备开始了，鼎华大厦门前的马路上车来车往。天空开始转暗，黑夜很快降临。不久，一道闪电划过天空，顿时大雨倾盆。

"四个小组全部就位。"杜猛迅速收伞上车，但是外套上还是湿了一大片。

"好！"说完，安静重新戴好了耳机。

杜猛也拿起一副监听耳机戴上，问："怎么这么多杂音？"

"雨太大了，信号有干扰。"安静说着，转动设备上的旋钮调高音量。

早已经过了下班时间，走廊里空荡荡的，苗霏手里夹着一套文案，往研发部方向走去。看到喻浩然、程雷、吴淼三个人还在加班，她皱起眉头躲进了楼梯间。

没过多久，杨迅来把喻浩然拉走了，一边走一边商量着今晚去哪儿玩。紧接着，程雷也离开了办公室。吴淼是最后一个走的，研发部办公室进入了一片黑暗。门轻轻推开，苗霏探头盯着吴淼离开的方向看了良久，这才走出来，往研发部办公室走去。一边走着，苗霏一边发短信："办公室空了，我开始行动。"

"滴"的一声，办公室的门开了。黑暗寂静中，数排档案架整齐地排列着。苗霏尽量轻手轻脚地走向最里面的保险柜，按下指纹锁后又输入密码，柜门终于开了。

警觉地用灯光扫向四周的角落，确定附近没有人监视后，她才从包里拿出徐鹤给的复制器，又从保险柜里拿出密钥，按照徐鹤的描述进行操作。片刻，复制器上的指示灯变绿后，苗霏立刻将密钥放了回去，锁好柜门，匆匆离开档案室。

侦查车内，走廊上的监控中出现了苗霏的身影。"应该完成了。注意监听来电。"安静对众人说。

"明白。"

突然耳机里发出刺耳的噪音，众人痛苦地摘掉了耳机。与此同时，监控画面上也出现了干扰。"怎么回事？"杜猛紧张地问。话音刚落，车厢外面传来一阵巨大的雷声，闪电的落点应该离侦查车非常近。

很快，监控画面恢复了正常。"恢复正常了，刚才应该是闪电落点太近，干扰了信号。"一个侦查员说。

安静点了点头，她盯着监控画面查看，但没有发现异常。这时安静收到了一条短信："接下来怎么办？"

"正常回家，我们会跟着你。"

漆黑的研发部档案室，门又吱吱呀呀地开了，隐约中，一个黑影钻了进来。那黑影来到保险柜前，不知用什么按在了指纹锁上，密码键盘随即亮起微弱的光芒。一支荧光手电筒，照射在保险柜的按键区域，涂了一层荧光粉的按键上，留下了或重或轻的痕迹。

黑影尝试着各种排列组合，试了一会儿，保险柜门"哒"的一声打开了。拿起密钥，接入了复制器，他手里的复制器居然与苗霏的一模一样。

回到家中的苗霏没有开灯，任凭窗外倾盆大雨，电闪雷鸣。她只是裹着毯子蜷缩在沙发的角落，眸着眼不知在想着什么。

徐鹤给的那部电话响了，苗霏的手从毯子里探出来，冷着脸，接通，按下免提键。

"拿到手了吗？"

"你知道，为什么还要问？"

电话那头沉默了片刻才说："我知道？什么意思？"

苗霏皱了皱眉，转而说："我拿到了。"

"很好。一个小时以内赶到天都商场。等我的电话。"苗霏想说什么，电话已经挂断了。她愣了半响，平静地掀开毯子，起身。

另一边，乔西川放下电话，皱眉沉思着苗霏的举动，考量着自己到底要不要去。半响，他深吸一口气，站起身来。

周恋突然拉住他的手，说："你真要去？"

"东西不拿到手，怎么往下推进行动？我怎么跟杰弗里解释？"见周恋没说话，也没放手，他继续说，"没事，我小心一点。"

乔西川轻轻挣脱，从衣柜里拿出大衣。

"这回不用徐鹤的身份？"

"装成老头子行动不便。再说我也没打算跟她见面。"

就在这时，监控视频中传来门铃声。这个声响引起了乔西川和周恋的注意。

苗霏已经穿好大衣做好出门准备，听到门铃，她疑惑地走到门边，从猫眼里看了一下，脸色微变。门外的人再次按响门铃，苗霏咬着嘴唇思索着，快步走向洗手间，把徐鹤给她的那部手机，放在洗手台上，然后轻轻关上了洗手间的门。

打开门，是身上湿了大半的苗露："露露？"

苗露没有接话，直接走了进来，怒气冲冲地说："你跟我说实话，爸他到底怎么了？"

苗霏一时愣住，苗露接着说："他到现在都一直关机，这么多天了，也不报个平安。你到底有什么事瞒着我？"

"我能有什么事瞒着你的？别乱想了，赶紧去洗个澡，我还有事要出趟门。"

"姐，你别敷衍我行不行？爸怎么可能莫名其妙消失那么多天？是不是国安……"

苗霏急忙打断："露露！"苗露被苗霏的表情吓了一跳，没再说话了。

看到这一幕，乔西川和周恋都愣住了，两个人缓缓转头看向对方。

"你上次联系苗焕阳是什么时候？"周恋问道。

乔西川挪开了目光，没有回答。

"你不能去，这肯定是个陷阱。"乔西川点了点头，他脱下了外套，一把摔到地上，低着头，第一次在周恋面前露出沮丧的神情。

周恋同样不知所措，呆呆看着。

"周恋，苗霏应该还不知道你在她家装了监控，趁她出门赶紧拆掉。"

周恋猛然醒悟，一把抓起挂在一旁的假发，走到镜子前佩戴。乔西川从裤子口袋里掏出车钥匙，抛给周恋，说："开我的车去，小心点。"周恋抓住钥匙，顾不得回应，边走边戴上口罩，推门离去。

四

游艇上，马尚取下监听耳机，难掩满脸的沮丧。赫子轩想安慰他，欲言又止了好几次，最后说:"马尚,这种情况谁都预料不到……"

马尚微微摇头,情绪并未好转。这时他的保密手机响了:"安静?"

"苗霏刚才给我发了短信,她开门之前就担心苗露说漏嘴,所以事先把徐鹤给她的手机放进了洗手间。"

听到这个消息,马尚惊喜地说:"太牛了!"

"不管是否暴露,这是我们唯一的机会,现在只能继续行动。"

"明白!"挂断电话后,赫子轩忍不住赞道:"这个苗霏,是个人才啊!"

"赶紧的,把天都商场的建筑施工图发过去。"

"好嘞!"

来到天都商场一楼大堂,苗霏缓缓踱着步,却一直没有收到消息。安静眉头紧锁,手捏成拳头松松紧紧,明显很是焦虑。

"科长,已经超时了,现在怎么处理?"杜猛问。

安静犹豫半晌,说:"再等等。"

着急的不只杜猛,赫子轩也沉不住气了,道:"没道理啊……如果是通过手机监听,收音范围其实挺小的。"

马尚反而冷静了下来,沉默不语,细细思考着。

"是不是天气原因,堵在路上了?"

马尚突然说:"你说得对!"

"啊?堵车?"没有理会赫子轩,马尚直接拨通了安静的电话。"目标还没有……"安静话还没说完,马尚打断道:"你听我说。假设目标已经发现了问题,有多大的可能性是因为听见了苗霏和苗露的对话?"

"手机监听范围有限,可能性不大。"

"我刚才回想了整个行动,真没发现有什么明显的漏洞。你呢?"

安静思索着,沉默了片刻,说:"我也想不到,一直都是在按我们的安排发展。"

"好。也就是说,苗露突然出现是整个过程中唯一的意外。"

"所以,你觉得问题还是出在她们的谈话上?"

"极有可能。可是……就差一点,就差一点了!你帮帮我想想……"马尚急切起来。

"是不是……她家里的问题?"

听到这里,马尚恍然大悟,一下站了起来:"没错!她家里也可能被监听了!"

赫子轩一直在旁听着,听到这句话,他立刻凑过来,说:"对方发现苗霏已经跟我们合作,一定会想办法抹掉痕迹。"

"听见了吗,安静?"

"收到!"

"你赶紧……"话还没说完,马尚发现安静已经将电话挂断。

"杜猛,收到回复。"安静严肃地说。

"收到。"

第十四章／失　败

"过来接我，动作快点。"
"明白。"
"王佐？"
"收到。"
"立刻过来接替我指挥，如果一小时后目标仍未出现，你终止行动，把苗霏送回家。"
"明白！"
雨幕中，黑色越野车高速驶来，急刹停在了侦查车旁边，激起一阵水浪。安静从后舱门跳出侦查车，迅速进入越野车，疾驰而去。
"去哪儿？"杜猛看向安静。
安静说："苗霏家里可能也被安装了监控设备，如果真是这样，对方一定急于抹除痕迹。"杜猛点了点头，猛踩油门。
苗霏家客厅，周恋已经到了。她站在原地听了一下动静后迅速闪身进来，将门轻轻关上。带上塑胶手套，拉上窗帘，她打开了手机的照明功能，搬来椅子，从包里掏出工具拆卸天花板上的烟雾探测器。
楼下，越野车也抵达了苗霏家所在的小区。车速降了下来，驶进地下停车场的入口。
周恋拆下摄像头放进口袋后，又将烟雾报警器安装回去。检查完可能遗留的痕迹后，她立刻关闭手机的照明功能，走过去将窗帘拉开，将一切恢复了原状后匆匆离开。
来到电梯间，她注意到电梯显示屏上的数字正在变化，电梯正在上行，便到了应急通道处，咬着牙尽量轻声地推开防火门，闪身进去。
周恋刚消失在门后，电梯门便打开了。安静走出来，警惕地察看走廊两头，向苗霏公寓的方向走去。
周恋听见电梯门打开又关上的声音，紧张得连大气都不敢出。就在这时，下方的楼梯传来了脚步声。周恋立刻脱掉鞋子，拎着鞋狼狈地往上逃去。杜猛三步两步地跑上来，推开防火门走了。
一阵窸窸窣窣的开锁声，门开了。安静打开灯，客厅里空无一人。反锁门后，两个人分头搜查各个房间。片刻之后，回到客厅的安静用询问的目光看向杜猛，杜猛摇了摇头。
安静失望地叹了口气，拿出手机拨打电话，说："陈科长，是我，安静。我这边需要技术人员，我把地址发给你……"
苗霏还坐在天都商场大堂里的装饰花坛边上，用手撑着额头，十分沮丧。
"尊敬的顾客您好，我们温馨地提醒您，商场将在十分钟之后停止营业。请您看好随身财物，抓紧时间选购商品。"
苗霏抬起头来，再次环顾四周。大堂里顾客寥寥，根本没有徐鹤的影子。苗霏看向那部手机，她咬了咬牙，拨通电话："您拨打的电话无法接通……"
苗霏皱紧眉头，再次拨打。这时王佐从苗霏身边走过，说："行动取消，跟我来。"
苗霏愣了半晌，起身跟过去。

五

乔西川的电脑屏幕上,原先的监控画面全都变成了黑色,正中间闪烁着"无信号"的提示。他将手机卡卸下,又将手机掰成两截,扔进垃圾桶。之后,他打开一个鞋盒大小的黑色金属盒,里面的模具上贴着"徐鹤"的那张面具。他揭下面具,盯着它看了半晌,一并扔进垃圾桶。

叹了口气,他卷起垃圾袋塞进风衣内口袋,推门离开酒店房间。

"确实没有检测到异常信号,按照你的说法,不能排除监控设备已经被拆除了。"过来支援的侦查员如是说。

杜猛问:"能不能找到痕迹?"

"可以试试。工作量不小,得花时间。"

说话间,门开了,王佐和苗霏站在门口。王佐汇报道:"科长,目标没有出现。"安静点了点头,看向苗霏。苗霏低着头,一副失魂落魄的样子。

房间里只有安静和苗霏两个人,安静将门虚掩,并没有关上。窗外的大雨已经停了,苗霏问:"我是不是已经没有利用价值了?"

安静微微一愣,温和地说:"苗霏,我从来没有想着利用你。这段时间你配合得很好,就算最后的结果不尽如人意,还是要感谢你的帮助。"

苗霏沉默良久,转过身来,脸上多了两条泪痕。她哽咽着说:"对不起,我真的不知道露露要来。"

安静看着苗霏的样子,忍不住有些心疼,说:"我知道,这不是你的错。"

"接下来怎么办?他是不是再也不会出现了?"

"现在还说不好。情况明了之前,我们的人会继续暗中保护你。你仔细回想一下,家里最近有没有什么异常情况,比如东西挪了位置,或者打电话、看电视、使用无线网络的时候信号不稳定。"

苗霏回忆良久,摇头道:"我没有注意。"

安静想了想,提出在她家做全面检查,苗霏答应道:"好,我可以住我爸家里。"

"尽量少带点东西,最好是能维持原状。"安静提醒道。

"那……那我还能回去上班吗?跟你们的合作结束了,我是不是必须离开鼎华?"安静愣住,一时不知该如何回答苗霏。

第十五章

破 解

一

马尚将一份份打包好的饭菜揭开,在桌上摆得整整齐齐。

"你能不能别折腾了,谁吃得下啊。"杜猛说。行动失败后,大家都苦着脸,保持着长久的沉默。

马尚没有还嘴,继续摆着餐盒。宋铭探身拿起一盒米饭,说:"饿肚子又解决不了问题。该吃吃,边吃边聊。"

众人见宋铭带头吃了起来,这才陆续拿起了筷子。赫子轩突然说:"会不会是苗霏搞了什么小动作?"

安静摇头道:"如果真是苗霏警告了徐鹤,那她就是我见过的最厉害的间谍。从她答应跟我们合作开始,她的行为和情绪连贯完整,没有任何破绽。"

"猜测没有意义,做判断要基于证据和线索。"宋铭说。

马尚也点头道:"我赞同宋局的观点。我们与其把敌人设想成料事如神的超人,还不如先复查一下自己的漏洞。"

说完,众人又沉默了下来,都面色凝重地思索着。摆在面前的饭菜,到最后还是没有人想得起来吃一口。

鼎华研发部办公室的气氛也不轻松。邹珏昨晚让喻浩然清算的数据又原封不动地传了回去,邹珏是什么脾气,喻浩然自然灰头土脸,连手头的工作也被邹珏交给了程雷。

"两天之内必须全部完成,这么简单的事,我没时间来回折腾。"邹珏对程雷说。

"明白。您放心。"

喻浩然注意到众人看他的目光,脸上红一阵白一阵的。等邹珏走后,喻浩然怒吼:"吴淼呢?他故意的……明明让他帮我核算,肯定是故意的!"

程雷不屑地笑了一声,说:"我哪儿知道。"说完,便站起身往角落的档案室大门走去,把手指按在指纹识别器上,却毫无反应。他这才发现大门并没有关紧,轻轻一拉就直接开了。程雷不满地喊道:"昨天你们谁进了档案室没锁门?"

见众人纷纷摇头。程雷的目光最后定在喻浩然身上。喻浩然正烦着,说:"关我屁事?我比你先走!"

程雷不再理会喻浩然,他试着把门关上,稍一用力门便正常扣上了。接着传来机械锁芯运转的声音。他再将手指按上指纹识别器,很快门锁便顺利打开,说明并不是设备故障。

程雷皱紧眉头,找到了安保监控室,和两个保安仔细查看昨晚的监控:"程工,昨天最后进出档案室的就是你自己,中午两点左右。"

"这事闹的……"

另一个保安说:"程工,我们俩就当不知道。说实话,也就是门没关好,不是多大的事。"

程雷严肃地说:"鼎华所有的核心资料都在档案室,这还不是大事?昨晚人都走光了以后是什么情况?"

画面倍速向前播放,很快停在了吴淼离开办公室时的画面:"他是最后走的,中间没人进去过。"屏幕上,吴淼离开办公室,关了灯,然后关上门。办公室里面变得一片漆黑。

"这刚才不是看过了吗?程工,您就别折腾我们了。"

程雷没有理会,往前探身凑过去盯着屏幕:"停,倒回去十秒,正常播放。"程雷指着屏幕右下角说,"看这儿……"

两个保安疑惑地看过去,经程雷提示才发现画面下方突兀地出现了一道亮光。"闹鬼啊?"

"你们在这儿盯着,谁都不许碰监控录像。听懂了吗?"说完,程雷快步走出门去。

程雷再回来的时候,已经叫来了林晓兰、庞一山、邹珏等人,看着回放,众人都脸色凝重。

"可以了。"林晓兰说。

"程雷,你是最后进过档案室的人。你确定出来的时候把门关好了?"邹珏沉声问道。

"我关了门肯定会推一下,检查一遍。我从小就有这习惯。"

"那……问题可就大了。"邹珏叹气道。

"无法无天……简直无法无天!这都第几回了,还有人敢顶风作案?查,一定要往死里查!把走廊的视频都给我调出来!"庞一山厉声嚷嚷着,程雷和邹珏都有些厌烦地皱起眉头。

"先不着急。庞总、邹教授,我有点事跟你们说。"林晓兰说完便走出了监控室。庞一山和邹珏疑惑地对视了一眼,跟了出去。

程雷的眉头皱得更紧了,忍不住好奇心,走到门口察看。

走廊上,林晓兰对邹珏和庞一山低声说着什么。林晓兰不经意地望向这边,看见了程雷,他只得尴尬地缩了回去。

第十五章 / 破 解

没一会儿,林晓兰等人返回了监控室。庞一山和邹珏的表情看起来稍稍轻松了一些。

"程工,你发现这个情况以后,有没有跟别人说过?"林晓兰问。

"没。我直接就奔这儿来了。后来也就告诉了邹教授。"

"你们两位呢?"

两个保安连连摇头。

"好。"林晓兰又看向程雷说,"你做得很好。真的希望鼎华所有员工都有你这样的警惕性。"

"这是应该的,没什么……"

提了提嘉奖,林晓兰特别叮嘱道:"此事不能外传。这件事公司一定会一查到底,有必要的话还会请相关部门介入调查。程工,等有了结果,我第一时间亲自向你解释。可以吗?"

邹珏难得温和地说:"程雷,你安心工作就行。可别忘了,两天后把核算好的数据交给我。"

"好。"

回到办公室,林晓兰立刻给宋铭打了电话,说:"宋局长,我一直都很愿意配合你们的工作,可这次你们是不是有点马虎?"

"出什么问题了?"

"你的人离开档案室的时候没把门关好。有员工发现问题以后去查了监控,结果监控也没删干净。"

沉默片刻,宋铭说:"我马上过来。"

二

"宋局,出什么事了?"安静和杜猛火急火燎来到游艇时,宋铭正与马尚、赫子轩一起看着鼎华的监控录像。三个人的脸色都很难看。

宋铭愁眉紧锁,说:"昨晚苗霏离开以后,可能还有别人进过档案室。"听到这话,安静和杜猛瞬间脸色大变。

"可以了,监控不用看了。"宋铭把安静等人叫到面前,简单说了一下删除苗霏进入档案室的视频后,监控画面中显示档案室的门缝里又有灯光透出来。

"监控没拍到有人进出?"安静问。

"没有。"

赫子轩说:"往好了想,画面上那个光晕也可能是设备故障引起的,也有可能跟昨天晚上的天气有关系。"

安静和杜猛表情均是一变,安静对宋铭说:"苗霏离开研发部办公室以后,侦查车的信号受到过短暂干扰。当时正好附近有个落地雷,所以……我以为是天气导致的。"

马尚突然站起来,转身看向安静,严肃地问:"干扰出现过几次?间隔多长时间?"

"昨晚从下雨开始一直有干扰,但是那种强度的干扰只出现过两次,间隔一分钟左右。

而且第二次出现并没有伴随闪电或者雷声……"

杜猛接着说："第二次出现，侦查车已经开始跟随苗霏撤离鼎华，我……我以为是正常的信号波动。"

宋铭有些懊恼地叹了口气，但并没有说什么。这时安静的手机发出震动，她看是个陌生号码，立刻挂断了。

众人沉默许久，赫子轩开口说："如果是这样……信号波动的间隔，差不多正好跟光晕存在的时间吻合，应该可以认定是人为制造的干扰。"

大家这时都明白了，监控没拍到其他人进出那片区域，徐鹤没有出现……这些问题都源自人为的信号干扰，徐鹤可能已经得手了。马尚坐回椅子上，整个人都十分颓丧，说："这样的话，肯定是吴淼……我彻底被他骗了。"

"马尚，到底怎么回事？"安静问道。马尚没有回答，他的状态似乎稍微有些反常。

"你们过来看。"赫子轩在键盘上敲打，调出了研发部实验室的监控记录。画面中，吴淼起身离开工位前从抽屉里拿出了什么东西。画面定格。"昨晚吴淼是最后一个离开办公室的人。他特地带走了什么，但是这个角度看不清。现在可以假定，是那个干扰视频信号的设备。"

赫子轩切换视频，播放吴淼从喻浩然手里接过水杯的记录："吴淼没有进入档案室的权限，所以他必须取得指纹。但他就在研发部工作，应该不难……比如这样。"

安静的手机再次震动，还是同一个陌生号码，她立刻挂断。

"可天临市局那边已经确定过了，吴淼是在替他的前任老板干活。"

"这不妨碍他打两份工。"马尚声音很轻，和平常的自信判若两人。

安静突然意识到了什么，表情一变："你不会想说，吴淼已经跑了吧？"

宋铭叹气道："接到林总的电话以后，为了以防万一，我第一时间就已经通知王佐带人过去抓捕。但是他们扑空了。"

赫子轩已经查过监控，吴淼提前做了准备，假扮成快递员躲过了天眼系统的侦查。

马尚低着头道："已经过去两个多小时了，他可能在任何地方。"

觉察到马尚的反常，安静皱了皱眉，上前按住马尚的肩膀，说："马尚，你来一下。"

很快，两个人单独到了一间休息室。

"你怎么了？"

"我搞砸了……是我告诉你，吴淼绝对是个边缘人物。我误导了后面的所有行动。"

"马尚，我对吴淼的判断，完全是基于已经掌握的情报和信息，不需要你告诉我。我的判断跟你一样，所以这不是你的错，明白吗？"见马尚没有回应，安静继续说，"吴淼的履历完整，而且全部都已经核实。现有的信息都证明他就是个普通的科研人员，你以什么为基准断定他是个职业间谍？"

马尚愣了片刻，眼神比之前亮了一些。

"我们现在确实处于劣势，但你该不会这就要认输了吧？"

马尚摇头，沉默地思索着。安静少见地用温和的语气对他说："你调整好状态再出来。"

第十五章／破　解

说完便推门走了。

马尚在原地愣了良久，上前拉开盥洗室的门，站到洗手台前。

马尚低着头沉思着，突然狠狠给了自己一个巴掌。他抬头看向镜子里的自己，咬紧了后槽牙说："你还没输，听到了吗？"

他打开水龙头，捧起水浇到脸上，让自己冷静下来。对着镜子，马尚开始把自己想象成吴淼："绕不开的，永远是那三个问题……"

"我，是谁？"

"我从哪里来？"

"要去往何处？"

马尚独处时，安静等人在外面对着一张地图讨论着接下来的行动。

"我们三个小时前丢失了吴淼的行踪，按照最坏的情况推算，假设他每小时移动一百公里。那么以弃车点为圆心，直径三百公里的圆周内就是最粗略的搜索范围。"安静一边说，杜猛一边用尺子和笔在地图上画出圆周。

"但这个范围还在不断扩大，面积会成倍增长，是个无底洞。所以我们必须定下一个大致的搜索方向。"

宋铭沉声道："双清市临海，如果他有足够的资源，有可能选择乘坐走私船出逃。"

"而且这个判断，没有计算他乘坐公共交通的可能性。万一他有办法混上飞机或者火车，那……"赫子轩也说。

杜猛把笔一扔，有些焦躁地对赫子轩说："那我给你抱个地球仪过来呗？"

安静没多理会，而是看向宋铭说："宋局，我认为可以先忽略这些难度较高的出逃方式。因为目前我们对吴淼的判断，很可能有偏差。吴淼是与天兴科技的老板张建魁达成协议后入职鼎华当商业间谍，但徐鹤需要的是能长期稳定潜伏在鼎华内部的人，以便盗取 DS 材料人工合成技术。"

杜猛恍然大悟道："没错！吴淼从头到脚都是漏洞，根本不可能在鼎华长期潜伏。"

宋铭思考了一下，问："安静，你是想建议先不考虑吴淼与徐鹤合作的可能？确实，之前我们把思路变窄了。"

这时，马尚突然从休息室推门而出，他脸上又有了平日那种兴奋的光采，终于恢复正常，道："这个怪我，是我的情绪影响了大家的判断。"所有人的目光都看向马尚。他继续说："宋局，请你帮个忙。"

"你说。"

"联系天临市局，让他们查一下张建魁的出行记录。他每个月都去银行取一次现金，之后很有可能都去了同一个地方，为了跟吴淼见面。"

"好，我这就联系。"说着，宋铭起身往舱外走了。

赫子轩问："你想到什么了？"

"吴淼可能并不是徐鹤安插的那个人，按照正常逻辑……"

马尚没说完，杜猛打断道："等一下，这个静姐刚才已经分析过了。"

马尚一愣，看了看安静。安静只是笑了笑，马尚于是接着说："好，你们看……"众人顺着马尚的目光看向工作站的屏幕，上面是伪装成骑摩托车的外卖员的吴淼离开地下车库的画面。

"他骑摩托车出逃，随身就一个背包，而且看起来几乎没装什么东西，对吧？赫子轩查了他的几个银行账户，加起来不到十万的存款。而张建魁怎么也得给了一百多万了，知道一百万现金要用多大的箱子装吗？"

杜猛疑惑地说："他没带走？可是宋局说，吴淼家没有任何发现……"

安静眼睛一亮，道："那是因为……吴淼非法所得的收入，全都藏在和张建魁见面的地点附近！现在他一定是奔着钱去了！"安静说完，众人脸上都浮现出兴奋的表情。

宋铭快步走进舱门，说："行车记录显示，张建魁每次取完钱都会开车前往双清和天临交界处的三丰镇。"

安静立刻起身往外走，杜猛也快步跟上。"王佐带着人已经在路上了。"宋铭说。

"明白！"

三

"你们到了以后先去请求当地派出所的援助。尽可能铺开调查所有房屋中介公司和仓储租赁公司的记录，尤其是那些数据没有联网的黑中介。"安静在杜猛车上给王佐做着部署，"动静别太大。"

"放心吧。"

听到安静挂了电话后，杜猛惆怅地叹了口气，说："不得不承认，马尚还是挺厉害的……你说每个人的脑子是不是天生就注定了？"

"干什么，自卑了？"

杜猛撇了撇嘴，没有说话。

安静笑着说："他干这行十年了，你才几年？每个人的逻辑思考能力和反应能力确实不一样，但我觉得更多的还是经验上的差距吧。"

"每次讨论案情，只有你能跟得上他的思路，我在旁边跟个傻子一样。"

"杜猛，你千万别这么想。我在你这个年纪的时候，可能还比不上你现在。发现不足的地方，要主动学习改进……"说着，安静的个人手机响了，她拿出来一看，还是之前那个陌生号码。安静按下接听键。

"安静啊，你可算接电话了！"一个上了年纪的男声传出来。

"您是？"

"我姓王，你妈妈的朋友，你还记得吗？"

"王叔叔？出什么事了吗？"

杜猛好奇地看了安静一眼，听到电话那边说："我……都怪我不好，我开车不注意，出了车祸……"

第十五章／破 解

安静一惊，忙问："我妈没事吧？"

"医生说她没受什么伤，就是有点轻微的脑震荡。可是……可是她反应不太正常，我……我不知道该怎么跟你说……"

"她在哪儿？"

"人民医院。你快过来吧。"安静的眼睛红了，她面色焦虑，犹豫着，却并未回答。

"安静？"

"王叔，先拜托你照顾一下她。我现在真的走不开……我尽快赶过来，行吗？"

老王沉默片刻，说："好，我陪着她。"

安静挂断了电话，少有地露出无助的神情。

"怎么了？"杜猛问道。

"我妈出车祸了！"

"啊？人没事吧？"

"没受伤，可是她……怎么偏偏又是车祸？"

杜猛突然一脚刹车停在了路边，说："我去跟王佐汇合，你赶紧打车去医院。"见安静仍在犹豫，杜猛接着说，"阿姨的状态好不容易才恢复正常，又出这种事……静姐，她现在需要你陪着。"

安静的眼泪淌了下来，她赶紧擦掉，对杜猛喊道："开车！"

"静姐！"

"不抓到吴淼，我们就不能确定他是不是徐鹤的人，就不能确定是不是他偷走了密钥。所有疑问都得不到解答，这个案件就完了，懂吗？"安静情绪激动起来。

"可是……"

安静已经恢复了平静，说："这是我的私事，我自己做决定。开车。"

杜猛犹豫半晌，最终还是一脚油门踩了下去。"杜猛……"听到叫他，杜猛担忧地看向安静，她说，"我爸当年出事的时候，也是在盯一个打算出逃的间谍。你还记得吗？我怀疑过徐鹤就是当时那个人。这是巧合吗？还是他故技重施，想用这种手段让我分心，掩护他的人逃走？"

此时的杜猛不知道说些什么，他沉默片刻，说："不重要。"杜猛再次看向安静，眼神复杂地说："就算是，我们也绝对不会让他得逞。"

安静渐渐平静下来，坚定地点了点头。

四

周恋走到吧台边给自己倒了一杯酒，面色凝重地想着心事。门开了，她回头发现来的是苗霏，迅速恢复笑容，张开双臂迎上去和她拥抱，亲昵地说："你总算来了，我还以为你把我忘了呢！"

苗霏有些尴尬地说："怎么会……这段时间太忙了。"

周恋松开苗霏，快步走进吧台，招呼道："你先坐。"说着，她从吧台下面的柜子里拿出装着衣服的塑料袋，然后拉着苗霏找了一张桌子坐下，继续说："衣服送去干洗店洗干净了。都怪我，害你还得专门跑一趟。"

苗霏勉强笑了笑，说："我都没发现。"

"是吗？早知道我就私藏了，不告诉你。"

见苗霏有气无力地笑着回应，周恋收起了笑容，问："霏霏，你到底怎么了？"说着，她握住苗霏的手："过去的就让它过去，是你亲口跟我说的。霏霏，你知道自己现在是什么状态吗？这么下去不行的。"

"可是……我不知道该怎么再去相信一个人。"

"贾长安不是什么好东西，可是……至少他对你还是很好的吧？"

"他有别的女人……"说着，苗霏露出一丝苦笑。

周恋的嘴角抽搐了一下，但很快就用震惊的表情掩盖下去，问："怎么回事？"

苗霏这才意识到说走了嘴，只好强迫自己装作不在意的样子摇了摇头。

"不管什么事你都可以告诉我，我保证替你保密。千万不要憋在心里，好吗？"周恋看着苗霏，不想放过一丝神情的变化。

苗霏却摇了摇头，看了眼手表，站起身来说："我该回公司了。"

周恋只好站起来，再次拥抱苗霏，说："你好好的……为了你，我随时都在。"

"谢谢。"苗霏拿起装着衣服的袋子，转身离开了日料店。周恋的表情凝固了，过了半响，又变成了明显的焦躁不安。她扫了一眼正在打扫的服务员，快步走出门去。

门外，周恋准备给乔西川打电话，对方却正在通话中。

此时的乔西川正脸色难看地站在窗边和杰弗里通话："苗霏很可能已经跟国安合作，我没有办法弄到密钥。"

杰弗里沉默片刻，说："失败了？这不是你应该有的水平。怎么会连一个小姑娘都没法控制？"

杰弗里说话的时候，电话那头传来几声狗叫。乔西川皱着眉说："你说你的人会配合我行动，为什么……"

"闭嘴！"听到杰弗里在电话中喊道。

乔西川忍着怒气，咬紧后槽牙。

"抱歉，我让狗闭嘴，不是说你，你继续。"

"现在我们留在中国的风险已经很大了，我想撤出来。尾款我可以不要。"

"乔，这还是你吗？你从来不会放弃。"

"我也不想为了钱去坐牢。"

"别这么说。你关于密钥的计划，其实非常高明。我很喜欢。而且还有个好消息忘了跟你说，我的人已经拿到密钥了。让你的人去完成接下来的工作，我不奉陪了。"

说完，杰弗里的脸色冷了下来，他一脚将狗踢开，起身走到窗边，接着说："你养过宠物吗？"

第十五章　破　解

乔西川沉默着，没有回应。

"我一个人实在太孤独了，所以买了条狗回来。卖狗的人说它受过训练，很乖。可是相处下来却发现，畜生就是畜生，怎么可能完全听话？真是让我失望，感觉像是受骗了。"

听了这些含沙射影的话，乔西川反倒逐渐冷静下来，道："那我建议你对它不要太粗暴，小心被咬了。"

电话里传来杰弗里的笑声："有道理。不过作为宠物难道不应该学会顺从吗？只有顺从才能得到主人的爱。你同意我的观点吗？"

乔西川的拳头握紧，努力控制着自己的情绪，道："同意。"

杰弗里的脸上露出愉悦的笑容，仿佛根本不是在威胁，说："太好了！我就知道你会同意！乔，我是一个守信用的商人，你的尾款一分都不会少。请你安心完成自己定下的计划好吗？"

"密钥在哪儿？"

"放心，我的人会想办法送到你手上，等我的消息吧。"这时，有辆车驶进了杰弗里别墅的院子，灯光照进书房内，他说，"有个朋友来看我了，下次再聊。"

杰弗里不等答复便挂断了电话。乔西川气得整个人都发抖，他伸出左手牢牢握住右手手腕，似乎想以此控制住颤抖。就在这时，手机铃音再次响起，乔西川深吸一口气，接通电话。

周恋问："为什么不接我电话？"

"有事说事！"乔西川愤怒地答道。

周恋便立刻语气软了下来，说："我在过来的路上，有事跟你商量……"

跑车停在了别墅正门前，车门打开，立刻传出震耳欲聋的音乐声。蝙蝠穿着价格不菲的西服套装，顶着一头讲究的发型下了车。对着车窗理了理头发后，他迈着轻快的步伐向别墅正门走去。

"又有钱可以赚了，老板？"蝙蝠笑眯眯地走进杰弗里的书房。

"准备一下，过段时间可能会安排你去趟中国。"

蝙蝠琢磨了一会儿，问："乔西川出问题了？"

"还没有，只是以防万一。"

"从一开始，你就应该把这单生意交给我。"

"你有你的本事，乔也有他的特长。"

听到杰弗里这么说，蝙蝠叹气道："好吧。这么说，派给我的又是个脏活？"蝙蝠一边说着，一边伸出手指在自己的脖子上划了一下，做了一个杀人的动作。

杰弗里摇头道："我倒是希望别走到这一步。但是现在他确实不太听话，也许需要一个教训吧。"

"没问题。我是一个特别好的老师。"

这边，乔西川也在和周恋见面。进门后，周恋摘掉假发和口罩，刚想说什么，看见乔西川的表情，她愣住了。

乔西川闭上眼深吸一口气，让自己的脸色缓和了些，问："怎么了？"

"我刚才见了苗霏,她知道贾长安有别的女人了。"

乔西川点了点头,并没有太大的反应,说:"她已经跟国安合作了,知道的可能远远不止这些。"

"她用不了多久就会怀疑到我头上,她现在对我的态度已经跟之前完全不一样了!"

"这段时间先不要跟她接触。"周恋对乔西川的冷漠有些意外,她想说什么,却发现床边放着收拾了一半的行李箱。她顿时面露喜色道:"你要走?我们是不是可以撤了?"

乔西川看向周恋,沉默了。

"怎么了?"周恋又问道。

"我刚才跟杰弗里通过电话,把这边的情况都告诉他了。但是他拒绝了我的撤离请求,他告诉我他的人已经拿到了密钥,稍后会交给我,让我继续按计划推进。"

周恋一怔,整个人瘫软无力地坐到床上,说:"乔西川……这回我们是不是永远都脱不了身了?"

乔西川转头看向窗外,没有回答。

第十六章

往 事

一

夜幕降临在三丰镇街道，吴淼拎着一个鼓鼓囊囊的购物袋离开超市，正沿着人行道往前走，丝毫没有察觉到路边停着的一辆黑色轿车里，有两个人正死死地盯着他。

"科长，目标已出现，重复，目标已出现……"王佐对安静说。

吴淼左顾右盼地走到一个公用电话亭旁边，掏出IC卡拨打电话。安静举着便携望远镜，却因为视线被阻挡而看不到电话号码。

"王佐，上去接触。"

"明白。"

接到命令的王佐从储物箱里拿出一瓶白酒，将酒洒到手心，擦在衣领和脖子上，又喝了一口后，带着一个侦查员迅速下车，往远处的吴淼走过去。王佐装出一副醉酒的样子，走得跟跟跄跄。跟着他的侦查员搀扶着他，两人很快就到了公用电话亭附近。

"你听我的赶紧过来，就这样。"吴淼挂断了电话，正要走。双方擦肩而过。王佐装作腿上一软，肩膀撞向吴淼。吴淼吓了一跳，惊恐地瞪圆了眼睛。

"不好意思，不好意思。"侦查员对吴淼连声道歉。

王佐醉眼惺忪地看了他一眼，跟跄着继续往前走。突然他停下步子，含糊地说："他是不是……是不是瞪我来着？"

"没有没有没有，走吧哥！"

吴淼意识到可能会有麻烦，转身要走。王佐却一把抓住吴淼的衣领，喊道："你怎么着？"说话间，一个纽扣大小的监听装置已经被王佐粘在了吴淼的衣领上。

侦查员赶紧上来将两个人分开，对吴淼说："兄弟，你赶紧走吧。"

"别屃啊……过来，你过来！"

吴淼边走边回头看，生怕醉汉追上来。

安静和杜猛看着不远处正在发生的一切。

"科长，监听装置放上去了。"王佐的声音从通讯器中传来。

"收到。你听到通话内容了吗？"

"抱歉，没来得及。"

"好。测试信号。"

"科长，实时定位成功，监听讯号正常。"另一边的小李说。

"收到。"安静的表情稍稍放松了一些。杜猛在旁看着她，明显很是担心。

吴淼来到了一个灯光昏暗的老旧小区，拎着购物袋快步走进楼道。片刻，吴淼又从楼道里折返回来，四下张望一番，这才重新走了进去。

这时，另一个侦查员才跟了过来，在楼道口停步。听到楼上传来关门声，侦查员低声问："科长，要不要跟上去？"

"不用。原地待命，注意隐蔽。"

"明白。"

侦查车内，王佐和小李戴着监听耳机，全神贯注地监听。吴淼没有说话，只是打开易拉罐，开始饮酒，不时还打个嗝。

杜猛看向安静，问："现在动手十拿九稳。怎么说？"

安静思考了一会儿，问："王佐，他打电话的时候，你一句都没听见？"

"就听见最后一句……'你听我的赶紧过来。'"

"你确定是这种命令的语气？"安静皱了皱眉。

王佐点头确认。众人都看向安静，等着她的决定。此时的安静不同于往常的雷厉风行，显得有些心神不宁，沉默着。

"夜长梦多，要不先抓了吧？而且如果真是吴淼偷了密钥，现在很可能已经脱手了。"

杜猛也赞同道："科长，你先押着吴淼回市局，我们继续在这儿守着。真有人来接头的话，一样能抓到。"

安静看向杜猛，明白他是想让自己早点返回双清探望母亲。她犹豫了一会儿，但最终还是摇头拒绝道："现在形势不利，更不能草率行动。我们不能确定两人见面前会不会再联系确认，提前抓捕吴淼很可能导致接头人逃逸。"

众人点头赞同，小李和王佐决定分工轮流监听，杜猛却暗自叹了口气，琢磨着什么，说："姐，你歇会儿，我去跟宋局汇报。"

杜猛下车，走到偏僻的角落里，拨打宋铭的电话："宋局，我是杜猛……对，现在已经锁定了目标住处，安科长决定等待接头人出现再一并进行抓捕……好，明白……等一下宋局，还有件事……"

听完杜猛的话，宋铭坐在沙发上，眉头紧锁，道："好，我知道了，这件事我来处理。

第十六章 / 往 事

你们安心做好手头的工作。"挂断了电话,宋铭表情似有隐忧,他沉思片刻,起身走到正在工作台前敲电脑的赫子轩身后,问:"找到了吗?"

"房主是三丰镇电力部门的离休职工,网上没有登记任何房屋租赁的信息。还没发现房主与吴淼有什么交集,我在调查他家人的背景信息。"赫子轩说着,手上却没有停止敲键盘。

"好,把所有信息同步给安静那边。我有事出去一趟。"

"没问题。"

"马尚,"正凝神思考的马尚回过神来,宋铭嘱咐,"关于密钥失窃,不要遗漏任何可能性。"

"明白。"

交代完后,宋铭点了点头,快步离开船舱,驾车来到苏美佩所在的医院。刚到病房外,就听到两名护士在和老王争执。

"这怎么回事啊?她凭什么打人!"

老王满脸焦急地对护士说:"对不起对不起。她受了惊吓,不是故意的。"

"你看她的状态像是受了点惊吓吗?她是不是有精神病史?"

"你……你怎么说话呢!"

"你也是医生,你看不出来吗?"

老王想要说什么,这时宋铭大步走到跟前,说:"你好,请问苏美佩是不是在这儿?"

"你是?"

"我是她前夫的同事,也算老朋友了。"

老王点头道:"她现在状态不太好,不方便见人。"刚刚苏美佩在护士给她换药的时候又打又闹。

一位护士对老王说道:"王医生,我说这个没别的意思。但病人有精神病史的话,就应该转到专门的医院,我们这边处理不了。"说完,两位护士相互搀扶着离开了。

老王一时语塞。宋铭表情严肃地说:"我进去看看她。请你在外面等着,不要离开。"老王愣了一下,宋铭已经推门进去了。

苏美佩缩在病房角落里,她惊恐地瞪着眼睛,瑟瑟发抖。宋铭走到苏美佩可以清楚看见他的位置,但没有继续接近,说:"苏美佩,你认识我吧?"

"宋瞎子……"

宋铭一愣,笑着说:"给点面子行不行?我现在都是局长了,这绰号实在不好听。"

苏美佩没有作声,但看起来稍稍放松了一些。宋铭搬了把椅子过来,坐下说:"我不就是枪法不行吗?老安啊,嘴太毒了!"

"害老安的人,现在又来害我了……"听到宋铭提起老安,苏美佩惊恐地说,"我没被他们撞死,又跑来给我打药!"

宋铭犹豫了一会儿,说:"我就是来查这个事的。这样……你先起来,我有几个问题需要你协助回答……"

过了一会儿，宋铭推门走了出来。在走廊里焦躁地来回踱步的老王立刻迎上去，可一时间又不知怎么开口。宋铭说："她睡着了，先让她好好休息吧。"

宋铭向老王简单交代了一下，又了解了一些基本情况后才离开。

二

王佐戴着监听耳机，听了很久打呼噜的声音，这让他十分烦躁，说："这家伙倒是睡得踏实！不行了不行了，我脑袋都快炸了！"

安静看了看表，说："时间差不多了，你跟杜猛换班。"

王佐长出了一口气，他摘下耳机正要往外走，通讯器突然响了。

"科长，收到请回复。"是杜猛。

"收到。"

"发现可疑人员。女性，四十岁左右。我把照片发过来。"

天刚亮，小区里静悄悄的。一个打扮入时、得体的女人缓缓走来，一边走一边查看着楼号，她是吴淼的前妻。走到吴淼藏身的那栋楼前，她迟疑了一会儿，走进去。从脸上的表情来看，她的情绪很糟糕。

耳机里面，敲门声响起，呼噜声断了。王佐露出笑容，看向安静。"各小组注意。立刻进入预定地点待命。"安静对着通讯器喊道。

耳机里传来开门的吱呀声。

"你神经病啊！问你什么事你不说，手机也打不通！这房子谁的啊？"

"你喊什么喊！小声点儿！"

听见两个人没头没脑地争执，安静和王佐都是一脸的疑惑。

"吴淼，你是不是觉得我特别贱？离了婚，我还得跟以前一样被你呼来喝去？"

"行了，我找你来是有好事，过来……"

两人争执间，技术侦查员已经核实了这个女人的身份，她就是吴淼的前妻。

杜猛和小李带着四名侦查员已经到了吴淼藏身的公寓门口，众人屏息凝神，没有发出任何声响。小李将侦查设备的软管探头塞进门缝，设备的屏幕上显示出室内的画面。画面中，吴淼前妻还愣在原地。

"做好抓捕准备，等我命令。"门外，杜猛从腰包里掏出开锁装置，插入钥匙孔，已经做好了开门准备。

吴淼取出三个书包大小的黑色布袋，袋子里面鼓鼓囊囊的，说："都拿走。留一个给我爸妈，剩下的你自己安排，儿子长大了用得着。"

吴淼前妻满脸疑惑，上前打开一个布袋查看，里面竟然全都是百元现金。吴淼前妻怔住了，看向吴淼。

"你什么都别问，拿了赶紧走。以后我肯定不会再联系你，儿子问的话，你就说我出国了，不回来了……说我死了也行。"

第十六章／往　事

"吴淼，这钱你哪儿来的？"吴淼前妻的声音有些颤抖。

"赚的啊，还能是抢的？"

"你偷了公司几百万都还没还上，上哪儿赚的这些钱？"

"你哪那么多废话？要不要？不要就滚！"

"我敢要吗？要了这钱，我就是你的同伙！我还帮你骗着儿子，说你是科学家，工作太忙才没时间回家陪他。吴淼，你就是个垃圾！"

"科长，再这么下去可能会有肢体冲突。"王佐在一旁说。

安静道："再等等……至少等吴淼开口认罪。"

"……看在儿子的分上，这些脏钱我就当没看见，你以后也别再联系我了……我跟儿子就是过得再苦再累，也不要你犯罪赚回来的半分钱。"

"这话讲得真漂亮。告诉你，我还真就是犯罪了，犯的还是大罪，间谍。你不是一直想当富家太太吗？现在你嫌脏了？"听到吴淼嘲笑般的话语，他前妻气得反而笑了，她拎起一袋钱，往阳台走。

"行动！"安静和王佐摘下监听耳机，开门跳出侦查车。杜猛一个寸劲拧动开锁器，门打开了。一众侦查员鱼贯而入。

拉开阳台窗户，吴淼前妻拎着袋子用力一甩，把满袋钞票全都撒了出去。

"你疯了？"吴淼话刚出口，杜猛从他身后扑过来把他按到地上，一名侦查员立刻上前帮忙戴上手铐。另一名侦查员则已经用枪指住了吴淼的前妻。

"不许动！"

赶到楼下的安静和王佐看着漫天的钞票像雪片一样落下，都愣了。安静很快回过神来跑进楼道，王佐赶紧跟上。

杜猛把吴淼从地上拎了起来。吴淼倒也冷静，沉默地低着头。小李带着另外两名侦查员进入房间，说："检查过了。没有其他人。"

安静和王佐也赶到了。安静说："先把他们押回市局。小李，带队仔细搜查房间。王佐，你去楼下维持秩序。"

"明白。"

好在时间尚早，楼下并没有聚集太多人，有的看着满地钞票跟身边人小声议论着，也有胆子大的蹲地上开始捡了。一辆商务车倒车开过来，停在了楼道门口。安静和杜猛立刻走出楼道，拉开车门。两名侦查员迅速将吴淼和他的前妻押上了车，两个人都用外套盖着头。整个过程也就十秒钟，围观的居民甚至都没有来得及反应。

这时王佐才走出了楼道，他亮出手里的证件："听我说，这都是赃款，不能碰啊！"捡钱的居民瞄了王佐一眼，悻悻然扔了手里的钱。

三

宋铭正在医院休息室查问胡玉萍和孙姐，苏美佩出车祸正是被这两位撞见给送到医院的。

"再次感谢两位热心相助,还让你们专门跑一趟,实在不好意思。"

三人从休息室走出时,正好碰到匆匆赶来的安静。

"宋局?"

宋铭点了点头,算是打过招呼。

"小安?"

安静这才注意到胡玉萍,更是摸不着头脑,问:"胡阿姨?"

"你们认识?"宋铭问。

"她是……"安静反应过来,说,"她是我一个朋友的母亲。"

"那你可得好好谢谢两位阿姨。她们最先赶到车祸现场进行处置,而且处置得非常好。"

胡玉萍和安静都还在愣神,一旁的孙姐说:"应该的,应该的,我们协防员就应该在关键时刻起到关键作用!"

"谢谢阿姨……"

"小安,那是……那是你什么人啊?"

"是我母亲……胡阿姨,谢谢您!"听到这话,胡玉萍愣住了。

送走两个人后,安静告诉宋铭胡玉萍是马尚的母亲。

"那你要适当注意马尚的身份问题。"

"明白……宋局,吴淼和他的前妻已经押到市局了,我本来应该抓紧组织审讯工作……"

宋铭打断道:"这个你不用解释,审讯工作我来负责就行。关于这次车祸,你可能会有些疑虑,杜猛详细地跟我说过了。安静,你要明白,个人的力量是有限的,谁都不可能只靠自己应付所有的事情。当时你既然担心车祸背后有别的阴谋,完全可以马上告诉我。"

安静默默点头,没有回应。宋铭继续道:"你有你的考虑,这我理解,也不想干涉。但我希望你知道,市局的人,无论公事私事,都会不遗余力地帮助、支持你。"

"我知道……"

宋铭把手里的文件夹递给安静,说:"我已经做了一些调查,初步判断这次事故是个意外。肇事的货车司机疲劳驾驶,负全责,交管部门的判断也跟我一致。如果需要,你可以继续深入调查,相关信息都在里面,需要跟其他部门沟通的话,我帮你打招呼。"

安静点了点头。

"好了,快去看看她吧。"宋铭站起身说,"昨晚她的情绪有点波动,但现在基本没事了。"

"宋局,谢谢您。"

宋铭难得露出微笑,点了点头,推门而去。

回到病房,苏美佩躺坐在床上,表情平静地睡着了。阳光透过窗口照进来,很温暖。安静坐在角落里,翻看事故相关的文件。其中有不少现场照片,有的记录刹车印记,也有的记录车辆损毁情况。安静格外在意那张轿车损毁的照片,画面中,轿车的左前脸损毁严重,显然是直接撞击位置。

第十六章／往 事

这时，苏美佩醒了过来。安静立刻将文件收好。她站起身，不知道苏美佩此时的精神状态怎么样，只好站在原地犹豫着、观察着。

"闹闹……"

安静的眼睛立刻红了，她快步上前，抱住苏美佩，说："妈……对不起……"

苏美佩安慰道："我这不好好的吗？说什么对不起？"

审讯室内，宋铭和杜猛都铁青着脸。吴淼一副破罐子破摔的样子，他很平静，只显露出一些疲惫。他坦然说进入鼎华只是想着横竖都是坐牢，干脆赌一把。

"你自己也说了，横竖是坐牢，还不如赌一把。除了张建魁那边，你没赚过别的钱？进了鼎华的研发部，你随手就能接触到不少内部消息，甚至是核心技术。"

吴淼微微一愣，调整坐姿。杜猛和宋铭都将吴淼的反应看在眼里，两人交换眼神。杜猛接着说："说吧。都到这儿了，你还想隐瞒？"

"可……那也不算犯罪吧？"在鼎华期间，吴淼有时会弄点数据资料发到技术论坛上面，兑换论坛的虚拟货币。

宋铭皱着眉说："你再想想，还有没有什么事没有交代清楚。"

吴淼想了片刻，摇头。

"前天晚上下班，最后离开办公室的是不是你？"

"是。"

"是不是你偷了密钥？"宋铭冷冷看着吴淼。

吴淼愣了半晌，居然笑了，说："讲了半天，原来还不止我一个贼啊？领导，我怕误导您了，这事还真不是我干的。我连进档案室的资格都没有，装密钥的保险柜我连见都没见过……"

正在游艇上看着审讯的马尚摘下监听耳机，苦恼地使劲揉着太阳穴。

"我估计，咱们最担心的情况真的出现了。"一旁的赫子轩说。

"如果不是吴淼，那到底是谁？现在密钥很可能已经到徐鹤手里了，他到底想干什么？"

赫子轩拍了拍马尚的肩膀，说："回头开会商量吧。连着熬了两三天了，你休息休息。"

马尚叹了口气，说："没事。"又重新戴上了监听耳机。

"安静怎么没参加审讯？"听到赫子轩一问，马尚愣住了。这时，他的手机响了，他看到是胡玉萍，犹豫片刻，还是选择了挂断。

"家里人？"

"我妈。"

"去去去，赶紧去回个电话。"

马尚想了想，摘下耳机起身离开。出了船舱，他被阳光照得眯起眼睛，在船舱里憋了很久，一边活动酸疼的腰背，一边回拨电话。

"这鼎华不把人当人使啊？隔三岔五就把你派去出差。"

马尚打了个哈欠说："我这不刚入职吗？总得好好表现吧。"

"好吧，那你注意安全。跟你讲，我赶上一件特别巧的事……"

四

马尚戴着鸭舌帽来到医院的天台约见安静。

"木瓜西米露。"马尚说着,把打包的甜品递了过去。安静接到手里,却没有任何要吃的意思。

"杜猛告诉你的?"

"不,是我妈。"

安静沉默片刻,说:"过了这几天,我得好好登门道谢。"

"你可千万别!我妈蹬鼻子上脸的功夫可是一绝,你真要去,那就先做好给他当儿媳妇的准备。"马尚本想让气氛轻松一点,可是安静丝毫没有反应。他也只好收起了笑容,问:"阿姨怎么样了?"

"轻微脑震荡,没有外伤。"

"那……应该还好吧。你怎么了?"

安静没有回答,她把打包盒放到护栏上,望着远方。马尚站到安静旁边,沉默着没有追问,只是时不时担忧地看一眼安静。

"我爸妈结婚那么多年,感情一直很好,好到连我都觉得腻得慌。那年我爸没了,对我妈来说,她的世界也就突然崩塌了。她的精神状况很差,一直认定我爸不是死于意外,是被谋杀的。她整夜整夜不睡觉,完全变了一个人,她看每个人都像是凶手,包括我……"安静的声音很小,语调也很平静。一旁的马尚却紧皱着眉头。

"我退学,就是为了能留在她身边,照顾她。之后的半年,她的状态越来越差,她彻底崩溃了,我也在崩溃的边缘。我不想跟任何人说话,也不想听到任何人谈论我家里的事情。现在想起来,我都不知道当时是怎么熬过来的。"

马尚谨慎地说:"这次又是车祸,她精神状态怎么样?"

"昨天晚上有一点起伏,今天好多了。她说自己没事,也在尽量控制自己。但我知道她还是摆脱不了当年留下的阴影,她在强迫自己冷静……"

说着,她的眼泪终于还是忍不住掉了下来。马尚轻轻按住安静的肩膀。

安静流着泪继续说:"昨天去三丰镇的路上听见消息,我真的要崩溃了……理智告诉我这多半是意外……可我忍不住想,如果我妈一直是对的呢?当年为了掩护同伙,他们害死了我爸。现在为了干扰抓捕行动,又对我妈下手……"安静的情绪越来越激动,说不下去了。

马尚突然将安静拉到自己怀里,牢牢抱住,说:"这么多年我一直在心里埋怨你不辞而别,从来没有从你的角度想过这个问题,根本没有想到你经历了这么多。对不起。"

安静微微颤抖着,努力控制抽泣。马尚继续说:"安静,现在不一样了,我不是十年前的那个傻小子。不管是不是意外,不管两件事有没有联系,我一定会帮你把真相查出来。现在的我,一定会保护你,以后你再也不需要独自承担这些压力。有我在,你不用怕。"

安静终于抬起胳膊抱住了马尚,她把脸埋在马尚的胸前号啕大哭,再也不掩饰自己的脆弱和委屈。

一大早，苏美佩换上了平日穿的衣服，得体、优雅。她正对着镜子仔仔细细扎起头发，看起来状态不错。安静正一件一件地叠着衣服，装进包里。

"这一折腾，像是老了五岁。"

"别，您永远十八，驻龄女神。"

这时门口传来敲门声，两人看过去，发现是老王站在门口。他骨折的左手吊在胸前，右手拎着果篮。三个人都有点尴尬。

"美佩，你要出院？"见苏美佩点了点头，他有点不好意思地说，"我以为还要观察几天，所以就……就去买了点水果。"

"买个水果，买了一天一夜？"安静问。

"闹闹。"

安静撇了撇嘴，没有再说什么。

"是我不好，我……"

不等他说完，苏美佩打断道："老王，一会儿你有空吗？"

老王一愣，说："当然有。我跟医院请了假，伤好之前都不用去上班。"

"陪我走回去吧？好多事早该告诉你了。"

"好。"两人对视，都露出笑容。

"妈？东西怎么办啊？"

"先放你车上。你该工作就工作去，不用操心我了。"苏美佩说着，挽起老王的胳膊往外走。

安静站在原地，目瞪口呆。

"然后就跟那个王医生走了？当时是他开的车，咱们还没查清楚呢！"杜猛问道。几人又聚在游艇上。

安静无奈地叹气道："我倒是不担心这个。"

安静仔细查看过照片和监控视频，受损最严重的是驾驶员而不是通常情况下的副驾驶："当时老王选择的躲避方向应该是为了保护我妈。"

杜猛道："那就好，至少说明这个老王没问题。"

说着，宋铭推门进来了，众人立刻起身。宋铭直接找了个空位坐下，挥手示意众人就坐，说："对吴淼的审讯告一段落了，目前没有任何证据显示他跟密钥失窃有关，我们得做好最坏的打算。大家务必把自己的想法都说出来，进行汇总。"

众人点头，气氛瞬间严肃起来。

赫子轩先开口："我先说吧。关于吴淼提到的那个论坛，经过定位我能肯定它的服务器是在境外。只要取得相关手续，我随时可以将它封禁。"类似的论坛，有些是为了学术探讨，也有的是为了收集情报。无数小的信息碎片可能会拼凑出其他途径根本无法获得的情报。

宋铭道："好。关于论坛的事情我会跟进处理，至少要找出背后的出资人是谁……先继续回到案件上面来讨论。"

马尚接着说："市局共享的调查报告中有两个重要信息，这两个信息一是嫌疑人使用的是喻浩然的指纹，二是嫌疑人很可能通过将荧光剂涂抹在按键上得知的密码。密码锁的内部记录功能显示，曾有人连续两次输入了排列错误的密码。如果超过三次，保险柜就会自动锁死。很可惜，第三次的时候成功了。"

马尚说完，众人陷入沉思。

"徐鹤那边完全没有方向，还是从窃密者入手吧。排除吴淼之后，我认为还有两个人有重大嫌疑。"安静说完，众人的目光都转向了她。"杨迅、苗霏自己，这两个人要么有可能透露了我们的计划，要么在窃密者行动时给予了帮助。"

会后，马尚追上宋铭说："宋局，还有件事我想跟您商量一下。"

"上车说。"

两人上了车，宋铭不忘警惕地扫了一眼四周，确定没人看见马尚跟自己接触，才问："怎么了？"

"十年前，安静的父亲死于车祸。能不能把当年的卷宗给我看看？"见宋铭有些疑惑，马尚继续说，"是这样，安静说当时她父亲正在执行任务，那起车祸导致任务目标从此丢失。前天她去抓捕吴淼，她母亲又遭遇车祸，不能不说这对安静的行动指挥很可能造成影响。这两件事，有没有可能是有联系的？"

宋铭皱着眉头，沉默不语。

"还有，据苗焕阳所说，徐鹤正好是在当年那次事故之后销声匿迹，这也不得不考虑。"

"你清楚这些事件之间有联系的概率有多低吗？"

"我清楚，但这同样是一条线索。我打算由我主导进行调查，杜猛协助我。"

宋铭点了点头，说："好吧，不要分散太多精力。"

安静和杜猛在会后则来到了苗霏家中，继续询问当天的情况："我们希望你回忆一下，行动前后你都跟谁有过接触？或者有什么让你觉得不太正常的情况发生？"

杜猛拿出笔和本子，准备记录，苗霏想了想，开始回忆当天的内容。几人说着，安静提到了苗露，说："那天你出门前，苗露来找过你？"

"我妹妹什么都不知道，可不可以不要把她牵扯进来？"

安静想了想，说："有些事可能没法隐瞒下去了，瞒着她反而可能造成一些问题。苗焕阳先生的事，你找个机会告诉她吧，但是切记要让她严格保密。"

苗霏点了点头。

"那……这段时间有没有其他人到你家来过？"

"有一个朋友，贾长安死了之后，在这陪我住了几天。"

"叫什么名字？"

"周恋。我们认识很多年了，比我跟贾长安认识的时间还要长。"

"你父亲的事情有没有跟她讲过？"

苗霏摇头道："绝对没有，我一直很小心，做的所有事都完全是按照你们的要求。"

"周恋是做什么工作的？"

苗霏愣了片刻，问："你们怀疑她有问题？"

"行动出了问题，你身边的人我们肯定要做一遍排查。但是你不用想那么多，回答问题就好。"安静解释道。

"她开了一家日料店。"苗霏怀疑地看着安静和杜猛。

杜猛在本子上快速记录，装作不经意地提了一句："既然是你的朋友，那她跟贾长安的关系怎么样？"

苗霏听了这话愣住了，不知想到了什么，神色有点慌乱。杜猛想说什么，但是被安静制止。安静仔细地观察着对面苗霏此时的表情："苗霏？"

苗霏回过神来，看向安静，说："我……没什么，我就是想到了以前跟贾长安的事，跟这个案子没关系。"

"那请你回答，周恋跟贾长安的关系怎么样？"安静追问道。

"他们认识，但是不熟……应该不熟。"苗霏的表情和语调还是有些慌乱。安静点了点头，站起身来。杜猛见状也站了起来。

"最后一件事。我们的调查彻底结束之前，你可以继续在鼎华工作。当然，可能接下来还会有需要你配合的地方。"

苗霏心不在焉地点了点头。

第十七章

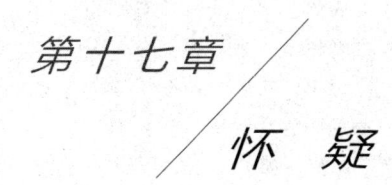

怀　疑

一

天色已经很晚了，到了日料店打烊的时间，周恋推开门走了出来。店里已经关了灯，周恋弯腰锁门，站起来的时候从反光的玻璃中看到苗霏竟然不知什么时候站在自己身后，吓了她一大跳。

"霏霏？你吓死我了！"

苗霏神色不明，用直勾勾的眼神看着周恋，沉默了一会儿才回答："突然好饿，就想来你这蹭点吃的。"

周恋平静了一下，走到苗霏身边挽住了她的胳膊，说："那我亲自下厨，给你做好吃的。"

周恋拉着苗霏向店里走，苗霏却不着痕迹地把胳膊抽了出来。周恋似乎并不在意，她走进店里重新把灯打开，笑着将苗霏迎进来。等苗霏走进去后，周恋转身关门，那一瞬间她脸上的笑容荡然无存。

黑色越野车缓缓驶向日料店，整条街的店铺都打烊了，只有日料店还亮着灯。

"别再往前了。"安静对杜猛说。

越野车停在了道路旁。安静戴上监听耳机，杜猛则拿出了装着长焦镜头的相机。

苗霏找了个靠窗的位置坐下，周恋脸上又恢复了那种贴心的微笑，问："想吃点什么？"

苗霏面无表情地看着周恋，看了几秒钟然后突然露出笑容，说："有什么就吃什么吧。"

"那你先喝点水，我马上回来。"周恋给苗霏倒上水后转身离开。苗霏握着杯子，看着周恋离开的背影，笑容渐渐消失。

"对不起啊，真的就只有这些了，简单吃一点吧。"不一会儿，周恋端来一个碟子，

第十七章／怀　疑

上面是简单的紫菜饭团和小菜。

苗霏低着头说："我们在瑜伽班认识的时候，你这家店正在装修，还没开业。"

"是啊，开业那天你还特意带了公司的人来捧场。"

苗霏笑了笑，问："有酒吗？"

周恋愣了一下，说："今天怎么想喝酒了？你是开车来的吗？"

"没事，车停公司了，一会儿打车回去就行。"

周恋只好去拿酒，回来后，苗霏主动给两个人倒酒，然后把自己那杯一口气喝掉。周恋愣了片刻，喝了一小口，关心地问："霏霏，你怎么了？"

"知道吗？我真的特别羡慕你。一个人在这个城市打拼，为了拼事业，连恋爱都不肯谈，也从不依靠任何人。虽然辛苦，可是也自由，多厉害啊……不像我，不是靠我爸，就是靠贾长安。"

周恋的表情变得有点不自然，给苗霏倒酒来掩饰。

"我爸从公司退休了，贾长安也死了。突然之间我什么依靠都没了，才知道这有多难。"

"你胡说什么呢？你是我见过的最独立的姑娘，什么时候靠过你爸？！就更别提贾长安了。"周恋给苗霏倒酒，小心地试探着，"霏霏，你怎么怪怪的？到底有什么心事啊？是不是……你爸最近身体不太好？"

苗霏摇摇头，再次喝掉了杯子里的酒，又给自己倒上。周恋皱眉拦道："别喝这么急，吃点东西。"

"你说命运这种东西，怎么这么奇怪？那时候贾长安还在追我，有一次我们三个一起吃饭，我发现他的眼睛一直看着你。他会不会其实喜欢的是你？"

周恋脸上闪过不安，对苗霏说："霏霏，我一直都跟他刻意保持距离。你知道的。"

"对啊，多亏了你，那种闺蜜抢男人的狗血戏码才没在我们身上出现。"苗霏对着周恋露出了一个非常标准的职业化笑容，明显没有走心的那种。周恋也勉强笑了笑。

"现在我能相信的人也就只有你了。贾长安口口声声说爱我，可他其实在外面有别的女人。周恋，你一定不会背叛我的，对不对？"

车内，安静的嘴角露出一丝笑容，道："苗霏明显是在怀疑周恋和贾长安的关系，这两个女人开战了。"

"如果贾长安的情人真是周恋……要不要想办法施加点压力？"杜猛问。

安静思忖半响："暂时不用。苗霏给周恋的压力最真实，如果她有问题，我们只要等着她露馅就行。"

"也是。我们一直要找的那个人是男性，如果能锁定周恋，还得通过她把那个人牵出来。"

二

鼎华的高管齐聚在会议室中，林晓兰和庞一山都表情严肃。

"庞总，你先把大致情况跟大家说一下。"林晓兰说。

"好。各位，其实我也知道大家手头的工作很多，时间紧任务重。但事关重大，这个会议真的是不得不开。就在这两天，研发部居然又出事了！"马尚扫了眼苗霏，苗霏皱眉沉默。其他高层的表情都很惊讶，马尚不动声色地观察着所有人的表情。

庞一山接着说："那天安保部门来跟我报告，说研发部那层楼的监控出了问题，有一段被人为地抹掉了！当然，发现这个问题，还多亏了研发部一位同事的帮助……"庞一山刻意没提程雷的贡献，邹珏听见，不由皱眉。

"而且研发部档案室的门居然没有关，是开着的！档案室啊，鼎华所有的核心技术资料、项目研发的计划都在那里面！"众高层窃窃私语，苗霏强作镇定，她下意识看向马尚，发现马尚也在看着自己这边。马尚的目光倒也没有躲闪。

"有什么损失吗？"有位高管问。

"这个我稍后会说。有个疑惑，我想先请苗总解释一下。"

苗霏被突然点到名字，微微一愣，问："怎么了？"

"大家都知道档案室这么重要的地方，有权限进入的人并不多，所以我让安保部门彻底检查了一遍。看看整个公司有这个权限的人，谁是最后一个离开的。"

"是我？"

庞一山严肃地点头，盯着苗霏。苗霏一时不知如何回答，显得有些慌乱。林晓兰的表情有点不耐烦，但是依旧沉默不语。其他高层听了庞一山这样的问话也都看向苗霏，等待她的回答。

"庞总，您这是在怀疑我？"苗霏问。

"你千万别误会，我可没有这个意思。但是事实摆在这里，我必须要问一问。"

"监控视频有没有拍到苗总去过研发部那层？"马尚适时为苗霏解围。

庞一山皱了皱眉，苗霏也反应过来，说："我那天根本没去过研发部。这事您问我，应该问错人了吧？"

"庞总，还是把结果先告诉大家吧。"林晓兰说。

庞一山点头同意，不满地瞥了马尚一眼。

"发现问题以后，公司向有关部门申报，对这件事进行了全面调查。最后发现，确实有人违规进入档案室，而且这个人长期以来都在出卖鼎华的内部资料。"林晓兰这几句话，让会议室里炸了锅，"我认为有必要在整个集团范围内做一次公开通报，提醒所有人，商业间谍行为是要受到法律严惩的。"

散会后，苗霏在路上听到有高管七嘴八舌地议论着。回到自己的办公室，她用力地把门甩上。坐到自己的办公桌前，呆坐了一下，就趴在了办公桌上，低声哭泣。

会后，马尚打听到是程雷发现的问题，便约了他晚上吃饭，打算试探试探。在火锅店内，程雷借着酒劲儿向马尚大吐苦水："算了，我也不图公司能给我个奖励什么的。"

"当时到底怎么回事？你给我说说。"马尚问。

"邹教授让我去档案室拿密钥，结果我发现门是开着的。档案室那么重要的地方没关门，我这不担心出事吗，就跑去安保那查监控，结果发现监控视频被做了手脚。中间有一

第十七章／怀　疑

段被剪掉了。"

"厉害啊！这怎么看出来的？"

"档案室的门缝里面有光透出来，但是没有拍到有人进去过。不是做了手脚，还能是闹鬼？"

马尚连连点头，拿起杯子敬酒道："来来来，敬我们的无名英雄，智勇双全的程雷同志！"

"跟你说，不表彰也就算了，庞一山还借题发挥，在会上打压苗霏。话里话外那意思，把苗霏说得跟吴淼的同伙似的！"

喝着喝着，两个人的状态也醉得更厉害了。程雷也趁机八卦起马尚和苗霏的关系："你跟苗霏是不是走得有点近啊？你对她有意思？"

"啊？"

"你对她没意思，干吗老帮她解围？今天开会，你是不是又帮她了？"

"我……我那是看不下去了。你又没参会，你怎么知道？"

"鼎华有不透风的墙吗？"

"再怎么讲，毕竟我进鼎华工作，老苗总是帮了忙的，于情于理，我总不能站到庞一山那边去吧？"

程雷给马尚和自己倒上酒，二人端起杯子碰了一下："那就祝你好运吧！"看了看马尚的酒瓶，程雷又说："你这喝得也太慢了。服务员，再来两瓶！"

不知喝了多久，马尚已经"醉了"。程雷扶着晕乎乎的他在路边拦出租车："你这么多年是怎么混的？这酒量也不行啊！"

"再……再来……"

"来什么来，赶紧回家睡觉去吧。"程雷终于拦下一辆车，扶马尚坐上去，说，"师傅，麻烦您把他送回家。"

司机师傅无奈地看了一眼马尚，对着程雷说："这喝了多少啊，可别吐我车上。"

"不会的，吐完了已经。"司机只得无奈地开车离开。

车开出了一会儿，马尚躺在后座，司机师傅不时通过后视镜看看他，说："您到底要去什么地方啊？我往哪开儿啊？"

马尚在后面没有回答，司机师傅已经有点不耐烦，他从后视镜里看后座的马尚，谁知道马尚已经坐起来了，正转头透过后窗观察是否有人跟踪。

"小伙子？"

马尚回过神来，说："不好意思……您沿着新城西路往东走就行。"

"你没醉啊？刚才那人，一直灌你酒来着吧？"

"您怎么知道？"

"不是为了躲酒，你干吗装醉？"

"还真是被您说中了……"马尚有一搭没一搭地回答着司机的话，他一直警惕地观察着后方车辆，确定是否有人跟踪。

赶到游艇，宋铭等人已经在等着了。"对不起，有点事耽误了。为了套话去跟程雷吃了个饭，我也没想到他要喝酒。"马尚匆匆来迟，抱歉地说。

"怎么样？"

"确实是程雷看出了监控视频的问题。但是整个观察下来，我真没觉得他身上有什么疑点。"

"我跟静姐这边倒是有突破，"杜猛说着，指向周恋的相片说，"我们怀疑，周恋就是贾长安的情人。"

"有证据吗？"宋铭问。

"其实严格来讲，她是苗霏的怀疑对象，不是我们的。目前我还没找到周恋参与这一系列案件的具体证据。"

"宋局，能监听吗？"

宋铭摇头道："要有证据或者明确的线索才能拿到批文。"

听完，杜猛有点沮丧地叹了口气。

会后，马尚和安静单独来到甲板上。他关心地问："阿姨这几天怎么样？"

"好多了，她这次控制得很好，也多亏了老王一直陪着她。"

"那……关于你爸的事，阿姨是不是还坚持自己的观点？"

"她现在不说了，但心里肯定还是那么想。"

"你干了这行后调查那件案子，有没有发现什么疑点？"

"你看过档案了？"安静惊讶道，"那你肯定也注意到了，肇事者的女儿得了白血病。"

"对，而且肇事者入狱后半年，她女儿收到慈善组织的救助，接受了骨髓移植手术。"

安静叹气道："我查过这条线索。当时接受救助的一共有二十三个儿童，他女儿只是其中之一。"听完，马尚若有所思地点了点头。

三

一大早，周恋收拾完东西，把一个暂停营业的牌子挂在了日料店正门的玻璃门后面，同时上了锁。她带着依依不舍的眼神环视着店里四周，边往后面走，边抚摸着经过时遇到的店内的精致的摆设，然后像是下定了决心似的，快步走进后厨。

周恋拎起早已准备好的包和行李箱，往后门走去。她刚把门打开，一个人影就快速闪了进来，正是乔西川。周恋愣住了，难以掩藏地露出又惊又怕的表情。

"去哪儿？"

"我没有别的办法了，"周恋语气十分无助，"我不管你有多大的野心，事情发展到这一步，已经到了不可控的地步，也超出了我的能力范围，我不想再玩下去了！"

"我能理解……"乔西川上前，想抱住周恋，周恋却退开了。

"贾长安死的时候我就慌了，你难道不是吗？你干了这么多年，也没遇到过这种情况吧？现在又不是战争年代了，我能背负的风险最多也就是被抓了坐几年牢，这是我干这个

第十七章／怀　疑

活儿的前提。"

乔西川也无奈地说："事情发展成这样，我也没有想到。"

"我们到底是什么人？我们是情报人员吗？我们是那种刀尖上舔血的人吗？我们不是啊，我们就是最普通的搞点商业机密的商业间谍而已。我求求你，放了我吧，让我走吧。"周恋开始哀求。

"不是我不让你走，你冷静地想一想，你走得掉吗？"听到这话，周恋擦擦眼泪，不解又恐惧地看着乔西川。周恋是中国国籍，无法长期出国，突然消失只会让调查重点转移到自己身上。"最好的办法就是洗清自己的嫌疑，而不是跑路。"

"这怎么可能？"周恋焦急地说。

"大隐隐于市。你要学会隐藏自己。首先，你这个餐厅还得继续运营下去，你不但要继续运营，还要换全新的菜品、全新的定价。要给人感觉你打算长久地把这个餐厅运营下去。这是你的生意，想让生意越来越好，才是一个正常生意人的逻辑。"

"你说得容易……"

乔西川笑了笑，说："不管苗霏再怎么来试探你，或者其他任何人来问你话，你都要以正常的身份去应对。周恋，你是什么身份？你是一个小生意人，从来不做违法的事情，最多也就私生活稍微开放一点，这也不犯法。其实你只要想明白一件事，贾长安已经死了，死无对证。"

周恋点了点头，稍稍冷静了一些。

乔西川又继续说："之前你所有的行动，如果都严格按照我说的办了，绝对不会牵扯到你头上。现阶段我们暂时减少见面的次数，我也不需要你执行任何任务，你就过普通人的生活就行了。"

周恋渐渐放松下来，靠在乔西川肩上，说："乔，谢谢你。"

乔西川深情地说："我最不想你出事。"

苗霏到马尚办公室的时候，马尚正忙着，招呼道："也不知道怎么了，今天一天收了十几份辞职报告。"

苗霏若有所思地点了点头。

"苗总，是不是有什么事？"

苗霏笑了笑，说："我就是想过来跟你道个谢。谢谢你昨天在会上帮我解了围。也怪我自己嘴笨，庞一山当着那么多人质疑我，要不是你提醒，我都不知道该怎么回应。"

"没事，这应该的。他那么咄咄逼人，我真看不下去。"苗霏点了点头。

两人沉默片刻，苗霏突然问："你们确定吗？进档案室的人真的是吴淼？"

苗霏莫名其妙的一句话让马尚愣住了，他迅速反应过来，借着自己疑惑的表情继续回答："我们？"

"调查过程，庞一山肯定不会告诉我。但是你肯定能听到消息吧？"苗霏笑着说。

马尚露出一副恍然大悟的样子，说："那倒没有……对了，其实我正想去找你的。你看看这个。"说着，他从抽屉里拿出苗露的简历，递给苗霏，问："苗露是你的妹妹吧？

今天刚投的简历，应聘技术员的职位。"

　　苗霏的脸色变得有些难看，昨晚她刚把苗焕阳被逮捕的事情告诉苗露，苗露今天就投简历到鼎华，这小丫头想干什么？苗霏一时没了主意。

　　"苗总，让她进来吗？"见苗霏没说话，马尚继续道，"我没别的意思。就是……研发部门现在出了那么多乱子，这时候让她进来，我不知道会不会有点不合适。而且说白了，技术员是最基本的岗位，起点太低了。"

　　"我不想让她来公司上班，请你帮个忙。"苗霏突然抬起头，坚定地说。

　　马尚立刻收起文件夹，说："明白。好办。"

　　这时苗霏的手机响了一声，她刻意避开马尚的目光查看，说："有点急事，我得走了。"走到一半，苗霏又停下来找马尚要了那些辞职报告的复印件。

四

　　苗霏来到海边一家僻静而别致的咖啡厅里，刚刚那个电话正是安静约苗霏出来见面的。被服务员引到安静和杜猛所在的包厢之后，苗霏有些惊讶地问："这里……是你们的地方？"

　　安静岔开话题道："苗霏，我们找你来，有一些重要的疑问需要你配合解答。首先是周恋。你是不是也怀疑她跟贾长安有染？"

　　苗霏否认了，对于当晚的约见也辩解道："不是……我就是想找人说说话。"

　　"苗霏，我理解这种感受。有时候我们明知道朋友欺骗自己，却担心戳穿了之后会失去这段友情，所以宁愿选择假装蒙在鼓里。"安静温和地说。

　　"你们有什么证据怀疑周恋？如果有，我马上配合你们调查她。要不然，请你们……不要质疑我的朋友。"杜猛和安静对视了一眼，对苗霏的反应很是意外。苗霏情绪激动地说："我是怀疑她跟贾长安的关系，可那是私事，而且我也没有证据。我不能因为自己的疑心，就把朋友变成一个嫌疑犯。"

　　"你误会了。我们向你了解她的情况，是为了调查每一条可能的线索，并没有认定她是犯罪嫌疑人。"安静说。苗霏点了点头，不说话了。

　　杜猛想要追问，被安静制止，安静继续问："那……关于杨迅呢？"

　　苗霏苦笑着说："为什么都是我身边的人……我跟杨迅认识很多年了，他是在职场上跟我不怎么对付，但他真的不像是那种能伪装自己的人。"

　　"我们做了调查，杨迅的银行账户里面有大笔来路不明的资金。我们不方便明着调查杨迅的财务状况，如果他真的有问题，可能会打草惊蛇。但是以你的身份，完全没有问题。"

　　苗霏犹豫片刻，点头道："我尽量想办法。"

　　"好。同时也帮我们多观察杨迅，梳理一下他在公司的人脉关系网。"

　　安静说完，苗霏却还是一副心事重重的样子。她试探地问："徐鹤到现在都没有联系我，我到底安不安全？"

第十七章／怀　疑

"你放心，我们这边一直有人轮班保护你。"

"我爸，现在怎么样了？"

"你父亲现在一切都好，也许是因为心里没事儿了，人就变踏实了吧。他现在每天都吃得好，睡得好。我们现在对他属于证人保护，有专门的人负责他的安全问题，这点你也不用担心。"

苗霏感激地看了安静一眼，从包里掏出一个文件夹，递给安静："吴淼的事情公布了以后，有好多人突然提出辞职。今天一早上就收到了十几份辞职报告。我在想，这里面会不会有跟吴淼一样的人……也可能是我想多了。"

安静笑着说："你做得很好。这份情报对我们非常重要。"

"我父亲的下半辈子已经毁了，我不想看见他一生的心血也被人毁掉。所以我一定会全力配合你们，只要能把那些人全部抓起来，要我怎么做都可以。"听到苗霏决绝的话语，安静的神情有些复杂，揣摩地看着苗霏。

回到家中之后，苗霏缩在沙发角落，目光无神地想着心事。突然，一阵敲门声将苗霏的思路打断了，苗露怒气冲冲地走进来质问苗霏为什么退回她的简历。

"你想进鼎华工作，我当然支持，但现在不行。"

"我凭自己的本事应聘，有什么不行？我知道你们那些职场斗争的东西，可我也没想参与啊！你这是滥用职权，你凭什么这么做？"

苗霏冷着脸说："这件事没的商量。"

苗露气急败坏，又不知道该怎么反驳，蹲在地上哭了起来："老爷子在的话，你就不敢这么欺负我！"

苗霏硬撑着不理会苗露，苗露一直哭，她终于忍不住问："露露，你为什么非要进鼎华？"

苗露不说话，只是哭。苗霏没有办法，走过去扶苗露起来，说："你要是能说服我，我就让你进去。"

"我……我就是想证明，证明老爷子不是坏人……"苗露抽泣着说。

苗霏微微一愣，道："傻不傻，你进鼎华就能证明了？"

"现在不能，以后……以后我成了首席研究员，大家就知道我是凭自己的本事。我爸当年创建鼎华，也是……也是凭自己的本事……他不是坏人，就算犯了错，他也不是坏人！"

听到苗露是为了父亲，苗霏的眼泪瞬间掉了下来，她紧紧抱住了苗露。

第十八章 刁难

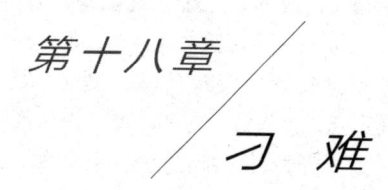

一

第二天，苗霏只好又请马尚吃饭，请他再把苗露招进来。马尚思考了一会儿，说："已经拒了的人再找回来，确实不符合公司规定。我得想想办法，看怎么能绕一下。"

"谢谢。"

这时周恋端着主菜过来，苗霏突然说："周恋，你也一起吧？"说完，苗霏转头用询问的目光看向马尚。

马尚爽快地说："我没问题，太荣幸了。"

聊着聊着，苗霏还让马尚加了周恋的微信。

饭后，周恋送二人出来时，还约苗霏周末一起看电影，她们俨然一副亲密无间的样子。

走了一段路，马尚才问："苗霏，我怎么感觉你好像打算撮合我跟周恋啊？"

苗霏笑了笑，打趣道："那你怎么说？看得上吗？"

"这话说的，人家一个小富婆，未必看得上我。"

苗霏没有立刻回应，意味深长地看了马尚一眼，笑容也消失了，道："不管怎么说，多联系。周恋值得你认识一下。"

马尚听出苗霏话里有话，沉默了半晌才说："好。"

除了暗示自己接触周恋，马尚又想起上次苗霏问他的那句"你们"，他在游艇上对众人苦恼地说："有个麻烦。苗霏貌似开始怀疑我的身份了……可我想不通到底哪儿出了问题。"

安静沉默片刻，说："苗霏对你身份的怀疑，很可能是我的工作失误。"

第十八章 刁 难

众人均是一愣。安静接着说："有一次我让苗霏提供信息，问她身边有没有什么可疑的人。她觉得你进入鼎华的时间太巧合了，所以怀疑你。我当时没多想，告诉她……"

"别啊静姐，这明明是我的失误。是我嘴快了，直接跟她说，不用怀疑你。"杜猛打断道，"马尚，这个对你的身份有多大影响？要是严重的话，我主动跟宋局汇报，有处罚我认了。"安静想说什么，但是最后还是没有开口。

"确实是个隐患，以后在她那里我注意点……"说完，马尚开始转移话题，"还是先说周恋吧，苗霏对周恋的态度，为什么前后完全反过来了？"

赫子轩和安静都悄悄察看杜猛的状态，他低着头一言不发，一副羞恼难堪的样子。

赫子轩说："你说这事，我突然想起了之前苗霏植入病毒的时候，不也是行动前后矛盾吗？一方面通过提升网络安全措施减少损失，一方面还真跑去植入病毒。"

"当时是因为受到徐鹤胁迫，要这么说，这回周恋这个事上，也有人胁迫她？"马尚问。

"不排除这种可能。但我其实觉得这事本身可能并没有那么奇怪。"安静说，"怎么说呢？女人在情感方面可能真的要比你们男人稍微复杂一点。苗霏失去了未婚夫，父亲也被逮捕了，对她而言，可以寄托情感的人急剧减少，而周恋是她最好的闺蜜。"

"她舍不得把周恋交出来？"马尚又问。

"大概是这个意思吧。如果有确切的证据指向周恋，她也许可以果断处理。可一旦证实周恋利用她、出卖她，对她也是巨大的打击。所以从心理上来讲，她不是在保护周恋，而是在保护自己。"

马尚连连点头，道："有道理。这就说得通了……理性告诉她，周恋可能真的有问题；感性的一面，她又不敢承认。这两面一直在她心里拉锯，所以她选择逃避。而我目前在她的心里，可能是国安人员，也可能不是，两种判断也处于拉锯状态。所以她选择对我进行暗示，希望我去帮她进一步了解周恋，这其实是做了一种模糊处理，好让她自己心安理得。"

杜猛却始终沉着脸，从头到尾都没参与讨论。

这晚，蝙蝠也到达了双清市，上了辆出租车后说："去你们这里最好的酒店。"到达后，服务生将蝙蝠的行李箱送进房间后，问："先生，还有什么可以帮您的吗？"

"等一下。"

"请问您有什么需要？"

蝙蝠没有说话，他径直走进屋内，观察那些可以安装摄像头的角落。他戴上一双白色手套，先是检查电视机和镜子的缝隙，又搬来椅子，踩上去检查烟雾感应器和灯罩。服务员有些尴尬地站在门口，忍不住微微皱眉。

半响，蝙蝠走了回来，摘下手套给服务员看，说："怎么到处都是灰尘？这也太不干净吧？"

"实在抱歉，如果您有需要，我这就找经理过来。"

蝙蝠却摆摆手，叹气道："算了，就这样吧。"

"谢谢您的理解。"服务生鞠躬出门。蝙蝠大大咧咧地坐在沙发上，眼神再次扫过房间的陈设露出了笑容："有时候不干净，就是干净。"

二

邹珏的项目到了攻坚阶段,他提出要招一个特聘助理。马尚一早为这事来到邹珏的实验室。

"选好人了?"邹珏见马尚来了,放下手里的工作问道。

"邹教授,关于给您招聘助理的事情,我有个初步的想法……"听到这话,邹珏的眉头立刻皱了起来,马尚接着说,"您也不能太着急,咱们这个项目比较特殊,安全是最重要的。所以,我个人倾向于从国家级科研机构里挖一个好的技术员过来,这样最保险。"

邹珏想了想,道:"只要个人能力过关,安全问题你们来考核就行,关键是要尽快。"

"明白了,这两天就给您参考人选……"

这段对话被躲在实验室门口的喻浩然听到,他赶紧找到了庞总。不一会儿,马尚被叫到了林晓兰办公室,庞一山也在,站在落地窗边,脸色明显不太好看。

"给邹教授招助理的事情,你有没有什么想法?"林晓兰问。

"这事我刚才已经跟邹教授聊过了,我个人倾向于招聘在国家级科研机构任职的人员,这样在能力和安全上都比较有保证。"

庞一山说:"马尚,你这个决定做得是不是有点太草率了?那么重要的事情你是不是应该先跟高层报告一下再执行?"

"这只是我一个初步的想法,还没来得及跟各位领导汇报。"

"没来得及汇报,但是已经跟邹教授商量了……好吧,这都无所谓,但是说到安全问题,外面的人难道比我们内部知根知底的人更安全?研发部那几个年轻有为的工程师,都是长期在邹教授底下做事的,他们会有安全问题?"

"其实除了安全问题,我也担心一旦进行内部竞争,难免又会引发一些矛盾……"

对这个回答,庞一山假笑着摆了摆手,打断了马尚的话:"小马,你能想到这一点,说明也是用了心的。但毕竟还是经验不足啊,你以为空降一个人来就不会引起这个问题吗?内部竞争,不管选谁上去,不管会不会引发矛盾,至少能让研发部的所有人都看到,他们在公司努力工作是有上升空间的。这些人在公司工作这么多年了,能力也有目共睹,你随便空降一个人过来,不是让这些人寒心吗?"

庞一山说得滴水不漏,马尚一时间没想到反驳的理由。庞一山又继续说:"再说了,你凭什么保证从外面招个人进来就没问题?你能有这样的资源和识人能力,那大可以坐到我这个位置啊。"庞一山虽然话讲得难听,但语气却一直不温不火,十分老到。

一旁的林晓兰也说:"马尚,对一个公司而言,上升空间就是一切活力的来源。在这个问题上面,我支持庞总的看法。"

马尚勉强露出笑容,点了点头。

喻浩然也没闲着,他和杨迅在公司休息区边喝咖啡边低声私语。杨迅说:"幸好被你碰见了。刚才庞总跟我说,林总已经做了决定,就是内部竞选。"

喻浩然很开心,一副胜券在握的样子。

第十八章／刁 难

"怎么着，你觉得自己有戏？"杨迅问道。

"当然了。论实力，在整个研发部我不比任何人差；论人脉，我跟杨哥你关系这么好，你又是庞总最信任的人……"

"这时候你想起来咱俩是朋友了？平时去喝酒，一买单你小子就装醉。"

"今天我请，必须我请。"喻浩然不好意思地说。

杨迅笑了笑，话锋一转，问："苗露这几天，工作上表现怎么样？"

喻浩然好像明白了什么似的，说："她那活儿，谁干不一样？没什么可说的。但我听说，刚开始苗露应聘被拒了，后来是马尚单独面试才把她招了进来。"

杨迅沉思片刻，问："你现在最大的竞争对手就是程雷吧？"

"算是吧。"

"最近，程雷跟马尚走得挺近，跟苗露也是。我怎么感觉他们这是要抱团的节奏啊？"其实马尚在把苗露招进来后，特意拜托雷加以照顾。杨迅看出来程雷对苗露比一般人上心，故意提醒喻浩然道："这事儿该怎么办，你自己是不是也得有个想法？"

喻浩然若有所思地点了点头，心中已经有了主意。他先是给包括苗露在内的实习生布置了核算数据的任务，要求下班前完成。临近下班时候，喻浩然拿着硬盘，来到苗露这一组来拷贝数据。喻浩然先把硬盘插入一个同事的电脑，问："不会出岔子吧？"

"绝对没问题。"

喻浩然笑着说："好。把数据删了，可不能私自备份啊！"说完，又把硬盘插入苗露的电脑，操作键盘鼠标，查看屏幕上的数据，一边看一边称赞："可以……不错……"

听到喻浩然的肯定，苗露不无得意地笑了笑。突然，电脑屏幕上弹出一个一模一样的数据窗口，又很快弹出下一个，一个个窗口迅速层层叠起。

"怎么回事？"喻浩然皱起了眉头。苗露慌忙用键盘和鼠标进行操作，但已经毫无反应了，显然电脑操作系统已经崩溃。

"你电脑不会有病毒吧？"

"不可能，我新买的！"苗露辩解道。

"应该是卡死了，强制重启试试？"旁边的一个同事说。苗露按下电源键，强制重启。开机后一切正常，没有弹窗出现了。

"还好还好。"一旁的同事松了口气。

苗露在桌面上查找数据，却没有找到，她焦急地问："数据呢？"

"硬盘里面有没有？"喻浩然也很着急。

苗露连忙操作电脑，进入硬盘界面，里面却是空的。苗露急得快哭了："都没了……"

"她的数据也没了？"

"不可能啊……"

喻浩然铁青着脸，过了好一会儿才开口道："你电脑上的病毒，把整个小组核算数据弄没了。你说怎么办吧？"

"不可能，之前从没出过这种情况。"

"那是他们俩的电脑有问题？还是我的硬盘有病毒？这个硬盘每转移完一个小组的数据，都会进行格式化，就是为了防止出这种事。"

面对喻浩然的追问，苗露无话可说，但明显很不甘心。

"算了算了，追究这个没有意义。关键是这些数据，最迟，明天早上必须拿到。你们三个，熬夜也得给我弄出来。"

苗露委屈得直掉眼泪，两个同事也露出很不高兴的表情。喻浩然也不多说，转身准备往外走。

"等等！"听到苗露的声音，喻浩然回过头来。她继续说："反正是我电脑的问题，跟他们没关系。你让他们走，我保证明早把数据给你。"

"我都可以，你们自己商量。"说完，喻浩然头也不回地走了。苗露望着喻浩然，眼神冒火。

三

杜猛来安静家帮她拿点换洗的衣服，刚好碰到苏美佩。

"阿姨？您在呢？"

苏美佩疑惑地问："你怎么来了？"

"帮静姐拿几套换洗的衣服，她抽不开身。"

苏美佩叹气，连连摇头，说："忙，每天都这么忙。"

"正好您给收了，我拿走就行。"杜猛赔笑道。

"这都挂了多少天了？上面全是灰。你等会儿吧，重新洗了烘干，要不了多久。"见杜猛有些犹豫，苏美佩问，"你也忙？"

"还好。"

"那就等等。正好，你陪我下去溜达两圈，有话跟你说。"苏美佩拉着杜猛陪她下楼散步。

聊了聊闲话，苏美佩突然对杜猛说："阿姨有个很重要的事拜托你。"

看着苏美佩突然变得严肃起来，杜猛有些在意。

"安静吧，虽然要强，怎么说也是女孩子，年纪也不小了。"

"您怎么突然说这个？"

苏美佩不理会杜猛，自顾自地说下去："这么多年连个恋爱都不谈，说起来也是我拖累了她，可总这么下去也不是个办法。"

杜猛认真听着，没有接话。苏美佩接着说："至少，我希望她身边能有个人保护她。她这种工作得罪了那么多人，人都有报复心理……我连觉都睡不好，一直担心她。"

"您放心，这不有我吗？"

苏美佩瞪了杜猛一眼，道："你能二十四小时保护她？"

杜猛琢磨着苏美佩话语背后的意思，脸上露出尴尬的神色，忐忑地说："阿姨，您不会是想……拜托我……"

"不想拜托你,我跟你说这些干什么?"

杜猛结结巴巴说:"阿姨……您这也太突然了……"

"她跟我说过的,最看重的就是你。"

杜猛脸都红了,愣了半晌,说:"阿姨,您可能误会她的意思了,她说的是工作方面。"

"那不然呢?"苏美佩疑惑地反问道。杜猛也愣住了。

"反正,这事你得帮帮我,劝安静调离侦查科。"

杜猛心情复杂,拼命掩饰脸上的失望,说:"她是科长,我……我就是个组长,您让我跟她说这个,我不太好开口吧,而且最后肯定被臭骂一顿。"

"我没跟你开玩笑。你想想安静平时是怎么帮你的,不管是你的工作,还是你的家庭,她都尽心尽力……"

"我的家庭?"

苏美佩愣了一下,意识到说漏了嘴,赶紧转移话题道:"反正你要是把她当朋友,那就帮阿姨这个忙,我总不能害她吧?时间就这么一天天过去,转眼她就到了我这个年纪。到时候怎么办,还过现在这种生活?"

后面那些话杜猛根本就没听进去,他脸上的表情凝固了。

夜已深了。偌大的研发部办公室,苗露独自加班,满脸写着委屈。程雷走过,他看到此情此景,停下脚步,说:"刚入职就这么拼?"

"没办法,倒了血霉了。"

"怎么了?"

"下班拷数据的时候,电脑突然崩溃,整个小组的数据都没了。喻浩然说我电脑有病毒,又说明早必须拿到数据,我只能借同事电脑赶工重做。"

"我看看你的电脑。"

苗露把电脑递给程雷。程雷打开电脑,一边捣鼓一边说:"喻浩然也真是……这些核算也没急到这种程度。我给他打个招呼,你回去休息。"

"不行,我一定要争这口气,明早把数据甩到他脸上。"苗露赌气道。

程雷微微有点诧异,看了苗露一眼,笑了笑。捣鼓一阵电脑之后,程雷摇了摇头,说:"没病毒啊。"

"就是啊,可是喻浩然根本不听我解释。"

"你仔细说说当时怎么回事。"

"喻浩然用移动硬盘拷贝数据,在同事那儿都没问题,到我这儿突然出现弹窗,系统就崩溃了。强制重启之后,不仅电脑上数据没了,硬盘里的数据也没了。"

"照这么说,可能是硬盘本身的问题。"

"行了,你不用说了。就算他存心的我也认了。"

程雷笑着说:"这么爱较劲呢?"

"程工,你先回去吧,我一个人能完成。"

"来,分我一半。"看到苗露愣住,程雷接着说,"这种工作好多年没碰过了,就当怀旧吧。"

苗露感动地看着程雷，眼睛里水汪汪的。

沉沉的夜色中，天边曙光初现。天色越来越亮，鼎华大厦外的街道上，车辆和行人渐渐增多。苗霏打开办公室的门，发现沙发上竟然躺着个人，吓得往后退了一步。再仔细一看，原来是苗露。

苗霏过去推了推她，低声叫："露露，露露。"

苗露醒了过来，睡眼惺忪地打招呼："姐……"

"你怎么睡这儿了？"

"昨晚加了个班，四点才弄完。"

"你可真行。去洗漱一下，我带你去吃早餐。"

四

早餐已经吃到一半，苗露一边嚼着面包一边说："还好有程雷帮忙，要不然真得熬通宵。"

苗霏有些恼怒地说："喻浩然……他也有这胆子了？"

"姐，你怎么得罪他了？"

"我跟他没什么来往，但他平时就跟杨迅他们走得近。"

"这帮人真恶心。"

"早跟你说过，现在鼎华这个地方，没那么简单。"

"我无所谓。他们这么弄，早晚是要把自己栽进去的。"苗露气鼓鼓地说。

"等不了那么久……不能让别人以为我们真的好欺负。"

苗露停下吃喝，神情严肃且郑重地说："姐，你就别管了。咱们不能变成他们那样。"

苗霏沉默了片刻，冷声道："我不害人，是他们自己害自己。"

回到办公室，苗霏取出了装有杨迅报销记录的文件袋，放进了包里。上次与安静见面后，这几天她一直在悄悄查着杨迅近三年的财务情况。她思索了片刻，拿起手机给安静发短信，约她见面。

安静找到杜猛，说："到处找你呢！苗霏那边有进展了，我们去跟她碰个面。"

"我就不去了，再练会儿。"说完，大汗淋漓的杜猛继续对着沙袋猛打。

安静微微有点诧异，但没有强迫，说："也行……"她犹豫了一下，转身走了。杜猛的拳头变得越来越重，丝毫没有收手的意思。和苏美佩聊过之后，杜猛请同事帮自己查了给自己母亲汇款的"好心人"，账户正是安静的。

鼎华的休息区，程雷也把苗露的事告诉了马尚，马尚紧皱眉头说："这事……看起来没什么，其实一点都不简单。"

"怎么说？"

"没想到苗露还挺成熟的，要是直接跟喻浩然吵翻，他一定会把这事报告上去，说苗

第十八章／刁　难

露仗着她姐的势，跟部门领导叫板。当时招她进来，我在程序上稍微做了点手脚，这要是一查……"

程雷不满地说："做了点手脚？你说得挺轻描淡写啊。"

"不是你想的那样。这个职位，苗露进来没半点问题吧？"

"那也是。"

"万一他们借这个机会指责苗霏跟我搞利益小团体，这种谣言半真半假，最有杀伤力。"马尚叹了口气。

"那这样吧，我跟邹教授申请一下，把苗露那个小组，归到我的工作团队里，我直接分配任务。"程雷说。

听言，马尚有些意外地说："邹教授那个助理职位，喻浩然肯定要跟你争。你这么干，不是招黑吗？"

程雷想了想，说："我觉得苗露还有点意思，走了可惜了。"

"哪方面有点意思？"马尚坏笑道。

"你怎么这么烦啊？"

还是海边那家咖啡厅，包厢内的安静和苗霏面对面坐着。苗霏把文件夹摊开，对安静说："杨迅的报销记录有很大问题。采购上吃回扣，宣传上虚报开销，平时的报销账目也经常做手脚。最近三年从来没有间断过，我还没来得及调查更早之前的记录。"

安静翻看着文件夹里的票据存单，说："好些单据都是你签的字。"

"我确实也有责任，可是一笔一笔单看，真的很难发现问题。"苗霏叹气道。

"你提供的这个情况，某种程度上说，反倒减轻了他做商业间谍的嫌疑。"

"可贪污公款同样是严重的犯罪。"

安静点了点头，说："那你暂时保密，这个情况我需要跟同事商量一下。对了……"安静拿出手机，打开相册给苗霏看，上面是一张苗焕阳的照片，显然是最近拍的，笑得很灿烂。

苗霏把手机捧在手里，眼泪瞬间滑落。

"你父亲申请了好几次，想让我们把他的照片拿给你看，他说你看到照片，就放心了。"

苗霏含着泪说："他怎么还胖了……我从来没见他这么笑过……"

"内心的自由，可能真的要比身体的自由更重要吧……他现在终于可以坦荡地活着了，精神状态肯定比以前好很多。"安静对苗霏微笑道。

"这么久了……这是我得到的唯一的好消息。谢谢。"

"但是我不能把照片给你，抱歉。"安静说完，苗霏点了点头，松开手，让安静将手机收了回去。

"我以前只想跟我爸一样，当一个成功的企业家。搞职场斗争，说不想说的话，做不该做的事，只要能往上爬就行。我还觉得自己挺聪明……现在发现，我就是个傻子。身边的人全都各怀鬼胎，我一点都没有意识到。"

安静默默听着，没有插话，只是给苗霏递上了纸巾。苗霏拭去眼泪，整理情绪，平静下来，抬头说："向你们坦白一切，跟你们合作，是我做的最明智的决定。"

安静面带微笑地点了点头，却依旧是审视的目光。

带着苗霏提供的消息，安静在游艇上对众人说："今天苗霏约我见了面，提供了杨迅贪污公款的详细证据。"

"贪污公款？那杨迅也跟咱们的案子没关系？"赫子轩透露出一点失望。

马尚问："证据可信吗？"

"可信。这件事苗霏做得很细致，核查了每一笔钱的详细数目，正好能跟杨迅这三年来的入账记录匹配。"安静答道。

赫子轩明显还不死心，说："说不定他还有海外账户呢？要不我再查查？"

"哪个间谍那么高调，还贪污公款，嫌暴露得不够快吗？"马尚叹了口气。

"间谍有多种伪装方式。"

"我们的对手在鼎华扎根扎得这么深，有多大可能会冒这种被公司除名的风险？"听完马尚的话，赫子轩也长叹一声，不说话了。

安静低声说："我也不想承认……说实话，杨迅这条线也算是断了。而且他一直在搞职场内耗，给我们的调查间接制造麻烦。既然有经济问题，那就正好有机会把他弄出去。"说完，安静用询问的眼光看向马尚，马尚沉思片刻，点头同意。

"杜猛，你说呢？"安静又看向杜猛。

杜猛躲避着安静的眼神，说："鼎华职场上那点破事，让他们自己玩去。"

第十九章

疑　点

一

乔西川坐在落地窗边，悠闲自得，一边喝着茶，一边用笔记本看着新闻，"鼎华集团第三季度财报公布，营收与利润环比下跌""新产品上市在即，鼎华科研连续三日涨停"。

乔西川露出笑容，笑容中带着轻蔑。不承想不远处的一栋高楼楼顶，他的身影在蝙蝠的望远镜镜头中一览无余。蝙蝠看着，嘴角勾出一个浅浅的、阴森森的笑容。

鼎华大厦，杨迅走进苗霏办公室，敲了敲门，说："苗总，您找我？"

苗霏抬头看了杨迅一眼，冷冰冰地说："坐。"

杨迅坐到苗霏对面，看着苗霏的架势，不禁有点忐忑。

"你当我的特助这几年，我对你怎么样？"

"挺好的。"

"我有打压你、刁难你吗？"

"这是哪儿的话，当然没有。"

"我有排挤你、架空你吗？"

"没有没有，您充分放权。"

苗霏笑了笑，说："放权这个词，准确。你名义上是我的特助，实际上就是行政管理中心的第二主管。"

苗霏这么一说，杨迅更加紧张了，问："苗总，怎么突然说这些？"

"杨迅，我这么信任你，你在背后捅我刀子？"

"您……是不是有什么误会？"

苗霏没有回答，而是把那个装有报销记录的材料扔到桌子上，说："我是真没想到你还有这本事，就靠着报销都能卡出这么大一笔钱。"

杨迅顿时怔住了，脸上露出恐惧的神色，说："苗总，这……您就一抬手的事……"

"这是什么性质你不清楚？贪污公款，我说放就能放？"

杨迅犹豫良久，慌张地说："我……我把钱退回来，别人都不知道，肯定不会有问题。"看到苗霏盯着自己，嘴角泛起一丝冷笑，杨迅又继续道："这几年就算有些地方做得不好，功劳、苦劳也不少……"

"你把钱补上，自己辞职。"不等杨迅说完，苗霏打断道。

"说了半天，还是非要我走人？"

听到这话，苗霏诧异地看着杨迅，眼神像在看一个傻子，说："集团不追究你的法律责任就很好了，你不会还想着自己能留下吧？"

苗霏说完，杨迅怒气冲冲地站了起来，夺门而出。

急急忙忙地来到庞一山办公室，杨迅说："庞总，我完了，只能靠您救命了。"

"告诉你多少次了，遇到事，不能慌。"庞一山的语气中有些不满。

"这回真完了……"

听完杨迅的讲述，庞一山皱起了眉头。

马尚前阵子帮周恋联系电视台的老同学贾石给日料店拍宣传片，所以周恋请他吃饭。桌上摆放着精致的各种日式菜肴，马尚吃得酣畅淋漓，道："这回赚大了，平时吃不到的，今天都尝到了。"

"我们小店，还有你吃不起的？"

听到周恋的玩笑话，马尚笑着，把一个寿司塞进嘴里。

"怎么没跟霏霏一块来？"周恋问。

马尚看了看周围，压低声音说："苗总现在焦头烂额，抽不开身。"

周恋听完有些担忧，问："怎么了？"

"有些人变着法儿给她使绊子，她跟你说过吧？"

"知道一点。她父亲病退，接着贾长安又出了事。"

"倒不是这些事。"

"又怎么了？"

"算了算了，公司里的事，就别让你操心了。"马尚不愿意多说。

"那你能帮她吗？"周恋关心地问。

"我倒是愿意帮，可我现在这级别，能帮的实在有限。"

周恋叹了口气道："也是。其实要我说，霏霏还不如出来单干得了，做一家类似长安科技这样的小公司，省心得多，也赚得多。"

马尚说："白手起家没那么容易吧？"

"她在公司积累那么多资源，再加上她爸的影响力，至少不会比贾长安做得差吧？贾长安都能从鼎华拿到C类矿石配额，霏霏不能比他少吧？"

第十九章／疑　点

马尚想了想，说："以前老苗总有实权，现在不一样了。"

周恋却摇着头说："我倒觉得，这些人现在跟她争来斗去，是因为有利益冲突。她主动把位置让出来，把利益让出来，他们反倒可能乐意跟她合作，互赢互利。"

"真没想到，原来你把人心看得这么透。"马尚笑道。

周恋也笑了，说："你这张嘴，怎么老在夸人？"

这段时间，庞一山准备好说辞，来到苗霏办公室，道："只有我们两个人，我就不绕圈子了。杨迅这个事，我已经知道了。"

苗霏笑了笑，说："我本来是希望私下解决，免得闹得不好看。"

"其实吧，这事说小也不小，说大也没那么大。"

"庞总，贪污公款，还不是小数目。在我看来，这事可小不了。"

"事情还没有盖棺论定，不能武断地判定他就是贪污公款。毕竟你我都不是检察官，对吗？"

"您可以看看这些证据，不懂的地方我解释给您听。"

庞一山见苗霏态度强硬，沉默思考了片刻，又说："假设就是真的，也不能只从一个角度看问题。是个人都会犯错误，但错误的性质得区分。"

"怎么区分？"苗霏丝毫没有退让之意。

"如果杨迅出卖核心机密，或者参与矿石走私，那确实严重，国法难容。而这事，可能一时糊涂起了贪心。如果把钱补回来，也算不上有多大危害。"庞一山话里有话，似乎在暗示苗焕阳和贾长安。

苗霏的脸色沉了下来，说："如果贪污了公款，把钱还回去就没事了，那谁都会试一试。反正被发现也不用负责，没被发现就赚大了。"

这话让庞一山脸上有点挂不住，道："当然不是每个人，我们是在说杨迅，你我都了解熟悉的一个人，有能力，有干劲，对鼎华贡献不小。"

"庞总，您以往开会，每次都特别强调纪律、原则，强调对违规违法现象零容忍。怎么今天杨迅犯了事，您就完全换了套说辞？"

"我是说，不能钻牛角尖，要多角度看问题。"

"我听起来就是双重标准，选择性健忘。"

庞一山面色沉下来，语气也变重了，道："杨迅这个事，还没弄清楚。他确实有机会做手脚，但他不是最后拍板那个人。"

"证据明明白白摆在这里……"

庞一山打断苗霏道："是他填的没错，最后签字的，是你！"

苗霏瞪着庞一山，愤怒得说不出话来。

回到公司的马尚拿着一叠文件准备来找苗霏，走到办公室门外，正好听到庞一山最后撂下的一句话："我没有双重标准，杨迅和你都参与其中，除了你们自己，谁都不知私下利益分配情况。要是闹大了，你脱不了干系。苗总，好好想想。"

庞一山拂袖而出，匆匆走远。马尚拿着文件，急忙闪到一边咖啡机后面，挡住了身形。

庞一山走远后，马尚站在办公室门口敲了敲门，苗霏已经气得掉眼泪了，也没说话。

马尚走了进去，将手中文件放下，说："为了保杨迅，把脏水泼在你身上。平时道貌岸然，原来这么流氓。鼎华怎么让这种人身居高位？"

苗霏沉默了一会儿，叹气道："你刚来不久，不了解他。他不是只会说空话，其实有能力有手段。以前是被我爸给压住了，现在林总也不一定能治得住他。"

"你打算怎么办？"

苗霏摇头道："我不放过杨迅，他也不会放过我。他是常务副总裁，事情捅出来，我不一定斗得过他。结果很可能是两败俱伤，我跟杨迅一起出局。"

"不一定要硬碰硬。我觉得，事情到这个层面，你还是应该直接找林总。"见苗霏有些举棋不定，马尚继续道，"你在林总面前，先承认自己责任，再把杨迅的事情报上去。这种事林总不能没见过，她能帮你。别忘了，庞一山做得太大，对林总也是威胁。"马尚坚定的语气，散发出一股强大的自信，苗霏不由得怔住，注视着马尚。

思考了一会儿，苗霏下定决心，来到林晓兰的办公室。见苗霏眼睛红红的，林晓兰连忙问："苗霏，到底发生什么事了？"

"林总，我……我向您提出辞呈。我有不可推卸的责任，给公司带来了重大损失。"

"什么责任，什么损失，你说明白啊。"

苗霏把自己文件包里的证据，摆在了林总面前，说："我太大意了，在这些东西上面签了字。我今天才发现，一直有人通过虚假报销侵占公司的资产……"

粗略看了看，林晓兰面色铁青，立即召开中高层会议。会上，苗霏、杨迅、庞一山、马尚、邹珏以及一众高管全部列席。

"……这些是我已经找到的证据，杨迅以这种方式侵占公司资产。直到今天，我才发现，是我管理上的疏漏和失职。"苗霏说完，林晓兰看着杨迅，所有人也随着林晓兰看过去，杨迅面红耳赤，慌张失措。

"不是这样，苗霏诬陷我。"

"我为什么诬陷你？难道这些证据都是假的？报表不是你做的？采购价格不是你填的？"苗霏跟杨迅直接对峙，声音严肃。

杨迅这边明显底气不足，道："这些东西……经了很多人的手。"

林晓兰严厉地说："杨迅，你现在承认，把钱退回来，公司可以考虑不起诉你。你也可以不承认。我会成立一个调查小组，彻底调查清楚。"

杨迅讷讷无言之际，庞一山开口道："这个事情，证据是不是充分，指向性是不是明确，都还不好说。鼎华不会允许任何违规违法的行为，当然也不会对任何人做有罪推定。鼎华坚持原则，公平公正。苗霏和杨迅都为鼎华做出过许多贡献，我既不希望是杨迅贪污公款，也不希望是苗霏诬陷杨迅。"庞一山慷慨陈词，说着一些官话套话。

"不一定是非黑即白。是不是有可能，中间有一些误会？"一位高层说。

邹珏连连摇头称："这么大的事，误会解释不了。"

"比方说，杨迅核对不清，或者高估预算，苗总审核不细，然后草率签字。都不算什

第十九章／疑　点

么大错，合在一起，导致了现在的情况。"另一位高层说。他和前面那位一样，都是庞一山那边的人。

庞一山点点头说："是啊。我们处理问题，必须谨慎和全面。杨迅存在问题吗？可能有问题。那么负责拍板签字的苗霏，难道就没有问题了吗？"

林总沉着脸，她看向庞一山，又看向刚才发言的两名高管，看着他们明显的抱团之意，一时也不知如何是好。

"庞总说得很对，谁都可能有问题。"马尚打破了沉默，众人都看向他，苗霏表情尤其吃惊。马尚继续说："这件事情涉及贪污公款，性质严重。林总，我们应该直接报案，让公安、检察院这样的执法机构介入调查。我觉得如果杨迅真的有问题，那肯定不是他自己的事，这背后牵扯到的人，估计不是公司内部调查就能解决的。"

众人一听，明显都面色一紧。庞一山一时也不知怎么接茬儿，僵在那里。林晓兰看看苗霏，苗霏坦然地坐着，再看看面色惨白的杨迅，心知肚明地点了点头，说："既然各有各的道理，那只能按马总的建议解决了。"

庞一山脸色涨得通红，死死盯着杨迅。杨迅看见庞一山的目光，长叹了口气，道："林总，各位领导，立案调查，影响公司运营，损害公司名誉。我工作有失误，我认了。我保证，赔偿全部差额。"众人瞬间鸦雀无声，一齐看着杨迅。他继续说："还有，我申请辞职。"

二

杜猛双手插兜，独自走在大街上。安静的黑色越野车跟了上来，保持跟杜猛一样的速度缓行，问："你干吗？打算走着去开会啊？"

"我打车去。"

"你这两天搞什么鬼？神神秘秘的。"安静有些尴尬地说。

杜猛没好气地说："我的私事你都要管？"

安静愕然，半响没说话，突然一脚油门冲到前面，把车拦在杜猛前面，把他吓了一跳。"上车！"

杜猛犹豫片刻，最后还是悻悻然上了车。

"杜猛，你把话说清楚。"杜猛阴沉着脸，还是沉默。安静继续道："有意见，我允许，我也尊重。你自己憋着算什么？"

杜猛还是不理会安静。安静又说："话都说到这个份儿上了，你还想让我怎么办？"

杜猛抬头看向安静，脸色很是愤怒，大吼："安静，我不接受你的施舍。"

"什么……什么施舍？"安静一下子愣住了。

"你为什么偷偷资助我家里？我自己养不了家吗？"

安静愣了良久，知道瞒不下去了，只好长叹一声，转头看向窗外，问："你怎么知道的？"

"这重要吗？"

"杜猛，我只是想帮你。"

"你瞒着我，说明你知道我不会接受。我现在有工作。我妈治病确实需要钱，但是我能自己负担。"

"怎么负担？不吃不喝？下班了再去兼个职？你现在的工作允许吗？"安静没好气地说。

杜猛不说话了。安静继续说："反正都说开了……杜猛，我了解你的性格，但真的不代表我能理解。让别人知道你家里困难，就伤了你的自尊？朋友帮你，就伤了你自尊？自尊应该让一个人更强大，为什么反而让你变得这么脆弱呢？"

杜猛满脸通红，最后憋出一句："别人可以帮我，你不可以。"

安静看着杜猛，愣住了。两个人不再说话，将这种尴尬的气氛一直带到了游艇上。看到安静和杜猛的状态都不太对，马尚和赫子轩都是一脸困惑。

马尚咳嗽一声，道："我先说一下鼎华这边的情况，杨迅已经被迫辞职了。"

"周恋那边怎么样了，你套出什么了吗？"赫子轩问。

马尚摇摇头说："说了些不痛不痒的话。"

安静悄悄叹了口气，调整情绪，说："密钥失窃以后，对方已经很久没有动作了。"

杜猛低着头说："那就等，等他们行动。"

"等着？这就是你的意见？"马尚并不知道内情，有些不满。

"我的意见有人听吗？"

赫子轩悄悄拉了一下马尚，马尚没有理会，说："那你说，我听着。"

"对方要的是什么？是DS矿石。管他人工合成的也好，地里挖出的也行，他们不就是要这个东西吗？现在合成技术根本就还在验证阶段，你在那儿守着，有什么好守的？"杜猛说。

赫子轩和安静有些担忧地看向马尚。可刚才还面带怒容的马尚，现在完全换了一副表情，还微微点头应和："这倒是个新思路……你继续说。"

杜猛看到马尚的反应，自己也愣了片刻，继续说："所以说……有这个时间、精力、人手，还不如按照之前查长安科研的办法，去查查别的小公司。很多公司都能从鼎华拿到配额的，谁知道里面是不是藏了另一个长安科技？"

马尚没有说话，沉思着。一旁的安静说："长安科技出事有段时间了，以前鼎华给他们的矿石配额，也该重新分配出去了吧？市局确实可以派点人手，按这个方向查一查。"

马尚沉默了，不知道在想什么。

"马尚？"安静喊道。

马尚抬起手，示意不要打扰自己。突然，他回忆起周恋说起配额的时候。

"她在公司积累那么多资源，再加上她爸的影响力，至少不会比贾长安做得差吧？贾长安都能从鼎华拿到C类矿石配额，霏霏不能比他少吧？"

想到这里，马尚脸上浮现笑容，说："杜猛，你刚才提醒我了……"

"是吧，我也觉得挺有道理。"赫子轩说。

"不，没有道理。之前给长安科技的配额，现在都平均分配出去了，这个我查过。"

马尚说完，杜猛恨得牙痒痒，忍着没有发作。马尚又继续道："但是……贾长安出事前，苗霏知不知道长安科技从鼎华拿到了多少矿石配额？"

安静和杜猛一愣，都开始回忆。杜猛说："苗霏从一开始就说，她不太了解长安科技的具体情况，贾长安也基本不跟她讨论。这应该是后来，我们告诉她的。"

"案发后才知道的……那她应该不会跟别人说吧？"马尚眼中释放出异样的神采，"那么……周恋怎么会知道，贾长安拿到了鼎华的C类矿石配额？"

安静立即给苗霏打了电话，问："苗霏，你有没有跟别人谈起过，长安科技从鼎华拿到了C类矿石配额？"

"没有。"

"这么确定？"

苗霏坚定地说："这种事我绝对不会跟任何人讲。为什么问我这个？"

"明天见面细说。"安静放下手机，看向专案组其余人。马尚起身摘下白板上周恋的照片，贴在了贾长安的旁边，说："那么，有没有可能，周恋是从贾长安口里得知？"

众人陷入了思考，苗焕阳不可能让此事人尽皆知，案情通报中也没有提到具体数额……

马尚说道："还差一个关键证据……"说完，马尚走到操作站前，找到了贾长安死前的一段监控视频，播放。

视频里，贾长安的车在街道上停了一会儿，贾长安拿起手机拨了号码，之后又放下了手机。随后贾长安的车拐向鼎华大厦，进入鼎华的地下车库。

马尚按下暂停键，肯定地说："错不了了。"

杜猛和赫子轩都看得一头雾水。杜猛问："这能说明什么？"

马尚把视频往回放了一部分，然后停住，在画面中日料店位置画出一个圈。

"周恋的日料店！"

讨论完针对周恋的行动计划后，杜猛先行走下游艇，匆匆离开码头。马尚和安静随后从游艇上走下来。"确定不需要我这边帮忙？"马尚问。

"交给我们市局就行。你安心做好防守的工作，别忘了，我们还不知道徐鹤的目的到底是什么。"

马尚看了眼杜猛的背影，问："你们怎么回事？"

"没怎么回事。"安静不想多说。

"尊重一下我跟赫子轩的专业眼光可以吗？上次我们就发现不对劲了。我建议，你直接把事情说开可能更好。"

"你又不了解什么事，别在那瞎出主意。"安静无奈地说。

"难道不是他想追你，你没当一回事，他就生气了吗？"

安静一怔，哭笑不得："都什么跟什么啊……"

"我跟赫子轩琢磨，你和杜猛在工作上都比较老练，不可能因为意见有分歧就闹别扭。但在情感上都比较幼稚，所以只能是……"

"你们才幼稚，想些什么乱七八糟的。"

"真不是？"马尚惊讶道，"杜猛对你的意思，我都能看出来。要不然他这么敌视我？"

安静停下脚步，变得十分严肃，说："把心思都用在案件上，行吗？"

"行行行，没问题。"

回到家中，安静脑海中不断出现马尚的话，她拿起平板电脑，翻看以前的照片，找出许多集体照。一张张照片中，杜猛往往都是站在安静旁边，脸上洋溢着笑容。

"别人可以帮我，你不可以。"想到杜猛说的这句话，安静皱起眉头，抓了抓自己的头发，又把平板电脑扔在一边，无奈地躺倒在床上。

三

马尚仔细想了想，敌人偷密钥，很有可能是已经得到了什么文件，于是他找到了庞一山。庞一山原本颇为不耐烦，趁喻浩然来找他，他直接问："喻工，马总刚说起你们研发部，说密钥可能被盗。我说没有文件，有密钥也没用。你说是吧？"

"是，那肯定的。"

"那按照你们研发部的规章，有没有可能私自泄露技术文件？"庞一山又问。

马尚连忙说："我也不是怀疑谁故意泄露文件。庞总，您还记得上次邹教授电脑被装木马的事吗？"

庞一山和喻浩然都是一怔。庞一山道："邹教授这两年已经不直接插手产品研发了，只负责DS材料人工合成技术，跟产品没有关系。"

"但是那天植入木马的时候，实施物理隔离的区域仅限于研发部实验室，新的安全规章制度还没有全面落实。如果有人没严格执行安全操作条例，很有可能导致文件外流。"听到马尚这话，喻浩然面色惨白，欲言又止。

"确实是个隐患……但是公司的所有项目都会第一时间申请专利，走的是PTC国际专利申请渠道，美国、欧盟、日本等都覆盖了。所以，我倒不是特别担心专利抢注的问题。"

马尚闻言一怔，喻浩然也暗自松了一口气。

"那就好。不过就像您说的，确实是个隐患。要是有人做仿制产品，也会带来巨大损失。"马尚继续说。

"那你说应该怎么办？"

"首先应该调查是否出现文件泄露，泄露了哪些文件，然后再做下一步安排。"

听完马尚的话，庞一山思忖一会儿，点了点头，道："我同意。"

"谢谢庞总。"马尚微笑道。喻浩然脸色又变得难看起来。庞一山突然抬头，面带笑容看着马尚说："本来调查应该让行政管理中心来做，但最近杨迅离职，苗总也忙不过来。既然你这么关心，调查的事就交给你了。"

"交给我？"马尚一怔，不知道庞一山打的什么算盘，但还是和喻浩然一起到研发部办公室，开始对公共电脑一台一台地检查。查了大约二十台，马尚问："这些都是进行基础演算的机器，相对而言没什么大问题。不过……根据IT部门的网络流量监测记录，这数量对不上吧？"

喻浩然看了看文件，恍然大悟道："那可能还有些个人电脑忘了断开连接，不过以前个人电脑就不允许拷贝内部资料，应该没问题。"

"以防万一，还是检测一下吧。"马尚说。

喻浩然犹豫片刻，说："我无所谓，不知道其他人会不会有意见，刚出了吴森的事，都人心惶惶的，现在又查个人电脑……"

马尚笑着说："不会不会，所有人都检查，这又不是针对谁。"

"其实也没什么意义，就算当天电脑里有重要文件，肯定后来早就删了。"喻浩然又试探性地说。

"哪怕删了，也有数据记录。这个我也不太懂，但我会请专家来处理。就是一块废弃硬盘，也能把里边东西还原出来。"

"这么厉害？"喻浩然的脸色越发焦虑。

四

安静与苗霏依旧在海边的咖啡厅包间里见面，苗霏开门见山地问："你昨天打的那个电话……是不是怀疑周恋？"

"为什么这么想？"

"你问我有没有透露长安科技配额的事，我还有可能透露给谁？也只有她了。"苗霏说道。

"你真的很聪明。"安静微笑着说。

苗霏叹了口气，心情并未因此而好转，问："从什么时候开始的？"

"她毕竟是你的闺蜜，很早就进入我们视野了，但是一直没有任何证据指向她。不过从昨天起，她重新成为怀疑目标。"

"因为她知道矿石配额的事？"

安静点头道："周恋跟人说起，长安科技拿到了鼎华的C类矿石配额。"

苗霏虽然早就做好了心理准备，但听到这话还是有些吃惊，拿着杯子的手都有些颤抖，说："那就是……从长安那里知道的……"

"也不一定，有可能周恋认识鼎华的某位高层，这还说不好。"安静轻描淡写地说。

苗霏沉默不语。安静却并未往下说，而是等着苗霏开口。苗霏静静地盯着眼前杯子里的咖啡，犹豫了一会儿才说："你给我看那张照片……贾长安情人的照片，我的第一感觉，就觉得真的好像周恋。"

"那你为什么不跟我们说？"

"怎么好说呢？只是一个毫无根据的念头。"

"周恋跟贾长安之间的关系，你一直没有起过疑心？"

苗霏苦笑一声，道："可能也有吧，但心里不愿相信，自己骗自己。"

听到这话，安静不由得叹了一口气。

周恋全然不知自己已经被市局全面布控了。店内被监听，外出也有人盯着。和苗霏见完面的安静赶回这边，向代她指挥的杜猛问："情况怎么样？"

杜猛躲着安静的眼神，气氛又变得有点尴尬。他说："目标进了商场，老六那组人在跟。"

"今天有收获吗？"

"暂时没有，之前她在和厨师试菜……周恋给我的感觉，真的特别用心在经营她那家店，完全不像是把它当成一个掩护。苗霏怎么说？"

安静道："她承认自己确实怀疑周恋，跟我们那天分析的差不多。但是也没法提供更多的线索。"

杜猛点了点头，又沉默了。

安静咳嗽一声，率先开口："杜猛，那天你说别人可以帮你，就我不可以。为什么？"

杜猛没想到安静问得这么直接，支支吾吾地说："你是我的直接领导，也是我最佩服的人……"

"我们俩这种状态已经影响工作了，能不能直接把话说开？这些话，仅限于我们两人之间，行吗？"见杜猛犹豫一下后点了点头，安静认真地问，"你是不是喜欢我？"

杜猛一怔，不由得手足无措，一时之间说不出话来。安静一看，完全了然，叹了口气道："杜猛，你是一个负责任有担当的人。工作上，你是我最得力的帮手；生活上，反过来是你照顾我比较多……"

"你先把但是两个字说了吧……"

安静苦笑一声，说："我没有办法接受你。"

听完，杜猛沉默不语，但表情也没有什么变化，显然安静说的话在他意料之中。

杜猛情绪有些低落，安静又说了很多。杜猛沉默了许久后，说："行，你说的这些我都清楚了，而且接受了。我也必须告诉你，我喜欢你，我自己控制不了。但是我能保证，这是我自己的事，以后不会影响工作。"

安静沉默几秒，点了点头道："这样就挺好。"

"还有，你对我家的资助，我还是不能接受。"

"那我借给你呢？你就这么想，这是一笔没有利息的贷款……或者到时候你想给利息也行。"

杜猛思忖片刻，说："那……不能超过银行的利息。"说完，二人对视，都笑了。

说明白后，二人一起来到游艇，一路有说有笑。马尚和赫子轩看在眼里，都松了一口气。专案组四个人又回到正常的状态，围坐在桌子边。

经过调查，周恋虽然一直在鼎华附近活动，但从来不直接进入鼎华，不考虑周恋有其他手机的话，周恋也没有联系过除了苗霏和马尚以外的高层管理人员。

安静说："这两天盯下来，周恋的生活轨迹非常简单，要么在日料店，要么就在家。中间去过一次商场，买了几件衣服。接触到的人也就只有日料店的厨师、服务员、客人，再就是商场的销售员。"

第十九章／疑　点

"就这一家店的客人，已经够我们头疼的了。"马尚无奈地说。

"确实。但总而言之，周恋的表现很普通，甚至有点过于普通了。"安静说出她的看法。

马尚问了句："宋局有什么意见？"

"他现在忙着新港那边的案子。没多说什么，但是听得出来，他对目前的进度不是很满意。"安静说完，众人都陷入了沉默。

"我有个想法，也许可以通过苗霏……"马尚向众人说出了他的计划。

第二天上午，苗霏就来到周恋的日料店，亲昵地问："周末有没有空？去我家吃饭吧。"

周恋想了想，说："周六可以。"

"那就周六。这周我打死都不加班了。"

"最近这么忙？"周恋关心地问。

苗霏叹了口气，道："杨迅走了以后，我就一直处于超负荷状态。以前杨迅在，觉得他整天不干正事，现在他走了，才发现工作也不少。唉，不说了，我先回公司了，周六见。"

周恋没多说什么，笑了笑说："周六见。"

而苗霏的家中，已经被市局安装好了多个摄像头。

第二十章 摊牌

一

下午的酒吧里，顾客还不是特别多。杨迅约了庞一山，一会儿问行政管理中心的情况，一会儿要庞一山帮他出了这口气。两个人不时举杯相碰，杨迅每每一饮而尽，庞一山却只喝一小口。

"我等下还有个会。你找我到底什么事，直说吧。"庞一山不冷不热地说。

杨迅沉默了片刻，说："您也知道，在限定期限内，我不把款项补齐，鼎华就要起诉我，送我去坐牢。"庞一山不动声色地点了下头，杨迅继续道，"账户里剩下的钱，我都给打过去了。房子抵押了，车也卖了，能借的朋友也都问过了。还是不够。"

"还差多少？"

杨迅伸出两根手指头。

"二十万？"

杨迅却摇了摇头。

庞一山脸色有点变了，吃惊地说："两百万？"见杨迅点点头。庞一山脸上露出不可思议的表情，问："怎么花出去这么多？"

杨迅为难地说："我这工作本来就是各种应酬。再说每次大家出去，不都是我付账吗？"

庞一山一怔，脸色有点难看。杨迅急忙赔笑道："庞总您一向大方，经常抢着付。可说什么我也不能让您付账是吧？哪有让领导付账的道理？"

"吃喝玩乐都有个度，每次花了多少钱，我心里没数吗？你小子自己挥霍的，不要算到我头上。"

"我没有,没有。"

"你现在有困难,能帮的我肯定会帮。"说完,庞一山右手伸进衣服内侧的口袋里,摸索了一会儿,最后摸出一张银行卡,递给杨迅,"密码是六个八。"

杨迅低眉笑脸地接过,说:"您放心,等我周转过来,第一件事就是把钱还给您。"

庞一山摆了摆手,道:"什么还不还,我们情分在这。这十万块钱,给你了。"

杨迅笑容顿时僵在脸上,道:"十万……庞总您能再……咱俩这关系,您看……"

"我手头能拿出来的活钱,只有这么多。投资出去的,一时半会儿也收不回来。这样……你要是想把房子出手,我给你牵个线,挑个大方点的买家。"

杨迅脸色沉了下去,声音也变得大声起来:"庞总,您这是开玩笑吗?"

庞一山表情也严肃起来,道:"年轻人犯了错,就要承受代价。我帮你帮得够多了。"说完,他起身离开了。

"庞总……"看着庞一山迅速走远,消失在酒吧门口,杨迅愣在那里,气急败坏地骂道,"庞一山你个王八蛋!"

杨迅骂了几句,继续一个人喝着酒。在酒吧的灯光下,是看不到时间流逝的,杨迅从下午喝到晚上也丝毫没有感觉。

"再来一瓶!"

酒保走了过来说:"杨哥,今天已经喝痛快了,我给您叫个车,回去休息吧?"

"不用。"

"别啊,这么喝下去要出问题的。"

"怎么的,喝死了还要付棺材钱啊?"

"不,不是这个意思。"

杨迅把空酒瓶往桌上一砸,突然高声说:"那你啰唆个屁。我叫你再来一瓶!"店里为数不多的几个客人纷纷往杨迅这边看来,交头接耳议论着什么。

酒保见到众人目光盯着这边,脸色也有点变了,道:"杨哥,我好心劝你,你别想岔了。你还想喝,去别处喝吧。"

"看不起我是吧?"杨迅拿起酒瓶,一副想要砸人的架势。两名保安及时赶来,一左一右扣住杨迅,一个保安出手,把杨迅手里的酒瓶劈手夺下。杨迅虽然有了七分醉意,但毕竟还有三分清醒,他望着保安凶狠狠的眼神,瞬间怂了,道:"干什么?我是这里的常客!"

"是,欢迎您常来。"酒保冷笑道。

两个保安想要架着杨迅往外走,杨迅气呼呼地将保安的手甩开,说:"我自己会走!"

杨迅跌跌撞撞地走在大街上,却刚好碰到了程雷和苗露。苗露本是为了感谢程雷,请他吃晚饭。三个人在路上碰到,都怔住了。杨迅的目光在苗露和程雷身上转了一圈,醉着笑道:"你们……有一腿啊!"

"胡说什么呢?"苗露眉头一皱。

"他喝醉了,别理他,走吧。"说完,程雷拉着苗露正要往旁边走去。

杨迅过去挡住去路,说:"别走啊,账还没算清呢。你姐敢阴我,我跟你们姓苗的没完!"

"不要脸,你自己贪污,还怪我姐。"苗露说。杨迅勃然大怒,他一把将苗露推倒在地。原本站在一旁的程雷,面红耳赤地冲了上去,挡住了杨迅,说:"杨迅,你干什么?"

杨迅一言不发,上来直接就一顿揍,程雷手忙脚乱遮挡着,还是时不时被杨迅打到。

"别打了。"苗露着急得哭了。路过的人们不敢靠近,也不愿走开,远远围成一圈围观打斗。

马尚不知道从哪里冲了出来,把杨迅从程雷身上拉开,喊道:"杨迅,住手!"

杨迅转身一看,居然是马尚,更加愤怒,对着他迎面就是一拳,怒吼:"你这王八蛋,跟那个贱人合伙整我,别以为老子不知道。"

马尚侧身躲过,伸手一带,借着杨迅自身力道顺势一推,杨迅踉踉跄跄倒地。马尚本能地摆出格斗的架势,但他发现程雷正看着自己,意识到不能暴露自己的格斗技能。

杨迅冲过来。马尚装作来不及反应,被杨迅压倒在地。杨迅对着马尚连连挥拳,马尚只是被动抵挡。程雷这时站起来,冲上去将杨迅撞倒在地,然后压住杨迅,马尚按住杨迅另一侧身体,两个人合力把杨迅压在下面。杨迅再难动弹,他挣扎了一会儿,竟然醉醺醺地睡了过去。

马尚和程雷这才松开手,起身。

"怎么处理?"马尚问。

"送派出所!"苗露喊。

"要不……算了吧,他也是喝醉了。"程雷说。

"你不是吧?这就算了?"马尚问。

这时,地上的杨迅居然挣扎着爬了起来,转身就跑,他跌跌撞撞地摔倒在地上,又爬起来继续跑。马尚、程雷、苗露都目瞪口呆,也忘了去追。

"这孙子!"马尚气道。

二

"专程来请你吃饭,还能让你忙活?你先休息,这事交给我。"约了周恋吃饭的苗霏亲自下厨,周恋想替她,苗霏没同意。

"我也不想闲着。"周恋挽着苗霏的手,语气有些撒娇。

"那你去泡茶呗,我想喝。"

"好嘞。"周恋松开手,笑着离开厨房。烧水间隙,周恋刚坐在沙发上休息,发现毯子下面有个文件袋,袋口文件微微露出来,文件左上角标着"公司绝密"字样。

周恋瞥了一眼,怔住了。她望了望厨房方向,苗霏切菜的声音,还在不断地传来。又转而看着文件,掏出手机,犹豫着是否要拍照。电热水壶突然烧开了,开水满溢出来。周恋惊过来,掀起毯子把文件盖上,继续泡茶。

这一幕出现在侦查车的屏幕上。看到周恋最终没动文件,众人都有些疑惑。

第二十章／摊　牌

"换了正常人，就算好奇也会拿起来看一下，她反而用毯子把文件盖住了。"杜猛说。

安静笑了笑，很快又收起笑容，道："但这也说明，她意识到有危险。"

离开苗霏家的周恋在街道旁拦下一辆出租车，上车离去。老六和一名侦查员开着车跟了上去。

周恋没告诉司机去哪儿，只是要他往前开。她从挎包最内侧翻出一个手机，装上电池，发短信给乔西川："苗霏怀疑我了，可能有人跟踪。"

过了一会儿，乔西川回了信息："执行备用方案。"周恋于是立即把电池拆掉，将手机卡掏出来折成两截，然后将手机塞进出租车后座夹缝中。

出租车绕了一大圈，最终回到了周恋居住的小区。乔西川在小区对面的一家咖啡厅窗边眯着眼看着来往的每一辆车。但他不知道的是，蝙蝠也在不远处看着他。

"目标坐着出租车，绕了一大圈才回到住的地方。可能已经起疑心了。"老六对安静汇报道。

"明白。继续执行监视任务。"

"到了这个地步，应该收网了。"杜猛在一旁建议道。

安静却摇摇头说："没有证据，抓了也不会认。不能每次都寄希望于审讯中获得突破。"

安静和杜猛来到苗霏家中，拆卸微型摄像头。

"是不是我哪里露馅了？"苗霏面色沉重地问。

安静摇头道："没有，你做得很好。"

"那现在怎么办？"

安静没有直接回答，两个人短暂地陷入沉默。过了一会儿，安静缓缓地说："我希望你，直接跟她摊牌。"

"摊牌？"苗霏愣住了。

"不管周恋现在有没有起疑心，我们都得试试了。"安静道。

苗霏沉默良久，说："好吧……我也不想在她面前伪装了，是或者不是，我也得要个答案。"

"如果摊牌的话，你手里必须有筹码。就算没有，也要假装有……"安静的这番话让她思考了整整一个晚上。

清晨，苗霏在洗手间里用冷水洗了把脸，她看着镜子里自己不知是沾满水还是眼泪的脸，一副终于下定决心的样子，转身打开淋浴头站到了下面。

梳洗打扮后，苗霏看起来容光焕发，丝毫看不出前一晚的颓废。她站在镜子前仔细审视，满意地走出了门。

苗霏到了日料店，周恋有点意外，微笑着说："霏霏，这么早？"

苗霏却表情严肃，道："我们谈谈。"

周恋看着严肃的苗霏，脸上的笑容渐渐消失，两个人同样面色沉重地对视了一会儿。周恋整个人的气质不再温柔，而是从站姿到表情都变得紧绷。周恋率先移开目光，说："你先找地方坐吧，我去给你倒杯水。"

周恋匆匆走开，苗霏走到窗边的位置坐下，把自己随身背着的包放到了桌子上。周恋叫来服务生嘱咐先不要开店，又在吧台倒了水，端到苗霏面前说："要跟我说什么？表情这么严肃，怪吓人的。"

"你为什么要骗我？"

面对苗霏的问题，周恋有瞬间的慌乱，但马上控制住自己的表情，问："是不是有什么误会啊？"

"别再说谎了。我已经知道你和贾长安做的那些龌龊事了。"

"什么意思？霏霏，我……"

不等周恋说完，苗霏打断道："你不用找借口，我看到了你们那些恶心的照片，我已经什么都知道了。"说着，苗霏咬牙切齿，看起来气愤不已。

"怎么可能，你……"慌张的周恋下意识讲完后，自己也知道说错话了，不安地动了动，试图去拉苗霏放在桌子上的手，被苗霏嫌弃地挣脱。

"我既然选择来跟你摊牌，就代表了我们之间已经不会再有什么所谓的友谊了。你知道吗？我看到U盘里那些照片的时候，心里有多恨？旁边还有一支录音笔，我到现在都没有勇气打开听，我怕听到让我觉得更恶心的东西！"

周恋突然止住哭泣的声音，愣愣地看着苗霏，问："什么录音笔？"

"别再跟我演戏了？你们两个人一起做出来的事情，你怎么可能不知道录音笔里是什么内容？"

周恋的脸冷了下来，瞬间就停止了哭泣，问："苗霏，什么录音笔？"

苗霏没有往下继续说，而是拎起拎包准备离开，道："周恋，我们以后也不会再见面了，你好自为之。"

周恋用力一把拉住苗霏的手腕，冷冷地说："霏霏，我也是被贾长安骗了。那个录音笔里面的东西你不要听，给我吧。"

"你担心的是录音笔，对吧？"苗霏甩开了周恋的手，推门离开。周恋在原地愣了片刻，突然起身走向后厨。

三

从日料店出来的苗霏整个人立刻垮了下来，失魂落魄地朝侦查车方向走去。看着打开门向自己伸手的安静，苗霏苦涩地笑了笑，上了车后一语不发地把自己背着的包递给安静。安静安抚地拍了拍苗霏的肩膀，然后从包上拆下了一个窃听器。

"静姐？"杜猛想下车以待周恋暴露，便询问道。

"去吧，不要暴露。"说完，安静又调出整条街道的所有监控，等待周恋的出现。安静回头看了看苗霏，发现苗霏正在默默流眼泪，她安慰道："认清她的真面目，是件好事。"

"刚才有一瞬间，我真觉得她会杀了我灭口……她怎么做到的？两年了，她一直扮演另一个人。"

第二十章／摊　牌

"是啊，他们就是这么可怕的人……"安静叹了口气，又安慰了几句，随后派一个侦查员把苗霏送回了家。

不一会儿，周恋换了身运动装，戴着鸭舌帽急匆匆走过。安静立刻拿起通讯器嘱咐道："小心别让目标跑了。"

与行人无异的杜猛、老六、王佐三人都不紧不慢地跟了上去，安静则在侦查车中通过监控紧紧盯着监控里周恋的身影。但他们都没有察觉，在这场追逐中，还有另一个人的身影。

周恋走到一个电话亭旁，急切地拿起电话拨打号码。王佐和老六目不斜视地从电话亭走过，王佐在老六的掩饰下，动作非常迅速地在路过电话亭的瞬间粘了一个窃听器在电话亭外部，安静立刻戴上监听耳机。

周恋很慌张，语速特别快："苗霏已经知道了……是，她刚才来找我，说看到了我跟贾长安的照片……对，还有一个录音笔，我不敢确定里面有什么，万一是我们走私的证据，该怎么办？我们必须把录音笔偷出来！"

安静一边听着，一边示意车上的侦查员对电话进行定位。蝙蝠隐藏在行人中，看着打电话的周恋，眉头皱得更紧了，骂道："这个蠢女人。"

接电话的乔西川也是皱着眉头，说："你等一下。我给你打回去，别走开。"说完，非常干脆地挂掉了电话。他动作迅速地拆掉了电话卡，又重新找了一部手机。刚要拨号时，他却犹豫了。

"找到位置了吗？"安静看着监控里的周恋，对一个侦查员问道。

"没有，通话时间太短，根本追不到。"侦查员刚说完，这时，监听耳机里响起电话铃声，监控视频里周恋再次拿起电话。

周恋紧张地握着话筒，问："什……什么意思？"

"我只问你一个问题。有哪个男人偷情还会留着照片，等着自己老婆发现？"

周恋突然愣住，之后像是突然察觉到了问题，快速地看了四周一眼，问："那我现在怎么办？"

"冷静，我在老地方等你。"

周恋挂上电话，故作镇定地往前走了一小段距离，然后突然开始向前跑。看着监控的安静表情一变，苗霏紧张地站了起来。

"收网！"安静按下通讯器。

原本完全藏在人群中的杜猛、王佐、老六同时开始奔跑，向周恋围过去。周恋全力奔跑，在一众撑着伞的行人中穿梭着，杜猛等人在人群中艰难地分辨着周恋的方向。

"下个路口左转！"安静提醒道。

杜猛等人立刻追了过去。马路对面的蝙蝠撑着雨伞，动作迅速地跟上周恋的方向。恰巧周恋穿过马路走到蝙蝠这一边。周恋并未注意，继续向前跑进了一条巷子。

"杜猛，你前面二十米有条巷子，她穿过去了！"两名技术侦查员不停切换屏幕的画面，在各个监控里找着周恋的身影。安静看了眼监控覆盖示意图，立刻按下通讯器说："穿过巷子就是友谊路，路北没有监控覆盖。

周恋慌张中跑了过来，此时的她判断力比寻常还要出色，情急之下选择的正是较为偏僻、没有监控的路北。

"杜猛，目标往路北去了，那边是监控盲区，靠你自己了！"

"明白！"

说完，安静紧张地盯着周恋最后出现地点的监控，又看了看监控中分处两地的杜猛和老六，他们最快也要一分钟才能赶到。一向沉稳的安静在这种局面下，也不免露出了焦急的情绪。

突然，周恋又出现在了监控中她刚刚消失的地点，安静一惊，顾不得思考周恋为什么折返，正要按下通讯器通知杜猛和老六，却听到旁边一个侦查员喊了自己一声，等她再看向屏幕的时候，画面中只有一辆小汽车停在左上方，双闪灯闪烁不停。

"科长，目标被这辆车撞了。"说着，屏幕画面边缘一个打着雨伞看不清脸的身影一闪而过，并未引起注意。

"什么？"安静瞪大了双眼，不愿相信。

"静姐，目标……"通讯器里，杜猛的声音响起。

"我看到了，"安静深呼吸一口，强迫自己冷静下来后，继续说，"马上控制肇事司机，了解清楚情况！"

"明白！"

乔西川正开着车，手机突然收到了一条短信，他一脚刹车把车停在了路边。"228"，他切换英文输入法，按下这三个数字键。

看到屏幕上出现的第一个英文单词"BAT"，蝙蝠的英文拼写。乔西川的表情由惊讶变得不安，拆掉电话卡扔掉后，猛踩油门开车离开。

换了一身装扮的蝙蝠步履缓慢地走在街道上，时而停下看看手机。当他看到马路对面刚赶来的医生对杜猛摇摇头后，蝙蝠诡异地上扬了一下嘴角，拨通了杰弗里的电话。

坐在公园的长椅上，大雨早就把乔西川淋得湿透了。不远处有个撑着伞的女人向这边走来，乔西川看着她一步步走近，发现并不是周恋，他面无表情地重新低下头去，过了半晌，沮丧地捂住了脸。在这个和周恋约定的地点，他可能再也等不到她了。

四

游艇上，秦枫和宋铭都沉着脸坐着。秦枫叹气道："我还说来听一听你们的喜讯，结果送了我这么一个大礼。"

马尚偷偷拿出手机给正带着市局的人搜查日料店的安静发送信息："秦厅来了，你那边结束就来游艇开会，做好心理准备。"

安静叹了口气，交代了一下，带着杜猛赶向码头。所有人都到齐后，除了工作台的马尚和赫子轩，其他人都围坐在一起，一时无人讲话，气氛很沉重。杜猛几次想开口，但看着秦厅和宋局的表情，又把话憋了回去。

第二十章　摊　牌

"不说话也解决不了问题吧？把你们的行动部署再讲一讲，厘清思路才能找到问题。"

安静简单报告了通过苗霏试探周恋，逼她跟上线联系，把上线也引出来的行动计划。秦枫边听边点头，显然对这次行动的计划是认可的。

"在追捕过程中，周恋跑进监控盲区，过了十秒钟左右，又原路返回，不慎被一辆正常行驶的小汽车撞死。"

"说说疑点。"秦枫道。

安静点点头，继续说："我还没来得及仔细和大家讨论，目前我认为的疑点有几个，第一是周恋为什么进入监控盲区后又返回，第二是周恋在死前用肇事司机的手机发了一条只有'228'三个数字的信息给一个未知号码。这个号码我已经发给赫子轩了。"

安静说完，众人都看向正在工作站前忙活的赫子轩。赫子轩转过头，眉头紧皱道："目前还没查到有效信息，我估计，很难……"

"周恋是怎么把信息发出去的？"秦枫问道。

"据肇事司机称，他发现撞到人后立刻下车查看情况并拿出手机拨打120，这时候周恋还有意识，她抢过手机发了这条短信。杜猛询问了目击者，证实了这一点。"

"那肇事司机是什么情况，有没有可能是对方组织派来灭口的？"秦枫又问。

"目前来看，我认为可能性不大。肇事司机是双清本地人，社会经历非常完整，很难与境外的犯罪组织产生联系。并且当时他是正常行驶，发生事故的原因还是周恋的突然折返，这也是我想不通的地方。"

"看这个！"这时，马尚的声音传来，众人的注意力又被吸引过去。马尚把事发时的监控放大，画面定格在周恋即将被车撞上的前一刻。按下播放键，画面边缘出现了一个举着伞的高大身影，周恋被撞后，那个身影又立刻退出了画面之外。

"这是谁？"安静立刻问道。

马尚道："我也想问，他是谁？"

"会不会他才是来灭口的？也就是说周恋是看到了他，才突然折返？"杜猛也激动地说。

"不要这么快下结论，赫子轩，你先把周围的监控都查一遍，搞清楚这个人的行动路线。"宋铭摆摆手道。

"明白！"

"先说说，那个短信的内容，你们有什么想法？"宋铭继续道。

马尚站起来，走到白板前。拿起笔写下了"228""CAT，猫""BAT，蝙蝠""ACT，行动"等几个词，一边写一边解释："这个我之前思考了很久。要么，228是他们事先商量好的代号，那我们根本无从得知到底是什么意思……那退一步来讲，如果是情急之中的反应，那我觉得跟手机的输入法有关系。手机上面的九宫格输入法，每个数字都对应几个字母。输入228，出现的就是这么几个单词组合。"说着，马尚指了指白板上的单词。

"有没有可能，指的是想加害她的人的身份？"

"不排除这种可能。但周恋作为一个为钱卖命的人，临死前为什么要发送这么一条短信？提醒上线吗？那她真的是一个挺仗义的间谍。"

"这个数字包涵的意义太模糊了,你的分析有道理,但是对现在的案情没有多大用处。这个数字先放一放吧。马尚,到目前为止,我们的线索是不是全都断掉了?"秦枫问道。

马尚无奈地点了点头。赫子轩说:"秦厅,其实也不一定。我们掌握了周恋的个人物品,也许能发现一些蛛丝马迹。"

秦枫叹了口气,道:"这个案子已经死了两个人,如果不能尽早破案,不知道后面还会出现多少伤亡。老宋,这个代价我们承担不起。"

宋铭也沉默地点了点头。

"我这就得回去,希望下次来的时候,听到的都是好消息。"秦枫说完,和宋铭一起走了出去。

杜猛追了上去,说:"秦厅……"

"怎么了?"

"我……我是来找您和宋局做检讨的。本来就是我的失误,安科长的计划已经很完美了……"

秦枫和宋铭都劝了劝他,杜猛才转身离开。看着杜猛的背影,秦枫对宋铭笑着说:"老宋,任重而道远啊。"宋铭点了点头。

这晚,乔西川也来到周恋的日料店前,远远地看着门上的封条,面色阴郁。突然,他接到了杰弗里的电话,杰弗里平静地告诉他,周恋的事已经处理好了。或许是为了警告,他并没有具体说周恋是被车撞后意外身亡的。

乔西川早想到了这个答案,但还是抑制不住愤怒的情绪,咬了咬牙,道:"我跟周恋只是拿钱办事,谁都没有打算给你卖命。你是不是有点玩过头了?"

"你听起来很生气。"

"是吗?我很平静。"乔西川神情冷漠地说。

杰弗里干笑了几声说:"所以我才觉得你真的生气了。乔,你们是为了赚钱,我也是为了赚钱。生命和钱,到底哪个重要?"

乔西川沉默着,没有回答。

"生命比一百万重要,比一千万重要,甚至比一个亿重要。但我现在想要的是十亿,甚至百亿的东西,生命跟这些比,根本不算什么,更何况是其他人的命。乔,你自己应该也明白这个道理吧?"

"那你别忘了,你自己并没有能力赚这笔钱。"乔西川平静地说。

"所以我还需要你,"杰弗里冷笑一声,"周恋死了,走私矿石的工作要算到你的头上,当然,酬劳也会算到你的头上。"

乔西川脸上浮现出狰狞的笑容,但声音却没有变化:"我接受。"

过了一夜,苗霏对周恋死亡的消息仍然心有余悸。坐在办公室里,她的手轻轻颤抖着,整个人神游物外。敲门声响起,苗霏没有反应。过了一会儿,门被推开了一条缝,苗露探进头来,看到苗霏在,她就直接推开门走了进来。

苗露拿着外卖一直走到苗霏办公桌前,把外卖放在桌子上。苗霏都没注意到有人进来

第二十章 摊　牌

了。"姐，想啥呢？该吃午饭了。"苗露伸手在苗霏眼前晃了晃。

苗霏竟然像是被吓到了一样，打了一个激灵。苗露走到苗霏的椅子旁，担忧地问："姐，你怎么了？"

听到这话，苗霏的眼泪"唰"一下流了下来，她直接抱住苗露，什么话也不说，抽泣起来。苗露也慌了，她只能抱着姐姐，轻抚她的背。

等苗霏好点后，苗露找到马尚，问他公司是不是又出了什么事。

"这我真没听说……你姐还好吧？"听说苗霏情绪不稳定，马尚问道。

"我也不知道，她整个人都像是要垮掉了。刚才我看她的眼睛，都觉得像是个陌生人。"

"这样吧，我现在还有事，有机会我问问她的情况。不过你才是她的亲人，亲人的陪伴比什么都重要。"马尚说。

见苗露对他点了点头，马尚微笑一下，对着赫子轩以及两名侦查员客气地说："不好意思耽搁了一下，前面就是研发部了。"他特意请他们过来查文件泄露一事。

第二十一章 猜 测

一

　　市局对周恋日料店的搜查也有了一些收获。周恋的遗物中有十二张户籍在偏远山区的身份证，通过对刘宝强接头地附近往来车辆信息的查询，确定当时是周恋用其中一张身份证租车前来，计划与刘宝强接头。

　　"这足以证明周恋参与了技术窃密的犯罪行动。"宋铭点头道。

　　"不仅如此，周恋还参与了贾长安的矿石走私案件。"杜猛说。根据对周恋个人电脑的数据恢复，她就是长安科技背后众多不存在的小股东所持有股份的实际控制人。

　　宋铭微微皱起眉头，显得有些疑惑。安静道："实际上，我们认为周恋不只是参与了矿石走私，而是这个犯罪行动的主导者。她不仅实际控制了长安科技，更有可能控制了贾长安。"

　　"这个我明白，"宋铭说，"我想不通的是，技术窃密和矿石走私，对这些间谍分子而言都是高风险的行动。周恋为什么要同时负责两条线的运作？"

　　"要不是她这么贪婪，咱们也不可能从矿石走私的案子找到线索，从而怀疑鼎华的内部问题，锁定苗焕阳。"杜猛说。

　　但对周恋上级的讨论又使众人陷入沉默。片刻之后，宋铭说："先等马尚那边的消息吧，说不定会是个重大突破。"

　　安静和杜猛点点头，便驱车带上赫子轩前往鼎华附近。

　　"一天不见都不行？你们就这么想我？"马尚上车，见众人都在，打趣道。

　　"静姐我不知道，我肯定不想。"杜猛的一番话顿时将车内的氛围变得轻松起来。

第二十一章／猜　测

"怎么样？"安静问。

马尚掏出手机，调出硬盘的照片，说："赫子轩猜得没错，硬盘是新换的。"

赫子轩接过手机，仔细查看照片。马尚带赫子轩到鼎华重新调查网络感染木马的事，将研发部所有员工的个人电脑都排查了一遍。马尚本想借此确认具体被泄露的文件，却发现喻浩然电脑硬盘的使用记录只有两天，而其他员工的都在一年以上。

马尚道："我跟庞一山提出调查请求的时候，碰巧喻浩然也在。你们猜是哪天？"

"这还用猜，就是那天换的硬盘呗！"杜猛说。

马尚笑了笑，说："没错。但是研发部有明确规定，更换电脑硬件必须先递交申请，然后由IT部门统一更换。我查过了，没有喻浩然的申请记录。"

"所以喻浩然这么做，是为了隐藏硬盘的储存记录？"安静问。

"对，"马尚点头道，"程雷跟我说过，研发部虽然规定核心资料不允许存入个人电脑，但之前没有现在这么严格，很多人为了工作方便，都直接把数据拷贝到个人电脑里面。"而当时物理隔离实验室网络时，并未把个人电脑划入隔离范围。

说到这里，赫子轩道："喻浩然这是做贼心虚啊！要这么说，八成从他那儿散出去了不少重要信息。"

"真正的问题在于，他把这些东西散出去，到底是不是故意的。"安静道。

"没错！"

有关喻浩然的行动，开始了。

"科长，喻浩然刚离开鼎华。我们正在跟踪。"

"收到。各小组交替跟踪。"

安静和杜猛在侦查车内，杜猛说："这才四点多就下班了？不是说研发部最近很忙吗？"

"那谁刚才跟我发了条消息，说喻浩然请假离岗前接了个电话。"安静道。

杜猛叹了口气道："能全面监控就好了，批文什么时候下来？"

"老宋说全面监控可能批不下来。没有证据表明他故意泄露信息，也不知道泄露了什么信息。他私自更换硬盘，也可能是为了掩盖工作中的违规，不能说明他有犯罪嫌疑。"

"我就怕不监听他的手机，我们会漏掉很多东西。"

"没关系。先用老办法，只要能进一步获取证据，批文也就下来了。"

这时，通讯器里传来老六的声音："科长，目标在酒吧街停下了。"

"收到。小李，你跟进去。"

虽然是下午，酒吧里三三两两已经有不少客人。小李和一个侦查员推门进来，见杨迅和喻浩然坐在吧台上，小李道："坐吧台吧？"

"我听你的。"

二人落座，只和杨迅、喻浩然之间隔了一个位置。点了酒后便开始闲聊，说话间，小李不着痕迹地将手腕上的电子表靠近喻浩然的方向。

"小李，信号清晰，保持位置就行。"听到安静的话，小李用戴着手表的那只手轻轻敲了敲桌面回应。

"杨哥，最近怎么样？庞总老跟我念叨你。"喻浩然笑着说。

"别跟我提他！"

"行行行，不提他。那你找我到底什么事？"

"浩然，我平时对你怎么样？"

"挺好啊……"

"那我现在碰上这些破事，你是不是也该帮点忙？"

"哥，两百万啊。我一个搞技术的，哪有这么多钱？"

"我就知道……姓庞的都跟你说了，是吧？"

"我觉得吧，庞总说得有道理。你把房子卖了，这钱不就差不多补上了吗？你现在抵押出去贷款，那肯定亏啊，将来还得还。"见杨迅沉着脸色，不说话，喻浩然继续道，"我知道，你咽不下这口气。这房子就是你的尊严，是这么想的吧？可是哥，你是有本事的人，从头再来没什么大不了……"

不等喻浩然说完，杨迅打断道："王八蛋，你跟姓庞的一个德性！"

喻浩然吓得一颤，笑容消失了，说："有什么好生气的？你自己好好想想，别人帮不了你，天助自助者，是吧？"说完，他站起身来，从钱包里掏出两张百元钞票拍到桌上，走了。

小李瞟了眼正在离开的喻浩然，手指轻轻在桌上连敲了三下。安静立即对着通讯器说道："老六，喻浩然正在离开酒吧，继续跟上。"

"明白。"

"小李，你继续盯着杨迅，直到他离开酒吧。"耳机里又传来两声敲击声。

"喻浩然还挺敬业，又回公司加班去了。现在老六在负责指挥监控。"安静和杜猛晚上来到游艇上，把白天的情况简单和马尚、赫子轩说了一下。

马尚点了点头，道："明天周末，喻浩然的活动路线可能会比较复杂。谁负责指挥？"

"我。"杜猛说。

"行，那我就放心了。"马尚道。

"马尚，我跟你单独说点事。"安静说着便起身往外走，马尚跟了出去。

杜猛嘀咕道："又说悄悄话？我能听吗？"

"不能！"马尚和安静同时回头道。他们其实是要商量明天两家人见面以及吃饭的事情。胡玉萍天天换着花样关心安静，安静觉得这顿饭早点吃了也好。

二

第二天，马尚带着胡玉萍去安静安排的地方。轿车经过一个路口，马尚远远看见程雷一个人站在街边。

"我看见个熟人，去打个招呼。"

"好……"胡玉萍突然想到什么，说，"你该不是想跑吧？"

第二十一章 / 猜 测

"我至于吗？"

程雷正两头张望着，马尚突然出现在他身后，拍了他一下，问："干吗呢？"

"吓我一跳！"程雷回头见是马尚，说，"等人，约了人看电影。"

"谁啊？"

"你跟踪我呢？关你什么事？"

"没有，我碰巧经过。这不好奇吗？你一个科学狂人居然约人看电影，说说，跟谁啊？"

犹豫良久，程雷才说："苗露。"

马尚嬉笑着说："你小子挺上道啊！不枉我费心牵红线。那我先走了，要不然见了面太尴尬。"说完，马尚小跑着离开，程雷看着他的背影，无奈地摇头叹气。

苗露到的时候，离电影开场还有一会儿，二人便并肩坐到了等候区的长椅上。长椅上已经坐了不少人，所以他们挨得很近。二人各看一边，又是一阵尴尬的沉默。

苗露突然说："竞聘邹教授助理的事儿，你有信心吗？"

程雷回过神来说："这事儿……说不好吧。公司有这么多工程师，我觉得选到我的可能性不大。"

"我能帮你。"

程雷饶有兴味地看着苗露，问："怎么帮？"

苗露摆出一副老江湖的架势，说："这个事情从一开始你的思路就得清晰点。你和喻浩然，你们俩在所有人里面应该是最有机会的。但是只有工作能力强肯定不够。"苗露看了看程雷，见程雷一副洗耳恭听的样子，便继续道："这种事不是完全看本事，得有关系啊！因为大家水平都差不多的话，那肯定还是要看一看后台，你说对不对？"

程雷笑了，说："那你觉得应该怎么办？"

"我自己是帮不了你，要不这样吧，我跟我姐说说，她能帮上忙。"

"干什么？平白无故对我这么好？"

"上次杨迅那件事你帮我解围，就算我感谢你拔刀相助了。你可别想歪了啊！"

胡玉萍正在专心看手机里的股市走势，马尚开车，犹豫了一会儿，还是试探性地问："妈，要不我给您送到了就走吧？我就不一起吃了。"

"别啊，这好不容易见一次小安。"

"人家是请您吃饭，也不是请我。按道理，您应该跟孙阿姨来。"

"别废话！"在胡玉萍这儿，显然没得商量，"对了，后来我去医院了解了一下，听说小安她妈刚入院的时候，好像不是很正常？"

马尚无奈地说："您能不能尊重一下别人的隐私？人家就是受了点刺激，吓着了。您在这儿瞎琢磨什么呢？"

"我这不是担心有些病遗传吗？安静有没有类似的症状？"

"没有！"马尚听到这话很是不悦。

胡玉萍也不多问了，嘀咕道："就怕隔代遗传。"

马尚听见，吓了一跳，嘱咐道："妈，您待会儿可千万别瞎说，让人下不了台。"

"你当我是傻子？"

到了约定的餐厅，安静和苏美佩已经等在包厢里，看到马尚母子进来，苏美佩上前握住了胡玉萍的手，说："胡姐，你来了……快坐。"

"妹妹，看你现在这精神头，我就放心了。"她们很快便家长里短地聊了起来，安静和马尚在一旁都保持着微笑，但是二人眼神交流中分明透露着尴尬。

安静起身给胡玉萍倒茶，胡玉萍满眼欣赏地看着安静，说："小安在国安工作，肯定特别辛苦吧？"

"其实还行，习惯了就好了。"安静微笑道。

"年轻人想做点成就出来，辛苦是免不了的，我就希望她平平安安的，她现在这个工作……"

苏美佩还没说完，安静就打断道："妈，今天您就聊点别的吧！"

服务员正好进来上菜，苏美佩又问："马尚，你跟安静是高中同学？"

"一个学校的，不同班。后来在京师大是同班同学。"

听到这儿，苏美佩愣了一下，笑了笑说："原来就是你？其实安静总跟我提起你。"

"没有，不是他。"安静赶紧说。胡玉萍在一旁察言观色着。

等服务员上完了菜，退出去将门关上，胡玉萍笑道："妹妹，孩子们的事儿咱们就别多问了，让他们自己聊！来，喝酒喝酒，庆祝你康复。"举起酒杯的她心情很是灿烂。

胡玉萍不动声色地拍了拍马尚的腿，马尚也拿起了酒杯。

"胡阿姨，谢谢您。"安静道。

"咱们之间还有什么好客气的啊。"

"苏阿姨，祝您身体健康。"马尚也说。

"谢谢。"

碰完杯后，又闲聊了一阵，苏美佩道："其实我真没想到还有这样的缘分……胡姐，你知不知道安静跟马尚以前是什么关系？"

"妈……"安静说了声。

"我知道一点，两个小家伙以前谈过朋友，是吧？安静啊，你们俩现在都是成年人了，这没什么不好意思的。"胡玉萍道。马尚郁闷地叹了口气，他悄悄看向安静，安静保持礼貌的笑容，但也是一脸无奈。

苏美佩对安静说："关于那时候的事，妈妈从来没有跟你好好谈过。今天正好马尚也在，你让妈妈说两句，好不好？"

马尚知道苏美佩想向他解释安静的不辞而别，赶紧说："阿姨，其实安静跟我都说明白了。"

苏美佩一愣，看向安静，安静点了点头。苏美佩继续道："那就好，那就好。那时候为了照顾我，安静压力太大了。她不是故意跟你不辞而别，其实这么多年来，她时不时就会说起你，每次都很难受。"

马尚看向安静，既惊讶又暗喜。安静却没好气道："我妈说话比较夸张。我难受也是因为从京师大退学，怪可惜的。"

"我懂我懂，没想歪。"马尚笑道。

胡玉萍更高兴了，说："你看，他俩还拌上嘴了。多好……妹妹，当年发生什么事了？"

听到胡玉萍想往下问，马尚赶紧往她的碗里夹了一筷子菜，说："妈，您别什么都问，现在又不是在执勤，是不是？吃菜吃菜。"

苏美佩摆手道："没事没事。胡姐，其实我也知道你为什么会问这个。那年安静她爸出了车祸，走了。我因为这个事受了刺激，整个康复期间都是安静陪着我。这次车祸，其实我真的没受什么伤，但是情绪上还是有很大的波动。你那天送我去医院的时候，估计也看出来了，我要是有什么失态的地方，还请你多包涵。"

"节哀节哀……对不起啊，我真不该问这个，我们不聊伤心事儿了。"

三

喻浩然开车出了小区大门，老六和杜猛赶紧开车跟了上去。穿过几条小路后，喻浩然突然在前面路边的小公园停车，下车走进了公园里。杜猛也赶紧下车跟上，老六留在车里待命。

杜猛一边假装在看景，一边偷偷跟着喻浩然。喻浩然一直走到小公园的凉亭里，里面有个人在等他，那人穿着一套运动装，戴着棒球帽，看不清长相。

只见喻浩然对那人说了些什么，那人从包里拿出一个信封递给喻浩然。喻浩然接过信封，转身离开。见状，杜猛赶紧拿起手机，拨通了安静的电话。

安静这边苏美佩和胡玉萍聊得正欢。苏美佩问："马尚，你现在在哪里工作？"

马尚刚要开口，胡玉萍抢先开口了："他呀，他在鼎华，现在是人事部的主管。他也是从早到晚没完没了地加班，现在的年轻人，也真挺不容易的。"

苏美佩点了点头，看向马尚，明显带着欣赏的目光，开玩笑地说："大企业的高管了，自己条件这么好，怎么跟我们家安静一样，这么大年纪了也不找对象？"

"可不就说嘛！他老说什么还没碰到合适的。"胡玉萍说，"马尚，你看安静工作这么忙，你作为老同学，那么多年的朋友，平时多联系联系……"

这时，安静手机响了，安静一看是杜猛打来的，连忙说："不好意思，工作电话。"

苏美佩刚想说什么，马尚抢先开口道："没事没事，快接吧。"

安静按下接听键，电话中传来杜猛的声音："静姐，情况有点不太对，喻浩然接了一个不明身份的人拿的一个信封。"

安静脸色变了一下，问："有没有别的情况？"

"暂未发现，还在继续盯着。"

安静的情绪一下子就跳出来了，进入工作状态，严肃地说："我马上过来。"

电话挂断了，安静不好意思地说："阿姨，实在抱歉……"

"这道什么歉，你的工作要紧。放心，我们一会儿保证把你妈妈平平安安送到家。"

"谢谢您。"

"没事没事，下次我们再好好聚。马尚，你快去送送。"

走到外面，马尚才问："什么情况？"

"喻浩然跟一个不明身份的人见了面，两人有交易。"

"有杜猛盯着，暂时出不了错。你开车慢点儿。"马尚说着，两个人走到了门口。

安静小声嘀咕："这饭局……还有下次？"

"我说了吧，这顿饭没那么容易吃的。"

"我怎么感觉她们俩都快成好姐妹了？"安静实在有些无语。

"其实也好，以后万一成亲家了，也好相处。"

听到马尚这么说，安静白了他一眼，道："走了。"

"我尽快过来。"

老六和杜猛跟着，隔着几辆车旁边的车道上，喻浩然的车正在平稳地行驶着。

杜猛思索着，道："邹教授家好像就在这附近？"

"还真是……"老六神色一变，"猛子，我们的对手已经两次实施暴力犯罪致人死亡。现在这个情况，我们要不要拦截？"

杜猛也紧张起来，但没有回答。

"喻浩然刚和不明身份的人接触过，现在如果真要去找邹教授……"

老六还没说完，杜猛打断道："不。继续跟踪。"

"还是稳妥点好吧？"老六迟疑地说。

杜猛摇摇头说："第一，我们的首要任务是跟随喻浩然，寻找他的疑点。第二，我们不确定喻浩然拿到的是什么。第三，喻浩然和邹珏是同事，见面很正常。我们不能因为之前的行动出了问题就自己吓自己，也不能为了稳妥就拒绝承担任何风险。"

"你是指挥，我听你的。"

杜猛点了点头，又拿起通讯器说："王佐，如果喻浩然前往邹教授的住处，你接替我们跟踪，务必掌握二人谈话内容。有任何特殊情况，随时报告。如果邹教授人身安全遭到威胁，你可以第一时间进行处置。"

"明白。"

喻浩然的确是来找邹珏的。邹珏开门看到他有点意外地问："喻工，你怎么来了？"

"邹教授，我有个好消息要告诉您。"喻浩然看起来十分高兴，邹珏反而有点疑惑，但是没多问什么。

"进来吧。"门一关上，王佐和两名侦查员迅速地从应急通道里出来，分别守住了电梯和应急通道出入口。王佐脚步轻快地走到邹教授家门前，拿出监听器，将声音传导探头靠在门上。

老六的车停在邹珏家小区附近，两个人等待着消息，脸上都有一丝紧张。这时杜猛的手机响了，他立刻接通电话。

"情况怎么样？"电话是安静打来的。

"喻浩然去了邹教授家，目的不明。王佐正带人监听，但是只能用便携设备，我这边没有声音信号。"

"邹教授家？"

"对。根据目前的情况判断，我没有下令拦截，但是让王佐随时做好处置准备。"

"好。我马上到。"

喻浩然没在邹珏家待多久，听到他起身的动静，王佐迅速地拿下监听器，撤到楼道里，两名侦查员也闪身进去。

"我先走了，您别送了。"

"好，开车慢点儿。"邹珏目送喻浩然离开，又低头看了看手里的票，表情有些纠结，小声嘀咕，"这孩子……"

原来喻浩然是来送音乐剧票的，邹珏和他的夫人都喜欢看音乐剧，只是这场票不好买，没想到喻浩然给送了过来，还不肯要票钱。

四

杨迅一副醉醺醺的样子坐在酒吧的吧台上，却还是一杯接一杯地喝酒，旁边的威士忌酒瓶已经空了一大半。杨迅想起身去卫生间，却一下子没站稳，跪在地上。旁边的酒客都看着他偷笑，调酒师看了摇头叹气，这回也没上去帮忙。

杨迅骂骂咧咧地想要站起来，但腿上绵软无力。这时，有人从后面伸手扶了他一把，杨迅抬起头，发现面前是一个一副精英打扮的混血模样的中年人，正是乔装后的乔西川。

此时的乔西川顶着一头深棕色的头发，戴着美瞳，加上他本人的五官本就立体，确实很容易让人误以为是混血。

乔西川面带礼貌的微笑问："你没事吧？"

杨迅情绪不好，用力甩开了乔西川，说："有病吧你！"

乔西川并不介意，始终保持着微笑。他看着杨迅，突然露出诧异的表情，说："你叫杨迅吧？"

杨迅一愣，问："你谁啊？"

"我们在鼎华见过……我听说，你最近不太顺？"

杨迅愣了半晌，苦笑着说："怎么着？现在谁见着我都得踩两脚是不是？"

"我没这个意思。"

这时，杨迅已经挣脱乔西川的搀扶，坐了回去。

"换谁摊上这种事，肯定都不好受。可你这火气也太大了吧？"

杨迅眯眼打量乔西川，问："我跟你熟吗？"

"我记得你做人挺灵活的，现在这是怎么了？"

杨迅不理会乔西川，自顾自地倒酒。

"你这个样子，庞总看见了怕是会失望吧？"

"他失望？我就是被这王八蛋害的！你到底是啊？你跟庞一山认识？"

乔西川微微一愣，似乎对杨迅的话来了兴趣，问："被庞总害的？你能跟我说说吗？"乔西川说着，从名片夹里取出一张名片递给杨迅。

杨迅醉眼惺忪地看了半天，好不容易才看清上面的字："星创科技……首席执行官，何平……大老板啊！"

杨迅的语气里明显带着调侃，但乔西川完全不在意，继续说："我最近有个生意要谈。谈生意嘛，先了解一下合作伙伴总没有害处，你愿不愿意跟我说说？"

"好啊！"杨迅带着醉笑，"那我这儿的料可多着呢，你想问什么，我必须知无不言，言无不尽！"

乔西川看着杨迅，还是那副标准的微笑。

第二十二章

争 斗

一

马尚和赫子轩在工作站前查看监控录像。数个分屏的画面，都是周恋遇害那天大雨中的情景。

"你看，这是德阳步行街。"赫子轩指着最左边的屏幕。

画面中，正在使用公用电话的周恋的位置用红色选框标出。而画面的另外一角，周围的行人匆匆而过，有个撑着伞的身影在原地徘徊，雨伞挡住了脸部。他的身体被黄色的选框标记出来。

"刚开始我没注意，以为这个人在打电话或者等人，但是你看……"说话间，安静和杜猛进入船舱。

"怎么样？"马尚看向安静问。

"虚惊一场。还好杜猛冷静指挥，没有惊动喻浩然。"安静说完，马尚看向杜猛，赞许地点了点头。杜猛对他笑了笑，算是回应。

"来得正好，过来看，我发现了一个重要线索。"赫子轩说。

"你们看这个……"赫子轩说着，调出周恋在打电话和被撞时的两个监控画面，每幅画面各有一个黄框标出一个撑着伞遮挡住面部的高大身影。

"这个人……"

杜猛还没说完，赫子轩道："别急，还有。"说完，他依次调出三段周恋奔跑的画面，这个人都在周恋的附近。

"有一段时间，他没在周恋的身边出现，直到周恋出车祸后出现了一下，然后就消失了。天眼系统没有捕捉到他之后的行动轨迹，他有可能刻意改变了自己的步态特征。"

安静看向杜猛问："有印象吗？"

杜猛仔细回忆半晌，无奈地摇了摇头，又问赫子轩："就这四个摄像头拍到他了？"

"我搜索好几遍了，天眼系统只能识别这四个记录。"

安静想了想，道："这样……我先想办法确定一下，看他的行动路线有没有争取时间差，拦截周恋。"

第二天，马尚想趁中午休息时间找程雷了解情况，打听到程雷在天台，拿着两杯咖啡就去了。

见程雷和苗露站在护栏边，马尚道："找你半天了。"

马尚走上前，递给程雷一杯咖啡，他不知道苗露也在，想了一下，把另一杯递了过去，调侃道："聊什么呢？工作时间不让谈恋爱。"

"马总，我没心情开玩笑。"程雷皱眉道。

"庞总已经宣布了？"马尚问。

苗露急切地问："马总，到底怎么回事？程工跟了这么久的项目，说交出去就交出去？那到最后不全都成了喻浩然的了？"

原来，今天上午庞一山突然以喻浩然、程雷二人分别带组效率不高为由，在征得邹珏同意后，宣布将除了苗露所在的小组之外的其他人员都并到喻浩然那边。显然，庞一山是想把喻浩然推向邹珏助理的位置。

苗露沉默了一会儿，道："不行，这事不能就这么算了，我得找我姐去。"

说完就要往外走，程雷一把拉住她说："你干吗去？邹教授都点头了。你现在找有什么用？把矛盾越搞越大，以后一个办公室还怎么处？"

"你不能事事都让着啊，现在一句话就把你撤下来了，那接下来谁知道还要怎么折腾？"苗露生气地说。

马尚也拉了程雷一下。苗露又看向马尚，见马尚没有表态的意思，她也不再多说什么，转身就走了。

"这小丫头还真是看上你了啊？"

"这种事你别瞎说。"

"你有没有点良心？帮你帮到这地步了，你还不认？你也太渣了吧？"对于马尚的玩笑，程雷没心情理会，转过身去看向远方不再说话了。

苗露是个急性子，一到下午上班时间就带着苗霏爱吃的零食，一番软磨硬泡，说动了苗霏。下午的鼎华中高层会议，苗霏就提出想派喻浩然去工厂对接生产，但庞一山分毫不让，一时这事也没决定下来。

会后，林晓兰单独让苗霏来一趟办公室。

"林总，您找我？"

林晓兰微笑着起身，拉着苗霏一起坐在沙发上，说："苗霏，你父亲最近怎么样了？好久都没有他的消息了。"

苗霏说得含糊，林晓兰也没有继续往下问，而是往苗霏这边挪近了些，表情认真地看着她，说："苗霏，你现在是不是特别没有安全感？"

"没有啊。"苗霏道。

林晓兰笑着轻轻摇头说："你以前可不会这样。"

"林总，我不太明白您是什么意思。"

"我看着你从基层一步步干到现在这个位置，证明了自己不是走后门进来的，得到了大家的认可……可是为什么，今天你突然变成这样了？"

苗霏一听这话有些着急，站起身来解释道："林总，我现在还是按照公平的原则认真在工作，我没觉得有什么不妥。"

"我觉得你没有安全感，说的是这个意思……"林晓兰走到办公桌前，从抽屉里拿出一沓资料递给苗霏，"你自己看看吧，有人匿名报告，说程雷和苗露关系走得很近。"

"林总，这……"

林晓兰打断道："这件事其实无所谓，苗霏，只有我们两个人在，我就有什么说什么了。结合你今天跟庞总在会上的争执，你是不是真的是因为这种连带关系，想把程雷给推上去？"

"林总，我没有。"

"庞总在工作上确实有一些不妥的方式，但你跟他不一样，你可是老苗的女儿！"林晓兰走到苗霏跟前，拍拍她的肩膀，语重心长地说，"苗霏啊，你一直是我最看好的人，你年轻，我觉得你应该把眼光放得更长远一点。"

"可是，林总，如果所有提上去的人都是庞总的人……"

不等苗霏说完，林晓兰便打断她道："就算这样，他依然要活在公司的组织架构里面。只要他这个团队有战斗力，公司一样是获利的。站在我的角度来讲，我不认为这是一件坏事。"

"您就不担心尾大不掉吗？"苗霏担心的还是这个。

林晓兰一副满不在乎的轻松姿态说："我知道你在担心什么，你觉得他会另起炉灶。你怎么能确定所谓的他的人，都真的跟他是一条心呢？即便是他把所有人都挖走，去成立他自己的公司，跟鼎华形成竞争关系，那时候又能怎么样？我一样笑脸对他，我们只要签订合作协议，我们两家公司合作赚钱，依然是双赢。"

林晓兰一番话，说得苗霏哑口无言。

"林总，我懂了。"

林晓兰又微笑道："苗霏，你现在懂得一个真正的生意人应该是什么样的了吧？应该在乎什么，不应该在乎什么，懂了吗？合作才是现代社会的基础，不是争斗。"

二

"小李，你来扮演周恋，"安静带着杜猛、小李站在德清路的那条小巷附近模拟当天的情形，"她当天就是从这里跑到友谊路的监控盲区，杜猛也是在这附近稍微落后了几步。"

"好。"

"我来扮演目标。杜猛,你尽量按照那天的速度。如果我能比你先接触到她,那基本上就能确定目标有重大嫌疑。注意各自的时间差。"

"开始。"

安静说完,小李跑进了巷子,安静看着表,时间一到便以最快的步行速度沿德清路往前走去。过了接近二十秒,杜猛也跑进了小巷……

会合后,三个人面面相觑。根据时间差,那个不明人物有在盲区拦截周恋的可能。安静思考了一下,道:"去查一下,事发当天有没有车辆失窃。这是逃离现场最有可能的方式。"

"好。"

杨迅独自在酒吧内喝酒,拿着手里那张何平的名片看着,犹豫了很久,拨打号码约他在酒吧见面。何平很爽快地答应了。

乔装成何平的乔西川停车后给杰弗里打了个电话,说:"矿石的事情有进展了,我物色了新的中间人,但还需要一定的时间进行引导。"

"很好,按你熟悉的节奏推进。"

"另外一件事到底什么时候推进?你的人准备怎么更改数据?"

"这可是你制定的计划,你应该清楚,现在必须等鼎华那边的项目进度。"

"那我等你的消息。"说完,乔西川挂了电话,厌恶的表情一闪即逝,随后走入酒吧。蝙蝠正坐在车里,盯着乔西川的一举一动,乔西川显然并没有注意到他。

"何总,您来啦!"杨迅看上去十分热情,又是嘘寒问暖,又是道歉的。

乔西川观察着杨迅的变化,故意装作有点不耐烦的样子说:"如果有事,你就开诚布公地讲吧。"

杨迅咬了咬牙,似乎下定了决心说:"何总,您也听说了我的情况,不瞒您说,我现在还欠公司两百万还不上,您能不能帮帮我?"

乔西川饶有兴味地看着杨迅,说:"你想怎么帮?"

"我会给您打个欠条,等我一筹到钱就会还给您。"

乔西川笑着说:"我凭什么要借给你那么多钱?我们俩只不过是一起喝了顿酒的关系而已。"

杨迅哑口无言,表情明显尴尬。乔西川又道:"算了算了……你能跟我开这个口,看来也真是走投无路了,我帮你想想办法。"说完,乔西川站起身拍拍杨迅,"走,我带你去散散心。"

杨迅愣了片刻,跟着何平走出酒吧。二人沿着酒吧街走了一会儿,来到隐蔽处一家叫"绿宝石"的酒吧。这家店装修不错,但几乎没有什么客人。

一个服务生迎了过来,问:"您好,请问几位?"

乔西川没有说话,他的手轻轻一翻,像变魔术似的手中多了一块精致的金属筹码,他把它递给服务员。服务员看了一眼,立刻攥在手里,似乎不愿被别人看见。

"先生,您呢?"服务生又看向杨迅。杨迅不知如何回答,只得愣在那里。

"他第一次来,我的朋友。"

服务生带着乔西川和杨迅进了仓库,杨迅才明白,这里是一家隐秘的赌场。乔西川笑着从口袋里摸出两个筹码交到杨迅手里,说:"我只能帮你这么多,剩下的看你自己了。"那两个筹码价值二十万。

"南希,这位是我的朋友,杨总。他第一次来,你好好照顾。"乔西川对迎上来的一名容貌姣好的接待员说。显然,他们早就相熟。

接待员和杨迅互相打了个招呼,乔西川又道:"我还要见个朋友,差不多半个小时以后再来找你。去吧,祝你好运。"

接待员笑着,上前挽住杨迅的胳膊。杨迅三步一回头地走了进去:"何总,那我等你。"

"好。"乔西川依旧微笑着。

三

从绿宝石酒吧后门出来,确定四下无人,乔西川在后巷的垃圾桶里翻出一包东西进了旁边的一条阴暗窄巷。

片刻之后再出来时,他顶着一头几乎挡住了整张脸的脏乱头发,手里拎着一个破麻袋,俨然是一副乞丐的模样。乔西川拨弄乱发挡住脸孔,又装出一副弯腰驼背的步态,慢慢走出小巷。

蝙蝠还在绿宝石酒吧不远处观察着,后视镜中,一个佝偻的身影向他走来,立刻引起了他的注意。那个乞丐停下步子,几乎匍匐在地,从车下摸出一个空饮料瓶,收进手里的麻袋中。蝙蝠厌恶地皱了皱眉,没有多加理会。

但他没有想到,一枚微型定位器,被乔西川固定在内侧的轮胎上。

拐进巷子不一会儿,乔西川换上一身西装,又恢复了平日的精英气质。他打开手机上的跟踪软件。地图上,蝙蝠停车的位置,一个红点不停闪动。乔西川嘴角浮现一丝冷笑,他简单整理了一下衣着,进入绿宝石酒吧的后门。

等乔西川从酒吧正门出来时,跟在旁边的杨迅拎着一个箱子,今晚他收获不小。

杨迅询问乔西川,乔西川大方地说:"你凭本事赢的,留着吧。回头等你赚够了两百万,再把我那二十万的本金还给我。"

杨迅极力控制,脸上还是乐开了花,说:"何总,我真是不知道该说什么好了……这么多人,只有你愿意帮我。"

乔西川也不多说,笑了笑往前走。杨迅赶紧跟上,低声道:"真没想到,这条街还有这样的地方,这要是被查到,也算是个大案了。"

"好多赚钱的手段,被查到了都是大案。对吧?"

"我……我真是倒霉,也不知道我的上司怎么就抽风了,突然把以前的东西翻出来看。"

"那你有没有想过,你可能只是个替罪羊?"

"什么意思?"

"我对鼎华有些了解,也知道一点你的事。你有没有想过你的上司为什么突然要查这个东西?你能虚报一万,她就能虚报十万,她留着你还是块挡箭牌。"

　　杨迅傻了,他思索半晌,忍不住气道:"我还以为只是要打压我……这个贱人!我举报她!"

　　乔西川反问道:"你现在什么身份?谁会信你?"

　　杨迅一时无话,又气又急,脸都憋红了。乔西川拍着他的肩膀说:"好了,从头再来也不是什么大不了的事。我还是那句话,赚大钱的办法有的是,不一定合法,但是……"

　　杨迅接过话头道:"不被逮到就行。"

　　乔西川露出满意的笑容,引导得差不多了,说:"今天就这样吧,有空再约。"乔西川往前走了,但是走了几步又回过头来,"忘了提醒你,十赌九输,你别只想着来这儿赚钱,也要考虑风险。"

　　杨迅点了点头,还在愤愤不平地想着自己的心事,也不知听进去多少。

　　另一边,游艇上正开着会。马尚一到,安静就问:"怎么样?最后怎么定的?"

　　"最后还是把项目收尾工作交给喻浩然了。"

　　"不能让喻浩然上去啊!他现在是我们的嫌疑人,这要是让他一步一步踏稳了,真当上邹教授的特别助理,那不就麻烦了吗?你怎么也没起到点儿作用啊?"杜猛不满道。

　　马尚也不急于反驳,淡定地坐到沙发上说:"首先,苗霏都没能干预这件事,我就更不可能了。其实说实话,要阻止喻浩然成为邹教授的助理,只要宋局打个招呼就行,并不难。但我觉得,还不如顺其自然。"

　　"如果喻浩然有问题,那他选上了这个特别助理的职位才有机会动手,才会有所行动,咱们才能抓到他的证据。你是这么想的吧?"安静说完,马尚对她点点头,俩人默契地相视一笑。

　　"真不愧是老情人。"赫子轩嘀咕了一句。

　　杜猛有点不自然地说:"可这样风险有点大吧?万一他有行动的时候我们没能发现,那岂不是把煮熟的鸭子送到别人嘴里了?"

　　马尚看着杜猛笑道:"所以我们要做些准备了。"

　　开完会,杜猛却没和安静一起走,而是和马尚进了一间房。

　　"查到什么了?"关上房门后,马尚问。

　　"是这样,当时醉驾撞死静姐她爸的那个司机樊德伟,他不是有个女儿得了白血病吗?"卷宗上有记录,樊德伟入狱半年多后,他的女儿被一个慈善组织选中接受骨髓移植手术,而且存活下来了。因为是几十个儿童同时被救助,所以没有作为疑点继续查下去。

　　"但是你知道这个慈善组织的背景吗?"杜猛问。

　　马尚摇了摇头,认真起来。

　　"赫尔墨斯,听说过吗?"

　　马尚点头道:"古希腊神话里的盗贼、旅者和商人之神。"

　　"谁跟你说这个了,赫尔墨斯集团。"杜猛道。

马尚一愣，问："那个跨国企业？慈善组织有赫尔墨斯的背景？"

"当然没那么简单。资助这个慈善组织的，是集团旗下一个特别不起眼的小公司，与其说是公司，倒不如说是个家庭作坊。北欧有很多这样的小型实业公司，家族几代人经营，做得挺不错，但也没什么扩张野心。"

马尚道："这个我了解。问题是，赫尔墨斯什么时候收购它的？"

杜猛点头道："对，这才是关键。当年那个案子，市局前前后后调查了一年多。但是直到两年后，赫尔墨斯才用远远高于估值的价格把这公司给收购了。所以当时的调查根本没查到这一层。"

马尚思考了一下，道："所以你的怀疑是，赫尔墨斯集团早就开始操控这家公司，只不过几年后才正式收购？"像这种先达成意向，过几年再正式收购的案例并不少。

"没错。你想想，赫尔墨斯是干什么的？重工业，能源产业。静姐她爸当年查的案子，就是能源走私！"

四

上班时间，马尚把程雷喊上了天台。程雷有些不乐意地说："你又要干什么？我还没吃午饭呢！"

"我跟你问点事儿。"

"那你不得请我吃饭，边吃边问？"

"你心怎么这么大啊？还惦记着吃？我问你，喻浩然跟庞一山到底是什么关系？真的就是一个狗腿子？"

程雷赶紧道："我可没说过这话。"

"我就那意思……庞一山这么力挺他，背后肯定有原因吧？"

"你操心这事干什么？"面对程雷这么问，马尚借口自己站队苗霏，关心这个其实也是为自己着想，"要是苗霏被庞一山打压下去了，我还怎么混？"

程雷叹气道："你别总琢磨这些事行不行？庞一山那种人，就是喜欢玩这种手段，他就是有这闲工夫去扶持喻浩然。以后喻浩然真成了气候，还不是得念着他的好？"

"就这么简单？"

"那要不然呢？庞一山从来就这样，你见得多了就习惯了。"

"庞一山这种做派，能在鼎华坐到那么高的位置，我也觉得挺奇怪的。你说，他到处笼络人心，会不会有别的什么目的？"马尚继续试探道。

"你觉得能有什么目的？"

"他分管研发部门，牵扯到咱们集团最核心的技术。公司最近出了这么多事儿，都是围绕研发部门。有没有可能是庞一山……"

听完，程雷一愣，脸色沉了下来，道："马尚，你要是想搞这套东西，那以后就别来找我了。我是看不惯庞一山，可我也绝对不会往别人头上扣屎盆子。行了，知道的都告诉你了。你不请我吃饭，那我走了。"说完，程雷和苗露一起吃午饭去了，二人最近感情不断升温。

马尚晚上赶到码头时，正好碰上开完会往外走的安静。安静道："开完了。没什么太大的进展，该同步的信息都同步了。"说完，便把马尚拉上车。

夜色中，安静平稳地开着车，马尚坐在副驾上闭目养神。安静瞥了一眼，问："鼎华有什么动向？"

马尚睁开眼，叹了口气道："庞一山明显是要把喻浩然推到邹教授的特别助理这个位置上。我试探了程雷的想法，他已经放弃竞争了。其他人对喻浩然的威胁可以忽略不计。"

"你有没有考虑过庞一山的嫌疑？"安静问。

"有。"马尚肯定道，"但是庞一山十几年如一日，把权力当成肉包子咬着不放，这种帮自己人上位的事从来就没少干。他的行为前后连贯，我还没找到漏洞。"

安静点点头，又道："我这边有点进展。周恋出事的地方，附近有个地下停车场。现在已经查明事发当天有车辆失窃，但暂时还没找到失窃车辆的下落。"

马尚想了想说："这条线靠谱。"

"我有不靠谱过吗？"

"没有，你最靠谱了，要不然这么有魅力？"马尚笑道。

谈笑间，气氛十分轻松。

过了一会儿，安静突然道："马尚，你们昨天是不是在聊我爸的案子？"

沉默半晌，马尚还是轻轻说："是。"

"有进展了吗？"

"我跟杜猛在挖一条线索，暂时还没有实质性进展。"

"什么线索？"

马尚没有回答。

安静却穷追不舍："马尚？"

马尚叹了口气道："我们不是商量好了吗？这件事我带着杜猛查，你不要过问。等到有明确的进展，我肯定第一时间告诉你。"

"我问一下怎么了，你怕我分心？"安静问。

马尚认真地说："当然了，这种似是而非的线索最牵扯精力。而且在你爸的这个案子上，你能做到完全客观吗？我不向你透露，也是怕你的情绪影响我的判断。"

安静有些不满，沉默了片刻，说："好吧。但是不管你最后调查的结果是什么，你都不能瞒着我。"

马尚回到家中，胡玉萍道："今天回来挺早啊？想见你一面可真难。忙到天天睡公司，至于吗？"

"我正想跟您说呢，咱们家离公司实在太远了，要不我还是租个房子吧。"

"再说再说。你最近加班加点的，到底在忙什么呢？"

"这不公司现在有个新产品要上市吗？这是鼎华有史以来最大的项目，光研发就耗了好几年，现在到了最后最关键的阶段了。公司指望靠这个项目更上一层楼。"

听到这话，胡玉萍开心道："像这种消息属于利好消息吧？项目面市以后，鼎华股票肯定大涨。还有没有什么内部消息？"

"您要干什么？"马尚警惕地问。

"没事儿，就是了解一下，你工作顺利就行。公司更上一层楼，你的前途也跟着水涨船高。妈就是开心！"说完，胡玉萍又唠叨起安静的事，"你要碰到喜欢的，就绝对不能放过。找个自己喜欢的人多不容易！以后就算有什么困难，那也能两个人一起克服，对不对？"

说了一串，胡玉萍的这句话触动了马尚。她走后，马尚独自在黑暗中思索着，辗转反侧。

第二十三章

重 演

一

　　绿宝石酒吧里一如往常，零零星星坐着几个客人。面如土色的杨迅坐在角落的卡座里被保镖盯着，那个名叫南希的接待员坐在对面道："杨总，这才一百多个，你都拿不出来吗？"

　　"马上就到了，何总马上就到了。今天也真够倒霉的，你也看见了，一把好牌都不出……我怎么感觉这里面有点问题啊？"

　　接待员的脸色瞬间就沉了下来，道："杨总，你要是这么说，那就别怪我……"

　　"谁惹我们南希了？"化装成何平的乔西川恰好这时候来了。

　　"何总，你这位朋友说我们场子不干净。"

　　乔西川看向杨迅说："杨总不可能说这种话吧，你是不是误会了？"

　　"误会了误会了，我不是这意思。"

　　接待员笑了笑道："何总请坐。"说完，给了保镖一个眼神，保镖便离开了。

　　"怎么了？这么着急叫我过来。"乔西川坐下说。

　　"杨总今天手气不好，在我们这儿借了一百多个，最后还是没翻本。"

　　乔西川叹了口气，看向杨迅说："这跟我有什么关系？"

　　杨迅无奈道："不是……何总，我真没别的办法了，我……"

　　乔西川打断道："我知道，你刚把钱投到新项目里面，现在手头没钱周转。小事儿，你直说不就好了吗？南希，看我的面子能不能给他几天周转的时间？"

　　"看您的面子当然可以，但是按规矩得有利息。"

第二十三章／重　演

"利息从我账上直接扣。南希，你先忙去吧。"

"好。"接待员起身说，"杨总，一个星期够了吧？场子里的规矩，最多一个星期。"

"够了……够了。"

接待员走后，乔西川也一言不发，直接向外走去。

"何总……"杨迅赶紧追了出去。

出了酒吧，乔西川走在前面，杨迅耷拉着头跟在后面，试探地问："何总，他们这场子真有问题……"

乔西川没有搭理杨迅，两个人又往前走了一段，乔西川突然停下道："你怎么想的？手气不好那就改天再来。输光了就算了，你还找他们借钱？"

"我……那一桌子人都说风水轮流转，下一把就能转到我头上……"

"你太让我失望了。杨迅，我可没打算一直帮你交利息，这边的利息是按天算的。"乔西川说完要走，杨迅急了，拉着他的胳膊。乔西川脸色阴沉地看着杨迅，杨迅怂了，只得松开手，又急忙跟上去道："何总，你不是要跟鼎华谈生意吗？我能帮你！"

"我不觉得你值得信任。"乔西川冷冷地撂下一句话，快步往前走了。

杨迅愣在原地，脸上的表情无比尴尬。等到回过神来，骂了句："狗眼看人低！"

宋铭带着马尚、赫子轩、杜猛在游艇里开会，安静却因为陪苏美佩而缺席。

安静今天带人在郊区找到了周恋遇害地附近被盗的车辆，并找到了一份不属于车主及其家人的毛发样本。宋铭已经把毛发样本的检测报告送到秦枫手里，今天他来主要也是和大家分享这一信息。遗憾的是，全程都没有摄像头拍下盗车者的正脸。

"看来这个人一定受过非常专业的训练。"马尚道。

"确实有情报提及过一个相当活跃的犯罪分子，代号是蝙蝠，是个亚洲人。"宋铭道。

"蝙蝠？"马尚眼睛亮了一下，这个代号完全符合他的猜想。

宋铭却说："但他很少在东亚活动，没有证据显示他来过中国。我把样本给秦厅，也是希望借助他手上的资源进行比对。"马尚听完点了点头，毕竟猜想不能证明什么。

宋铭继续道："我们在等消息的同时，也要积极寻找其他的突破口。马尚，鼎华那边有什么动向？"

"鼎华方面，目前所有的精力都在运作新品上市的事情。最终数据很快就要核算完了，之后就会送到生产厂家，然后进行临床验证。为了这个项目，所有其他工作全都靠边让步，甚至包括邹教授的 DS 材料人工合成技术。"

杜猛问："我一直好奇一个问题。如果邹教授的这个项目还没有全部完成，间谍组织为什么这么早就展开行动？他们现在根本就偷不到最终数据。"

"一旦最终的研究成果公布，所有专利都会归鼎华所有，之后再盗用就要面临巨额罚款和没完没了的官司。不会有买家去竞标一个已经注册过的技术。"马尚解释道。

"懂了。那么邹教授的项目延后，不就给了对方更多的作案时间？"杜猛说完，马尚点了点头表示赞同。

"还是先回到当下吧。喻浩然的情况怎么样？"

"他当选邹教授的助理,大概有九成的把握。可目前我们还是没有找到他身上有什么重大嫌疑。我有一个大致的想法,想请邹教授配合,放一个让他无法拒绝的诱饵,看他会不会露马脚。"

马尚说完,众人点头赞同。

二

"我不相信你爸当年的车祸是意外。他凭什么说我不对?那件事我了解得详细还是他了解得详细?"苏美佩生老王的气,老王没办法,只好求助于安静。

"妈,您控制一下情绪。这事确实是老王不对,我们家的事,还轮不着他评论吧?这还没让他转正呢!"

苏美佩被安静逗笑了,情绪好转了很多。她想了一会儿,对安静道:"闹闹,好多年了,其实我们俩还真的从来没有好好讨论过这件事。我知道,我不是专业的,但我想问你,你是怎么想的?你相信我的话吗?"

"您想听真话?"

苏美佩点了点头,安静道:"其实这不是相不相信您的问题。说实话,您的猜测基本是从主观角度出发的,对于案件来说,这没有任何意义。"见苏美佩想说什么,安静赶紧接着往下说:"您听我说完。爸爸去世以后,我就下定决心一定要和他从事一样的工作,接过他的责任,继续他未完成的任务。这样,就好像他从来都没有离开我。"苏美佩听着,眼泪落了下来。安静又继续道:"另一方面,我当然也仔细核查过当年的档案。当年负责调查的就是老宋,您肯定不会怀疑他敷衍调查吧?"

"宋铭不会。"

"对啊,核查档案以后,我也不得不认同调查结果。对方确实是因为醉驾才导致了车祸。但是我从来没有把这个认定为最终结果。"

安静沉默了一会儿,道:"有很多案子,线索被掩藏得很好,但是随着时间推移,总有新的证据浮出水面。我爸的事,说不定也会出现新的疑点。"

苏美佩认真地听着,不停点头。安静把手搭在苏美佩肩膀上,说:"妈,不管您的猜测是对还是错,调查这件事的责任现在已经落到我的肩上了。您把它放下好不好?现在不只我在查,还有我的朋友也在帮忙。我向您保证,我永远都不会放弃调查,最后一定会把真相告诉您。"

苏美佩终于点了点头,抱住了安静。

"妈,这件事折磨您太久了,放下吧,有我在呢。"苏美佩微微点头,眼泪又涌了出来。

另一边,宋铭和马尚也在讨论安静父亲的死因。

"宋局,杜猛查到当年救助樊德伟女儿的那个慈善组织,背后有赫尔墨斯集团的背景。"

宋铭听完一愣,说:"那个跨国企业?这不可能,当年是我组织的调查,我不可能漏掉这么明显的疑点。"

第二十三章／重　演

"资助那个慈善组织的是一家北欧的小公司，事发两年后，赫尔墨斯才正式收购了这家公司，您当时不可能查到这个。"

宋铭叹了口气，脸色变得有些难看。马尚继续道："只查到这个，还说明不了问题。但是接下来的一条关键线索断了，需要您帮忙。"

"你说。"

"我们查到那个肇事司机樊德伟已经刑满释放，但是完全找不到他现在的下落。我跟杜猛所有时间都得压在专案组这边，所以只能请您帮忙了。"

宋铭点了点头，道："等我消息。"

"谢谢宋局！"

鼎华高层的会议上，大家情绪都很高涨。林晓兰道："今天召开这个会议，是跟大家说一个好消息。研发部最后核算工作已经全部完成，今早已经送到了各个厂家，很快，成品就会正式进入临床验证阶段。"

在一阵表扬感谢之后，庞一山看了看苗霏，道："我个人觉得，这次数据核算的主要负责人，也就是研发部的喻浩然工程师，他的功劳也不小。关于邹教授的助理选择，我们管理层的考核结果已经出来了。我们都认为喻浩然非常合适，能胜任这个职务。"

苗霏听了这样的话，没有什么明显的反应。马尚也很平静地看着众人，其他管理层的人员纷纷点头附和庞一山的话。

"那邹教授的意见呢？"林晓兰问。

邹珏神色淡然道："我是用谁都可以的，研发部的几个年轻人都非常优秀，我对用谁不用谁没有任何意见。"

"好，那这件事就这么定了。"林晓兰说完，庞一山得意地瞥了一眼苗霏。没想到苗霏带着祝贺的微笑，冲他点了点头。庞一山反而惊了一下，收起笑容挪开目光。

"恭喜啊浩然，这等于升职了！"研发部众人都在恭维祝贺，喻浩然笑容满面地收拾着自己的物品，说自己今晚请客，研发部又是一阵欢呼。

程雷却不在其中，而是一个人站在天台边，看着下方川流不息的车流。

"一个人在这儿思考人生呢？"马尚找了过来。

程雷沉默了一会儿才开口说话，没想到一开口就说自己想辞职。好在苗露也找了过来，和马尚一起劝了好一阵。

"……反正你要是走，我也走。但是我真的希望你留下来。"苗露说完，程雷很是动容地看着她，握住她的手，点了点头。好像是被苗露的一番话所打动，程雷于是决定留下来。

马尚在一旁露出八卦的表情看着程雷和苗露："所以……你们两个……"

程雷和苗露毫不避讳地看向马尚，马尚笑道："你们两个的关系，需不需要我保密啊？"

"最安全的保密方式就是把你杀掉！"苗露故意露出凶恶的表情。

"吓死我了。"马尚拍了一下程雷，"你也不好好管管你女朋友。"

程雷却一本正经地点头道："我觉得是个好办法。"说完，三个人都笑了。

三

"何总,可不可以请你帮帮我,我真的是走投无路了。"杨迅和乔装成何平的乔西川在一间茶室里相对而坐。二人不远处的一张桌子旁,三个保镖毫不避讳地盯着杨迅,这三个讨债保镖已经赖在杨迅家一天了。

乔西川姿态非常从容地面对着不安的杨迅,说:"这个我们不是早就聊过了吗?那么大笔钱,换作是你,也不会借给一个刚认识没多久的人。"

"不不不,我不是要找你借钱还赌债,我是想……"杨迅下意识地看了那几个保镖一眼,压低声音凑近乔西川道,"能不能借我点路费,够我离开这儿的就可以。不用太多的,真的。"

"你打算跑路?躲得过他们,躲得过公安吗?别忘了,你还欠着鼎华的钱,你一走,那边肯定会报警。"乔西川说完,杨迅愣住了,"所以说,别想着跑了,那根本就是不可能的事。你愿意一辈子当个逃犯?"

"那……那我该怎么办?我完了,我死定了……"杨迅又突然想到了什么,"何总,你能不能相信我,给我个机会?"

"给你什么机会?"

"我们合作……我是离职了,可还有那么多关系都在。不光是鼎华,所有合作的公司我都特别熟!"

乔西川静静地看着杨迅,杨迅继续说:"你上次给我指的路,我想明白了。那些钱别人能赚,凭什么我不能赚?"

"你有这本事吗?"乔西川故作怀疑道。

"你就说吧,你们公司这次跟鼎华接触的目的是什么?我能帮你出主意,帮你绕过所有不必要的人,避免所有不必要的风险。最后不管是赚了钱还是省了钱,我们俩商量着分红。"见乔西川一副犹豫的表情,杨迅哭丧着脸道,"我都到这一步了,让我做什么都行。"

"我不是不想给你机会,可这事恐怕你做不了。我这次跟鼎华接触,是在考虑全方位合作的事情。不过我倒是希望弄到一些DS矿石的配额。"

杨迅一愣,仿佛看到希望就在眼前,立刻精神起来,说:"您的星创科技,有相关的批文吗?可以合法采购DS矿石?"

"当然有。"

杨迅面露喜色道:"那就好办了,我有路子带您绕过鼎华,直接找矿场进货,价格至少低两成!"杨迅和虞山矿场的老板付大勇算是相熟,付大勇正请有留学背景的杨迅帮忙安排他女儿出国。

乔西川笑了笑,似乎完全不感兴趣。

"何总?"

"如果没有批文呢?"

杨迅愣住了。乔西川面无表情地看着他。杨迅小声地说:"这违法啊……"

"那又怎么样？你觉得苗焕阳当初是怎么把鼎华做起来的？"乔西川似乎并不觉得这是很严重的事，"他就是靠走私资源。不过那时候法律有很多漏洞，所以准确地说，他靠的是贱卖资源赚了很多钱，把所有竞争公司都打压下去了。"

"你怎么会知道这些事？"杨迅怀疑地看向乔西川。

乔西川笑着说："你真的想听吗？"杨迅犹豫良久，表情坚定地点头。乔西川继续道："那时候的生意，大多数都是我的一个朋友牵的头。苗焕阳的手有多脏，绝对超乎你的想象。"

杨迅迷茫地说："我不明白……苗总？不可能吧？"

乔西川叹了口气，说："杨迅，做决定吧，大家的时间都很宝贵。"

杨迅又低着头沉默了很久，乔西川作势要起身。杨迅咬牙道："好！反正都这样了……撑死胆大的，饿死胆小的！"

乔西川笑着点了点头，端起茶杯道："祝我们合作愉快。"

当晚，杨迅就请了一位留学中介张老师去和付大勇还有他女儿付梦瑶见面。

趁着张老师向付梦瑶了解情况，杨迅也开始跟付大勇说着自己跳槽到星创科技的事："人往高处走嘛，我现在混了个副总。"

"是吗？厉害啊，以后得叫你杨总了！"

杨迅连连摆手道："勇哥，你就笑话我了。现在这家公司也是做跟DS材料应用相关的生意。有机会，我们可以合作一下。"杨迅趁势试探了一下付大勇的意思。

"那必须的！"付大勇又故作为难说，"不过，你也知道我跟鼎华合作了这么多年，这突然又找了别家，我也怕得罪庞总他们。"

杨迅刚想说什么，旁边桌张老师气冲冲地站了起来："杨迅，我还有点事，先走了！"一旁的付梦瑶却笑眯眯地看着张老师。

杨迅还没反应过来，张老师已经大步离开了。付大勇瞪着女儿，喊道："混账东西！"说完就要起身，杨迅赶紧按住他："别别别！勇哥，我还找了一个更靠谱的朋友，咱们不着急。"

杨迅装作不经意地转头看向大厅另一侧的卡座，乔装成何平的乔西川就坐在那里。此时乔西川并没有关注杨迅这边的情况，他看着手机，屏幕上面显示的是咖啡店附近的地图。

一个闪烁的红点就在咖啡店附近。

四

蝙蝠正在车内给杰弗里打电话汇报乔西川的动向："他带着那个叫杨迅的人，好像是打算通过他去找矿石资源。看来走私的生意又能做起来了。"

"这是个好消息。"

"老板，他真有这么傻吗？走私矿石，不过是为行动做掩护，他会看不出来？"蝙蝠疑惑道。

"乔当然不傻。我认识他这么多年了，现在他越听话，我越是不放心。"

蝙蝠笑了笑，说："明白了。"

杨迅送走了付大勇和他女儿，走到乔西川这桌坐下说："何总，付大勇这个人精明得很，有鼎华这个大靠山，恐怕他不会轻易松口跟我们合作。"

"这个不急，好事多磨。至于他女儿的事，我会想办法搞定。到时候不用提我，让他记着你的人情。"杨迅点了点头，但有点疑惑。

"那些要债的，没跟着你了吧？"乔西川话锋一转。

"何总，这事真的多谢你了，帮了我这么大一个忙。"

"别误会，我只是跟赌场那边打了个招呼，给你宽限了一段时间，并没有帮你还钱。我们现在是合作伙伴，是平等身份，我不想让你觉得自己欠了我的人情。"

杨迅愣了一下，感动道："何总，你越这么说，这个人情我越得记下。你比那些笑面虎强多了。我想通了，只要咱们这笔生意做成了，那点外债算个屁！"

乔西川笑了，欣赏地点了点头。

"找到了！现在集合去找他？"杜猛的声音从通讯器中传来。马尚通过窗户看着外面经过的员工，犹豫片刻说："现在不行。不知道怎么跟你讲，我感觉鼎华这边好像出什么事了。我正想打听，你的电话就来了。"

"那这样……你办你的事，我直接去找樊德伟。"杜猛道。

"别！我们先商量好谈话策略再说。当年的意外是法律上都承认了的，没有任何的漏洞能抓，想撬开他说真话没那么容易。"

"这倒是。"

这时，苗霏脚步匆匆地从外面经过，她透过窗户看见马尚，折返回来打开了办公室的门，招呼道："马总？"

马尚赶紧对着电话道："行，那今天先这样。我这边有点事，回头再跟你联系。"

等马尚挂了电话，苗霏脸色难看地说："你已经知道了吧？"

见马尚一脸茫然，苗霏道："紧急会议，出事了。"马尚愣了一下，急忙跟着苗霏走了出去。

路上，马尚才从苗霏那儿知道，鼎华送去临床验证的医疗器械出了医疗事故。赶到会议室时，众人都正襟危坐，陆陆续续还有人到达。

林晓兰低声跟身边的王秘书交谈着："医监局有没有打电话过来？"

"暂时还没有，应该不会这么快。"

人很快到齐了，所有人都看着林晓兰，会议室里鸦雀无声。林晓兰直接看向喻浩然："喻工，有件事情我需要你的解释。"

喻浩然愣了一下，看向林晓兰。在座的其他人也都看着喻浩然，只有马尚在低头刷着手机。林晓兰继续道："今天早上我接到消息，我们的医疗器械在临床验证时出了医疗事故，而且不只是一家医院。"

听到这里的喻浩然已经目瞪口呆，林晓兰看着喻浩然说："核心元件的设计参数，是你带人核算的。"

第二十三章　重　演

"这……这不可能啊！"喻浩然慌张道，"原型机模拟测试的时候都没有出过问题，我……我还反复校验了核心参数，总不会越改越错吧？这肯定是……肯定是生产方的失误。"

林晓兰皱着眉头，不难看出此时她也有些乱了方寸。她说："这一点我当然会去核实。但是核心元件的生产合作方，跟全世界的知名科研机构都有合作，从来没有出过任何问题。"

"可……可我这边也不可能出问题啊！"喻浩然有些慌张地看向庞一山。庞一山皱着眉头，一言不发。

林晓兰沉思片刻，看向王秘书，说："你帮我把邹教授和程工请来。"说完，又回头看向喻浩然："喻浩然，你先回办公室吧。你说得对，现在还不能确定是谁的责任，我刚才无端指责你，是我不对。"

喻浩然犹犹豫豫地站了起来。庞一山道："喻工，这件事要严格对外保密！"

喻浩然点了点头，心神不宁地离开了。

庞一山严肃道："林总，现在除了查出问题到底出在哪儿，还有一件更重要的事。我们一定要想办法把这件事压住，不然让媒体曝光出去，会对我们产生很坏的影响。"

林晓兰点点头道："苗总，这件事情你来办，去联系医院，通过他们好好安抚一下病人家属。提出的所有赔偿，我们全部接受。"

拿着手机的马尚突然抬头说："林总，已经来不及了……网上已经有了相关的新闻报道，而且明确指出是我们公司的产品出了问题。"

在场的所有人，都露出沉重的表情。没有人再说话，会议室陷入沉寂。

第二十四章

混　乱

一

"各位不要拥挤，注意安全！林总会给每个人提问的机会，请大家耐心等一会儿！"马尚和其他几名工作人员一起，配合保安维持着秩序。

"林总出来了！"不知谁喊了一声，顿时记者们不顾一切地围向大厅门口。马尚被挤得七荤八素，好不容易才从人群中挣脱出来。

"林总，请问这次医疗事故真的是鼎华公司的产品导致的吗？"

"鼎华打算怎么解决这件事情？"

记者们急不可耐，林晓兰抬手示意众人安静："请大家安静！我会一一回答你们的问题！"等记者们渐渐静了下来，林晓兰才道："首先，我想告诉大家，鼎华推进的所有项目，每个步骤都有严谨的核查机制。现在出了问题，我们一定会积极配合有关部门的调查，找出真正的原因。请大家不要盲目相信任何道听途说的言论……"

马尚站在一旁静静听着，突然接到安静的电话，他赶紧快步离开人群。

"你那边情况怎么样？"安静将手机调至免提状态，专案组众人围在四周。游艇里的电视中正在播放记者采访林晓兰的直播新闻。

"一团糟，林总正在应付记者。"

"这我知道，电视上正在直播。我问的是，鼎华有应对的办法了吗？"

"还没有，从今天早上到现在，我感觉她已经快撑不住了。"

安静又问："你有什么想法没有，我们是不是也应该立刻采取点相应的措施？我总觉得这次的事件是针对鼎华的一次阴谋。不然为什么刚出了事情，还没经过任何调查，所有

第二十四章／混　乱

消息就立刻指向是鼎华的产品出了问题？"

马尚看了眼鼎华门口的那群人，道："你说的也不是没有道理。我怀疑这次事故就是密钥失窃的后续，喻浩然当时泄露的信息很可能就是医疗器械的相关数据。"

"喻浩然的目的是什么？他好不容易当上了邹教授的助理，这次出事，他的前途肯定就毁了。"杜猛一番话，众人都沉默了。

马尚思考了一下说："这样……跟鼎华合作的厂家，还有出事故的医院，我们先想好策略，准备详查。"

安静转头看向杜猛和赫子轩，两人了然地点点头。三人便分散开，坐在各自的电脑前开始工作。

杨迅和乔西川吃着饭，也在关注鼎华的消息。杨迅痛快地骂道："活该！天天搞些假大空的东西，我就知道总有一天要出事。这回鼎华恐怕要栽个大跟头了。"

乔西川淡然道："瘦死的骆驼比马大，不至于一下就被拖垮……不过，鼎华如果不栽跟头，我们也不会有机会啊。"

"什么意思？"杨迅愣了一下。

"你不觉得，现在是时候再去联系一下付大勇了吗？他是个聪明人，鼎华现在出了事，他恐怕也会想着找另一家合作公司，给自己找条后路。"乔西川说着，心里不禁对杨迅又低看几分。

杨迅看着乔西川，琢磨道："你是不是早就知道鼎华会出事啊？不然之前付大勇不同意合作，你怎么一点也不着急？"

乔西川不置可否地笑了笑，并没有否认。这时乔西川的手机响了，他看了看，站起身来："抱歉，我接个电话。"随即走到不远处的窗子旁边，说话的声音很小。

"我在外面，简短一点。"

"好的。我看到新闻报道了，接下来有什么具体的打算吗？需要我怎么配合你？"来电者是杰弗里。

"现在还不用急，时机还没到。再等等，等到鼎华的股市开始跌停的时候，再出手也来得及。"

"我相信你的判断。需要我的时候随时告诉我，我这边会全力配合你的行动。"

"这回出事，对鼎华的影响到底有多大？"夜晚，安静问刚刚赶来游艇的马尚。这回，宋铭也在场。

"说是灾难性的都不夸张。"

"事故的原因，鼎华内部有没有确定？"宋铭问。

马尚摇摇头道："邹教授带着程雷正在核查。我还是怀疑这件事跟喻浩然的泄密以及密钥失窃的案件有关。"

"难道是为了拖时间？"安静问道。先前大家都认为喻浩然不可能故意做出这种自毁前程的事，一时也没有别的猜测，安静才提出会不会是为了拖延鼎华人工合成技术的进度。

赫子轩思考了一会儿，道："我不太认同。DS材料在精确制导方面的价值不是能用钱来衡量的,就算鼎华申请了专利,也阻止不了别人为了战略层面的意义进行盗用。"

"你说对了一半。无论这项技术是否申请了专利,一旦失窃,我方的损失都难以评估。但是还要考虑对手的情况。"马尚道。

安静补充道:"按照目前掌握的线索,对手并不是国家级别的间谍组织。他们的核心目的还是为了营利,盗取一个已经申请专利的技术,会严重降低他们的收益。"

赫子轩微微一愣,说:"明白了,明白了……"

"马尚,以你的了解,这件事最坏的结果是什么?"宋铭问。

马尚想了想,说:"鼎华在这个项目上面投入了很多资源,如果最后证实是产品本身的问题,绝对伤筋动骨。股票一落千丈不说,肯定也会失去很多股东的信任,最坏的结果……不排除倒闭。"

气氛变得有些沉闷。宋铭道:"工厂和医院方面的责任人都查到了,赶紧分头行动,尽快确认事故原因。掌握了这个,我们才能做下一步安排。"

"明白!"

二

马尚回到家后,却发现胡玉萍和马骏海在激烈地争吵,原来,胡玉萍以为鼎华新产品上市会带动股票大涨,把家中大半积蓄都套牢在股市了。马尚忙了一天,实在是精疲力竭,想拦也没拦住。

但更为棘手的问题,还在鼎华。

与鼎华合作的加工厂向医监局表示此次事故是鼎华的问题,于是,医监局魏主任很快就带队来到了鼎华。

庞一山本来给加工厂打好了招呼,希望在事故原因调查清楚之前先对外暂时封口,加工厂的这番举动确实将他气得不轻,他毫无顾忌地骂道:"你这是什么行为,你这叫背信弃义!我们都已经合作了这么多年,连这点默契和信任都没有吗?既然这样,我看我们公司之间的合作也就到此为止了,你们的这种行为就叫栽赃诽谤,鼎华会保留对你们公司起诉的权利!"

庞一山满脸怒容地挂断了电话,半响才让自己稍稍平静,才上前敲响总裁办公室的门。

"林总,这件事我要解释一下,我确实已经跟所有合作方打好招呼,真不明白这姓陈的为什么突然跳出来咬我们……"他当然不知道,乔西川以赫尔墨斯集团代表的身份向加工厂抛出合作意向,但前提是加工厂证明自身与这次事故无关,赫尔墨斯才有信心进行合作。在这么好的机会面前,和鼎华的口头协议又算什么呢?

"庞总,我们先不说这些。医监局的魏主任已经在会议室等着了,我们现在要做的是赶快想办法,如何过眼前这一关。"林晓兰示意庞一山先坐下,庞一山只好不再说什么,坐到了苗霏旁边。

苗霏道:"林总,现在的情况是,我们自己都还没有查出来事故原因。医监局那边,

第二十四章／混　乱

我们只能想办法拖着。"说完，林晓兰和庞一山都看向了苗霏。

同样头疼的还有双清市局。安静犹豫了一会儿，还是找到宋铭，说："宋局，我有个问题一直想不通，想找您聊聊。"

"你说吧。"

"这个案子我们调查了这么久，到现在为止，对方总是能踩在我们前面，哪怕是马尚在鼎华内部给提供了大量的线索，我们每一步的行动依旧是滞后……"安静的表情很是苦恼，宋铭点了点头，还是很平静。她艰难地说："宋局，这话跟别人我不能说……可是我现在，突然怀疑是不是自己的能力不够……"

宋铭想了想，说："你心里的顾虑，跟能力没有任何关系，是心态的问题。从你入行开始，经手的案子都太顺利了，当然这也说明你的能力不错，但也导致你没经历过挫折。很多时候，我们都得从极为不利的起点出发。敌人画迷宫，我们走迷宫。你走迷宫的时候，要是发现前面是死路，怎么办？"

"退到上一个岔路口，重新走另一条路。"

"对。重新选择的另一条路也有可能是死路，但是至少你已经排除了一个错误选项。"

安静听完，点了点头道："那按照现在的情况，喻浩然是不是一个错误的选项？他这回八成都要被踢出鼎华，不可能再有机会接触到任何核心技术。他已经没有实施犯罪的机会了。"

"也许吧。但是你换个角度想想，如果喻浩然不是我们要找的人，那么这件事还有什么疑点？"安静沉思着，宋铭进一步展开，"就从喻浩然的本职工作出发，你想想。"

"喻浩然的本职工作？作为高级工程师……喻浩然经手过很多项目，没点本事不可能走到今天这步。他在这么关键的项目上，怎么可能犯这种低级错误？"

宋铭笑了笑，说："对。我们之前为什么怀疑喻浩然？"

"他为了逃避检查私自更换硬盘，极有可能从他的电脑里泄露了鼎华的机密文件。但是我们并不能判断他是有意为之，还是工作失误……"

安静进入思索的状态，宋铭静静地看着她，没有打扰。安静继续道："之后密钥被盗，这样对方就能通过密钥解码泄露出去的文件。"

"那么，喻浩然的电脑里可能有什么文件？"宋铭又道。

"他一直负责这个医疗器械的项目！那就是说，有可能对方解码了这个产品的完整技术数据，进行破坏，然后在交付厂家生产的流程中掉包。"

"对，不管对方目的是什么，这种可能性是存在的。"宋铭点头道。

"宋局，您早就想到了？"

宋铭摇头，微笑着说："我只有零散的几个疑点，是你刚才把它们拼凑到了一起。你做得很好。"

安静露出笑容，但这个笑容很快就消失了，道："这只是一种可能性，我们没有证据。而且对方为什么要这么做？我还是没有头绪。"

"跟着对方的思路，当然会每一步都落后。我跟你的想法恰恰相反，事情发展到今天，我头一次看到了一个一劳永逸解决问题的办法。"宋铭的话让安静陷入疑惑，宋铭却接着说，"鼎华因为这个事故，公司运营上面出了问题，可能有崩盘的危险。我已经跟省里面的领导沟通过了，如果政府能借这个机会入资鼎华，以后关于鼎华的事情，我们就变被动为主动了。"

安静想了一下，露出恍然大悟的表情，说："宋局，您太厉害了！"

宋铭还是面无表情，微微摇头道："这没什么，有问题解决问题而已。但是我能控制自己的心态，没有把时间浪费在自怨自艾上面。"

安静站起身来，敬礼："宋局，我明白了！"

三

庞一山和林晓兰站在办公室的落地窗前，看着窗外的夜景，二人都已经疲惫不堪，好在医监局暂时拖住了，给了三天调查时间。

窗外是城市主路的街景，车辆穿梭不息，衬托得办公室内的气氛格外压抑。林晓兰开口道："庞总，有件事我想跟你商量。你记不记得半年前，政府的人过来谈过入股的事……"

庞一山打断道："这个问题我仔细想过了，不是什么好办法。"

"可万一到了最糟糕的地步，这是唯一能保住鼎华的办法。"林晓兰道。

庞一山叹了口气说："林总，您肯定也都看出来了，老苗总走了以后，我做了很多事，都是在想方设法拆掉他在公司的根基。这有我庞一山自己的私心在里面，我承认。但不代表我反对老苗总定下的所有规矩。他有一个判断，我是无论如何都会赞同而且坚持的。那就是不能让政府注资。"

林晓兰沉默地看着庞一山，一边听一边思考。庞一山态度坚决地说："鼎华走到今天，打垮了这么多竞争对手，靠的是什么？靠的就是公司的灵活性和高度自主权。要是让政府入股，那不是走回公私合营的老路吗？鼎华就算能保下来，那也是苟延残喘！"

"林总，只要大家共同努力，鼎华的这次难关一定可以熬过去。我再去想别的办法，有情况随时联系。"说完，庞一山走出总裁室。林晓兰看着他的背影，沉默不语。

"跟你预料的一样，鼎华出事了之后，付大勇那边确实有点松动，他虽然没直接提矿石配额，但是一直在催他女儿出国的事情。话里话外都在说，只要我把这件事办成，什么生意都可以谈。"杨迅对乔西川说。

乔西川点了点头说："好，我会逐一告诉你接下来要做的事情，按照我的安排一步步去做就可以了。由你全权负责，会不会有问题？"

"好。那我要怎么做？"

乔西川一边给杨迅倒酒，一边道："先别急。你先喝着，我出去一趟很快就回来。"

从这家高级会所后门走出来，确认蝙蝠还在车里后，乔西川便悄悄来到蝙蝠住的酒店。

蝙蝠住的房间门上挂着"请勿打扰"的牌子，乔西川拿出早就准备好的万能门卡，但是刷了几次都没有打开。

第二十四章／混　乱

乔西川有点心急，正好一个保洁员推着清洁车从隔壁房间出来，在门口整理清洁车。乔西川看见保洁员把手中的门卡放进了保洁车旁边的口袋里，于是放了几张钞票在一侧的墙角。趁保洁员上前查看的瞬间，乔西川顺走了保洁车口袋里的门卡，然后悄无声息地走过拐角，往蝙蝠的房间那边去了。

保洁员回头时，正好错过了乔西川的身影。她见四下无人，把钱放进自己口袋，继续回去清理垃圾桶。

乔西川又回到蝙蝠的房间门口，用卡刷开了门。他没有立刻把门推开，而是仔细从上到下检查了一下门缝，果然发现门缝里夹着一条跟门的颜色很接近的小纸片。拍照记录纸片的位置后，这才推门入内。

确认房内没有摄像设备后，乔西川在房内收集了蝙蝠的指纹和毛发，随后快步离开房间，关门时也没有忘记将纸片夹在先前的位置。

"不好意思，让你久等了。"回来的乔西川手上多了瓶名酒。他一边给杨迅倒酒，一边说："一会儿我说的每句话，你都要记好。只要按我说的做，付大勇一定会答应……"

杨迅认真听着，不停点头。

蝙蝠正悠闲地坐在车里，放着音乐，副驾驶座位上放着零食和饮料。过了一会儿，乔装成何平的乔西川和杨迅一起从会所里走了出来，杨迅手里还拿着那瓶没喝完的酒。二人说了些什么，先后有两辆会所的轿车将他们接走。

蝙蝠收起了悠闲的姿态，开车跟上了乔西川那辆车。

四

"程工，你来看这个！"苗露喊道。她所在的小组正由程雷带着核查数据。

"怎么了？"

苗露指着电脑屏幕道："你看这段代码，这……完全是无意义代码。"

"喻浩然怎么会犯这种低级错误？"扫了一眼后，程雷皱眉道。

会议室中，喻浩然非常气愤地看着自己对面的程雷，庞一山站在两个人旁边，其他研发部的同事都围在门口看热闹。

"你栽赃我！这怎么可能是我的问题！无意义代码？你也不找个高明点的理由来陷害我！"喻浩然指着程雷，情绪有些失控。

庞一山越听喻浩然的话，脸色越不好。倒是程雷一脸平静地看着喻浩然，并没有争辩。

"行了，别说了！"庞一山摆手道，"我们公司怎么可能会有栽赃陷害这样的事情发生？出了问题不知道从自己身上找原因！"

"庞总，连你也不相信我？"

马尚挤进了人群，站到了苗露身边问："什么情况？"

苗露不悦地说："核算结束了，我找到了一段无意义代码。喻浩然不服，说程工故意陷害他。真是没长脑子，我找到的代码，要是陷害也是我啊，他冲程工横个什么劲？"

马尚皱眉看着喻浩然，庞一山也说："喻浩然，公司给你安排了住的地方，这段时间哪都不要去了，等着公司最后对你的决定。"

喻浩然不服，还要再说什么，被庞一山挥手打断："我知道，你心里肯定是不舒服。你放心，真不是你的问题，公司也不会冤枉你。听明白了吗？"收到庞一山警告的眼神，喻浩然终于不再闹了。

事故原因查明后，林晓兰立即带着鼎华的中高层领导一起开会："现在已经调查清楚了，确实是我们提供给厂家的数据出了问题。作为公司的管理层，我觉得大家都有权利提出自己的想法。我个人觉得，这种情况下，我们只能主动跟医监局承认这个过失，承担责任。"

庞一山点头道："林总，我赞同你的判断，但是有一个问题，如果承认问题出在我们这里，那后果我们是不是也能承担得下来？"

苗霏接过话头道："虽然要承担责任，但是时机非常重要。现在最关键的就是得稳住股票。林总，庞总，我们必须打一个时间差，在公布事故原因之前，先找到愿意为鼎华注资的合作方，至少还能抛出一个利好的消息。"

"但这事我们还能瞒多久？主动承担责任，还能通过公关运作，塑造我们集团的形象。如果是被动的，恐怕舆论不会轻易放过我们。"马尚也表达了自己的担忧。

林晓兰皱着眉头，有些举棋不定道："能找到人注资合作，当然是最好的结果。可是现在的局势不可能留给我们太多时间。最稳妥的办法，还是同意政府那边的……"

林晓兰的话还没讲完，突然被庞一山打断："林总，我依旧保留我的意见，我坚决不同意让政府注资。您放心，我这边也在跟其他的资本洽谈，很快就能给您一个答复。"

午休时间，程雷闭着眼睛靠在椅子上休息，办公室里只剩下他一个人。马尚拎着快餐过来找程雷，拍了程雷一下，把他叫醒："都累成这个样子了？先吃点东西吧。"

"谢了……我真的一点都不饿。"

马尚把快餐放在桌上，从旁边的工位拉了把椅子坐在程雷旁边，说："你这是饿过劲了吧？好歹吃两口。"

程雷摇了摇头，叹了口气。

马尚接着问："程雷，早上那是什么情况？无效代码是怎么个意思？刚刚问苗露，她也没跟我说明白。"

"无效代码就是字面上的意思，没有意义、胡乱拼凑的代码。这件事挺奇怪的……抛开别的不说，喻浩然的业务能力有时候我都佩服，这段无意义的代码不太可能是他的失误。"

"那就是说，喻浩然编了段无意义的代码放进去故意破坏数据？"

"这对他有什么好处？他刚当上邹教授的助理，可以直接参与 DS 材料人工合成的项目。就算他收了什么好处费，故意破坏……"程雷说到这里停顿了一下，摇了摇头，"不可能不可能。作为一个研发人员，再大的好处都比不上一个接触新技术的机会。"

马尚想了一下，道："也不是所有人都像你这样想吧？"

程雷没说话，看了一下马尚，严肃地说："你怎么能说这种话？就算我跟喻浩然不是一路人，但我不相信他连这点起码的职业精神都没有。"

马尚叹了口气,赶紧说:"我的错,我的错……"

付大勇和付梦瑶一人一个箱子从酒店走出来,准备回家。

"赶紧的!走个路也在那儿磨磨蹭蹭!"付大勇没好气地说。转过身去之后,付梦瑶却白了付大勇一眼。

杨迅却在这时出现了,说:"还好赶上了,就怕你已经走了。"

"怎么了?"付大勇疑惑道。

"我专门赶来告诉你,梦瑶出国的事,已经敲定了。"

"真的假的?昨天电话里不是说没什么机会了吗?"

"这件事我怎么可能骗你?走吧,我们找个地方说!"说完,杨迅示意付大勇跟着自己走。

付大勇回头把箱子递给女儿说:"回房间等我,哪儿也不许去!老老实实等我回来!"付梦瑶不屑地看了他一眼,拖着自己的行李箱走了,把付大勇的行李箱留在原地。

第二十五章 危机

一

"你说的是真的？梦瑶这丫头，还真有学校敢收？"酒店附近的一家咖啡厅里，付大勇对着杨迅欣喜地说。

"这样吧，我把电话帮你打过去，你自己问一下就清楚了。"杨迅拨号之后，把手机递给对面的付大勇。一番交谈后，付大勇止不住地高兴。只不过他不知道，电话那头的人是乔西川。

到了晚上，宋铭带着马尚几人在游艇开会，汇总当天得到的所有信息。说着，提到了政府入资鼎华的事。

"今天在会上，庞一山对政府入资鼎华提出了强烈的反对。"马尚担忧道。但在场的几个人都没想明白庞一山这么做的理由是什么。

"要说理由，基本上也可以说是鼎华经营上的一种策略吧。他认为没有政府的入资，他们的自主性会更高，鼎华过去十几年确实也一直在执行这种策略。"马尚说。

安静道："我觉得现在的调查重点，还是应该放在这次事故上。如果真的跟喻浩然无关，还有没有其他技术手段可以窜改数据？"

赫子轩想了想说："也许可以远程修改。"

"你的意思是，有可能喻浩然提交的数据是没问题的，但是给到工厂之前的这个时间段里，被人动了手脚？"安静问。

"我只是猜测，需要验证以后再下结论。宋局，能弄到密钥吗？"赫子轩看向宋铭。

宋铭早有准备，站起身，从上衣内口袋拿出了密钥："尽快。"

"好嘞！"

第二天，马尚一到船舱内就直接问："怎么样了？"

"我已经换了三种花样破解这东西。"

"都失败了？"

"都失败了可还行？都成功了！"赫子轩翻了个白眼。

马尚皱眉道："这东西这么没用？"

"也不能这么说。"赫子轩摇摇头，"一方面是我太强了，另一方面，它的加密功能还是挺好的，但是密钥一旦失窃，通过对它逆向入侵，就很容易远程窜改它加密过的数据。"

一旁的安静说："这就说得通了，我已经查实，工厂使用的数据，就是喻浩然发给他们的最终数据，没有被掉换过。但是如果能远程窜改，那就能说得通了。"

"那么问题来了。如果是在喻浩然核对数据的同时窜改代码，那对方怎么知道哪些数据是喻浩然核查过的，哪些是还没有核查过的？"赫子轩问。

马尚轻轻皱眉道："研发部所有人都知道进度。"

"可我们没有足够的人力物力逐一进行调查排除。你有没有值得怀疑的目标？"安静看着马尚问。

马尚沉思片刻，摇摇头道："不是没有目标，而是每个人都有机会，目标太多了。"

安静叹了口气说："我一直在想一个问题，对方制造这次事故，难道目的是搞垮鼎华？"

"那对他们有什么好处？搞垮了鼎华，邹教授的项目几乎就是无限延期……但是，如果把鼎华搞得半死不活的……"马尚道。

赫子轩疑惑地问："你在说什么啊？"

安静接着马尚的话说："趁着鼎华半死不活，扮演救世主的角色直接入股？共享人工合成技术的专利权？"

直接盯住来给鼎华注资的人是个好思路，但众人仍然想不通庞一山为什么坚决不同意政府注资，而是一再保证自己可以解决问题。

三个人不约而同地看向白板上庞一山的照片，赫子轩道："他可是鼎华的常务副总裁。他有问题，那不就相当于打仗的时候指挥部的参谋长是敌方间谍吗？那咱们还怎么查？"

安静道："马尚，我们之前不是没怀疑过他。可他的位置太重要了，如果他有问题，对方可能早就得手了，根本用不着玩这么复杂的花样。"

马尚点了点头道："那我先说另一件事。鼎华的股票虽然每天都在跌，但是除了第一天跌停，之后每天收盘的时候总能回稳。这很可能是有人在系统地进行收购。"如果想要掌握绝大多数控股权，暗中收购配合明面注资，是个可行的方式。

"那我们现在怎么办？只能等着吗？"赫子轩道。

马尚搭住了赫子轩的肩膀，露出不怀好意的笑容，说："你还怕没事干吗？鼎华的股票是谁在收购，那不是只有你这个大神有能力查？"赫子轩愣住，郁闷地叹了口气。

安静道："我可以找证监会的人协调提供数据。但这个数据量应该非常大，不是一天两天可以查出来的。我会让技术科的同事配合你。不管怎么样，先把喻浩然带回来问话，控制起来再说吧。他现在最多就是个弃子，再盯下去没有意义了。"

第二天一早，安静就来到鼎华："庞总，我们想把负责人喻浩然带走，了解一下情况。"

庞一山一听，急得站起身来说："为什么要把他带走？我们产品是出了问题，但我们还在调查，也不能说就是他的工作出了问题。"

"这个案子牵扯到鼎华出现的一系列问题，相信林总、邹教授也都跟您沟通过，我们一直怀疑有人要针对鼎华的技术下手。"庞一山正要再说什么，安静看到，接着说，"根据我了解的情况，喻浩然负责这个项目，也是您力荐之后的结果。"

庞一山脸色一下子变了。安静看了看庞一山的反应，语气和缓道："您不用担心，我没有其他想法，真的只是想找喻浩然问话，不会牵扯到别人，也不会把这件事公布出去。"

庞一山暗自松了口气，这一切都被安静看在眼里。他说："其实我也是想了解清楚情况，喻浩然这个事情，你们要查，其实也不用征求我的意见。"

"好，那谢谢您的配合。"

二

"何总，我现在去付大勇家送录取通知书给他，顺便探探他的意思。"杨迅打完电话就直奔付大勇家。

付大勇高兴之余，不忘搜索了一下通知书所在的大学，证明真实性后感激道："小杨，你真是帮了我大忙了。"

杨迅笑着说："应该的。"

"对了，矿石开采的事情，我可是按你说的提前做了准备的。我可是真心实意想跟你们做这笔生意的。"

"好。还是那句话，批文我们这边负责。什么时候您看到文件了，咱们再交易。这样我们双方都没有风险，可以吧？"

付大勇点了点头，犹豫片刻，问："小杨，鼎华那边的情况到底有多糟？我去找过庞一山好几次了，他一直都不肯见我。"

杨迅笑了笑说："所以说，你就安心跟我们合作不好吗？这么说吧，鼎华还能不能撑到下个月，都还不好说。"

付大勇一愣："这么严重？好吧……那我等你的消息。"

喻浩然独自坐在市局的一间空办公室里，表情紧张。见安静和杜猛一前一后地走了进来，他慌乱地站起来问："我是被逮捕了吗？……你们是要审我吗？"

"这儿不是审讯室，别紧张，坐下吧。"安静示意喻浩然坐下，自己和杜猛在他对面坐下，"希望你配合我们回答几个问题，可以吗？"

喻浩然犹豫地点了点头。

"按照我们掌握的情况，鼎华这次出的状况，水面下的东西要比水面上的看起来更严重。你了解多少？"安静问。

"我不知道什么水面上水面下，反正这个东西出错，根本就不是我的责任！

"研发部档案室的门没有关那次，我确实在加班。之后杨迅来找我喝酒，我就跟他走了。我们去了酒吧街，喝到凌晨一点，然后我就回家了。

"我在杨迅出事之前是和他走得挺近的。我们经常一起出去喝酒，但也就仅此而已。我知道你们想问什么，我跟杨迅在鼎华就是一个小团体。实话说，不光是我和杨迅，还有庞总，我们仨经常一起出去消遣，我们关系都特别近。

"我跟杨迅都是庞总一手提拔起来的。庞总以前就分管研发部，搞技术的人大多不善于处理人际关系，像程雷就是个油盐不进的人。我就看准了这个机会，跟高层搞好关系。

"杨迅挪用公款这个，我们从来没有聊过，但是一般出去都是杨迅请客，他的消费水平肯定超过他的收入能力。你要问我知不知道，我说不知道肯定是假的，但是谁会较真去问啊？这是个规矩，成年人都懂。

"我换硬盘那是误会！真的是误会！我是换了硬盘，我是有事瞒着，但我犯的这个事，不犯法啊！鼎华的电脑被植入木马的事你们肯定也知道吧？我的个人电脑里面，有一份应该删掉的文件忘了删，我怕这个泄露出去，公司肯定要开除我。那天马尚说要找人来查公司的电脑硬盘，我就慌了。我不是要瞒着你们，我是怕违规操作被公司发现。

"忘记删的就是这次医疗器械的数据，完整的。

"你们听我说……出错的那段代码，完全是无意义代码，就跟闭着眼睛瞎写上去的一样。我要做手脚，完全可以伪装成运算错误，伪装成无心之失，对吧？

"我真的不是故意造成数据泄露的，我现在已经是邹教授的助理了，马上就能参与DS材料人工合成项目。只要最后在研究报告上署上我的名字，我就算功成名就了。我才三十出头，有几个人在我这年纪能有这个成就？我为什么要毁掉自己的前途？"

喻浩然对审讯十分配合，当被问到这里，他的脸憋得通红，眼泪也滴了下来，看起来有些可怜。

安静深深地看了一眼，问："好。假设你说的是真话。那……你觉得谁最有可能干这事？谁有机会干这事？"

"程雷，绝对是程雷！就是程雷！"喻浩然一口咬定，"他就是不满我抢了他的机会。我早就看他不顺眼了，我也知道他看我不顺眼。你们想想，你们怀疑我偷了密钥，但是程雷一样有可能！那天我跟杨迅走了以后，程雷还在办公室，他最有机会……"

见喻浩然情绪激动，杜猛本想打断他。但是喻浩然滔滔不绝地一句接着一句，杜猛硬是没找到打断的机会。

"可能是我泄露了数据，但这事也不能确定吧？程雷他一样有机会把数据弄出去。他也一直参与这个项目，参与过最后的复审。他跟我有直接利益冲突，他要搞垮我！"

喻浩然一口气说完，累得直喘气。

安静等他缓了缓才问："就像你说的，程雷也是技术人员，如果他要陷害你，为什么要用无效代码？他完全可以做得高级一点，做得像是你的无心之失。"

喻浩然哑口无言，愣了半响，道："你们怎么就不相信我？那……那你们接着问，我什么都说，绝对不隐瞒。你们可以去查我的账户，我跟杨迅不一样，我身上是干净的，我的钱也是干净的！"

安静和杜猛看着喻浩然可怜兮兮的样子，都沉默了。

三

"宋局，你怎么看？"安静和杜猛来到宋铭办公室。

宋铭沉默片刻，说："他的说法，符合我们的判断。"

"我觉得吧，喻浩然的反应不太可能是装出来的，要不然，他演得也太逼真了。"杜猛道。

一旁的安静也点头表示认可："如果真的消除了他身上的嫌疑，至少老六他们也可以抽身，不用再盯着喻浩然了。我们腾出人手来，可以去查别的线索。"

这时宋铭桌上的座机响了，他拿起来接通："我是宋铭。"

电话那头说了什么，宋铭的表情微微一变。挂断电话后，宋铭看着安静和杜猛说："鼎华那边又出事了。林晓兰突然昏迷，现在已经被送到医院了。马尚正在赶过去。"

马尚晚上到游艇时，宋铭等人都在等他。

"林总那边怎么样？"安静问。

"医生诊断说是低血压导致的，只要静养就不会有大问题。"听到马尚这么说，众人都松了口气。

"林总一直都很支持我们的工作。她在这个节骨眼上出了这个事儿，咱们是不是应该派人保护一下？"安静说完，看向宋铭。

宋铭点了点头说："稳妥起见。安静，这个事情你来安排。"

马尚也想着喻浩然的事，问："喻浩然那边怎么样？"

安静摇头道："没在喻浩然身上发现问题。按我们的判断，他应该是被人利用了。而且他现在暂时处于我们的监控之下，应该对这个事的后续造不成任何威胁了。"

"能确定他真的没有隐瞒吗？"

"他有没有隐瞒什么我不知道，但我有九成九的把握，他不是我们要找的那个人。"

"我相信你的判断。"马尚对她点了点头。

宋铭说："马尚，你关于注资鼎华的推论，安静跟我说过了。要这么说的话，喻浩然这条线已经断了，我们真的只能等着那个注资的人出现吗？"

"我实在没有想到还有什么好办法。"说完，马尚好像突然想起什么，"对了，还有一个情况，林总现在委托庞一山全权负责鼎华的事务，我担心这是一个隐患。"

安静也道："我那天去找他，有意试探了一下。他好像很怕喻浩然牵扯到自己，反应的确有点奇怪。宋局，那正好老六从喻浩然那边撤回来了，我们可以让他继续去盯着庞一山。"

"可以。"宋铭道。

这时，马尚才发现赫子轩睡着了，头已经耷拉了下来。马尚打了赫子轩一下，说："至于累成这样吗？"

被惊醒的赫子轩无奈地说："大哥，我真查不出东西来。你知道股市每天的变动有多复杂吗？"

"那不行，你这边是最关键的一环。这个时候你必须得撑住，一定要找到是哪些人在背后操盘！"

赫子轩苦笑了一下，点头答应。

肩负重任的庞一山眉头紧皱，刚到办公室就看到付大勇正等着他："庞总，鼎华好久都没有从我那儿订货了。咱们是有协议的，这个不能改吧？"

庞一山勉强耐着性子道："鼎华现在出了些状况，你也知道。我们是签了协议，每年是有配额，你着急我也能理解。可这才刚过了两个季度，我们肯定还是会按照协议的配额完成收购，你何必急于这一时？"

付大勇也有自己的难处，为难地说："关键是，我这边资金已经周转不开了。鼎华这种大企业，虽然出了一点变数，有点小问题，但我们之间的生意不至于受到影响吧？"

庞一山已经很不耐烦了，道："付老板，你的情况我也理解，你要我说多少遍！还是那句话，鼎华和虞山矿场的合作不会中断！但我们近期真的是抽不出时间来谈这个事儿。"

庞一山的态度很差，付大勇明显感觉受到侮辱。他皱着眉头，最终还是忍住脾气说："行吧，那我就不打扰你了。"

付大勇起身离开，庞一山坐在原地也没有送。等付大勇离开，庞一山拿起桌上的座机，拨通了一个电话："小苗总，请你来我办公室一趟。"

四

苗霏敲了敲门走进办公室，庞一山坐在原位想着心事，连头都没有抬。苗霏也不介意，走上前说："庞总？"

"来啦……坐吧。"庞一山沉默了一会儿，开口道，"事情逼到这份儿上了，我觉得我们必须开诚布公地聊聊。我知道，我们之间是有一些嫌隙和误会的，但是鼎华面临这种局面的时候，我们还是应该通力合作的。"

苗霏点头道："我明白，您现在需要我做什么？"

"要解燃眉之急，就得尽快找到资金，先稳定股市。剩下的什么事情都好说，可以慢点解决。"

"这我明白。可是鼎华一直都奉行保守的运营策略，这几年我们几乎拒绝了所有有投资意向的资方。现在这种时候，我担心他们会抱着看笑话的心态，等着我们崩盘。"

庞一山叹气道："事实也是如此。所以，现在只有你能帮这个忙了。"

"我？"苗霏疑惑道。

"不管是我，还是林总，在资源上面都比不上你的父亲。老苗现在还是我们公司的顾问，虽然他已经很久没有出现过了，但是鼎华出了这么大的事，他不会不管的。"

苗霏为难道:"庞总,这个忙不是我不愿意帮,也不是我父亲不愿意帮。但我父亲他现在常年旅居国外,估计也没有什么资源来解决鼎华的麻烦。"

"这个情况你总该打电话跟他说过吧?"

苗霏犹豫了一下,道:"说过,他也很着急。但是他最近身体不好,住在希腊的疗养院,真的帮不上忙。"

庞一山假装关切地问:"老苗身体没有什么大问题吧?"

苗霏摇头。庞一山便接着试探道:"那要不这样,你把他的联系方式给我,我跟他聊聊,不需要他出面,只要推一些资源给我就行。"

"庞总,这个……真的不太方便。"苗霏为难道。

庞一山脸色一下子就变了。苗霏又想说什么,庞一山摆摆手:"没事儿了,你出去吧。"

苗霏犹豫了片刻,起身往外走。

"苗霏!"庞一山气愤道,"我庞一山在鼎华做了十几年了,有些事情,没有你们苗家帮忙,我一样能做到!"苗霏皱眉,却没法说什么,继续往外走了出去。

出去后,苗霏也没了办法,只好约安静见面。

"什么事儿这么着急?"安静疑惑地问。

苗霏忧心道:"我爸的情况,我真瞒不下去了。"

"怎么了?"

"现在林总身体不好在住院,这事儿你知道吧?"

"我知道,而且我们排查过了,这个确实是身体原因,没有别的危险。"

"那我就放心了。现在情况是这样,公司现在想要翻身,需要大量的资金注入,今天庞一山找到我,想借用我父亲的关系。我坚持说我父亲在国外疗养,帮不上忙。庞一山对我非常不满意,这事儿我真的不知道怎么跟他解释。"

安静点了点头,思忖良久,说:"苗霏,这个恐怕真的没办法。"

看到苗霏用一种祈求的目光看看自己,安静也是有些无奈:"就我个人而言,我愿意相信你,也真心希望鼎华能渡过难关。可是如果让你父亲跟别人交流,我们无法甄别这些信息有没有掺杂别的东西。"

听到还是没有余地,苗霏有些生气道:"我爸都已经全部交代了,我也一直在全力配合你们。这还换不来你们的信任吗?"

"即使我们信任你,也不可能违背法律。希望你能理解。"

苗霏激动地说:"你一直要我理解,什么都让我理解,我能理解,我都理解,那你告诉我,现在我该怎么办?"

安静没有说什么,默默地跟苗霏对视。最终,苗霏的情绪稍稍平息,挪开了目光。

安静沉默片刻道:"其实有个事我想不太明白。政府已经明确表示可以出资帮助鼎华渡过难关,为什么你们一直不愿意接受?这个事情,你知不知道庞一山是怎么想的?反对最强烈的就是他。"

苗霏思考了一会儿,说:"鼎华从最开始创办的时候,就想走一个独立自主发展的路线，这是我父亲当时的创业思路，后来一直贯彻到林总，都坚持这个原则。这个不光是庞一山的想法，林总可能也是这么想的。"

"你就不觉得有点不太合理？鼎华在走投无路的情况下，宁愿把自己逼上绝路，都不愿接受政府的救命稻草。而且政府已经跟你们明确地表达了诚意，有任何条件任何要求都可以商量。鼎华谈都不谈就拒绝，你觉得这个正常吗？"

"那你们现在是不是怀疑庞一山也有问题？"苗霏问。

"案子没破之前，我们不会对任何人放松警惕。"

苗霏苦笑道："包括我是吗？"

"我们明确知道，你对调查提供了很大的帮助。"

安静没有正面回答，苗霏无奈地连连摇头。

第二十六章 现　身

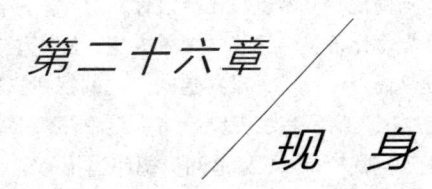

一

　　一大早，马尚开着车来到离双清市不远的南溪镇，他拐下相对宽敞的主道，朝着前面不远处一排老旧的房子驶去。马尚看到杜猛的黑色越野车停在路边，便将车停在了附近。马尚下车，径直走向杜猛的车。

　　樊德伟住在这里。樊德伟出狱以后一直在附近工地打零工，经常醉酒，工地上的人都不敢让他做什么危险的工作，只能做些和泥搬砖之类的简单工种。马尚和杜猛此次前来，正是调查樊德伟。

　　马尚和杜猛在车内交谈几句，便下车去了一栋老房子前。杜猛抬手敲门，听到了里面的回应："谁呀？"

　　杜猛继续敲门，屋内传来一阵桌椅挪动的声响。片刻后，樊德伟打开门，他还穿着落满尘土的工服，整个人看起来有些邋遢，眉眼里透着醉意。

　　樊德伟没好气地说："干什么啊？"

　　杜猛拿出证件，亮给他看。樊德伟眯着眼睛凑上来，看清楚了证件，立刻抬眼打量杜猛和马尚。片刻之后，樊德伟没再说话，转身进屋，把门让开。马尚和杜猛跟在后面进了屋子。

　　屋子里的陈设简单而老旧，没什么像样的电器，透出几分脏乱。樊德伟坐在桌子旁，一边喝酒一边用手从塑料袋里抓卤菜吃。他始终低着头，不看马尚和杜猛一眼。杜猛坐在樊德伟对面，马尚则慢慢转悠，观察屋里的陈设。

　　杜猛说："樊先生，我们有几个问题想问你，希望你能配合。"

　　樊德伟嗤笑一声："我活到现在，就你们审我的人叫我樊先生。"

杜猛看着樊德伟一副自暴自弃的样子，正想说什么，马尚突然插话："你一个人住？"

樊德伟应了一声，马尚接着问："出来以后没去见见老婆？"

樊德伟说："又没结婚，不是我老婆。"

马尚说："她也没来找过你？"

樊德伟苦笑："我一个杀人犯，她疯了，来找我？"

马尚点了点头，没再追问。他的视线扫过放在角落椅子上的一个购物袋，装作不经意地走过去，瞄了一眼。樊德伟拿起酒杯，抿了一小口。杜猛观察着樊德伟，他的脸通红，显然已经喝多了。杜猛追问樊德伟当年的案件。

"当年的事情，还记得吧？"

"坐牢把脑子坐坏了，记不太清楚。你要问什么就问，我记得肯定告诉你。"

"出车祸以前，你做什么工作？"

"送货。"

"给谁送货？"

"清阳区那一片儿的小超市。谁订货我就给谁送货。"

"出事的时候也是在送货？"

"是。"

"送货你喝什么酒？"

"心情不好。"

"为什么心情不好？"

"问问问，十年前你们就围着我问，我牢都坐完了你们还问？我是撞死人了，杀人偿命，我懂。你要不要我这条命？你拿走。"

"你什么态度！问什么你就答什么。当时的审讯记录我都看过，你现在说的话有半个字对不上，我都能听得出来。"

"丫头得病了，治不好，没钱治。她活不成了，我也不想活了，就天天喝酒，想把自己喝死。早上起来喝，干活的时候也喝，一直喝到困得不行了，就睡了。"

"你进去以后，谁管你女儿？"

"她妈。"

"你们两个当时什么关系？"

"搭伙过日子，没领证。"樊德伟说话的时候，手一直在抖，但脸色比较平静，声音也没有什么起伏。杜猛眯起眼睛，似乎想到了什么。

二人说话间，马尚走到正对着大门的墙边，墙上挂了一张照片，照片上是一个十岁左右的小女孩和一个年轻女人的合影，小女孩看起来很瘦弱。马尚伸手轻轻擦了一下相框。樊德伟看见，脸色立刻变了，怒斥他不要乱动。马尚缩回手，不紧不慢地走到桌旁坐下。

樊德伟一直瞪着马尚，马尚沉默片刻，平静地询问他女儿的情况。

"你女儿几岁走的？"

"十一岁。"

"那她几岁做的手术？"

"四岁多，不到五岁。"

"你进去以后不到一年的事吧？"

樊德伟点头，又拿起酒杯喝了一小口。杜猛开口想问什么，马尚拦住了他，二人起身告辞。

二

日头渐沉，马尚和杜猛各自驾车开到了南溪镇的一片荒地上，在南溪镇老街附近的一块地势较高的荒地上停下来。马尚下车，走向杜猛的越野车，坐进副驾驶位置，杜猛已经举着望远镜开始观察了。他们已经发现了樊德伟身上的疑点，打算继续在此观察。

"马尚，这家伙明摆着有问题，怎么不继续问了？"

"先摸个底，商量清楚了再说。你发现疑点了吗？"

"漏洞百出。你先说。"

"他那个……算女朋友吧？他在两个人的关系上面撒了谎。樊德伟话里话外一直强调，从他入狱开始就跟对方没有任何接触。"

"我记得是叫李芳吧？"

"对。墙上有张照片，是李芳跟女儿的合影。小丫头看起来差不多已经十岁了，是樊德伟入狱以后拍的。如果没有任何接触，这张照片是哪里来的？"

"也可能是寄给他的。"

"不排除这种可能性。但是我看到屋里有个购物袋，里面有不少没拆封的生活用品，洗面奶、洗发水，还有搓澡巾。监狱里面就发一块肥皂，樊德伟在里面待了十年，应该早就习惯了才对。"

"洗发水和搓澡巾就算了……洗面奶？"

"至少说明，这很可能是别人给他的。"

"李芳？"

"我是这么怀疑的。樊德伟没什么社会关系，工地上的工友也不太可能给他买这些东西吧？"

杜猛点了点头，举起望远镜观察一番。

"还有呢？"

"还有就是樊德伟的酒量。喝了半天也就喝了半杯，已经醉成那样了。"

"从他脸色来看，很可能是酒精过敏。"

"那就是说……他说女儿生病了后，自己天天借酒浇愁，是假话？"

"那倒不一定。但是事故报告明确记录了当时他血液里面的酒精含量，至少也得喝了半斤烈酒。一个酒精过敏的人喝半斤烈酒，完全是在自杀。"

"我懂你的意思了。借酒浇愁，不至于喝成这样……那要是这么说，我怎么觉得他这是为了麻痹自己,是为了壮胆?"

"也许吧。但是只要他咬死了不松口,这个我们没办法证明。"

马尚说着,脸色变得有些阴郁。杜猛忽然笑起来,马尚疑惑地望着他,只听杜猛说:"你想想,樊德伟跟李芳没有结婚,按十年前的政策,他们的女儿根本上不了户口。没有户口,好多地方都根本没办法登记。那她是怎么上了那个慈善组织的名单?"

"杜猛,你太牛了!这才是真正的疑点,我们现在完全可以正式申请重开这个案子了!"

"可是有件事我想不通。"

"怎么了?"

"宋局当年调查的时候,这些有疑点的事件根本还没发生,他肯定也就什么都发现不了。我们两个刚接触这个案子,没时间反复细读调查报告,所以现在才找到这个疑点。可是静姐经常去查档案,为什么也没有发现?"

"这不是能力的问题。她父亲的牺牲给她的创伤还只是一部分,关键是苏阿姨一度因此精神崩溃,之后将近一年的时间,安静要照顾她,每天都处在高压的环境下。而且,她每次去查阅当年的档案,看到的都是血淋淋的细节,每看一个字都等于再揭一次伤疤。这种情况,换成了你跟我,也没办法真正地思考。"

杜猛点了点头。他没有再说话,而是举着望远镜观察,掩饰自己红红的眼眶。

另一边,为了挽回鼎华的局面,庞一山往返各种酒局来筹资。这天晚上,王秘书拉着庞一山已经参加了四个酒局了,整个人呈现出疲惫和醉意。不远处,王佐开着一辆红色轿车跟着庞一山的车子,副驾驶位置上的安静用望远镜观察着。庞一山正朝着夜总会走去,安静呼叫小李跟去记录。

庞一山整理好衣服,推开包间的门,里面的人迎出来,这人正是乔西川。二人亲切地握手寒暄,小李神态自然地从走廊经过,垂在腿边的手机刚好能拍到正在寒暄的两个人。

随后,小李把拍到的视频发给安静。视频晃动得有些厉害,但是拍到乔西川和庞一山两个人时相对稳定了一些。安静按下暂停键,定格在乔西川和庞一山握手的瞬间。

安静盯着面带微笑的乔西川看了良久,确认自己确实对此人没有任何印象。她让王佐调查这两天庞一山见过的所有人,自己则陷入深思之中。

三

夜已深,樊德伟居住的老房子内黑漆漆一片,他趴在桌上睡着了。忽然,外边传来了一阵急促的敲门声,有个女声在喊"伟子",樊德伟猛然惊醒,他知道是李芳来了。他摇摇晃晃地上前打开门,一把将屋外的人拽了进来,探头看了看外面的动静,这才将门关上。

"你怎么又来了?"见李芳气恼地扔掉了手上的东西,樊德伟赶忙拉住她说,"我不是那意思……"

"那你什么意思?你还是怪我,怪我没照顾好丫头。"

"我不是!芳,你听我说,最近先别来看我了。我这儿住不了几天就得走,等换了新地方，我打电话告诉你。"

"你怎么了？"

樊德伟不再解释，从兜里摸出一叠钱，塞进李芳怀里，让她赶紧走，等他安顿下来马上联系她。李芳心下担忧，但也无奈，只得听从樊德伟的安排，她把钱塞了回去，一步三回头地走了。

李芳沿着昏暗的老街往前走，快到路口的时候，杜猛和马尚开车赶到，灯光照亮了李芳的脸。他们向李芳出示证件，便带李芳去车里问讯。

半小时后，杜猛和马尚带着李芳重新回到樊德伟的住处。开门的一瞬间，樊德伟愣住了。李芳的眼睛明显红了，她垂着头。这么多年来，她对樊德伟的事情知之甚少，但很多事情是瞒不住的。

当年，樊德伟和李芳的女儿患病，医生说要做骨髓移植。后来，李芳捐了骨髓，但还是没能救了女儿。手术以后，他们的女儿又同病魔斗争了七年，最终离世。樊德伟的嘴一张一合，最后还是没说出半个字来。他又伸手去拿酒瓶，这次马尚没有阻止。

"他们说是正规手术！"

"手术是正规的，医生也是一流的医生，但是中间的流程有人做了手脚。李芳女士刚才告诉我们，当时来采集细胞的，跟做手术的不是同一拨人，也不在同一个医院。"

"怎么会这样？"

"正常情况下，采集细胞以后要做基因比对，如果匹配不上，医生是不可能同意做手术的。但是在你女儿这个案例中，两个流程分开了，可能有的文件还做了窜改，导致医生以为他移植的是匹配的细胞。而且手术结束以后的康复期，你女儿又被转到另一家医院进行观察治疗，那里的医生不知道之前的情况，也很难判断出现排异反应的原因。"

樊德伟的眼泪滴了下来，他再次望向李芳。李芳满面痛苦，自责当初什么都不懂，中了别人的圈套，没能救回自己的女儿。二人失声痛哭。

"樊德伟，那次事故，你毁了对方的家庭，也没能救得了自己的家庭。我相信你从一开始就不是为了自己，现在也就没有理由再隐瞒什么了，把真相说出来吧。"

"他们骗我干什么……他们治不了就治不了，害我家丫头干什么……"

"因为他们要封你的口啊！手术不做，能封你的口吗？！"

一旁的李芳显然不知道这些，追问樊德伟是怎么回事。樊德伟没有回答，他长叹了一声，任由马尚他们发问。

"当年那次车祸，是不是意外？"

"车祸不是意外，但我……我没想到直接把人撞死了。"

"请你详细说清楚。"

"有人告诉我时间和地方，告诉我对面是什么车、是什么牌照，要我找机会把它撞停。事情办成了，就给我的丫头治病……装成酒驾，也是那个人给我出的主意。我本来就不能喝酒，心里又怕，就喝多了……我控制不了车速，撞得太狠……我知道，之前抓我是酒驾肇事，现在说出来了就是故意杀人，你们判我死刑吧……我活该。"

"你说的这个人，到底是谁？"

"我真记不得了。就见过一次，是我送货的时候，旁边一条巷子里有人叫我，我就过去了，一点光都没有，特别黑。我就记得是个老头子。"

马尚和杜猛一愣，二人对视一眼，没再继续问下去。杜猛内心的愤怒之火熊熊燃烧，一直努力压抑着。他们把樊德伟和李芳带回市局，整个过程中，樊德伟都表现得非常顺从。

四

马尚和杜猛还是给安静发了信息，他们相约在海边碰面。此时，夜色还未褪去，凉爽的海风吹拂着人们的衣襟和发梢。

安静的车停在海边，她坐在引擎盖上，默默地看着海面。车灯照射在幽暗海面上，不大不小的海浪冲上了沙滩，然后又退却下去。远处有声响传来。安静回头，看见一辆车慢慢地驶近，她朝汽车招了招手。

汽车在距离安静几米开外的地方停了下来，汽车熄火关灯，却没有人下来。安静疑惑地看着刚来的汽车，从引擎盖上跳了下来。她本能地挪着步子，利用自己的车做掩体，隔在自己和那辆车之间。

车中正是马尚和杜猛，二人查到了安静父亲当年车祸的真相，但一时不知怎样对安静说。杜猛这时有些厌了，马尚下车去跟安静讲。他缓缓走向安静，勉强一笑。安静似乎察觉出什么，只听马尚说："你父亲的事。"

安静愣住了，听完马尚的讲述，安静情绪十分激动。她转头走到驾驶位车门，说话间就要上车。马尚一把拉住安静的胳膊。

"安静，规矩你是知道的，你不能参与审问。"

安静挣扎着，想要甩开马尚，说："你别管。"

马尚却紧紧地抓住她说："安静！你去了又能怎么样？"

安静用力一拽，甩开马尚的胳膊，要继续上车。马尚情急之下，一把从侧面抱住了安静。

"放开我！"

"你冷静一点，好好想想。"

安静拼命挣脱，马尚死死抱住。过了几秒，安静突然崩溃，泪水汹涌而下，在马尚怀中痛哭出声。

而车内的杜猛眼见着这一幕，心疼却又不知所措。他看着安静靠在马尚肩上痛哭的样子，眼睛空洞无神。

游艇上，马尚、安静、杜猛、宋铭等人例行开会，马尚他们脸上写满了疲惫，安静的眼睛红肿。

宋铭通报了审讯樊德伟的情况，樊德伟对自己罪行供认不讳，但是指使他的人，没有名字，没有照片，无从查起。

下一步，他们将继续深挖，有可能就此事对赫尔墨斯集团展开调查。赫尔墨斯旗下拥有很多涉及敏感领域的企业，这种跨国集团不太可能配合调查。此事已经向秦厅汇报了，接下来他会和外交部门沟通，探讨通过外交途径向对方施压的可能性。

一旁的安静情绪低落，一直低头不语。马尚和杜猛担忧地望着她。

散会后，马尚回了鼎华，杜猛陪安静在甲板上散步，安静沉默一段时间后终于开口。

"杜猛，有件事，我需要你的建议。"

"你说。"

"我不知道该怎么面对我妈。她一直认定我爸的死不是意外，这么多年了，这个想法一直在折磨她。现在事实证明她是对的，可如果把真相告诉她，不一定会有好的结果。"

"你是不是怕苏阿姨再受刺激？"

闻言，安静点了点头。

"静姐，其实我也想过要不要现在就把真相告诉你，我也担心这件事对你的影响。可是马尚跟我说，你是成年人了，有判断能力，也有知道真相的权利。我觉得，苏阿姨也是一样的。"

安静思考半响，点了点头，随后转身走入舱内歇息。杜猛看着安静的背影，脸上满是担忧。

五

马尚回到鼎华之后，得知庞一山找到了注资对象，不免有些疑虑。他和苗霏去找庞一山，发现庞一山正在会议室开会。

会议室门口站着数名保安，表情严肃，严阵以待。苗霏走了进去，马尚想跟进去，却被保安拦住。苗霏回头看了马尚一眼，但她也顾不得这么多了，直接走了进去。保安坚持说马尚不在庞总开会的名单上，坚决不放行。

马尚皱了皱眉头，但他没说什么，转身往回走。走过拐角，马尚闪身进了楼梯间，打电话把有人注资鼎华的事情告诉了安静。

此时的鼎华会议室内，苗霏、庞一山、乔西川、邹教授、专业分析师等人参会。大会议桌分开两方人士，鼎华高层人士坐在一边，庞一山坐在正中央，苗霏坐在边缘；联合智造公司的人坐在另一边，乔西川坐在正中央，与庞一山相对。

"乔总，上次出事的医疗产品，数据已重新核对完毕，正要展开新一轮临床试验。鼎华是一个负责任的企业，该承担的，一定会承担。"

"鼎华的责任心不容置疑，否则我们也不会来。但是，从当下形势来说，恐怕没有那么乐观。"

"乔总指的是？"

乔西川停下来，喝了口水。苗霏看着乔西川，眉头紧蹙，觉得这个人身上有一种莫名其妙的熟悉感，却又想不起来在哪里见过。

"庞总，那我直说了，请各位谅解。这次虽然没有危害到病人的生命安全，但事故风波并未平息，毕竟医疗事故可是人命关天的大事。更深远的影响，还在慢慢发酵之中。"

鼎华这边气氛顿时沉重起来，庞一山强行挤出笑容。

"乔总的担心有道理，但只要我们的产品恢复正常，它的价值很快就会被市场认同，我们的信誉很快也会重新建立。"

"专业人士，比如医护人员，恢复对产品的信任会快一些。但是患者的排斥心理，不是那么容易能扭转过来的。"

"路遥知马力，我们只能尽力做好自己能做的。乔总应该知道，鼎华除了医疗产品这块，还有很多其他优质项目，这些项目有巨大盈利空间。"

"虽说是其他领域，但或多或少也会受到这次事件的影响吧？"

"影响自然难免，是大是小，得专业人士做具体分析。"

庞一山看了一眼坐在身侧的分析师，专业分析师会意站了起来，操作手中遥控器，在大屏幕上打出一张图表。

"各位请看，这是鼎华在医疗之外领域的项目。左边这栏是研发完成，即将跟其他公司或单位展开合作的项目。大部分都照常进行，只有五家表示暂时延后，就是说，受到影响的比例还不到百分之二十。中间一栏是已有产品，正在合作中的项目，受到的影响就更少了，只有一家公司要求中止合作，另有一家要求改变合作模式，加起来比例也不到百分之十。"

"数据是最准确和直观的，是吧？"

鼎华公司这边纷纷点头表示认可，联合智造这边一言不发。乔西川笑了一笑。

"庞总，这个统计方法，是不是有点小问题？"

"乔总请说。"

"这个图表，只列举了项目数量，以及受到影响的项目数量，然后简单计算比例。但项目跟项目不一样。比如一个项目数额是一个亿级别，另有十个项目是一千万左右级别。前一个项目黄了，后十个项目保住了，明明损失达到总额的百分之五十。但照这样的统计方式，就可以说，百分之九十多的项目都保住了？"

这回联合智造公司这边的人纷纷点头认可，鼎华这边的人有些尴尬。

"我理解乔总的意思。不过我们不会故意欺骗各位。图表中每个项目规模比重没有列出来，是时间仓促准备不及，因为有些项目出于保密原因，不是那么简单能统计出来的。在下一步商谈中，都会具体呈现出来。应该跟通过数量计算的比例相差不大。"

"理解理解。我想问一下，图表最右边那一栏的项目，是什么情况？"

"这些是正在开发的项目，其中有几个项目已经到了收官阶段，拥有广阔的市场前景。比如中间标出的 DS 材料人工合成技术，是一个革命性的、里程碑式的技术，由著名材料学专家邹教授领衔研发。"

庞一山指向邹教授，邹教授站了起来，向在场各位致意。邹教授正准备介绍这项技术，乔西川摆了摆手，没让邹教授说下去。

"庞总，我是个商人，我关心的是这些研发项目的专利，在我们公司注资后，能否与我们共享？"

庞一山露出为难之色，含糊其词。一旁的邹教授说："说实话，不可能。"

庞一山接着说："邹教授说得直接，但事实的确如此。因为里边许多项目，涉及敏感管制资源。国家政策没有商量的余地。希望乔总和各位理解。"

会议室安静下来，气氛紧张程度顿时达到顶点，所有人都看向乔西川。乔西川沉默片刻，露出笑容说："国家政策是第一位的，是双方合作的前提。我说了，我是个商人，盈不盈利最重要，具体怎么盈利不是现在要讨论的事情。"

接下来，双方商谈了注资比例，持续了一个多小时才散会。

苗霏开完会，拿着资料，走向自己的办公室，还没来得及开门，手机忽然振动起来。苗霏一看手机，是安静的号码，她皱了皱眉，环视四周，发现员工们各自忙活，没有人注意自己，才按下通话键。

安静约苗霏在地下停车场见面，苗霏来到停车场，上了安静的车。安静和苗霏坐在后排谈话。

"我刚开完会，你怎么就知道了？"

"我们一直密切关注鼎华动态。这个重要时刻，出了这么多事，谁来注资，我们非常关注。"

"你想了解哪些方面？"

"先说说对方的基本情况。"

"要来注资的公司叫联合智造，中外合资公司。公司派来的代表叫乔西川，华裔。这次他们愿意注资，明面上说是看中鼎华未来的前景……我判断，其实就是趁着鼎华陷入危机抄个底。"

"他们有什么背景，哪来这么大财力？"

"具体我也不清楚，这是对方提供的资料。"

苗霏将手中资料递给安静。安静边翻看资料边跟苗霏说："这家公司跟鼎华有过业务往来吗？"

"没有，我都没有听说过。"

"既然没有合作过，那是怎么牵上线的？"

"庞总找来的人，应该来自庞总的私人渠道。其实这件事我也觉得有点奇怪，可是好不容易抓到救命稻草，大家都不愿意考虑背后的问题。"

安静点了点头，皱眉沉思。

第二十七章

绑　架

一

晚上，马尚开车回家。刚到家楼下，准备倒车入位，结果有辆白车从旁边过来，先停进去了。马尚只好换了个车位，把车停好。下车后，他看到白车司机已经下车进了自己家的单元门。马尚有点奇怪，他没认出这人正是付大勇，于是跟在后面，也进了单元门。

楼梯间里，只有马尚和付大勇的脚步声。二人心里都有几分疑惑，继续往前走着。付大勇在马尚家门口停下，按了门铃，马骏海打开了房门，先跟付大勇打招呼。

马骏海看到付大勇身后的马尚，问他怎么早下班了。付大勇转头看看马尚，又听马骏海介绍，这才明白二人的关系。

众人进屋，胡玉萍在厨房一番忙碌，菜肴一盘盘上桌。马尚、付大勇和马骏海围坐在桌边，边喝酒边聊家常。

马骏海说："马尚，你不认识付叔叔了？你上大学时候用的那部手机还是你付叔叔送的，你都忘了？"

马尚说："我这在外面上学也不怎么回家，这十多年没见了，真是没认出来。对不住，付叔叔。"

付大勇说："没事儿没事儿，你现在在哪儿工作啊？"

马尚说："我在鼎华做人力资源总监。"

付大勇说："啊，你在鼎华啊？！哎，你们鼎华现在到底什么情况啊？"

马尚说："现在谁也说不好。"

马骏海转移话题："老付，你怎么会到双清来？"

付大勇说："别提了！还不是为了矿的事儿吗！"

马尚似乎想起什么，问："付叔叔，我记得您那个是叫虞山矿场是吧？是出什么矿来着？怎么还跟鼎华有关系啊？"

付大勇说："我们那个主要就是做 DS 材料原矿石的生意啊。鼎华是最大的买家，当然有联系了。"

马尚心里咯噔一下，但面上也没表露，暗自思索着。

马骏海问："那你去鼎华，也是为了矿石的事情？"

"可不是，我最近两次去都没找着林总，就见到庞一山了。你不知道，这庞一山现在脾气可大，官威可大。今天倒好，直接把我拦在外面，根本就没让我进去。"

马骏海问："怎么回事？"

"我们跟鼎华是签了合同的，每年都有多少多少配额。现在这个矿石的管制，海哥你也知道。公司这边拿不到开采权的文件，我那边是不能私自开工的。我这个矿场，鼎华往常每年的订单都是上半年来，今年出了这个事儿，就不知道要等到什么时候了。我现在的资金已经周转不过来了，这要是拖到年底，还不把我拖垮了？"

马骏海说："现在生意不好做啊。老付，那你这接下来怎么办啊？"

付大勇说："鼎华指望不上了，我只能再去找新的客户了呗。好在双清市那么多科研企业，也不是只有他们鼎华一家要这个矿。但是，今年要是鼎华真跟我毁约了，我这可就麻烦了。"

马尚试探地问："您这要联系新的采办方的话，是不是挺麻烦的啊？现在管得那么严，文件批复下来这个流程也挺长的。"

付大勇笑笑说："你在鼎华，肯定类似的资源也有，到时候要是有什么路子，你可别忘了你付叔叔啊！"

马尚说："那必须的……您这边自己有没有什么进展啊？"

付大勇说："其实随便找了找，靠不靠谱的我也在看呢，以后再说。"

马尚见付大勇不愿深说，也就不再问了。寒暄几句后，便去了胡玉萍的卧室，告诉她鼎华林总生病的消息，劝她赶紧抛售鼎华的股票。

夜深了，饭后，马尚送醉醺醺的付大勇离开，还没将付大勇扶上车，便接到了安静说要开会的信息。马尚送完付大勇，迅速赶往游艇开会。专案组众人再度聚集，大家各自端了一杯咖啡，小声地讨论着。

宋铭说："庞一山引入的资本，是一家叫联合智造的合资公司。"他看向赫子轩，"说说联合智造的情况。"

赫子轩说："安静带回消息之后，我在网上详细调查了联合智造的背景。联合智造基本可以确定是个皮包公司，它的背后就是赫尔墨斯集团。"

马尚说："确定吗？听你这么说，我怎么感觉查这个东西根本不费劲啊？"

赫子轩说："确实没费什么劲儿，我也挺吃惊的，好像对方根本没打算隐瞒。"

马尚点了点头，还是有些难以置信。安静凝眉思索。

第二十七章／绑　架

宋铭说："十年前的案子，和现在的案子，背后都有赫尔墨斯的影子。两者之间的关联现在还不好说，但是可以确定的是，联合智造入股鼎华是带有目的的。"

杜猛说："他们注资的目的又是什么呢？仅仅是商业上的盈利？"

马尚说："我觉得，技术仍是重中之重。"

安静说："苗霏告诉我，会议上，联合智造公司的总裁，就是那个叫乔西川的人，曾经问过注资后是否可以共享鼎华的技术资源。邹教授直接拒绝了，之后双方并没有就这个问题争论。"

马尚说："这个乔西川……"

安静说："查过了，没有找到任何犯罪记录，背景清白。他半年前出任联合智造的总裁职务，中间有一段时间离开了中国，最近才回来。有一个细节非常关键，他返回中国的时间，正好在陈灿进入双清之后。"

杜猛说："也就是我们发现问题，成立专案组调查这个案件的时候。"

赫子轩说："联合智造的背景有问题，鼎华跟他们谈判，政府不能出面阻止吗？"

马尚说："如果有必要，当然可以阻止。但我们的目标不是阻止这次收购，而是顺藤摸瓜，彻底打掉这个团伙。"

"明白了。"

安静道："股市交易记录有没有什么进展？如果不靠政府出面干预，我们就必须准备好足够的证据，说服鼎华高层放弃这次交易。要是找到了联合智造暗中收购鼎华股份的实证，就等于多一重保险。"

赫子轩苦着脸："我真的已经尽全力了……不过现在知道是联合智造跟赫尔墨斯在背后操纵，有了具体目标，查起来简单很多。"

安静说："好，尽快吧。"

众人都沉默了，每个人脸上都挂满了疲惫的表情。

宋铭说："现阶段，还没有足够的证据支持对乔西川展开全面监控，但是这个人必须盯住。"

安静说："明白。我现在就去。"

宋铭说："不用，今晚我来负责。给你们个任务，今天晚上必须好好休息。接下来还有硬仗要打，别再一副要死不活的样子。"

二

付梦瑶出国之后，一直没跟付大勇联系。付大勇拨通付梦瑶的电话，却传来提示音"您拨打的电话已关机或不在服务区"。付大勇有点着急，继续拨打着电话，还是打不通。

门铃忽然响了，付大勇走过去从猫眼看了一下，见杨迅站在门口，手中拿着一沓文件。付大勇打开门，把杨迅让进屋。

"你来得正好，我打梦瑶电话，怎么都打不通。"

"她手机在国外不能用吧？"

"不可能啊，早就办好了国际漫游。"

"有时国内手机在那边，莫名其妙就是没法用。我以前也遇到过。"

"借别人手机也好，买个新手机也好，总得给我报声平安吧？"

"别急别急，我帮你问问学校那边。电子版的通知书你还存着吧？"

付大勇拿出来一台笔记本电脑，杨迅打开学校给的通知书界面，找到里面的学校电话，正要开始拨打。这时，付大勇的手机忽然响了，是一个英国号码，付大勇忙不迭接起，听见了女儿的声音。简单对话之后，对方便挂断了电话，付大勇悬着的心慢慢放下了。

杨迅拿出手中开采配额的文件递给付大勇。付大勇接过文件，仔细翻看。

"勇哥，您上次说还得去鼎华看看，怎么样？"

"别提了，他们自己都焦头烂额的。"

"那就先跟星创合作。挣钱嘛，跟谁合作不行？"

"鼎华毕竟是老客户，合作关系也没解除。我这个矿场，开采量也就那么多。给了星创，鼎华那边就不够了。万一鼎华突然要货，不好办。"

"我在鼎华待了这么多年，还不了解他们的套路？我跟你交个底吧，鼎华半年内不可能缓过来。而且现在是鼎华耽误你的事，你还一直考虑他们？勇哥，星创给的价格比鼎华合理多了。"

"我正好要回虞山了。让我考虑考虑，一天内给你答复。"

另一边，安静、宋铭、老六和两名技术侦查员坐在侦查车内追踪庞一山。他们看着庞一山进了私人会所，但又不好亮明身份，只能派人跟过去。

庞一山与乔西川在会所见面，二人面对面坐着，乔西川给庞一山亲自端上一杯茶。

"乔总，现在是谈判时期，双方正在对垒，主将私下见面，不太好吧？"

"您这个比喻不太恰当。我们都是可以拍板的人，所以不是主将，更像两国君主。将士该打就打，君主该谈还得谈，对吧？"

"我们不是一直在谈吗？"

"明面上是一回事，私下又是一回事。庞总应该比我清楚，酒桌上谈成的生意，比谈判桌上要多。"

"乔总想聊什么？"

"鼎华是个烫手山芋，别人都躲得远远的，只有我过来救场。可是在会议上，你们没有表现出足够诚意。收购比例和股价，分歧不小。"

"关于比例，在会上有些话不方便说。但是我现在可以明确告诉你，在国家政策允许的范围内，你们可获得最大限度的比例。"

"有你这句话，我就放心多了。"

"至于股价的分歧，是因为我们双方对鼎华认识不一致。乔总这边可能觉得价格高于预期，但在我们看来，已经做了很大让步。鼎华需要注资，但也不能损害自身利益。"

"保证鼎华利益不受损，这是合作的前提。那我有个小建议，庞总考虑一下。在鼎华

第二十七章／绑　架

能接受的底价基础上，如果能多让一分利给我们，也就会有一分利给到庞总。"

"给我？我是公司常务副总，现在代行总裁职权，我的利益跟公司利益没有区别。"

"这种场合，咱们没有必要说官话。公司是公司，个人是个人，两者利益可能重合，但绝不会完全一致，对吗？"

庞一山看着乔西川，沉默半晌，最后答应回去好好考虑考虑。

庞一山思前想后，还是征询了林晓兰的意见。鼎华有底蕴、做实事，只要渡过眼下的难关，不怕翻不了身。但是从外人角度说，鼎华前景未卜，注资本身就冒着风险。股价上退让，他也觉得有点吃亏。这是个艰难的决策，林晓兰的意见是最重要的。

林晓兰思索片刻，只要维护公司利益，全盘授权给庞一山去做。

三

晚上，马尚还未回家，声称在公司加班，胡玉萍做了夜宵，让马骏海给儿子送去。马骏海拎着饭盒，走进鼎华大厦。执勤的保安迎了过来，马骏海报了马尚的名字，保安却说马尚并不在公司。

马骏海后退着到了来宾等候的区域坐下，拿起手机给马尚打电话，无人接听。马骏海疑惑地往外走去，走了两步又折返回来。

马骏海问保安："我再问一下，你们公司这段时间是不是老得加班啊？"

保安说："研发部和市场部经常加班，人事部应该还好吧，基本都正常上下班。"

马骏海表情疑惑，点了点头。马骏海拎着夜宵开车回家，回到自家楼下，正要走进楼内，他想了想，又回来把装着夜宵的饭盒留在了车上。回家后，他直接告诉胡玉萍已经把夜宵交给马尚了。

马骏海忧心忡忡地坐在客厅里，没再吭声。他坐在沙发上沉思，墙壁上的闹钟显示已经快十二点了。门响了，马尚悄声推门进来，看见了马骏海，面露诧异。

"爸，你怎么还没睡？"

"我在等你，去你房间。"

马骏海起身，走进了马尚的房间。马尚看着父亲脸上的阴云，心生疑惑，赶紧换鞋跟了过去，问："爸，您怎么了？没出什么事吧？"

"你忙什么，电话也不接？"

"您又不是不知道，加班，太累了，真没注意。"

"马尚，你是不是有什么事瞒着我们？"

"我瞒着您什么了？"

"我晚上去给你送夜宵，保安说你早就下班了。我不是责备你，你这个年纪，在外面有自己的生活，不愿跟我们住一块，我们也能理解。"

"爸……"

"你别着急否认。这事我没告诉你妈，怕她跟你闹腾，但我心里也放不下。一来，怕你走错路；二来，担心你搞坏身体。"

"这么多年过来，我是怎么样的，您还不了解吗？这些都不存在。"

"那你告诉我，最近到底在干什么？"

"这一句两句说不清楚，我回头跟您解释。"

马骏海看见马尚脸上的犹豫和为难，沉默片刻后，也就没再追问下去。

四

杨迅正躺在床上酣睡，桌边的手机忽然响了，杨迅不耐烦地接起。对面传来了付大勇气急败坏的声音，原来付大勇看出那个文书是假文件。杨迅一下子没了睡意，忙说自己并不知情，付大勇哼了一声，把电话挂了。

杨迅急忙拨打乔西川的电话，把事情原原本本告诉了他："何总，您看怎么给付大勇安抚一下？"

"你不用去了，等着跟付大勇对接后边的事。"

"什么意思？付大勇又不傻，怎么可能还会合作？"

"这你不用管，不该问的别问。"对方挂断了电话，杨迅拿着电话一脸疑惑。而乔西川放下手机后，便拿出专用的工具，把蝙蝠的指纹贴到桌上一部新手机的后面。

另一边的付大勇，正怒气冲冲地等着杨迅的到来。不一会儿，门铃响了，付大勇三步并作两步，匆匆走到门边。打开门，发现外面不是杨迅，而是一个快递员。

付大勇奇怪地看了看包裹，发现快递单是打印字体，上面确切无疑地写着自己的姓名、住址和电话，寄件人一栏却是空的。付大勇疑惑着签了名，快递员撕下快递单就走掉了。

付大勇回到客厅，将包裹摆放在茶几上，掂量了一下分量，又摸了摸，觉得像是一个盒子。付大勇小心翼翼地把包裹拆开，发现果然是一个纸盒子，里面竟然是一个崭新的手机。付大勇翻看手机，发现手机里面没有几个软件，没有信息，也没有通话记录。付大勇觉得非常奇怪，继续翻看，猛然发现相册里面有一段视频。

付大勇点开视频，居然是付梦瑶被绑着的画面。付梦瑶被绑在椅子上，嘴巴被塞着。阴影里还有一个男的，抓着她的长发。付大勇顿时悬起心，整个人都呆了。

此时手机上进来一个电话，付大勇急忙接通，却发现是一个奇怪的、从变声器里传来的声音："视频看到了吗？"

"你要是敢动我女儿，我绝不会放过你。"

"付总，好好跟我们合作。如果拒绝合作或者报警，你女儿就得为你的选择付出代价。"

"你们想干什么？"

"很简单，按计划准备好矿石。给你的文件，暂时应付相关部门，还是可以的。"

"我要跟我女儿通话。"

"准备好矿石再说。你放心，大家一起挣钱，事情办成了，你女儿会平安回来，我还会单独给你一份酬谢。"

第二十七章／绑　架

对方挂断电话。付大勇愣了片刻，他愤怒至极，一拳打在面前的桌子上。

蝙蝠时刻关注乔西川的行踪。这天，他把车停在鼎华对面的街边，看见乔西川来到鼎华，庞一山亲自带着几名高管在门口迎接。庞一山笑容亲切地上前握手寒暄，众人一起走进大厅。

蝙蝠挪开目光，扫视周围的环境，拿起手机拨通杰弗里的电话。

"老板，乔西川很卖力，但我怀疑他已经被盯上了。"

"让他做这件事，就是为了让他被盯上。"

"接下来怎么处理？"

"计划保持不变。你暂时不用再跟着了，不要暴露你的身份。"

"我知道了。"挂了电话，蝙蝠驱车离开。

鼎华公司内，马尚正坐在办公室查询联合智造的资料，苗霏突然出现在办公室门口敲了敲门，马尚很自然地把笔记本电脑合上。

"马尚，你还坐着干吗？开会去。"

"什么会？"

"今天下午第二轮谈判，你不知道吗？"

"我不是没有参加资格吗？"

"我跟庞总那边打过招呼了，你可以去旁听。赶紧的！"苗霏说完就离开了，马尚急忙站起，追上苗霏。二人疾步走向会议室，边走边小声分析。

"马尚，你觉不觉得，两次谈判间隔这么短，联合智造有点太着急了？"

"不是因为鼎华现在形势危急，才加快了节奏吗？"

"据我所知，时间是对方定的。"

马尚和苗霏继续往前走，到了大会议室门边，这次保安没有再拦着马尚，而是朝着两个人点头致意。二人走进会议室，大门关上。

此轮谈判，鼎华和联合智造拼命讨价还价，争论的焦点还是集中在股价高低上。双方打出对自己有利的数据，争取自己的利益。主要是分析师们在辩论，乔西川和庞一山说话不多，只是在最关键的时候发话拍板。

五

散会后，马尚赶去游艇开会，安静、杜猛和赫子轩都在其中。马尚向其余三人讲述会议具体情况，大家展开讨论。

安静说："第二轮谈判就已经这么具体了？"

马尚点头道："双方都急于促成这笔交易。但是有一点让我觉得很意外，不管对方拿出什么理由压低股价，庞一山始终没有松口。"

杜猛说："做戏做全套嘛。"

马尚说："他的形象一直不明确，我也说不好……你们有什么发现？"

安静说："我们一直盯着乔西川和庞一山，但基本没有可疑情况。乔西川住在酒店，除了谈判，很少外出。"

杜猛说："庞一山去医院，见了林晓兰。"

马尚说："请示林总，也很正常。子轩，你那边怎么样？"

赫子轩说："在注资洽谈的事传出去之后，鼎华股价状况还是跟之前一样，每天收盘之前都会有回升，但我还是没能查到股票的流向。"

杜猛说："市局技术科那边按赫子轩的要求，一直在梳理交易信息，但是这个量确实太大了。"

马尚说："我这边还有个特殊情况。本来我没有资格参加谈判，是苗霏特意申请下来的。我更加确定，苗霏猜到我的身份了。"

安静说："上一次你没参会，我立刻就去找了她。估计这又让她对你的身份产生了怀疑。"

杜猛说："她那么着急表忠心，是不是有别的企图？"

赫子轩说："棋都下到这步了，还会跳反？"

马尚说："这个说不好。就算她猜到了，我明面上也不会松口。不管怎么样，还是要防着她一点。"

散会后，安静开车，马尚坐在副驾驶上，两个人继续聊案子。

"马尚，其实我挺佩服苗霏的，发生了这么多事，她还能稳住情绪往前走，该干什么干什么。别看她有时候挺慌张的，其实每件事都琢磨得特别仔细。"

"是啊……但还是挺担心的，万一她就是那个人怎么办？"

"伪装到这种程度？你能做到吗？"

"这没法类比，她这种角色我扮演不了，但是我有我自己的路子。不过说实话，这需要经过长时间的专业训练，我仔细查过苗霏的底，从她毕业到现在，所有精力都扑在鼎华，她还真没有这个时间。"

六

马尚刚刚回到楼下，正要进入楼门，没想到付大勇从里面走出来，一副心事重重的样子。马尚上前打招呼，付大勇勉强露出笑容，没说几句便匆匆告别。

马尚回到家，胡玉萍给他做饭，马骏海把他叫到卧室谈话。马骏海一脸严肃，马尚心里不觉吸了一口气。

"马尚，我琢磨了一晚上，觉得不对劲。谈恋爱的话，没什么不好说的，我跟你妈肯定无条件支持你。喝酒玩乐赌博什么的，你又不是那样的人。唯一可能性比较大的，你是不是有别的工作啊？"

"爸，您还在纠结这事呢？"

"别转移话题，正面回答。"

"您先别管了成吗？我心里有数。"

第二十七章／绑　架

"行，我不管，让你妈来管。"

"别别别……本来吧，这事暂时不想跟您说，但到这个份儿上了……怎么说呢，以前在北京，一年轻轻松松挣个四五十万。现在回双清，在鼎华工作，名义上是个中层领导，但一年也就二十来万。而且您觉得还有上升空间吗？"

马骏海叹了口气，没有表态。

"爸，说实话，我真的有点心理落差。所以我就干了点兼职，下班时间做点老本行，跟目标客户聊聊事情……有时候客户有什么爱好啊、需求啊，咱也得陪着，应酬嘛。回来的时间就不能保证了，怕打扰你们休息，干脆就在外边住了。"

"你跟鼎华签了工作协议，得有基本的契约精神……"

"我知道您做人做事的原则，我进去也是您出力帮我，我之前瞒着您，也是怕您因为这个心里不舒服。不过我保证，业余工作绝对不影响本职工作。"马骏海思索着，没有说话。马尚顿了顿，又补充道："爸，鼎华出事之后，我一方面有随时可能走人的危机感，另一方面公司的事反而少了，外边工作才做得多了一些，回家次数也就少了。公司前途未卜，我总不能坐以待毙吧？"

马骏海叹了口气，点了点头。马尚转移话题，问起付大勇的事情。

"付叔他怎么了，我刚才看他状态不对啊，你们谈什么了？"

"没什么啊，就谈了点生意，让我跑一趟单子，送个货。"

"送鼎华吗？我怎么没听说。"

"不是鼎华，是别的公司。"

"付叔那个矿场，不是常年只跟鼎华合作吗？"

"现在鼎华状况不好，今年的生意多半要黄了，找别的合作伙伴代替，不很正常吗？"

马尚刚想再问什么，胡玉萍喊他们吃饭。马骏海起身往外走，马尚拧眉思索，一副疑惑的表情，显然是觉得付大勇这事有些不对劲。

付大勇回到家里，坐在沙发上看着手机里女儿被绑架的视频，面露心疼和担忧。手机突然响起，一个未知号码打来的电话。付大勇立刻按下接听键。

"我女儿怎么样了？"

"别这么心急。你现在在什么地方？"

"家里。"

"先把窗帘拉上。"

"拉窗帘干什么？"

电话那头的乔西川沉默不语，付大勇无奈地起身，走到窗边，下意识地向对面和楼下看了一眼，拉上窗帘。付大勇坐回沙发上，接着又听到对方的指令。

"现在去洗手间，打开所有的水龙头，开到最大。"

"你到底想干什么？！"

"按我说的做。"

付大勇不耐烦地站起身，走向洗手间，按要求照做。他举着手机给乔西川听了下水流的声音，再拿回来继续通话。

"这样可以了吗？你到底想干什么？"

"很好。耐心点，我只是教你一个简单的防监听方法。毕竟我们要谈的内容，最好不要让外人知道。"

付大勇愣了一下，下意识地看了一眼四周。

"会有人监听？你什么意思？我已经被盯上了？"

"以防万一而已。矿石的事情你安排得怎么样了？"

"你要的量那么大，总要多给我一点时间准备吧？"

"理解。只是我还要提醒你一下，不要动什么歪心思，也别在这个环节上消耗太多时间，毕竟不是谁都跟我一样，有耐心这么等着。"

"什么意思？你是不是对我女儿做了什么？我告诉你，你要是敢动我女儿伤了她，我就是豁出去这条命，也不会让你好过！"

"你太激动了。只要你老老实实做事，我们是不会对你女儿怎么样的。"

"我不相信你，我要见我女儿！"

"等你把货都准备好了，再来跟我谈条件吧。"

付大勇刚想再说什么，对方已经挂了电话。付大勇一时气急，想把手机摔出去，但是举起来，又颓唐地把手放下。

付大勇还不知道，此时对面楼的天台上，杜猛和小李正用望远镜观察他房间的一举一动。他们看见付大勇拉上窗帘，透过窗帘隐约看见付大勇焦急徘徊的身影。

第二十八章

卧　底

一

　　马尚背着包走到鼎华地下车库，手里握着手机。他走到自己的车旁，打开车门。上车前，他好像感觉到了什么，下意识回头察看，附近一个人都没有。马尚没再多想，转身上车。
　　马尚的车离开了车库，沿街行驶。片刻后，一辆黑色轿车开出来，跟在马尚后面。马尚透过后视镜，注意到那辆黑色轿车，但他面无表情，并未做出什么反应。
　　到了路口右转，马尚再看后视镜，黑色轿车还在，他皱了皱眉。马尚突然加速超车，试探后面那辆黑色轿车。黑色轿车始终跟在马尚车后面，中间始终间隔一两辆车的距离。两辆车的车速都很快，但并没有拉开距离。
　　马尚将车开到十字路口，看见是绿灯，便缓缓减慢车速，卡着绿灯开始闪烁的时候突然加速往前冲，赶在变灯前冲过了路口。黑色轿车利用黄灯的时间再次跟了上来。
　　马尚从后视镜里看见黑色轿车依旧紧紧跟着，他的脸色已经变得很难看。
　　虞山矿场仓库内，工人们正驾驶着小型运输车，来回穿梭着将矿石运进仓库。付大勇站在仓库门口，焦躁不安地来回走动。
　　杜猛和小李把车停在矿场仓库附近的高坡上。他们站在车旁，望着远处来回拉货的运输车。
　　小李说："不对吧？现在有明文规定，得先申请批文才能开采。"
　　杜猛思忖半晌说："而且量还这么大，里面肯定有问题……赶紧通知科长。"
　　杜猛给安静打电话，报告矿场情况。另一边的安静听完，心里有了答案，目前查不到虞山矿场的开采批文，付大勇私自开采矿石，又联系好了运输公司，他完全是违规操作，说走私也不为过。这也证实了马尚的猜想没错。

不一会儿，安静接到了马尚的电话，马尚告诉她黑色轿车正在跟踪自己的事情。安静的脸色变了，她迅速让赫子轩定位马尚的手机。赫子轩反应迅速，立刻在电脑上开始操作，很快屏幕上的地图显示出马尚的位置。

安静把手机开了公放，放到桌子上，继续与马尚对话。

"马尚，往前开，第一个路口右转，去滨江大道。控制车速，别太快了，我安排王佐去接应你。"

"收到。记着不要透露我的信息。对方是一辆黑色大众，车牌号37K90。"

"注意安全。"

马尚的车按照安静的指示开往滨江大道的方向，并时不时超车。后方相隔两辆车的位置，黑色轿车依旧紧紧跟着，距离把握得很好。

马尚一边开车，一边戴上蓝牙耳机，继续跟安静通话。

"安静，给我指路，先遛他一下。"

"前面四百米，进辅路。"

"明白。"马尚降低车速下辅路，他看向后视镜，黑车紧跟了上来。

"前面三百米右转，有一条小路没有指示牌。"

"收到。"

马尚保持车速，全神贯注地观察着前面的路况。到了一个狭窄的路口，马尚的车以一个近乎甩尾的动作直接冲了进去。黑车无法全速跟上，明显降低了车速，平稳地右转跟过去。

马尚观察后视镜，那辆车还在后面，但是距离明显远了一些。这时，耳机里响起有电话打入的提示音。马尚拿起手机查看，是马骏海。马尚挂断，没有接听。

"马尚，王佐已经就位，你在下一个路口左转直走，王佐的车在第二个路口。"

"不着急抓人，拍张照片查一下有没有案底。我真没想出来，到底是哪里露了马脚暴露了身份，不排除是因为其他原因跟踪我。"

"明白。"

安静按下通讯器按钮，对王佐下达指令："王佐，目标大概还有三分钟进入视线，小心跟上去，等我命令。"

旁边的赫子轩对马尚说："马尚，你转过去之后，第一个路口就有监控，你开慢点，把他堵在监控下面，我来抓拍张照片。"

马尚答应。屏幕的监控显示马尚转弯，把车速降得非常低，成功把黑色轿车堵在监控镜头下。赫子轩立刻操作截取了监控拍下的画面，放大。

这是一张熟悉的面孔。安静看清开车的人之后，目瞪口呆。

"马尚……"

"怎么了？"

"一直跟着你的那辆车，开车的人是你爸。"

"你确定？"

"我确定。"

马尚一时间也没反应过来，脑海里闪回曾经的画面。有一次，胡玉萍无意间告诉马尚，马骏海跟鼎华副总裁苗焕阳挺熟的，马骏海却有意要隐藏这层关系。那次，马骏海去鼎华给马尚送夜宵，得知儿子并不在公司，回家之后把马尚单独叫到卧室谈话。还有那次，付大勇去找马骏海，让他跑一趟单子，送个货……

马尚的眉头越皱越紧，他深吸了一口气，渐渐把思绪抽回，努力让自己保持镇定，他继续与安静对话。

"安静，能不能先缓缓？我先想办法试探一下。"

"同意。不过马尚……你也要考虑到特殊情况。"

"我明白。一会儿我把手机开着，整个谈话你们都可以听见。"

"好。你也别着急，先把事情弄清楚再说。"

"明白。谢了。"

安静悄声叹了口气，挂断电话。她让王佐撤销跟踪，脸色多了几分忧虑。

二

马尚开车回家，把车停在小区楼下，他从车里下来，走进了楼道。不一会儿，马骏海开的黑色轿车也开了过来。马骏海刚下车，马尚突然从楼道里折返出来。父子俩面面相觑，马尚脸上表现出自然的笑容，马骏海倒是明显一愣。二人边走边说话。

安静坐在游艇的会议室里，听着马尚手机传来父子二人的对话。

"爸？这车谁的啊？该不是您背着我妈新换的吧？"

"别瞎说。"

"您没事借别人车干吗？"

"我干什么还要跟你汇报？"

"我就随口问问……"

"我那破车又趴窝了。你赚那么多钱，什么时候给你老子换辆新车？"

"换！说换就换！"

这时，宋铭火急火燎地走了进来。安静简单汇报了马尚被跟踪的情况，随后介绍了马骏海的情况。马骏海是双清本地人，十七岁参军入伍，之后参加了对越自卫反击战，还立过二等功。后来因伤退伍，转业到本地一家罐头厂任厂长。二十世纪九十年代下岗，成立了一家运输公司，也就是现在的骏海物流。

宋铭点了点头，沉思良久，说："马尚的父母一直都不知道他的真实工作，而且马尚这段时间经常连续几天都回不了家，又没法跟家里人说实话。所以，如果往简单了想，马骏海是担心儿子在外面碰上了什么麻烦，想悄悄跟着，看看他到底在干什么。"

"我明白您的意思。往简单了想什么都好说，但是我们也要做好其他的准备……马骏海跟苗焕阳、付大勇都有交集。"

宋铭不动声色地点了点头。

安静继续道:"马尚自己肯定也想到了,所以他才主动提出,让我们监听他的谈话。"

"这件事性质比较特殊。面对这种突发情况,你们没有胡乱猜疑,采取过激行动,也没有放松警惕、听之任之,已经做得很好了。先等等马尚那边的进展吧。"

安静的手机继续监听马尚和马骏海的对话。马骏海直接挑明下班跟了马尚一路,马尚没有想到父亲会自己挑明这件事,不由愣住。

"您一直跟着我?"

"没发现吧?看来当年当侦察兵学的本事,搁现在也还管用。"

"爸,您这到底唱哪一出啊?"

"我是真怕您在外面碰了什么不该碰的东西。你说你,回来这么久了,你在家里吃过几顿饭?整夜整夜地不回来,也不知道去哪儿了……"

"我不是跟您解释了吗?鼎华现在什么情况您又不是不知道,而且我那份自己的活儿也得应酬。您疑心怎么也这么重了?"

马骏海有些尴尬,没出声。

来到游艇上,马尚低头不语,气氛有些沉重。片刻之后,安静也赶到了。她看了眼马尚的状态,才转头看宋铭。

宋铭问:"怎么样?"

安静说:"跟苗焕阳核实过了。马骏海虽然常年跟鼎华合作,但仅限于运输业务,两个人的私交并不多。这跟马尚反映的情况完全吻合。而且我问到马骏海先生的时候,苗焕阳明显觉得很意外,不太清楚为什么会问他这个。"

宋铭点点头。安静再次看向马尚,马尚点头表示感谢,船舱里的氛围稍稍轻松了一些。

宋铭转向马尚:"马尚,你自己怎么想的?对于你父亲今天说的话,你自己怎么看?"

马尚说:"我得先跟大家道个歉。因为我个人的原因,对专案组的工作造成了不好的影响。说实话,我没法保证完全客观。不过我个人还是倾向于相信他,毕竟他确实有理由担心我,选择采用跟踪这种方式也符合他的性格。而且我来的时候查了,他自己那辆车确实坏了。"

宋铭:"就个人情感而言,我支持你的判断。俗话说,每个人身上都带着自己父亲的影子。我相信你,肯定也在某种程度上相信马骏海先生。"

马尚表示感谢。宋铭想继续说什么,赫子轩举起手想要插话。

赫子轩有些尴尬地问马尚:"我真不是针对你啊……有个细节我想不通。你当时是采取了反跟踪手段的,你爸为了跟上去还闯了红灯。要只是担心你,这也太拼了吧?"

马尚苦笑:"这我还真没法解释,可他有时候确实就是这么一个不肯罢休的人。"

赫子轩点点头,没再追问。

众人一时沉默。安静始终不发一言,面无表情地保持着中立状态。

马尚说:"我知道,大家考虑我的情绪,有的话不愿意讲,还是我来说吧。我父亲跟苗焕阳、跟付大勇、跟鼎华都有多年的交集。更不用说我和他朝夕相处,我身上的各种细节他都能看到,我的身份在他面前最难隐藏……哪怕只有万分之一的可能,他真的参加了犯罪活动……那事情就麻烦了。我的身份可能已经暴露，而且不知道是什么时候暴露的，我们也没法判断他送出去了多少消息。"

马尚说完，众人又是一阵沉默，气氛再次变得沉重起来。

安静突然开口："马尚，我倒是有个办法，应该可以排除马骏海先生的嫌疑。下午杜猛从虞山那边传来的消息，已经证实付大勇违规开采矿石，很可能要走私。你不是说，他已经找过你爸，想让他跑一单生意吗？"

马尚愣在那里。安静接着说："我出面去找你父亲，把付大勇有可能走私矿石的事透露给他，然后请他作为内应协助我们的抓捕行动。"

马尚眉头一皱，没有说话。

宋铭说："这样吧，可以先试试安静的办法，不管马骏海先生做什么选择，至少能给我们机会再观察一下他的反应。马尚，你怎么说？"

马尚犹豫片刻，说："我同意。"

宋铭说："这个行动会完全打破我们现在的部署。庞一山和乔西川这边同样重要，必须有人负责。"

安静说："那就把杜猛先撤回来，负责鼎华这边的事。我去组织虞山的行动。"

宋铭批准后，各自分头行动。

三

鼎华公司里，庞一山突然推门走进苗霏的办公室，快步走到苗霏的办公桌前。苗霏显然被吓了一跳，皱着眉看着他。

"苗霏，你爸到底在哪儿！"

苗霏皱着眉头没有说话。庞一山表情严肃地把自己的手机递到苗霏面前。

"苗霏，现在就拨他的电话，我要跟他直接通话！"

"庞总，你这是什么意思？"

"我有一件很重要的事情要确认，需要亲自跟他联系。不管平时我们有什么恩怨矛盾，现在事关鼎华的生死，我现在必须马上跟你爸通话！"

"这件事情我办不到。"

庞一山叹了口气，收回手机，坐到了苗霏对面说："苗霏，你跟我说实话，你爸是不是已经被抓了？"

苗霏沉默不语，没说是但也没否认。

"你爸当年做的那些事，你知不知情？"

"你说的是不是他向外透露公司交易底价的事？"

"看来你知道。"

"我也是后来知道的。"

"你爸被捕之后？"

"嗯。庞总,到底出了什么事?你想跟我爸说什么?"

"当年你爸做的那些交易,对方虽然都是在中国注册的合法公司,但是背后的支持者其实都是赫尔墨斯集团。"

"我真的不知道这么具体的细节。"

"那你知不知道,现在跟我们谈判的联合智造背后是谁?"

"也是赫尔墨斯?"

"没错。"

"这样的话,这个收购就不能再继续了,必须终止。"苗霏正色道。

"这个我何尝不知道。但是鼎华的股价之所以稳定下来,就是因为我们抛出了已经找到合作方的消息,如果突然终止的话,你应该知道会引发什么样的后果。"

苗霏沉默不语,庞一山陷入忧思之中。

另一边,安静约马骏海在海边咖啡厅的包厢见面,马骏海如约而至,包厢里不只坐着安静,还有宋铭。安静和宋铭直接亮明身份,开门见山说起付大勇的案子。

"我们掌握了充足的证据,证明付大勇正在进行走私国家稀有资源的犯罪活动。"

"老付?不能吧?他……他刚给了我一单生意。"

"是真的。他去找您谈这单生意那天,我们就开始盯上他了。"

马骏海想说什么又憋了回去,他若有所思地看了安静片刻,才把目光挪开。

宋铭观察着马骏海的反应。安静继续跟马骏海对话。

"不仅是走私,他还涉嫌伪造开采文件,而且背后很可能还有其他人。"

"那……你们都有证据了,还找我干什么?"

"马叔叔,您能不能配合我们的抓捕行动?"

"怎么配合?"

"您亲自押车,我们会给您佩戴监听设备。"

"当卧底?"

安静点点头。马骏海倒没表现出畏惧,只是苦笑了一声。

就在这时,马骏海的手机响了。他拿出来一看,正是付大勇打来的。马骏海一愣,给安静看来电显示。安静也是一愣,看向宋铭。宋铭让他打开免提。马骏海深吸一口气,这才接通电话,换成免提模式。

"老马,我这边货都准备好了。你差不多张罗一下,今天让车队过来吧。"

"那个……老付,今天恐怕来不及了。你那么急?"

"别呀,急活儿!那边催了好几次了。老马,我最信任的就是你,你这关键时候可别掉链子。"

"这样吧老付,我先联系一下车队的司机,马上回你电话。"

马骏海挂断电话。他为难地抬头看着两个人,察觉到二人眼神中的凝重。他抬起双手搓着额头,显然还在消化刚得知的这些信息。

"这事不对啊……老付那个矿在那搁着,就是个挖不完的金山。他这人我认识十几年了，是挺爱钱，可精明得很，走私这种掉脑袋的事情他不可能碰。"

"这就是贪心不足……"

"还有个事更不对。你们哪天盯上的付大勇来着？"

安静意识到事情有些不对，她没有回答。

"小安，我记得你刚才说……是在他找了我之后吧？可这事我没跟别人说过，只有马尚知道。"

"这些你现在不用考虑。等付大勇落网，什么都清楚了。"

"我就怕这个……真是怕什么来什么。跟我说实话，马尚，他是不是犯事了？"

安静和宋铭对视了一眼，有些无奈，一时无言。

"他刚回来没几天，贾长安就出事了。赶在这个节骨眼上他又进了鼎华，后来就没消停过，整天整夜不着家。难怪你们那个时候要查我的公司……小安，你跟马尚同学一场，要真有什么事你可得帮帮他……"

说着，马骏海的眼眶都红了。安静再次看向宋铭。宋铭点了点头，安静拿出手机来发了一条短信。

就在这时，包厢门开了，马尚站在门外。马骏海看着儿子，愣住了。

安静说："叔叔，您想反了，马尚是我们的人。"

马骏海怔怔地看着马尚，马尚露出苦笑。马骏海缓过神来，追问马尚干这一行多久了，马尚如实回答。马骏海虽怨儿子瞒着他们，但最终还是答应了配合抓捕付大勇的事情。

四

侦查车内，安静和宋铭坐在前排，马尚亲手在马骏海的身上安装针孔摄像机和跟踪定位设备。

马骏海对宋铭说："我总算想明白了。这小子肯出来跟我承认自己的工作，也是迫不得已的事。对吧，领导？"

宋铭微微一笑，点头。

马骏海接着说："你们看我说得对不对啊。我跟付大勇熟得不能再熟了，这单生意也是我接的，你们也拿不准我有没有参与走私。"

马骏海看向安静，安静有些尴尬地点头承认。

马骏海说："就在这个节骨眼上，我又行为反常，跟踪马尚。要是我带着别的目的，那就说明马尚的身份暴露了。我这个当爹的近水楼台先得月，恐怕是最容易搞到你们内部消息的人。是不是？"

宋铭饶有兴趣地看着马骏海，微微点头。

马骏海说："马尚一个劲地跟我这儿套话，就是想搞明白我为什么跟踪他。你们今天找我来当卧底，也是想试探我的反应。可话说得再漂亮都是虚的，我只有帮你们把这事办了，把付大勇抓了，才能证明我没跟他穿一条裤子。我这么分析没问题吧？"

安静说:"看来马尚的分析能力是从您这儿遗传的。"

马骏海不无得意地笑了笑。马尚却没这么轻松,他反复检查着马骏海身上的设备,眉头轻皱。

马骏海说:"你们找我还真找对了。这么多年,付大勇的活儿都是我亲自押车,今天我要是不去,他八成就猜到出事了。"

马尚心事重重地看着马骏海,心都揪在了一起。

付大勇坐在办公室里,拿出乔西川邮寄过来的手机,把门反锁上,准备拨打电话时,又犹豫了,想了想还是打开办公室的门走了出去。

付大勇拿着手机走进洗手间,仔细检查了一下里面没有人后,打开了所有的水龙头,把水流开到最大,之后给乔西川打电话。

"货已经准备好了,几个小时之后就可以出发,到你说的地方大概晚上六点多,你的人可以准备接货了。"

"做得好。事实证明我们也能合作得很愉快。"

"别跟我说没用的,我要见我女儿,确定她是安全的我才会给你发货。"

"可以。我来安排让她跟你视频。"

乔西川说完就挂了电话。付大勇紧张地看了看洗手间的门,然后盯着手机焦急地等着。

很快,手机铃声响起来,一个未知号码打来的视频通话。付大勇急忙点开。手机屏幕显示出付梦瑶的影像。付梦瑶的头发有些凌乱,眼睛红肿,嘴巴干裂,双手被绳子绑着,哭喊着跟付大勇说话。

"爸,爸……救我,我想回家,我以后一定好好听你的话……"

"乖,乖女儿不哭,爸很快就接你回家,别怕……"

刚说到这里视频通话就断了,付大勇以为是手机出了问题,慌张查看,这时乔西川又打来电话。付大勇慌忙接起。

"看到你女儿了?活得好好的,你不用担心。我都跟你保证过了,只要你听话,我们是不会伤害她的。"

"晚上你会在吗?"

"别问这么多,做好你自己该做的事情。"

乔西川说完就挂断了电话。付大勇悲伤地瘫坐在沙发上。

侦查车内,马尚、安静、宋铭坐在监视屏幕前,屏幕上依次分隔显示不同的画面。其中一个屏幕显示的是安装在马骏海身上的针孔摄像机传回来的画面,马骏海正在开车去矿场的路上。马尚紧张地盯着马骏海的视频。

另一边的虞山矿场仓库,马骏海和付大勇站在车旁,看着工人把矿石装车。马骏海试探着跟付大勇说话。

"这批货量这么大,这不是给鼎华送的吧?"

"这不是鼎华最近出事了吗,我怎么着也得给自己找点后路吧。"

"哪个公司这么厉害,能拿到这么高的配额?"

"我只负责看到文件发货就行了,其他事情我哪有工夫管那么多。对了,这次我跟你一起去。"

"你付老板这回要亲自去送货?看来这个公司来头确实不小啊!"

"这不是第一次合作吗,我亲自去能显得重视一点。"

马骏海收到通信设备中安静的指示,让他不要过问太多,以免引起付大勇的怀疑。马骏海便不再追问下去。

货物装载完成后,马骏海、付大勇、王佐和几名扮成货车司机的侦查员踏上了送货之旅。近十辆大货车在蜿蜒的山路上缓慢行驶,又行驶过一段较为平缓的路段,来到一个临时的停靠休息处。头车停下来,其他车也相继到来停下。马骏海从头车上下来,各车的司机和押货员也相继下车。

付大勇赶忙询问情况,马骏海说是给刹车片降温。几个司机轮番给货车的轮胎和刹车片冲水。付大勇看看天色,面露急色,催促大家快点赶路。

马骏海安抚道:"放心吧,天黑前肯定能赶到。"

这时,付大勇低头看到头车的司机王佐一直拿着水管在给轮胎冲水。付大勇抢过水管给刹车片冲水,抬眼扫过后面的几个司机,脸色一下子就变了。他把水管递给王佐,走到马骏海跟前。

"海哥,怎么好多人都是生脸啊?"

"这两年生意不好做,这来来去去地都换了好几拨人了,以前你也不跟车,哪知道这些事儿。"

"头车的司机以前好像也没见过,那小子叫什么?"

"李坤。"

司机们相继完成了给车的降温工作,陆续上车,付大勇也没再多说什么,跟着马骏海赶紧上车,继续出发。上车后,付大勇有意与司机王佐攀谈套话。

"小伙子,你什么时候来的老马的车队啊?"

"我跟着马老板干,差不多也有一年了吧。"

这时付大勇悄悄把手机拿在手里,借着伸懒腰的机会放在车窗外。这些小动作却被马骏海不动声色地看在眼里。

"小伙子,你叫什么啊?"

王佐佩戴的隐形耳机里传来安静的声音——"李坤",王佐笑着回答付大勇:"我姓李,单名一个坤字,您叫我坤子就行。"

付大勇松了口气,不再追问。

马骏海和王佐的通讯器里传来安静的指示:"接下来要更加小心,付大勇已经有所察觉了。"二人相继轻轻敲了两下自己锁骨下方的地方,回应安静。

经过几小时的车程,车队相继进入一个位置偏僻的仓库大院,几个工作人员站在院子里,引导车队进入卸货区。马骏海他们的通讯器里再次传来安静的声音:"提醒大家务必提高警惕,走私团伙可能会有武装。"

第二十九章

解 救

一

夜色降下来，郊区仓库院子里，司机和押货员三三两两地聚在一起休息，仓库工作人员在卸货。仓库旁边休息室有个保安，一直坐在那儿玩手机。付大勇看着卸货的工作人员，有些紧张不安，便与马骏海闲聊。

"海哥，辛苦你了。卸完车你就先回去吧。"

"全卸完得多长时间？"

"看他们这要死不活的样子，怎么也得两三个小时。"

"那你这回去到家估计得十二点了。等都卸完了，我先把你捎回虞山矿场吧，完了我再回家。"

"不用了，我今儿先不走了，就在这儿住。"

马骏海隐隐感觉有些不对，故意岔开话题闲聊："老付，一直也没问过你，像这种货走一批到底能赚多少钱啊？"

"怎么想起问这个了？"

"这么多年没敢问你，我不是怕听了心里堵得慌嘛。"

"差不多能有个三千来万吧。"

"我这辛苦一辈子也赚不了这么多啊！"

"海哥，当年这矿场我是怎么跟人拼下来的，你也知道，没少干缺德事。现在年纪大了，我才发现，赚那么多钱干什么？家人平安才是最重要的。早知道当年压根我就不该干这个。"

"是，谁挣钱都不容易，都是为了孩子嘛。你现在闺女也长大了，有出息了，能出国

第二十九章／解救

读书，多好啊，你也能宽宽心了。"

付大勇没说话，脸色越来越差，马骏海看在眼里，找了个借口离开。马骏海往洗手间走去，玩手机的保安起身，悄悄跟了过去。

马骏海走进洗手间，到处看了看，确定没人后，他把门关上，低声对着衣服下胸口处的监听设备说话："小安，你能不能听见？"

"能听见，环境安全吗？"

"我检查过了，安全。"

"马叔叔，您的任务到现在已经都完成了，出于您的安全考虑，您应该尽快撤离。"

"我感觉情况有点不对，出于我对付大勇这么多年的了解，我还是觉得他不可能做这种事。虽说他这人以前是有点黑历史，可现在好不容易洗白了，他又不缺钱，何必铤而走险呢？"

"您是有什么发现吗？"

"付大勇刚才在车上试探那个小伙子的名字，我注意到他特意把手机伸到了车窗外。刚才我跟他聊天的时候，他又一直捂着手机。我不知道是不是我想多了啊，你说他有没有可能被人胁迫了？"

"马叔叔，现在不能确定。在情况未明时，我们一定会确保您和付大勇的安全，但是行动还是要继续展开。一会儿卸完货您直接上车就走，剩下的交给我们就行。"

卫生间门外，保安正趴在门上偷听。他掏出手机正要汇报，千钧一发之际，王佐突然出现，从后面把保安勒住、打晕，拖进了卫生间。

马骏海诧异地看着眼前一幕。王佐向安静汇报情况，请求马上展开行动。

五分钟后，王佐等到了安静那边的指示，让马骏海挑明身份，单独跟付大勇谈谈。马骏海身上有监听设备，一旦发现形势不对，或者付大勇动手的话，尽力保护马骏海的安全。这也是马尚的建议，在完成任务和父亲安全之间，他无比纠结。

过了一会儿，马骏海从洗手间出来，面色如常，好像刚才什么事情都没发生一样。

通信设备里传来安静的声音："所有行动人员注意，确认你们的位置，随时准备抓捕。"

仓库里的工作人员都在忙于卸货。马骏海车队的司机们和押货员们纷纷不动声色地悄悄用手敲了两下锁骨下方的地方，对安静的指示做出回应。他们有的找个地方坐下休息，有的过去帮忙卸货，有的起身伸懒腰，有的走来走去，但都不约而同地向离自己最近的仓库工作人员靠近。

仓库的一个角落里，付大勇焦急地催促着仓库人员卸货。马骏海走到他跟前，说要带他去休息室喝酒。付大勇虽疑惑，但还是跟着去了。

马骏海独自走到仓库休息室门口，招了下手，示意付大勇跟过来。付大勇犹豫了很久，特意把手机放在了外面的椅子上，然后向休息室走去，进去后，谨慎地左右看了一下，赶紧把门关上。

"老付，你手机是不是被人……"

付大勇犹豫了一下，还是点了点头。马骏海苦笑了一下，直接把衬衫解开了，露出里面的微型监听设备。付大勇一看，立马紧张地向马骏海靠近。

"海哥，警察？"

"国安。"

付大勇激动地上前，抓住马骏海的衣领，好像要对马骏海动粗。王佐带着两个侦查员守在休息室门外，听到里面的响动，做出随时都要冲上去的架势。

"老付，我跟他们说了，你老付绝不可能做走私的事情，你肯定是有隐情的！"

付大勇抓着马骏海衣领的手稍微松了一下，马骏海接着劝道："老付，你现在说的话他们都能听到，你有什么苦衷赶紧说出来，你要相信他们能帮你解决问题。"

付大勇突然把手松开，一下子瘫坐在地上。

"海哥，我被人给坑了！我女儿现在在他们手上，这批货要是走不过去，我女儿可就没了！你可真是把我害惨了！"

二

侦查车内，付大勇的话悉数进入安静他们的耳朵。他们查到了付梦瑶出国留学一事。宋铭的脸色登时变了："如果对方手里有人质，现在进行抓捕一定会危害到人质的生命安全。"

马尚说："宋局，王佐刚才已经弄晕一个了，付大勇现在也知情了，我们想要撤下来，恐怕已经晚了。"

安静道："而且还要考虑一种情况，付大勇万一是在撒谎怎么办？他先把女儿送出境，干完最后一票自己跑路也方便。"

宋铭点点头，面色凝重地沉思着，片刻后说："重新制定行动计划，做两手准备。假设付梦瑶遭到绑架，我们要在确保人质安全的前提下进行抓捕。"

安静说："之前的任务计划，前半段还是可以正常进行。我们有足够的人手，可以瞬间控制现在仓库里所有的人，确保他们无法送信出去。"

马尚说："对！先控制他们，抓紧时间进行说服，让他们与接头方联系，让这个交易继续在我方掌控之下进行。这样我们就能追踪矿石的去向，等到解救付梦瑶之后再收网。"

宋铭说："问题是，我们不知道对方来接头的人有多少，也不知道他们是否会通过某种方式来传递暗号。但凡中间有一点纰漏，来接头的人就会把出事的消息报出去。那样我们就没法保证人质的安全。"

安静说："但是已经撤不下来了，我们确实没有更好的选择。"

宋铭说："按你的计划，先拿下这些人吧。"

安静对着通讯器发布指令："各行动人员注意，三十秒倒计时，准备行动。"

仓库里，假扮成司机和押货员的侦查员们听见安静的指令，不动声色地扣了两下锁骨下方。侦查员们已经做好准备，随时准备行动。

倒计时结束的那一刻，所有侦查员突然一起行动，没用几招就陆续制服了身边的卸货员。

第二十九章／解　救

抓捕结束后，宋铭他们赶到仓库，连夜审问付大勇。宋铭坐在休息室的沙发上，付大勇戴着手铐坐在他对面，王佐站在宋铭身边。王佐把付大勇的手机放到二人中间的桌子上。

"付大勇，对方是通过这个手机跟你联系的吗？"

付大勇指着手机，惊恐地做了个嘘声的表情。

"我们检查过了，这个手机没有被监听。"闻言，付大勇长舒一口气。

"付大勇，你知道你干的事性质有多恶劣吗？"

"我是受害者好吗！"

"我们查过了，你女儿是在一个星期前加急办的英国签证，你是出于什么目的把她送出去的？"

"事到如今我还能做什么？我真没骗你们！不信你们打开我手机看看，里面有一段对方绑架我女儿的视频。"

王佐半信半疑地滑开手机，找到那段视频。付大勇哀求他们一定要救回女儿。

马尚把马骏海送回家后，心情一直很沉重。他干国安的事情，瞒了家里十年，现在还让父亲铤而走险，心里不是滋味。

送完马骏海之后马尚便去了游艇开会，赫子轩在舱内，宋铭和安静刚审讯完付大勇，坐在侦查车里。两方连接视频，分析案情。

宋铭说："付大勇这边我已经核实了，他女儿付梦瑶的确是被绑架了。而且付梦瑶是已经出境了的，这个事情非常棘手。在付梦瑶脱离危险之前，我们不能走漏任何风声。"

马尚思索片刻说："宋局，我建议，先让这批货走出去，然后让海关那边协调工作，以别的理由拖延货轮出海的时间，至少不要让对方怀疑自己已经被盯上了。"

安静说："这样不确定因素太多了，很难保证收货时不出差错。就像之前宋局说的，我们暂时对对方一无所知，不知道对方何时来仓库收货，不知道来的人数和人员构成，不知道他们接头的时候会有什么暗号，也不知道他们会安插什么暗哨。"

赫子轩说："我刚才查了一下这次被捕所有人员的背景，有两个人可能会成为突破口，一会儿我把资料发给你们。"

马尚说："宋局，我建议，在这种时候，为了保证人质的安全，只要对案件有帮助，在法律许可的范围内，可以适当地跟他们达成一定的协议。帮他们减刑、提供证人保护之类的，当然，具体怎么去谈，还要看你们。"

宋铭点了点头。

安静说："付梦瑶那边怎么解决？她人很可能现在在英国。"

马尚说："宋局，这个事情我向秦厅汇报一下吧。有可能的话，我跟子轩去一趟英国。"

宋局说："可以。重中之重，是要保证人质的安全。我们这边会尽量争取营救人质的时间。"

三

杜猛和两名侦查员正负责跟踪庞一山的情况。这天早上，他们蹲守在庞一山家门口，过了上班时间了，仍不见庞一山出来，不觉疑惑。

此刻，庞一山正穿着浴袍，头发湿着，胡子刮得干干净净，显然刚沐浴过。他走到卧室，拿起吹风机仔细地吹头发。

吹完头发，他从衣柜里挑了一套西装，换上。又拿了几条领带，仔细地对着镜子比了一下，系上一条。又从抽屉里挑了一副袖扣，扣在衬衫袖口处。换上一双擦得锃亮的皮鞋，对着镜子面无表情地整理了一下发型，确定一切都满意后，出门。

庞一山开车从地下车库出来，驶离小区。停在小区门口的杜猛开车跟了上去。街道上，庞一山的车混在车流里，杜猛的车在旁边车道的不远处始终不远不近地跟着。他们好奇庞一山怎么穿得如此正式。

庞一山的车一直开到市医院门口，他将车停在路边，拿着一个文件袋下车，直接进了医院。

杜猛下车，看到庞一山上去，他按响了通讯器说："马尚，庞一山这是要干吗？"

马尚和赫子轩正坐在游艇内，通过天眼系统，监视着庞一山的举动。

马尚说："现在所有能打的牌都已经摆到庞一山面前了，我觉得他今天的行动可能跟之前和苗霏的谈话有关系。你那边能进行监听吗？"

杜猛说："没有批文，肯定没法直接利用手机监听。我用收音器试试，但是估计效果不会太好。"

杜猛他们一路跟在庞一山后面。庞一山径直去了林晓兰的病房。杜猛掏出收音设备，站在不远处。

病房里，庞一山和林晓兰寒暄之后，他便把手里的文件袋递给林晓兰，这是联合智造的背景资料。林晓兰不解地接过文件袋，打开翻看。

"林总，联合智造后台正是赫尔墨斯集团。我不知道您有没有印象。"

"这个财团我听说过。"

"那您知道它跟鼎华的关系吗？"

"我不记得我们跟赫尔墨斯有过任何的合作。"

"这正好是您来鼎华之前的事儿，差不多十年了。当时是苗焕阳经手的生意，我知道一些内情。那会儿鼎华为了快速吸纳大量的资金，利用当时的政策情况，做了大量DS矿石的买卖，当然了，是合法的。但我曾经留心查过，当年在背后收购DS矿石的，都是赫尔墨斯集团。也就是说，鼎华当年出售的矿石，最终很可能都流向了海外。当年我查这个事，说实话，是为了留一手将来对付老苗。"

林晓兰激动地站起身来，起得有点猛，有些头晕，庞一山赶紧扶住她。她还是忍不住激动起来，说："老庞，这么多年，你跟苗总从来没告诉过我这些！"

"这种事情谁会说出去呢。"庞一山扶着林晓兰坐下。林晓兰平复了下情绪，说："老庞，以前的事儿，我可以不过问。但是你现在跟联合智造的所有合作，必须立刻停下来！"

"停下来，鼎华就是死路一条。"

"老庞，你有没有想过，这些年赫尔墨斯一直在染指DS矿，它对鼎华的收购绝对不会那么单纯的。"

"我知道，我也让人查了最近股市的情况，您应该也有所了解，有人在暗地里分散收购我们的股票。我猜，这事儿八九不离十是联合智造干的，想借机控股我们鼎华。"

"这事儿没那么简单。鼎华一直是政府高度关注的企业，如果我们能查到这个情况，政府不可能不知道，关键时候肯定会出面干预的，这个交易绝不可能达成。"

"这个我当然知道。所以，要想让我们鼎华不崩盘，现在只剩下一条路，接受政府注资。"

"老庞，你现在不反对政府注资了吗？"

"林总，跟您说句实话吧。无论是苗焕阳还是我，这么多年一直坚决反对政府注资进来，说的是要保留鼎华最大程度的自主权，但真正的原因是什么，我相信您心里肯定也是清楚的。"

林晓兰低头笑笑，没说话。

"一旦政府注资，我跟苗焕阳这些年在鼎华的那些烂账，肯定会被翻出来的。所以，我今天才特意来跟您告别。"

"老庞，你这里面到底有多少事？"

"那天我问过苗霏了，她没有直说，但我判断苗焕阳现在应该已经进去了。当年那些事儿，苗焕阳有一份的，我差不多也有半份吧，我是铁定跑不掉。跟您道个别，我就准备去自首了。"

"老庞，你能做出这样的选择，说明鼎华在你心里还是有分量的。"

"到了这个地步了，我也没有别的选择了。我们每个人，都要为自己做过的事付出代价。我庞一山走到这一步，我也认了。只是，对不起，林总，到最后还是让您失望了。"

"我们每个人都会犯错，认清自己，接受自己的错误并为之负责，其实已经做得够好的了。老庞，你没有让我失望。"

"我庞一山这辈子不是没想过做点大事儿的，但现在，大事儿我是干不成了，我能做的就是解决鼎华眼前的危机。林总，我尽力了，能做的所有一切我都做了，也算是把我最后这点余热贡献给鼎华了吧。"

林晓兰点头，说不出话来。庞一山起身，给林晓兰鞠了个躬，说："林总，政府那边的收购事宜，我已经派人去跟他们接洽了。接下来，林总，我知道您身体还没有恢复，但是，还是有劳您出面去进行下一步的工作。"

"剩下的事情，交给我，你就放心吧。"

庞一山告辞，林晓兰起身送他离开。

游艇上的马尚和赫子轩，通过设备听完庞一山和林晓兰的对话。马尚皱起眉头，他感觉这事蹊跷，与赫子轩讨论起案情："联合智造来收购鼎华这事儿，都不需要咱们调查，鼎华自己就能查清楚背后是怎么回事，你不觉得这个局做得很粗糙吗？对方花了那么大的力气，为什么要用这么一个昏招啊？"

"有道理。"

"这明显是成功不了的，林总刚才说得特别有道理。政府到了那一步，肯定会去干涉的啊。这个难道联合智造那边不知道,乔西川那边不知道吗?"

"听你这么一说,确实奇怪。"

"还有走私那边的事儿,付大勇提交上去的开采权限,就算要花点时间被识破,那也是迟早的事情啊。你不觉得这两步棋都走得特别难看吗?之前跟咱们斗的人,可不止这个水平啊!"

"那会不会是被咱们逼得没办法了呢?"

"没办法了就该撤出去,而不是把自己往咱们手里送。"

"那你是怎么想的?"

马尚苦恼地摇了摇头。

四

晚上,宋铭、安静、杜猛相继走进游艇舱内,马尚和赫子轩起身迎接。大家坐定,开始开会。

安静说:"今晚七点钟左右,那边的走私团伙已经把货接走了,一切都很顺利。我们跟海关也已经做了沟通,他们可以找一些借口,至少可以帮我们把这批货扣留十五天。但是付梦瑶那边我们要尽快,避免夜长梦多,人质受到更多的伤害。"

赫子轩说:"我们发现付梦瑶根本就没有出境。通过天眼系统,我们发现她在前往机场的路上就遭到劫持。犯罪车辆直接离开双清,前往滨海市。但是抵达滨海之后,由于监控盲区的原因失去下落。"

宋铭问:"马尚,你跟秦厅沟通的结果是什么?"

马尚说:"秦厅已经批准,让我协助滨海市局侦破这个案件,但是我自己还是有点疑虑。"

杜猛说:"这事儿你要是不想去的话,我跟安科长去也可以。"

马尚说:"我不是这个意思,我觉得现在的情况其实不太对劲儿,总感觉现在的事情太顺利了,好像对手突然变蠢了。"

安静说:"你到底在担心什么?是不是鼎华内部那个人一直没找到,让你放不下心来。"

马尚点头:"之前我们怀疑庞一山,庞一山已经用他的实际行动极大地减轻了他身上的嫌疑。所以,鼎华内部的那个人到底是谁,我们又猜错了。鼎华内部的威胁,还是没有除去。"

宋铭说:"这个事情不要太着急,我们得抽丝剥茧地一步步来。"

杜猛说:"我们还有一个目标,就是乔西川。现在我们已经有充分的证据可以证明他是在搞非法收购,我们有权限制他出境,他必须配合我们调查。"

马尚说:"没错,乔西川现在跟庞一山是一个道理,他自己现在也已经是一个死棋了。事情看起来进展得太过顺利了,我真不知道到底是我们的对手突然变蠢了,还是他们太聪明了,在故布迷阵。"

第二十九章／解　救

安静说："先别太忧心了，乔西川很可能是我们非常大的一个突破口。另外，我们这边还有一个发现，我们在对方交给付大勇的那个手机上面，发现了一组指纹，正在进行交叉比对，这应该是一个非常重要的线索。"

马尚思索了一下，转身看向宋铭，询问付大勇的消息。

宋铭说："这个比较棘手，因为付大勇担心他女儿的安全，跟我们并不算配合，包括伪造的文件是谁提供的，是谁联系他逼他发货的，他都拒绝交代。"

马尚说："那能不能查到是谁帮他安排了他女儿出国留学的事儿？"

宋铭说："也问过了，他也不肯说。所以我们现在的重中之重，还是要先解救付梦瑶。"

马尚申请和安静一起执行这个任务，宋铭思索片刻，答应了。

散会时已是深夜，马尚走到家门口，周围静悄悄的，他掏出钥匙来，犹豫了一下，把钥匙插在门上，轻轻转动，门开了，他轻手轻脚地走了进去。

进门后，马尚往主卧的方向看了看，门关着，灯也没亮。他松了口气，转身往自己房间走去，发现门没关严，有灯光透过缝隙漏出来，马尚犹豫了一下，还是走过去，推门进去。

马尚走进自己的卧室，发现父亲正坐在床边，在翻看马尚以前的相册。听到马尚进门，马骏海抬头看了他一眼。马尚轻轻地把门关上了。

父子俩坐在一起，推心置腹地谈了一个多小时，谈到了马尚的职业、马骏海的担心，马骏海不想儿子有任何危险。马骏海看到马尚收拾衣物，猜到他要去救付大勇的女儿，但马尚并不承认，马骏海又生气又心疼。

阳光洒在鼎华大厦的玻璃上，泛起银光。一辆高级轿车驶来，在鼎华大厦门口停下，司机下车打开车门，乔西川从车上下来，环视四周，发现没人来迎接他，表情有些变化。

乔西川径直去了鼎华的会议室，林晓兰、苗霏和安静早已等候多时。乔西川和他的秘书一前一后走进大会议室，他看了一眼在座的人，感觉情况不太对，不由得提高了警惕。

乔西川在林晓兰旁边的空位上坐下，林晓兰把桌上的文件推到乔西川面前。乔西川有点丈二和尚摸不着头脑，打开文件翻看。

"乔总，据我了解，您在之前的谈判当中一直没有提到联合智造的后台是赫尔墨斯集团。"

"这个有什么关系吗？"

"关系很大，如果您早一点提到是赫尔墨斯集团想收购鼎华的话，我觉得我们就没有展开谈判的必要了。"

"林总，如果您不想继续谈判，给我打个电话就好了，您何必浪费我的时间也浪费您自己的时间呢？毕竟现在需要救命稻草的是鼎华，不是我们联合智造。既然这样，告辞。"

乔西川说完，站起身就想走，安静起身叫住了他。安静走到他跟前，亮出自己的证件。

"这事儿跟你们国安有什么关系吗？"

"我们现在掌握了相关证据，能证明联合智造恶意收购鼎华的股份，以达到控股的目的。"

"无稽之谈。不好意思，我不是中国公民，你们别拿这套来唬我。"

"乔先生，您的身份我们调查过，所以我们今天非常客气地跟您谈话，希望您能配合我们接下来的调查，暂时不要离境。否则的话，我们也可以采取强制措施。"

"现在你们就要把我带走问话吗？那我要先咨询下我的律师。"

"不用，乔先生。我们今天来只是告知您有这个情况，需要您配合调查时会通知您的。希望您到时候好好跟我们合作，现在您可以走。"

乔西川心里流过几丝慌乱，表情复杂地看了安静一眼，转身离开。杜猛则跟在乔西川的车后，继续追踪。

乔西川的车在一家酒店前停下，乔西川走进房间，把门反锁，从包里取出一个信号侦测器，上上下下仔细地扫描酒店的每个角落。

侦查车内的杜猛向安静汇报情况——乔西川现在一举一动，都已经处于他们的监控范围内了，但凡现在从酒店打出去的任何一通电话信号，都可以拦截。周边所有可能出入的点，他们都布置了人员，乔西川不可能擅自离开。

安静嘱咐杜猛心细一些，便把这边交给了杜猛，收拾一番后去跟马尚执行解救付梦瑶的任务。

酒店房间里，乔西川已经全部检查完，没有任何发现。他放下信号侦测器，拿出手机，冷静地拆了电池，取出手机卡，一样样放到抽屉里，关好。然后，走到放行李箱的地方，从行李箱的夹层里拿出来一个卫星电话，走向洗手间。

乔西川走进洗手间，打开音乐播放器，又打开水龙头，然后拨通了卫星电话。侦查车内的信号拦截设备里突然有一通电话信号发出来，但监听不了这通电话。

乔西川在给杰弗里打电话："收购已经不能继续进行了，国安的人也已经盯上我了。"

"乔，你知道自己这次任务有多失败吗？"

"大家都明白真实情况是怎么回事，能不能把话说开。我执行的这个任务，在你眼里应该很成功吧？"

"乔西川，你是不是疯了？"

乔西川没说话。

"乔，你不要告诉我矿石也运不出来。"

"矿石那边暂时一切正常，你就等着收货吧。"

"这件事办完，我会尽量帮你撤出来。"

侦查车的信号设备好不容易连接到了这个电话的信号，但已经挂断了。杜猛懊恼地一拳捶在腿上。

挂断电话后，乔西川松开了领带，整个人变得特别放松。他坐到沙发上，拿起一瓶威士忌，打开，给自己倒了一杯。他打开了手机上的监控系统，看着上面的红点在移动，乔西川笑了一下，拿起酒杯，喝了一口酒。

另一边的杰弗里，挂了电话后，得意地笑了，接着拨通了蝙蝠的电话。

"乔西川那边的任务已经完成了，你继续展开行动。但是你注意隐蔽，据乔西川说，国安的人已经盯上他了。"

"没问题，我已经想好怎么做了。"

第三十章 真相

一

"你有没有想过,你这种行为,实际上是在帮助这些犯罪分子,是在给他们打掩护。"审讯室内,宋铭皱眉道。

付大勇在得知已锁定一名嫌疑犯后,精神了许多,但他坚持要等自己女儿被救出来才肯透露更多的信息。

"领导,我昨天想了一夜,你说的这个我也不是没想过。问题是我不敢冒这个险啊,我也想配合你们,可但凡是走漏了半点消息,我女儿就没了……"宋铭有些气恼地皱了皱眉,付大勇却继续道,"这种事我不是没见过,走到绑人这一步,都是做好了打算真敢撕票的。我现在最怕的就是自己被抓这事传出去。那你说,要是再给你们透点消息,你们再去抓几个人,这事儿还能瞒得住吗?那我女儿哪儿还有活路?"

"付大勇!你少在这搞这套江湖逻辑!这不是你当年在虞山抢矿的时候!"宋铭拍了下桌子,厉声道。

付大勇低着头,不说话了。一旁的杜猛思索片刻,问:"付老板,我想问你个问题,你跟我说实话。"

"万一你女儿有个三长两短,你怎么办?"

"他们真敢动瑶瑶,老子就是倾家荡产豁了这条命也要弄死他们!"付大勇双手握拳,咬牙切齿道。

杜猛继续道:"先不说你这个打算本身就是违法的。我问你,你怎么弄他们?除了那些联系你的人,你知道背后都有谁吗?那些绑匪远在英国,你怎么弄他们?"这番话,把付大勇问得愣住了。
　　杜猛见付大勇听进去了，赶紧继续道："所以，现在不是说硬气话的时候，我明确告诉你，要是付梦瑶真出了事，你什么都做不了。这辈子剩下的时间，你只能后悔，后悔自己没早点跟我们合作。"
　　"你有线索，我们有资源，搭配起来，就能顺着挖下去，把所有涉案人员绳之以法。"
　　"听你这么说，我女儿这是没救了？"
　　"当然不是。"杜猛笑着说，"我们一分为二地讲，首先你提供的信息很可能对解救付梦瑶有帮助，提高她的生还率。她的平安是你现在最关心的，对吧？"
　　付大勇点了点头。
　　"那好。与此同时，我们还能根据你提供的信息尽快锁定涉案人员，避免他们逃窜。这样你以后也不用担心自己和女儿遭人报复，对吧？"
　　付大勇又点头，全神贯注地听着杜猛的分析。
　　"另外，假设出现了第二种情况，也就是最坏的情况。如果你拒绝配合，那万一付梦瑶遭遇不测，我们又没能及时得到充分的线索，很可能导致犯罪嫌疑人逍遥法外。"
　　宋铭也说："真到了这一步，你刚才说什么要去弄死他们，那都是空话，是自己骗自己。"
　　付大勇深吸了一口气，陷入沉思。杜猛和宋铭交换眼神，静静地等待付大勇做出决定。
　　"杨迅……"
　　"你说什么？"
　　付大勇清了清嗓子道："中间搭线的那个人，叫杨迅……"
　　宋铭和杜猛从审讯室出来后，二人脸上都带着一丝没回过劲来的神情。宋铭沉着脸，懊恼道："是我撤掉了对他的监控……"
　　"宋局，话也不能这么说，看得太紧说不定还抓不着尾巴呢！"
　　"限制令还在执行吗？"宋铭问道。见杜猛点头，宋铭道："马上带人摸清他的位置。"
　　"明白！那……抓不抓？"
　　"等我命令。"
　　"好。"说完，杜猛大步离去。
　　"杜猛，"杜猛回头看着宋铭，宋铭赞道，"刚才干得不错。"
　　调查发现，杨迅在付梦瑶被绑之后、付大勇出货当天，还清了所欠鼎华的两百万公款。搜集到了足够的证据，市局当即对杨迅实施抓捕。
　　直到双手被铐后带到审讯室，杨迅也没弄明白自己为什么被抓，他辩解道："交代什么？那笔钱已经还给鼎华了，他们说了，只要还钱就不会起诉我。"
　　"少在这避重就轻，我告诉你，付大勇就在旁边的审讯室！"杜猛道。
　　杨迅愣住了。宋铭将装在证物袋中的那份伪造的矿石开采文件放到了桌上，说："你不要抱侥幸心理，就这东西已经重罪了。好好配合我们工作，给自己争取点机会吧。"
　　"我……"杨迅看了一眼，道，"这文件是我给付大勇的，我承认。可这个……这个怎么了？"

"怎么了？伪造的！你在鼎华工作了五年，别跟我说你连这东西的真假都看不出来。"杜猛道。

"我不知道……我真的不知道。"杨迅眼中满是迷惑。宋铭和杜猛交换了一个眼神，宋铭问："付大勇的女儿出国留学这个事，是你张罗的吧？"

杨迅点了点头。

"是，还是不是？"宋铭严厉道。

"是。可这……这不犯法啊……"杨迅道。

"绑架还不犯法？"杨迅看向杜猛，一脸茫然。杜猛道："付梦瑶刚到英国就被绑架了，这是早有预谋的犯罪。杨迅我告诉你，你身上的事大了！"

愣了一会儿后，杨迅双手撑着额头，开始止不住地微微颤抖道："怎么会这样……我真的不知道，不是我干的……"

"那是谁干的？"

杨迅抬起头看着宋铭说："我什么都说，你们想知道什么，我都交代。同志，你们一定要相信我，我也是受害者，我也被人给骗了！"

宋铭和杜猛沉默了片刻，杜猛将乔西川的照片放到桌上，问："是不是他？"

杨迅看着照片，摇了摇头说："不是，骗我那个人，叫何平。"听到这个陌生的名字，杜猛和宋铭交换眼神，二人都露出疑惑的神情。

二

"根据你们的情报，我们排查附近区域找到了这辆车，但是嫌疑人已经换车逃走了。这里没有摄像头，估计他们是提前踩好了点。"滨海市局的张雨对刚刚赶到现场的安静和马尚说。

这辆车已经被消毒水冲洗过，找到DNA样本的可能性不大，好在通过高速收费站的监控录像信息，锁定了一名主要嫌疑人。"武思巍，滨海本地人，是个惯犯，刚放出来半年不到。虽然他做了伪装，但他脖子上这个文身很明显，应该错不了。目前，正在通过天眼系统寻找他所在的位置。"

不久，武思巍戴着棒球帽和口罩出现在了一家大型超市中。十分警惕的他推着满满当当的购物车时不时地四下张望，但他的一举一动都已经放大在了侦查车内。

武思巍正在收银台结账，显然是准备离开。张雨对着通讯器道："各小组注意，别跟得太近了。"

马尚伸了个懒腰，露出笑容说："比我想得容易多了，就这么咬下去，大功告成。"

张雨笑了笑，没说什么。安静却面色凝重道："马尚，我越想越觉得你说得有道理。"

"什么？"

"我们的对手真的越来越蠢了，这个案子不太对劲。"

马尚点了点头说："先把付梦瑶救出来再说。"

顺利抓捕武思巍后，却发现他带在身上的手机不是用于团伙之间联络的那部，相关通话记录一个都没有。他本人也是死活不肯开口。滨海市局的人审完，马尚和安静也去试了试，仍旧没有收获。

从审讯室出来后，安静沮丧地叹了口气，过了一会儿道："这儿有 Wi-Fi 吗？"

"干什么？"马尚道。

安静道："跟我妈视频，现在每天都得给她报平安。我先把这事儿弄完再说吧。"

"一会儿帮你问问……"马尚说着，突然眼前一亮，"有办法了！"

马尚的办法是查武思巍手机上的 Wi-Fi 信号源。每经过一个 Wi-Fi 信号源，手机后台都会自动存下地址信息，以滨海市无线网络的覆盖率，完全有可能拼凑出他的活动范围。

果然，在技术科，一张布满红点的滨海市地图出现在屏幕上。众人满怀期待地盯着屏幕上的地图，可是脸色又渐渐冷却了下来。

"说不通啊……"张雨指着地图道，"这两天他常去的几个地方都是城区最繁华的地段，不可能把人囚禁在这种地方……"

一时，众人陷入沉默。

"要不，进去看看他的鞋底？"安静问道。

马尚看向安静问："你是怀疑他们藏在地下？"

审讯室大门突然被推开，武思巍吓得一颤。

"脱鞋。"

"你干吗？"武思巍道。

"老实配合，把鞋脱了。"张雨严肃地说。

武思巍看了看众人阴沉的脸色，不情愿地把右脚的鞋踩了下来。张雨捡起靴子，又从口袋里掏出笔，在鞋缝里抠下一团黑色的淤泥。张雨举到鼻子前轻轻一闻，转头看向门口的安静等人，露出了笑容说："下水道，错不了。"

武思巍闻言，脸色大变。

成功解救付梦瑶的安静和马尚回到双清，在游艇上参加会议时还带着疲态，马尚忍不住打了个哈欠。

宋铭关切地问："两天两夜没睡了吧？撑得住吗？"

"没事，路上眯了一会儿。宋局，您说说杨迅的情况吧。"马尚道。

"简单地讲，他坚称自己是为了偿还鼎华的债务，拿了钱替人办事，对其他的罪行都坚决否认。并且他再三强调，不知道付梦瑶会被绑架。"

安静道："他承不承认不重要，伪造开采权限已经够拿下他了。现在的问题是，他和付大勇的证词能不能指向乔西川？"

杜猛摇头道："付大勇和杨迅一直是单线联系，他从来没有见过幕后的人，只通过手机进行过通话。"

赫子轩也补充道："还有，这部手机上面除了付大勇的指纹之外，还有第二个人的指纹。我们和乔西川做过对比了，指纹不是他的。"马尚耸了耸眉头，似乎对这个细节格外在意。

第三十章／真　相

"关于何平呢？"安静问道。

"身份是假的，公司也是个空壳，事发之后这个何平就蒸发了，完全找不到下落。"宋铭道。

马尚问道："有没有可能是乔西川假扮的？"

杜猛皱眉道："这个我们想过，也对比了杨迅交代的和这个人见面的时间，乔西川确实有机会利用双重身份与杨迅接触，可是我们找不到证据。"马尚点了点头，一时众人都陷入沉默。

"天眼系统。"众人看向安静，安静继续道，"把杨迅跟何平见面的视频，跟乔西川出入鼎华的视频做对比分析。除了面部特征识别，天眼系统还能进行步态计算。"

"这个办法可以。就算二人有段时间没见面了，但是总会有一些视频记录保存下来。"宋铭点头道。

赫子轩露出笑容，双手用力一拍说："交给我了！"

三

赫子轩和马尚留在游艇上分析监控录像，安静则带着杜猛直接前往乔西川所住的酒店。

酒店内，乔西川正在用电钻在硬盘上钻孔，以期彻底销毁数据。桌上的手机突然开始震动，乔西川愣了片刻，露出无奈的笑容。手机屏幕上显示的是卫星地图，一个闪烁的红点已经抵达了离酒店非常近的地方。

轿车停在了地下停车场的某个角落，身穿维修人员工作服的蝙蝠从车上下来，他戴上帽子，快速检视四周，又从后座拿起一个背包。蝙蝠快步经过电梯，在不起眼的位置安装了一个微型摄像头，随后走进应急通道。

杜猛开着车高速前行，安静坐在副驾驶位置上笑道："听宋局说，审问付大勇和抓捕杨迅的时候，你起了关键作用。"

"那是，也不看我跟谁学的。"

安静看着杜猛，面带笑容说："等这个案子搞定了，我打算让你去省厅培训半年。"

"为什么？"杜猛皱眉道。

"你有潜力，还能再往上走。"

"不去。"杜猛认真地说，"市局侦查科本来人手就不够，我这一走就是半年，你们怎么办？"

"我有办法，你就别操这心了。"

"那我也不去……"杜猛看向安静，笑着说，"你在哪儿我就在哪儿，工作这几年都习惯了。"

安静笑了笑，挪开目光说："你就别贫了。再快点儿。"

杜猛突然担忧道："静姐，你也知道了，乔西川可能跟你爸的事有关，真到了抓捕的时候，你可得控制自己的情绪。"安静点了点头，没说什么。

"你真觉得乔西川跟何平是同一个人？"杜猛问道。

"很有可能。"

小李带着两个侦查员守在侦查车中，一边等待安静他们，一边盯着监控器。其中一个屏幕上，有个服务员正推着餐车缓缓经过走廊，那人在一个房门口停步，按下门铃。

"是乔西川的房间。"

"通知二队，等服务员出来以后要进行搜查。"

门铃响了，乔西川站在门边，他神色凝重，静静听着外面的动静。门铃再次响起，乔西川清了清嗓子，让自己的声音听起来冷静一些："谁？"

"先生，您订的晚餐到了。"听完，乔西川皱了皱眉，他稍加犹豫，将门打开。服务员推着餐车进来："请问您想在哪儿用餐？"

"放那边桌上就行。"

"好。"

服务员转头的一瞬间，乔西川突然从袖口里探出电击器，刺向服务员的后颈。服务员一声不吭地跌倒在地。乔西川迅速探头看了看门口，将门关上，反锁。他把服务员拖到一张椅子上，将他的双手反绑在身后。

确定已经绑好后，乔西川露出一丝放松的笑容，用英文说道："我还以为你会用更高明的手段。"说着，乔西川摘掉服务员的帽子查看，却发现对方的脸完全陌生。

他的笑容消失了，伸手在服务员脸上摸索，试图找到伪装的痕迹。与此同时，餐车下半部的帘布微微掀开，有个身影悄无声息地爬了出来，正是蝙蝠。

蝙蝠迅速靠近，乔西川似乎感觉到了什么，就在他回头的瞬间，蝙蝠一脚踢掉乔西川手中的电击器，同时双臂扼住了他的脖子。

乔西川拼命挣扎，却无济于事。"你以为自己装了一个定位装置，就很高明吗？"乔西川憋红了脸，说不出话来。

安静和杜猛到了，小李汇报道："一切正常，有个送餐的服务员刚才进了乔西川的房间，我已经通知过二队，等对方出来就进行搜查。"

安静点了点头，她看着监控画面，拨通手机："我和杜猛到了，你们那边还要多久？"

"赫子轩还要五分钟左右。"马尚道。

"好，让宋局接电话。"安静道。

"说吧。"

"宋局，我想确定一下，一旦步态分析确认，我这边就可以抓人了吧？"

"没问题。但是务必保证目标的安全，他手上的信息非常重要。"

"明白。"电话挂断后，安静看着监控画面，皱着眉问，"服务员进去多久了？"

小李看了看表，说："差不多……快五分钟了。"

安静猛地起身说："通知二队在楼梯间跟我会合，杜猛，跟我走。"说完，安静急匆匆地推门下车。

此时的乔西川已经被一根连接在吊扇上的套索拴住了脖子，他双手被绑，踮着脚站在椅子上，勉强维持平衡。一旦打滑，乔西川立刻会被吊死。

挣扎中，乔西川着急地看向那名晕厥中的服务员，希望他能醒来。但服务员毫无知觉。

在里面房间的蝙蝠倒是心情轻松，他吹着口哨忙活着。他一边更换着乔西川的硬盘，一边通过平板电脑注意着之前装好的微型摄像头传来的画面。突然，画面中，安静和杜猛快步走向大堂，进入电梯。

"该死。"蝙蝠迅速收起平板电脑，离开房间。

来到乔西川面前，看着乔西川恶狠狠的眼神，蝙蝠笑道："别这么看着我，你应该知道是谁想让你死。"

乔西川努力憋出一个可怖的笑容，说："你也……跑……不了……"

蝙蝠稍稍一愣，冷声道："永别了。"说完，一脚踢翻了椅子，乔西川立刻被吊在了半空中。面对痛苦挣扎的乔西川，蝙蝠面无表情地上前解开他被捆住的双手，又从口袋里掏出一个远程触发装置，按下。

酒店空无一人的设备间，总闸突然冒出火花。

四

电梯正在运行中，安静的拳头松松紧紧，显得有些不安。灯光一暗，电梯突然停了，安静和杜猛一个趔趄差点摔倒。很快，昏暗的应急灯亮了起来。

"没事吧？"杜猛问。

安静却没有理会，迅速按下耳旁的通讯器按钮说："二队，你们在什么位置？"

"我们正在十九层，马上抵达预定位置。"老六正领着两名侦查员在昏暗的楼道中全速向上攀登。

"整个酒店都停电了吗？"安静又问。

"看情况应该是。"

"我跟杜猛困在电梯里。你们不用等了，直接进入房间！"

"科长，你不是说要等证据吗？"

安静焦急道："你就说'例行询问'！一定要确保目标在我们的控制范围内！"

"明白！"

老六等人进入走廊，迅速冲到乔西川的房间门口，他用力拍了拍门，但里面没有任何回应。

"科长，里面没有反应。"

"别等了！破门！"

老六猛地发力将门踹开，立刻腾出位置让两名侦查员先行进入。冲进房间后，在手电灯光照耀下，他们发现乔西川已经"上吊自杀"了。

"清查所有房间！"老六喊道。

两名侦查员分开检查里屋和洗漱间，老六则迅速上前抱住乔西川的双腿，试图把他放下来。

"卧室安全!"

"厕所安全!"

"过来帮忙!"在众人合力之下,终于将乔西川放了下来。老六急忙试探乔西川的呼吸,一个侦查员则上前检查昏迷的服务员。

"快叫救护车!"

安静正焦躁不安地踱着步子,通讯器突然响了:"科长,我们已经进入房间。乔西川上吊自杀,那个服务员也处于昏迷状态。"

安静一愣,腿上一软差点跌倒。杜猛道:"老六,你别跟我说乔西川已经死了。"

"他还有呼吸,我已经叫了救护车。"闻言,杜猛和安静四目相对,都松了一口气。安静道:"保持警惕,一定要保住他的命。"

"明白。"

翌日,安静和宋铭一起向秦枫做汇报。"不是我干的!你们冤枉我!我要见律师!就这些话车轱辘来回转。"安静模仿杨迅的口吻道。昨夜对杨迅的审问没有收获任何关键信息。

"他早有准备啊。"秦枫道。

宋铭点头道:"乔西川昏迷不醒,有可能醒不过来。杨迅认定我们没证据,咬死不开口。"被送到医院后,乔西川的命保住了,但大脑受损严重,情况很不乐观。

秦枫皱起眉头,说:"两个嫌犯,一个落网了,死不开口;一个昏迷了,也开不了口。怎么结案呢?"

"只要找到切实证据,杨迅就不可能继续扛了。"宋铭道。

"现在掌握了哪些证据?"秦枫问道。

安静道:"从乔西川住处,我们找到许多装扮用的器具,假发、拐杖、各种涂料药水,还有变声器等。对比苗焕阳和苗霏提供的信息,基本确定乔西川就是徐鹤。十年前,他威逼利诱苗焕阳进行内幕交易;最近,他又胁迫苗霏帮他盗取密钥。结合付大勇的口供,也能确定何平是乔西川另一个伪装身份。就是说,策划绑架付梦瑶,胁迫付大勇走私矿石,都是乔西川的手笔。"

宋铭补充道:"更重要的,我们找到了乔西川毁坏过的电脑,技术部连夜加班,有一部分内容已经还原出来。安静,你来说说。"

"简单概括,杨迅和乔西川,一内一外,策划了在双清盗窃技术和走私矿石的整个行动。杨迅潜伏在鼎华内部,负责提供情报信息,必要时做一些掩护。乔西川负责实施各种行动,周恋是他的直接下属,也是最重要的帮手。而陈灿、刘宝强、贾长安这些,由他间接指使。

"根据现有线索推测,乔西川心狠手辣,擅长弃子保命。有理由相信,贾长安暴露后,他干掉贾长安,伪造自杀现场。周恋浮出水面后,他又抢在我们前面杀了周恋。"

宋铭接着道:"乔西川不仅关系到现在,也关系到十年前的案子,甚至跟安威同志的牺牲有关。我们会让医院尝试一切办法,让他醒过来。"

秦枫点了点头。一旁的安静表情坚毅,眼中含泪。

第三十章／真　相

从宋铭办公室出来后，安静被杜猛拉到了一边，杜猛吞吞吐吐道："静姐……有个事，我想先告诉你。"

"说啊。"安静对杜猛的反应有些诧异。

"技术部又还原了一部分通话记录，报告还没有出来，我就随便提前看了一眼。"

安静意识到杜猛想说什么，问："跟我爸有关？"

杜猛点头道："进一步确认，十年前你爸的案子，幕后的人就是乔西川。"闻言，安静脸色变了，看着杜猛，等着他继续说下去。

"当时你父亲跟的人，是乔西川的手下。这个人发现后，联系了乔西川。然后乔西川派人找了樊德伟……你爸出事后，这个人就跑到国外去了，直到现在，跟乔西川还有通信往来。"

安静依旧没有说话，但是眼睛里已经充满泪水。

"现在已经有充足的线索可以将两个案子并案侦查。你放心，我们一定让这帮混蛋接受法律制裁！"杜猛说完，又补充道，"对了，这事是不是该告诉苏阿姨了？"

安静点头道："我正准备去谈，就是还没想好怎么说。"

"想得越多越复杂，开门见山最好。"停了一会儿，杜猛又道，"需要我跟你一块吗？"

"啊？"

杜猛赶紧解释道："就是代表局里，从专业的角度，对发现真相的过程做详细陈述。"

安静犹豫几秒："还是我单独来吧。我怕有你在场，我妈有些情绪释放不出来。"

杜猛不好意思地笑了笑："也对啊。"

安静往前边走了两步，又回过头来，看着杜猛："杜猛，谢谢你！"

杜猛一愣，还没来得及说话，安静已经回过头走了。杜猛看着安静远去的背影，微笑着。

第三十一章

伪 装

一

太阳刚刚升起,轻轻推动海浪拍打着海岸。沙滩上现出两排脚印,随着脚印追寻过去,是马尚和安静并排在海边沙滩上散步。

"我妈说,让我好好谢谢帮忙查我爸这事的同事们。虽然不能直接跟她说是你,但她心里的感激一点也不打折扣。"昨晚,安静已经和苏美佩说明了。

"阿姨的心意我收到了。"马尚顿了顿,看向安静,"这么说的话,阿姨不会再反对你跟同事交往了?"

安静脸色一变,微微有点生气地说:"你怎么又来这套?"

马尚一愣,急忙停步道:"对不起,我不该在这种时候开玩笑。"

安静瞥了马尚一眼,转身往前走。马尚快走两步跟上,看到安静面色缓和,小心翼翼地开口:"今天约你出来,是跟你道别的。"

安静简单回应一声,继续往前走。马尚又道:"辞呈都写好了。打算今天把工作辞了,过两天就要回北京了。"

安静站住,定了一会儿,脸上闪过沉重和不舍,后面的马尚却看不见。随即安静转身朝向马尚,笑容绽放,向马尚伸出了手说:"很高兴和你合作。"

马尚如法炮制,瞥了安静一眼,却没有理会她,而是继续向前走去。安静略带尴尬地收回了手,跟上马尚。

"想跟你说点心里话,你别笑话我。"马尚故意不看安静,"咱俩到底怎么办?"

"你今天约我出来,是想说明白了?"

第三十一章／伪　装

"今天不说我哪儿还有机会说啊。"马尚还是忍不住看了一眼安静。

"你知不知道,我跟当年完全不一样了。"

马尚点头道:"你要还是当年傻白甜的样子,我还看不上呢。"

安静哭笑不得,没好气地瞪了马尚一眼,说:"什么意思?"

"呸呸呸,不是那个意思。我是说,现在的我,喜欢的,不是从前的你,而就是现在的你,站在我面前的你。"

安静被马尚的话触动,一时间僵在那里,也不知该说些什么。马尚看在眼里,继续道:"当然,这只是我自己的感觉。很多时候,我太自我了,不清楚别人的真实感受。所以我想问,你怎么想的?"

安静嗫嚅着:"我……这个问题,没怎么想过。"

两个人尴尬沉默了一会儿,马尚哈哈一笑化解尴尬,语气也不再那么严肃,还带了一点调侃:"我可不信,我这么有魅力,你真没想过?"

安静再度鄙视地瞥了马尚一眼,笑着骂道:"自恋!"

"那你给个回应啊,宣判死刑也得正式点啊。"

"现在我脑子有点乱。"

马尚看着安静,点了点头:"行,那这样,给你做个心理测试,判断一下。"

"怎么测?"

"你先面朝大海,挺胸抬头,手伸直,张开,放平。"马尚扶着安静,让安静把手放平,"闭上眼睛,放松,再放松,用心感受海风的吹拂,排除一切思绪和杂念,什么都不用想。"

安静认真地站在那里,马尚突然轻轻地亲了一下安静。

安静立刻睁开眼睛。马尚站在她面前,脸上掩饰不住笑意地问道:"有感觉吗?"

安静愣了两秒,气不打一处来,一个背摔将马尚摔倒在地。马尚也没有反抗,躺在地上,满脸失落,一副想哭的样子:"不会吧,感觉那么差吗?"

安静看着马尚的表情,不由得露出微笑:"我不是很鼓励你这种行为,不过感觉吧……也还可以。"

马尚瞬间乐开了花,从地上坐了起来:"那就是成了呗?!"

安静收起笑容,神色严肃,语气故作平淡道:"这么简单就成了?我还得再考虑考虑。"

安静说完,一个人往前走去。马尚看着安静的背影,叹了口气,又躺了回去,仰头看着天。而正在慢慢往前走着的安静,脸上露出了灿烂的笑容。

和安静作别后,马尚来到鼎华找苗霏辞职。聊了一会儿后,虽然马尚不愿正面回答,但苗霏其实明白他是不属于鼎华的,也根据近期离职鼎华的人猜到了犯罪嫌疑人很可能是杨迅,但苗霏自己却不太相信这个结果。

马尚知道,在如此聪明的苗霏面前也没有隐瞒的必要,索性解释道:"如果我没有出现,那么杨迅就会坐上我这个位置。到时候,鼎华根本无法控制杨迅招来什么人。他想安插谁就安插谁,想渗入哪个部门就渗入哪个部门。"

"虽然是这样，但杨迅在鼎华工作已经五年，这期间，他应该会有很多机会，怎么就没有往更核心的位置上爬一爬呢？"

马尚不由得凝眉沉思，没有回答。苗霏轻轻一笑说："算了，我知道你不能说。同事一场，我有个请求，等我可以知道真凶的时候，你第一时间告诉我，好吗？"

对此，马尚点了点头。

从苗霏办公室出来后，马尚一边走着，一边皱着眉头，聚精会神地思索着。苗霏的话语再一次回响在耳边。

"我跟杨迅接触得比较多。他当然不是什么好人，但也不像是特别心狠手辣的那种。就算他能做这事，也不可能在我面前演得那么正常。

"虽然是这样，但杨迅在鼎华工作已经五年，这期间，他应该会有很多机会，怎么就没有往更核心的位置上爬一爬呢？"

马尚走着走着，路过一个垃圾桶，突然停了下来，打开手中的文件夹，拿出里面的辞呈，撕了个粉碎，扔进了垃圾桶。

马尚暂时打消了辞职的打算，这时，他看见苗露和程雷二人坐在员工休息区，很是亲密。马尚咳嗽一声，走了过去。程雷和苗露看见马尚，慌忙坐开了一些。

"马总好。"苗露吐了吐舌头道。

程雷笑道："正要跟你说件事呢。"

"什么事啊？"

"今天上午，林总把我叫过去，宣布了一个任命。邹教授特别助理这个位置，是哥们的了。"程雷说完，还看了一眼苗露，表情很是灿烂。

"哎哟，祝贺祝贺，你这真是，双喜临门啊……"马尚意味深长看了眼苗露，苗露双颊绯红，"改天请客啊。"

"没问题。"

二

夜晚，马尚趁父母入睡后，悄悄又来到了医院。虽说他已经和父母坦白了自己的真实工作，也得到了父母的理解，但他仍不想让他俩多为自己担心。

乔西川身上挂着一系列医疗器械，心电图曲线规律起伏。杜猛正守在门外。

马尚坐在乔西川床边，看着乔西川苍白的面颊，紧闭的双眼，叹了口气，徐徐开口："听说有的植物人，可以听到外界声音，做出反馈。乔西川，希望你能听到我说话。你是真的畏罪自杀吗？还是另有他人把你害成这样？"

马尚看向心电图显示器，上面没有丝毫异样波动。乔西川呼吸也很平稳，沉睡着，没有一丝变化。

"乔西川，贾长安和周恋，是不是你杀的？还是杨迅杀的？或者你们俩都不是凶手，凶手还有别人？"

第三十一章／伪　装

心电图仍然没有一点变化，马尚叹了一口气，继续询问："车上留下别人的毛发，手机上留下别人的指纹，你只是想扰乱侦查视线吗？还是特地留给我们某种信息？"

这时，病房门突然打开了，马尚急忙站了起来，只见秦枫出现在门口。秦枫说："怎么，临走前欣赏一下战果？"

"秦厅，您怎么来了？"

"杜猛说你过来了，刚好我也睡不着，就过来了。"

马尚笑道："这小子，这点小事也往上报啊。"

"这是规定，任何人来探访，都会被记录下来。找个地方聊聊？"

"好啊。"

马尚和秦枫来到了医院楼顶天台上，一边眺望着城市半夜的景象，一边聊着天。秦枫问："家里怎么样了？"

"说开了。"

"动作挺快嘛。"

"当时抱着早死早超生的想法，硬着头皮说的。结果真是挺意外的，我妈不仅没有大吵大闹，还表示非常支持。可能因为她在国企干了一辈子，对国家单位和体制内工作都会有好感。何况我们这是保卫国家安全的部门，她觉得很光荣。"回想起当时父母的支持和鼓励，马尚现在仍然觉得非常温暖。

秦枫笑道："不错不错。以你的能力，也确实大有可为。我可听说了，等你回到北京，还有大案子等着你。"

"我估计走不了了。"马尚却苦笑道。

秦枫一愣，转过头看了眼马尚，发现他不像是在开玩笑，才问道："怎么回事？"

"我还没有递交辞呈，我认为这个案子还有疑点。"面对秦枫疑惑的眼神，马尚继续道，"我比对过了，有几个证据对不上：第一，乔西川给付大勇的手机上留下的指纹，并不是乔西川本人的；第二，周恋死的时候，凶手盗窃的车辆上留下的毛发样本，也不是乔西川的。"

秦枫思索道："证据分为很多，有的有效，有的无效。每个案子，都可能有比对不上的无效证据。"

"我明白您的意思，比如乔西川当时戴了假发，毛发自然就不会是他自己的。手机也可能过了无关人士的手，但也可能确实另有其人，对吗？"

"我们现在认为，杨迅是那个潜伏在鼎华的沉睡者，但是杨迅进鼎华也有五年了，却一直在无关紧要的职位。我这样的，刚进鼎华都能占据关键位置。对方为什么不派一个能力更强的，能更快打探到核心信息的人进去呢？"

秦枫道："这个我跟老宋探讨过。我们无法确切了解对方是怎么策划安排的。但从结果看，杨迅的潜伏骗过了所有人，所以也算是成功的。如果不是乔西川的收购案，杨迅还牵不出来。"

"对，但这也是我怀疑的地方，"马尚道，"乔西川一向老谋深算，擅长伪装，之前在苗焕阳、陈灿、周恋相关事情上，乔西川体现了很强的策划组织能力和反侦查能力、自保能力。您说是吧？"

"我同意。"

"但这一次收购，他却太草率了。他难道想不到，他们作为收购方会被调查背景吗？一旦发现问题，哪怕违反贸易规则，政府也会出面叫停。难道他们连这都不懂？我们的对手，可不是那么业余。"

秦枫道："说实话，我跟你有一样的担忧。硬要给个解释的话，只能是迫于某种压力，他无法再等，铤而走险。"

马尚却继续道："还有最让我想不通的，是乔西川那块硬盘。毁坏是毁坏了，但又能复原出那么多关键信息，感觉倒像是有人故意留给我们的。甚至付大勇走私，乔西川并购，都不是敌人的主要目的，只是用来分散我们注意力的手段。"

"听你的意思，你觉得这些都是幌子？"

马尚点头道："对，都是幌子！为了掩盖更重要的信息。如果杨迅不是我们要找的那个人，很可能就是为了掩护还在鼎华潜伏的那个人。"

秦枫陷入思考中，马尚道："总之，案件还没结束，风暴还没过去，我希望再留一段时间。"

"你打算怎么入手，来挖出这个人？"

马尚看着远方，沉默一会儿后开口："以前都是被动找线索，这次可能得主动出击。"

等到专案组又在游艇上开会时，马尚提前在码头等待着安静，眼神热切道："有一个好消息，有一个坏消息，你想先听哪个？"

"俗套！"

"你先选一个。"

"坏消息吧。"

"昨天我跟秦厅讨论了一下，觉得案件还有疑点，所以还得继续查。"

见安静只是反应平淡地点了点头，马尚疑惑道："你不觉得意外啊。"

"结了才意外呢。"安静问道，"那好消息呢？"

"我暂时走不了了，我们可以有更多时间接触了。"

安静一副哭笑不得的表情，鄙视地看了马尚一眼说："明明就是两个坏消息。我先上去了。"安静匆匆离开，马尚笑着，看着她的背影。

专案组众人已经聚齐，秦枫也参加了会议。秦厅率先开口道："都到齐了啊。首先，我恭喜大家，这次的'暴风眼'行动，取得了阶段性胜利，抓住了两名重要嫌疑人。在这个过程当中，专案组的同志们，还有市局的同志们，付出了许许多多的时间精力，甚至还遭遇了危险，受了伤，流了血。我谨代表省厅，向各位表示衷心感谢和问候。"

秦枫率先鼓掌，众人也都鼓掌。等掌声稀疏下来，秦枫再度开口："但是呢，经过一些讨论，我认为，现在结案还是太草率了。虽然乔西川和杨迅已经落网，但案件还有不少疑点，在双清似乎还有潜在的敌人。所以，专案组还没有到解散的时候。马尚，你把疑点简单说一下。"

马尚站了起来,开始进行阐述,安静看着马尚,不自禁带着微笑。

三

"你的计划,没有你预期得这么成功。苗霏还在鼎华没走。我怀疑的那个人,也还留在鼎华。"

"中国国安的人没有打算就此结案。不过,我至少让你当上了邹教授的助理。"电话那头的声音传来,是杰弗里。

"这个位置,我靠自己也能上去。"

"但我们帮你把身份做得更安全了,不是吗?接下来,你的任务就很简单了,把技术弄出来,尽快脱身。"

"简单?就因为你们想得太简单,我做了多少计划之外的事情?你知不知道,这些都可能使我暴露。"

"我会根据你额外做的事情,给你更多的酬劳。"

"不要跟我提钱,我对钱不感兴趣。我不是乔西川,叫你的人不要干扰我的行动。"

"放心,我的人需要时会出现,不需要时会消失。"

挂完电话,手机微弱的光照亮半边脸,这人竟是程雷。从阳台回到房间,床上还有个女人熟睡着,是苗露。程雷挪了一下椅子,凝神看着床上睡得正香的苗露。脸上浅浅的笑容,透着平日没有的阴险和诡异。

杰弗里挂断程雷的电话后,紧接着打给了蝙蝠说:"接下来,你要停止所有行动,潜伏下来。"

"潜伏到什么时候?"

"到时我会给你指示。"过了一会儿,杰弗里又道,"乔西川这事,你做得很干净,很好。"

"我是专业的,当然不会留尾巴。"电话挂断后,蝙蝠摘下蓝牙耳机,继续开车,看向前方,不远处出现"医院"字样,眼神之中,冒着一股杀气。

一辆车从入口驶入,在停车场内转了转,看了看摄像头能覆盖的地方,随后停到一个处于摄像头盲区的角落。蝙蝠观察了一下四周情况后,戴上一副金丝边眼镜,从车上大大方方走下来。

病房里,乔西川躺在床上,毫无苏醒的迹象。杜猛和老六在一旁坐着,穿着白大褂的李医生检查了乔西川的瞳孔、呼吸、心跳,调整了输液仪器,说:"身体机能没问题,大脑能不能恢复意识,看运气。"

"请您尽最大努力,这个人对案子至关重要。"杜猛郑重地说道。

"我们会尽力,只要是我们的病人,不管他是什么身份,我们都会维护在安全范围之内。一会儿我叫人进来换一种药。"这时,一个白大褂身影在门外晃了一下,没有引起任何人的注意。

　　李医生回到自己办公室时,一个身影不近不远地跟在后面,正是略作乔装的蝙蝠。直到李医生走进办公区,蝙蝠才停住脚步。

　　李医生在电脑上噼里啪啦操作了一会儿,打印出一张单子:"小刘,你把单子上的药取了,然后给特殊病房的人换了。"

　　"昏迷不醒那个?"

　　"对。"

　　"好的。"刘护士拿着单子匆匆往外走,门口不远处蝙蝠转过脸去,不紧不慢往外走。刘护士很快超过了他,继续往前走去。

　　刘护士推着放了许多药品的小车走来时,蝙蝠已经脱下了白大褂,拿着一本病历,装成一名普通的病人,站在走廊里。一位四五十岁的男子家属,推着一位躺在移动床上的女性病人经过,床边还挂着输液瓶,正在给女病人输液。

　　男子推着推着,突然看到地上有一张红彤彤的百元大钞。男子停下来,弯腰去捡。此时蝙蝠突然出手,在输液控制按钮上一拨,然后快速站回了原处,装作从没移动过的模样。

　　男子捡起百元大钞,摸了摸发现是真的,四处看了看,发现周围没有人注意到他,于是把钱塞进了自己口袋,随后继续推着移动床前进。

　　突然,男子发现输液管没有滴液了,顺手叫住推着小车经过的刘护士:"姑娘,怎么这个不动了啊?"

　　刘护士放下小车,帮助男子检查输液瓶和输液管。蝙蝠气定神闲走过移动床和小车之间,左手从口袋里掏出一支注射器,电光石火之间,将小车上的注射器给调换了,然后继续往前走去。

　　"你这里给关上了。"刘护士拨弄了两下输液控制装置。

　　"我没动它啊。"

　　"可能不小心碰到了吧。"

　　输液管重新开始滴液,这名男子道:"姑娘,谢谢。"

　　"不客气。"刘护士笑了笑,继续推着小车往前走。

　　此时,蝙蝠已经泰然自若地走远,坐在了医院等候席,一边翻着病历,一边时不时瞄一眼特殊病房那边。

　　突然里面传来尖利的警报声,哄闹声。一群医生护士从外边急匆匆地跑进了特殊病房区域。看到这番景象,蝙蝠笑了笑,站起身来,将手中的病历轻轻放在座椅上,迈步离开。

　　特殊病房里,原先乔西川躺着的病床已经空了,连接乔西川的仪器设备也都已经不在了。只能看见背影的李医生,面对着空空的床,呆呆地站立在那里。

　　"李主任,这情况,怎么登记啊?"刘护士拿着病历报告走进来。

　　李医生回过头,面无表情:"你写,九月十七日,下午四点零五分,病人心脏骤停,抢救无效，宣告死亡。"

而原本在这儿的乔西川，已经在一辆救护车上，准备送往另一家医院。与乔西川相连的仪器都在正常工作，心电图曲线平稳起伏。

四

游艇上，听完情况介绍的安静问道："马尚，你是怎么想到会有人去杀乔西川灭口的？"

赫子轩和安静都在看马尚，只有杜猛的眼神是落在安静身上的。马尚道："这个很简单啊，咱们不是一直都在怀疑人还没有抓干净嘛，不管算在乔西川头上的事情，到底有多少真的是他做的，他肯定是一个知情者。乔西川现在没死，对方肯定是不放心的，其实也就是想试一下，没想到真的上钩了。"

安静点点头，这时秦枫和宋铭刚好走进游艇。宋铭道："指纹信息已经比对出来了，跟手机上的指纹是同一个人。而且我这边还有一个重大消息。"

秦枫接着道："我们已经查出这个人是谁了。之前不是一直有很多细碎的线索指向一个类似打手身份的人吗，我们这边跟国外的情报机构交换了一下信息，这是那个人的信息资料，大家分着看一下。"

宋铭把手上拿着的几份资料分了下去。马尚几人接过来翻看，资料上的信息非常少，几张不清晰的照片，写着绰号"蝙蝠"。

"蝙蝠？这个人跟周恋的死是不是有关啊？"

"我也有同样的猜测，但是我们得有具体的证据。你们对蝙蝠的监控进行得怎么样了？"宋铭道。

"我们的人一直在盯着他，"安静道，"但是在他杀乔西川灭口之后，就一直在酒店房间没有出来过。应该是又回到潜伏状态了。"

马尚认为，根据乔西川电脑里找到的证据推断出乔西川想杀死周恋灭口这个结论，现在基本上可以推翻了。而周恋死之前发送的那条短信就是在提醒乔西川，他们更上一级的人派了蝙蝠过来，以达到清除威胁防止他们的整个计划失败的目的。

马尚道："你们还记不记得，我们在乔西川的电脑里，找到一个他定位别人的装置，我们之前一直不知道他在定位谁，我现在怀疑他是在收到周恋的警告短信之后，对蝙蝠进行了反跟踪。"

赫子轩质疑道："这个也不一定吧，乔西川可以去盯任何一个人啊。庞一山，或者跟他任务有关的人，你怎么能确定就是蝙蝠呢？"

安静帮忙解释道："你不要忘了，我们从乔西川给付大勇的手机上找到的指纹，是蝙蝠的，乔西川是怎么得到这个指纹的？又为什么要贴到这个手机上？首先他能得到这个指纹，就说明他知道蝙蝠的位置信息。至于为什么要贴到那个手机上，我觉得很有可能是想在我们进行调查的时候扰乱我们的视线。"

"说得没错，但是我觉得还有第二层目的，就是他有可能是想借我们的手除掉蝙蝠，但看起来这个结尾，他还是输了一招。所以，再进一步的推论就是，乔西川一定不是因为自杀才成为植物人，而是蝙蝠对他动了手。但是动手的时候由于我们及时赶到，他没有成功，这才会有医院刺杀的事情发生。"

说完，众人都点头肯定了这些分析。大家决定先把之前掌握的信息放到一边，注意力转移到蝙蝠身上，通过蝙蝠牵出仍留在鼎华内部的沉睡者。

"还有一点我要补充一下，之前我觉得这个行动还没有结束，我还应该留在鼎华，但根据现在的情况，我觉得还是辞职比较好。"马尚说道。

"我在鼎华的身份，苗霏已经看破了，那就不能排除'沉睡者'已经对我有所怀疑。他们之前设计了那么多东西，就是想让我们觉得案子已经结了，但是如果我还留在鼎华，很可能就会给对方一个信号，就是我们还在继续追查。只有我走了，对方才有可能放松警惕。"马尚进一步解释道。

"好，批准你的请求。"秦枫点头道。

第三十二章

变　动

一

会议结束后，马尚约了安静一起吃饭。杜猛在后面看着说笑的两个人，表情有点不自然，刚想凑上去，却接到了弟弟杜俊打来的电话："哥，你在哪儿呢？我到双清了。"

杜猛愣了一下，有些紧张地问道："你怎么来了？妈出什么事了？"

"没有没有，你一直说回家但是又总临时变卦，妈有点担心，就让我过来看看你。"

杜猛松了口气，问："你在哪儿呢？我过来找你。"

接到杜俊后，杜猛带着他吃烧烤，一边问着家里的情况。杜俊道："妈的原话是，她挺好的，让你别太惦记，好好工作别分心。"

"实际上呢？"杜猛问道。

"实际上不太好。家里那边的医疗条件你也知道，也就那样了，勉强维持着。"

杜猛想了想说："我想想办法，看能不能转到市里的医院来。"

"你那点工资，够吗？"

"这你就不用操心了，好好上你的学，其他的我来想办法。"

"还有一件事……"杜俊吃了口肉串，继续道，"哥，我考上大学了，双清理工。"

杜猛愣了一下，问："你不是才上高二？"

"我这不是想着，要是提前考上了就能省一年的学费嘛，就去试了试，没想到真的考上了。"

"行啊你，这么厉害，比你哥我强。"杜猛开心道，"挺好，考上了就好好念，将来肯定比我有出息。"

杜俊却犹豫了一会儿,说:"可是,我不打算去。我想去打工赚钱,这样还能帮你分担一点。"

"那可不行!"杜猛严肃道,"考上就要念,就算考不上我也会让你复读的!好好读书比什么都强。钱的事情你不用担心,还有我呢。"

"可是……"

"行了,这事就这么定了。你这一晃也成大人人了,都上大学了。"说着,杜猛上下打量了一下杜俊,"你这衣服也太旧了,明天吧,明天找个时间我领你去买两套衣服。"

"不用了吧,这衣服还能穿。"

"这是给你考上大学的奖励,想要别的可就没有了。对了,你在哪儿住呢?"

"在车站旁边找了个旅店,可便宜了,一晚上才50块钱。"

杜猛皱眉道:"怎么住那儿了,我宿舍你去不了,这样,一会儿吃完我带你去拿行李,咱换个酒店住。"

"哥,我住那挺好的,不用换,别浪费钱了。"

"让你换就换,别婆婆妈妈的,再说住那儿也不安全,就这么定了,快吃,一会儿凉了。"杜俊张了张嘴最后什么都没说,低头吃饭。杜猛笑呵呵地看着杜俊,脸上藏不住骄傲的表情。

马尚和安静吃完饭后又约了苗霏,希望在马尚辞职后,苗霏能继续留在鼎华进行配合。苗霏既想着离开鼎华这个是非之地,更希望保护苗露,几番交谈下来,却不见安静和马尚松口。

苗霏苦笑道:"无论我说什么,你们都不会轻易让我拒绝的吧?"

安静笑道:"谢谢你肯帮我们。"

苗霏不想再多说下去,拿起包,道:"如果没有其他事情,我就先回去了,明天还要上班。"

"先等一下,我现在就有件事情需要你的配合。"话音刚落,安静和苗霏一起看向马尚。

马尚需要苗霏配合的,是联合向林晓兰提议,采用片段化的方式审核人工合成技术的数据。最终,这个决定通过,并在中高层会议上公布。与之一起公布的,还有人力资源部重新并回行政管理中心由苗霏管理,以及马尚辞职的两项变动。

接到消息的程雷气鼓鼓地找到马尚:"马尚!"

"怎么了?有事?"

"你为什么要提那个建议?!你都辞职了还这么多此一举干什么?你知不知道能接触到这项技术,对我们这些技术人员来说,是多好的机会?"

马尚道:"你先别生气,就算不能接触到也没什么啊,不管怎么说到最后这个项目还是会有你的署名,一点也影响不了你的前途。至于到底参与了多少,这不重要吧?"

"你懂什么?邹教授在这方面是权威,我好不容易才得到助理的位置可以参与这个项目,如果我不能跟完全程,我损失掉的可不只是一个署名能补得回来的!"

"你这样说就有点夸张了吧?当初喻浩然当上助理的时候,也没见你这么大的反应啊?"

听到喻浩然,程雷更生气了:"你不提他还好,走了个靠关系上位的喻浩然,现在又来了个你！我算是看出来了，你跟苗霏就是曾经的庞一山和杨迅！你当初进公司，就是苗焕阳特意安排来帮他女儿的吧？挤走了庞一山，这个公司可就没人能跟她苗霏争了！"

马尚听了也不乐意了："程雷，你怎么这么说话？跟个怨妇似的？你真想多了，我就是单纯为了公司着想。"

"这种话，你留着跟苗霏说去吧！"程雷冷笑一声，说完就怒气冲冲地离开了。分开后，两个人都装出来的怒气瞬间平息了。

二

"有好消息也有坏消息。我一直怀疑的那个人今天从鼎华离职了。"一个偏僻的巷子内，程雷用英文对电话那边的杰弗里说道。

"嗯，这是个好消息，那坏消息是什么？"

"这人离职之前给我留了个麻烦，想得到完整的技术恐怕没那么容易了。"

杰弗里恼火道："你说什么？为了让你得到助理这个位置，更接近核心技术，我做了那么多的铺垫，甚至舍掉了我的人，你现在跟我说，你得不到这个技术了？！"

"注意一点你说话的语气，"程雷阴狠道，"我不是你手底下的兵，我们之间只是合作的关系。你别忘了，为了这个事情，我也是准备了好几年，现在这样的结果我比你更恼火！"

沉默了好一会儿，杰弗里平静了下来，道："接下来你打算怎么做？"

"那就不用你来担心了。总之我会有我的办法。"

"希望你的办法真的有用。不要最后再跟我说，你拿不到东西，浪费我们彼此的时间。"

程雷轻哼了一声，说："我跟你养的那些狗可不一样，你付钱，我做事，放心，我不会砸了自己的招牌。"

挂完电话，程雷收起阴狠的神情，回到了平日的憨厚姿态，和苗露共进晚餐。苗露看了一眼情绪不高的程雷，道："要不我回去跟我姐说说，公司这样做确实太过分了。"

程雷摇摇头："林总都已经批准了，板上钉钉的事，你去找你姐也没用啊。"

"那你别生气了，以后肯定还会有机会的。"苗露安慰道。

程雷叹了口气："我气的不是公司的决定，而是我一直把马尚当朋友，他呢？临走还摆了我一道！"

苗露犹豫了一会儿，问："你不让我去找我姐，是不是因为你讨厌她啊？会不会也因为这件事，对我也有意见？"

"胡思乱想什么呢？你姐是你姐，你是你，那怎么能一样。我要娶你又不是娶她。"

苗露害羞一笑，接着握住程雷的手，说："那别不高兴了，你还有我呢。"

程雷笑了笑，反握住苗露的手："是啊，没什么可不高兴的，我还有你呢。"看着苗露，程雷却已经在心里有了下一步的打算。

马尚走到客厅时，看到胡玉萍和马骏海正陪着程雷聊天，感到十分惊讶："程雷？你怎么来了？"

程雷站了起来，带着歉意笑着看向马尚。马尚带他去了家附近的一家大排档，程雷主动给马尚倒上啤酒，端起酒杯满怀歉意地说道："马哥，我今天是特意来道歉的，那天我话说得有点重，是我的不对，我干了。"程雷一口气喝掉了杯子里的酒。

马尚看到这样的程雷，最终还是笑了笑，无所谓地摆摆手："都过去了，不至于特意来道歉，再说我能理解你那天的心情，压根就没往心里去。"

"还是马哥有度量。唉，我也是太着急了。"

马尚笑道："理解，理解。这事就翻篇了，以后也不要提了，都是小事。"

接着，程雷开始问起了马尚接下来的打算，马尚简单说了说北京有家公司邀请他，待遇也不错，他准备去那。

"哪天走？我去送你。"程雷道。

"后天上午，你还要上班，别来送我了。"

程雷看着马尚举起酒杯，意味深长地说："那我就在此祝马哥一路平安了。"

马尚举起酒杯跟程雷碰了一下，笑着说："谢了！"

程雷故作不经意地说："你家里这边，我会帮着好好照顾一下的，毕竟你爸妈都那么大年纪了，身边最好有个人看着点。"

马尚听了觉得有些奇怪，眼含深意地看了看程雷："这就不用你费心了，我爸妈身体好着呢，再说家里亲戚都在双清，会帮忙照顾的。"

"那还挺好的。不过再多人照顾，你不在身边，怎么说都不能太放心啊。"

"这也没办法，男人嘛，总想着奔事业。不过，我对自己的能力有信心，家庭和工作还是能兼顾的。"

"能这样当然是最好的。"程雷笑了笑，又喝了口啤酒。

三

"嘿，盯了快一个星期了，这人终于肯出房间了啊。"王佐拿着望远镜，对面房间的蝙蝠刚换好一套衣服，一副要出门的样子。

"我看看。"安静从望远镜里看向对面，一边观察一边说："联系杜猛，准备行动。老六，把酒店附近的监控调出来，跟着蝙蝠。"

杜猛在车里看到蝙蝠从酒店里走了出来上了辆出租车，杜猛对着通讯器道："目标人物离开，申请行动。"

"注意安全，还有，一定不能留下任何蛛丝马迹。"

杜猛小心翼翼地进入房间，房间内没有开灯，只有角落里的一盏长明灯，光线还很昏暗。他谨慎地四处看了看，发现了角落里的摄像头。他发现摄像头不是实时传输数据型的，所以机器测不出来。删除自己进来那段，拉长之前的视频后，杜猛没有把摄像头再装回去，而是放在一边，自己站起来拿出一个小手电，进入洗手间。

第三十二章／变　动

杜猛在洗手间内收集了剃须刀上的胡茬和洗手池内的头发，又尝试去打开书桌下方的保险柜。这时，盯着监控的安静却发现蝙蝠乘坐的出租车突然掉头了，忙说："杜猛，目标突然折返，立即撤出来！"

"收到。"杜猛低声道。

安静想了一下，看向小李，说："小李，你过去，尽量帮杜猛拖延下时间。"小李点点头快步离开。

杜猛快速把保险箱恢复到原来的样子，之后仔细清除自己可能留下的痕迹。蝙蝠已经快步进入酒店大堂，走到了电梯旁，但是特别巧的是，几部电梯都是上行状态，蝙蝠等不及，转身去了楼梯间。

"科长，电梯都被我按上了顶楼，蝙蝠现在去了楼梯间。"

杜猛动作迅速地把摄像头装回原来位置，又仔细查看了一下，走向门口。却听到外面传来打招呼的声音，知道是蝙蝠回来了，杜猛情急之下跑进了阳台。刚关上阳台的门，蝙蝠就刷卡开门进了屋。蝙蝠仔细看了看房间，包括卧室和洗手间。从洗手间走出来以后，蝙蝠视线落在了阳台上。

开门走到阳台上，看了看楼下的院子，蝙蝠什么都没有看到，停留了一会儿后，进了房间。听到阳台门被关上的声音，抓着空调外机栏杆的杜猛松了口气，想往上爬到阳台上，结果手到底还是脱力，摔进了灌木丛里。蝙蝠听到声音立刻返回来，但他还是什么都没有看到。

意识到不妙的安静立刻赶到现场，市局这伙人赶紧带着杜猛前往医院。小李抱着昏迷的杜猛在后排，着急担忧地晃着杜猛，一副快急哭的样子："杜猛？杜猛你醒醒啊……"

副驾驶座上的安静回过头来看着他们，担忧的目光落在杜猛身上，说："你别晃他，小心内出血，就让他平躺着。老六，再开快点儿。"

小李点点头，不再晃杜猛，小心翼翼地尽量让杜猛平躺。安静则拿出手机给王佐打电话："王佐，你那边情况怎么样？"

"目标回来以后没有再出去，看来我们是中了对方的计了，他出门就是故意试探。还好杜猛没让他发现，对了，杜猛怎么样了？"

"放心，他会没事的。你那边继续仔细盯着，有什么问题及时汇报。"

所幸杜猛摔下来时被树枝挡了一下，没有受特别严重的外伤。但由于头部受到撞击，一直没有醒来。安静让小李给杜猛的弟弟杜俊打了电话，为后续手术做准备。

杜俊到的时候，杜猛依旧昏迷着。杜俊坐在病床旁，默默流下了眼泪。手机响了，看到来电人，杜俊没接，而是起身去洗手间洗了个脸，平静了一下才回电话，强颜欢笑道："喂，妈……嗯，见到了，挺好的，你放心吧……"

安静几人对视了一眼，等杜俊挂了电话，安静才走过去问道："你妈妈身体怎么样了？"

"没有什么起色，我哥说会想办法把她转院到市里来。"杜俊低着头，说着，眼泪又要掉下来，"我又没什么本事，赚不到钱，帮不了我哥，他现在这样，我该怎么办啊……"

安静赶紧安抚道："别哭，我们会一起帮你想办法的。没钱也不是什么大事，我们会尽量帮你凑凑的。"

"小俊，"这时，杜猛竟然醒了过来，"跟你说了多少次了，家里的事情我来解决，不能麻烦别人。"

"哥，你醒啦？"众人都惊喜地围过来，只有老六跑得飞快："我去叫医生！"安静打趣道："你这爱面子的毛病真是深入骨髓啊，我们不聊这个话题，你还不打算醒了呗？"

医生过来看了看，道："虽然已经醒了，但是还要再住几天院观察一下，我会再给他安排几项检查。"

"好，谢谢医生。"安静道。这时，马尚抱着一束花走了进来。杜猛看到进来的马尚，愣了一下，王佐几人也疑惑地看着马尚，谁也没出声。

"我们的大英雄醒啦？怎么样啊，还有没有哪里不舒服？"马尚道。

杜猛开玩笑道："托您老人家的福，好得很。"

"这位是？"王佐问道。

"他是……"不等安静说完，小李道，"哦，我知道了，就是那个不能让我们知道的高人？是吧？"

马尚笑了笑："哪是什么高人，我叫马尚。"说完，众人各自介绍了自己，算是认识了。马尚看着唯一没说话，但眉眼和杜猛有几分相像的杜俊道："这是……你弟弟？"

杜猛点点头。马尚道："看这年纪，念高中吧？好好学习，将来肯定比你哥强！"

杜猛得意道："我弟弟当然比我厉害，高二就考上大学了，双清理工！"

"行啊，这么厉害。"小李问，"要上大学了？现在大学一年学费多少啊？"

"六千多。"杜俊下意识说道。

杜猛瞪了杜俊一眼，不满地说："说这些干什么？"

"怎么着啊，"王佐道，"这么大男子主义，我们问问，帮帮忙怎么了？还是不是兄弟？"

马尚看了看别扭的杜猛和一脸惆怅的杜俊，说："这算什么难事，现在都有助学贷款，我来帮忙申请。"

"真的？"杜俊惊喜道。

马尚拍了拍杜俊的脑袋，点点头。杜猛感激道："那就谢谢你了。"

安静也顺势问道："你妈妈的情况，是不是需要换到市医院来？"

杜猛赶紧道："这事你们不用管，我自己能有办法。"

"你那点工资，能想出什么办法来？"

"是啊，杜猛。侦查科就是一家人，家里人帮你一起凑凑。"

"对，都把你当一家人，既然我们都知道了，就别再跟我们较劲了。"

市局的人一人一句，只有马尚道："没错没错，万一你要是牺牲了，你妈就是咱妈。"

杜猛眼睛一瞪："去你大爷的！"

安静也踢了马尚一脚："胡说八道什么呢！会不会说话啊？"

"让他走吧，我不想跟他说话了。"杜猛装作委屈的样子说道。

大家哈哈大笑，杜俊在一旁坐着看着笑闹的众人，表情充满了羡慕。

四

安静坐进驾驶座,马尚跟了过来,直接坐上副驾驶座,说道:"有件事要跟你商量下,我订了明天上午回北京的机票。"

"什么意思?"安静皱眉道。

马尚解释道,程雷昨晚到他家找他,侧面打听他接下来的动向。现在程雷是除邹教授之外最接近技术的人,又跟苗露保持男女朋友关系,不得不让马尚多想。况且,马尚一直对程雷持怀疑态度。

"现在不管说什么都是我们的猜测。知道我回北京时间的人,除了我爸妈和你,就只有程雷一个人了。明天我去机场,你派组人跟着我,看看有没有人在我后面盯着。"

安静点点头:"好,交给我。"

马尚见安静同意,也聊完了公事,靠向椅背,长舒一口气道:"那师傅我们走吧,送我回家,或者你想跟我约会,我也能勉强陪一陪。"安静哭笑不得地看了看马尚,瞪了他一眼,开车离开。

翌日清晨,马尚在浓浓的香味中醒来。胡玉萍为他准备了丰盛的早饭,还做了一大包卤菜让他带到北京去。马尚支开要帮着收拾的马骏海,简单装了些衣物,便扣上了箱子。

来到餐厅,马尚无奈地看着一桌子的早餐:"妈,你做这么多,咱们三个哪能吃得完啊。"

胡玉萍一边给马尚夹菜,一边回答:"吃得完,怎么吃不完,你先吃,等你吃饱了,剩下的都是我跟你爸的。"

马尚无奈道:"一起吃吧。"

马骏海也拿起筷子:"就是,一起吃一起吃。你妈一大早给你做的排骨,你多吃点。"

"小驹子,回北京以后记得多给我们打打电话,现在我跟你爸都知道你的工作了,要像之前那么随便给你打,怕打扰你工作。"胡玉萍道。

"好,放心,我肯定经常打电话回来的。"

马骏海也叮嘱道:"我们要说不担心你,肯定是假的。不过也知道你工作的重要性,这是你自己的选择,我们支持你,同时也觉得挺骄傲的。不过还是那句话,一定要注意安全,凡事别逞强。我跟你妈身体都挺好的,家里这边你也不用太惦记。"

马尚放下筷子,严肃地点点头:"你们放心,我一定会照顾好自己的。因为是家属,这边的市局也会对你们进行照顾的。我爸这边我没什么不放心的,就是送货这样的事情能不做就不做,让手底下人去,毕竟年纪大了别累着。妈,我得好好说说你……"

"我怎么了?!"

马尚接着道:"你做协防员我不反对,但是千万别逞强,别什么事都冲到前面,让我们跟着提心吊胆的。"

胡玉萍又生气又觉得好笑:"怎么让你说得我像没长脑子一样?"

吃完饭后,马尚没让马骏海送,他拖着行李箱,在进电梯前对着二老深深地鞠了一躬。

"行了行了,别整这套,快走吧。"马骏海说道。马尚点了点头,进了电梯。电梯门关上后，胡玉萍叹了口气。要说不担心，那是不可能的。只是不想影响马尚，所以胡玉萍刚刚一直忍着没表现出来。

马骏海揽住胡玉萍的肩，安抚道："儿子大了，能照顾好自己的，别太惦记了。"

胡玉萍却还逞强道："谁说我担心了！赶紧回去，还剩那么多饭，你都得给我吃了！"

"好好好，我吃我吃。"

马尚下楼后上了一辆出租车，司机却是王佐。在去机场的路上，王佐沿着环路绕了一个圈子，重复行驶了这段路程，然后继续往前走去。

指挥车上，市局的技术人员正在操作电脑，通过天眼系统的监控，可以看到马尚乘坐的出租车以及后面的车辆。一个技术员为难道："科长，我还需要一段时间比对筛选，最好让他们再重复走一段。"

"不行！如果多次走重复路线的话，对方很容易察觉，即使有跟踪者，我们也永远查不出这个人是谁了。"安静说道。

这时，赫子轩道："我来试试。"赫子轩在电脑上一通快速操作，然后转身对安静肯定道："他们后面没有重复车辆。"

这时，安静的手机收到一条短信，她看了一眼，按响通讯器："马尚，程雷没有来，他去公司了。你后面的车辆我们也都查过了，没有可疑车辆。"

"知道了。但也不能放松警惕，他可能有同伙，到了机场继续盯着。"

到达机场，马尚独自走了很长的一段路，跟着三三两两的人群，进了候机大厅。安检完后，马尚坐在候机厅等待。赫子轩在侦查车的电脑上操作，一一查询比对着乘客信息。

"安队，没有可疑的人，有几个虽然不是这个航班的乘客，我都一一排查过了，是旁边几个航班的。"

登机口的LED屏上显示开始登机，但马尚一直等到最后一次登机广播响起，才走向登机口。此时的登机通道内，只有马尚和一名侦查员化装而成的乘务员。快到登机门时，再次确认没有其他人员后，一个和马尚同等身材，穿着同样衣服，拎着同样行李箱的人从旁边的勤务通道上来，跟马尚交接了一下机票，走进了登机门。

而马尚则从一旁的勤务通道走了下去，穿上一身工作服，乘工作车离去。

第三十三章

罗 网

一

马尚拎着行李上了游艇，走进船舱内。赫子轩起身嬉笑道："哎哟，欢迎欢迎，新室友。"马尚放下行李箱，使劲儿捶了赫子轩胳膊一拳，问："北京那边情况怎么样？"

赫子轩道："北京市局给了我们这次行动相当大的支持。他们对这趟航班每个乘客的动向都做了相关调查，暂时没发现什么问题。"

安静也从里面走过来，问："马尚，这回你是不是想多了？"

"谨慎一点总归是好的。"马尚笑笑，走过去看了一眼在旁边坐着的杜猛，他还是有点无精打采的样子，便问，"杜猛，你身体怎么样了？"

"我还是有点头晕，但没什么大事儿。"杜猛有气无力地说。

"杜猛上次采集到的头发DNA，已经基本上证实了蝙蝠就是当时拦截周恋的人。马尚，你的分析和猜测基本成立了。那我们接下来该怎么做？"

马尚思索了一下："先盯好蝙蝠，他不离开，就证明对方还没打算放弃。"马尚又拍拍杜猛道："杜猛，你好好休息，这个月以内，鼎华的这个项目就会全部完成，到时候就该是我们和敌人决战的时刻了！"

半个月后，科技博览会在丹和市举办，鼎华和邹珏受邀展示DS材料人工合成技术。无论对于"沉睡者"还是安静、马尚等人，都是一次绝佳的机会。

"鼎华那边已经安排好了，随行人员名单也是按照我们的建议来拟定的，接下来就看我们的了。"安静指的安排，是把程雷排除在随行名单之外。

"好，我已经跟丹和市局的同事打好招呼了，他们会全力配合我们专案组的这次行动。"

秦枫道。

宋铭也开口道:"你们的详细计划刚才听过了,还不错。但是,马尚,你觉得对方一定会在这种时候出手吗?"

马尚对此倒是十分自信。其一,跨地区执行任务对于对方来说是一个优势;其二,这次科技博览会,将是鼎华第一次也是以后为数不多的向外展示这项技术的机会,错过这次,想从已经转变为政府合资企业的鼎华盗取技术无疑是痴人说梦。

恰好在这时,安静接到了蝙蝠预定了去丹和的机票的信息。

看向斗志昂扬的众人,宋铭鼓励道:"那就打好最后一仗吧。"

秦枫道:"我必须要强调一点,大家别忘了,这次任务我们除了要将已知的目标抓捕归案,重中之重,是要引出'沉睡者'!"

接到消息后,苗露反而比程雷看起来更生气:"公司这么做,说什么公司有公司的安排,那总得给个原因吧?真是太过分了!"苗露去找过姐姐苗霏,苗霏却没有给她具体的原因。

程雷突然道:"要不这样吧,咱们就当作参观自己去呗。公司名单没有我,不代表我们不能去,你说是吧?"

"啊?那你接受得了吗?"苗露惊讶道。

程雷循循善诱道:"我知道你也想去。当年这个项目可是你爸一手促成的,好不容易有了今天,你肯定也想跟你姐一起见证这个项目开花结果的时刻,要不咱俩就自己去吧。你不用担心我,你上次劝过我之后,我已经想通了,我就当散散心呗。"

"真的吗?"

"嗯!你不也跟我说做人不能太老实吗?我就自己去,我还要坐在前面让他们看见我,我程雷今天还就来了!"

苗露点头附和道:"就得让他们看见,这种时候就不能尿!"

程雷继续道:"你们不带我,我自己来了,我看你们心里怎么过意得去!"

这话简直说到苗露心里去了。"就是就是!我们自己去。"苗露开心道,丝毫没意识到这是程雷设下的圈套。程雷看着苗露开心的样子,有些得意地笑了笑,但笑容随即一闪而过。

二

半个月后,丹和市的一家豪华酒店的走廊里,马尚背着一个大背包,用眼角的余光看看后面,确定没人后,敲响了一间房门。

"一切正常?"

"暂时正常,我们的房间都检查过了,没什么问题。"赫子轩道。这里也将是马尚和赫子轩这几天的落脚点。"为了以防万一,我定了两套一样的套房给邹教授,这样不容易被人动手脚。"

马尚四处看了看,随后瘫倒在床上。

"说个正事,我已经全面了解过这次博览会的安保措施,怎么讲也超过了专业水平,

第三十三章／罗 网

再加上鼎华明摆着会尽全力确保数据安全,虽说机会难得,但你真觉得'沉睡者'会冒着这么大的风险在这里下手吗?"赫子轩问道。

"窗外就是博览会的场馆,你去看看。"马尚说完,赫子轩有些疑惑地走到窗边,撩开窗帘看了一眼:"怎么了?"

"你看,那么大的场地,包括参会人员和游客,到时候会有多少人参加这次博览会?你知道会有多少突发状况吗?每一个突发事件都会分散保卫力量,给对手制造机会。"

"说得也是。"赫子轩点头道。

"还有个问题你一定要搞清楚。"马尚突然坐起身,"'沉睡者'制造了很多麻烦,但千万别忘了,我们的敌人是一个庞大的犯罪组织,绝不止他一个人!"

程雷和苗露也来到了丹和市,不过他们选择的是附近一家档次稍低的酒店。刚到大堂,程雷突然看到门口有个人影晃了一下,不禁怔了一下。

"看什么呢?赶紧上去洗澡吧。"苗露说道。来的路上,两个人都淋了些雨。

程雷转身温和地说道:"露露,你先上去把浴缸的水加好。我去买点酒,咱们一会儿一边泡澡一边喝。"

"好,那你快去快回,别感冒了。"等苗露上去,程雷转身再看向门口时,只见那个熟悉的人影走进大堂,径直走进了转角处的洗手间,程雷也快步跟了过去。

确定洗手间没其他人后,程雷拿起门边那块"暂停使用"的牌子立到门外,然后将门反锁。这时,利德从隔间走出来。

"利德?"见利德笑了笑,程雷道,"别说你出现在这里是巧合。"

"杰弗里认为你需要帮手。"

程雷有些恼怒道:"蝙蝠在哪儿?"

"放心,"利德双手一摊,"杰弗里强调了,不能让他知道你的身份,更不可能带他来见你。"

"你跟蝙蝠过来,只会破坏我的计划。"

利德冷冷地说:"我也是拿钱办事。杰弗里让我告诉你,这是最后的机会,他不可能再把所有筹码押在你一个人身上。"

"你们到底想干什么?"

利德犹豫片刻道:"蝙蝠正在场馆和酒店建立监控。"

程雷哼笑一声:"这不就是你们惯用的手段嘛!牺牲掉手下的人给自己赢得机会,上次是周恋和乔西川,这次该轮到蝙蝠了吧?你是想用他去引开国安的注意力,对吧?然后呢?你有没有想过,你也会被杰弗里牺牲掉。"

利德不置可否,一副不在乎的样子:"也许吧……那你打算怎么把东西弄到手?"

程雷冷笑道:"这个你不用管!你知道得越多,我被你牺牲的可能性就越大。你不要以为我跟他们一样蠢。"

"我可以不过问,但东西弄到手以后,必须直接交到我手上。我要提醒你一句,你知道我们组织的能力,最好不要有别的心思。"

"我当然知道,放心吧,我会直接交给你。"说完,程雷开了锁,推门出去,把头发往后捋了捋，露出一个得意的笑容。

此时，苗霏和邹珏在安保人员的跟随下到达酒店，杜猛跟着一起上了电梯，安静则留下来等待宋铭。

"丹和市局的同事已经在酒店房间和场馆里面发现了一些非正常的监控设备，说明对方已经开始行动了。"安静对宋铭低声道。

宋铭琢磨半晌："好，等邹教授安顿下来，全体人员开会。"

众人齐聚马尚房间时，马尚把苗霏也带来了。宋铭道："简短开个会，对接一下掌握的情报。安静，你说一下发现监听器的事。"

"是这样，我们跟踪了蝙蝠，发现他在场馆和酒店都有异常的举动。等他离开之后，丹和市局的同事进行了排查，发现他盗接了场馆的视频监控系统，并在酒店里安装了监听器。在不惊动蝙蝠的情况下，我们直接给邹教授换了一个套房。"

"对方这个举动看起来有点鲁莽啊。"马尚道。

安静点头道："对，我也是这么想的，不排除对方的这个行为是在给隐藏的'沉睡者'打掩护。"

"苗小姐，你这边随行邹教授的人员有没有什么特殊情况？"宋铭看向苗霏。

苗霏想了一下："我按照你们的要求，路上尽力观察了，不过我也不是专业的，暂时看来确实没发现什么异常。而且随行人员除我之外，都是鼎华重组之后政府那边派来的人，我觉得他们应该也不会有什么问题。"

"那你知不知道你妹妹也来丹和了？"杜猛问道。

苗霏愣了一下："苗露来了？"

"对，她和程雷一起，今天下午的飞机到的。"杜猛道。

"这事我事先不知道。不过，毕竟当年这项技术是我父亲一手促成的，程雷又全程参与了这个项目，他们俩会过来其实很正常。"苗霏说完，安静刚想说什么，马尚制止了她："其实也可以理解。因为特殊时期，我们也安排了各种各样的保护，这个你可以放心。"

苗霏敏感地觉察到了什么："保护……你们不会怀疑我妹妹有什么问题吧？她不可能。"

"没有这个意思。"马尚摇头道。

这时，苗霏口袋里的手机响了。她拿出来一看，屏幕上显示"未知号码"。苗霏脸色变了，将手机拿给马尚看，马尚对众人打了个手势，示意大家安静。

苗霏紧张地看着马尚，一副不知所措的样子。马尚柔声道："没关系。该怎么做，我们已经演练过很多次了，别紧张。"苗霏点了点头，将电话接通，并按下免提键。

"你好？"

电话那头沉默片刻之后，经过变声处理的电子音响起。

"苗小姐，你现在方不方便说话？"对方居然说着英文。

"你是谁？"

"你跟我的朋友有合作过，现在我接替他的工作了。"

"我跟你们已经没有关系了！当年我爸犯的错他也付出代价了。你不要再来找我了，我不会帮你们做任何事情的！"

"你爸付出的代价跟他做的事相比，是不是太小了一点？"

苗霏露出恼怒的表情，正想说什么，马尚立刻把手指放在唇上，示意苗霏不要说话。

"你听清了吗！"电话那头似乎有些不耐烦。

马尚这才点了点头，让苗霏回答。苗霏道："你什么意思？"

"我需要你再帮我最后一个忙，帮我把DS材料的合成数据搞到手。"

"这不可能！"

"我知道你父亲现在关在哪儿，你不要以为他关进去了，他就安全了。"

苗霏没再说话，马尚再次抬手示意她保持冷静。电话那头道："好好想想我说的话，等我的通知吧，你是个聪明人，我相信你会想明白的。"

电话一挂断，苗霏立刻松弛下来，腿下一软，幸好安静及时将她扶住："你做得很好。"

苗霏对着安静疲惫地点了点头，然后有些紧张地看着她。安静道："你不用担心，对方是在虚张声势。你爸现在处于我们的证人保护状态，在我们的安全屋内，那个地方知道的人都不会超过三个，对方本事再大，也不可能伤害到你爸。"

马尚分析道："对方现在找到苗霏有两种可能，一种只是打了一个幌子，另一种，对方可能打了一个反向思维的战术，觉得我们现在不可能再盯苗霏了，所以想在这个路子上再试一试。"

赫子轩问道："那我们现在该怎么办呢？"

马尚想了一下，看向苗霏："苗霏，如果对方再打电话过来，按照他的指示，你就配合着做，我们会在暗中保护你。"

"好。"

"还有，如果对方真的在声东击西，我担心他们可能会直接对邹教授动手。"马尚说完，安静道："我已经安排好了。邹教授的门口二十四小时都会有保镖值守，走廊里加装了监控设备，直接接到老六和王佐的房间，他们两个全天轮班盯防，有情况可以马上进行支援。"

三

不久，苗霏又一次接到那个"未知来电"，对方要求她前往超市。在一个货架底下，苗霏拿到了一个皮箱。箱子没锁，里面放着一部蓝牙耳机、一张纸条，还有一个笔记本电脑包。纸条上写着："戴上耳机，连接手机。"

安静和杜猛装作挑选货物，远远地注意着苗霏的一举一动。苗霏戴上了耳机，又拉开电脑包查看，里面只放了一部笔记本电脑，没有其他东西。

电话响了，依旧是电子音的英文："你看，一点都不难。"

苗霏看向安静和杜猛，俩人没有表示，继续装作挑选商品。

"这部电脑干什么用的？"苗霏问道。

"到时候你就知道了……不过，那一男一女是什么人，你看他们干什么？"

苗霏一愣，慌忙望向四周，但周围并没有其他人。电话那头继续道："别找了，蓝牙耳机上有监控镜头，现在你能看见的，我都能看见，所以千万别要花样。我再问你一次，你看他们干什么？"

"我……我怕他们听见。"

电话那头沉默了片刻，继续道："拿上电脑，到会场去。记住，不要挂断电话。"

"知道了。"

挂断电话后，程雷继续看着电脑屏幕，屏幕上显示着蓝牙耳机上的监控传来的画面。

"你为什么用英文给她下指令？"利德问道。

程雷不屑地道："这是你的计划，我不认为能成功，因为苗霏现在很可能是跟国安有合作的。我当然要用英文了，我要扰乱他们的判断，我可不想因为你的计划对我的身份造成任何影响。"

利德轻哼道："那你是想让对方怀疑到我头上呗？"

"没错，这本来就是你的计划啊！有问题吗？"

"没问题，你继续，刚才那两个应该是国安的人吧？"

程雷笑了笑："都是熟人。"

"那你这一步的目的是什么？"

程雷收起笑容道："这一步的目的，就是把苗霏从他们的视线中解放出来。"

"利德，这步棋你想达到什么目的？"程雷也问道，利德却没回答，而是悄悄发了条信息："对手的注意力已转移，把握时机。"

"收到。"蝙蝠正坐在酒店房间里整装待发。

监控画面中，苗霏已经走到主会场正门口。程雷道："停下，不要走正门。"

"我不知道哪儿还能进去。"苗霏道。

"对自己有点信心，总会有办法。"程雷说完，看着画面中的苗霏犹豫一阵，绕向场馆后方。

同样关注苗霏的赫子轩放下监听耳机，看向一旁的马尚："他想干什么？"

"走正门要通过安检，包里的东西有问题。我们现在没法接近苗霏，只能希望苗霏能主动套话了。"

苗霏用程雷告诉她的密码打开了员工通道，程雷道："很好，我保证这是你最后一次任务。"

苗霏苦笑道："我不信。你费了这么大功夫，就为了让我带一台电脑进会场？"

听到这话的马尚和赫子轩交换了一个眼神，赫子轩疑惑道："电脑？我还以为至少也得是个窃取数据的装置。"马尚却把手指放在唇边，示意赫子轩噤声。

"等你进去就明白了。"

"我看过了，包里除了电脑什么都没有，靠这个你就想偷到数据？"

"你在套我的话吗？"

"不是。"

"那就闭嘴。"

"提醒王佐，让他注意邹教授的安全。"觉察到不对的马尚对赫子轩说道。说完，马

第三十三章 / 罗 网

尚起身往外准备去找苗霏，到了门边又停下脚步问道："便携式 EMI 产生器在哪儿？"

"侦讯车里。"

马尚点了点头，推门快步离去。

不远的豪华酒店看起来一切如常，两名保安无精打采地盯着监控屏幕。敲门声响了，监控显示有个外卖送餐员站在门口："你订餐了？"

"没啊。"

其中一个保安皱了皱眉，还是起身。开门的瞬间，一个电击器抵在了他身上。另一个保安瞪圆眼睛，赶紧掏出对讲机，但枪口已经对准了他。

"放下。"原来，这个外卖员是蝙蝠。

打晕剩下那个保安后，蝙蝠不慌不忙地走到控制台前，手指在键盘上飞快跳动，更改着邹珏房间门口的监控画面。

"'沉睡者'已经开始行动，但他给苗霏下达的指令有点奇怪。马尚让我提醒你，注意邹教授这边的情况……"赫子轩对王佐说道。

此时王佐正全神贯注地盯着监控屏幕："好，目前我这边一切正常。"

从酒店保安室出来，蝙蝠换上酒店服务员的衣服，有模有样地推着餐车靠近邹珏的房间："您好，这是邹先生订的午餐。"

王佐看到这一幕，配好枪，起身对着通讯器喊道："上钩了。"

安保人员严肃地看了蝙蝠半晌，上前揭开餐盘上的银盖子，里面确实盛放着餐点，又说道："我们得搜身检查，请配合。"

蝙蝠友好地微笑点头，抬高双臂。另一个安保人员上前仔细搜查，没有任何发现，于是道："我跟他送进去，你在外面守着。"

蝙蝠刚进去，正准备拿出电击器对身边的安保人员下手，却发现房间内有两把枪已经对准了自己："把手举起来！"

"你好，蝙蝠先生。"房门再次打开，举起双手的蝙蝠回头，看着王佐走了进来。而邹珏正在另一间套房内，对这边的情况毫不知情。

四

"苗总，你去哪儿了？我正要去找你呢。"马尚快步走到苗霏面前神色如常道。

苗霏拎着电脑包，神情焦急道："我……我把电脑忘车里了，去取了一下。"

"哦，一会儿忙完中午一起吃个饭吧？"

"把他支走。"耳机中说道。

"好，我还有点工作要忙，中午再联系你。"苗霏皱眉道。

"行，那我等你消息。"说完，马尚向苗霏身后走去，走出苗霏的视线后，立刻停步轻轻按住她的肩膀，并将一枚隐形耳机塞进苗霏的另一只耳朵。

"苗霏，能听见的话，摸一下肩膀。"见苗霏抬手摸了摸肩膀，马尚继续道，"很好，我们在你右后方的墙角，记得不要看这边。"苗霏再次抬手摸肩膀。

"只剩你自己了？"耳机中说道。

"是。"

"往四周看看。"

苗霏小心翼翼地转头，避开自己的右后方。马尚他们看着，都松了口气。又见苗霏被要求找地方坐下，苗霏问坐哪时，那边竟然说："随便。"

"随便？他到底要干什么？"杜猛疑惑地问道。

"马尚，我觉得不太对劲。"安静面色凝重道。

马尚盯着苗霏："我知道……再等等。所以我带了这个。"说着，马尚把背包打开，拿出里面的干扰器。

"你怀疑电脑里有炸弹？"安静道。

马尚点了点头："但是启动的话，所有通信都会中断，我们也就露馅了。"

苗霏走到会场前端，找了个地方坐下，问道："然后呢？"

"把电脑拿出来，先不要打开，我有些话要跟你讲。"苗霏照办，将电脑平放在膝上，耳机里继续道，"我这人有个习惯，喜欢把一切都当成游戏。"

马尚听着耳机里的对话，渐渐变了表情，他将手放在干扰器的启动按钮上。

"苗小姐，我应该对你父亲做点什么好呢？"

苗霏愤怒地说道："不准再提我父亲！你到底想让我干什么？"

耳机那边笑了几声："好了，打开电脑吧！"

"马尚！"安静紧张道。

马尚迅速打开了EMI干扰器，一阵刺耳的电流声从耳机里传来，所有人同时露出痛苦的表情，连忙摘下隐形耳机。

程雷的眼中，电脑中的画面变成了雪花，他皱着眉摘下了耳机。

"怎么了？"利德问道。

"他们干扰了信号，大概以为电脑里有炸弹，现在正在尝试拆除吧。"程雷微笑道，"不过，我的目的已经达到了。"

利德也点头道："这些人，肯定不会再把注意力放在苗霏身上。"

程雷笑了笑，但笑容很快僵住，耳机里发出刺啦刺啦的声音。他再次戴上耳机，却听到了马尚的声音："'沉睡者'，很遗憾，这次你又输了。"

"是吗？你应该清楚我想要的是什么，谁胜谁败还不好说吧？"

"那就走着瞧。"马尚说完，程雷微笑着关掉话筒，起身看着利德。

"完美。"利德一边鼓掌，一边说道。

另一边，专案组众人聚在一起商谈，坐在旁边的苗霏将脸埋在膝间，似乎惊魂未定。

"查过了，没有炸弹，就是特别普通的一台电脑。"杜猛道。

"王佐那边也成功抓捕了蝙蝠。"安静说着，越想越不对劲儿，"'沉睡者'到底在干吗？牺牲同伴来打掩护吗？"

"现在只能保持警惕，走一步看一步了。"马尚道。

第三十四章 出卖

一

"蝙蝠已经失去联系了，行动失败。"看完这条信息的程雷反而露出了微笑。

这时，苗露挂了电话，开心地对程雷说："跟我姐可约好了啊。明天咱们第一次一起吃饭，你可得争口气，好好表现！"

程雷删掉利德给他发的消息，拍拍胸脯，又回到那副憨厚的姿态道："你放心吧，没问题。"

另一边，专案组们也得到了好消息。明白自己被当炮灰的蝙蝠心灰意冷，供出了利德，但他表示自己从未见过"沉睡者"。

"利德·本内特，两天前入境后直飞丹和市，入住一家五星级酒店，但刚才突击检查的时候他已经消失了。我们已经发出全境通缉令，不过暂时没有向公众和媒体公开。"马尚道。

"消失"了的利德此时化装成酒店服务生，敲响了程雷房间的门。正准备过会儿和苗露去见苗霏的程雷走到门边，他从猫眼里往外看了一眼，表情立马变了。程雷犹豫片刻，还是开了门。

"先生，您的衣服。"利德递过来一袋衣服。

程雷接过道："谢谢。"

程雷关上门，皱眉展开手里的纸条，无声地骂了一句，然后快步走向卧室："露露……"看到苗露还躺在床上沉睡，他轻手轻脚地离开了房间。

来到工作间，利德从柜子后面走出来，二人对视片刻，利德先开口道："为什么不跟我联系？"

"自己做的蠢事，自己承担后果。你的身份已经暴露，别再来找我。"

"同意,但我必须确认你会继续行动。"

"如果我拒绝呢?"程雷冷笑着,向前跨了一步。

利德皱眉,突然迅速从腰间拔出手枪,顶住程雷脑门。程雷却笑着说:"怎么?我们之间连基本的信任都没了吗?"

利德表情阴沉道:"如果拒绝执行任务,留着你就没用了。"程雷一把夺下了利德的枪,一脚把他踹倒在地。等利德反应过来时,枪口已经对准了他:"谁给你的信心,让你觉得可以威胁我?"

"你疯了!违抗我就等于违抗整个组织!"利德惊慌地说。

"你也不过就是杰弗里的一条狗,"程雷不屑道,"现在你的任务失败了,杀了你组织不但不会追究,说不定还会给我一笔奖金,你说呢?"

利德盯着程雷,额头冒出冷汗。半晌之后,程雷放下枪,熟练地将手枪拆成零件,扔到利德身上:"我是行动成功的最后希望,至少应该对我尊重一点。我们能达成共识吗?"

利德皱眉犹豫片刻,问道:"你打算怎么办?"

"你不需要知道,按照我的指示待命,东西会第一时间送到你手上。"

整理了一下衣服,程雷回到房间叫上苗露前往餐厅等待苗霏。没想到苗霏来时,身边跟了个马尚。马尚担心苗霏的安全,作为鼎华的前员工,便大大方方和苗霏一道。

"马尚,你怎么也在这儿?"程雷道,坐在他旁边的苗露轻轻皱了皱眉。

"嘿嘿,没想到吧?"马尚一笑,坐在了苗霏旁边。

"马尚,你现在干吗呢?"程雷问道。

马尚递给程雷一张名片:"我还干老本行呗,现在在北京这家猎头公司。程雷,你要是想跳槽可要记得找我啊!"说着,马尚还滑稽地向程雷眨了眨眼。

"当着苗总的面你这样合适吗?"程雷也笑道。苗霏却笑笑,没说话。

苗露问道:"哎,马尚,你怎么老跟着我姐啊?你该不会是有什么想法吧?"

"那我哪儿敢啊?!"

苗霏开口道:"程雷,有件事一直没机会私下跟你说。今天都是熟人,我就跟你说两句。"

"嗯,您说。"

"公司不是没有看到你在这个项目里做的贡献,而是情况太特殊了。你放心,你留在鼎华的话,以后公司一定会重用你的。"苗霏诚恳地说道。

"我知道我知道。"

马尚却道:"程雷,领导的话可信可不信,我这边真的有几个很靠谱的公司在挖人,你考虑考虑。"这番话把大家都逗笑了,气氛变得很融洽。

苗霏笑了笑道:"马尚,你别在那儿给我打岔。其实,我还有一个消息要告诉你们,主办方取消了后续对公众开放的展示活动,说是出于安全考虑。"

听完,程雷微微皱眉,没说什么,苗露却不满道:"凭什么!那我们大老远赶过来图什么?老ربز为这项目日没日夜地忙了那么久,不能参加发布会就算了,连参观的资格都没有?"

苗露站起身来,程雷赶紧拉住她。苗露道:"我去洗手间。"程雷犹豫片刻,微笑点头，放开苗露。

"实在抱歉。"程雷道。

"没事儿，露露的性格我还不知道嘛。程雷，你向来稳重，既然你们俩已经正式在一起了，希望以后你能多照顾她。"苗霏道。

程雷点点头："嗯，那我去劝劝她吧。"

"还是我去吧。"苗霏说。马尚看到苗露等在卫生间门口，没有脱离自己的视线，也就没有阻止苗霏过去。

苗霏走到苗露身后，大厅里的马尚依然没有从她身上挪开目光。苗霏说："露露，现在不是你发脾气的时候，我有事要跟你商量。"

苗露明显没消气，冷冷地说道："怎么了？"

"你能不能跟程雷商量一下，你们明天就回双清？"

"我不！"苗露激动地说，"我们好不容易一起出来度假，姐你干吗呀？这也要管？"

苗霏拉起苗露的手："露露，听姐姐的话。而且你要答应我，刚才我跟你说的话不要跟任何人说，包括程雷。你就跟他说是你自己想回双清就行了。"

见苗霏语气比平常郑重很多，苗露满脸疑问地盯着苗霏的脸："姐，你怎么了？是不是有什么……"

"不要再问了，"苗霏打断道，"等我几天，我一定把一切解释清楚，但现在真的不行。"

二

马尚和程雷倒是碰了个杯，马尚问道："程雷，你为什么还要来这个发布会啊？"

"怎么了？我就不能来了？！"程雷看起来十分生气地说道。

马尚笑笑："不是，这不像你啊。以我对你的了解，公司要不让你来，你可不爱参与这种事儿了，你这是来干吗呀？示威啊？"

程雷笑了："实话跟你说吧，不是我想来，是苗露非得拉着我来。哎，你知道老苗总的事吗？"说着，程雷压低了声音。

"老苗总？"马尚愣了一下。

程雷往前倾，招手示意马尚离近点，然后小声说道："你别说是我跟你说的啊，老苗总其实已经……进去了。"

"啊？什么情况啊？"马尚惊讶道，说着，起身绕过桌子，坐到了程雷旁边。

"这事儿很复杂，苗露也没跟我细说，不过肯定是有事儿。"程雷说话间，马尚假装不经意地把胳膊搭到程雷背后，把一个黑色的微型窃听器轻轻粘在了程雷搭在椅背上的西装的衣领缝隙里。

"咱们鼎华背后不简单啊。这项目当年就是老苗总发起的，苗露就觉得她爸来不了了，想替她爸见证一下。"程雷继续说道。

"噢，难怪刚才说取消了对公众的开放，她那么不开心呢。"

程雷低着头道:"说实话……我其实不是完全不想抱怨,我真没法说服自己,公司这种安排我觉得很不公平。我一个技术人员,你说……"

程雷说着,抬头发现马尚正侧身看着苗霏的方向。马尚赶紧挪开目光。程雷回头看了一眼,继续说道:"马尚,你说苗霏……"

"怎么了?"

"我感觉苗霏不太对劲,这次发布会是不是遇到问题了……"马尚的注意力被程雷吸引时,假扮成服务生的利德快步从马尚身后靠近,将一个钱包大小的黑色包裹放进苗霏留在椅子上的提包里,没做任何停留,继续往前走去。马尚只是抬眼看了服务生一眼,没有多加留意。

"对外展示临时取消,应该有什么特殊情况吧?"程雷问道。

马尚笑了笑,起身回到自己的座位上:"我真的没听说,这是主办方的决定,苗霏应该也没办法吧?"

程雷点头道:"没事就好,可我总觉得……"

"她们回来了。"马尚打断道。

苗露走过来道:"我饿了,上正餐吧?"程雷打量苗露和苗霏,表情自然地笑了,抬手招呼服务生。

吃完饭,马尚和正在监听的安静、杜猛会和。安静挪开一边的耳机,边继续监听边跟马尚说话:"苗露刚才一路上都在劝程雷明天回双清,程雷也答应了。"

马尚点了点头,径直坐到床边,他把双手枕在脑后,一副心事重重的表情。杜猛抬头问道:"马尚,你为什么突然对程雷那么感兴趣啊?他的手机我们想监听随时都能监听,干吗还要装监听器啊?这万一暴露了怎么解释啊?"

安静问道:"你是不是怀疑程雷就是……"

马尚点头道:"对方的组织里,已知的有一个算一个,咱们都差不多摸清楚了,就是鼎华内部这个人一直揪不出来。在这个时候,鼎华的两个人不请自来,我还是觉得他俩出现在丹和不是很正常。"

安静听完,点了点头。突然,安静的脸色变了,捂着耳机道:"别说话。"

马尚一看情况不对,也赶紧过去拿起另一个监听耳机。刚一戴上,就传来苗露的一声尖叫。

紧接着,程雷吼道:"你要干什么?"

"闭嘴!不想死就赶紧下车。"这是一个用变声器处理的声音,而且说的是英语。马尚和安静对视了一眼,都愣住了。

苗霏回到自己房间不久,刚放下包,便看到露出一角的黑色包裹。她焦虑地揪着头发,最终还是拿起包裹,拆开。包裹里装着一部小巧的手机,一枚隐形耳机,以及一个碟形电子装置。

苗霏翻看手机,里面没有任何通话记录,她犹豫着将隐形耳机塞进耳朵。电话立刻响了,通过变声处理的电子音响起。

"谢谢配合,我知道你收到东西一定会跟我联系的。"依旧是之前那个说英文的神秘人物。

"你不知道国安的人已经看穿你了吗?你跟我联系也没有用。"苗霏皱眉道。

第三十四章／出　卖

"有件事我想问你，为什么着急让你妹妹离开丹和？"听完，苗霏眼睛一红，捂着嘴阻止自己尖叫。她意识到妹妹可能出事了。

"没错，你说的每句话我都知道，你身边每个人都有可能是我的眼线。我本来不想对他们动手的，但因为他们要走，我只好先把他们控制下来。"

"你什么意思？什么叫控制他们？"

"他们在我手上。我告诉你，就算你躲在国安身边，我一样可以随时除掉你。"

"你不要伤害我妹妹，"苗霏哀求道，"你要我做什么，我会配合，我一定会配合你……"

"我相信你，不过千万不要再自作聪明。事不过三，给你的机会已经快用完了。"

"我知道，我知道……"说话间，敲门声响了。

"不要挂断电话，冷静下来，去开门。"苗霏愣了片刻，她将包裹和碟形电子设备塞进包里，把手机装进口袋，然后擦干眼泪。

"苗霏？"门外传来安静的声音。

苗霏让安静进来后，犹豫着不知该怎么开口，她在房间里踱了几步，走回苗霏身边，像是已经下定了决心。

"苗霏，有个事情我要告诉你，"安静停了一下，继续道，"你听完了一定要冷静。"

"注意别说错话。"耳机里道。

"怎么了？"苗霏表情很不自然。

安静犹豫半晌，还是道："你妹妹和程雷可能被绑架了，我们正在追查。"听完，苗霏一下子瘫坐在地上。耳机中说道："怎么样？现在你知道我不是在虚张声势了吧？"

安静赶紧扶起苗霏，扶她坐到床上："你要相信我们，一定不会让你妹妹出事的。"

"什么时候的事儿？"苗霏流泪颤抖着说道。

"就是刚才，应该是你妹妹从饭店回酒店的路上。"

见苗霏哽咽着说不出话来，安静安抚道："你放心，我们已经动用所有的人力去追查他们的下落了。但是我有一件事情必须要提醒你。"苗霏愣了一下，忍住哭泣，看着安静。

安静继续道："对方绑架了你妹妹和程雷，很可能是要胁迫你帮他们做事情。你如果接到任何陌生来电或者有任何可疑的人跟你接触，一定要告诉我们。我们会二十四小时保护你的安全。"

苗霏犹豫片刻，含泪轻轻点头道："我累了，能不能让我自己待一会儿？"

"好。我就在对面房间，走廊里也有我们的人，有情况随时叫我们。"

"嗯。"

安静离开后，苗霏深呼吸一口，走到窗前："你到底想怎么样？"

三

"……至于交货的方式，到时候我会告诉你。你放心，我不会伤害你妹妹，你合作，我就不会为难你。"

程雷挂断电话后,迎着苗露带着泪的目光走了过去,撕开了她嘴上的胶带。

"程雷,你在干什么?"苗露瞪着他喊道。

"你放心,我不想伤害你,只是想让你姐姐帮我做点事情。"

"你到底是谁?"

"哎,你这个问题很有意思。"程雷笑道,"马尚那些人一直想抓我,但他们就从来没有想过,我到底是谁。他们竟然从来没有查过这个程雷到底发生了什么,要不然我的身份早就暴露了。"

苗露用一副不可思议的表情看着程雷,突然扯着嗓子喊起来:"救命啊!救命!"

程雷上去就给了苗露一巴掌,换了一副凶狠的嘴脸:"闭嘴!我说了我不想伤害你,不代表我不能伤害你。"苗露一下被打蒙了,看着变得陌生的程雷,不敢哭也不敢作声。

专案组众人此时表情都很凝重:跟踪保护二人的车被甩开不到两分钟就发生了这事,案发路段没有监控,程雷的外套被遗落在车上没法继续跟踪,暂时也没有找到除了他俩之外第三个人的遗留证据。一时间,大家也不知道从何下手。

宋铭思忖着说道:"看来作案的人相当专业。"

"现在我们能确定一件事,程雷和苗露是一起被绑架的,我们之前对程雷的怀疑可能是错的。"杜猛说道。

一直低头思考的马尚听到杜猛这句话,抬起头看了杜猛一眼,又低下头去,不置可否。

安静道:"宋局,现在所有对我们不利的情况都摆在这儿了,但是有一点是对我们有利的因素——因为马尚之前对程雷的怀疑,我们在程雷身上安装了监听器。对方不可能想到,我们已经知道程雷和苗露被绑架了,我们是不是应该顺着这条线把他抓出来?"

"好。安静,你们一定要盯好苗霏。"

马尚也抬起头来对安静说道:"走吧,我们去找苗霏沟通一下。"

到了苗霏房间,安静给苗霏发了条短信:"冷静,开门。"

苗霏看到后,抹抹眼泪纠结片刻,还是起身去开门。安静给她打了一个噤声的手势,马尚、杜猛和赫子轩相继跟进来,用信号探测器仔细检查苗霏的房间。

赫子轩把一个信号屏蔽箱放在桌上,安静继续拿手机给苗霏发消息:"屋里有没有监听器?"

苗霏看到,轻轻点了点头。赫子轩指了指桌上的信号屏蔽箱,苗霏立刻会意,她把包里的黑色小包裹拿出来,放进了箱子里。这时,马尚和杜猛已经都检查完了,相继打了一个 OK 的手势。

"苗霏,对方是不是已经跟你联系过了?"安静严肃地问道。

苗霏无奈地点了点头:"他给了我一个叫数据吸盘的东西,让我去复制邹教授电脑里的数据。"

"什么时候跟你联系的?"

"就是你之前进来的时候……"说着,苗霏低下了头。众人闻言,都是一副不可思议的表情,相互对视了一眼。

马尚道:"苗霏,你仔细回想一下,对方当时是怎么说的?"

"当时安静进来告诉我妹妹被绑架的消息的时候,对方说'你知道我不是在虚张声势了吧?'等安静走了以后,对方告诉我具体该做什么,还警告我不要跟你们合作。"

安静正要再问什么,被马尚打断,马尚问道:"等等,你确定对方是在知道我们已经对绑架案知情的情况下,仍然对你下达了任务指令吗?"

苗霏肯定地说:"这个先后顺序我很确定。"

马尚皱眉道:"我觉得这个事情太不正常了。我们一旦知情,这事儿根本不可能成功,他为什么还要继续下达任务指令?"

"那我到底该做什么?"苗霏无奈道。

安静用征询的眼神看了一眼马尚:"马尚,不管怎么说,既然对方要任务继续,我们还是应该顺着这个线索往下抓吧?"马尚点头表示同意。

苗霏整理了一下自己的仪容,面色凝重地来到博览会现场。演讲台上,邹珏在宋铭解锁电脑后,一边等待数据程序运行,一边简单地讲述前言。

赫子轩站在苗霏身边,正在碟形吸盘上做手脚,他按了一下,红灯开始亮,数据开始传输,过了一会儿,绿灯亮了,于是对旁边站着的安静和苗霏打了一个完成的手势。

"我拿到了。"苗霏抵住耳朵道。

"看来你进行得很顺利嘛。"

"我要先跟我妹妹说话。"苗霏看了一眼安静,安静点了点头。

"把东西送到指定地点,你会见到你妹妹的。"

"有个事儿我不明白。"听到对方没有出声,苗霏继续道,"你怎么收这个货?现在国安已经知道你绑架我妹妹的事儿了,他们一定会盯上我,即使我偷出来了,你也没办法收货。你不怕被抓吗?"

"苗小姐,你比我想象的要聪明,但是你不需要管这些。把东西送过来,你妹妹就能活命。"

"要送到哪儿?"

"我先提醒你一点,整个过程不要断开通话。断开通话,就是断了你妹妹的命。"

"我知道,你告诉我我要去哪儿……"说着,苗霏按照耳机中的指示,往地铁站走去。

利德坐在河边僻静处的一条长椅上,看着"她已得手,准备接货"的短信,露出了微笑。

四

"苗霏已经开始行动了,安静他们在跟着。对方很狡猾,通信被特殊加密,无法定位,只能将计就计了。"宋铭在后台对马尚说。

马尚点了点头,表情还是很凝重,他叹了口气说:"我还是想不通问题到底出在哪里。宋局,都是因为我太无能了,让'沉睡者'一直牵着我的鼻子走,从一开始就处处占上风。"

宋铭拍拍马尚的肩膀,安慰道:"马尚,还没到说这话的时候。"

马尚点了点头，坚定地说道："宋局，我需要静下心来思考一下，邹教授这边麻烦您盯着了。"

"去吧。"宋铭微笑道。

来到休息室的小隔间里，马尚独自盘膝坐下，地上铺满了各种资料，有程雷和苗露被绑架现场的照片、丹和市的交通地图、会场的剖面图，等等。

马尚把照片摆开，手指在上面一一划过，整个人看起来有些神经质。

"你在哪儿？你到底想干什么？从一开始你就在利用身边所有的人达到你的目的，你不可能放弃的，你更不可能执行自杀的任务亲自去见苗霏，这都是你计划中的一环。"说着，马尚情绪有些癫狂，"你在哪儿？你到底在哪儿？如果我是你，我会怎么做？"

"我现在不是马尚……我现在不是马尚……我是他。"马尚闭着眼睛，脑海中出现了蝙蝠的脸，"我是蝙蝠。我奉命杀了周恋，我只是一个马前卒，我为什么要绑架邹教授？我不知道自己已经被盯上了，我去绑架邹教授会有什么结果？这是一个自杀任务。"

马尚摇了摇头，眼睛还是没有睁开："不对，我是利德。"

利德出现在马尚的脑海中，用英文说道：

"为了拿到数据，我绑架了苗露和程雷威胁苗霏。我是这个行动的最高负责人，我为什么要亲自出面？我已经被逼到这一步了吗？不，我早就想好了整个计划。我先联系了苗霏，让她假装去会场布置炸弹。

"我再让蝙蝠去绑架邹教授……

"我是为了分散对手的注意力，让他们以为我已经黔驴技穷了。在他们意想不到的时候，我突然绑架苗露来要挟苗霏帮我拿到数据。因为这样，他们绝对想不到，我还会继续控制苗霏，我的计划一定能成功。"

马尚脑海中的利德一直在得意地笑，笑着笑着突然表情凝固了："不对！我的对手已经知道我绑架了苗露和程雷，这个说不通，我不是利德。"

马尚猛地睁开眼，看着地上散落的资料，自言自语道："这一切都说不通。利德如果知道自己的计划败露，他应该立刻撤退，继续行动只会导致自己被抓，他疯了吗？他没有疯。为什么？他被人算计了。谁算计了他？乔西川已经落网了，蝙蝠也已经落网了，还有谁？"

"只有我'沉睡者'能算计利德。"一个声音在马尚脑海中响起，马尚皱着眉闭上眼睛，却想象不到任何画面，这声音仿佛从黑暗中的四面八方传来，"没错，只有我能算计他。我绑架了苗露和程雷，把矛头全都引向利德，一箭双雕。这样一来，如果我能拿到数据，我就是唯一获益者，不用跟任何人分摊。"

皱着的眉头舒缓开了，还不等马尚生出欣喜的情绪，先前的声音更加急促地响起："我是谁？我到底是谁？我是怎么实施绑架案的？"

"我要制定方案，我要知道他们全部的行动路线，我要找一个没有监控能拍到的地方下手……"马尚突然睁开双眼，拿起地上的笔，一边自言自语，一边在丹和市地图上做标记，"我知道他们要吃饭的地点，我知道他们入住的酒店，我知道他们即将经过的路线。我要知道每一个没有监控的地方，我要知道什么时候能截停他们的车……"

第三十五章

牺 牲

一

马尚看着丹和市的地图，心神完全沉浸其中，他再次闭上眼，想象自己开着车逼停了程雷，随后下车冲向惊慌失措的程雷和苗露。

"你要干什么？"程雷吼道。这时，一切都静止了。

"对，这是我的计划，我选中了这个最佳的作案地点。"程雷和苗露纹丝不动，依旧是惊恐的姿态。

"不对……""绑匪"马尚一把扯掉头套，画面消失了。马尚用笔点在地图上，眉头紧皱道："为什么会在这儿？作案地点不在回酒店的路线上。如果当时他们的车并不是要回酒店，他所有的准备计划都应该落空，为什么还得手了？这说不通，这完全说不通。"

马尚突然把地上的资料弄得一团乱，完全是一副疯癫的状态："不对，不对！那套设备什么时候送到苗霏手上的？在餐厅……餐厅。"

马尚回想起自己在餐厅和程雷单独说话那一段，自言自语道："那个服务员，他是谁？啊！想不起来。"马尚面露痛苦之色，紧接着，他好像意识到了什么："不对，这不重要。苗霏这只是一个引开我们注意的行动，这条线索根本就不重要，那个服务员是谁也不重要。不管他是谁，他马上就要落网了，安静他们一定会抓到他。"

马尚又看了一眼地图上的标记，重新整理思绪："餐厅，一切的起点就在那个餐厅。餐厅里发生了什么？都有谁在场？是苗霏自导自演的吗？苗霏从头到尾都不可能拿到那份数据，这不可能。程雷和苗露都被绑架了，他们也没有机会动手，不可能，不可能……"说着，马尚突然一个激灵："也不是不可能。"

马尚猛然站起身，脑海中出现了程雷的脸，那张脸阴狠地说道："如果是我呢？我就是'沉睡者'。"

马尚盘腿坐到地上，仔细理了一遍线索。从贾长安死亡时把程雷列为嫌疑对象，到喻浩然离职使程雷当上邹珏助理，为了掩饰，他对马尚说自己想要离职，使马尚忽略了他受益者的身份，再到没有接触完整技术的机会，所以不请自来到了科技博览会……

"你利用利德，骗蝙蝠去执行一个自杀任务，又让利德去见苗霏，拿到不可能是真的数据，成为最后的唯一赢家，对吗？"

前台，发布会已经结束，台下所有人都站起来在鼓掌，邹珏在台上跟大家致意。台下前排的记者们也纷纷举起相机拍照，记者群里，有一个标准记者装扮的人，却在此刻逆着人群往外走，他手上的数据吸盘已经亮起了绿灯。此人正是程雷。

宋铭正倚在后台门口，看着台上的邹珏，马尚突然冲到他旁边，宋铭赶紧扶了他一把。马尚上气不接下气地道："宋局……用天眼系统，定位程雷的位置！"

闻言，宋铭愣住了。

此时，苗霏已经到达指定地点，对方却没有应答。苗霏从口袋里掏出手机来才发现信号已经断了，她赶紧掏出自己的手机给安静打电话："安静，他把电话挂断了，我不知道什么意思。"

河边不远处的一辆车里，安静正用望远镜观察周围的情况。她已经看到了坐在长椅上的利德："没关系，已经锁定目标了，你快撤出来。"

苗霏却努力保持镇静，站在原地没有动。

见利德看了看表，焦虑地起身往外走，安静对通讯器说道："所有人注意，行动！"

利德经过一群玩滑板的男孩身边时，周围的游客、卖花商贩、情侣、遛狗男子都在自然地往他这边靠拢。等他远离了这些孩子，所有人突然一起出手，把他按在了地上，迅速地从他身上搜出枪后把他押上了一台车。

不远处的苗霏看到这一切，整个人放松下来，颓然坐到地上。

"宋局，我们这边已经完成抓捕。"利德还在挣扎，安静打电话给宋铭道。宋铭却让安静和杜猛马上来赫子轩房间。

"宋局？"安静和杜猛很快赶到了。

"搜索一个小时以内发布会周边的情况。程雷一定会出现在会场。"马尚对正在对着电脑搜索的赫子轩说道。

马尚又对刚到的安静和杜猛道："这件事从头到尾都是程雷自导自演的，他就是我们要抓的'沉睡者'。"

赫子轩手指飞速在键盘上跳动，片刻之后，屏幕定格在记者打扮的程雷从会场出来时的画面，看了看时间，赫子轩道："这是半小时以前。"

"立刻定位。"宋铭道。安静等人看向宋铭，宋铭会意道："去吧，我会协调后援的事儿。"

马尚和安静、杜猛一起快步推门离开。出门前，马尚说道："子轩，立刻搜索从我们

第三十五章／牺　牲

的位置到港口的所有道路监控，应该能加快搜索速度。"

"收到。"

三人上车不久，接到赫子轩的消息，程雷在向丹浦港那边逃窜。安静立刻猛踩踏板，引擎发出轰鸣，行驶一段距离后，视线中出现了程雷的车辆。

马尚按响了通讯器："子轩，车里面只有程雷一个人吗？"

"我这儿的画面，只看到了程雷一个人。"

"加速，追上去！"马尚对安静说道。

程雷盯着后视镜，看到后面一辆车正朝自己飞速追过来，脸色阴沉下来，汽车轮胎的摩擦声接连响起，他猛打方向盘，驶下了主路。但是安静依旧死死地咬住了他。

马尚按下通讯器道："宋局，目标从埠河路口离开主路，已经离丹浦港很近了。"

"收到。"

"前面的路段车辆稀少，建议截停目标车辆。程雷的车上没有看到人质，万一跟丢让他跑了，人质的处境会很危险。"

闻言，宋铭皱眉道："确定人质不在车上？"

"不排除被关在后备厢，但是无法确定。"

没多犹豫，宋铭道："批准行动，一旦发现人质，一定要保证人质的安全！"

"明白！"

夜幕逐渐降临，却有前后两道亮光在丹浦港复杂的障碍物上闪烁。安静的车急速追击，紧紧咬住了程雷的车，越来越近。

安静将油门踩到了底，引擎声越来越大。看着前方距离不远的小车，安静一咬牙："准备冲撞！"马尚和杜猛都紧紧地抓住了车顶的把手。

伴随着撞击声，安静的车做出标准的截停动作，顶在程雷车的左后轮上。程雷的轿车原地打了个转，停了下来。安静的车却意外地撞上了障碍物。

程雷一脚踹开了车门，从腰间抽出匕首，又走到车后打开后备厢。杜猛跌跌撞撞地爬下车，正看到程雷抓着苗露的头发将她从后备厢拽下车。因为疼痛，苗露清醒了过来，只是嘴被胶带贴着，只能惊恐地发出呜呜声。

杜猛立刻掏出枪，指向程雷，大喝道："程雷！放开她！"

"别过来！"

这时安静和马尚也渐渐清醒过来，下了车。程雷边拿匕首抵着苗露的脖子边往后退，凶狠地说道："你们再过来，我就弄死她！"

杜猛想要略微逼近压迫对方，安静伸手拦住了他："冷静！"

程雷见威胁奏效了，继续拖着苗露向后退进了密集堆放的集装箱群中。三人交换眼神，立刻达成默契。杜猛和安静动作谨慎地跟了过去，马尚则留下来，拨通了宋铭的电话。

"宋局，我们已在丹浦港的集装箱堆场截停了目标。对方挟持人质试图逃窜，安静和杜猛已经跟上去了。"

"人质状态怎么样？"

"没有受伤的迹象，但是明显受了惊吓。宋局，这里地形复杂，不好控场，后援多久能到？"

"第一组增援应该在五分钟左右赶到。我带着人加速增援，差不多……六七分钟。"

"收到。宋局，您赶到以后请直接带人搜索货运码头附近的海岸线。如果他准备了船逃到海上，就很难找回来了。"

"收到，马尚，你们自己也注意安全。"

二

安静和杜猛走到一个岔路口，看到众多集装箱的复杂环境，杜猛小声道："科长，分开搜吧？带着人质不利于潜逃，我担心他会伤害人质。"

安静点头同意，打了个手势，示意杜猛往左走。二人分开来，一左一右地走进两套岔道。安静略微加快脚步，尽量保持贴着箱壁移动，以便随时获得掩体，经过拐角时都格外谨慎。

通讯器里传来杜猛的声音："科长，我这边又碰见岔路了，后援什么时候能到？"

"应该快了。注意安全，保持通话。"

"明白。"

安静往前走了没几步，隐约看见好像有个人躺在前面。她没有放松警惕，而是更加放慢速度，缓缓靠近。看到躺在地上的人是苗露，似乎失去了知觉，安静低声喊道："苗露？"

苗露完全没有反应。安静继续靠近，一道黑影突然从集装箱上扑过来。安静迅速侧身躲开，调转枪口对准发动突袭的程雷。

两个人距离极近，程雷抢先出手夺枪，手枪掉进了一处缝隙中。二人也稍稍分开。

"发现目标，立刻……"正按下通讯器的安静注意到有些不对劲儿。程雷冷笑着扬起手，把通讯器往旁边一丢。

安静保持着冷静，快速瞥了一眼苗露的方向。程雷冷笑道："先担心你自己吧。"

"你知道我的身份吧？间谍是一种判法，袭击国安人员又是另一种判法。你想清楚了。"

说话间，安静挪动步伐，试图靠近苗露。但程雷也小步移动，始终挡在苗露和安静之间："不把尾巴解决了，我怎么跑？"

"那你挑错对手了。"安静冷声道。程雷却不再多说，亮出了匕首。安静出其不意地主动出击，一脚踹在程雷腹部。

程雷连退几步，稳住步伐。安静不安地皱了皱眉，偷眼看向自己刚才掉的那把枪，却发现没办法轻易捡回来。

程雷主动攻了上来，匕首寒光闪现，安静艰难地躲避，找准机会打落了匕首。两个人变成了空手对决。程雷本来就占有性别优势，而且格斗技巧和速度都毫不逊色，安静显得有些吃力。

打斗了一会儿，二人稍稍分开，安静喘着粗气，程雷却还是一副阴冷的笑脸。安静再次进攻，但程雷只是闪身躲避、格挡，并不反击。慢慢地，安静的攻击开始迟缓。

"只知道盯着乔西川，完全忽视我的存在！就你们，还能干这一行？！"程雷试图用言语使安静露出破绽，安静笑了笑，扬起手来。她不知什么时候从程雷的裤子口袋里偷走了那个数据吸盘。

程雷的表情立刻变得凶狠起来，安静一言不发地把数据吸盘塞进口袋，挥拳再打，这拳却被程雷轻松闪过，腹部反而挨了一拳。安静怒吼一声全力攻击，但她已经筋疲力尽。

程雷看准这个时机，突然加速进攻，安静节节败退，被逼到了墙边，无路可退。占尽上风的程雷趁势用蛮力挥拳猛打，安静虽然抬起胳膊护住要害，却还是硬生生被打得瘫坐在地。

打斗中，数据吸盘掉落在地。

"技巧不错，力量太差。"程雷一边说，一边捡起了匕首和吸盘。安静想站起来，程雷将她踹倒，并踏住了她："最大的弱点，就是该逃的时候不逃，不自量力。"

突然，一声枪响，子弹贴着程雷头皮飞过，在墙上擦出火花。杜猛及时赶到，举枪对准了程雷："放开她！"

程雷冷冷地看着杜猛，没有动。

"放下武器！"

片刻，程雷露出笑容，将匕首扔到一边："你叫什么来着？只知道你也在查我，不过太没存在感了，忘了记你的名字。"

"少废话，放开她！"

程雷依旧踏着安静，没有收力的意思："对了，你叫杜猛！你怎么回事？年纪也不小了，给一个女人打下手，好玩吗？你这样的人，肯定……"

"哪儿那么多废话！我说放开她！"杜猛打断道。

程雷冷笑，只是微微抬起双臂。见程雷依旧死死踩着安静，杜猛被激怒了，举着枪靠近程雷。

"安全距离！"安静喊道。

三

安静话音刚落，程雷一把抓住杜猛持枪的手飞快抬高，枪声连续响起，但子弹全部飞向空中。与此同时，程雷探出藏在袖口的手刺，对着杜猛的胸口连刺三刀。

杜猛圆睁着眼睛倒在了地上。他喉咙里发出刺耳的尖啸，就像肺里的空气正在向外涌，他的肺部已经被刺穿了。

"杜猛！"安静挣扎着想要站起来，却被程雷轻易地一脚踹倒。程雷亮出刀，逼近安静，杜猛咬牙拉住他的裤脚，却被轻易地挣脱。

趁着杜猛这下阻拦，安静挣扎站起来，怒视着程雷，艰难地举起胳膊，做好最后一搏的准备。

"安静，保持距离。"这时，马尚的声音传来。

程雷回头，看见马尚站在不远处，已经用枪瞄准了他。程雷笑容阴森地道："马尚，你确实挺聪明的，但使用枪械应该不是你的长项吧？要不我们打个赌……"

马尚降低枪口，开枪打中程雷手中的尖刀，程雷惨叫一声，捂住了手。

"你刚才说什么？"马尚冷冷地说道。

程雷痛苦地大喊一声，俯身去捡数据吸盘。马尚又是一枪，精准命中数据吸盘。程雷疯了一样狂吼，捡起已经被破坏的数据吸盘狂奔逃窜。

马尚连续扣动扳机，但子弹全都擦着程雷飞过，打在集装箱上火花四溅。安静赶紧来到杜猛身边，脱下外套按在他的伤口上，试图止血。此时，杜猛的气息已经很微弱了。

"杜猛！"安静喊道。马尚回头看向安静这边，安静焦急道："别管我，快去追啊！"马尚咬牙点了点头，追着程雷而去。

杜猛一直看着安静，喉咙里发出嘶嘶的声音，频率越来越低："安静，如果还有时间……我一定能让你……接受我……"

安静的眼泪终于涌了出来："坚持住！后援快到了！"

"我命令你，给我撑住！"

"收到，安科……"杜猛艰难地笑了笑，说着，却闭上了眼睛。

"杜猛！"安静伸手试探杜猛的脉搏，然后进行紧急心脏复苏，按压心脏，人工呼吸。

"杜猛！撑住！"安静一边喊着，眼泪不受控制地掉了下来。

躺在一旁的苗露在呼喊声中苏醒，她缓过神来，看见眼前的情景，吓得一颤。她坐起身，抱着膝盖，整个人缩成一团。

"安科！"老六带着两名侦查员出现在拐角处，后援终于到了。

安静抬起头来，红着眼："他还有呼吸！叫救护车！"一名侦查员立刻掏出手机拨打电话，另一人则上前察看苗露的情况。

"猛子，撑住了！"老六也冲上前，帮安静按着杜猛的伤口。

"救护车来了，最多五分钟。"

"好……"老六对杜猛说道，"猛子，你听见了吧？没事了。"另一名侦查员来接替了安静按住杜猛的伤口。

安静看着杜猛，咬着牙狠了狠心，站起身来打电话道："宋局……"

"我已抵达预定位置，刚发现了目标藏匿的快艇。我已经派人沿海岸线巡逻，海路是走不通了。"宋铭道。

"宋局，程雷逃跑，马尚追过去了，杜猛受了重伤……"

"你说什么？"

"杜猛重伤，我不知道他能不能……"

宋铭的手有些颤抖，但又一个电话打了过来，是马尚："宋局，对不起，人跟丢了……"

四

撞毁的车辆还在冒着烟，安静和几名侦查员分散四周，或站或坐，气氛沉默。

"杜猛呢？"宋铭和马尚刚赶过来，宋铭急切道。

"送上了救护车。苗露也是。老六在负责。"安静的语气十分焦虑。马尚低着头站在

第三十五章／牺　牲

后面，不敢看安静："对不起，我……"

宋铭抬起手打断道："这边的地形复杂，不能全怪你。况且，现在还不是说这话的时候，我们还有希望！"

这时安静的手机响了："老六？"听到安静的话，在场所有人的目光都看向安静。电话那头说着什么，安静沉默地听着。半晌，她默默放下了电话，呆滞地说道："杜猛走了……"一时间，众人都陷入了沉默。

不久，秦枫来到现场，安静和马尚都立正站好，只是情绪低落。秦枫看在眼里，没有多说。

"秦厅，程雷找到了吗？"宋铭问道。

"丹和市局发现了他的下落，但没有直接进行抓捕。"秦枫道。

安静和马尚都不解地看向秦枫，安静含着泪："为什么？他是杀害杜猛的凶手！"

"安静，注意你的情绪！"宋铭沉声道。

马尚开口问道："报告秦厅，我想知道您这么决定的原因。"

秦枫叹了口气道："我理解你俩的心情，程雷逃不了的，但是现在还不是抓捕他的时候……"原来，今天下午，乔西川醒了过来。据他交代，这次间谍活动的主导者是杰弗里，目前应该在境外。省厅搜集杰弗里的信息多年，基本证实了乔西川的话，因此决定利用程雷引出杰弗里。秦枫道："这回是头一次有机会将杰弗里锁定，有机会将他的犯罪网络彻底铲除。"

"通过程雷？"马尚问道。

秦枫点头道："具体的细节，稍后再商讨。"

"可为什么不能先逮捕他，再进行逆用？这也是合理手段。"安静直愣愣地看着秦枫，没有妥协的意思。

"为什么不能现在逮捕他，这里面的原因，你应该能想清楚。"秦枫道。

安静沉默片刻，她重新立正站好，轻声道："对不起，秦厅，我想不清楚。"

秦枫却转头看向马尚："你呢？你想明白了吗？"

马尚自始至终都维持着立正姿态，他双眼平视前方，没有回答秦枫的话。

秦枫的表情有些无奈，也有些失落，转过身上了车。宋铭也没有说话，跟了上去。

没过多久，宋铭接到电话："……好，咬住他，他的一举一动都必须进行记录。"

片刻，宋铭挂断了电话，对秦枫道："秦厅，我们市局的人接替了丹和市局进行跟踪。目标闯入了一家药店，应该是为了获取处理伤口的药品。"

秦枫点了点头。二人沉默片刻后，秦枫问道："杜猛多大年纪？"

"九四年的，下个月满二十六岁。"

听到这，秦枫的表情有了一些变化，他长叹了一声："老宋，接下来，由省厅接手吧？"

宋铭微微一愣，看向秦枫。秦枫道："没有别的意思，我是担心他们两个的状态。我理解他们，但是接下来，要花大量的精力对目标进行监控和诱导，带着仇恨心理不利于执行这种任务。"

"明白。但我相信，安静完全有能力及时调整状态，她虽然年轻，但是经历过类似的情况，并成功克服了心理障碍。"

宋铭的一番话让秦枫想起安静父亲的事，他已经有些动摇了。

宋铭继续道："包括马尚，你对他的能力和职业精神也是认同的。而且我担心，这种情况下把他们撤出来，恐怕才是真正的打击。"

宋铭说完，静静地看着秦枫，等他的决定。秦枫沉思良久，道："现在的情况相当复杂，没时间让他们两个慢慢调整状态……一天，最多一天，看到时候他们能不能做好准备吧。"

"好。"

五

"大概的情况我已经告诉你们了，怎么选择看你们自己。在这种情况下，让省厅接手很正常，你们不用自责。"在医院的太平间，宋铭、安静、马尚和赫子轩都站在杜猛身旁。安静和马尚都是一副呆滞的状态，赫子轩却在低声抽泣着。

安静声音很轻地说道："怎么可能对付不了程雷……不应该是这样……"马尚这时候才回过神来，担忧地看向安静，却不知道该怎么安慰。

"就算你的格斗能力远远高于对方，也很难弥补女性和男性之间的体能差异。我相信你已经尽了全力。"见众人情绪不见好转，宋铭叹气道，"昨天秦厅问我杜猛多大年纪，我说二十六岁……秦厅的儿子在边境的反恐部队，牺牲的时候也是二十六岁。"

闻言，众人都惊讶地看向宋铭，目光也终于有了焦点。

"所以，后悔、抱怨、自责，这些话都别再说了，我想知道你们的决定。"

沉默片刻，安静道："杜猛还在的话，他一定希望让杰弗里接受法律制裁，彻底铲除这个间谍组织。宋局，我想继续侦办这个案件。"

宋铭微微点头，但没有明确表态。安静继续道："昨天是我的态度有问题，我愿意向秦厅道歉，也愿意接受处分。"

马尚思索着，目光中也有了斗志："道歉没用，秦厅是想知道我们还有没有能力继续办这个案子。必须拿出准确的现状分析和接下来的大致计划，才能说服秦厅继续信任我们。"

"那开始吧，秦厅只给了我们一天时间。"安静坚定道。马尚和赫子轩都郑重地点头。宋铭看在眼里，露出一丝带有苦涩的微笑。

来到秦枫跟前，每个人的表情都很坚定，毫无颓丧的情绪。秦枫满意地点头道："看来你们做好准备了？说说吧。"

路上，众人已经讨论出了大概方向。安静道："报告秦厅，结合昨晚的情况来看，程雷冒着被击毙的风险也要强行带走数据吸盘，这说明完成交易对他来说非常重要，也说明他自以为还没到走投无路的地步。万幸的是，马尚开枪击中了数据吸盘，也就是说我们暂时不用担心数据泄露。"

秦枫点头赞同，看向赫子轩道："子轩，程雷有可能修复设备吗？"

"按照描述，马尚准确命中了设备。越是精密的仪器越是容易受到不可逆的损坏。我可以断定，即使有专业的工具和技术，程雷也不可能将其修复。"

"很好。那么你们认为，程雷冒死抢走设备，是为了钱吗？"秦枫继续问道。

第三十五章／牺　牲

马尚道："不排除这种可能。DS材料人工合成技术已经完成专利注册，但即便是非法盗用，同样能带来巨大的利益，我相信肯定有人愿意花大价钱购买这块数据吸盘。"

安静接着道："但是这块数据吸盘，更有可能是程雷逃命的船票。程雷应该清楚，尽管暂时逃脱，但靠他自己是很难脱身的，除非有人进行接应和掩护。"

马尚道："但是我们没有想通，为什么您觉得杰弗里会亲自飞过来接应他？"

秦枫笑了笑，宋铭问道："秦厅，乔西川的供词具体说了些什么，我们需要更多的情报进行分析。"

秦枫道："乔西川透露，杰弗里是受雇于赫尔墨斯集团，并且收了巨额的预付款。"

安静和马尚对视了一眼，两个人似乎都有所顿悟："我们之前收集了大量的犯罪证据，全都指向赫尔墨斯。我记得您说过，相关部门一直在向赫尔墨斯施压。这都是杰弗里的一系列行动导致的，赫尔墨斯不可能轻易放过他。"

马尚也道："那就是说，杰弗里和程雷面临的局面是一样的，如果搞不到数据，就摆脱不了麻烦。"

秦枫满意地点了点头，赫子轩却问道："可是……杰弗里派人过来接应程雷就行，没必要非得亲自来吧？"

"再派个蝙蝠过来？"马尚反问道。

赫子轩一愣。

安静解释道："程雷已经是惊弓之鸟，不会轻易相信任何人，他很有可能要求杰弗里亲自出面。"

说完，安静和马尚都用兴奋的目光看向秦枫。秦枫道："看来，你们确实做好准备了。"

安静和马尚点头道："秦厅，我们想明白了。乔西川已经有逆用的可能了，如果再控制程雷，其实会造成资源重叠。不如顺势对程雷施压，由他引出杰弗里。"

秦枫连连点头，他看向宋铭。宋铭道："两个小时以前，程雷盗走了一辆社会车辆，现在正往东北方向逃窜。"

"东北方向？他要回双清？"赫子轩问道。

宋铭点头道："就目前的迹象而言，很有可能。省厅和市局的同志正在追踪。"

秦枫道："程雷在双清生活了好几年，应该在那边留了大量的后手，基本可以确定他是在往双清逃窜。我会安排最快的航班，你们直接飞回双清。"

众人立正道："明白。"

"按照路程来算，你们领先他大概三个小时。抓紧时间休息，处理一下自己的事。"秦枫说完，停顿了片刻，"虽然你们很快恢复了状态，不过在战友牺牲了的情况下，心态完全不受影响，我想应该没人能做到。"

安静等人的表情微微变化，还是表露出心里的伤感。

"所以我还是要提醒你们，一切以任务为重。虽然现在是和平年代，但我相信你们每一个人加入这里，开始从事侦查工作的时候，心里应该都做好了牺牲的准备。只有胜利完成任务，牺牲才有意义，才能告慰牺牲的战友。"

"明白！"

第三十六章

绝 境

一

傍晚，马尚去买些吃食，安静和赫子轩先行到达双清市局。大家用那种严肃的致哀表情，向安静点头打招呼。安静也一一点头回应，尽量维持着面无表情的脸。

"我介绍一下，赫子轩，总部过来的。你带他去指挥室调试设备，接下来由他负责专案组的后勤技术支持。"安静对一名侦查员道。

"明白。"

"你好，麻烦你了。"说完，赫子轩跟着他前往指挥室。

安静到办公室后，小李已经在这里等着了。小李哽咽着道："我一直在想……是不是消息错了……静姐，杜猛他……"

安静也终于忍不住，流着眼泪拍了拍她的后背，片刻，轻轻将她分开："不要哭了。你忘了？杜猛他老是气你，说你笑起来比哭还难看。你还真哭给他看啊？"

"那他回来啊……我哭给他看……"小李更伤心了。

安静鼻子一酸，立刻咬牙忍住。她扶住小李的肩膀："你听好。杀害杜猛的人，正在返回双清的路上。接下来的任务会非常艰巨，我需要你的帮助，明白吗？我需要你拿出最好的状态，投入工作。"

小李深深吸气，努力止住抽泣："明白……我保证！"

安静点了点头，小李继续道："静姐，按照规定，我通知了杜猛的家属……他弟弟接的电话，人已经到了，在休息室。"闻言，安静愣住了。

来到休息室，看着相像的面容，安静恍然间好像听到杜猛那声熟悉的"静姐"。控制

第三十六章／绝　境

了一下情绪后，安静在杜俊身边缓缓蹲下。

沉默片刻，安静柔声道："当时……我被犯罪分子控制，你哥是为了救我……他是为了救我才牺牲的。"

杜俊愣了片刻，看向安静："他的秘密，就告诉过我一个人。"

迎着安静有些疑惑的目光，杜俊低声道："他喜欢你的事。"

安静怔了片刻，微微苦笑："我知道，我们聊过这件事。"

"那……你答应了？"

见安静摇了摇头，杜俊道："他也说了，你肯定不会答应……他说，喜欢你，是他自己的事，跟你其实没关系。我一直都搞不懂他怎么想的……"

安静的眼睛红了，强忍着控制眼泪："杜俊，生活方面，你不用担心。按照我们的制度，你的学费，妈妈的治疗费用，我们全部承担。"

杜俊沉默片刻道："不用，我哥说了，男人要靠自己。"

"你跟你哥，真是一个模子里压出来的……"安静苦笑道。

杜俊却没有笑，显得很坚持。安静又道："妈妈知道了吗？"

见杜俊摇头，安静道："要不……我跟你一起，把消息告诉她？瞒不下去的。"

"不行！"杜俊有些焦急地说道，"她身体本来就不好，现在又一个人在医院，没有人陪着她。"

"那……"

"我明天回去了，再亲口跟她讲。我怕她……"杜俊说不下去了，眼泪掉了下来。

安静伸手去擦杜俊的泪痕，自己的眼泪却忍不住了。

马尚在来双清市局的路上，接到了胡玉萍和马骏海的视频电话。两口子本是出去旅游的，胡玉萍做了个噩梦，赶紧打电话来。

"您放心。我们的工作原则是尽量避免暴力冲突，不到万不得已的情况都不会动用武力。"马尚避重就轻地说道。

"怕的就是万不得已啊。马尚，你可记住了，我们就你这一个儿子。别人家出了事，日子怎么往下过我不知道，要是你出了事，妈可真就……"

不等胡玉萍说完，一旁的马骏海道："胡玉萍，你瞎说什么呢？！"

"爸，妈，你们说的话我都记住了，我保证。"

"好了好了，不耽误你时间了，有空再聊吧。"

挂完电话，马尚收到了父母旅游的照片，照片上两个人笑容灿烂。马尚看了半响后，不自禁地露出笑容。将手机放进口袋，马尚发动引擎，车子往前开去，笑容一点一点消失，他的眼睛红了，眼泪悄然滑落。

到达市局时，安静在前厅等着他。两个人沉默对视，发现彼此的眼睛都是红的，明显哭过。但此时此刻，二人的表情都很严肃。

"马尚，你有信心完成这个任务吗？"

"我不需要信心，这个任务必须完成。"

安静点了点头,伸出手:"为了我们的职责。"

马尚握住安静的手:"也为了杜猛。"

说完,两人直奔指挥室。赫子轩和小李坐在操作台前,安静和马尚则站在他们身后,每个人都带着通信耳机。

王佐的声音从耳机里传来:"安科,目标正在接近双清市区。"闻言,赫子轩迅速操作设备,屏幕上很快出现了老六车上的车载监控器拍摄的画面。

"已接收监控画面。王佐,老六……"安静说着,伸手搭在小李的肩膀。小李回头看向安静,安静道:"欢迎你们加入'暴风眼'行动。"

二

赫子轩的脑袋往下一点一点,打着瞌睡。马尚和安静也是满脸疲惫,但都强撑着盯着屏幕。

指挥室的大屏幕上的画面显示,程雷已经弃车离去。马尚用胳膊肘捅了一下赫子轩,赫子轩一惊,醒了过来。

通信耳机里传来老六的声音:"安科,目标弃车步行,正在转移。"

"收到。跟进。"

"明白。"

安静站起身来,摘下了耳机:"我压到前面去。"

马尚迟疑了一会儿,还是道:"好……注意安全。"

安静点了点头,离开指挥室。马尚看着她的背影,表情有些担忧。半晌,他转回头,看了眼手表,对赫子轩说道:"好好睡三个小时,过来替我。"

程雷步行到了一个看起来年代久远的居民区,他先是钻进了一个楼道。片刻,程雷又出现在楼道口,他向两侧张望一番,这才重新进入。

又过了一会儿,老六带着几名侦查员从两侧小跑着聚过来,在楼道口集合。楼上响起关门的声音,老六这才打了个手势,带头进入楼道。

程雷的房间没什么陈设,只摆了一张床,一张桌子,一个衣柜。他掀开床垫,却因为发力拉扯到了伤口,疼得他低吼了一声。他暴躁地把床垫掀起来,甩到地上,打开床架上的隔间,从里面拿出来一个行李箱。

侧耳听了听外面的动静,程雷这才转动密码盘,开锁。快速换上新的衣服,从一卷卷各国现金中挑了几卷人民币放进背包,又挑了两本护照和几张身份证后,放火烧了箱子。火焰翻腾而起,程雷头也不回地走了。

关门声响起,烟雾渐渐变浓。过了片刻,老六等人冲了进来,众人急忙灭箱子的火。

程雷下楼后,先是躲在小区内的一个拐角处探头察看,确认四周没有任何动静后才快步离开。

等程雷的身影消失,安静和小李不知从哪里跟了过来:"静姐,就是他?"

安静望着程雷离去的方向,点了点头。小李皱眉道:"不能让他太舒服了,咱们再多给点压力。"

安静却摇头道:"这样刚好。要让他猜不透我们到底咬得有多紧。"小李明显有些不甘,但她没再说什么。安静又对着通讯器道:"B组,收到请回答。"

"B组收到。"回应的是王佐。

"目标正离开小区。跟进。"

"明白!"

在安静等人追踪程雷时,鼎华这边林晓兰也在向邹珏和一名政府代表说明情况。

邹珏沉痛地说道:"我怎么也没想到,为了一组冰冷的数据,居然要以付出这么多鲜血为代价。科学,不应该是为造福全人类而存在的吗?早知道这样,我宁愿不做这个项目。"

林晓兰也叹气:"这绝对不是您的错。说实话,我也是直到现在才真正理解,为什么"资源"和"战争"两个词总是一起出现。这个世界上,不知道还有多少'沉睡者'在蠢蠢欲动。"

"这项技术,关系到国计民生,更关系到国家安全。因为这项技术突破,我们国家的力量更强大了一些,也就意味着能更好地保卫和平与安全。政府与鼎华的合作正式展开,我们一定会全力帮鼎华营造更安全的科研环境。"

"邹教授,刚才说的那些事,请您千万不要感到自责。"林晓兰道,"另外,现在还不能对外公开,我也是按照要求才跟两位通气,还请对此严格保密。"邹珏和那名政府官员都点头答应。

这时,有人敲门。见来人是神色憔悴的苗霏,林晓兰向邹教授他们点了点头,二人会意地离开了。

苗霏走上前来,站到林晓兰身边:"林总。"

"昨天晚上,市局的宋局长给我打了电话,跟我说了一些近期的情况。"苗霏听着,低下头去,有些不安。林晓兰看向苗霏,伸手轻轻搭住了她的肩膀:"我无法想象你是怎么扛下来的。你做得很好,辛苦了。"

苗霏对于林晓兰的反应显得有些吃惊,看向林晓兰。林晓兰却问道:"所以……现在你的事是什么状态?"

"他们说,等调查结束,我还要出庭作证……我自己也犯过一些错误,可能……可能我也要……"

林晓兰打断道:"苗总,你愿意继续在鼎华工作吗?人事部重新并回行政管理中心,未来的工作压力肯定不小。"

苗霏立刻点头答应,可随后又犹豫起来:"鼎华对于我来说,就是一切。可我的情况,适合留下来吗?"

林晓兰道:"整个调查和判决的过程肯定会非常漫长,在此期间,你有权继续工作。如果最后的结果是……你不得不暂别鼎华一段时间,我也希望你知道,鼎华的大门永远为你敞开。"

苗霏眼里满含热泪，一时说不出话来。林晓兰微笑道："好了。休两天假，好好陪陪你妹妹。"

三

"睡饱了？"马尚看着精神不错的赫子轩推门进来，说。

"三天三夜我也睡不饱。"

马尚疲惫地笑了笑，站起身："我去眯一会儿。"

"眯不了啦！我正好碰见宋局回来，他要见你。"

见马尚有些无奈地呼了口气，赫子轩继续道："精神点。除了宋局，还来了个人，你肯定特别想见他。"说完，赫子轩露出神秘的笑容。

来到宋铭的办公室，宋铭道："简单汇报一下现在的情况。"

"是。今天上午，程雷进入一处民居，应该是他事先设置的安全屋。离开的时候他放火烧毁了一个行李箱，我们从里面抢出来部分证物。伪造的各国护照八本，伪造的中国居民身份证五张。"

"只有这些？有没有找到能牵出线来的东西？"

马尚摇头道："剩下的只有一些衣服跟现金。"

宋铭思索着，点了点头："接着说。"

"之后一整天，程雷先后前往三个不同的酒店或宾馆开了房间，其间他数次运用反跟踪手段藏匿行踪，明显是为了迷惑并摆脱我们，但都被安静他们咬住了。"

"很好。这说明，他还没有认命，自认为还能继续逍遥法外。我们要的就是这种心理。现在的位置呢？"

"他最后入住了西泽路上的一家宾馆。地方选得很讲究，周围环境复杂，宾馆本身也有数个出入口，极有利于逃脱。我和安静都认为，他之前应该做过相应的勘察。另外，他购买了大量生活物资，有可能会在这里长住。"

宋铭又问："监控布置得怎么样？"

"安静在现场，我相信她不会留下任何死角。"听完，宋铭深吸了一口气，满意地点着头。

"宋局，赫子轩说有个人跟着您回来，是我特别想见的人？"马尚试探道。

"乔西川。"见马尚表情瞬间变得严肃，宋铭道，"走吧，一起去审讯室。"

审讯室内，乔西川被铐在审讯桌上，他的变化很大，原本总是梳得整整齐齐的头发，现在变得十分杂乱。穿着一身素色运动服，原本西装革履、趾高气扬的精英气质荡然无存。他耷拉着肩膀，脑袋歪向一边，目光低垂地想着心事。

审讯桌对面，马尚和宋铭都挺直腰板坐得笔直，表情严肃地看着他。

"我要求……人道主义待遇。"乔西川声音有些沙哑地说道。

宋铭皱眉道："考虑到你的身体状况，省厅的同志并没有对你进行大强度的讯问。将你押送到这里来，也尽量提供了舒适的交通条件。这还不算人道主义待遇？你不要忘了，你是犯罪嫌疑人。"

乔西川叹了口气，稍稍坐正。马尚看着乔西川，眼神冰冷道："有些问题你可能已经回答过了，但是我们……"

"我知道。你们有你们的规矩，你想问……"乔西川打断道。

"知道就好！"马尚严肃道，乔西川跟马尚对视了片刻，挪开目光。

马尚问道："你的名字，到底叫乔西川，还是徐鹤，或者何平？"

"干我们这行，名字没那么重要。马总，我想你肯定能理解。"

"正面回答问题。"一旁的宋铭道。

"出生证明上写的是 Simon Lau。不过你们还是叫我乔西川吧，我习惯这个名字了，你们也顺口。"

"你并不否认徐鹤、何平这两个身份都是你假扮的？"对于马尚的问题，乔西川点头，看起来并不打算抗拒。

"乔西川，我们有很多问题要问你……先从这儿开始吧，你是怎么走上这条路的？"宋铭道。

乔西川长叹一声："我是二代移民，在国外出生，也在国外长大。父母都是生意人，带着我全世界到处跑，隔几年就换个国家……"乔西川说了一半，停住了："这些我都交代过，那时候的事我真不想再提了。"

"请你继续说完。"

乔西川犹豫片刻，无奈道："我父母的生意主要针对亚洲市场，九七年那次经济危机，他们破产了。那时候我差不多十二三岁吧，然后就走上了这条路。"

马尚和宋铭不约而同地皱起眉头，有些疑惑。

马尚问道："十三岁，你就当了间谍？"

乔西川笑了笑："也不算。从那年开始，家里没法负担我在贵族学校的费用，所以我得转学。这个过程中有人找到我，劝说我进一个比较特殊的私人学校，或者说是一个地下组织。"

马尚和宋铭的脸色都变得阴晴不定，宋铭道："在省厅的时候，你没交代过这个。"

"是，当时我还没打算全说出来。"

"你先继续往下说。"

"我在那儿受训了五年，然后就成了一名雇佣间谍。"

"这个所谓的学校，在什么地方，说出具体地址。"

"三个月一换。"

马尚用审视的目光盯着乔西川，乔西川道："信不信由你，而且我也不知道背后的组织者是谁。那儿的管理跟集中营一样，整整五年时间，我看见过脸的也就同住的几个学员。"

"这个组织的幕后主脑是谁？是不是杰弗里？"

"我不确定，有可能。他至少也得是个高层人员吧。"

"那么，程雷呢？"

乔西川愣了片刻，显得很是疑惑："程雷？鼎华的那个技术工程师？等等……你别跟我说，他就是那个人？！"

四

程雷居住的酒店并不豪华，拉上窗帘的他先是处理了一下自己的伤口，又安装好攀岩绳和速降工具，做跳窗逃生的准备。完成了这项工作后，程雷拿出了一部手机。

程雷站起身，先是警惕地贴上大门听了片刻，又从猫眼观察，没有发现异样后，这才走进洗手间。不一会儿，水声响起。

走廊中，王佐靠着墙壁站立，将手里的"隔墙听"的收音探头抵在墙面上，正是对应洗手间的位置。不远处，还有另一名侦查员负责警戒和策应。

侦查车内，安静的耳机里传来清晰的水声。安静道："降低噪音，他应该是打算跟人联系。"

"明白。"小李快速调试着设备。

另一边市局的指挥室内，赫子轩的手指在键盘上飞快跳跃，嘴上也没停："小李，我发一套插件给你，可以屏蔽固定频率的声音。"说着，赫子轩重重按下回车键。

"收到了。我试试。"小李调试了一下，刺耳的水声渐渐变得低沉，像是在水面下听见的那种沉闷的浪涌声。

小李看向安静，安静道："试试能不能直接截获通信信号。"

小李立刻转身，再次忙活起来。小李按下通讯器道："子轩，附近的信号源太多了，帮我们甄别。"安静则闭上了眼睛，凝神听着程雷的声音。

"你想把所有责任都推到我身上？是他们的错误影响了我的行动，我跟你说过，不要派别人过来。"

"已经不重要了。别再联系我。"程雷电话那头正是杰弗里。

"等等！"

"你疯了吗？肯定有人正在窃听这次通话！"

程雷道："你怕什么？就算有，被困住的人也是我。听着，东西我拿到了，想要的话，亲自过来接我。"

杰弗里愣了片刻，笑了："过来接你？然后陪你在中国的监狱腐烂？"

程雷长长叹了口气："我没开玩笑。杰弗里，要是我猜得没错，你的处境比我好不了多少。你给赫尔墨斯惹了这么多麻烦，弄不到数据，他们也不会让你好过。"

"也许吧。我的事，我自己会处理。"

"考虑一下，我等会再联系……"程雷话没说完，电话已经挂断了。愣了片刻，他缓缓放下手机，一动不动地坐在原处。

安静和小李各自放下了侦听耳机。"完成定位了吗？"安静问道。

第三十六章／绝　境

"程雷的可以，但是杰弗里那边不行。如果还有机会，我再试试。"

安静点了点头，小李担忧道："听杰弗里的意思，他根本不打算入境。"

"不一定。程雷刚才说的，跟我们之前的分析完全吻合，杰弗里肯定也在承受压力。事情还会有转机。"小李点了点头，表情依旧沮丧。

安静沉思片刻，心生一计，按下了通讯器道："子轩，能不能帮我个忙？你有没有把握通过刚才的通话录音，分析模拟两个人的声音特征？"

"说实话，把握不大。一是他们没聊几句，词汇量太少，很难捕捉发音特征。二是有噪音干扰，会影响模拟的准确度。"

"明白了。"安静有些失望。

"对了，宋局从省厅那边，把乔西川给带回来了。"

闻言，安静表情一变。交代一下后，安静来到了宋铭的办公室。在那里，马尚简单和安静说了说审讯乔西川的结果。

思考片刻，安静突然道："乔西川说得天花乱坠。你们有没有想过，这里面可能没一句是真的。"

"不是没有这种可能。但是从逻辑上来讲，编这些谎话没有任何意义，反而会牵出他更多的犯罪记录，加重自己的罪责。而且他还交代蝙蝠是他的同期学员。省厅那边正在核实，很快就会有结果。"马尚道。

"可……他为什么主动交代这些东西？"

马尚叹了口气，往后靠在沙发上："我问过他这个问题，他的回答就三个字……没意思。"

"什么没意思？"安静皱眉道。

"我觉得，他指的可能是所有的事吧？他处于一种极端消极的状态，既不抗拒也不配合，想到哪说到哪儿，整个讯问过程就像是在听他讲故事。"

安静点了点头，又陷入沉思。这时宋铭推门进来，所有人起身立正。

"坐。"

宋铭自己也拖了把椅子坐下："秦厅那边来了电话。蝙蝠松口了，他也承认有这么一个组织存在。但是跟乔西川一样，他声称自己对这个组织了解不深，也不知道杰弗里是不是最高级别的幕后主使。"

众人都是心事重重，沉默了一阵。宋铭道："我们当前的任务不变，还是要集中全部精力抓捕杰弗里。"

安静点头赞同道："现在的情况是，程雷虽然正在按我们期望的方向行动，但他不一定能将杰弗里引来中国。这个阶段我们需要双重保险，能不能有效逆用乔西川，可能会决定任务的成败。"

"可他现在这个状态……"赫子轩有些迟疑。

"我们必须厘清思路，找到角度快速切中他的要害，否则可能会失去对他的控制。"

"我有个路子……"安静说完，大家的目光齐刷刷地看了过来。

第三十七章 反 水

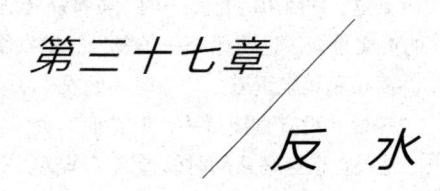

一

安静和马尚再次将乔西川带到审讯室。这次，乔西川的头发梳得整整齐齐，胡子也刮干净了，之前穿的那身运动装换成了衬衣和西裤。虽然他还是一副无精打采的表情，但这样看起来明显精神了很多。

乔西川看向安静，发现她的目光中明显带着怒气，他有些疑惑，随即重新低下头去。马尚用膝盖轻轻碰了碰安静，安静回过神来，她清了清嗓子，调整情绪道："衣服、发油、须后水，都是收集证据的时候，从你酒店房间带回来的，这样你应该用着比较习惯。"

乔西川垂着脑袋，漫不经心地点头。

"昨天你不是说希望得到人道主义的待遇吗？我想，保持尊严对你来说应该很重要。"

"谢谢。"乔西川笑了笑。

"大家将心比心，希望你能打起精神来，配合我们的工作。"

乔西川抬头看着马尚，抬了抬双手，手铐和固定在桌上的金属环碰撞，发出清脆的响声："自由比尊严更重要。"

"自由属于遵纪守法的人。乔西川，配合还是抗拒，决定你今后的命运。讯问开始之前，你先好好考虑清楚。"

"给他一点甜头，他马上就想要更多。宋局，看来没起作用。"小李和宋铭坐在观察室内，通过单向玻璃能看见审讯室的乔西川等人。

宋铭道："嘴里说出'自由'两个字，就说明他重新恢复了欲望，有欲望就有突破口。"小李一愣，连连点头。

乔西川的目光依旧迷茫，不知在想着什么。马尚和安静交换眼神，安静稍稍前倾道："我突然想到一件事。"

乔西川看向安静，安静继续道："周恋临死前，拼着最后一口气发了条短信。"

听到这，乔西川的目光一闪。马尚补充道："我们分析，228这个数字，应该是代表'蝙蝠'的英文单词。这明显是一条警告。她发给你了，对吗？"

乔西川稍稍坐正道："当时到底发生了什么？"

"蝙蝠并没有直接得手，但是他的突然出现让周恋十分恐惧，恐惧导致她慌不择路地逃跑，结果在横穿马路的时候遭遇了车祸。"

乔西川沉默着，但他紧咬着后槽牙，心里明显有了波澜。

"你和周恋，是什么关系？"

乔西川却沉默着，安静道："好吧，那我这么问……一个为钱卖命的职业间谍，为什么在临死前还想着要警告你？"

"她不能算职业间谍。周恋……她很聪明，就是太拜金了，所以才会认识我，被我利用，然后……结局变成了这样。"

"你这是在自责吗？"

"可能吧。她好几次要求撤离，我都跟她说，这是最后一笔生意，把它做完就可以正式退休了。"乔西川说着，有些神经质地笑了，"这话我自己都不信。"

另一边，程雷再次拨打了杰弗里的电话。杰弗里此时住在一个简陋的旅馆里，处境比程雷好不了多少。犹豫了一会儿，他接听了。

"你愿意接电话，说明想通了。"程雷露出了笑容，电话那头却是沉默。程雷问道："怎么了？赫尔墨斯找你的麻烦了？"

"你怎么证明已经拿到了数据？"杰弗里昨天回到家中时，一把枪指在了自己的脑袋上。为了脱身，他承诺会将数据拿到手，但是家他是不敢回了。

"你最好希望我说的是真的。只有这样，我们两个才有可能摆脱各自的麻烦。"程雷道。

"你最好不是在骗我。我可以救你出来，也可以轻易干掉你。"

"我当然知道。"

杰弗里思忖片刻道："我会挑几个老手过去，把你救出来……"

程雷听着杰弗里的话，眉头越皱越紧："我说过了，你必须亲自过来。"

"这不可能。"

"杰弗里，我再说一遍，你必须亲自过来才能拿到数据。干我们这行，风险越大盈利就越大，这话可是你告诉我……"

杰弗里打断道："听好。我会派最好的人过来，这是我能给出的最好的条件。赫尔墨斯确实有庞大的势力，可他们也没有能力控制世界上的每一个角落。我早就赚够了退休金，完全可以躲起来快活几年再说。那你呢？好好想想吧。"

程雷正想说什么，电话已经断了。程雷愣了片刻，猛然起身把手机摔到了地上。

双清市局，赫子轩和宋铭放下了监听耳机，察觉到情况不妙的宋铭沉着脸找到安静和马尚，要求他们说服乔西川全力配合："……有把握吗？"

"已经找到突破口了。"安静道，马尚也点头表示赞同。

"好，继续吧。"

二

"我们可以继续了。"安静和马尚坐回审讯桌前。

乔西川回过神来，点了点头道："我能不能问一个问题？你们问了这么多，但是方向很乱，没有核心诉求。我觉得，你们应该不会浪费时间跟我闲聊吧？"

"我们还真就是想了解你，想知道你到底是个什么样的人。"马尚道。

"那我明白了。你们是不是想让我帮忙？准确讲，逆用，对吧？"见马尚面无表情地点头承认，乔西川继续道，"那……具体需要我做什么？"

"这么着急想知道？知道了，方便讨价还价，是吗？"

"我又不是什么好人，肯定不会提供免费服务。可我也知道，作为一个所谓的组织者，不管我再怎么配合，估计也得不到什么宽大处理。"乔西川苦笑道。

"你知道自己不是好人？刚才聊了那么多，好像你的自我感觉挺好的。"听着安静的话，乔西川似乎有些恼怒，冷着脸没有回应。这正是安静和马尚推测的突破口，乔西川认为自己并不是穷凶极恶的那种坏人。

马尚突然问道："贾长安到底是不是你杀的？"

"不是。以你的能力，应该能想明白是谁干的。"

"真不是你？"马尚故意问道。

"我的手上从来不沾血。"

听到乔西川表明自己的原则，安静道："我明白了。你跟蝙蝠、程雷、杰弗里那样的人不同，你有自己的原则，只图财不害命。"

马尚接着道："这么说起来，你跟他们比，还真没那么坏。"

乔西川听出讽刺的意思，没有回应。

"可是说到底，是谁害死了周恋？"乔西川皱起眉头，盯着安静。安静道："我只是想告诉你，很多时候，真正的凶手并不是动刀子的那个人。"

乔西川忍着怒气道："她自己选择走上这条路，我只是领路的那个人。我告诉过她，做了选择，就不可能再回头。"

"你是不是在反复告诉自己，她的死不是你的责任？"

乔西川突然双拳捶在桌上，恼怒道："至少她还能选择！当年我连选择的机会都没有！"

安静和马尚面不改色，只是冷冷地盯着乔西川。乔西川渐渐泄了劲，挪开目光。观察室的小李却满脸紧张，问宋铭道："会不会过头了？这样会引起他的抗拒心理。"

宋铭摇头道："这才刚开始。记好了，想要彻底消除犯罪嫌疑人的抗拒心理，第一步就是要推翻他对自己的固有认知。"

第三十七章 / 反　水

宋铭何等老辣，他已经看出来乔西川用自己的行为与更恶劣的行为做对比，是在给自己寻找良心上的退路。而安静和马尚正是抓住这点，循循诱导，当乔西川认为自己和蝙蝠等人根本没有区别时，他们的目的也就达到了。

安静仍在平静地问道："那安威呢？他的死，是不是你的责任？"

乔西川皱起眉头，一脸的疑惑："安威？"

马尚为了照顾安静，抢先详说起十年前的往事。听到国安的人被失误的樊德伟撞死后，乔西川的眼神开始飘忽，明显有些不安。他轻声道："这不是我的本意。我只想让他制造事故，撞停对方就行……不该有人死……"

安静的眼睛有些发红，她赶紧闭上眼遮掩，长长地叹了口气舒缓情绪。从她的神态中看不到愤怒，更多的是无奈和惆怅。

"只要樊德伟不松口，最多坐两年牢就能放出来，到时候她女儿的病也治好了。我的计划对大家都有好处，我做事一向都是这个原则。"乔西川还在说着。

"是吗？那……谁负责出资治疗樊德伟的女儿？赫尔墨斯集团，你当时的东家？"

乔西川一愣，听出马尚的语气有些不对。马尚继续道："可惜，他们没打算精确实施你的计划。为了尽快堵住樊德伟的嘴，他们很快就给小姑娘做了手术，不过移植的是无法匹配的干细胞。"

见乔西川的脸色变了，马尚又补充道："小姑娘去世之前，被排异反应折磨了很久。"

"这帮畜生！"乔西川咬牙切齿道。

安静看到乔西川的反应，忍不住苦笑了一声："你应该知道我叫什么名字吧？安静。那个牺牲的侦查员，安威，是我父亲。"闻言，乔西川的表情彻底凝固了，整个人都在颤抖。

"你可能无法想象，我父亲去世，对我和我母亲造成了多大的伤害。你也不会去了解，樊德伟一家人最后怎么样了。乔西川，你的一个犯罪计划，杀死了两个家庭，六个人。"

"不可能……这不是我的本意……"

马尚有些担忧地看了看安静，但是安静并不激动，甚至有些悲伤地继续说道："是啊……按照你的逻辑。我父亲不是你杀害的，樊德伟的女儿不是，周恋也不是。你还是可以继续安慰自己，坚持认为自己实施的，是那种所谓的有底线有良心的犯罪。"

马尚知道安静在工作中已经摆脱了丧父之痛的影响，他心中顿时轻松了许多，顺着安静的话说道："你说自己十八岁的时候执行了第一次任务。十几年了，算起来，得有多少人死于你的那些完美计划？乔西川，你看看自己的手，上面血债累累。"

乔西川下意识地瞥了一眼自己的手，就好像上面真的会有血污一样。他很快反应过来，挪开目光盯着桌面。

"告诉我，十年前与你的那个搭档，他现在怎么样了？"

乔西川抬眼看向安静，目光有些呆滞："听说他死了。在东南亚，一个走私的任务。走私船老板黑吃黑……把他推下海了……"

安静盯着乔西川看了半响："我相信你没有骗我。"乔西川缓缓摇头。

"乔西川，他们死了，你还活着。不要再说什么做过选择就没有回头路。对于你的那个搭档,对于周恋,对于贾长安,他们确实没有重新选择的机会了,可是你还有。"

"你说得没错,对于你,也许不会有什么宽大处理。可就算失去自由,也并不妨碍你重新找回内心的安稳。"

乔西川目光呆滞,沉默了良久。回想起过去的画面,乔西川呢喃道:"她求过我好多次……让我带她走,我早该听她的……我早该听她的……"

马尚看向安静,两个人不约而同地点了点头。安静转头看向单向玻璃的方向,举了一下手。很快,宋铭推门进了审讯室。他站到马尚和安静身后,面色威严:"乔西川。"

乔西川抬起头,看向宋铭。

"我们的行动目标是将杰弗里引到中国,并依法对其进行拘捕。我可以开诚布公地告诉你,想要达成这个目的,我们需要你毫无保留地全力配合。这样做不会为你换来自由,也不能给你带来利益。唯一的好处是你得到了一个机会,一个挽救自己良知的机会。"

乔西川怔怔地出神,无法分辨他是否听进去宋铭刚才的话。

三

清晨的阳光穿透了遮光性极差的劣质窗帘。杰弗里还在睡着,枕边的手机开始震动,他骂骂咧咧地翻身坐起,眯缝着眼查看手机。

上面是个未知号码。杰弗里犹豫了片刻,接通:"谁?"

电话那头却是沉默。

"说话!"杰弗里恼怒道。

"杰弗里,东西到手了吗?"

杰弗里一愣,站起身来,将信将疑道:"先生?"

电话那头又是一阵沉默,杰弗里的脸色变得更加阴郁。

"别浪费我的时间,回答我的问题。"

"我正在处理。相信我,很快我就会亲自给你送过来。"

"你已经用完了我对你的信任。"

杰弗里皱了皱眉,显得有些疑惑:"可我已经跟你的人说清楚了,我以为,你同意再给我一点时间。"

电话那头沉默片刻才道:"杰弗里,你看看窗外,告诉我,你看到了什么?"

杰弗里犹犹豫豫地走到床边,稍稍撩开窗帘,观察了片刻:"先生,外面什么也没有。"

"没错。因为那颗子弹,要在一周之后才会飞向你的额头。这是我留给你的最后期限。"

杰弗里脸色一变,立刻矮身躲开窗口:"先生,一周时间太短了,我至少需要……"

"别再找借口了!就算飞到中国亲自把东西带回来,也不需要一周的时间。你给我们惹的麻烦实在太多了,如果不能完成这项工作,你的命根本抵偿不了我们的损失。"

"我完全理解,我保证……"

"如果你做不到,现在就告诉我。"

第三十七章 ／ 反 水

杰弗里咬着牙道:"我能做到。"

"如果你以为欺骗我不需要付出代价,如果你以为地球上有什么地方能让你藏身,那可就错了。"

"先生,我……"电话直接挂断了。杰弗里瘫坐在窗户下方的地板上,眼神绝望。

审讯室内,乔西川缓缓放下手中装着特殊装置的电话听筒,安静的手指还按在挂机键上,这才松开。乔西川沉默地将听筒扣了回去。

"你觉得怎么样?"安静看向马尚道。

"他没有理由不信。"说完,两个人都笑了。

前一天,乔西川同意了合作。尽管只和杰弗里的上线有过一次电话中的交谈,但乔西川还是凭借自己对声音的敏感度,在赫子轩的帮助下模拟出来了个八九分。而对话的提纲则是在安静、马尚和乔西川的共同讨论下拟出来的。追踪到杰弗里的电话后,等待杰弗里那边时间来到清晨,便有了刚刚那一幕。

"你做得很好。谢谢配合。"当安静再度转头看向乔西川时,已经收起了脸上的笑容,但并没有带着太大的敌意。

乔西川还是不敢看安静的眼神,他微微低着头,点了点头算是回应。

指挥室内,专案组众人一边怀着微微紧张的心情,一边抓紧时间休息以应对接下来的挑战。

宋铭仍目不转睛地看着监控屏幕,通讯器里面传来嘶啦的电流声,所有人第一时间便收拢了注意力。

"报告,目标的手机收到了一封邮件……"

安静按下通讯器刚想说什么,通讯器那头的小李道:"稍等!目标正在拨打电话。"

"收到!"安静兴奋地道。

赫子轩立刻同步接入信号,监听耳机里响起电话待接通的提示音。很快,程雷的声音传来。

"邮件我收到了。"程雷先道。

"这种密码我们用过,你还记得吧?"

"记得。你改变主意了?"

"等我的消息,记住,关键信息使用密码沟通。"

"明白。我很期待再次见到你。"杰弗里没有再回应程雷,直接挂断了电话。专案组众人脸上都浮现出一丝喜悦,只有安静面色沉寂,小声地说道:"我也期待再跟你见面。"

"子轩,显示邮件内容。"

"明白。"赫子轩飞快操作,屏幕上很快显示出那封邮件。邮件的内容很奇怪,每四个胡乱排列的字母中掺进一个符号,每行八组,一共有二三十行。

安静专注地看了一会儿:"这不合理……这种密码效率太低了。你怎么想?"

马尚道:"不可能太复杂,否则得有密码本才能解译。"

安静点头道:"肯定有大量的无效字符,用来混淆思路。"

"子轩,将所有符号标成红色。统计每种符号出现的次数,列出来。"马尚说着,准备开始破译。

"明白。"

"都停下。"众人转头看向宋铭,"有同事专门负责密码破译,你们几个有更重要的事。赶紧去补一觉。"

赫子轩点了点头,刚要起身。安静却道:"宋局,我们没事。"赫子轩的动作卡在一半,十分尴尬地坐了回去:"我也还好。"

"我知道你们没事,还能熬。但'暴风眼'行动最关键的一仗就要打响了,我需要你们拿出最好的状态。"

安静还想说什么。宋铭道:"服从命令。"

"是……"

众人说话间,马尚的目光一直没有离开过屏幕。赫子轩轻轻拉了马尚一把:"走吧,服从命令。"

马尚点了点头,跟着安静、赫子轩往外走,还在出神地想着什么。到了门口,马尚却突然停步:"宋局。"

"这种密码的发展性很有限,也就是说,它应该有固定的解码方式,很难临时做随机变化……"

安静这时反应过来:"那就是说,如果乔西川使用过这种密码,他一定知道怎么解译。"

"没错。程雷和杰弗里都不知道乔西川还活着,更不可能知道他已经被我们逆用了。"

"明白了,交给我吧。"宋铭微笑道。

四

乔西川坐在审讯桌后面,由两名侦查员看守着。马尚快步走进来,手里拿着两张文稿纸,上面是那种密码,但他并没有把文稿纸递给乔西川。

"不给我看,我怎么帮你破译?"乔西川道。

"乔西川,你为什么不愿意说出破译方法?你这是待价而沽?"

乔西川没说话。马尚自信地说道:"核心是每组密码中的符号,只有加号右边的字母和减号左边的字母才是有效信息,剩下的全是干扰。"

说着,马尚将文稿纸放到桌上。所有的加号和减号都被标红,而加号右边的字母和减号左边的字母都被圈了出来,文稿纸下方写着解译之后的信息。

乔西川看了一眼,抬头用惊讶的目光看着马尚。马尚道:"你不用动这种小心思,好好配合我们,比什么都强。"

乔西川有些难堪,只能点了点头。

"杰弗里的信息很明确……即将抵达,做好准备。但是程雷的回复,"马尚指着一张文稿纸,"这组数字,05262013,这是什么意思?"

第三十七章／反　水

乔西川眯着眼看了半晌："日期？"

"我也是同感。2013年5月26日，杰弗里在哪儿？你有没有印象？"

"我只在交接任务的时候跟他见面。而且这是好几年前了，我不可能记得。"乔西川摇头道。

马尚微微点头，表情似乎有些担忧。与此同时，安静来到酒店附近的侦查车上，和小李、老六会合。自从三天前程雷和杰弗里交流完邮件之后，二人再也没联系过。程雷也只是偶尔在走廊或者楼道溜达一圈，从没出过酒店大门。近期唯一称得上特殊情况的是昨晚酒店报警称储藏室被盗，丢的东西不多，但被破坏得很严重。

"放什么东西的储藏室？"安静问道。

"就是那种一次性用品，肥皂、洗发水、沐浴露、牙膏、牙刷什么的。"小李道。

"监控拍到了吗？是不是程雷？"

"程雷确实有机会从楼道进入储藏室所在的员工楼层，但是无法确定。那层的监控器坏了，程雷入住以前就坏了。"

安静的脸色有些难看，沉思着。小李继续道："我跟办案民警沟通过，现场有很浓的酒味，初步判断可能是醉酒的员工或者旅客干的。"

安静点了点头，说道："我先回市局开会，晚点再过来。"

专案组众人到齐后，马尚简单分享了邮件上的信息，说道："我最担心的还是这组数字。这应该不是什么代号，就是明面上的日期。"

"或者说，代表的是这一天发生过的事情。"安静思索着。

马尚点头赞同道："我先大胆猜测，有可能之前杰弗里和程雷也碰到过类似的情况，就发生在这天。程雷这是在提示对方，按照当时的方案掩护他逃走。"

"要不……先把程雷抓了？马尚，你假装程雷跟杰弗里通话，把他引出来就行。"赫子轩道。杰弗里和程雷的声音他都模拟出来了，相似度在九成以上。

安静道："留着当备用方案吧，但我们现在还不能这么干。"

"我们对杰弗里的了解太少了，他稍做伪装，我们就很难从人群里把他找出来。而且在见到程雷本人之前，杰弗里不太可能主动现身。"马尚也道。

"明白了。"

这时，宋铭道："我只强调一点。基于程雷之前的表现，我们无法确定他会有什么样的举动，尤其是到了这种孤注一掷的时候。任务必须完成，但绝不能让人民群众的生命财产受到损害，这是我们工作的基本前提。"

"明白！"

散会后，安静正准备前往小李那边，马尚快步追了过来："我也过去。"

安静有些疑惑地瞥了马尚一眼："你去干什么？咱们的分工很明确，你就别离开指挥室了。"

"这边有宋局和子轩就行。我的工作在侦查车上一样能完成，还能随时策应你。"

安静看了马尚片刻："干吗啊？你是觉得去了能保护我？"

"我可没这么说。"马尚知道安静不喜欢被当成需要保护的人，赶紧道。

"可能还得用上乔西川，你在这儿，可以更好地控制他。"

马尚犹豫了，还想说什么，安静露出笑容继续道："再说了，前面的活儿，你去了还不够添乱的。"

马尚也笑了，两人对视了片刻，电梯门开了，安静转身走了进去。

"注意安全。"

安静收起笑容道："我不会在同一个人身上吃两次亏。"

与此同时，一艘货轮停靠在泊位上，码头上很是繁忙，船员、码头工人、海关人员三三两两地忙活着各自的事情。杰弗里穿着船员的制服，背着包，混在结伴离港的船员之中，神色自然地离开码头，踏进了双清市的地域。

第三十八章

胜　者

一

　　排风扇嗡嗡作响，洗手台上面堆满了各种杂物，有个餐厅常用的酒精炉正在加热什么东西。接到电话的程雷放下手中的活，满头大汗地走出温度非常高的洗手间，一边接通电话，一边拿起遥控器调高电视机的音量。

　　"撤离路线我已经准备好了。"杰弗里道。

　　"我得说明白，见不到你本人，我不会把东西交出来。"

　　"我也没指望你那么好商量。"

　　程雷笑了笑："给你的邮件，看懂了吗？"

　　与此同时，安静戴着监听耳机，凝神听着两个人的对话。小李和王佐则忙碌地操作着控制台。王佐小声说道："不行，还是无法定位。"

　　"再试。"小李皱着眉。

　　杰弗里还在和程雷通话着："你确定要这么做？这是在中国。"

　　"有什么区别？反正我也不会再回来了。"见杰弗里没有说话，程雷继续道，"就像你说的，他们可能一直盯着我。如果真是这样，不处理掉尾巴，我们两个都别想走。"

　　"好吧，先这样。"说完，杰弗里挂断了电话。

　　程雷放下手机后，走到墙角的梳妆台前，把整面镜子卸了下来，用被子包好，然后又拿起台灯，用坚硬的金属底座反复猛砸……

　　宋铭办公室内也在播放这段通话。"不处理掉尾巴，我们两个都别想走……"听到这儿，宋铭按下了暂停键，脸色凝重。宋铭闷不吭声地拨通了桌上的电话，开启免提模式以便马尚和赫子轩都能听见:"安静,你那边怎么样?"

"通话时间不够,没能成功定位。"

"应该不是时间的问题,之前我也试过。杰弗里的手机可能经过特殊处理,加装了防定位装置。"赫子轩道。

"你能截获他的通话信号,只是无法定位,对吧?"安静在电话中问道。

"没错。"

"明白,那还不算太麻烦。"

马尚问道:"安静,目标刚才的通话,你怎么看?"

"目标为了摆脱追踪,可能会采用最极端的方式。"

宋铭问道:"你有没有把握控制局势?"

沉默片刻,安静坚定地说道:"有把握,但是需要增加两个小组。"

"好。安静,我们这边会提前准备备用方案。如果形势出现变化,我建议先进行范围控制,不要强行实施拘捕。"

"明白。"

第二日清晨,初升的阳光照亮了旅馆的外墙。对着旅馆外墙的监控画面上,程雷房间的窗帘突然被拉开了。安静等人立刻注意到这个变化,全都盯着监控器。

程雷出现在窗口,他闭着眼晒了会太阳,又伸了个懒腰。安静道:"他要行动了……"

程雷拿起数据吸盘装进裤子口袋,然后背上了鼓鼓囊囊的背包,径直离开了房间。

"王佐,你的小组跟我一起清查房间。"安静起身,又对老六和小李道,"你们跟进目标,我稍后过来会合。"

"明白!"

刚进房间,安静快速扫视屋内,第一眼就发现梳妆台上缺失了一面镜子。

"这什么味道?!"王佐扇了扇鼻子,走进卫生间查看。

安静发现了被子上残留的镜子碎片,她捡起来看了看,又继续走上前查看台灯,台灯的电源线被扯断了,灯泡也不翼而飞。

这时王佐快步从卫生间走出来,将一个一次性肥皂的包装袋递给安静,对她说道:"垃圾桶里全是这种肥皂的包装袋,几十上百个。之前酒店的储藏室失窃,应该就是……"说着,王佐表情一变:"安科,难道他制造了爆炸物?"

"再用碎玻璃充当弹片。"安静皱眉道。

"这个疯子!"

"各小组注意,目标可能携带了自制炸弹。"

双清市局指挥室内,秦枫刚刚赶到,闻言恼怒道:"这也太猖狂了!"

"我们的小组已经对其进行范围控制,避免造成无辜民众伤亡。但是公共区域的情况太复杂了,不可能完全限制住他。安静那边在等我们的命令。"

秦枫怒气冲冲地点了点头。宋铭继续道:"现在有两套方案。第一种,等程雷移动到相对空旷的区域,各小组对其进行包围,必要的情况下直接击毙。但这样一来,杰弗里绝对不可能现身。"

秦枫没有表态。

"第二种方案有一定的风险，但有机会将他们绳之以法。"宋铭道。

"基于对之前通话信息的分析，我不认为程雷打算跟我们同归于尽，他制造爆炸物，应该是想……"马尚还没说完，秦枫打断道："不用说了，立刻逮捕程雷，必要的话可以击毙。我会立即向部里报备行动方案。"

马尚犹豫着说："秦厅，这是我们逮捕杰弗里的唯一机会。"

秦枫明显也很是不甘，但是态度坚决："保障人民群众的生命安全，任何时候，都是我们首要的使命！"

马尚沉默了。

"执行命令。"宋铭道。

"是！"

程雷走进了人流较大的清海广场，他停下脚步，不紧不慢地转身观察四周。安静盯着侦查车的屏幕，十分紧张，不自禁地咬着大拇指。

通讯器响了："安静，收到请回复。"是马尚。

"收到，我正在待命。"

"秦厅决定立即控制程雷，确保人民群众的生命安全。"

安静皱着眉头，沉默片刻道："明白。立刻执行。但是目标已经进入人口密集区域，我需要你们那边的配合。"

"明白。立刻启用备用计划。"马尚道。

二

两名侦查员守在门口。赫子轩正在给电话安装变音装置，并用电脑进行调试。启用的备用计划正是故技重施，假扮杰弗里与程雷通话。

"我们当中，你对杰弗里最熟悉，所以这件事必须你来完成。"马尚对乔西川说道。

乔西川显得有些紧张，犹豫着说道："失败了怎么办？"

"我们已经对他实施严密监控，如果你穿帮了，我们不会给他任何引爆炸弹的机会。但是比起击毙他，我们更希望让他接受法律的制裁。"

"那杰弗里怎么办？见不到程雷，他不会现身。"

马尚沉默片刻道："先解决程雷。"

乔西川点了点头。说话间，宋铭推门进来，将两张文稿纸递给马尚："两个人刚才通过邮件进行了联络。"

马尚一愣，立刻拿起笔在纸上圈出有效字符："程雷发送地址，清海广场。杰弗里回复，五分钟。"

"五分钟？那他已经很近了。"宋铭语气有些惊喜。

马尚也兴奋道："我们还有机会！"

"集中精力，先完成优先任务。"

"明白！"

赫子轩打开了桌上的平板电脑，上面是对程雷的实时监控画面。监控中，程雷正向人员更加密集的地方走去。

"准备好了？"

乔西川拿着加装过特殊装置的电话听筒，点了点头。赫子轩将手指压在了拨号键上，随时准备按下。

程雷走到一处雕塑前，那里有很多拍照的游客。他趁着无人注意，打算卸下背包。就在这时，手机响了。程雷皱了皱眉，重新背好了包，接听电话："你到了？"

乔西川盯着监控屏幕，观察程雷的反应："我看见你了……"

程雷本能地转头观察四周。电话那头却道："别动！别暴露我。他们在盯着你。"

程雷压低了声音，但明显很是紧张："在哪儿？"

"听我说。你真的想好了，要用那种方式脱身？"

"我还有选择吗？"

"那就干得再彻底一点。"

"什么意思？"

"彻底一点，听不懂吗？"电话那边的话语中有些怒意。程雷犹豫着，没有回答。

马尚、赫子轩、乔西川都死死盯着屏幕中程雷的反应，都很紧张。沉默了良久，程雷终于道："怎么做？"马尚跟赫子轩都悄悄松了口气。

"有个更好的位置，按我说的做。"按照指示，程雷来到了一处停车楼。这里车辆众多却难见人影。

"第三层，入口没有摄像头。"程雷拐进了第三层，露出阴冷的笑容。

"我的车在331车位，你完成后再联系。"听完，程雷挂断电话，从背包里拿出炸弹。炸弹上固定着一部手机，作为简易的起爆引信。

就在这时，程雷的手机再次响起。真正的杰弗里下了地铁，一边爬楼，一边联系程雷。

电话接通，杰弗里刚想说什么，程雷不耐烦道："又怎么了？！"杰弗里一愣，停下脚步，表情变得惊疑不定。

宋铭和秦枫都戴着监听耳机，他们的表情都十分紧张。

"说话！"程雷道。电话却直接挂断了。秦枫怔了片刻，一脸懊恼地扯下监听耳机，拍在了桌上。就差这么一点，任谁也不会甘心。

电话信号断了，程雷有些疑惑，但他还是将炸弹塞进垃圾桶，然后背着空背包快步离开。程雷跑到十几米开外的一根立柱后面，他调出手机上的一个预设号码，随时准备拨打引爆炸弹。

等了片刻，却并没有人追上来。

程雷似乎感觉到了什么，他猛然回头，发现安静站在他的身后。老六、小李和几名侦查员也从隐藏处现身，众人举着枪，包围了程雷。

程雷盯着安静，半晌才回过神来，冷笑："之前跟我通话的，是你的人？"

安静没有回答，冷声道："把手机放下。"

宋铭和秦枫通过指挥室的监控屏幕，紧张地盯着众人和程雷对峙的画面。马尚、赫子轩推门进来，马尚的目光第一时间便锁定了屏幕，确定情况还在掌握之中，他这才转头看向秦枫："秦厅，杰弗里肯定在清海广场附近，我们立刻展开搜索，还有机会。"

秦枫的语气很平静，却忍不住皱着眉头："刚才杰弗里给程雷打了电话，我们露馅了。"

马尚跟赫子轩都愣住了。

另一边，程雷盯着安静，手指就悬在拨号键上。安静道："你心里清楚，这种距离，爆炸造不成任何伤害。"

片刻，程雷叹了口气，扔掉手机："我投降。"说着，程雷缓缓举起了双手。

老六掏出手铐打算上前。"老六！"安静却喊停了他，说道，"大家保持安全距离，他可能藏匿了其他武器。"

"你也太谨慎了。同样的手段，我怎么可能用两次？我说了，我投降。"

"你！双手抱头，趴在地上。"

程雷举着手，原地没动。

"你听见没有！双手抱头，趴在地上！"老六喊道。

程雷笑了笑："这个人看起来还不如杜猛。"

听到杜猛，安静面无表情的脸上浮现出怒容。程雷见言语起了作用，继续道："说实话，我从来没碰见过身手像你这么好的女人，要不……咱们再来一场？我杀了杜猛，你肯定特别想找我发泄对吧？抓了我，你可就没这机会了。"

"我跟你说过，你选错对手了。"安静迅速掏出腰间的电击枪，准确击中程雷的胸口。在强大的电流冲击下，程雷瘫倒在地，不停抽搐。

老六等人冲了上去给程雷戴上手铐，又从他的袖口中搜出了一把手刺。安静的表情始终平静，她按下了通讯器："报告，目标已被制伏，任务完成。"

三

马尚正戴着监听耳机反复听刚刚两个人通话的声音，赫子轩在一旁操作设备。瞥了一眼屏幕，看到监控画面中程雷被老六和一名侦查员架了起来，马尚微笑了一下，但很快，表情就变得严肃起来："音量调到最大。"

赫子轩立刻操纵旋钮，耳机里是刚才程雷与杰弗里的通话录音。"又怎么了……说话！"录音的背景音特别嘈杂，而且时长很短。

"重播。"

赫子轩立刻操作仪器。秦枫神情严肃地看着马尚。宋铭则在一旁，小声与安静交流："行动暴露了。杰弗里目前在逃，马尚正在通过录音甄别线索。"

"按照他们约定的见面时间，杰弗里肯定离得不远。我这边随时待命。"

"好。"说着，宋铭抬头看了看墙上的挂钟，秒针一步步转动，他紧皱起了眉头。

监控屏幕里，人流汹涌。赫子轩额头淌下了汗珠，低声自言自语道："必须逮着他，否则，他只要离开控制区，我们就前功尽弃了。"

马尚凝神屏息，一边听着，眼睛一边在监控屏幕上不断搜索。

"老宋，把乔西川带过来。"秦枫道。

宋铭点了点头，快步离开。

"停！"马尚突然对赫子轩道。赫子轩立刻按下暂停按钮。

"那个声音，你听见了吗？"

赫子轩皱眉道："哪个声音？太吵了，怎么这么多人同时说话？"

"你注意听背景声，不是说话的声音，是电子音。"

赫子轩立刻操作设备，重播。

"注意，"在一声轻微的电子音响起时，马尚立刻道，"听见了吗？"

赫子轩微微点头，他将键盘拖过来，飞快地输入指令。

"能提取吗？"

"别吵……好了！"

秦枫也扣上了监听耳机，赫子轩按下播放键，耳机里传来"叮"的一声，然后是电子播报声："请重新刷卡……"

三个人几乎同时反应过来："地铁站！"

"按照通话时间，杰弗里应该已经到清海广场站了。子轩……"赫子轩已经开始调起了监控。

秦枫皱眉道："清海广场是换乘站，三条线路，十二个出入口……"

赫子轩看向马尚，无奈地皱着眉头道："一百三十四个。"

马尚愣了一下，但他很快回过神来："截取通话时段的相应监控画面，全部显示。"

"全……全部？"

"快！"

马尚站起身，他稍稍退后，将整个监控屏幕都收入到视野范围。画面变化，上百个分屏填充了整个屏幕，每个分屏都变得只有书本大小。

"根本看不清啊！"赫子轩道。秦枫眯着眼，显然也是同感，但他转头看见马尚的状态，选择把嘴边的话咽了回去。只见马尚全神贯注，像一尊雕像，只有眼神在不停地移动。

这时，宋铭和两名侦查员押着乔西川进来。秦枫立刻打了一个噤声的手势，宋铭点了点头。乔西川看向屏幕，又看向马尚，他有些不敢相信马尚能同时在这么多画面中搜索信息。

"第四排，从左往右第六个。"马尚话音刚落，赫子轩立刻操作，将那个镜头扩满整个屏幕。

画面中，有个人在站台边，身边的人都在上下车，只有他在原地徘徊，讲着电话。

"是他吗？"

第三十八章　胜　者

乔西川正想说话，马尚就对乔西川道："杰弗里一米八三？"乔西川点了点头。

"身高不对。再来。"

赫子轩恢复了分屏模式。乔西川悄悄打量着马尚，突然苦笑一声，摇了摇头："第一次，我这么近距离，观察我的对手……"

秦枫没有说什么，他挪开目光，嘴角微微一扬。这时候，他的心中不无骄傲的情绪。

"倒数第二排，从右往左第三个。从头播放。"赫子轩立刻放大指定画面。屏幕中显示的是地铁出口的阶梯，所有人都在往上走。

马尚走上前，指向其中一个突然停步的人："跟住这个人，跟住他。"

赫子轩再次放大画面，但从这个角度只能看见背影。那个人举着右手，应该是拿着手机。他原地站了数秒，在周围的人都绕过他往上走时，他就像是河流中的礁石一样醒目。

突然，他掉头逆着人流往下走，其间还抬头看向监控器的位置。马尚急切地喊道："马上核实，这是不是杰弗里给程雷通话的时间点！"

宋铭和赫子轩听罢，恍然大悟，两个人同时操作，几乎同一时间，在不同的监控屏幕前击打键盘，核准时间。

"九点零八分！"

"九点零八！"

秦枫紧缩的眉头，刹那间舒展开来。赫子轩迅速按下暂停键，立刻操作键盘优化分辨率。图像处理很快就完成了，杰弗里的脸清晰出现在画面中。

马尚回头看向乔西川。乔西川仔细分辨后，郑重地点了点头，略带惊恐地看着马尚。秦枫和宋铭对视，都露出笑容。

"分析面部和步态特征，启动天眼系统！"秦枫道。

"收到！"赫子轩一边喊着，一边操作。

马尚面带笑意地回头看向秦枫和宋铭，如释重负。乔西川看在眼里，闭上了眼睛，长舒一口气。

地铁高速行进中，杰弗里站在角落里，他微微低着头，眼睛却不停扫视周围的人，神色紧张。

宋铭和两名侦查员押着乔西川已经离开指挥室。秦枫走到马尚身边，问道："你怎么做到的？"

"对啊！这么小的画面，人都变得跟蚂蚁一样。"赫子轩也不解道。

马尚笑了笑："我就是把人群当成蚂蚁来看。地铁站的人群有什么特点？绝大多数都是按照明确的方向，定向移动。"

"杰弗里发现事情有变，很可能临时改变行动方向。这时，他就是一个破坏和谐的因素。"

画面中，杰弗里停步以前，所有人都沿着楼梯向上攀登，画面中的元素都是流畅而和谐运动的。杰弗里突然一停步，周围的人跟着一顿，然后绕开他前进，人流的运动节奏瞬间改变。

秦枫微笑着拍了拍马尚的肩膀："最危急的关头，最极致的冷静……'暴风眼'。好样的！"

地铁到站，车门打开。旅客们匆忙地挤下车厢，门外已经有很多人排队等候上车。杰弗里混在人群里跟着下了车，但他并没有出站，而是快步走向前方的车厢，又混在人群中上了车。

上车的人群在相互拥挤中自然而然地调整位置，杰弗里站到了车厢中部，靠近立柱扶手的地方。整个过程中，杰弗里始终警惕地观察着身旁的人。地铁开动，杰弗里没有察觉丝毫异样，稍稍放松了一些。

但他还不认识，此时背对着站在他身后的，正是安静。

四

"你说你想谈条件？"安静和马尚走进审讯室，程雷笑了笑，点头。

"我们还有什么好谈的？赶紧把你的犯罪行为交代清楚，给大家节省一点时间。"安静道。

程雷愣了半响，突然疯了一样地笑，马尚和安静并没有打断他。程雷喘着气道："话说得真硬气！是……也怪我自己，输给你们真是阴沟里翻船。"

安静平静地说道："你这么想就错了。我们执法者不是神，不可能未卜先知通晓全局。如果这个世界上真的存在完美的犯罪，那我们执法者也无能为力。不过所有犯罪的人都存在两个严重错误。第一个是妄图挑战法律和正义，第二个就是自以为有能力实施不留痕迹的完美犯罪。"

程雷看着天花板，皱着眉头一副苦思冥想的表情，缓缓点头："有道理，总之胜者为王……对了，杰弗里呢？"

"你觉得，他踏上了这块土地，还有机会逃掉吗？"

程雷笑了笑，似乎并不关心："活该……跟你们讲，杰弗里也算不上什么大人物。"

"那谁是大人物？你说说。"

"说是可以说……这么大的秘密，要个特赦不过分吧？"

"这个你不用想了，不可能。根据你合作的情况，有可能依法减轻对你的处罚，但这不是我们说了算。"马尚道。

听到这个答案，程雷叹了口气。安静却道："你先回答这个问题……你到底是谁？"

"几年前，组织发布了一个高难度任务，需要有科技人才背景的人潜入鼎华长期卧底。碰巧有个叫程雷的中国人拖家带口到美国攻读博士学位，碰巧全家人都死于车祸，碰巧我跟程雷身材长相接近。所以我简单整了个容，修改一下档案，程雷这个身份就归我了。后来我就变成了鼎华研发部的海归高才生。"

"那你的真实身份呢？"

"那个身份已经不存在了，我也不记得了。"

第三十八章／胜　者

"别绕圈子，你到底是谁？"

"我也不知道。我花了十几年时间调查自己的身世……最接近真相的结果是，我的亲生父母死于1983年9月1日的那次空难事故。我不知道自己的国籍，其实也不太确定自己的年龄。"程雷说话间，手指一直在桌上随意地乱画，好像精神失常了一样。

安静皱着眉头，有些不耐烦。但是马尚似乎在思索着什么。程雷观察两个人的反应，对着马尚露出笑容，只是那个笑容阴森而诡异。

"程雷，贾长安是不是你杀害的？"

见程雷没有回答，马尚道："你是不是更习惯别人叫你'沉睡者'？"

程雷沉默半晌，突然开口："其实吧，要不是杰弗里贪心，根本犯不着去搞什么矿石，也就用不上苗焕阳和贾长安，你们也就不可能把矛头对准鼎华。我说得对吧？"

"从陈灿开始，我们就已经盯上鼎华了。"

"对，还有陈灿……这些废物，比我想的还蠢。"

"你是怎么杀害贾长安的？你怎么判断他会去鼎华？你怎么知道他一定会把车停在监控死角？"

"这怎么可能提前判断？他去了鼎华，害得我不得不冒险。"程雷苦笑道。

"所以是巧合？"

"还好当时是在监控死角，要不然我还得解决监控室的保安。"

听着程雷轻飘飘的语气，安静严厉地说："谋杀是重罪！"

"我知道。"程雷一副不耐烦的样子，"这些事现在还重要吗？情报才是最有价值的吧？只要你们答应特赦，我立刻就说。"

马尚和安静对视了一眼，站起身来往外走。

"其实我还是挺意外的……要不是你们俩，我根本不用从沉睡中醒来。"

安静和马尚停下步子，马尚道："'沉睡者'，你别在这虚张声势了。这一觉你睡得不踏实吧？是不是像做了一场噩梦？"

安静也道："你记住，这里是中华人民共和国，只要你曾经侵犯或威胁过我们国家的安全，不管你在哪里沉睡，我们都有能力找到你，也有责任让你清醒过来。"

听完，程雷戛然收起那种似笑非笑的表情，目光茫然而空洞。安静和马尚却头也不回地走出了审讯室。

秦枫和宋铭站在观察室的单向玻璃前，看着对面的程雷。宋铭担忧地说道："如果程雷说的是真的，我们铲除的这个组织，依然只是冰山一角。"

秦枫笑了笑："我们的工作不就这样吗？一场胜利能换来的，必然是下一个更艰巨的任务。"

宋铭苦笑着点头。这时，马尚和安静走了进来。马尚道："秦厅，宋局，看来得费点功夫了。"

两个人都点了点头。

"他为什么提自己的身世？还有1983年的那次空难……主要是，按照他的思维模式，不可能做毫无意义的事,说毫无意义的话。"马尚道。

"我也是同感。"安静也点头道。

秦枫笑了笑:"你们跟他斗了太久,已经陷入思维惯性,千万不要演变成自己跟自己较劲儿。像他这种人,人格已经扭曲,但你不能被他带进这个旋涡。"

马尚沉默了一会儿,道:"明白,还是那句话……与魔鬼战斗的人,应当小心自己不要成为魔鬼。当你凝视深渊时,深渊也在凝视你。"

"很好,永远不要忘了这句话。接下来不用操心了,总部已经派了人过来接手。"

"所有人都要带走?"

"所有人,"秦枫点头道,"杰弗里、乔西川、程雷,包括利德和蝙蝠。"

马尚一愣,想要追问,但最终还是忍了下来。他转头看向程雷,发现程雷似乎又挂着诡异的笑容,似乎看着他的方向。

五

雨点淅淅沥沥地落下,气氛肃杀。专案组成员以及市局侦查科的骨干全部集结在杜猛的墓碑前,在场的所有人都穿着整齐统一的制服。

宋铭走上前,将一枚勋章放在已经堆满了花环的墓碑上。宋铭回到队列后,秦枫走上前,转身面对众人说:"敌人伸出的爪牙,已经被我们成功地斩断,但是大家不要忘了,它的头脑尚存。这个魔鬼此时虽在暗处舔舐伤口,但终有一天会再次伸出犯罪的触手。更不用说,还有更多的敌对势力蛰伏在暗处。保卫国家安全,是一场永无终点的战争。无论身处哪个岗位,绝不可懈怠,应时刻准备整装再战,对敌人迎头痛击。这样,我们才能告慰牺牲的英灵!"

秦枫说完,转身对杜猛的墓碑敬礼,众人也跟着敬礼。

所有人的表情都十分肃穆,维持着敬礼的姿势,静静矗立着,雨水淋在脸上,模糊了泪水的存在。

半年后。

颇有档次的餐厅包厢,落地窗外风景迷人。圆桌旁坐着胡玉萍、马骏海、苏美佩、老王,四个人正聊着,安静和马尚没吃多久便先走了。

胡玉萍举起酒杯,兴致很高:"妹妹,要我说,咱们平时也可以多聚聚,没必要非得等孩子们有时间,你说对吧?"

"一定的,一定的。"苏美佩笑道。

两个人都笑盈盈地喝了口酒。马骏海和老王也碰了杯。

"你说这小子,一点礼数都不懂,饭都没吃完,拉着安静就跑了……"胡玉萍说着,叹了口气。

"得了吧,马尚好不容易休假回来,他俩早就约好了游艇出海,明明是你把饭点安排错了。"

第三十八章　胜　者

胡玉萍不满地对马骏海说："你就会拆我的台。"

老王赶紧圆道："他们平常工作忙，见个面也不容易，就给他们留一点个人空间嘛。"

苏美佩也说："是啊，他们开心，我们做父母的不也就开心了吗？"

"对对对，不管了，咱们聊咱们的！"胡玉萍笑着，四人又再次碰杯。

安静和马尚已经来到了阳光明媚的码头，安静难得穿了一件凸显身材的贴身长裙，少了几分英武，多了几分妩媚。

马尚径直走过去打开后备厢，拎出两个箱子："领导，您也受累帮我拿点儿呗？"

"嘴欠是吧？"安静说着去接马尚手里的箱子，马尚却笑着躲开："别别别，你拿鱼竿就行，那个轻。"马尚说着，先往栈道那边走了。

安静从后备厢里拿出鱼竿，刚要把箱盖关上，手机响了。安静拿出来一看，立刻严肃起来："宋局？"

马尚回头看见这一幕，笑容消失了："不是吧……"

安静一边听，一边冲着马尚招了招手，示意他回来。

"好，明白了……"安静挂断电话，看了垂头丧气的马尚一眼，说，"任务第一，你，开车送我。"

马尚开着车，一脸失落，长吁短叹。

安静埋怨道："你能不能快点儿？十分钟必须回局里。"

马尚拉长着脸，踩下油门，沮丧道："咱俩想凑一块儿休个假，一年也就一回。这说黄就黄了？"

"马尚同志，亏你还叫'马上'，这点觉悟都没有？任务永远排第一。"

"不是，我……"

（全书完）

后 记

在我过去的创作生涯里，这应该算是酝酿时间最漫长的一部作品。

2009年，《密战》播出。约莫一年多的光景之后，我开始构思起另一个相同领域的故事——21世纪，隐蔽战线，国家安全。

一次次地探索和反复尝试，一次次地建构和"被否定"，也一次次地自我否定。大抵只有从事过同类题材创作的同仁，才会知道个中不为人知的曲折与艰难。

然而作为创作者的欣然，也恰恰就在这里面，尤其是在作品即将问世的时候。我们都明白这样的道理：世上但凡轻而易举就能完成的事情，其滋味都难免会显得有些寡淡，而远跨重洋、穿越深林的探访，才会给人重逢故交的快意。

故事里的事离我们很远，却又很近，就像小说开篇那段文字中的提醒。

在风暴涡卷的旋流中央，有一片圆形的宁静地带。风暴在侧，它坠落于深渊之地，却又凝视着深渊。安静和马尚是两名默默无闻地捍守着国家安全的战士，他们就站在这里，任雨骤雷惊、风云幻变，他们始终保持着恒定如一的姿态：沉静的心，犀利的眼，机敏睿智的头脑，迅捷的行动力，以及无需声言的牢固信念。

几经思酌之后，我才确立了"暴风眼"的意象，故事也因此找到了自己的"魂"；几经反复，终于锁定在"能源安全"这个领域，故事也因此有了清晰的叙事维度。然后，人物和情节顺着逻辑与想象的藤蔓，一步步生长，然后一步步地修整和矫正，于是有了今天的这番模样。

曾经遇到过很多彼时无法克服的阻碍，也很多回想过放弃，但最后的选择仍是继续，继续与这个故事纠缠到底。究其原因，可能不仅仅是不舍。

很多事情，坚持的意义或许就在于如果不坚持将不会有任何意义。这句话，是我二十年前在大学当代文学老师阎真先生的小说《沧浪之水》里看到的。庆幸我到现在还记得。

断断又续续，中间也停顿了不短的时间。只是不曾想到，从想法的产生到作品的降世，这个过程居然历经了十年。

感谢不便具名的朋友，帮助夯实了对于这个特殊领域的认知与理解。

感谢完美世界影视、青春你好传媒、嘉行传媒，感谢每一位在同名电视剧作品的拍摄制作中付出过热忱与努力的朋友和同行。

感谢盛世肯特文化传媒的林苑中先生、刘源先生为本书出版所做出的贡献。

过去十年间，姜大乔、胡雅婷、秦文、何庆平、贾长安、管千墨……一程又一程，相聚、告别，抑或是重遇，在不同的时间节点，不同程度地参与了故事的创作。我培养的研究生覃皓珺、宋文静，担任了该小说的文学统筹。感谢你们一路的相伴同行。

于写作者而言，每一部作品的塑造史，从来都是我们成长的倒影或见证。光影掠过，书页开合，春秋代序，与长友分。

梁振华

2020 年 10 月 1 日于北京百子湾